風雨談

（二）

復刻本說明

*本期刊依《風雨談》合訂本全套復刻，為使閱讀方便，復刻本每三期為一冊，惟原書十七期以後頁數變少，復刻本第六冊為原書第十六期至第二十一期；復刻本的尺寸亦由原書的15×21公分，擴大至19×26公分。

*本期刊因尺寸放大，但每期封面無法符合放大尺寸，故每期封面皆對齊開口，使裝訂邊的留白較多。

*本期刊第一集書前加入導讀。

*本期刊為復刻本，內文頁面或有少數污損、模糊、畫線，為原書原始狀況，不另註；唯範圍較大者，則另加「原書原樣」【原書原樣】，以作說明。

上海風雨談社印行

風雨談

八月號

依[illegible]華雷斯自傳 [illegible]

日本女作家羣像……雷震原

周作人……一蕢軒筆記序

龔持平……創造社的幾個人

予且……藏兒記

廢名……天馬詩集

[illegible]……世外桃源（長篇連載）

阿左林……一個城（[illegible]）

章克標……天地者萬物之逆旅

村民的移居（[illegible]）……都德

四幕劇會男子……羅朗

擷衣詩鈔……陸擷衣

現代日本繪畫展覽特輯

[illegible]發展的[illegible]大空氣[illegible]面，他們

[illegible]者和改造者的衝突，壓迫者和反抗者的鬥

爭，[illegible]的戀愛敵不過尖酸[illegible]的[illegible]，純潔的青年

從反抗中獲得學習，[illegible]

嘗了前程的艱難[illegible]

許多年，近[illegible]

版，可使[illegible]

定價國幣拾圓。

他的天才的生命的、[illegible]在悲哀痛切的文字

裏，[illegible]著[illegible]的生命感 他的能夠

[illegible]的[illegible]，[illegible]可見其[illegible]致。

北歐民族短篇小說集 [illegible]譯

[illegible]院受胎及其他

上海小沙渡路四八九號
太平出版印刷公司印行

風雨談

第四期

翠煙起處若層巒，並坐深林向晚看，
怕是夕陽欲歸去，萬杉風雨逼人寒。

重啞雜詩：平林晚步

中華民國三十二年七月二十五日

三二・八・一紀事

林拂

漢唐的精神永不湮沒，
歷史輪迹它是慘酷地刻下血痕，
民族解放的呼聲入雲般地高唱，
百年的恥辱也要雪湔！
看罷！青天白日旗滿處飄揚！
高空的雲彩輕悠地移動，
人們的心理變幻在一瞬，
整個大地湧起了驚異急迅地波動。
喚起民衆！喚起民衆！
『聯合世界上以平等待我之民族，
共同奮鬥，』這是孫先生的
遺言。

風雨談 第四期 目次

[illegible]
次殖民地的榨奪，
買辦，寄生蟲的走狗，
浸沉着腐蝕着我們的靈
和肉的毒化思想，
滾開！滾！滾！

東方永遠是東方人的！
我們是中華民國的青年，
我們是東亞民族解放的前哨，
我們的襟懷和寬量要籠括
整個的世界，正視着艱巨
的前途帶着微笑，
我們創造我們的文明，
我們創造我們的物質，
聽罷！滿耳都是民族自決的
呼聲，
看罷！滿目都是勇敢熱烈
的同伴。

一蕢軒筆記序

[illegible]

一蕢軒者，書齋名，小時候常聞先君說及，蓋是曾祖八山公所居，與蘭花澗相對。吾家老屋在會稽東陶坊，地名東昌坊口，張宗子快園道古中記東昌坊貧子薛五官事，毛西河文集中敍與羅蘿村揖別東昌坊，可知在明季已如此稱，近來乃聞爲妄人改號魯鎭，今亦不知其如何究竟矣。先君去世已四十八年，與老屋別亦二十五年矣，一蕢軒雖改築後亦陰濕多蚊，不能久坐，未曾讀書其中，今併屋亦不存，而記念仍在，甚愛此名，乃沿用之，其實軒固未有，只刻有石章曰一蕢軒而已。軒名出於論語，案子罕九中一章云：

「子曰，譬如爲山，未成一蕢，止，吾止也。譬如平地，雖覆一蕢，進，吾往也。」今本蕢字从竹，何氏集解，包曰，士籠也，朱氏集注同。黄式三論語後案乃云：

「說文，蕢，艸器，而無从竹之簣字。漢書何武諸傳贊，以一蕢障江河，注蕢織草爲器，所以盛土，是包注蕢訓士籠，卽是蕢字。又禮樂志引論語，未成一匱，王莽傳，綱紀咸張，成不一匱，顏氏兩注俱云，匱者織草爲器，所以盛士，是蕢又通作匱。匱假借字，簣譌字。」今從其說，用从艸之蕢字。說文段氏注引孟子曰，不知足而爲屨，吾知其不爲蕢也。由此可以推知蕢之形狀，大略蓋如簸箕畚斗耳。朱氏集注又云：

「書曰，爲山九仞 功虧一蕢。夫子之言蓋出於此。」案此二語見於旅獒，乃是僞書，朱駿聲尚書古注便

讀卷四上注其出處云：

「譬如爲山，未成一簣，論語文也。掘井九仞，孟子文也。但七尺曰仞，周尺當今六寸，九仞不及四丈，何足爲山。且孔子嘗語，今用之竟去嘗字。」據此可知一蕢之語其出處卽在論語，別無更古的根據，至其教訓則如集注所說學者自彊不息，則積少成多，中道而止，則前功盡棄，其止其往，皆在我而不在人也。鄙人今無此軒而用軒名，理由亦甚簡單，其一以此名爲先人所有，得以承襲，其二則意含警策，起人懼思，而艸鞋似的土籠，形甚質樸謙退，用卻實在，此物此志亦殊可愛重耳。

以上是說一蕢軒的名字。但是，一蕢軒筆記與別的名稱的筆記有什麼異同可說麼？這未必然。自己的文章自然知道的最清楚，一面也誠如世俗所說，有時難免會覺得好，在別人不覺到的地方，但其實缺點也頂明白，所謂如人飲水，冷暖自知也。我所寫的隨筆多少年來總是那一套，有些時候偶然檢點，常想到看官們的不滿意，沒有一點新花頭，只是單調，焉得不令人厭倦。但是思想轉變不是容易事，又聽說宣傳的效力發生在反復重疊上，因此又覺得那一套也未始不是辦法，雖然本沒有怎麼要想宣傳，雖然所說的多含有道德的意義。我在雨天的書自序裏承認自己是道德家，雖反對人家跟班傳話似的載道，自己卻仍是隨時隨地的傳道，因爲所傳是出於私見的道理，故一時亦曾以爲卽是言志。寫自序時是民國乙丑，於今已是十八年了，結果還是別無進步，也少改變，誠恐於單調之外加上頑固，一蕢軒筆記寫得較晚，則其特色或者亦只在此，卽其色調或更較濃厚而已。

我寫文章大概總是眼高手低的一路，因此自己覺得滿意的幾乎沒有一篇。並不是什麼謙虛客氣，實在只是平常標準定的稍高，而自己短長也知道的稍清楚，結果便自如此。至於對人大抵也是一樣。丁丑秋冬間翻閱古人筆記消遣，一總看了清代的六十二部，共六百六十二卷，坐旁置一簿子，記錄看過中意的篇名，計六百五十八則，分配起來一卷不及一條，有好些書其實是全部不中選的。比較選得多的爲劉獻廷廣陽雜記五卷，俞正燮癸巳存稿十五卷，郝懿行曬書堂筆錄六卷，王侃衡言放言江州筆談共八卷，李元復常談叢錄九卷，玉書常談四卷，馬時芳樸麗子正續四卷，其次則顧炎武日知錄，尤侗艮齋雜說，梁清遠雕丘雜錄，如屈大均李斗，以記事物多所采取，則又別一例也。文章的標準本來也頗簡單，只是要其一有風趣，其二有常識。常識分開來說，不外人情與物理，前者可以說是健全的道德，後者是正確的智識，合起來就可稱之曰智慧，比常識似稍適切亦未可知。風趣今且不談，對於常識的要求是這兩點。其一 道德上是人道 或為人的思想。其二，知識上是唯理的思想。我相信中國道德政治上有兩樣思想，甲是為人民，孟子所謂民為貴的思想 乙是為君主，韓公所謂天主聖明，臣罪當誅，是也。乙雖後起，但因帝制關係，幾千年來深入士大夫的心裏 急切不易除去。甲雖一時被壓倒，但根本極久遠，是中國人的固有思想，少數有識之士隨時提倡 有野火燒不盡，春風吹又生之概。到了現在 民國早已成立，在中國最適合 最舊也最新的，無疑地是這民為貴 為人第一的仁的思想。無論思想應得如何的自由，在民國的道德與政治思想上總不能再容頌揚專制的分子 凡有志述作者對於此點當別無異見。其次中國文章中向來神異的成分太多，講報應，如逆婦變豬，雷擊字紙襯鞋底，談變化，如腐艸化為螢，雀入大水為蛤，說教訓，如梟食母，羔羊跪乳。這些關於自然物的傳訛，當然是古已有之 不足為怪 但是有見識的人也未必信 漢的王充便已不信雷公，晉的陶弘景說桑虫不能化果蠃，直至近代還是相信這些奇跡的讀書人在我看來不能不算是低能了。怪事異物說了非不好玩，但這須得如東坡姑妄言之的態度，也自有一種風趣，是佳妙的輕文藝，只可惜極少見 至少在清朝一朝裏，可以說比有常識的還要少。做文章並不一定要破迷信，但自己總不可以有迷信，譬如在學堂聽得點生理知識的人，原不必帶在口邊隨處賣弄，不過他知道無論怎樣的鍊，總之無路通過橫隔膜，再從顱骨鑽孔出去 以這態度去談練氣，怎麼樣說都好 我相信那就得了，如文章寫得通達，即可算是及格 我願意把他記入那薄子裏去。這些條件仔細想來並不怎麼苛 只是這樣的人不很多，則是如孟子所說，是不為也，非不能也。自己寫文章當然不敢不勉，因為條件中消極的意味相當的強，所以還比較好辦，不像對於人家的未免多有不客氣的挑剔，這大抵也就止是謹耳。對於世俗通行以至尊信的事理不敢輕易隨從，在自己實在是謹慎，但在世俗看來未必不就是放肆，這是無可如何的事，老百姓所謂沒有法子是也。有些平易講理的文章，往往不討好，便是這個緣故，雖然也會得少數識者之理解，卻是沒有什麼力量。個人既是這樣的意見，能力也有所限，自然難有新的成就，這裏借機會略為說明對於文章的要求，若是自己的文章原來還是舊的那一路，這未見得悉與要求相合，唯消極方面總時時警戒，希望不觸犯也。一蕢軒是新的名字，理應解釋一番，筆記則並非新的文章，本無再加說明之必要，現在只是順便說及，而乃佔了三分之二的字數，已是太多，不可不趕緊結束矣。中華民國三十二年四月五日記。

附記

去年夏天松枝君游歷至紹興，訪東昌坊口則已無有，蓋改名魯鎮云。咸亨酒店本在東昌坊口，小說中不欲直言，故用代名，今反改地名從之，可謂妄矣。在南京聞浙東行政長官沈君言，紹興現今各鄉有徐錫麟鎮蔡元培鎮等名稱，則其荒誕又更加一等，似亦為別處所未有也。六月十日又記。

創造社的幾個人

龔持平

我的朋友雖則不是胡適之，但是把來寫在紙上，印到書上，總有點借光的嫌疑。本想不寫，但編者早就預定好了，不容不交卷。不過談到作家朋友，尤其是幾位熟知的人，在各雜誌報章上常有什麼作家剪影，作家素描之類刊載着。作家本身總還是他一個人，寫來寫去不免雷同。所以在我動筆之前，也曾考慮了一下，想寫些爲人所未道者。爲了這個原故，我這裏僅檢幾個我所最熟悉而相處最久的談談。因爲這樣才可以從他們身上找出一些爲人所未知的小事情。是爲前記。

天真的郭沫若

郭沫若，那個新文壇上的怪傑，從他的詩文中，可以知道他是一位熱情的人。方方的臉，戴着一副洋鈿大的玳瑁邊眼鏡，高高的個子，相當漂亮。他在江湖上總算混了半生了，地方也算走得不少，接觸的人不算少，而且口才也不差。可是遺憾的是他除了能說一口流俐的日語外，始終一口四川土白，四川話重音很多，講起話來異常吃力。

他在日本是學醫的，而且還是帝大醫科出身。據他說是丟了解剖刀而學文的，其實呢，他始終沒有把醫學弄好。醫學院裏的讀書成績，就是他後來翻譯德國幾種名著的德文根底。記得有一次還在日本的時候，他的夫人安娜女士首次臨盆，夫婦倆一個仗着是帝大出身的醫學士，一個仗着有過看護經驗，所以關起門來預備完全自己處理，不假借他人之手。那裏知道到臨褥的一夜，他的夫人痛得在地上打了幾滾，大喊了幾聲，他就慌得手足無措起來。幸而他應變得快，拔腳跑到他的聯襟陶晶孫處求助，才由陶晶孫趕來處理了的。

郭沫若待人極和藹誠摯，可是在朋友之間，總脫不掉道貌儼然，不苟言笑的神情。記得有一天王獨淸因爲他裝腔得太厲害了，向他報復地說：「老郭！你別裝樣。從前在廈門大學的時候，你和仿吾（成）一起在廁所裏老半天不出來，可幹些什麼？」

在郭沫若和成仿吾兩位外貌過分道學的先生，面孔紅起來時，他才對衆講述下去說：「他倆在廁所裏比撒尿，誰撒得多，時間長。」他又接下去說：「我們到處天眞，可是他倆一定要背着人才表露眞情，可見他倆最好裝模做樣！」

喜歡在人面前裝模做樣，確給王獨淸一語破的。事變之初，他從日本趕回上海來，又急匆匆一路退到重慶，處處表現了他在人面前裝模做樣的惡習。至於討了比他女兒還小幾歲的黎明健爲新太太，那當然又是他廁所裏的天眞了。

我最後一次看見他，是在事變之初。那時他住在滄洲飯店，兩鬢已有些花斑了，耳朵更聾得厲害。他的耳朵是閉戶鑽研老古董而失聰的。因爲那時是他被通緝而避居日本福岡，藉考古以維持生活的時候。這一點孜孜不倦的精神，確是可佩的。

老實人成仿吾

郭沫若學了濟世活人的醫學，不曾爲人治過病；成仿吾在日本帝大學了造砲學，却不曾製過一尊槍炮殺過人。這兩位創造社的怪傑，確是異曲同工的。成仿吾誰都知道他是不大開口的冷人。其實他人却並不冷，只是不會講話。一個又長又大的橘皮臉，嘴唇那麼厚，一看就知道他是一個相當笨拙的人。他雖以批評家著名，可是他從未用口說來批評過任何人，任何一篇文章。見了人，總是呆呆地坐着，卽在大衆高談闊論的時候，他也可以默默終朝，不開一聲口的。認識他是成仿吾的，以爲他是架子大，不認識他的，將以爲他是個笨伯。他的外表是這樣，但心地却熱忱得很，對人對事的忠厚誠摯，在我所遇過的朋友中，以仿吾爲最。不論是認識的或是不認識的，甚至是某處地方的一個不知名的青年，有稿子拿着來請教他，他總是誠懇地把來讀完的。不過讀雖讀完了，你要聽他的批評，可就難了。最多，他向你說一聲「不壞」，或則「很好」，甚至是笑而不答。凡是一篇不能入目的稿子，他的表示就是笑而不答。確實好到萬分的，他才說一聲「很好」。他說一聲「不壞」的稿子，也夠好的了。

他的外表雖則笨，人可並不笨。曾有某軍閥請他到德國去購買一批軍械。他拿了相當數目的一筆錢，在香港考慮了好多天。因爲他明知這一批軍械是購來作內戰用的，多一枝槍，就多死幾個中國人，早買一天，就早死幾個人。所以，軍閥雖則催他速辦，他還是等在香港遲遲不行。一直等到那個軍閥眞的參加了內戰，他才拿了那一筆錢一溜烟跑到德國去了。他在歐洲各國流浪了好幾個年頭，用的就是這一筆錢。

提起了這一筆錢，又想到了一件題外的事。

在成仿吾拿了這一大筆錢出國的時候，給了他的從湖南鄉下出來的哥哥一千塊錢。並且告訴他哥哥，拿了這一千塊錢，可以在上海做做生意，以維生活。當然，創造社的幾位老朋友，是有資格做他顧問的。恰巧這時候張資平從武漢回上海，向創造社算了一筆並不怎麼多的版稅，思想開始轉變，想做老板起來。他聽到了仿吾的哥哥有這一筆現款，正投所好，乃以顧問資格，代爲設計，結果乃出現了「上海珈琲」。就是那個被魯迅稱爲挾着女招待，寫普羅文學的「文藝珈琲」。「上海珈琲」一共開了三個月，在小吃大回帳和大吃不回帳下，聽說張資平賺了幾個錢，到眞茹住他洋房去了，仿吾的哥哥就此蝕回了老家。

仿吾自從那次出國以後，我一直沒有見過他。聽說在他到延安以前，曾在他湖南的老家辦過中學。

神經過敏的郁達夫

在創造社的幾個人裏，我和郁達夫先生接近的機會最少。雖則我的從事文藝工作，是由他拖出來的。否則的話，恐怕我至今還在機器旁邊過着鐵與力的生活呢。（我是學工業的，而且曾是一個實際的工業從業員）然而，我們會面的機會竟至如此少，這不可不說是一件憾事。因之，在我寫這些零碎的回憶文章時，竟沒能找出一點關於郁先生的材料。

恰巧昨天夜裏，陶晶孫先生特別高興，在吃過了晚飯後，在我家的客室裏閒談到他。雖則是別人所說的，但也是萬分靠得住，而且更是未經人道的軼聞。

昨天夜裏晚飯後，妻和陶晶孫先生正談着他們在日本時代的軼事。他們從演劇談到音樂會，談到當時的許多人物，談着十多年前的許多天眞的故事。後來我也加入了，談到老朋友，談到老朋友們的太太。最後談到蔣光慈（赤）的太太吳似鴻，陳望道的太太吳鴻芾，沈雁冰（茅盾）的太太孔德之，郁達夫的太太王映霞。

眞是憾事，說起王映霞，我連面也沒曾見過。陶晶孫先生在提到王映霞時，連說了兩個「難弄」，結果還是「這一個太太是難弄的。」

他說，在民國十七八年間，正是中國文壇上鬧左翼作家聯盟最熱鬧的時候，郁達夫和他的夫人王映霞正攪得火熱，但雖則住在上海的靜安寺路，可是並沒有人理他，因之他人雖在上海，可仍默默無聞，好像中國文壇上並沒有他似的。在這個時候，和他過從最密的祇有陶晶孫一個人。

突兀的是在某一天上午，陶忽然接到郁達夫的一封緊急快信，信封信紙都是刻着某某律師事務所字樣。拆開一看，裏面說映霞已經離我而去，祇好把孩子們托孤給陶，並且抄了幾句諸葛亮出師表上的老文章。末了他却並未說明他此後的行蹤。

陶看了信後，覺得異常突兀。深恐錯失了時會，連忙跨出家門，踏上公共汽車，從虹口公園上車，一直坐到靜安寺路。在一路公共汽車的全程中，陶還爲郁担了不少心事。

可是，當陶跨進郁的寓所時，郁正和王映霞對坐着喝酒。郁看見了陶，簡直無話可說，陶見了郁，也竟說不出話了。還是王映霞心裏明白，解釋了這一件事。

「是前天吧」，她說：「我有一位男的朋友和一位女的朋友，他們找我去閒談。談得太起勁了，他們把我留在他們那裏宿了一宵。這事事先不會告訴他，事後我就回來了，也不曾預先通知他。因之使他神經過敏起來，在我回家前的幾小時內，寫了這樣一封信給你。」

我們的結論是，王映霞確是難弄的。然而，王映霞雖未走在十多年前，但王映霞之終於會出走，至少郁達夫在十多年前已經有了預感。

裘馬書生王獨清

長安裘馬少年王獨清，相門後裔，方頤廣額，肥頭胖耳，面色白皙，兩頰緋紅，十十足足是一個古劇裏的風流小生。抱憾的是他口吃得厲害，話越說得很快就越口吃；而且越口吃還越喜歡多說話。因之，在人多的地方，總聽到吃吃不能出口的聲音，玫瑰色的兩頰，跟着也越漲越紅了。

他起先留學日本，後又浪跡歐洲，對於羅馬，威尼斯頗多寄戀。他學的是生物學，但他的成就却是詩。大概因爲是患有肺病的關係，性情感傷得厲害，尤其對於長安的懷戀，更是深切。楊貴妃那一個劇本，就是他懷鄉病的具體表現。即如他著的詩篇如弔羅馬，威尼斯等，據他自己說也是懷鄉病的另一表示。

他的詩雖憂鬱，但人却很熱情，與朋友見面時，總是他的話最多。他也曾熱戀過很多的女人，中國人也有，法國人也有，意大利人也有。女人對於他也有相當好感，所以他有着不少的浪漫史。可是他始終是單獨一個人，一直到死，不曾和女人同居過。十多年前，我們能常常看見他一個人反背着手踱馬路，穿着寬袍大袖的長衫，低着頭好像在憑弔古羅馬的遺跡。一般人對於他的不和女人接觸，終年沒有女人和他在一起是很覺得奇怪的。其實，他是一個很深的陽萎病者，他對於性的方面是沒有感覺的。曾有人懷疑他是天閹，那是揣測之談。

他寫稿相當快，可是沒有耐性，所以從不會寫過一個較長篇幅的詩文。尤其他寫稿時不肯依照原稿紙的行格寫，一張稿紙，簡直像鄭板橋寫的堂幅，在中間每每插入若干較大的字，一行佔了二三行，一字佔了好幾格，有時與緻太高時，一筆從紙中央拖到底下。然而他自己決不會計算到這樣寫在字數上打了折扣；所以每當他拿了二三百頁原稿紙排印單行本時，結果祇有小小的幾頁，因爲薄得不成樣子，祇好盡量排空格，用厚紙印。

我與獨淸後以政見不同，竟至見面不招呼了，但是我却時常在懷念着他，尤其當聽到他寂寞地死了的時候。

多才多藝的陶晶孫

不大會說中國話，不大會寫中國文，而以寫中國文小說著名的陶晶孫，確是一位怪物。他是無錫人，從小就跟着父母在日本讀書，一直到畢業於九州帝大醫科後才回國，所以對於中國的一切都非常隔膜。他的太太是郭沫若太太安娜女士的胞妹。陶太太在未嫁時，聽說曾大反對她的姊姊與中國人結婚，而且在說話間對中國人頗不好感。及至她自己也嫁了中國人之後，才和中國人發生好感。她在日本曾做過中等學校英文教員，所以英語相當流俐，而且人極和藹溫文，與她的姊姊之剛愎，完全相反。

晶孫常用日本文法來寫中國文章，讀上去奇趣橫生，有許多意思不是因襲的中國文法所可以表現的，反給他新的文法表顯出來了。不過他初回國時的文章是都經過朋友一番修改了的，因爲完全看不懂的文句也有。

他不但精於醫學文學，而且是多才多藝的藝人。他還能音樂，能作畫，有戲劇導演才，日本的多才文人村山知義，和他差不多，而且個性也彷彿。他在上海的時候，時常參加日本人的音樂演奏大會，在音樂會中，他是吹喇叭的，在家裏的時候，他却喜歡弄鋼琴。他的畫和他的文章一樣有奇趣，曾在他纔郁達夫主編大衆文藝時，爲他自己的散文作過插畫。有一個時期他曾埋頭於木人戲的製作，和兒童音樂的組織。他是一個不大開口而祇會埋頭苦幹的人。

他的不同流俗，正和他的文章不同流俗一樣，回國以後，很多地方使他灰心，而驅使他埋頭於自然科學而不再寫文藝了。我於事變前曾在東南醫科大學見過他。他一見我面就懊喪萬分地告訴我說：「給他們弄死了，給他們弄死了！」

經過看護小姐的解釋，才知道他的一隻心愛的狗，給學生們在試驗解剖時不小心弄死了。這一隻狗曾經過很多次的試驗，有許多器官是經他改造過了的。

他現在恐怕不再會想到文藝方面了，雖則見到了過去朝夕相處的老朋友們，他是寧願爲一隻心愛的狗而向你嘮叨一回，你再不能聽到他關於文藝方面的任何意見了。

美男子馮乃超

說起老朋友們，最不忘懷的是馮乃超，身材雖則不高，臉色雖黑，但生有一個希臘風的鼻子，所以白薇說他是天下第一美男子。他在日本的年代相當多，初回國時，除廣東話外不會說國語及滬語，所以每以日語應酬。中文很流俐，但每每雜入日本文法，故初時的文章也有些使人頭痛。他是在日本東京帝大讀美學的，他的論文哲學味極濃厚。在創造方面，他的年紀最輕，頗富進取心。一到他的房內，祇見滿壁圖書，各方面的都有；美術方面的書籍最多，甚至比文學書籍還多。他一空下來就執卷在手，孜孜不倦。所以年事雖輕，却老成得很。

回國後不久，認識了他老朋友李鐵聲（鐵聲患甚深的肺病，回國不久，即去北平老家養息，至今消息杳然。）的妹妹李聲韻，兩人花晨月夕，形影不離。青年男女是最容易鬧笑話的，他倆當然亦不能例外。當時的天眞情狀，簡直不可以言語形容。

李聲韻是軍閥的小姐，她的父親籍隸湖北，而是北平的寓公，家中頗富裕，所以她是養尊處優慣了的。到上海後，受了她哥哥和乃超的影響，能不慕虛榮，思想也相當前進。但這事却觸動了她父母之怒，自與乃超同居（據我知道至今未行婚禮）後，她的老子更勃然大怒，竟與她斷絕了父女關係。自此以後，境況日非，乃超靠筆墨生涯，收入更可憐得很。起初她還不親操井臼，勉强熬過了一個時期。其後，孩子也生了，境況一天不如一天了，於是愛情的刺激，究竟敵不過生活的壓迫，兩人開始齟齬起來。正在這個時期，我從漢口回家，路過上海，在北四川路找到他們。那時他們夫婦倆剛吵過嘴，米倒了一地，籃子丟在床底下。大概是見了我這幾月未見面的朋友關係，才相安了一夜。那一晚我也就宿在他的家裏。第二天我因爲船期關係，清晨起來，沒有招呼他倆就走了。等到我隔了不多久再到上海找他們時，他們却已離了上海了。

據說：他們的離滬，實在是境況太壞了。李聲韻的手飾已經吃盡當光，生活還是沒有辦法。乃超還想咬緊牙關忍耐下去，可是養尊處優慣了的李聲韻實在耐不住了，才强迫乃超一同回去跪求她曾做過軍閥的爸爸，幸蒙額外開恩，丈人把女婿介紹到漢口市政府當科長，一直做到武漢淪陷。自從他離開上海以後，不曾再在文壇上活動過。聽說目前他在重慶，重新在文化界上露露臉了，但不知那位聲韻小姐還過得慣否。

倔強的黃白薇

女人之中，境況最艱窘的，恐怕是白薇了。她始終和環境鬥着，但是常常陷於困苦中而不能自拔。她原姓黃，名素如，原籍湖南，家中相當有錢。年輕時候，因爲婚姻的不自由而逃出了老家，自後即被父母所遺棄，不承認她爲女兒了，所以她在日本讀書的時候，常常弄得狼狽不堪，不但學費無着，簡直連吃飯的錢也沒有。在最艱窘的時候，曾在日本人家裏當過下女。她年輕的時候不能算不漂亮，但總帶有一點憂鬱感，是一位工愁善感的古典式美人。她的最初的情人是李石岑，那個善於欺騙女性的哲學家。白薇就在他身上傳染了梅毒，而中途被遺棄了的。但是她的個性極堅强。不求饒，不妥協，咬緊了牙關，任何痛苦都默不做聲地全盤嚥下肚去。普通人認爲最奇怪的是，她的妹妹也在日本讀書，而且和她同學。她的妹妹眞是個富家女，服飾旣華麗，生活更豐裕。而白薇窮窘到如此地步，她從未向她妹妹求過情，甚至見面都如同路人的。這一點，就很可以看出她個性的孤高了。

白薇人品雖淸高，但却不一定被人歡迎。尤其是當她到東京的中華女子寄宿舍去的時候，每每遭人白眼，有很多女子竟視之若蛇蝎，所以她在日本的時候，是沒有一個知己的。回國以後，由成仿吾和郁達夫之介紹，從創造社方面領些生活費過日子，更是淸苦得很。初回國時，她病得很厲害，梅毒，心臟衰弱，肺病，歇斯的里，神經痛等一齊迸發，每日關着房門弄一個小小的電療器療治着自己，面色憔悴到萬分，脾氣更古怪得令人可怕，文章更是一個字也不會寫得出。所以，這時候創造社的一批「小伙計」叫她「創造社的老祖母」。

「馮乃超是第一美男子，龔冰廬是第二美男子」，就是她在這一個苦悶時期說出來的。其實馮與龔並不漂亮，不過他們是同庚，是創造社方面最年輕而尚未結婚罷了。她對馮龔兩人體貼到無微不至，即至馮龔兩人都結了婚，她之愛他們還是始終不渝。

在苦悶到極頂的時候，她與楊騷結合了一個時期，終因爲趣味之不同，加之她歇斯的里症的有加無已，終至不睦之後，她在中國公學當過教授，在南京市立女中担任過校長。一直到事變以前不久，弄得貧病交迫，潦倒在上海，醫藥費用都無着落，是由一般朋友及愛讀她作品的年靑人湊集了接濟她的。

我最後見她就是在那個時候，是在福履理路的一個外國人家的樓下，那時鄭伯奇等都在。他們正在爲她設法湊集一點錢，讓她到北平養病去，因爲醫生說上海的空氣對她很不利。這時聽說楊騷也送了一筆錢來，但給她拒絕了，倔强高傲的個性，她是始終不會改變的。

那一天晚上，龔冰廬也來看她。這時候她已病得不能走路，說話沒有聲音的了。她見了五年多未見面的冰廬，注視了老半天，結果把他擁抱了起來，僅僅說了：「你也來看我麼！這是我沒有想到的！」她興奮到眼淚都掉下來了。最後她拿出一大叠病中寫的劇本未完稿給伯奇和冰廬看。她是意志堅強的，這時候她唯一的希望是寫完了這一個劇本再死。

就在這一個晚上的第二天，她踏上了到北平去的火車，聽說盧溝橋響着炮聲的那一天，有人還在西山看見她。以後，她是到內地去的，担任過新華日報的駐廣西記者。在廣西時又因得罪了廣西的大老們而被驅逐出境。現在不知道她又漂泊到那裏去了，那個倔強高傲的女人！

可愛又可憎的沈葉沉

葉沉這名字或許很生疏罷。其實就是電影界的怪物沈西苓。

說他怪物是一點也不會錯的。生着一頭根根反逆的黃頭髮，雖則又軟又細，但是卽使用凡士林也沒法使它向後順的。下頦尖得像猴子，加上滿臉密佈的大麻皮。一隻眼是瞎的，還整天淌眼淚，另一隻眼雖則還可以看東西，但也成日紅腫着，膠黏着一大圈的黃眼屎，卽使帶着眼鏡，因爲是白色的，也不能掩蓋醜像的分毫。

可是你不要見了我上面的描述而構想他是一位可怕的怪物，當你見他的面時，你不由得就會覺得他的可愛了。他有着一付永遠嬉笑的臉，永遠天眞的心情，永遠像開玩笑時的興緻。饒你怎樣不高興，見了他就發不出脾氣，板不起面孔來了。他還十足像個女孩子，說話的聲音永遠是輕輕的，不時紅暈着面孔，沒有辦法下台的時候在你面前跳蹦一下，十足一個不滿十六歲的女孩兒家。

他是學工藝的，他的學問建築在圖案畫上。所以他是文學家，也是畫家。他是一個名導演，也是一個佈景師。後期創造社出版的雜誌與單行本的封面，大部分出自他的手筆。

他是一個面目可憎，內心可愛的人，所以凡是朋友，對他都不壞。或則女人對他就不同了，王冰小姐同他的關係就是一個明證。

王冰是他的學生，是一個聰明而美麗的女子，認識不久他們就結了婚，而且親密得頗有些令人羨慕。可是不到一年，王小姐終於絕裾而去了，並沒有什麼理由，大概總爲他面目可憎的關係罷。

王冰去後，他和龔冰廬同住在施高塔路恆盛里。兩個獨身漢在一起，成天鬧些孩子們的花樣兒。他倆住的是前樓，正對着人家的亭子間，那亭子間裏住着一位會畫畫的小姐，葉沉和她兩個就是成天畫漫畫。葉沉畫的是從安琪兒到女妖精，那小姐畫的是從小孩子到大麻皮。畫好以後大家用畫釘釘在窗口開展覽會。這樣互爲模特兒地畫了幾個月，雙方沒有交談過一句話，連對方的姓也不曾知道。

在這時候我天天去看他，天天看見他畫着。他看見我進去，就把畫塞在桌子底下，面孔紅暈得像喝了一斤竹葉青。可是立刻他又自己擎起畫來給你鑑賞了。對面的那位小姐也擎着畫來向我示威一下，似乎要我評判誰是誰非似的。

怪人往往有怪事。

兩個獨身漢住在一起的時候，來訪問他們的大多是女性，電影明星，女文學家，大學裏的女學生……。那時龔已有了愛人，而且正準備結婚了，來訪的小姐們當然都知道，所以她們和葉沉格外熱絡，有幾個幾乎一天也忘不了他。尤其是葉沉的一位表妹，來得格外勤。然而他始終沒有在裏面抓住過一個，他很能使她們歡心，但是始終沒有博得她們的愛。自從王冰離開他以後，他就不曾結過婚，一直到他死在川中的時候，他始終是獨身着。

他從恆盛里搬出來以後，就在明星影片公司做了導演。有一次我從鄉下到上海，在明星公司的鴿棚式的導演室去看他。他見了我就雀躍起來，當一件神怪傳說似地告訴我說：

「我前幾天看見了我們在恆盛里時候的二房東！」

「他還扳着面孔，聲色俱厲地向你索討過期三天的房租嗎？」

「你知道他們在做什麽？」像孩子似地側着頭，笑得更得意了。並且又補充說：「他們夫婦都在。」

「你做二房東，他們做三房客，他們欠了你三個月的房租……」

「他們在我導演的片子裏做臨時演員。」

「他們還認識你麽？」

「他們還招呼我。可是我很怕指揮他們。我担心那位二房東太太不高興時，在開麥拉底下把我駡一頓。」

「你眞是個孩子！」

葉沉是到處可愛的，我願他在另一個世界中永遠這樣跳跳蹦蹦。

共苦不同甘的許幸之

「越王勾踐長頸烏喙，范蠡以爲可與共憂患而不可與共安樂。」王充的骨相論的確有點道理。許幸之就是一付烏喙嘴臉，是可與共苦而不可與同甘的。

許幸之原名達，把達字拆開來，才變了幸之，滿口揚州上海話，年輕而又漂亮。他是學繪畫的，畢業於日本東京美術學校。畢業考試的那幅油畫，畫着一雙大破靴，一套亂堆着的破西裝，以及破桌破櫈。一付破傢俱，當然得不到日本院派教授們的垂青。他實在是一位不大能迎合時會的人。

他是一個富於思索，然而又熱情的人。多思索與熱情本來是矛盾的，可是表現在他的特性中却又異常調和。他肯耐苦，肯埋頭做事，跟窮朋友在一起，他從不說一聲苦，而且一切事他都能一手包辦下來，即使淘米，洗菜，拖地板。他的詩幽遠清逸，富於理想，跟他的畫一樣，有幽邃之感。

他初回國時相當刻苦，所以和一般朋友甚爲接近。後來同他的一位老同學開廣告公司了，生活安定了一點，就接了他的鄉下的母親出來，安居於寶山路一帶。像他年紀的人，大多拖着一個愛人，他却拖着他的老太太，然而他仍泰然自若，頗有自得其樂之慨。

不久他和沈西苓一起進了明星影片公司做了佈景師，計劃了不少詩意的畫面，長才旣展，生活也漸漸安定起來了。他的最得意的時候，聽說是和電影明星陸露明同居的時候。那時我正隱居在鄉下，許多人寫信告訴我，說許達闊起來了，從前的朋友一概不理睬了，每天陪着陸露明出入於交際場中，很有些紳士風度了。我每接到朋友們這樣寫信給我時，我總要想到他的繪畫的作風將有什麼改變？大概破靴和破西裝總不再入畫了罷。

有一次，我偶然到上海去，記得好像是在寧波同鄉會的一次舞蹈會上見了他。我担心他或許不會招呼我罷，所以遙遠地看着他。可是不然，他一見我就奔過來了，還是那麼熱情，那一付老嘴臉。於是我懷疑到寫信給我的朋友在造謠。

事後，朋友們告訴我說：原來他已經脫離了影片公司。至於陸露明，早就跟他分離了，許幸之又回復了原來的許幸之了。

於是我又憶起了他那副上唇包着下唇的烏喙嘴臉，或許他又在繪畫着破像具了罷。事變後一直不會通過音訊，我祝福他能過順利的生活。

附帶再提兩個人

說到創造社以及創造社的幾個同仁，豈但是不盡滄桑之感而已。我總得這一個多歧的古老的中國社會裏，包容着這些多角的人物，是一個必有的現象。因爲他們都是些用頭腦的人，比人家來得多感，他們是在任何一個環境裏都不大合試的。然而，他們都是些可愛的人，因爲他們都保有着他們的天眞，這些天眞是早就被一般功利主義者所敝屣了的。

以上幾位，都是與我朝夕相處過的，所以較爲熟悉，在他們身上可以找到一點開玩笑的材料。其他諸位，並非不熟，但並不能從他們身上找出爲人所未道的事來，或則，這些事祇好由我們保留着，不願意爲外人道了。

至於創造社的始末情由，近來談的人相當多，可是都非出之創造同人之手，因之在每一篇文字中總有多少的誤傳。最近「文友」上那篇記創造社的文字，也有若干不實不盡之處，可是無關宏旨，所以我也不想爲他補充了。

最使人弄不清楚的是創造社的人的問題。究竟那幾個算是創造社的同人，那幾個是創造社的友人，這往往連創造社的幾個主持者都弄不大清楚，原因是在乎創造社自始至終不曾有過組織。

末後，我想提兩個凡是寫關於創造社的文字始終不被人提及的名字，而他們與創造社的關係倒是很深的。一位是蔣光慈。他在組織太陽社之前，每天在創造社。那時他害着甚深的胃病，所以每餐必食鍋底的焦飯。在創造社司廚的是一位江北娘姨，她始終不大好意思把焦飯盛給先生們吃，所以他就和王獨淸倆每餐必自入廚房盛飯，把一大鍋飯往往翻了一灶。其實胃病是肺病者的必有現象，蔣光慈和王獨淸實際上害的都是肺病而不一定是胃病。

不多時以後，由錢杏邨，洪靈菲，祝秀俠，戴平萬等人組織了太陽社，把蔣光慈捧去做了他們的領袖，就自立門戶起來，而蔣光慈與創造社的一段關係，也就不被人提及了。尤其是太陽社出版的刊物如太陽月刊，拓荒者等上面，創造社的作家大多有稿，好像馮乃超，鄭伯奇，龔冰廬等人幾乎每期都有，因之有許多人把太陽社的作家列入了創造社，把創造社的作家列入了太陽社。

還有一位是趙伯顏，那是寫作異常忠實勤奮的德國留學生。後來在南京中央大學當教授，因爲他的德國籍的太太到中國來後跟了一位德國人走了，使他抑鬱以死。大概是他活躍的期間甚暫的緣故，所以很少有人提起他了。

一座城

西班牙阿左林著
白衛譯

我很想用幾句單純的話表白出那些事物——一座老舊的邸宅，一條小巷，一個花園——在某一些時辰所有的全部魅惑。這座岡達勃里亞的老城，正如內地的那些城一樣，正如萊房特的那座城一樣也給人以那些自發而強有力地表示出牠的心靈來的特殊的時間，深沉的時間　易逝的時間……那是早上八點鐘：如果你是藝術家，如果你是商人，如果你要做一件吃力的工作，你便日出而起。在這個時辰，大自然是比白晝其餘的時辰更清晰；光線帶着未曾前知明亮在牆上反映着；樹木具有着我們在別的時辰所看不見的種種色調和線條；天涯是異常澄明燦亮，而我們所呼吸的空氣也是更精粹，更純潔，更澄清，更有生命力，更有滋養力。這是漫遊那些我們所未到過的城市中的街巷和廣場的時辰。我們是在桑當代爾。我們向何處移步呢？放下那些地圖吧；放下那些旅行指南吧；不要訊問任何人。也許在那些街道的迷宮中亂闖就是旅客的最大的樂事。而假如你去遊托萊陀，或塞維拉，或蒲爾哥斯，或萊洪，一個時辰不知不覺地在你不注意之中來到了，那時你發現自己到了那伽藍之前，面對着一重峨特式的門，那裏有呻吟着的坐乞的化子，佝僂而殘廢的老婦，戴着圓帽披着灰色的大氅的男子，正如居思達夫•道雷所移到他的素描上去的那樣。在桑當代爾，在經過了短短的路程之後，你也碰到了那老舊的大門的門檻。

就是你走進那伽藍去。桑當代爾的伽藍是又單純又小的；然而正在牠的小和莊嚴之中却具有着一種別的華麗而寬大的伽藍所無的強大的吸引力。在這個時候，那三個殿是是闃然無人；在聖宗樓上面，一口時鐘發出九響尖銳的報時聲。於是那些教士們就慢慢地顯身出來了……你對于那些教士們不發生興趣嗎？我老實說你說，他們是有趣的：在他們之間。有着很大的不同。這個臉兒瘦長，禿頂，生着光亮的大眼睛、輕快而緘默地走着，兩手放在胸前的教士是誰呢？他住在那一座老舊的屋子裏？他做些什麼？他的理想是什麼？他房間裏有些什麼書？在人生的一個精神的大憂患之中，什麼是他的最初態度，他的最初的衝動，他的最初的舉止？也許你看見他莊嚴地愼重地走着的時候，以爲在你的前面的是西班牙的那些偉大的心理學家——多明我會教士，奧古斯丁宗教士，普通的教士——之一、這些教士，正如狄戈·摩理留修士或昂托紐·阿爾標爾修士那樣，曾寫過那些關於良心的事的那麼微妙的論文，就是現在，在當代偉大分析家之間，也找不到更出色的……然而這個神秘的人物已經在聖堂樓不見了；另一個人物引起了你的注意。那是一個壯健的、肥大的人，走起路來稍稍有點兒東傾西側、而且，正像伊達的總司鐸一樣，有着發紅的臉色、壯健的項頸和濃密的眉毛。這位教士是誰呢？你又問了。他將在什麼房屋之中響着他的快樂的大笑聲呢？他是否像胡昂·盧伊思一樣地、用着坦白而健康的愛愛着舞姬和踊女呢？他是否像胡昂·盧伊思一樣地，喜歡和那些喧囂的愛夜行的大學生一起，逛那些老舊的小城中的市集呢？而且、如果他偶然在煩厭的時間讀讀書、那麼他所讀的是什麼書呢？而這個人物，正如前面那個人物一樣，也在聖堂樓的小門不見了。另一個人物顯現出來了。那是一個青年小伙子、也許有點兒不修邊幅，但却是生動，迅速，輕疾，興奮。這個少年是從那一個小城裏出來的？他的眼睛在童年中曾經看見過什麼風景？在他還是孩子的時候、一些什麼穿喪服的，悲咽着的婦人們曾經親他的嘴又把他緊抱在懷裏，而後來又把他帶到修道院的幽暗，單調的長廊中去？接着一切的教士們都走出來，走出來、又向聖堂樓流湧過去。立刻，一種又長又響的腔調就在穹窿之中響着了；那些高高的花玻璃窗投下青色，黃色，紅色的柔和的光彩……而你呢，沈沒在晦暗之中出了神，你一任心靈作着逍遙游。於是你想，這個和海岸相接，面對着那大批來來往往無心於塵世的孤高的船隻的桑當代爾的伽藍，在這塵網之中是像一個信仰，凝思，默考和苦痛的綠洲一樣。而這個便是你在此時此地所得到的感想……

當你重又轉過門的時候，你走下那有穹窿頂的階梯，於是你便到了街上。另一個無上的時間來到了。你停留了一會兒；你轉過目光去吧。這條街名叫橋街；牠是短短的，但是在這個時辰，這街中却有着一種深深的暗示。差不多祇是偶然有一兩個人經過；人家的窗戶是敞開着，好像是迎接清晨的清鮮似的；牆垣是灰暗的；你聽到一隻黃雀的巧囀聲；在那些玻璃的望樓中你看見那些搖椅休息着，而在路的盡頭，遮斷着視線，像是一重舞台的佈景似的，在台階上面臨空地映現着伽藍的敵樓：牠是闊大，結實，黑色，頂上有着時鐘的白色的圓鐘面。一種內心的深深的和諧——事物的和諧——底愉快之感使你靜止地延佇了一會兒。可是還有一個最後的，至高的注意點應該來補充完備你的視界。在右面，面對着你的，是一家藥房。牠的門楣上的金字招牌並不寫着「藥房」；如果這樣也許有一點兒屈辱。三個字清清爽爽地寫着：「醫藥局」。而在裏面，你看見一切都是清潔，勻整，地是用小塊的青石舖砌的，藥罇是白色的，有着簡單的別緻的標誌。接着你注意到這醫藥局裏一個人也沒有。於是在你的心靈中，便來了那些為回憶所召起的兒時的感覺：你在別一些醫藥局中所曾看見過的，一些已經逝世了的先生們的音容；你曾經在那裏聽到的，人們高聲從報紙上唸出來的事情；當時你所不懂得的關於各種命題的辯論，在那幽暗，潮濕的店堂後部所過度的清閒安坐的時間，而同時，一個伙計正在那雲色的藥臼裏搗着調着那些在空氣中散佈着異香的藥料……

在嚐味過這種密切的感覺之後，那麼到那裏去呢？白晝前進着。我不願意用一種起居注的瑣碎的考察來使你的注意疲倦；沒有辦法，我們不得不把那些事情縮緊幷綜合起來。我們在傍晚的黃昏中出去走走吧。你曾否在這個時辰在桑當代爾經過白街？白街和聖法朗西思各街就是同一條街；我們將把這條街全叫做白街。好吧：你們認識這條白街；你們，在格臘拿達，——那裏叫小方場街——在摩爾西亞那裏名叫銀匠舖街——和在別的那麼許多城中，都曾看見過一條像這條街一樣的街。在我們西班牙的那些舊城中是沒有東西更比這更典型，更獨特，更一性一體式的了：白街是一條狹窄，曲折，舖石板的路．由兩行高高的舊房屋形成，而這些房屋的下層，是充滿着店舖和攤位。你不要羨慕世界大都市中的那些寬濶，勻整而繁華的街路；你不要聽那些用暴怒的眼睛望着那些舊路的別有風趣的曲折，不平和高低的不堪的近代建築師。假如你是藝術家，到這裏來；你來走走那條白街，或小方場街，或銀匠舖街，在黃昏的時分，當高處的那條狹狹的殘光慘淡下去的時候，當那些店舖開始點火的時候。在這個時辰，這些街路的全部親切，全部音響，都似乎稠密起來又倍增起來。牠不是一條街；却是一所房屋裏的走廊。人們可以說，那些建築物一時間全部都溶混在同一個思想之中；那些都已經上了燈的店舖，讓牠們的在白晝涵蓄着的心靈，溜到那狹窄的街上去，而且，有點歡樂，有點爽快，有點使你好像在舒適和新奇的霧圍氣中走着似地，散佈到空氣中。

你不論怎樣到白街去走走吧，去走走吧。而當店舖顯示出牠們的靈魂來的那個時刻快過去了的時候，你便回家去吧。如果你住在沙爾第奈羅，另一個光景就要向你呈獻出來；在九點鐘，十點鐘，當夜降下來的時候。這就是我們可以稱爲「明燈的窗」的時間，而這又可以給一位有條理同時又幻想的詩人做一部美麗的書的主題的。這時是那些窗戶恢復牠們的生命之充溢的時間，在這個時間，牠們從牠們白晝所處怠惰，熄滅，不透明，過渡到行動和雄辯。在沙爾第奈羅，在那由別墅和旅館形成的集團中，一切的窗戶在這些時刻耀着牠們的光明，顯映出鮮明的光的四方形，在暗黑的天上以稠密而歡樂的光輝形成着一重稀薄的光暈，而逐漸地消失在高天中。在幽暗的天涯，大岬的燈塔帶着一種強烈的光輝照明着，暗淡下去，接着又亮起來，而瑪格達萊拿的另一個很小的燈塔，寂定的，一致的，在暗黑之中好像是一粒極小的鑽石……再走下海灘去吧；如果你不從那暗黑的遠處眺望那些窗戶，你便不能夠嚐味這種光景的整個神秘。

海岸上是闃無一人；在夜間最初的幾小時中海水已慢慢地退下去。在遠方，在黑色的夜裏，那浪頭所舉起來的波沫的差不多已消隱了的白色的標記，在這裏那邊顯現出來。人們聽到那湧過來的水波的響亮，不停，嘶嗄，可怕的騷音。你再走得遠一點，向裏面走；跑吧……那些煤氣燈的蒼青的　綠色的光輝　在那邊遠處　從那充滿了生命力的窗戶間湧出來；在你前面　暗黑無垠地張開來；間歇地，在遼遠的邊際，一道閃電微弱地閃着；那永恆的波浪的巨大的噪音在空氣中喧響着。接着你突然聽到了一種使你吃驚的長長的撕裂一般的響聲。於是在那昇上潮水來的寬闊的沙灘地帶，你寂定地看見了那些遼遠的綠色的窗戶的鮮明的反射……

於是你凝神地採納這音聲，光和暗的整個深切的綜合。大岬的燈塔繼續慢慢地閃爍着。這個燈塔在這個時刻用牠的光說着什麼呢？牠對那一些消失在遼夐之中的幽靈說話呢？那一些眼睛從無窮盡的黑夜中望着牠，而牠又安撫着那一些憂慮和不安？也許在那在你面前張開來的無量的黑暗之中，你辨別出一點極細小的光。你的心感到壓迫。那一點幾乎看不出來的小小的光時隱時現；慢慢地向右面跑過去。在盡頭，湧現出一道閃電的輕微的光輝；波浪的嘶啞的嘩嘩聲繼續着……

於是時間漸漸地過來了；那些窗戶的明耀的光暈已減弱下去；牠們一個一個地消穩下去，熄滅下去。在上半夜的這一切時間之中，在那些窗戶，燈塔和波浪之間，好像有一種鬥爭，角逐的情形。但是那些窗戶却是最輭弱的；牠們是無恆的；牠們是脆弱的；牠們是易動的。於是，在燈塔的不可動搖的恆心前面，在波浪的不可克服的頑強前面，好像帶着某一種漂亮而安閑的冷嘲似地，牠們漸漸地退讓了。於是那一切光輝的四方形都已經消隱了。一種深沉的寂靜，一種稠密的黑暗　在大海上和海岸上統治着了。於是，在夜的神秘之中，開始了那已經孤獨了的，面對面的燈塔——人類的力量——和不安而永存的波浪——大自然的力量——之間的對話——永恆的象徵。

天馬詩集

廢名

我於今年三月成詩集曰「天馬」，計詩八十餘首，姑分三輯，內除第一輯末二首與第二輯第一首係去年舊作，其餘俱是一時之所成；今年五月成「鏡」，計詩四十首。現在因方便之故，將此兩集合而刊之，唯天馬較原來删去了幾首，所删的有幾首是第三輯裏的散文詩，以不併在這里爲好。方其成功「天馬」時，曾作一序略略述及我對於新詩的意見，余之友人多見及之，茲則棄之，我想那意見或者是對的，然而我偶而而作詩，何曾立意到什麼詩壇上去，那實在是一時的高興而寫了幾句枝葉話罷了。及其寫完「鏡」，我更覺得我尚有「志」可言似的，那個志其實就庶幾乎無言之志。今日別無話要說，只是勉強這樣的想，惟人類有紀念之事，所以茫茫大塊，生者不忘死，尚憑一抔之土去想像，其平生無一面緣者直爲過路之人而已，是曰墳；藝術則又給不相識者以一點認識，所謂旦暮遇之，斯道不廢，下餘不可以已者殆沒有。中華民國二十年十月十七日，廢名記。

予病中無事，檢理故紙，忽得廢兄此稿，不勝欣慨，抄誦一過，恍惚如見吾友聲音顏色。予昔日亦嘗偶爾寫詩，乃多得之吾友鼓勵，靜寂中時有共賞之趣。今別後又已五易寒暑，想吾友好修精勤，當由藝術的而更進於道，予唯憑此憂患之身，多所想像，將於何處爲世人唱哀歌耶。

一九四二年元日沈啓无記於北京西城半壁書屋

藏兒記

予且

慶宗宣是我多年的朋友，他的年歲比我老，昨日看見他，他似乎比我格外來得老了。

「人是有自私心的。」在我見他的時節，我就這樣的想着。「也許我比他老我自己看不出呢？」「老」字總不是一個好字眼，雖然社會上常把「老」字當作「尊稱」，類如「老師」「老前輩」等等，可是你如眞的用「老」字來形容他的年歲，八成不會得着他的歡心的。我不敢向他提出「老」字，我只說他的風姿，比以前格外的好了。

對於我的話，當時他也未置可否，他只說：

「近來對於酒的興趣，似乎更濃，我們到什麼地方去喝一杯？」

他對於酒的興趣很濃，難道還不知道到什麼地方去買一醉？我是一個不大喝酒的人，我是不知道到什麼地方去的。我笑着向他說：

「到什麼地方去喝一杯？」

「前面不是隨杯酒店麼？隨杯兩個字用的眞好呢！」

我知道他是常喝的，剛纔「到什麼地方去喝一杯」不過是一句話罷了。我和他一同行進着，他的步態已經比以前遲鈍了許多。顯然地，近來他的心中定然不樂意。

在這個時代中，不樂意的事多得很。不樂意的人也幾乎到處都有的。我如果自問一次是不是一個不樂意的人，這回答當然「是的。」倘使再仔細的研究一次究竟是什麼事不樂意，那就會如俗語所云：「一部二十四史不知從何處說起了。」

也許我和慶宗宣都有這樣的感覺，雖然慶宗宣並沒有向我明說。他的言語他的步態以及他的面色都足夠告訴我了。我和他一同坐在酒店中的時節，他舉起杯來呆望着我，他的那隻手不住的顫抖着，我說：

「老慶！我們好些時都未見了，你……」

「我怎麼樣？」他好像是在笑着。

「老了嗎？」他繼續問着我，我不敢回答。他說：

「老我是不怕的，雖然社會上的人不喜歡人家說他老。我現在對於年歲看的十分淡。我覺得生活眞是太無意義了。」

我知道他是一個沒有孩子的人，他和他夫人的又極好。在中國，男子沒有孩子是件容易解決的事，他可以娶一房妾，由妾代爲生子，如此孩子便可以有了。這孩子雖不是正室的，正室却可視之爲己子。人家看起來也是絕對正確。從前淸到現在，幾十年來，我一逕這樣的看着，情形一點也沒有變。就是現行法律，已經把「妾」的名辭取消，她仍不失爲家屬之一員，非婚生子女經父親認領，仍不失爲子女。所以在中國如果以「得子」爲結婚目標，自然很容易解決，無如老慶不是這樣，他們夫婦兩個人，都以「從一而終」爲主義的。同時又要有孩子，這個問題，可就難解決了。

人們的思想，確實是很難改變的。我們常把簡單的事，往複雜裏想。容易的事往難裏做，眞實的東西要把它看作虛空。這樣，也許在我們生活理想上，會有更多的波瀾與變化。但是在我們生活的實際上，却無形加添了痛苦與愁煩。老慶和我同學的時候，爲了他的複雜，煩難和虛空，我跟他很鬧過幾次。就照他現在的事而論。譬如要想孩子就討一房妾，不討妾就不要想孩子，和自己的夫人保持着靑年時代那一番戀愛，到老也還保持着那一番戀愛，情趣仍舊是很多的。但是老慶決不如此，他望着他的太太，作虛空的祈求。這簡直是一種「緣木求魚」的局面。

我說「緣木求魚」，未免有一點看不起朋友的妻子，怎麼好拿她當作「魚」來比擬呢？倘使我進深一層想，連「緣木求魚」都比不上。書上就說過，「緣木求魚，雖不得魚，無後災。」老慶是有「後災」的。他們夫婦兩個人終日想着孩子，就是他們的「後災。」

這話我在前幾年就想說，可是始終不敢說，我覺得太對不住老慶的太太，人家一夫一妻好好兒在一起，爲什麼要對他說「討妾。」可又不能叫他們不要想孩子。這是一個難問題，所以我在以前見着老慶的時候，決不提太太，也決不提孩子。

今天，我看他的樣子，確和往常相差的遠了。但這絕不是爲的想孩子，孩子是在前幾年想過的，時光的遷移，一定會使他變淡。他現在如此，定然是爲的太太，不是爲的孩子。我忍不住的問他：

「你近來家庭生活怎麼樣？好嗎？」

「好！」他發出一陣冷笑。「家庭生活，這一生是沒有的了。」

這話對我眞有很大的刺激，我忍不住的問。

「你的太太？……」

「她早已死了！」

他眞有無限的傷感，兩滴晶瑩的淚珠已經奪出了目眶。我說：

「你不必這樣的傷感。「家庭生活這一生沒有」這句話，說的未免太嚴重了。你不要把情感看的太嚴重，問題的解決，是需要一點理智的，譬如你現在感到生活的寂寞無聊，就應該再娶一個太太，況且你的年歲已經這樣大，還沒有一個孩子。」

「孩子！」他更是要哭出來了。

「我不是沒有孩子，我的孩子眞是太多了。」

「他這不是憤激的話嗎？」我不禁這樣想着。他是一個孩子也沒有的人，怎麼會說有許多孩子？我眞不敢再和他說什麼。只好無聊的借着酒杯，說了一些不相干的話，草草糊過這飲酒的時光。

自從那天和他分別之後，我心裏老是記着他。我總覺得他心裏的話沒有說完。他並不是不想向我一吐，是我不敢往下聽的。

「再娶一個太太替他生下一兩個小孩，自然是最好的辦法。也許他的家庭比以前還要快樂還要光明！」這層意思我無論對誰說，誰也覺得是不錯的。老慶既是我的老友，我能見到的地方，總應該對他說。不能讓他老是這樣的悲傷，來度他空閒的歲月。

我眞想找個機會和他談一次，懇切的談一次。地點最好是在他家裏，橫豎他的太太已經不在了，我們有什麼話不好說？

我翻了好幾個舊抽屜，打開了好些舊書包，終於把老慶的住址給我出來了。我是一個疎懶的人，離別了朋友，從不寫信。不大見面的朋友，再不願到他家裏走一次，今天我是破例了。我帶了住址的條子到他家裏去。

他家是住在城市的近郊，記得前幾年他向我說過，爲了厭棄城市的囂煩，搬到鄉下住。我說：「你做事的地方是在城裏呀！搬到鄉下豈不是不便？」他說道：「鄉下那裏是眞的鄉下，不過是城市的近郊罷了。」說着他寫了一個住址給我。就是今天我手中的地址。他還笑着向我說：

「做事的地點和家雖離得遠，早晚都有長途汽車可通，不過朋友來看我，不大便利罷了。」

今天，我跳上了長途汽車，這些情景都堆上了我的心頭。我坐在長途汽車中呆呆的望着窗外，街景漸漸地由繁華變成寂寥了。路邊漸由店面變成空曠的地，再由空曠的地變成菜園或是田野了。我就在這裏下了車，轉入小路尋到了老慶的家。

他的家是矮小的平屋，房東就是住在這屋子裏的老圃。看他的年歲，差不多已是五十開外，他的妻子倒是很康健，坐在門邊的小凳子上，替一個小女孩子梳着髮，不用說他們自然是有孩子的人了。

我去的時候就問老慶是否在家。老圃笑向着我道：

「在的，恐怕就在左近。」

「左近？」

「今天是禮拜日，他不會上城的。每禮拜日的早晨，他總要出去走一走。從我們這裏出去轉上大路朝西，那裏有個公墓園，大概他是在那裏的。」

我要到那裏去找他。老圃却止住了我。他說：

「一會兒就要回來的，他已經去了半天了。」

門外沒有陽光，是一個半陰半晴的上午。我和房東在門外閒談着。老慶已經遠遠地走來了。

他在遠處望見了我，我看他的臉上只有淡淡的笑意。他的步履仍是那樣的遲鈍，眼中更不顯出一點光彩。

他招待我進了他的房，向我說：

「多年的朋友，你會嫌我房屋的雜亂和簡陋罷。我是沒有茶敬客的。」

說着他拿出了一瓶酒，告訴我這是土酒，就是在這裏製造的，沒有城市中的濃郁，却自有他的一種香洌。他請房東的妻在田間摘一些蠶豆，煑一大碗送了來。我說：

「你是從墓園中來的？」

「是呵！你怎麼知道？那裏就是我精神游息的地點哪！妻的墓也就在那裏。」

他發出一點兒笑，笑的却極不自然。他將我們面前的杯中注了酒，那隻手仍是那樣的顫抖着。

我開始注意他的房，他的房中眞是滿佈了灰塵。壁間一幅畫，灰塵掩的看不出一點美了。窗前有一張極小的寫字桌，上面的書，好像久已沒有翻過。墨水台和鋼筆也都是懶洋洋地睡在那裏，連他夫人的一張案頭照片，也都看不出鮮明的色彩。我說：

「近來你也不大坐在那寫字桌前了。」

「久已就不坐了。在先，還寫點什麼，自從內人去世之後，便什麼也不高興寫，什麼也不高興做了。」

「你只租了這一間？」

「還有一間，就從這個門進去，大小和這一間一樣。」

我看着他手指的地方看，這兩間房是相連的。中間一道門關着，並且上了鎖。

「至少現在你只住這一間。」

「對！以前裏面的一間是臥室。如今我把牀移到外面，就把這一扇門鎖起來了。」

說時他站起身，從懷中掏出一串鑰匙來。但是他一轉念，說道：

「看什麼！看了使人傷心，內人的東西都散堆在裏面。灰塵都已佈滿了。」我說：

「不用看，我不過隨便的說一說。」

我知道他會「見物思人」，爲什麼爲了我看的原故，使他再賠上一些眼淚！

「你看我的一串鑰匙還非常明亮。這並不是因爲我常用它，乃是常在我手中盤來盤去的。每當月明風淸之夜，淸輝從這小窗中射進來，我就在這房中走來走去的。開了這個門罷！我的心靈這樣指示我。不能！不能！這扇門始終沒有開，手中的鑰匙已經盤上二三十分鐘了。豈但是月明風淸之夜，淸輝透進窗櫺的時候，就在白日，也會有這種情景的。鑰匙變成我盤弄的東西，就是在我做事的地方，也常會去摸我的鑰匙，如此，鑰匙就變成光亮異常了。」

他話說的很平淡，給我的印象却是非常的沉痛。這時房東的妻已把那一大碗蠶豆端了來。借着舉杯，把他話頭給打斷了。

我們隨便的喝了幾杯酒，早晨的酒眞是分外的强烈。我腦中昏昏地想着：

「我到底是來幹什麼的？」

我不能不把我的意思告訴他。我懇切的向他說：

「光明是自己造出來的，你爲什麼要被困在這樣一個痛苦的生活裏？」

他只笑笑，並不回我的話。

「我還喝什麼酒？在這樣一個不愉快的環境中？」我不再喝酒，望着他，他說：

「一個人決不能知道另一個人的一切。譬如我們是多年的朋友，在學校時，我們也可以說是很相知的。然而那只限於讀書，遊樂，交朋友，以及習慣和嗜好而已。這決不是我們整個兒的人生。後來我們出學校了。大家分道的走着，所經歷的生活不同，刺激不同，那習慣見解以及嗜好及趣味，也就漸漸的不同了。人到底是感情的動物，雖然有時解决事情全憑理智，情感終究是離不開的。情感是變的東西，人又怎麼能不變？如果一個人聽了另一個人的話，就可以改變他的一切，世界上就不會有厭世者，那些宗教師和教育家都要變成萬能了。」

這些話說出來是不是全對，我不去管他。我現在說什麼話他都不會聽却是放在眼前的事實。我不禁莊嚴地問他：

「你以後就照這樣的生活下去嗎？」

「也決不定，我不想變換，我知道變換也是沒有什麼效果，我想脫離。」

「脫離？」我眞有些驚訝。隨又問他道：

「脫離是當然指的脫離這個鄉間。搬到城市換一換環境，未嘗不是好辦法。我以爲你在這裏太把自己拘禁的過分了。晚間，沒有一個伴你的人，沒有朋友，沒有享樂，這些都是與你健康有害的。」

「你住在什麼地方？」他突然的問我。

「我嗎？」我立刻寫了一個住址給他，我眞希望他能常來我處談談。常常的拿話開導他，那是絕對有效的。

這一次的會見，雖然沒有替他解除一點痛苦，沒有加增我的一點快樂，却無形中給予我無限的希望。我希望他能常來，我可以和他多談。

我每天等着，一天，二天，三天，五天飛過去。直到了兩三個禮拜之後，他的房東老圃忽然找到我家來了。

我眞是十分的驚恐，恐怕老慶會出亂子。也許他會瘋狂，也許他會自殺。像他那樣「鑽入牛角尖」的人，自殺是很可能的。他要脫離，脫離不就是說的自殺嗎？

我用一副驚懼懷疑的目光望着老圃，老圃却笑嘻嘻地望着我。他交給我一個信封，我打開一看裏面就是那串光亮的鑰匙。

老圃笑着向我說：

「慶先生叫我送來的。您這地方眞難找呵！」

其實，我的地方並不難找，老圃上城的時候太少了。我問：

「慶先生呢？」

「他出去旅行去了。他說他精神不大好，要出去遊散遊散。我看他也是要出門遊散遊散纔好。他太太眞是個好人。但是老天偏不保佑，讓她早早的就死去了。我和我家裏人談到她的時候，都覺得很傷心。」

「這鑰匙……？」

「是他叫我送來給你的。大的是頭一個房門，中等的是裏面的房門，小的是裏面房裏的一個箱子。他叫我對你說，箱子裏有一件東西交給你，叫你親自去開。」

我拿了鑰匙，聽了他的一番話，心上好像有一塊大石頭墜着。這到底是一件什麼事？謀殺嗎？箱子裏究竟是什麼東西？

我請老圃坐下來，給他一杯茶。

我拿了鑰匙悶沉沉地想着。

「到底去不去？」

老圃拿出了他的旱煙管，悠閒的吸着。他望了望天，他說：

「今天天氣還好。倘使你有興的話，就到我家裏走一趟。」

我想不看一次心總是放不下的。老慶不是惡人，他不會使我們驚嚇，使我們吃虧上當。

我毅然地站起身來和老圃一道出門上了長途汽車，不多時已經到了老慶的住所。

我開了那第一個房門。老圃笑嘻嘻的道：

「先生，開第三個房門自已去看罷！」

我的心下不覺一驚，暗想別是老圃弄些什麼玄虛罷。我不能放他走。我說：

「你別走，大家一道進去看一看。」

第二個房門也開了，窗戶都關着，裏面有些灰塵味。他太太的衣服及化裝品，都散亂的堆着，好久已經沒有人進來了。只有靠牆的一隻箱子，上面沒有什麼灰塵。

我們全副精神都在那隻箱子上，誰還有心去注意房內的東西。我急急開了那箱子，那知一看之下，眞令我驚奇的莫可名狀。這箱子裏沒有別的，只有一些被褥棉花，包圍了大小三個玻璃瓶。我把瓶鄭重的拿起來。老圃不禁失聲說道：

「這是胞胎裏的小人啦！」

「這小瓶裏的是什麼？」

「也是小人，你看這像一條魚，大約不到三個月，那兩粒黑點，不就是眼睛嗎？」

這是誰的孩子？不是老慶的又是誰的呢？我眞不明白他爲什麼要留這東西。

「還有一封信，你瞧。」

我丟下瓶子拿了信，拆開來看那第一句便是：

「這就是我的三個兒子。」

我還有什麼說的。我看着老圃，他似乎還在那兒研究。他研究了半天，說：

「這東西只有醫院纔有呢？慶先生怎麼會有，他原是一位外國醫生嗎？」

老圃這樣問着我，我又怎麼能說他不是外國醫生，瓶中就是他的兒子呢？我說：

「你猜的不錯，慶先生正是外國醫生。」

「信上怎麼說。」

我沉吟了一刻，回他道：

「這東西是他向醫院裏拿來的。他去旅行，叫我替他送還醫院。」

老圃將信將疑的望着我。接着點點頭就向我告辭了。我獨自一人展開了那封信。

「這就是我的三個兒子。他們都是沒有在母腹長成就出世了。像這樣的兒子，每每是被人丟棄的，我們却鄭重的保存着。不是他們可貴，實在是他們出世，給予我們夫婦刺激太深了。第一個出世的時候，他母親在牀上滾着哼着痛了一夜。結果終於不自然的使他出世了。我記得，她那睡在牀上一副焦黃的臉，告訴了我們，我們是有聽着孩子的笑聲和哭聲之希望的。我們期待着，期待着。她叫僕婦將兒子從血水中洗出來，送到醫院裝上了瓶。珍藏着，說這是我們的血肉，不忍丟棄他。我們直期待到了次年的春天，她又有孕了。這一次眞使她欣喜的非常，不想沒有到五個月，又是像前一次一般的降生了。她的痛苦比以前增加了一倍。她負着氣，又將它用瓶珍藏起來了。到了第三次，差不多要到七個月。大瓶裏裝的就是它。三個全都珍藏着。此後無論如何，她也不要懷孕了。她時常啼哭着，望着那三個瓶。這些都是祕密不使人知道的。後來連我，她都不願意使我知道。她的望子之心實在是太熱烈了。她不是希望自己面前有個孩子，乃是渴望着自己生個孩子。在後來的幾年，她知道她自己生孩子是絕對無望了，她的身體日見衰弱。可是對於我的情感却日見濃厚。她抱了一番什麼心？不過是怕我求子心切來討一個妾罷了。這裏面我有說不出的話。人到底是情感的動物，她對我的一切，對我所說的話，令我不能再有納妾的事以傷她的心。我於是只好把求子的心改成愛她的心了。這裏面有大量的悲哀，還攙雜着大量的甜蜜，我不能寫，我也不忍寫。可是她的身體，就更是日漸衰微了。她的死就是這樣因衰而死的。死的時候，她說什麼話也沒有，只叫我好好兒保存着這三個瓶。

我毫不隱瞞的告訴你。在她死了之後，我終日的昏昏，好像她並沒有離開我的左右。有時在深夜，風雨交加的時候，閃電中我還看見她，在窗外，在室中，在裏面房裏輕聲的啼哭。我神志已經昏迷了，我跳不出這精神的樊籠。那兒來的勇氣再來重造一個光明的家庭呢？你勸我的意思，我不是不知道，我在這個地方，耳濡目染，心亂神迷，實在是一點勇氣也打不起來了，我要創造一個新的生活，非得先要離開此地。

我家中一切都可以丟掉，全體送給房東都行。只是這三個瓶，我眞無法處理。扔掉它我不忍，打破它，我更不忍。她的一句話我記得，叫「這是我們的血肉。」還有一句話我更記得，叫「你得好好兒的保存這三個瓶。」她熱心熱意待我一場，結果是含着悲憤離開了我，只有這麼一句話。我怎麼能將她忘記？

我去了！你是我多年的朋友，我叫房東請你來替我解決這一重問題。你怎樣解決，我是不會不滿意的。」

「我怎樣解決？」我看完了這封信，楞然望着窗外。老圃正在那裏掃着地，他看見我，便問道：

「那醫院遠嗎？」

「不遠！」我隨便地答着他。他笑着說：

「那瓶子不好拿上公共汽車，我還是去替你叫人力車罷！」

我點點頭。他放了掃帚轉身就走上了大路。

我遠遠地望着他，覺得他實在是一個很熱心的人。

天地者萬物之逆旅

章克標

把天地間當做一個大旅館，也好。人生是做戲，也好。住旅館，做戲，總也有點規矩格式。現在連做戲也不像做戲。

出門，旅行外鄉，少不得要住旅館，我住旅館去了。恐怕誰都有的經驗，現在住旅館眞不容易住。因爲多活了幾年，又是苦於無法不連年在外邊混，向旅館開房間的經驗是有的，總算每次還不至於要露宿在馬路上。

開房間總往旅館內直衝，到堂口去問茶房，讓他向你混身打量，像審判官審賊的樣子，等他看你是合格了，才對你說房間有。當然不是每次能合格，有時也得像學生的入學考試一樣，考了幾個學校之後，才得中取。

有一次偶然照規矩向賬房間去要房間了，賬房間却回說不知有沒有，請直接到堂口去問。對是對，他尊重事實，便說老實話。原來現在旅館的房間，全在茶房手中了，賬房間要，也只有向茶房去定。本來有店東，有經理，有賬房，是順次而下掌握實權的，現在却大權旁落，實權已落茶房之手。

有些地方簡直沒有房間，早已出定一空，是生意興隆。像在蘇州上海等地，很早去，也無益，房間總不得空，卽使是空的，茶房說有人早定了，你有甚麼辦法，而結果，他的房間，後來自有人來住，他是留下來賣給熟客的。每一個茶房總有一羣熟客，平均每天總有不少的熟客要來，他爲應酬熟客，自須留下若干房間。

因爲旅館已經不是供給旅行客人止宿之地，而成爲另外的一種機構之故，正式旅行的人，便有無地止宿之苦，這是社會大變。旅館早已變成了白相的地方，那些白相是打牌賭博，叫嚮導荒唐，或者是密約幽期，正式旅客的止宿，却是副貳的作用。正式的旅客假使是肯做這些白相的，茶房就有房間可以供給你。茶房像伯樂相馬一樣來相看房間的客人，便是相你有無白相風度，假使你是白相的，他便認爲合格。

這原因也還是逃不出資本主義商業觀念的支配，白相的人可以多給小賬，賭博有頭錢外賞，叫女人有回佣扣頭，利之所在，便熱其心。萬般經營只爲錢，做生意只要賺，資本主義形成的拜金主義，在旅館中也大顯神通。只要你有一次予茶房以一個闊綽的印象，下次你去時，房間沒有也會有辦法想的。

原因是淸楚了，旅客止宿的問題，還是無法解決，因爲現在要白相的人太多了。市面上鈔票也眞多，掙錢也眞有容易的辦法，這樣的時勢又不大有肯積財的人，錢有了便要想法化，積了便要使他散，白相是無法不興旺的，只看任何地方都是消費面頂熱鬧便可知。於是茶房也成了時勢所造的英雄。

茶房是英雄並非瞎說，以上海幾個大旅館而論，那一個茶房每月不折到一萬到八千的小賬的份頭。稍爲小一些的旅館，一二千元總有的，你想黃包車夫每月也要收入千餘元，踏三輪車的要收三四千元，茶房的收入，自然比他們總優厚些。再想：高級官吏的官俸八百元加兩個二成之後總計也僅一千一百二十元，實在比茶房不如多多，自然茶房可以眼睛向了天，似見非見的回答你說：房間沒有。每一家旅館是終日把客滿的牌子掛出在外邊的。

旅館的房間，賬房管不着，經理管不着，由茶房來支配，現在已事屬當然，毫不足怪了。總有一天將來連茶房也管不着而是由看門巡捕來支配，或者由隔壁響導社的簽卡來支配的。比方說，旅館專做賭博的白相，而賭博要得到看門巡捕的保證，或者專做響導社白相的生意，而響導社女子受簽卡者的指揮，那麼旅館的房間便可以在其支配之下了。那時是社會又一大變。

社會是要變的，民族國家有時也要變的，民族國家變得被甚麼人支配了呢？經理？賬房？茶房？還是看門的巡捕隔壁響導社的簽卡者呢？旅館裡經理的號令不行，經理會不發號施令的。甚麼人都有這個聰敏麼？

當戲做得不像戲的時候，原是敲鑼鼓的，置佈景的，幫助化粧的，提示說白的，導演的，打雜的，以至編寫脚本的，都會一齊走上臺來。好在把天地堂當做一個大旅館，人生反正是做齣戲。那麼誰都在做戲，而這個大旅館中現在支配房間的不知是否也是茶房。

讀鄦齋日記

包天笑

前此雨生兄曾以文載道先生獲有「鄦齋日記」兩册，就詢於鄙人，不審鄦齋是何人？當時也就問到了友朋輩，有人告訴我，常熟蔣子範先生，別署鄦齋。子範先生，我也與他有數面之緣，今年七十七矣，老而彌健。然而他的日記，何以流落人間？大凡個人的日記，除非是本人願意選錄數則，與人刊刻的，其他總是自己保藏，不願將稿本落於人手的。因此我請雨生兄，將此鄦齋日記賜予一觀，就可以知道是否蔣先生的日記，或者能考證出何人的日記了。

前天雨生兄惠臨敝廬，攜來了兩册日記。夜來倚枕展讀，頗損了我半夜的睡眠。凡是讀人家的日記，好似跟了那寫日記的人在過日子。他的喜悅的事，好似我也喜悅，他的憂鬱的事，好像我也憂鬱，有不自知其所以然而然的。日記凡兩册，一爲前清光緒十八年壬辰正月初一日起，至十二月三十日止，整整地一年。一爲光緒廿四年戊戌十月十三日起，至廿五年己酉四月初五日止。惟第一册封面上寫「光景常新」四字，第二册封面上，却寫「鄦齋日記」四字。第一册用松竹齋紅直行格紙寫。第二册，則白紙本也。懸想此公所寫的日記，不止此兩本，就是從光緒十八年後，到廿四年之間，也應該有幾册，不知流落到何處去了。雖然也有許多人寫日記，是隨寫隨輟的，可是也有數十年寫下去，沒有一天中斷的，這是非有恆心的人不能了。

這兩册日記一到手以後，我就知道不是常熟蔣子範先生的日記了。第一册，光緒十八年間，那位先生在北京當京官。第二册，光緒廿四年下半年，至廿五年上半年，他外放到江蘇省，任鎭江府知府。蔣先生是江蘇人，在前淸時代，本省人不能做本省的官，現在他是鎭江府知府，當然不是蔣先生了。（文第二册上有一方圖章，朱文是「管領金焦」四個字，大概是到了鎭江府任上刻的。）並且蔣先生不曾服官過，我們也是知道的。

除了讀他的日記，知道他是那一年代的人以外，我們但知道他的別號爲鄦齋，却不知道他的眞姓名，那不是一件遺憾嗎？然日記上却無他的姓名，籍貫，等等，只是在暗中摸索。然而反復審視，讀到了第一册，光緒十八年三月初七日的日記道：『午間，上堂掣籤分房，兩總裁一掣房，一掣名，如吏部選法。……余分第九房。』這是因爲那一年是會試年份，而那位鄦齋先生，是充了會試同考官，（非兩榜出身的不能充。）而他却分了第九房呀！

分了第九房，我們仍舊不知道他的姓名呀。好在他的日記上，便記了一張十八房同考官的名單，（會試向例是十八房。）今錄如下：

朱福詵叔基　袁昶爽秋　馮金鑑心蘭　沈曾桐子封　施紀雲鶴生　吳鴻甲昶仙　鄒福保詠春

姚丙然菊仙　許　洪思亮朗齋　趙曾重伯遠　呂佩芬小蘇　周爰諏伯政　陳涵聲悔門

徐仁鑄研夫　彭述向青　戴兆春青來　劉若曾中魯

以上十七名，均有姓氏名號，而僅有一人，則僅寫一「許」字，數之，則爲第九名，那正是第九房呀。幷且也不寫名號，倘然鄦齋先生連這一個許字也不寫，也許我們到如今，也不知道他姓許咧。後來我又悟到鄦齋的鄦字，就是古文的許字，我便確定他是姓許無疑的了。

但是雖然知道鄦齋先生是姓許，而他的名號，還無從知道。讀到了光緒十八年閏六月十六日，他的一則日記，却顯露了一線曙光了。日記錄如下：

晚間得高壽農信，誤以隺爲崔，戲作一詩，記後。△△字鶴，間書作鸖，高文來信作崔，此因書記筆誤耳。昔者黃前輩有辨姓之詩，許尚書咏稱官之舛，竊援斯旨，戲成短章，聊資嗢噱，固非敢輕薄爲文，取尚口給也。『鸖鸖徵詩舊識丁，山佳合寫太零星。畫蛇底事重添足；相鶴居然別有經。應笑六書通雙體，不勞五岳擬眞形。願將少許多多許，說與風流杜牧聽。』

從這一節日記，和那一首詩上看來，不是顯而易見，他的名號中，有一個鶴字嗎？鶴字的古體寫作鸖，而省筆也就寫作隺，現在高壽農寫給他的信，誤把隺字寫成了崔字，所以引起了他寫了這首詩了。而且末一聯道：『願將少許多多許　說與風流杜牧聽。』這又愈加證實他是姓許了。

就算證實他是姓許，而名號中有一鶴字，依然有點模糊不清，難道他就是姓許名鶴嗎？從前老輩中，也有一位許鶴巢先生的，但決不是他。現在且查查他的藉貫吧！從第一册在當京官時代的日記上看來，隱隱約約是北方人，而他的朋友，却有許多是南方人。像費屺懷，王勝之，江建霞等等，都是他的好友，因為他是一位翰林，同年中的知名之士，也就不少呀。後來看到第一册光緒十八年六月十四日的日記上，有幾句道：『……因惦記九弟等第，小坐遂歸。家中已得信，九弟考列一等十一名，而直隸已有三人在前十。……』若此則可以證明他的九弟是直隸人，他也是直隸人了。（按直隸卽今之河北省，他的九弟，是應朝考，曰前十者，就是第一到第十的前十名。）

旣而在第二册，光緒廿四年十月廿八日日記上一則，那是他剛到鎮江上任的時候寫的，錄之如下道：『廿八日，戊申，早起移寓城考院，由棧遠行，良久始見城闉，陂陀曼衍，大似西山，鄉思頓生，為之感喟』云云。那就疑心他是北京人了。不過那一個西山，不知是否北京的西山呢？又在同册，光緒廿五年二月廿二日日記上一則道：『袁劉閱卷云：無佳者，詩題通場不知。學額則多，其容易較大宛尤甚』云云。所云大宛者，卽大興，宛平兩縣也，屬順天府，因此愈相信他是北京人。因為那時他在鎮江府任上開考童生作府試，他為什麼不將別縣比擬，而將大宛比擬，人總有思鄉之念，也情見乎詞了。

既而我想這樣的盲尋暗索，大似做偵探小說了。這位郇齋先生，到底去今非遙，也許在朋友中間，可以訪問得出。吾鄉王勝之先生，既是和他同年，我去問王勝老，便可以澈底明白。可惜我見到這兩册日記，已遲了一年，王勝老於去年已歸道山了。其餘他的同年如費屺懷，江建霞輩，更早故世。不過也不能說從此便無人知，而且現在已有了線索。第一，他是姓許，名號中有一鶴字。第二，大概是大興，宛平的籍貫。第三，是一位翰林先生。第四，曾外放江蘇鎮江府知府。依此四項，必定有人知道郇齋是什麼人了吧？

大概在四五十歲以下的人，不必問他，須六七十歲以上的人，而熟悉光緒年間的事的，或能知之。歷問數人，均未明曉，最後詢諸常熟龐次淮先生，方始全部明白。今將郇齋先生極簡單的小傳錄如下：

先生姓許，名葉芬，號紹鶴，別字郇齋，直隸大興縣人，實爲寄籍於大興者。先生爲光緒己丑年會試第一名，（卽爲會元。）吾鄉王勝之先生（同愈）爲第二名，（卽爲亞元。）後外放江蘇省鎮江府知府，歿於任上，爲人風流倜儻，善詞章，工書法，有才子之目。

至此一切明瞭，甚爲欣悅。所云：爲人風流倜儻，善詞章，工書法云云，於其日記中亦隨時可見。如第一册，光緒十八年二月十八日日記上云：『小步過春寶，識一小妮子，頗似所悅者，虎賁中郎，替人幸得，對之小酌，亦覺可人。』第二册，光緒二十四年十月廿六日日記云：『旭莊所延客之所，曰洪寓，在三馬路，人與菜乃俱大佳，睽光眇視，是蘇人常態，此尤做作十分，應酬上頗講究不草草。』然則許先生在京在滬，都好作冶遊。其他在日記中也常見，今不多引。關於優人方面，開菊榜，做戲提調，也見於日記中。至於說他詞章之美，那末他的詩文，在日記中也時見一二。而且日記中，又記着每日寫字，據說近來北平有許多的市招，還都是許紹鶴先生所書的咧。

我所知道許紹鶴先生者，僅止此。想當世耆宿，不乏知道先生的嘉言懿行者，此文或足以拋磚引玉呀。

損衣詩鈔

莊損衣

黃葉

林間的黃葉
在我臉上彷徨
還認識我嗎
經過了無數風霜

於風吹雨打之後
仍有一些是自動的
飛落了下來，埋頭
在投入我的懷抱之外

綠頭的蒼蠅們
也有多情的聚首

小仙人的翅膀風
秋深，雨都埋存黃土裡

雖曾經縷那雨絲
一隻多血質的手
拍那自然落淚

過郵亭

朝陽啓示我
一曲無聲的鈴
輕驚醒人的夢
此時是誰才回來到家

而家家的夢羽

正翩翩辭去
春天的路
誰知道有多少呢

郵亭獨立在雲彩下
薄薄的一封信，鄭重的
我想我有勇氣寄給誰

蜂

蜂乘着片飛絮飛來
且找到了昔日的窠在林間
攀得上花球嗎？你愛
你懷抱着的是一縷秋風

鄉野的大道上秋風之動容
而有人叉腰走進
垂柳的林裡，春之闈中

又箭一般的
燕子，青春逝去

雨

令人無端的想
起心事的是雨絲

紅色的水銀柱升降着
你有一定的心計嗎
若是遙指示給我
杏花的村落
我便迤邐行去
尋找一春的風雨
零落的足音

當門樓上閃過

三色的樹葉
這時候我作客
我已經聽你的話了

兒時的夢

薄暮裡入夢
青天的影響
夜的深處，母親
夢如輕舟攏岸而醒
明月照在我臉上
母親，我的鏡子
我看夢如看風景
亭子

回首是一片青天
山下的人看見我的衣裳了嗎
那邊有正在下山的人
乃漸漸離了天高而下去
再沒有記憶
冷酷的殘更
嘆息
突然倒塌了建築物
兒時的夢
草綠
我發育
嘆息

問

秋風高高的
如英雄之步履

我輕輕狂喜
燈虎—謎語

涼風來的時候
客人來了，我歡迎
手接一片飛落的樹葉
無語

這不說話的朋友
我問誰呢
飛起紙鳶來
是什麼時候的事情

夜哭

風傍着樹
盈盈的花下
有輕輕的哭聲

靜止吧，音符

這是香的永久
的家，你的花
而風箭，啊
你又遙指到那裏

青女，伸出你的
素手，冷酷的美
你為我畫地為牢
宇宙到處是鐵窗風味

夜

誰家的夢寐
魚貫而行
夜的浪花
銀河是太深了

風圈若一夕
變成彎彎的虹
你開這長弓
射下那第十落日的紅

夜深的窗中
一點的輕風
夏天的夢

引誘我，在望
每一個孤星之村落
都滿是漁火

我怕想

銀河有最輕的水紋
夜行人如最輕的風

遙望都市的燈火
樓，一座座的
星子們建築而成
無聲，我怕想
如今也有樂園
乃落在指視之間了
而你的袖珍的夢
我也無動於中

星子們漂流過
啊，一個個孤獨
夜之寶藏
疏密如相知的人
冷淡如聚首的墳
月色如果是飛塵
迷了你美麗的眼睛

元夜

輕輕試着冰，薄命的
風在水上是小船
春寒裏初生出紅意
而你令你的征馬不前

乃時有高大的影子
各色的閃過樹上的燈
冬天的風在天邊盤旋
春天的循環，輪迴的帆

送給你鮮花的圈
大地。孩子們的高興
鐵樹開花，開在手中
在陳紅的胭脂裏下種

冬深

秋天的藍天流過
銀河畔的星子
那無人拾的花菓
漂泊吧，漂泊吧

是誰雕刻的
這情人的渡口
我的軌迹呢
風輕輕自問

冬夜有隆重的人
於那嚴寒的黑暗裏
凍紅了，温柔啊
梅枝指示作種種的夢

依茄華雷斯自傳（四）

秦瘦鷗譯

二　從學校到街頭

十一個年頭很快的過去，有一次我便向弗禮門太太提出一個建議，但馬上就給她很着惱地拒絕了。

「祇有最窮苦的孩子才會到街上去賣報。」她說。

我却不是最窮苦的孩子啊！雖然…………

鎭上所有的地方，我差不多全走遍了，最熱鬧又最誘人的區域是在聖保羅教堂和鄧潑爾酒店之間；我對於看戲也有很大的癮，沙萊大戲院和「象與堡壘」的三層樓座，彷彿就像我自己的家一樣。當我看到裴納脫夫人從家裏被殘酷的父母驅逐出來，以致死在用紙屑做成的大雪中時，我的眼淚便不由自主地滾下來了。

可是每看一次戲也眞不容易，第一必須竭力設法積蓄，——要是袋裏沒有六個辨士的話，這一晚上就去不成了。沙萊大戲院三層樓的票價是四辨士，（「象與堡壘」比較便宜，祇要三辨士）另外總得喝一瓶薑汁啤酒，那就又是一辨士，最後還需要有一個辨士，可以使我坐着車子趕回家去。

到得家裏，麻煩就來了，我先在門上叩了幾下，然後再耐心等候三四分鐘，於是裏面就有脚聲在響動了。

「是你嗎？笛克。」

門是永遠鎖上着的，底下並且還另加一道鐵鍊，藉以防禦從未光臨的竊賊，要是他眞有機會可以進去，他能偷些什麼呢？天知道，弗禮門先生的銀行存摺是鎖在最末了的一只抽屜裏的，並且他還有一根警察用的木棍，永遠掛在他的床欄杆上。

「是的，母親。」

裏面的鐵鞘這才拉開了，接着我就可以聽到一連串的責罵。

「回來得像這樣的晚……你眞應該自己也覺得羞恥吧！……你這個小流氓！」

當我從門縫裏跨進去的時候，照例總有一記不很重的巴掌在等着我了，幸而我躲避得也非常靈巧。

我是在一八八六年的暑假裏開始學做買賣的，我瞞着弗禮門一家，悄悄地溜到了倫敦去，加入叫賣報紙的一羣；我最初選定的是「回聲報」，這份報紙的顏色雖然很黃，可是它的提倡舊道德和善於作種種怪準確的預測，在當時委實是非常有名的。

某一個夏天的下午，我第一次挾了一大疊的回聲報，出現在羅蓋脫街迪濟隆旅行社的門首，那所屋子的樓上有一個俱樂部，後來我曾經一度被選爲會長，誰也想不到我小的時候，就站在這俱樂部的窗下賣報。第一天的經過是怪昏亂的，我差不多就站在倫敦全市的中心，這大都市裏所有的車輛簡直不斷的在我面前滾過。我也常常可以看到許多大人物，那是一個慣常站在羅蓋脫圓場一帶的穿着發霉的衣服，戴着發霉的高頂帽的老人指點給我看的。我見過勞萊先生，他是創辦倫敦每日電聞報的人，也就是現在那位培亨爵士的父親，還有大政治家杜勒，也是偶然要上弗利脫街來的，名作家歐文先生時常坐在一輛很漂亮的馬車裏，帶着那個名喚愛倫泰勒的美婦人。（他們總打聖保羅教堂那邊來的）我能夠看見這些人，心裏眞是非常愉快而興奮。

冬天到了，在這時期裏常到我那個報攤附近來閒蕩的有許多是從學堂裏逃課出來的孩子。可是一般的說，賣報的生意在冬天最差，而風又是那末的大，全世界的冷風好像已會聚在羅蓋脫圓場的上空，不住的號嘯着。我自己倒有一種很高雅的取暖的方法，那就是一面連連頓足，一面用很低的聲音背誦「凱撒大將」那個劇本裏兩個主角爭論的一節：

凱撒：你是這樣地使我蒙受惡名的：

在這裏接受薩廷人底賄賂的事，

你已經通知羅西潘拉而且還責備他，

但在我寫給他的信裏，

我是表示贊美他的，
因爲我知道那個人，
可是現在，
爲了你，我的言語已被輕視了！
不魯都斯：你寫那樣的信給他，
不是自己去惹惡名嗎？

我眞不知道怎樣的痛恨凱撒，當我念他應說的詞句時，故意用一種充滿着諂媚底氣息的哭聲，而我這個自命爲不魯都斯的不魯都斯，音調是何等的憤激啊！當我背誦到末了的時候，心裏的正義感已經激發到不可抑止了。

祇一次我委實太衝動了，立刻就有一個身材高大得像寶塔一樣的警察走過來了。

「唷，孩子，你在這裏幹什麼啊！」

「沒有什麼，先生。」我囁嚅着回答。

「是不是有些頭暈嗎？」

「是的，先生。」我想這倒眞是一個比較巧妙的解釋。

「那末你還是趕快奔回去吧！」他說。

於是我就奔回去了。

★　★　★　★　★

依我想，我那時候的收入平均大約也有三先令一星期，然而我是完全把它們浪費掉的：——例如喝薑汁啤酒，看戲，吃一種「提伏那」牌子的多汁的牛奶糖之類。

當然，那時候的平民學校裏已經也有星期班了，就在星期班裏，使我讀到了所謂「小說」這一種東西。我所讀的第一本小說是「克利斯蒂的舊風琴」，情節很苦，我哭了好幾次。那部小說的含義是勸告讀者，應該善待幸運不如我們的人，我的思想自從受了這一部「克利斯蒂的舊風琴」的影響之後，着實使我化了好幾千錢，我因此時常在怨恨，爲什麼第一次看小說，偏會看到這一部呢？

每年中間，從四月起到七月的一個時期裏，我比較最爲興奮，因爲平民學校星期班的郊外旅行，照例是總在這幾個月裏舉行的；假使你是一個長期生的話，祗要化六辨士就可以痛痛快快地到鄉下去玩上一天，同時還能不斷地吃到各種東西。可是星期班的長期生是有一個限制的，非讀滿一個月以上絕對不算。在幾年工夫中間，我幾乎讀遍了附近所有的星期班，因此得以見到許多奇人奇事，而我的足跡，居然可以從愛賓森林一直擴展到吉斯赫斯脫，再從力區蒙特公園繞到愛賓森林。

我以學童資格所受的最後一次的款待是出自維多利亞女皇所賜的，那天，幾乎每一所公立學校的學生，都被招待到海達公園去，因此我也得以佩着綢帶，在園裏暢飲最甜的檸檬水；後來皇族中人來了，我瞧裏面有一個莊嚴的女人，便以爲那就是維多利亞女皇，忙着歡呼起來，但旁邊的人都告訴我是錯了。當天我還得到一隻圓錐形的紀念杯，而在搭着火車回去的路上，我還從猜銅幣的遊戲裏，另外贏到了三只，不幸車子到得拍克亨車站時，我的四只紀念杯便全給那些等在站上的兒童們的家屬搶去了。

不久，眞正的自立的生活便開始了，賣報的生意不但太低賤，而且根本賺不到錢，可是要正式找一個職業，我就非得先有一張「出生證」不可；就爲這個緣故，我不得不另起爐灶的改用自己的名字了。

因爲這是十幾年來從沒有被人叫過的名字，所以最初幾天，我聽着就覺得有趣，但漸漸地又覺得嚴肅起來了，好像皇后封給了我一個爵位一樣。

其時高司威那邊有一家很大的印刷廠，恰巧需要添雇一個「下手」，每星期的工資是五先令，但在最初的三星期內，必須先在工資裏陸續扣下五先令來，存在帳房裏，作爲保證金，免得工人不告而去。

從早上八點鐘起，直到下午五時三十分，除掉中間有一小時工夫作爲吃飯的時間以外，我必須永遠站在一架石印機的旁邊，把一只只印好的紙袋打架子上取出來，這是一種很累的工作。雖然我的身上束着一條皮製的圍裙，但到得一天完結，我的臉已染得漆黑了；有時候，逢到我們印金顏色的東西，於是我的一雙破鞋上，便沾滿了橙黃的金屑，當我一路走回去時，人們可以很清楚地知道我也是這世界上無數勞働者中的一員了。

我在那裏學到的很多，可是工程師和機匠們爲什麼從來不說「把機器停住了」，而永遠只說「關上了」，這却是一個始終沒有打破的謎。我對於「高利貸」這一件事，也在不久以後得到了一些認識。那所印刷廠的各部份裏，幾乎都有人願意放債，大人也有，小孩也有，只要借的人肯借四辨士，到星期六發工資的時候還出六辨士，便什麼都沒有問題，這眞是一種很可恨的刦掠；我每星期所得到的五先令工資裏面，往往只能有兩先令帶回家去，其餘的大部份的收入都送給人家做利息去了。我相信直到目前，這種情形一定還有，假使工會方面能夠注意到的話，那是不難一舉消滅的。

我脫離這家印刷廠的情形是相當不快的，某一天，我沒有請假脫了一天工，待到第二天進去，他們便給我算清了工資，教我走路，當時我就要他們發還我那五先令的保證金，可是他們不答應，說已經沒收了，並且還拿出一張當初我自己簽過字的筆據來，證明我是早就同意他們有權沒收這筆保證金的。

於是我立刻去找一個站在近鄰的警察，——對於警察，我是永遠有着一種盲目的信仰的。那個警察是一個很胖的胖子，頷下的肉，一直垂到頭頸裏，但在我的心目中看來，他已是世界上唯一可以援助我的人了。

「他們是沒有權力可以扣下你的錢的。」他高聲地說：「因爲你還是一個孩子，決不能簽訂任何一種放棄你自己底物件的契據。」

我想他當時看了我那樣骯髒的臉和手，一定會誤認我是一個擯煤的孩子吧？他繼續又向我解釋：

「你還沒有成年咧！」

「上次生日我才十二歲。」我自己倒好像覺得沒有成年是一件莫大的憾事。

「那末你就起訴吧！」他堆出了滿臉公事公辦的神氣說。

這樣我就走進了警察局去，把自已夾在另外兩個告訴的人的中間。一邊那個是女人，她要向她孩子的父親索取津貼；一邊是一個愁眉苦臉的男人，他是來控訴他那歡喜吵鬧的妻子的。後來輪到我了，我便把那五先令被沒收的事一一告訴了那問官。

「好，把他們傳來吧！」他說。

但我必須先付一先令的訟費，這件案子便在我自己的推動之下開始了，並且最後是我勝利的。

當我走出警察局的時候，突然有一個斷了鼻樑的警察向我走過來。

「你以前不是叫弗禮門嗎？」他問。

我很惶恐地勉强點了點頭。

他便用手指着自己的鼻樑。

「這就是你哥哥哈萊的成績。」他說。

可是他倒並不懷恨在心，甚至還在一家咖啡店裏請我喝了一次茶。

後來我又加入了一家印刷廠，就是立德爾考區門公司，心裏覺得很高興；最初我被派在紙棧裏工作，那也是很有趣的。你們大概從不曾瞧見當兩張紙在水壓機的重壓之下發生磨擦的時候，它們中間竟會發出跟電光一樣亮的火花來吧？你們也不會知道，一個人的手指給紙的遂毫不費力的截斷下來吧？

我還記得那裏有一個能夠畫圖的孩子，他的作品應該是有一天會陳列到皇家美術館去的；我時常在懷念着，不知道他後來是否眞正有過這麼一天，是否眞的已成爲一個美術家？

結婚十年（長篇連載）

蘇青

四　愛的飢渴

回到學校裏，已經是深秋天氣了，但我却懷起春來。對於「春」的幻想，我本來很模糊，祇記得在十五歲那年的春天，廟裏有菩薩開光，我跟着雲姑姑去看開光戲，台上做的剛巧是「龍鳳配」，乃劉備娶孫夫人的故事，不知怎的，我當時對劉備却一些也不注意，注意的倒是粉面朱唇，白緞盔甲，背上插着許多繡花三角旗的趙雲。他的眉毛又粗又黑，斜掛在額上，宛如兩把烏金寶刀。這眞正夠英雄的，我想，有他護送在孫夫人車後，便顯得劉備完全是一個沒用的膿包了。當時我就希望自己是孫夫人，而劉備最好給東吳追兵擒去殺了，好讓趙雲保護着我雙雙逃走。

從此我便「愛」上了「趙雲」，白天黑夜都做着夢。閒下來時候，我祇把一部三國演義反來覆去的看，從趙雲出現起，到他的將星殞落止，我都一字一句一段一章的細讀下去，生怕把他的生平有些敗績遺漏的地方。後來看的遍數多了，我便知道某某幾頁有他的名字，而某某幾頁沒有，當然前者是更加値得一讀再讀的。而且我的讀書眼光又自不肯與人苟同，人家讀趙雲故事總是注意他長板坡救阿斗等事，而我却是注意他後來與黃忠等分取四郡，險些兒給趙範逼牢招親一節。他不愛趙範的寡嫂，眞使我暗暗快意不置。但是，後來終於也娶了親哪，不然，兒子又是從那裏來的呢？他的老婆是誰，演義上沒有說起，則其美不如二喬貂蟬，其才又不及黃承彥之女是可知了，這頗使我在怏怏之餘，似乎還覺得欣慰一些。

於是我到了有所思時期了，我的理想中英雄是粉面朱唇，白緞盔甲，背上還插着許多繡花旗的。但這種人物在眼前究竟有沒有呢？當然沒有。因此我祇好不得已而求其次了，自己暗暗在腹中尋思：堂兄弟是說不上那種事情去的，表兄弟雖不少，但因爲廝熟了，也就看不出他們的偉大來。至於其他，我讀書的地方是女中，根本就沒接觸男性的機會。甚至於僅有的幾個男教員輩，也是老者居半而醜者居半。而且憑着他們這般老醜，校長先生還不放心，要在距教員宿舍三五丈遠處，高高豎起塊「學生止步」的木牌來呢。

自己沒有機會找英雄，母親便祇好代我作主找了來，那就是崇賢。在我十六歲那年的春天，我們訂了婚，訂婚後便由人介紹通信，但卻始終未曾見面。同一毫不相識的男孩子通信，這滋味，可眞有些甜絲絲的。最初他稱呼我WC女士，後來寫着懷青兩字，再後來是青，青妹，我的青了；至於我對他呢，也是禮尙往來，由CY先生而至於崇賢，賢，賢哥，祇沒有冠上我的，因爲我心頭實在跳動得利害，再也沒有勇氣寫，更加沒有勇氣寫好後寄出去給他瞧了。

也許有人會奇怪，我爲什麼這樣傾心於一個毫不相識的未婚夫，而且這樣興奮地同他通着信吧？可是我自己對於這個卻一些也不希奇，因爲每當我寫信給他的時候，便有一個粉面朱唇，白緞盔甲，背上插着許多繡花三角旗的人兒在我眼前幌來幌去，我的心給他搖動得利害了，便想嘔出些字來，稍微寬舒一下。本來我是預定每當接到他的來信後第三天才寫回信的，因爲這樣比較矜持，回得太早了，怕他要笑我心急，瞧不起我。可是事實上我是一接到信便覺得白盔甲英雄的影子在幌動起來了，心裏顚倒難受，祇想嘔，嘔出三四張信紙的字才會舒服一些。——若要嘔得痛快，恐怕七八張信紙還寫不完呢，但是我不敢多寫，這也是矜持。寫好之後又不敢卽寄，塞在枕頭套裏，在沒人瞧見時偷偷抽出來讀着，恨不得卽刻寄出去才好。等到第二天傍晚，我終於忍不住了，把它悄悄丟入郵政信箱裏，一面心裏卻又唯願郵差慢些來把它收去，幫忙我則個，替我完成這件困苦的矜持的工作吧。

及至他在信上稱呼我爲「親愛的青妹」時，已經是暑假，我在S女中初中畢業了。由於他提議，經我母親同意，我便轉學到F中學的高中部去。F中學是男女同學的，他比我高一級，已經是二年級了。學校裏的風聲可傳得快，當我的姓名還沒有在新生錄取單上揭曉時，人家都已經知道我們倆的關係了。以後祇要在走廊或操場上一相遇，便會惹得衆人拍手哄笑起來。那時我仍舊不認識他，不過察言觀色，祇要衆人一笑，便見近處有一個頎長的影子竄逃開去了，我知道那便是他，當然不敢細看。事後自己想想，一瞥中似乎還記得些模糊印象，他穿的是白襯衫白西裝褲子，面孔卻是看不清楚。

雖然在同一學校裏，我們還是沒有見面交談的機會，大家仍舊通着信。我把寫好的信丟在校門口郵政信箱裏，由郵差帶往郵局蓋過章，再寄回本校，由他到門房裏去拿了出來。這樣通信又通了一年，直到他的畢業離校爲止。祇不過我在寫信的時候再不見那個白盔甲，插三角旗的英雄影子了，代替它的，卻是他穿着白襯衫白西裝褲子的頎長的身軀。

他是我的英雄呀，我暗暗想，心中覺得快樂而且幸福。本來，在男女同學的學校裏，粥少僧多，女生總是不乏被追求機會的，於是我便爲他而拒絕了一切非英雄的追求。「一院芳非今有主，崔郎從此莫留詩。」這是我所做的詠桃花詩中的佳句，被國文教師密密地圈過，在自己心中也便牢牢的記着。他是我的英雄呀，我的！我的！我的！

但是，那個銀色衣裳的少婦瑞仙呢？

「一院芳菲……」我再也唸不下去，心裏祇覺得難過。自己的命運不是正像桃花瓣兒，片片給摧殘了，散落在地上，還是沒有主兒來收拾嗎？什麼幻想都消失了！白盔甲，背後插着繡花三角旗的英雄對我已經不發生興趣，至於那個穿白襯衫，白西裝褲子的人呢？他也是別人的，別人的呀！

我覺得心頭空虛，空虛得利害，祇想馬上抓住一件東西，把它撕碎了拚命咬，咬……

C大的女生宿舍共有四所樓房，以東南西北爲名，我住在南樓，窗子正對着大門。大門進來，便是會客室了，每晚飯後，我憑窗眺望，祇見一個個西裝革履的翩翩少年從宿舍大門進來，走進會客室，一會兒門房進來喊了：「某小姐，有客！」於是那個叫做某小姐的應了一聲，趕緊撲粉，換衣服，許久許久之後，才打從我窗下姍姍走過，翩然跨進會客室去了。我們的一室中連我共有五個女生，她們四個都是吃了晚飯都會客去，九點鐘後便祇剩我一個人，睡在自己的床上，看見電燈雪亮的，照着其餘四張空牀，心裏多難過呀！

於是我懷春了，不管窗外的落葉怎樣索索掉下來，我的心祇會向上飄——飄到軟綿綿的桃色的雲霄。而且，從前我對於愛的觀念還是模糊的，不知該怎樣愛，愛了又怎樣，現在可都明白了。我需要一個青年的，漂亮的，多情的男人，夜夜偎着我並頭睡在牀上，不必多談，彼此都能心心相印，靈魂與靈魂，肉體與肉體，永遠融合，擁抱在一起。

但是，事實上，我却獨睡在寂寞的宿舍裏，對面，腳後，頭邊都橫着一張張的空牀。好容易，等到我朦朧入睡了，床縫裏幾隻臭蟲便爬出來，爬上枕頭，偷吻着我的頭頸與耳朵。

我的……呢？

於是我又暗暗在腹中尋思了：法學院男生，是穿得頂講究的，西裝畢挺，神氣活現，祇便是我嫌他們有些俗。而音樂系，美術系的男生呢，又頭髮太長，神情太懶，服裝也太奇特而不整齊了，也未免刺眼。其他教育系男生帶寒酸，中國文學系男生帶冬烘氣，體育系的又吃不消，若說外表看得入眼，還是與我讀同系的——西洋文學系吧。他們的服裝相當整潔，却又穿得相當自然；態度瀟洒，却不像浮滑；禮貌週到而不迂；體格強壯而不粗獷如牛，這是頂合適的了。還有一點最使我快意的是：他們對我都非常尊敬，而且客氣，這在他們也許是普通 lady first 道理，而我因爲在愛的飢渴之中，却誤以爲他們對我可眞有些意思。

我是個滿肚子新理論，而行動却始終受着舊思想支配的人。就以戀愛觀念來說吧，想想是應該絕對自由，做起來總覺得有些那個。一女不事二夫的念頭，像鬼影般，總在我心頭時時掠過，雖然自己是堅持無鬼論者，但孤燈綠影，就無論怎解釋也難免汗毛悚然。

在我想你的時候，

你來了

——却不是我所眞需要的。

於是我把一封封英文長信都退了回去，法文詩啦之類也撕掉，我的心中時時有着孤燈綠影之感。而且，我還有一種奇怪脾氣，就喜歡求愛而不喜歡被求，不幸我是女人，習慣使我矜持着，畢生不敢啓齒向人求，同時又不能絕對避免被求的麻煩，這可眞使人悶煞，惱煞呀。

棲霞山的紅葉，飛滿地上，總於成了泥土養料的一部分；後湖的水也凍了，荷葉斷梗都橫在岸畔，沒有遊艇載着多情的人兒來憑弔，我的心裏依舊在懷春，但是天氣是寒冷了，身上總不能軟綿綿，暖烘烘地，沒奈何，祇得借圖書館裏的爐火，來溫暖我執筆抄摘記準備大考的僵手。

圖書館裏人並不多，天氣雖寒冷，他們也許可以到電影院，跳舞場裏去取暖。坐在我對面的常常是這個人，黑皮鞋，灰呢袍子，戴着一副白金邊近視鏡，態度和藹却又相當莊重似的。後來見的次數多了，大家似笑非笑，用以代替招呼。他看的是厚厚洋裝書，還有幾何書，似乎是關於工程方面的書籍。

有一次我走出圖書館時，他也出來了。照例似笑非笑的算作招呼，他突然問：「你到那兒去？」

「宿舍裏。」我低低回答。

「你是那一系同學？」他又問，態度很自然。

「西洋文學系。」我說了，不知怎的，反而有些局促樣子。

「貴姓？」

「蘇。」

於是似笑非笑的算是道聲再會！大家便分開了。回到宿舍裏，我竟忘却寒冷，打開後窗面北而立，讓北風狂吼着衝面而來，但我毫無畏懼地迎受它的襲擊，襲擊猛烈時，我的眼睛已經被沙彈射中了，還抵死不肯閉，閃閃射出快樂的光輝來：北面有一所嶄新高大的洋房，那正是工程館呀！

人家都吃過晚飯了，我還站立着。那時假如我肯關上後窗，回頭一看，宿舍的大門口就已經熱鬧着，一個個披着厚重的冬大衣，把頭縮在大衣皮領裏的少爺們都衝進會客室裏去了。一會兒門房也縮着頭，但沒有大衣，頭却縮不進棉袍的領裏，祇得用兩手捧着，在路上一面走一面喊：「某小姐，有客！」喊過一聲，便不管某小姐聽見不聽見，逕自捧着臉兒向後轉，回到門房裏屁股沒坐定，却又不得不愁眉苦臉的被逼出來，喊另一個小姐了。我想，做門房的祇要不在冬天裏患着重傷風才怪。想猶未畢，果然聽見樓下有一個沙喉嚨帶着鼻音，像正患着重傷風似的茶房在喊了：「蘇小姐，有客！」

他竟沒有在半途上喊一聲就算，怪！

更可怪的，是他在喊過一聲之後，還打着噴嚏上樓來了，手裏擎着一張名片。我一跳跳到他的面前，劈手就把名片搶過來瞧，潔白而堅挺的紙頭上清清楚楚的印着三個長仿宋體大字：「應其民」。

於是我急得在房中團團轉：出去呢？不出去呢？換衣服呢？還是不換？

門房可是怪到極點，這時還不回去，祇捧住臉孔，露出兩隻烏溜溜的眼睛朝我瞧。我覺得自己倏地就臉熱起來，趕緊也用雙手捧住面孔，逃避門房似的跑出寢室，却又逃避寒冷似的跑進會客室裏，他，那個穿黑皮鞋，灰呢袍子，戴着白金邊近視鏡的人就在衆人中間站了起來，似笑非笑地招呼我：

「蘇小姐！」

「不敢。是應……應先生吧？」我說話聲音很急促，兩手放下來，臉上表情則大概也是似笑非笑的。

迷離（長篇連載）

予且

八

這一封信確能引起又滄的興趣。

誠如倚雲信中所說：「愛是生出來的，是直覺的，用不着打探，用不着研究。」又滄却在這不研究的狀態下，愛便生出來了。

又滄對於愛的解釋，起初就像那日記中填寫的第一段。愛是愚笨的，是錯誤的，是可笑的，是幼稚的。但是看了這封信之後，覺得愛這樣東西並不愚笨，也不錯誤，也不可笑和幼稚。尤其是信後面的幾句：

「你的照片是你靈魂上的慰安，是片面的，不希望交換什麼。而且是表示出來的。否則爲什麼要展覽？」

他對之眞有非常的感觸，當晚的燈下，就翻來覆去的看了好幾回。

這是學校生活中一個小小的波瀾，但也是一件事實。也許有人說，在這個時代中，還有這樣無聊的戀愛？然而除去這無聊的事，我們更找不出什麼來。學校，莊嚴的說來，是培養青年身心的場所。在培養青年身心的課堂禮堂體育堂之外，儘多着這些無聊的事。現在我將告訴讀者就是倚雲沒有把這學期讀完，就在中途退學了。

我們不要疑心倚雲的退學是倚雲所受刺激，生出來的一種反動。她絕不是一個弱者，我們可以從她信中看出來，她的退學，是她媽媽的意思。不，如其說是她媽媽的意思，還不如說是她叔父的意思。

在她退學前的一個晚間，她曾和媽媽開了一個家庭會議。會議的角色，一共是三個人，一個是媽媽，一個是自己，一個就是自己的一個十歲小弟弟。爸爸原是在內地經商的。因爲戰事的關係，便把家眷搬到上海來。內地的一個店便交給自己的兄弟，兄弟是一個尙未完婚的人，雖然在品行上不十分好，但是也沒有方法，只得交給他。在他動身到上海的時候，就向兄弟說：

「倘使我和你一般的沒有家眷，我也就不到上海去了。你看你嫂子面前一個大女兒，一個小兒子。這樣兵荒馬亂，我怎麼照顧得了。所以得我先送他們到上海。」

「那還是要回來的。」

「我當然想回來，回來這條路，能不能走得通是一個問題，況且，她們都是人地生疏，我不在那裏照應一年半載也不行。」

他的兄弟就在這層意見之下，把店接收過來了。但他並不感激，他以為這是哥哥為了自己方纔如此措施的。他忘記了哥哥給了他很大財產和很大的權柄，只記得這是幫了哥哥的忙，全部財產都是他所應得的報酬。

哥哥到了上海，半年之內，就把倚雲和他弟弟讀書問題解決了。第二年，內地的局面已經轉好，生意非常發達，倚雲的父親便回家了兩次，兄弟在情感上雖然不甚融和，但因為生意發達，錢容易賺，大家也就嚥住了這口氣。第三年，兄弟也娶了親，倚雲的父親回鄉的次數，越發多起來了。他心中只是顧念着，「何日回鄉？」但是回鄉的問題越發困難。其一，兄弟間情感，已經不甚融和，再加上妯娌，問題恐怕更加糾紛，其二，倚雲已經進了大學，回鄉，就會無書可唸，讓她一個人在上海，又不放心。所以他的計劃，是自己在內地經商，讓妻女仍在上海。

他的計劃，結果並不錯。每次從內地寄到上海的信，都是「平安竹報」。最後的一封，却不是他寫的，乃是兄弟寫給嫂嫂的。

嫂嫂夫人，來函無別。只因店中徒弟小發子，看守鈔票箱子，不知如何，夜間失去。哥哥打了他，他家糾合多人，前來講理，兩不相下，大打出手，哥哥當晚氣極身亡，見信速來料理身後一切。

弟大康拜上

這就是倚雲家庭會議的起因。她們在極度悲傷之後，用了極嚴肅的態度開的。母女兩個人都以為爸爸死的太不明白，尤其是倚雲，直認爸爸的死，叔叔決不能脫去關係。

「我們回去了之後，怎麼辦？就是哭哭算了嗎？」

「以後的日子，還更加難過呢？」媽媽接着說了這一句，隨又說：

「爸爸之所以不叫我們回去，就怕的家中時常吵鬧，但吵鬧又怎樣能免？」

「誰怕吵鬧，我們回去一定要將這件事前前後後查明。」

「回去的住處還不知道在什麼地方。我們的房，老早給他們佔去了。他們還說我們的住房地位好。他要住，占點我們的福氣。」

倚雲很不贊成媽的話，她說：

「我們還能管住處？就是睡在露天地下，爸爸的仇恨，也是要報的。」

她們母女就是這樣各執一點的討論下去。顯然的，就是討論到天亮，也討論不出結果來。媽媽看的是事實，女兒看的是理論，一個是以後生活「怎麼樣」，一個是爸爸爲什麼會死。大家都很嚴肅，堂中滿佈了緊張，奮激和悲痛的情緒，可是一毫沒有結果。

她們討論一直到了極其疲倦的時候，中間也流過好幾次眼淚。眼淚不能解決任何的問題，還是弟弟伏在凳上睡熟了，一交滑跌在地上，哇的一聲哭出來，她們纔感到了「大家應該睡覺！」

她們完全沒有想到收拾東西，也沒有想到應該乘那一班火車。今晚幾乎完全被情感管理着。就是上了牀，還想着死者會來託一個夢。媽媽想的是爸爸會來告訴她，自己決計在冥冥之中保佑這一對兒女長大成人。女兒想的是爸爸會來告訴他，怎樣會被人謀害，指示她復仇的路徑。

到了第二天，大家都淸醒了，只覺得時間太短促，什麼事都來不及做。同時又都恨不得長上翅膀，一飛就飛了去。媽媽滴淚抹眼的東撈一把，西撈一把，也不知在幹些什麼。女兒呢？她想着要到學校去聲明退學，帶討自己的東西。

當倚雲從訓導處走出來的時節，對着這親了一年的校中一切，不覺心中一酸，那一股熱淚，便不由自主的落了下來。她一面拿手帕拭着，一面就聽見履聲行進。抬頭看時，不是別人，乃是又滄。今日的又滄，却與往日不同。倚雲在他的心目中，已經不是一位陌生的女同學，乃是一個藝術上的知己了。

他很直率的說：

「雲，你爲什麼傷心？訓導長說了你什麼？」

倚雲搖了搖頭，說道：

「不是！」

又滄楞楞地望着她，她又道：

「我父親去世，我只好休學。對於學校的一切，我眞有點捨不得，眼淚就不由自主的落下來。」

「學校你仍舊可以來，最多也不過多請些假罷了！」

「我要回鄉，我的家不在此地。」

「尊大人是在故鄉仙逝的。」

「是的，他是在故鄉做生意，此處只有我母親和我的弟弟！」

「幾時動身？」

「我想就是今天。」

「那一班動身？」

可憐倚雲根本就沒有想到那一班車。被她這樣一問，立刻就楞住了。

「誰送你們去？」

「沒有人，我的叔父本和我們不對，他既不派人接，我們在此地也沒有什麽熟人。」

又滄想了一刻道：

「伯母現在心裏一定很亂，你一個人照顧兩個人出門，也太辛苦。倘使你乘夜車的話，我決計送你們去。」

他說的眞是十分誠懇，竟像一位多年的朋友。倚雲還有什麽說的，她連夜車在幾時開行，都還不知道，她忸怩地說：

「也許我們是夜車，不過你送我們，那決不敢當。」

「沒有關係的，我來，我一定來。你的故鄉是……」

「碧城。」

「碧城？那也是我的故鄉呀！方盛也是在碧城住的。那裏的站長，是他小時的同學，我叫他寫封信給你帶了去。到了那邊，行李箱子都可以叫他差人送到你府上，你一點也不要煩心。」

這些話他都是用鄉音說的。倚雲也只好用鄉音向他表示謝意了。

他們一同行進着。又滄道：

「我們都說上海話，把同鄉都認作外人了。尤其不對，就是我們在日記上寫了那些豈有此理的話。今天，在你心思煩亂的時節，不應該向你說這些，不過你那封信，在我心上印下了深痕，我幾乎每天都要看一遍，這是我的實情，所以我也不擇時地，全向你說出來。」

倚雲低頭走着，差不多快到宿舍了。又滄停住了步問道：

「你幾時復學呢？」

「也可以說是遙遙無期。」

說時她有點悽惶。又滄道：

「我們的相知，實在是由於攝影。可是你的影，我始終未曾攝過……」

「不要緊，我可以送你一張。」

「謝謝你，你立刻就要搬行李走嗎？」

「是的。」

「我在校門等你，送你一程。」

「不敢當！」

說着她便入了宿舍。

九

人事的遇合，每每不是我們所能逆料的。如果又滄在以前能以對倚雲如此，倚雲的心中又是多麽高興？無如又滄的態度是在倚雲對他絕望之後變的，再夾了父親逝世的一段事實在裏面，倚雲可以說酸甜苦辣全都兜上心頭。

她十分無意地收拾行李物件，「照片」兩個字在她心中刻着。她找來找去，自己的照片竟找不出一張來。她想父親原不許單人照像的。到學校報名的一張，又全都送女同學送完了。只有和弟弟在一起照的一張，在箱中放着。

「這不能送又滄，因爲有弟弟在上面。」

她拿起放下的好些次。終於把它放在自己的手袋中，草草地收拾了行李，叫人送到校門，又滄忙着替她雇車，她又忙說了好些感謝的話，就把這件事忘記了。

直到吃晚飯的時節，母女兩個人還是沒有把東西收拾好。又滄和方盛已經來了。

「還沒有收拾好嗎？」

「我們對於這些東西，眞沒有辦法。」

方盛說：

「車上本來不能帶多少東西。只把動用和要緊的東西收拾收拾帶着，其餘的放在這裏，我們以後替你帶或者你以後來取也是一樣。」

說着他就把信拿出來交給倚雲。母女現在已是六神無主，心亂神慌，也只好把東西放滿了兩個箱子中，又加上兩件行李，便由他們伴着到了車站。

車站上眞是擠滿了人，如果不是他們相送，倚雲是一點辦法也沒有的。這時候倚雲不但是對他們將以前的不快之感，完全消滅，同時對於又滄，還露出無限感謝之意。爲了踐諾前言，她仍舊把藏在手袋中的那一張相片，送給了又滄。

汽笛的聲音引起了離別的情緒，他們就在這汽笛聲中分手了。

車中的母女，爲了兩傍客人衆多，她們不敢說什麽！

又滄和方盛回到校中可就沒有心安睡了。

這是一個有月光的夜，月光照在方盛的牀上，他聽見又滄在那裏翻來覆去的睡不着，他道：

「又滄；你還沒有睡？」

「沒有！今晚上這一陣擠軋，實在使人太奮興了。」

「又豈是擠軋，吃晚飯之前，你就很奮興。」

「平心而論，我原先實在是不愛她，而且她也實在沒有什麽可愛的地方。不知怎的，看過她那封信，還有她那次看日記的態度，令人想起來，就覺得可愛。愛眞是生出來的，而且沒有理由的生出來，就和人家生孩子一般，自己不知道，一旦生出來了就不得不加以培養了。」

「我看她今天的態度，和往日大不相同。對你似乎是特別好。」

「這也許你有先入之見。」

「不說別，她臨行時居然還送你一張相片，這是一種什麼表示。」

「眞的我倒忘記了。當時倒沒有細看。」

說着他便從牀上起來，扭開了燈。方盛也被好奇心所激動，同樣也從牀上起來了。

「這是前兩年的照片，看她的頭髮都沒有鬈！」

「他的兄弟，你到她家裏的時候沒有注意？」

「沒有！」

他們把相片翻來覆去的仔細的看，便發現了相片背後有一行墨筆寫的字。

「辛巳之春雲兒與杏兒攝於滬濱　大健」

「大健！」又濱陡然的問方盛。

「你看見過這名字沒有？」方盛道：

「我幾時看見過這名字。要是說看見過，除非就是報章上的西欒大健鳳了。」

「你別開玩笑，怎麼是西欒的名字。這是倚雲的父親。我有點知道的。倒不是大健鳳，乃是把凰字改個鳳字放上去就對了。」

方盛笑道：

「全校的人誰都知道倚雲是姓鳳的，要你這樣說幹麼？」

「我聽父親說過，鳳家有兄弟兩個人，哥哥叫大健，弟弟叫大康。大健是商界裏的能手，缺點就是錙銖必較。」

「商人就是較錙珠的，怎好說是缺點。」

「我也是這樣向爸爸說，爸爸道，這原不是缺點，不過他有了一個揮金如土的弟弟，便成了他的缺點了。我爸爸論世觀人都是採相對主義的。他說父子兄弟夫婦朋友本離不開，論他們的缺點，就要顧到他們的對方。如果對方是個强項的人，他不能以柔克剛，便是缺點。如果對方是懦弱無能，他不能以剛的態度補他的不是，也要算是有缺點。缺點本沒有絕對的標準，完全要看他的環境以及他的對方。」

「你怎麼會想到這上面？」

「因爲早晨她說過一句，她叔叔本來和她不對。當然就是這個原因。」

「她這次回去，恐怕有相當的痛苦。這不單是精神上的痛苦，經濟也要發生相當的困難。」

方盛這樣的說着，又滄不禁默然好半天。

這是夜間，他們幾乎忘記了是夜間。在心情上，眞也說不出是憐憫還是煩悶。方盛道：

「明天你就寫封信去安慰安慰她罷。」

「寫信？」

「你要想着她曾給過你好幾封信。」

「我不是不肯寫，我實在不知道她的住址。」

「你不知道？剛纔你不是還在說大健大康嗎？」

「也許我父親知道的，我總不能去問我父親。」

他們相對默然的好半天。

遠處的鷄聲，已經高唱起來了。

十

倚雲母女離鄉好幾年，這一次回鄉心境又極爲惡劣，加之故鄉的景物，大半變了樣子，便格外覺得難過。

倚雲原是抱了調查父親死兇意思替父親復仇的。一路的疲勞，壯志已經銷沉了大半。她有些什麼能力？連上車都要人家幫忙。

叔叔一看見她們就大哭了一場，隨即找了許多幫忙的人來，把棺材給釘了起來，可憐他們三個人都是婦孺，那裏有什麼能力，還不是像木偶一樣的聽人擺佈。倚雲雖然是有能力應付方盛和又滄，對於他們這般人却眞是半籌莫展。

有一件事完全出她們意料之外，便是他們原先住的房屋仍舊給她們住。雖然這個店舖不像以前興盛的樣子，店總還是一個店，叔叔已經在店外另有住處，從他的衣衫上看，他已經是發了財。關於小徒弟的事，他說這是哥哥看人看走了眼。要是照他的意思，是決不用這個人的。

「他家裏沒有人，只有一個父親。在此地是無惡不作的。哥哥不知怎麼會看中了他，讓他的兒子進店。當時我不贊成，哥哥一定要收留。你想如果不相信，怎會叫他看鈔票箱子。」

他又說：

「他父親帶人來講理還不是要幾個錢，哥哥的爲人，錢是看得最重，所以就鬧得大打出手，做出這種悲慘的事來了。」

叔叔的聲音高起來。

「我當然不能放他過去！」

「可是這一班人眞是太壞了。一聽見壞的消息立刻就會高飛遠颺。也不知道跑到什麼地方去了。」

倚雲有什麼話說，她望見叔叔就生氣，一生氣就什麼心思也沒有了。

這一次喪事是叔叔一手辦理的，說它草草也好，說它很熱鬧也好。不管裏面怎樣草草，外面終究是很熱鬧的。

喪事一了，倚雲的苦悶便來了。總計她從學校中出來直到現在，到底有什麼成就，不過像一隻小鳥，從天空捉到籠內罷了。而且這籠內只有枯寂悲哀。沒有充足的糧食，只有無窮盡的桎梏。

她媽想的一切，並沒有什麼困難，其一，她們仍住原來的房內。其二，叔叔並不和她們在一起。其三，她們有一個店，店是由一個姓王的管事替她們管理着。其實自王管事的以下，沒有一個是舊人。

「舊人全跑了，新人又弄不好。」

這是叔叔常說的一句話。

新人弄不好，究竟是叔叔故意弄的還是新人本來不好？倚雲對於這個問題就很懷疑。

倚雲終究是個看重理想的人。現在她的事不是研究他們的好不好，或者是不是叔叔的主意還是他們自身的缺點。現在她的事，應該是計算這店的資力有多少，人力支配的是否適當。她自己或者她母親可以挺身起來幹一番的。他們聽從命令就讓他們做下去，否則另外物色人物。

但是倚雲不這麼想，她犯的錯誤，正如在上海和母親開的家庭會議是一般的。她只有空想，只有說理，此外什麼也沒有。

她們的生死之權全操在叔叔手中。目前的生活不生問題，只是叔叔暫時所給予她們的恩惠。她們到碧城之後，連上海一部分東西，都是她叔叔託人去料理的。叔叔說：

「青年的男同學，都是靠不住的，怎能託他們替你們帶東西。以後書也不必唸了，學校也不必去了，只在家裏跟媽學習針線兼照料弟弟。」

如果叔叔不說這一番話，她還是想不起寫信給又滄的。在聽叔叔說了這層意思之後，她迴想自己經過一切，宛如做了一場惡夢。

她毅然的寫了一封信給又滄。

「謝謝你給了我們的幫助，又滄，接受你幫助的人現在已經變爲籠中的小鳥了。小鳥沒有充足的食糧，不管是精神的還是肉體的。以前在上海的東西都由我叔叔料理。他說，青年的男同學，都是靠不住的。爲這句話，我氣了一個晚上。在理，我不應該是這樣的一個痴人。我們會見的次數雖不多，你總可以看出來。但不知如何，現在反而變痴呆。我常常傷心，自己說不出爲了什麼？我眞有許多話要寫，更不知從何處寫起，我是一個坦白的人，我看你也坦日。我常常想，倘使我寄給你一張白紙，也許你更能明白我的一切。」

她就這樣的寄了出去。又滄接着了之後，眞是喜不自勝。尤其是後面幾句，他更喜歡，他向方盛說：

「你看我那陳列的框子，好久沒有放照片，意思就和她說的一樣。我走到那框前，就像我所有的精美相片，都在那裏一般。有時我會看見倚雲，她含笑的在框中，眞是神采飛越，儀態萬方。」

方盛不覺哈哈笑起來。

「你笑什麼？」

「我笑這就是你的缺點。」

「我的缺點？」

「缺點本是相對的。倚雲無論如何是個空想的人，由照片到寫信，無一處不是表現的空想。回家，不知道料理行李，車票，甚至於火車什麼時候開都不知道。她腦中有什麼還不是空想嗎？她空想那已死的爸爸，自己的生活，也許還有她那叔叔的一切，這都是無補於事的，就拿這封信說，她說了些什麼？你說說看！」

又滄再把信看了一遍。覺得眞是沒有說什麼。

「結果，你贊美她那一句話，叫寄一張白紙，你可以知道她更多些。這是詩，所謂詩，就是什麼都沒有，覺得很是有趣的一種東西。你覺得有趣，他也覺得有趣，結果便是什麼也沒有了。老實說，不必寄白紙，就告訴她看月亮最好。月亮照着你也照着她。換句話就是月亮中也有你也有他。不比看白紙格外來得有趣和經濟嗎？」

他連連的笑着，又滄向他瞪着兩隻眼。

「這樣是沒有用的。像那次她們回家，你做的就不錯。她在空想，你還她一個實際。她空想着回家，你就帮她運行李，買車票上火車，這都有用，是你補了她的不足。」

又滄想了想，覺得他的話一句也不錯。他說：

「她爲什麼寫這信？」

「當然是她所有的空想，一個也不能解決。」

他又把信看一遍，不禁自己也笑起來了。

「你也笑！」

「我笑這封信確實沒有說出什麼來。」

「不！至少她告訴了你她的住址。」

「對呀！」

又滄不禁叫出來。

「我們正是要知道她的住址。」

「應該寫封信回她。」

「當然不能空想。」

「自然，你就告訴她我們那一天放假，那一天到碧城，到了碧城之後，她所有的難題，我們都能替她解決。她的心便可以定下來了。」

又滄眞的就照他的意思寫上一封回信。

十一

回信去了一禮拜，倚雲的信就來了。

信上只有寥寥的幾句。她說：「我的問題你解決不了。我所懷疑的就是爸爸死的太兀突，但是我沒有一毫的證據。如今什麼都完了。那裏會水落石出。我不能再寫，我已經哭了。封起來趕緊寄給你。」

又滄看過了就給方盛。他說：

「這就是你說的。可以解決，這樣的難題怎樣能解決？」

方盛也呆了大半天。他說：

「我原先想着，你們這段戀愛是準可成功的，我以前雖然做過一些不合理的事，你們能成功，我的罪自然也就輕減了，如今……」

「幾時你看我愛過他？」

「幾時？你的言語就明白告訴了我。」

「那是一時的情感，不是戀愛。」

「那麼你對於這件事，還是憑着友情去替她解決呢？還是不理她。」

「這都是你多的事。如果不寫解決問題，她就不會寫出這些話。」

方盛理都不理他，便挾了一冊書跑出去了。

又滄雖然是這樣的說，心裏確實有些放不下。他對着燈癡呆的想着：

「也許是她叔叔弄出來的呢？他是一個揮金如土的人，當然和哥哥過不去，因恨生仇，也就會有這種事。」

「不！」他又這樣轉念着。「兄弟本是同根，不會做出這樣的事。」

這已經是大考的季節了。又滄就爲了這封信，書都沒有心思去考。他望着考畢，趕緊回家，也許從父親那裏得着一點意見。倒是方盛，反而很用功的溫着書，絕口不提倚雲的事。

大考過了之後，在又滄和方盛一同回鄉的時候，就望着有個機會見着倚雲，他們在火車站上沒有遇見，路上也沒有遇見。又滄雖然想見倚雲，他也沒有勇氣去找她。他能走的路，大概除去問爸爸之外，更沒有其他。

爸爸眞想不到又滄會對大健大康的事發生興趣。他說：

「你爲甚麼要問大健的事？」

「他有個女兒在校中讀書。」

「叫甚麼？」

「鳳倚雲！」

「倚雲，這名字很好。聽說她的小名叫雲兒，是七月裏生的，大概後來進學校，雲兒兩個字不像讀書的名字，所以在上面加上一個倚字，這倚字用得好。」

「爸爸怎麼知道？」

「我怎麼不知道？」

「能多告訴我一點兒？」

「人家的事，何必那樣的注意它？」

爸爸說時笑微微地。又滄眞不敢再問他什麼！可是他想知道的心，越來越切。

他在爸爸面前轉了好幾次，爸爸一句話都沒有說，結果，他便跑出去找方盛了。

方盛一見他就問。

「倚雲見着了嗎？向你說了些什麼？」

「我沒有去看她。」

「你來做什麼？約我一同去，那我是不去的。」

「我問過我的爸爸，他似乎是知道，但他又不說。」

「回來攝過影沒有？」

「沒有。」

「爲什麼不攝，一向都是很有興致的。」

「現在我眞沒有心去做那些玩意兒。」

「你一心惦記着她，就去看她一次。如果沒有這個胆量，就丟開，不要這樣萎縮。」

「我覺得這件事要想過。」

方盛不覺嘆了一口氣道：

「你這個人眞是過於看重理想了。你該去看倚雲，你不去看，却去問爸爸，爸爸不告訴你，你却又要研究爸爸爲什麼不告訴你。你是來和我研究爸爸爲什麼不告訴你的？是不是？」

又滄眞是有這一種意思，不圖被他一語點破，臉就紅起了。他說：

「你這人，眞不夠朋友！」

「誰不夠？我只替朋友解決事實，不解決理想。」方盛笑着送他出了門。

又滄回家的時節，爸爸已經不在家，只媽媽一個人在家裏。

「攝影機沒有帶回來？」

「帶回來的。」

「你怎麼不出去攝影，今天的天氣眞好呢？往常你喜歡做的一件事，如今怎樣不做？」

「沒有心做了！」

「爲什麼？」

「沒有什麼。」

「我聽你爸爸說，你很注意鳳家的女孩子，她和你在一個學校讀書，同學有了幾年？」

「幾年？纔一年！媽，你知道她家裏一切嗎？」

「我不知道，也許你爸爸知道。」

「是我問他的，他不肯告訴我。」

「你是不是愛鳳小姐？」

「不是！」

「爲什麼要打聽？」

又滄心裏覺得眞難過。他想爸爸媽媽，也是這樣的對我，難到要我承認愛鳳小姐，他們纔會說出來。

他挨了一團的不快意直到晚餐時候，吃過了晚飯，獨自一個人因爲無聊便到碧城大戲院去看電影。到了電影院的門口，心裏就想着也許倚雲會來看電影的，他站在門口仔細注意的看了好些小姐，也沒有看見倚雲，直到電影將開的時候，他纔走了進去。這一場電影，也不知是看了一些什麼，直到走出來的時候，在那暗的街燈下，看見一個男子攙了一個小孩子，那孩子，就像是倚雲的弟弟。

「這男子也許就是倚雲的叔叔。」

「弟弟來了，她也許是一道來的。」

他一面走一面注意，看着前面一位小姐，好像是倚雲。

他便急急的趕上前去。

臥病

南星

窗外的野草三四尺高了，
樹木有豐富而沈重的負載，
夏天的落花飄散到這病者的窗外。
我從枕上望着多雲的天空，
過去的日子像千萬隻蝴蝶飛過去了，
而這夏天正如十年前一樣，
逝去的沒有留下甚麼，
幾隻山鳥稚弱地叫着，
透出來一些無知的喜悅。
暮色徐徐垂下來的時候
我病臥着，聽得見
隔壁老園丁的不盡的喃語，
知道七十年的迷離的夢
知道令人無可奈何的人世相。

日光山四季之一　山內多門作

現代日本繪畫展特輯

本年六月，日本國際文化振興會在上海大新書廳主辦的現代日本繪畫展覽會，會期一週，盛況堪稱空前。上海中國藝術界方面對這次展覽，曾舉行熱烈的座談會，在報紙雜誌上，也多有介紹及批評的文章。本刊現在特將畫展陳列各名畫，攝影製版，一方面略表介紹的微忱，另一方面也可供本刊千萬讀者的研究欣賞。

山內多門，日本明治十一年生於宮崎縣。初師明治初畫家橋本雅邦，後師川合玉堂，最擅山水畫。這幅日光山四季會出品於明治四十四年第五次文部省美術展覽會。作者卒於日本昭和七年。

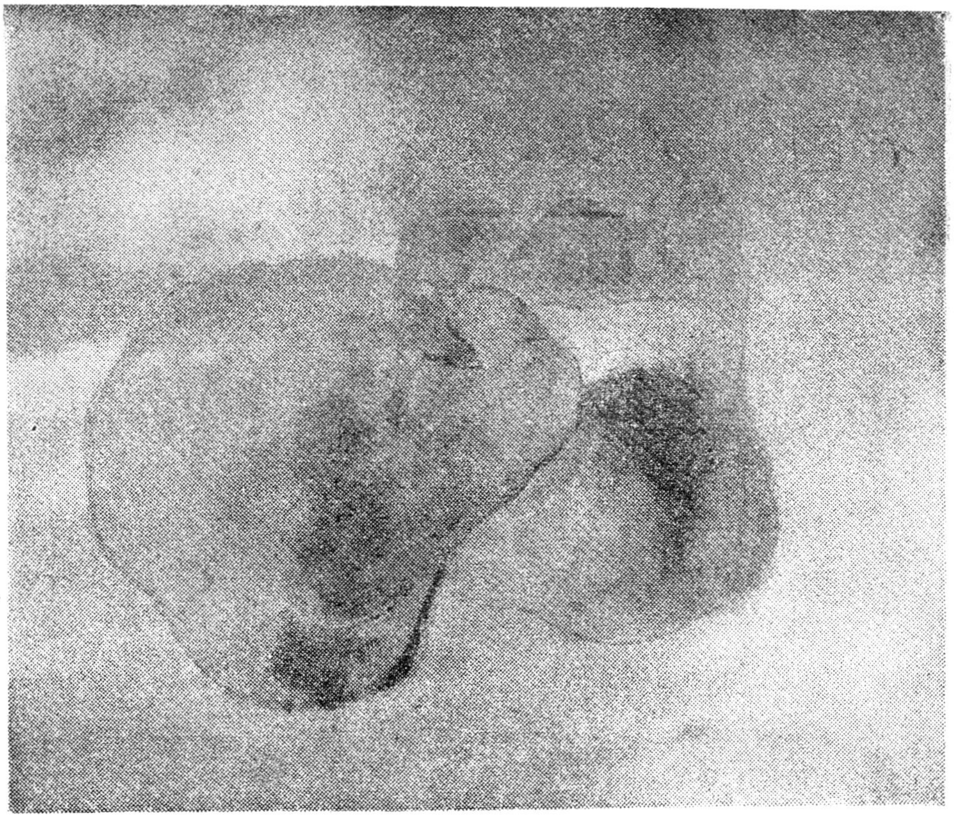

秋食

竹內栖鳳作

竹內氏是一位尊崇日本畫的傳統，而又張寫實主義的旗幟，創始新日本畫的人。他是京都人，元治元年生，京都畫派能夠成一新宗派，他的功勞最大。這幅秋食，作風又非單純的寫實，而有一種淡泊，灑脫，恬靜的精神。

紅蜀葵

金島桂華作

八木岡春山：雨後

作者最擅破墨畫，這一幅尤見功力。

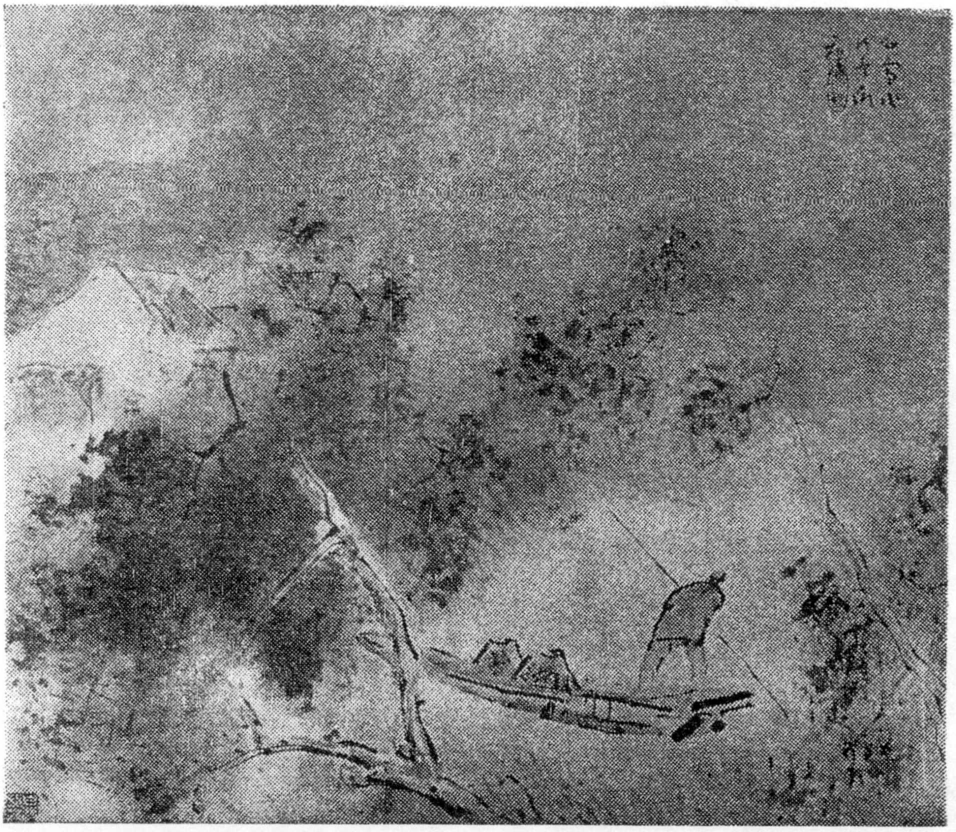

水鄉急雨

橋本關雪作

春晴

池上秀畝作

鸐雉

宇田荻邨作

民國四十二年 兒童日記

包天笑

第四章　六月

六月八日，星期六，乍雨乍晴，正是黃梅天氣。

今日下午四時，孫先生陪同我們游學校園，孫先生在我們學校裏教博物，他并且是一位園藝家。我們這個學校園，並不十分大，因爲我們的學校，在市內不在鄉間。去年我們遠足運動，到一個鄉間有名的農村小學校，他們的學校園纔大咧。那不是學校園，簡直可以算一個小小的農事試驗場呀！

我們中國自從復興以來，農工兩業，日漸發展。凡是鄉村間小學校，都闢一個場圃，種植許多與本地方土宜的植物，以爲學生嘗試驗之用。所以在鄉村小學畢業出來的人，對於農事多少有點基本知識。吾國內地有許多鄉村小學校，把寒暑兩假，都改在農忙時候放假，因爲到了農忙時候，先生與學生，一齊都要出去幫忙呀。

我們的學校不在鄉村，我們只是一個學校園罷了。孫先生常常領我們到學校園來，對於各種植物，加以指點。這是何種植物，屬於那一科，我們得着知識不少。這幾天，正是百花競放的時候，萬紫千紅，燦爛悅目。我們學生，也有個人來游學校園的，但沒有一人，敢於採取花朵的。雖然採花是一件小事，然而也可以看得出一人的公德心呢。園中的花，有先生種的，有學生種的，有園丁種的。現在世界的植物家，發明了種種從前未見的花來。從前古人說：恨海棠無香，現在有一種外國來的海棠，芬芳撲鼻，而且單是海棠一物，便有數百種之多。古人又說：恨玫瑰多刺，可是有一位植物學家，他居然研究出一種無刺的玫瑰花樹來。關於花木的接種，近來也非常發達，因爲接種的緣故，就添了不少奇異的花果了。

我注意到園中的兩棵石榴樹，正開着如火一般的紅花。記得我到學校來的時候，那兩棵石榴樹，不過齊我的肩，此刻却高過我不少了，每年都結了很大的石榴。還有一種花菖蒲，恐怕也是外國種吧？開着紅的，白的，黃的，藍的，各種各樣的花。上午經了一場雨，下午放晴了，夕陽照在花枝上，光明豔麗，正顯出花也有特別精神，人也有特別精神啊。

我那時又去看看我們所種的樹。我們學校裏，凡是五六年級的學生，每年在學校裏，逢着植樹節那一天，每人可以種一棵樹。我倒是去年今年，種過兩回樹了。第一次我種的是一棵梧桐，現在比我的身體，已經有一倍高了，梧桐眞是容易生長呀。第二次我種的是一棵松樹，那纔矮的很咧。我給它題個名兒，喚做「小松」！小松還是今年植樹節種的，我想到那棵松樹，作參天拏雲之勢的時候，恐怕我已經是老了。凡是那一位學生種的樹，都有一塊小木牌，寫着他的名字，掛在樹下。我們時常去看自己所種的樹，我們很愛護自己所種的樹，希望它快快生長。雖然我們將來畢業時，離開這個母校，我們不能掘了自己的樹走，可是我們自己所植手的樹，似乎很爲系恐。好笑我們一個人，總有那一種自私的心，盤據在胸中呀。

孫先生帶了一把修花樹的剪刀，剪下了不少的花枝，送給我們。我拿了一大束，五色紛披，十分可觀。我知道校園中的花，不可妄採，但孫先生所給，却無妨礙。因爲孫先生知道怎樣的修剪，不剪下來，花也就謝去了，况且孫先生又是學校園的主任呀。

六月十五日，星期六，天氣佳晴。

今日下午四時至七時，我們學校裏開兒童家庭懇親會，招待學生們的家族。吾父親還有別樣的事不能去，母親答應帶了我的妹妹同去。我們學校裏，每年要開兩次懇親會，大概是上半年一次，下半年一次，以招待學生們的尊親屬。

現代教育家，都知道學校教育與家庭教育，要打成一片。單靠學校教育，而家庭間十分腐敗，兒童是不會有進步的。據我們校長說：從前的兒童教育，學校與家庭間，全不接洽，那是不對的。十年以前，有些中等人家，婦女只知道在家裏叉蔴雀，或是出外看電影，覺得兒童在家裏討厭，便把他們塞進了學校裏去，自己便一切都不管了。兒童們不過暫時離開了家庭，到了放學回去，她們的種種色色，他全看在眼裏，因此她們所有的壞樣，他都全學會了。

學校中呢？也不管學生家庭的一切事，他是怎樣的一個家庭呢？一概置之不問。你既出了學費，到學校中，我只盡了學校中的責任，可告無罪了。甚而至於不但不管學生家庭間的事，只要學生一出校門，便與它無涉。學生們放學歸來，沿路打架，出口罵人，成羣結隊，行同小流氓。有時購買不衛生的食物，任意亂吃，以致釀成疾病。還有那種「吃角子老虎」，「檯型高爾夫球」，「小輪盤賭」，以及各種賭博，當局顢頇，警務廢弛，概不禁止。引誘兒童，入於邪途，而學校當局，以爲這不關我事，出了學校的大門，都不在我範圍之內。你出了學費，我教你幾點鐘書，敷衍塞責，自謂職分已盡，這樣的教兒童，只有使兒童墮落罷了。

我們校長又說：那時倘然學生闖了禍，那末家庭怪着學校，學校怪着家庭，兩方面互相怪怨不已。實在是兩方面各有不是。她說：在十年前，曾經有一個小學校女教員，把學生責罰了，學生的母親，跑到學校裏來，把那位女教員，打了兩記耳光，以至於那位女教員，氣憤自盡。這種怪現狀，實在可以說的是聞所未聞。其實也是學校與家庭太不融洽的緣故。所以我們校長主張每年開懇親會兩次，招待學生們的家長來游玩，并且也開了一個小小的游藝會，以娛來賓。

到下午四點鐘的時候，學生的家族，已來了不少。有的，還帶着本校學生的小弟弟，小妹妹，大概是婦女小孩爲多，男人却是少數了。游藝會是唱歌，短劇，音樂合奏等等。學校裏辦了茶點，是日服務的，都是我們五六年級男女學生，在教師指導之下，對人彬彬有禮。禮貌這一件事，要童而習之，將來成人以後，便不會對人暴戾無禮了。凡是有知識的人，都知道禮貌，不知禮貌的人，便是那班無知識的人，當然被人看不起的了。

那天所有的蛋糕，餅乾，以及各種點心，都是我們學校裏的女教師自己製的，她們昨天忙了一天了。還有我們五六兩級的女學生，也去幫了教師的忙，充她們的助手，因爲她們本有烹飪一課的呀。我們不用咖啡，只用清茶與紅茶，都是吾們國產。執役的都是我們男女學生，一杯杯的茶，一碟碟的點心，送到各同學的家長前，我們還要向他們鞠一個躬，這是禮貌使然。雖然有些同學的家長，執業並不高貴，有的當一個工人，有的是一個小販。但是同學的尊長，便是我們自己的尊長一般，我們不能有歧視的心，我們要一例向他們盡禮致敬。

那一天，各同學的家長，都很高興。他們對於校長，對於各教師，都深謝她們教得好，使兒童們日有進步。這個懇親會，似乎使學校與家庭，顯得很親密的。還有，同學與同學的家長之間，向來有許多是不相識的，在這個懇親會上，她們也相識起來了。人類總是互相愛好的，不要看它是個小小懇親會，倒也很有效力呀。

六月二十三日，星期日，天氣漸熱，幸朝夜間尙涼。

今天我們家中，甚爲熱鬧。因爲吾大姊高中畢業後，將從事於勞動服務，有許多她在學校中要好的同學姊妹，都要給她來送別，我們必須要招待她們呀。

上午，我陪着大姊，去買了許多茶點。蛋糕也是吾們家裏自製。這製蛋糕的法子，是大姊向一位法國太太那裏學來的，現在母親也會製了。這蛋糕比了市上所製者，却有不同，眞是別有風味。而且我們自己還製了冰淇淋，我和弟弟妹妹，更是高興得了不得，跳來跳去。

我們大姊去服務的這個醫院，是一個地方公立醫院，屬於某縣的。規模雖不很大，據說辦理得很好。院長也是一位女的，是一位老處女，今年五十多歲了。這個地方，離我們這裏，有百餘里路，然而有火車可通。坐火車，不到一點鐘，就可以到了。大姊在家中，幫助母親做不少事，就是對於吾們弟妹，也是愛護周至。尤其是妹妹，聽得大姊要離開家裏，她就哭起來了。

大姊和我們約，要我們四人，輪流寫信給她。譬如第一星期二哥寫，第二星期就是我寫，以後就是弟弟寫，小妹妹也不能免，以後要寫信給大姊了。每月有四個星期，恰巧我們四人寫四封信。母親說：「你在勞動服務時期內，不可常常想着家中，精神要貫注在服務上。并且不要告假，回到家裏來。我們有機會，或是在假日中，却想到你醫院中去看看。」

這一回，與吾姊姊同到那個縣立公立醫院作勞動服務的，還有一位郁良風小姐，也是大姊的同學，一同派到那裏去的。郁小姐比大姊大一歲，兩人同去，這使吾母親放一點心。今天的送別會中，郁良風小姐也同在座，到下午三點鐘，許多女同學，都到我們家裏來了。

與吾大姊同時高中畢業的，男女同學，共有三十二人。其中男同學爲廿四人，女同學僅有八人，此三十二人，均分派到各處勞動服務，有的僅在本地本省，有的派到很遠的地方去。這三十二人畢業後，曾在他們母校中，開過一個分袂會，也曾合照了一張照片。今天的送別會，却盡是女同學。除了吾大姊和郁良風小姐，到同一醫院去服務當看護外，還有兩位，也是到別一醫院服務看護的，她們不久也就要出發了。

還有兩位同時畢業的女同學，一位是到農場中服務的，一位是到工場中服務的，現在無論那一種機關裏，都有女人了。這兩位小姐，今天也來了。此外，都是未畢業的女同學，和吾姊姊都很親愛的，她們特地來送行呀。

她們很高興，她們都高聲談笑，因爲她們都是健康的女兒。她們嘲笑有些舊式女子，吟風弄月，自以爲才女。她們譏諷有些墮落的女子，搽脂滴粉，自命爲閨閣千金。她們以吃苦爲榮耀，她們以鍛鍊爲修養。她們以爲女子的體魄，並不弱於男子。直到了晚上六點鐘光景，方始大家散了。

夜飯以後，母親又向大姊丁甯了一番，大姊只是俯首靜聽。偏偏妹妹又伏在姊姊身上哭了，姊姊連忙抱起妹妹來，不住親她的頰，也垂了兩點眼淚。我笑大姊：剛纔與同學們開送別會時的剛健之風，到那裏去了，也會因妹妹而垂淚。

夜闌人靜（長篇連載）

譚惟翰

十

她明白祇要自己有一點兒事做，對於家庭多少總有些兒補益，呂楓也不致於終日爲生活而感到煩惱了。她眞不忍心看到他成天地陷於不安的狀態之中，時兒半天不說一句話，時兒又一個人滔滔地說個不停。他的精神早被一根無情的生活的鎖鍊所束縛了。要解除這個重鎖，竹貞以爲一部分的責任應該是屬於她的。因此他說：

「就勞孔先生的神，替我介紹事做吧。」

「當然，當然！我們彼此不外，跟你謀個出路也可以說是我的本分。」

孔玉山拍拍自己的胸，彷彿他是一個足以轉動世界的大英雄。

「倘使事情弄成功了，我一定重重地報答孔先生。」竹貞說。

「這，這倒並非我所希望的。」孔玉山站起身，在屋子裏來回踱了兩次，每經過竹貞的身邊總要細心地把她當做櫥窗裏的珠寶似的品價一番。他看出她那張沒有脂粉的臉顯得有些蒼白，但面部的輪廓依然是那樣地秀美。皮膚細潔，眼珠明亮却含着溫存與憂鬱的成分。嘴唇上沒有口紅，薄得很可愛，確是一張聰明人應有的嘴。在她不自覺的時候，常喜歡皺一皺眉，兩道極其自然如下弦月的眉毛中間蘊藏着無限的愁怨。孔玉山最後立定了，得意地將右姆指和中指用力地捻了一下，發出了一個清脆的響聲，跟着這聲音的是——

「現成的事倒有一個，就是怕你不高興去做！」

「你是說工作繁重，怕我吃不來苦嗎？」竹貞忙說，「那是不要緊的。我能吃苦，也能耐勞，祇要有事做，我一定盡力把事做得好好的——」

「事倒是一件極輕鬆的事，不必費多大的勁兒！」孔玉山說着，又點起了一枝紅錫包。

「報酬太低是不是？」竹貞問，「那也沒關係，究竟比沒事做強得多，況且報酬也會跟着勞力慢慢地增加的，我想……

孔玉山吸了一口煙說：

「酬報我可以擔保很高——至少你們一家的生活都能解決，說不定……馬上你就可以到手一大筆現款哩！」

竹貞興奮極了。

「那再好也沒有！你說我不高興做，那有的事！」

本來嗎！他們的生活能夠安定，呂楓也可以拿錢離開此地去做一點比較有意義的事，等到他的事業稍有了成就，她和他再一同舉行婚禮。想到這裏，一圈紅色泛上了她的面頰。

她問：

「你眞能爲我找到這樣的好事嗎？」

「我向來是不作興哄人的！」孔玉山說。

「那麼請你告訴我，打算介紹我去做什麼？」

「做，做……」孔玉山不肯說下去，因爲——「我不能立刻就告訴你，我怕你聽了太興奮。」

「請你說出來吧！」她十分渴望地。

「你先靜一靜。」

「好的，」停了兩分鐘，竹貞對孔玉山說，「你現在可以讓我知道了。」

於是孔玉山咳嗽了一聲，裝着非常鄭重的神氣：

「我想……介紹你去，去做……」

「做什麼？」

他把嘴衝上前去，輕聲地說出了四個字：

「做——姨——太——太——」

一塊冰磚擊在竹貞燒得火熱的心上，光焰消失了，熱度降低了，她看得見自個兒的心浴上了一層灰色，並且也能聽見它被撞損的聲響。她的嘴唇照孔玉山一樣地動了幾動，雖沒吐出音來，然而不難看出她是在問自己：

「做——姨——太——太——？」

這時孔玉山放下香煙，站在她的身旁，把兩手朝外一捧：

「不好嗎？」他說，「既輕鬆，又舒服。要東西不必勞步，祇要嘴一張開就行，要錢更不必費力，祇要手一伸出就有。我覺得這是你們女人最好的出路。」

「孔先生……」

「況且你又是這樣地漂亮，在學校裏唸書的時候，我知道你還是出名的校花，嫁過去，還怕得不到人家的寵愛嗎？」

「孔先生……」

「你慢說話！我忘了告訴你，預備把你介紹給誰……」孔玉山搖晃着一個大姆指，「說起來你也許聽見過，就是大名鼎鼎的王霸！——他是國富銀行的行長，信義大學的校董，藍屋總會的經理……有時他還愛捐幾個錢給難民，所以他又是一位慈善家。什麼人都恭維他，抬舉他，任何一件事弄僵了就得請他老人家出來調停！可是在他的門人當中他最相信我，換句話說，我和他最夠交情……夠交情，你懂我的意思嗎？」

竹貞隨便地點點頭，眼直視前面。

「然而這樣有錢有勢的人，却養不出一個兒子，眞是天曉得！」孔玉山不勝感嘆地說，「氣得什麼似的，把一位不及你漂亮的太太送到鄉下去了！……我是最能體諒人的，我明白他的苦處，我說！幾時讓我替你介紹一位年青有學識的，能拿得出去的女人跟你做朋友。啊！薛小姐，在我所見過的成百成千打的女人當中，我認爲惟有你是再適合也沒有的了！」

這話，對竹貞簡直是一種侮辱，她說：

「我不能，我不能！……何況我又是訂了婚的人！」

「訂了婚？」孔玉山覺得她的話好笑得很，「王霸還是結了婚的人呢！男人結了婚可以重討，女人訂了婚難道就不能再嫁？」

「男子不顧自家的名譽，我們女子却不能跟着他們不顧名譽。」

「名譽？你懂得什麼是名譽？跟你說：有了錢，不名譽的事也都很自然地變爲了有名譽。」

「我怕對不起我自己，更怕對不對呂楓。」

「這不是對得起和對不起的問題，這是要錢和不要錢的問題！」

竹貞把下嘴唇咬了一下：

「我甯可不要這種錢。」

孔玉山狡猾的對她斜視了一眼：

「那好極了，」他說，「這不能怪我不跟你幫忙……」

兩人都沒話說，接着那緊張場面的是片時的沉默。

十一

孔玉山重行回到桌邊，坐下，劃了一根火柴，又換了一枝香煙，他從烟霧裏偷看竹貞的神色。

竹貞憂傷地站起身，她的眼表現出她對面前這個男子的輕視，但從她躊躇，彷彿不願即刻離開這屋子的神態看來，可以猜想她仍然希求他能給她一點幫助，那怕這幫助是極其渺茫的，但總比回到樓上那絕望的小室中要好得多。

一個終日兜轉在女人圈子裏的老手是不難覺察到這一點的。孔玉山坐了一會，馬上又站起，心裏雖急，臉上却做着滿不在乎的樣子，並且像是很關心地說：

「你們這樣長久地待在這兒總不是事兒。」

竹貞不應，也不動。

「房租欠了好幾個月，再挨也挨不下去了。」他又說。

她愈加顯得痛苦。

他更進一步，帶點兒恐嚇：

「別以爲朱砯頸會看在我的面上，永遠地原諒你們，老實講，她外面認識的人也不盡是好纏的！無論如何，她不會便宜你們……」

想到前不久朱砂頸衝到樓上，惡勢洶洶的那副神情，着實有些氣人，竹貞說：

「她眞是太不講情誼了！媽病得那麼厲害，她還要大聲地鬼鬧！」

「你不能這麼說，薛小姐！情誼是有限度的，你們一連幾個月不付房錢，隨便憑誰講話，總是你們理缺。你說她鬼鬧？哼！也許好戲還在後頭呢！」

「我才不怕。」竹貞安慰自己。

「也不能把事看得太便當，」孔玉山又說，「你的爸爸頭髮也急白了，我不是看不出；你的母親吞一口粥都覺得費力，你自己……」

「有呂楓在我跟前，誰也嚇唬不了我！」

「呂楓！呂楓那個書獃子，經不起流氓半個指頭。」

竹貞壓制胸中的氣憤說：

「她敢拿我們怎麼樣？」

「那可說不定！」孔玉山奸刁地搖搖他的頭，「客氣一點，扣留你們的行李，趕你們搬家；不客氣起來，可要你們好看。爲你們本身打算，該早點想個辦法才對。」

竹貞不安地說：

「我們沒有錢。」

「嘿」孔玉山嘻着嘴把牙齒露在外面强笑着說，「又說到錢上頭來了！剛才我替你想的法子是最容易有錢的，可是你又不大情願……」

她堅決地說：

「我還想活着好好兒地做一個人。」

「別說傻話了！」孔玉山把頭頸向前伸着，眼習慣地又瞇起了一隻，帶着誘惑地，「薛小姐，做姨太太並非就是叫你不活着，那祇有比你現在活着更加舒服！」

竹貞垂下頭，輕聲地：

「我不願同呂楓分離。」

「你還捨不得他嗎？」

她眞摯地說：

「我愛他！」

孔玉山再也沒話說了，停了停，他看錶：

「朱砂頸出門的時候，是說今天要邀幾個人來給點顏色你們看的。我勸她：不必！大家最好有來有往，和和氣氣地，我的意思是想講得通，讓事情有個周轉……如今我既幫不了這個忙，我再也沒有顏面見她了。——我還有旁的事，得先走一步……」

竹貞聽了這幾句話，彷彿意識到眞有一個更大的騷擾將要發生。恰如孔玉山所說的：她的父親已衰老，母親的病體再也受不起一點較重的刺激，呂楓到這時候還不會回來，她自己又不能同一個潑婦去爭罵，萬一朱砂頸眞的………

實在不能再往下想。內心起了比以前更大的焦急與恐慌。本來她是不願意同孔玉山多說什麼，現在覺得似乎只有同他才可以商量商量。如一個徘徊在沙漠中的駱駝，不得已，拿一溝汙水當作淸泉來解救自己的急渴。因此，當她看到孔玉山在衣架上取大衣，她又哀求地喚了一聲——

「孔先生……」

「什麼？」故意慢慢地

「請你等一等。」

「我把還有什麼可以商量的嗎？」他將取下的大衣再扔到牀上。

「請讓我再多考慮考慮……」竹貞說。

「其實用不着再考慮，」孔玉山伸出兩隻手做了一個天平的式樣，「那一頭輕，那一頭重，一看就有數。」

「我要靜心地想一想。」

「想一想？無論那一方面我都已替你想過了。」他靠近她，「我先問你：你們這幾個人有沒有一個在做事？」他自問，又自答，「沒有，不是？你們有沒有多的錢？——也沒有！可是，你們要不要吃飯？要的！要不要住房子？也要的！……我再問你：吃飯，住房子，那兒來的錢？起初是靠你父親的一點兒積蓄，後來是靠當當過日子……現在連能當的也都當光了，一個月，兩個月，還不要緊。再這樣拖下去，可怎麼行？……再說，接連欠下的幾個月的房租，你能逃得脫嗎？朱砂頸會不會輕易地放過你們？你們能不能應付她所認識的那些流氓……」

一句句的話刺痛了她的心，她背過身去說：

「請你別再講下去……」

「那麼話就再說回來吧。」孔玉山繼續說，「倘使你嫁給了王霸，一切的問題通統可以解決。你也無須再過這種苦日子了！」

竹貞的眼睛瞧着地下，帶着沉思地：

「我自吃己點兒苦都不打緊，」她說，「但我實在不願意……」

「你不願意什麼？」孔玉山追問她。

「我不願意看到呂楓成天地焦急，成天地憂鬱，我極希望替他弄點兒旅費，讓他離開這個死地方，我不能看他毀滅了他的前程！」

竹貞這幾句話眞是從她心坎裏發出的，但孔玉山聽了却給她一個不小的譏刺：

「你的心倒很好，祇可惜他養不活你。」

「不是那麼說，」竹貞揚起頭來，「我打算嫁給他，並非就是希望靠他養活。」

「不靠他，難道還靠別人？」孔玉山毫無禮貌地說出了這句話。

「孔先生，」竹貞大聲地說，「我們女子離開了男人不一定就不能生活。」

孔玉山俏皮地輕笑一聲：

「薛小姐，話倒是一句漂亮話，祇怕你做不到。」

「爲什麼做不到？」

「那你就做做看哪！」他故意激動她。

這顯然是太輕視她，以爲女子個個全是寄生蟲。竹貞忍受不住這些，她搶口說：

「我一定要設法謀生活，不單爲自己，還要爲別人！」

從她快而有力的語調裏，可以看出她的話不全是表示氣憤，明明是帶有堅決的意志。

孔玉山却不把這話放在心裏，他開玩笑似地問：

「爲別人？你爲誰？」

「爲我的父母，爲我的——」她不好意思說出「愛人」兩個字，便改了口，「——爲呂楓！我非得讓他走不可。他是有希望的，他是有作爲的，他不應該死待在這兒……」

「你有錢讓他走？」他又用「錢」這個字來嚇人。

「錢！錢！錢！」竹貞大聲地說，感情的衝動使她忘了是在別人的房間裏，「我情願用我的身體去換錢！」

「你捨得那麼做？」他越發地逼緊了。

「祇要對於他們是有好處的，我沒有什麼捨不得。」

「這樣說，你眞肯爲別人而犧牲？」

「希望我所愛的人幸福，並不是犧牲！」

像火山爆發了一樣，一個外貌很沉靜的女子突然迸出了這樣驚人的語言，使旁觀者不能不爲她而受到戰慄，孔玉山停了一會，對她說：

「那你的意思是說答應了？」

聲音恢復了常態，她遲疑地問：

「答應什麼？」

「嫁給王霸！」

她臉上的肌肉隱隱地在抽動，嘴也隨着打起寒顫。她搖了搖頭，長長的黑髮也同她人一般地在發抖了。

「那辦不到！」她說。

孔玉山不屑理睬地，走到一邊：

「到底你還是捨不得啊！」他用鼻子在那兒冷笑。

此刻竹貞的喉管不知又給什麼扣住了，她低着頭，緩緩地嘆了一口氣說：

「我：希望……有一天……我還能同呂楓…相聚在一起……雖然現在我是急於盼望他…離開此地……」

孔玉山在一旁回過頭來：

「你是說不情願同他永遠分離？」

「是的，」她點點頭，「而且，而且我要保持我清白的身體……」

「清白的身體！嘿嘿嘿嘿……清白的身體！……」孔玉山心想：女人祇要有一件漂亮的旗袍罩在外面，管它清白不清白，誰也看不出來了。還好，他沒向她直說，祇笑了笑，又假作正經地問，「你究竟打算怎麼辦？」

躊躇地，憂急地，她始終還是想不出一個好的主意。

作者附註：拙作「人間相」中有一部分對白係採自此節

風雨談月刊投稿簡約

一　本刊各類文字，均歡迎投稿。

二　來稿必須謄寫端正，勿草書，勿寫兩面。

三　如係譯作，須附寄原文。

四　來稿請注明作者眞實姓名住址，以便通訊。發表時署名，用筆名者聽。

五　本刊對於來稿刊載時，有增刪之權。

六　來稿概不退還。

七　來稿如經刊出，由本刊致送薄酬，版權亦歸本刊所有。

八　來稿請寄上海靜安寺路一六〇三弄四十四號收轉。（此項住址，專爲來稿通訊之用，其他恕不接洽。）

九　關於本刊發行事宜接洽，請閱版權頁。

最後的恐怖

柯爾德著
衛友靜譯

四

鮑爾瑪說：「先生們，現在事情已經辦妥，我要跟你們談正事了。施德勞博士的功績委實是不能用言語稱贊的，所以我已經決意再給他一張一百萬元的股票。我自己還剩六百萬，而且我的井裏每天還有黃金源源不絕地流出來。剛才博士和我已經把爆炸的火藥線佈置好，衹要那導火線一點着，這個礦區便會炸成粉碎，以後任何人都不會知道我所經歷的事情。你們知道三百磅的炸藥那力量是儘夠宏大的了。它儘足以轟掉這半座山。當初我向你們商量的時候，要是你們能好好地接受了，那末此刻我自然會把你們三個人一塊兒帶出去。不過你們太蠢了，竟想反抗我，我自然也不能信任你們了。博士和我一塊兒出去，你們三個人衹能給鎖在這裏。我們已經預備好一條很長的導火線，至少可以讓我們走到了二十分鐘的距離以外，它才會爆炸。我這樣子葬送你們性命，當然有些抱歉，但是我不能因着無意識的情感而危害我自己的前途。」

他停頓了，顯然在等候什麼反響，但是我們一個人都不說話。我們因着所經歷的事實，我們的神經已給刺激得麻木了，再不能有什麼反應，就算知道我們將給炸得粉身碎骨，也漠然不動。鮑爾瑪是否領會我們的情緒，他沒有表示。他但繼續說下去，說得特別快，彷彿他的得意的感覺使他不能再維持他的鎮靜。

他說：「我已經費去了不少金錢和力量。在已往的六年中，我飽嘗了種種痛苦和恐怖。我的心一直陷在懸疑不定的恐怖中，衹怕我的計劃終於不能成功。我的最後的恐怖就怕結果歸於失敗。總而言之，我已經忍受到了極度，幸而結果是成功了，這一切都不是白白的！你們如果能就我的地位想一想的，就不會怎樣責怨我了！」鮑爾瑪忽把身子更傍近些我們，他的眼睛在光滑的黃頭髮下面閃閃發光。「你們想一想，你們在人生道上和一般人競走着，衹因你們的第二層表皮中有些黑素就受到人們遠而避之的歧視，你們甘心承受嗎？」

「其實我的其他方面完全是和白人一樣的：白的腦子，白的心，白的理想，志願，情愛和慾望。一個人的價值全憑他的內在部分，表面的皮膚是沒有絲毫關係的。可是這個世界竟單憑着表面來判斷人！現在我已經將這表面換過了！」

「我要到世界上去，參加白人的集團，做一個高貴的白人，享受一種圓滿的生活。金錢做我的後盾，智能會讓我擠到前面去。我將指示這世界，人的外表是不足爲憑的。唉，我已實現了生命的夢！成功了！成功了！你們想一想，我還祇三十一歲，却有着六百萬財產，而且我又是白的了！」

「白在那裏？」呂明登的聲浪突然像鋒利的霜刃般地刺出來，又像北極那麼地冰冷。它接續在鮑爾瑪的興奮的語調後面，形成一種絕端的對比。

鮑爾瑪顫動了一下，突然握住了椅圈，身子向後面退些，好像呂明登的利劍刺在他的臉上。呂明登繼續用冰冷而銳利的調子說下去。

「你是白的？白在那裏？鮑爾瑪，你能夠換你的皮，可是你不能換你的心。你說得倒不錯，外表並沒有關係。我有一個最好的朋友，就是一個黑人。他有一個清楚的頭腦和純潔的靈魂，對於他在這世界的地位感到滿意。鮑爾瑪，現在瞧瞧你的兩隻手。」

「我的手？」鮑爾瑪的眼光不自禁地閃到他自己的手上。他皺了眉毛，似乎疑惑着呂明登的語意。「我的手是本來白的啊！」

呂明登的聲浪提高了，而且更顯得堅定有力。「是啊，本來是白的。但你爲什麼不讓它一直白下去？這是一種特殊的象徵，你儘可以讓你的手清清白白過一生，因爲它和你的可誇的智能倒是相配合的。現在，鮑爾瑪！你的手不是變成紅的了嗎？不是塗滿了血了嗎？你以後不能洗滌的了，祇有陰謀，屍骨，和一切恐怖的回憶永遠盤據在你的腦子裏！鮑爾瑪，你是有智能的，你想一想，你的白皮膚還有什麼意思？」

鮑爾瑪向呂明登呆瞧着，好像中了催眠術一般。這時我才知道呂明登所說的一種武器，就是憑他的鋒利的舌劍，直刺鮑爾瑪的能思考的心。他寧靜地坐在椅子上，連手指都不翹動。他的軀幹挺直，面容嚴肅，一雙黑眼釘住在鮑爾瑪的臉上，他的語聲嘹喨而有力量。

「喔，鮑爾瑪，你說你的最後恐怖就是失敗，是嗎？現在你自已瞧一瞧，你的臉上就充滿了最後的恐怖！你已經失敗了。你剛才說外表對於人的價值絲毫沒有關係，你又申斥世界上專重外表的錯誤，可是你所實行的，却十足地表示你是個祇顧外表不顧其他的人！十二個人性命換成了你的陰謀。不論他們是何等人，流氓也好，罪犯也好，但他們總是人，他們都有生存的權利。一條狗也有生存的權利，除非已發瘋了。鮑爾瑪，你是已經瘋了。你眞像一個瘋人一般地把眼光膠住在一個焦點上。你以爲這世界上除了換取白皮膚一件事以外，別的都可以不理。」

「其實你應得看一看另一個方向。你要做一個大人物，對於這世界有所貢獻。你本來有着充分的機會可以實現你的志願。你想一個像你這樣有智能力量的人可以爲他的同種人盡多少力？看！鮑爾瑪，你看！」

呂明登像彈簧跳動般地站起來，走近鮑爾瑪的面前，用手指指着平滑的牆壁。鮑爾瑪半仰着身子，向呂明登指點的所在猙視着。我們的眼睛也跟着瞧那牆壁，但牆上是空無所有的。可是因着呂明登的倒峽般的言語，彷彿眞有人在我們面前活躍了。

「看！那是一方銀幕！人生的偉大明星就在這上面。這裏顯現的是一個黑種人！看！他是海里姆，是個擁有六千萬財產的黑人。他不但有錢，而且有作爲。文化，事業和智能，他都有貢獻，將來會造成一個中心，散佈到地球的各部份去。從他身上，可以顯示在已往的二十五年中黑種人的地位已提昇得不少。他努力地表現他的才能，貢獻給這世界，同時提高他的同種人，使一般誤解的人終有一天會覺悟到人類的眞實性是內在的，而不在外表，使他們明白人在皮膚以內彼此是平等的弟兄。

「以前我們看黑人的表演者像是一頭玩把戲的熊，認爲是低級的，沒有創造力。但這是錯誤的。黑人有他獨特的藝術和音樂，終於使白人們全體欣賞和嘆服。

「看，鮑爾瑪！那上面又是羅蘭特．哈斯。你不知道他是全美洲最偉大的歌唱家嗎？他雖然有黑的皮膚，但有風靡人羣的白銀般的聲調。還有却爾斯．乾賓。他不是一個出神入化的演劇聖手嗎？還有康悌．冠侖。你可知道他的美妙的詩篇都是從他的心弦上發揮出來而曾鉤引過我的眼淚嗎？你可知道這些人都是偉大的嗎？而且還有不少像他們這樣的嗎？

「我們不必估計太多，就算一百萬人中有一個這樣的人，但他們都是披荆斬棘地在提高黑種人的地位。你可知道他們祇在孜孜不息地爲大衆努力，却絕不會厭惜他們自己的皮膚嗎？

「你再看！那是亞伯拉漢．林肯！他是爲你和你的同種人開闢道路的。他正在瞪了眼睛看你！他看見些什麼呢？你本來是可以做一個光榮的黑偉人的！你可以做成百萬人中的一個！你也可以把你的種族引進一步！可是你給詐僞蒙蔽了眼睛，竟忽視了你自己的偉大性！你斷喪了你的智能，毀滅了你的前途，又放棄了百年難逢的機會！

「林肯，他是你的同種人所崇拜的。看，他的臉上顯着厭惡，恐怖和憂慮，這都是爲着你啊！你本來是可以有些貢獻的，現在却一文不值了！你已是一個畸形的人。儍子，你不是白人！你的第二層表皮以外固然是白的了，但你的血還是原型。那留在第一層皮的細胞中的黑色素至今還在你的脈管中流動啊！你儘管去娶妻，瞧瞧你究竟白不白！你算是個白人了；你有錢，在社會上可以佔領地位；你的腦子不弱，又受過教育，在社交上也可以露頭角了。可是你的膝前圍繞的是一羣黑色孩子！你自己想罷，你的愚蠢和陰謀的報酬將是羞恥和毀滅！」

呂明登偏側地向着鮑爾瑪，他的激昂的議論使他的聲浪提高了，臉色灰白了，兩隻眼睛也像兩顆輝耀的彗星。鮑爾瑪看到了呂明登描摹出來的畫面，精神上大受刺激。他倒在椅子上，側着頭，努力地避免呂明登的視線。呂明登舉起了手，握緊了拳頭，嚴肅地站着，繼續他的議論：

「你儘管出去！你儘管到世界上去！可是你祇是一個不黑不白的畸形人！你本是黑的時候，你倒是個人，而且是個你的同種中的優秀的人。你爲什麼不憑着你的天才，顯示這世界，皮膚的顏色根本沒有關係呢？現在你已不能如此了！你祇是一個白皮而黑血的怪人。你爲掩飾你的假臉，祇能一輩子度着鰥夫的生活，而且就是這種生活也不能安全過去。鮑爾瑪，你已經踏上了毀滅的路！上帝憐憫你，你將要遭遇可怕的失敗！

「看！林肯已經掩住了臉哩！他知道你爲自己掘成了一個深淵，遲早將付代價。你殺害了十二個人的生命，你的手是血淋淋的。這些事將日夜地盤踞在你的心頭，使你永遠不能忘懷。你不能忘掉你的自私陰惡的舉動，必將一天天在你的心裏滋長起來，終於使你會說出來！因爲你的腦子負担不了這樣的重負，你不能不說出來！那時人們會把你當做瘋子，關你到瘋人院裏去，因爲人們如果不會眼見你所幹的事，誰也不會相信的，人們會把你關到瘋人院裏去！

「那時候你將表演一個怎樣的人物給人們瞧？你的同種人將怎樣看待你？他們將因你而感到羞恥，鄙視你，排斥你，不承認你是他們的同種。不白又不黑，你是屬於那一種人呢？一般人起初誤認你白人的，將遠而避之，看你像魔鬼一般地害怕，因爲你的陰謀眞像魔鬼一樣地可怕！如果你是一個誠實純潔的黑人，你儘可以和任何一個白種弟兄握手締交，但到那時候，你看見了白人，你的頭都不敢抬起來！鮑爾瑪，你將得到些什麼？愚蠢，羞恥，和毀滅！鮑爾瑪，你白在那裏？」

魯男子

四幕八場

曾樸原著
羅明編劇

第二幕

第一場　船上

在未開幕之前，先從幕後傳出一陣鑼鼓聲，一直到開幕，鑼鼓聲才漸漸地沉下去。

這天是每年一定要舉行的龍船會，就在千城南門外的一段最闊的湖中叫大堤蕩，這是一個最熱鬧的季節，全城的老老少少都要來參加這個盛會，當然魯、齊、朱、湯四大戶也不會少的。

開幕後我們只見一隻大船，横在台上，但只能見其三分之一，左方露出半個船艙，艙之兩側有走道，右方有一根很長的桅桿，上面掛着「魯」字三角紅旗及三個矮鉄柱是繫繩子用的，一個搶箭架，有兩把大椅及一隻小方桌，桌上有香爐蓋碗茶壺及水烟袋，四隻菓盤，另外還有幾只凳子，船艙有門關得很緊，船頂有布蓬，船後高高的有座山，山頂上有一只塔。

公寧陪着錦娘站在船上，服裝都很華麗，尤其是錦娘更爲妖艷，戴着滿頭的絨花，二人都面背着觀衆，俟鑼鼓聲及噪鬧聲漸漸沉靜後，他們才轉過來。

錦：嗳，怎麼還不起划啊？

寧：你的性子怎麼也是這樣的急！

錦：我眞等得不耐煩了！

寧：天還早哪，我們剛才吃了飯，他們不是打着鑼鼓在預備了嗎！

錦：早點開划可以早點回家！

寧：自從你昨天進家以後，我們家裏又多了一個急性人！

錯：還有誰？

寧：一個是才交弱冠的阿男，一個是已過中年的我，都是情場上的急性人，都是一樣的熱烈，本來戀愛是不分年紀的！

錦：你也能跟魯少爺比？是一個情場上的人嗎？

寧：怎麼不是？

錦：你跟我也能算是戀愛？

寧：當然！

錦：跟姪少爺齊小姐他們一樣？

寧：當然一樣！

錦：你不配！

寧：爲什麼我不配？

錦：我也不配！

寧：爲什麼？

錦：因爲你既不能比姪少爺，所以我也不能比齊小姐！

寧：爲什麼不能比？我不懂！

錦：人家還年青，你呢是一個已經快四十的人了，而並且還有兒有女的！

寧：你呢？

錦：至於我？更不能跟齊小姐比了，我不過是青樓中的一個妓女，供給你們男人玩玩罷了！

寧：嗳！你完全弄錯了，你雖然是一個妓女，但是你從良以後，就是一個周正人了，既然嫁給我，就是堂堂皇皇魯二老爺的姨太太！

錦：這姨太太的名字多難聽啊！

寧：這又有什麼關係，你要曉得，天底下在男人面前最吃香的就是姨太太，你如果聽不慣這個稱呼那你就是小看了你自己！

錦：姨太太就是小老婆，所以我就不能跟齊小姐比呀！

寧：嗳！聖人說「食色性也」，這是人之所好，不管稱呼怎麼樣，但情字總是一樣的，古語說有情人終成眷屬，我們既然已經成了眷屬，當然也都是有情人！所以我說我跟阿男都是情場中的人！

輯：嗳，你是眞心的愛我嗎？

寧：我要不愛你我怎麼會娶你吶！

錦：你永遠的也不變心？

寧：到死也不變，你吶？

錦：我也是這樣，只要我不短命我就愛你一輩子！

寧：我要是短命吶？

錦：那我不是殉情，就是爲你守節！

寧：哦！我的小寶貝！你眞愛死我了！

錦：別這樣給人家看見！

寧：你昨天見着老太太，她老人家說些什麼，對你好不好？

錦：老太太倒是挺和氣的，問長問短的，跟我說了許多話，還叫我好好的侍候你，不過……

寧：不過什麼？

錦：不過你那位太太呀，板着一張鐵青的面孔，我叫她一聲二奶奶，她待理不理的！

寧：我太太就是那個樣！

錦：可是我以後在她手底下過活恐怕很難美滿！（嗚咽着）

寧：你放心好了，老太太已經答應你進宅了，以後祇要我歡喜你，老太太歡喜你就成，誰也不能怠慢你，至於我太太你不要放在心上好了，而且過幾時我就要到北方去做官了，帶你一道去，那時你還不是一位官太太！

錦：你一定帶我去？

寧：就是你不去，我也要硬帶着你去，你想我怎麼捨得了你吶！

錦：（指指他的下頦）瞧你這張嘴啊！

寧：哈哈，你還見着誰了？

錦：還有大太太，兩位姑太太跟幾位小姐，我看你的女兒嬰小姐長的倒挺漂亮，人也還和氣！

寧：還有呢？

錦：還有兩位少爺。一位文雅點的我知道是姪少爺，還有一位跟他差不多的那個是誰呀？

寧：是老太太的外甥孫朱少爺！

錦：我看姪少爺外表雖然是文雅得很，可是內裏恐怕跟你這個做叔叔的一樣的不老實！

寧：你怎麼知道？

錦：剛才你還沒有來的時候，我看見他跟朱少爺兩個人划着一隻小船從這過去！

寧：這有什麼關係，他們不過僱隻小船搖出去玩玩，也算不了什麼！

錦：光划小船當然算不了什麼，不過我看那船艙裏頭還藏着一個嬌滴滴的小姑娘，他們三個人有說有笑的熱鬧極了！

寧：有這樣的事？

錦：哼！你叔叔的祇知道胡鬧，可是他們做小輩的恐怕比你還要乖得多吶！

寧：那個女的是誰？

錦：那我怎麼能知道呢！

寧：眞是怪事！

錦：他也許是跟你這個做叔叔的學的！

寧：小孩子們眞是胡鬧！

錦：那麼你吶？

寧：我們都是大人啦！（公寧笑着去摟錦娘。嬰茀上）

嬰：爸爸！

錦：嬰小姐！

寧：你來幹什麼？

嬰：我來找弟弟！

寧：他不在這兒，（對錦娘）我們到那邊去走走！

錦：是！

寧：（對嬰）回頭我看見阿男叫他到這來！

（二人很親熱的走下。嬰扶桌哭泣，宛中開艙門出來勸嬰茀）

宛：姐姐，姐姐！你怎麼啦？

嬰：哦！是宛妹！你什麼時候來的？

宛：今天我精神不大好，我嫌那邊太噪，姑奶奶叫我到這兒來睡一回兒，你怎麼啦？

嬰：剛才我碰見爸爸跟錦姨娘兩個人，那種親熱的樣子，我就生氣，說起來也眞恨人，昨天爲了錦姨娘的事，我爸爸跟我媽吵了一架，吵完了以後到吃晚飯時才發現媽不見了，把一家人鬧翻了也找不出一個影子來，把我嚇得直發抖！

宛：後來吶？

嬰：後來我告訴爸爸！

宛：二表叔怎麼說？

嬰：爸爸說「管她吶」，我說「媽會尋死」，爸爸說「死就死，死了倒乾淨」！

宛：倒底在那兒找到的？

嬰：在大後院找到的，因爲那有一口井，我想媽也許會氣昏了去跳井，虧我找得快，慢一步就來不及了，妹妹你想男人的心多麼殘酷啊，聽了眞叫人惡心！

宛：姐姐！你也犯不着難過，二表叔生來就是這種脾氣，攤到這種老子也沒有辦法，大哥呢？

嬰：我也來找他！

宛：奇怪，爲什麼老看不見他，他忙的究竟是什麼？

（魯男子匆匆上）

魯：姐姐！

宛：哥哥！

魯：你們都在這兒，我要不是聽二叔說我還不知道吶！

嬰：你有什麼事？忙得這樣！

魯：沒有什麼！哦！妹妹！阿林我沒有叫她來，我請她替我織一個扇綱，因爲我等着用，她跟妹妹說了嗎？

宛：說了，我這兒也用不着她，所以沒有叫她來！

（遠遠傳來小雄喊大哥聲）

魯：（大聲的）來了！

嬰：誰？

魯：小雄！

宛：有什麼事？

魯：沒有什麼！

（小雄匆匆上，與魯耳語）

嬰：雄表弟什麼事？

雄：沒有什麼，等會兒見！

魯：等會兒見！（與小雄匆匆跟下）

宛：咦！今天他們倆爲什麼這樣神情不定，鬼鬼祟祟的！

嬰：你今天跟他拌過嘴嗎？

宛：沒有啊！就是早上他到我們家去請我們來看龍船，因爲我還有起來，是慧姐姐跟他說話的，我好像聽見拌了兩句！

嬰：這不管你的事，你也不要多疑心！

宛：還有他找我替他做一個扇套，我說我做不好，我就沒有答應他，可是我現在已經把阿林留在家裏替他做了！

嬰：男人的脾氣總是古怪的多！

（宛中起來看山景）

宛：（忽然大聲的）啊！那是什麼？

嬰：那是一隻小船，正是弟弟跟小雄！

宛：不，還有一個女的！

嬰：那是誰？

宛：那不是我的丫頭阿林嗎！她怎麼會出來的？

嬰：對啦，正是她！

（宛中突然昏倒，嬰蕤趕快扶住）

嬰：妹妹！妹妹！你……你怎麼啦！

（隔了半天，宛中滿臉是淚）

宛：姐姐！

嬰：妹妹！

宛：你是最明瞭我的！我完了！什麼都完了！一切的夢想都破了！我恨大哥！他騙了我，對我不忠實，對我說的全是謊，我更恨阿林，搶我的愛的想不到就是她，她竟敢，我一個使喚的丫頭！（大哭）

嬰：妹妹！你不要這樣，也許你誤會了他了！

宛：他明明跟我說出阿林在家替他做扇套，爲什麼現在跟他在一隻船上！

嬰：也許有別的原因！

宛：姐姐你不知道，今天早上他跟阿林嘰嘰咕咕的說了半天，我一看那樣就有點不對！哦！（又哭）

嬰：快別哭了！想開點罷！

宛：哦！我不！我不能！

（忽然跑進艙內把門閉上，大哭，嬰蕤叫門死也不開，魯男子匆匆上。）

魯：妹妹呐？

嬰：弟弟，你幹的什麼好事！

魯：妹妹吶？

嬰：妹妹給你氣走了。

魯：我在小船上看到她，我猜到她一定要誤會，所以我才趕快來向她解釋，她呢？

嬰：她在艙裏哭，你做事也太不愼重了。

魯：（打門）妹妹！妹妹！怎麼門閂了！（艙內傳出哭聲）啊，你在哭，快開門，快開門！讓我進來，你生氣了嗎？你千萬別疑心，讓我解釋給你聽，（他也哭了）妹妹，你看我急的這樣子，你就死關我在門外嗎？睬我也不睬，我就是有一日不好，也有千日好，難道你爲着這點小事，就忍心抛掉我嗎？連叫我向你訴寃的機會也沒有嗎？我對你撒謊隱瞞，是我對不住你，可是你也不該錯疑，你再不開門我要碰死在這兒了！（這時顧上）

嬰：表嬸！

顧：咦！大少爺怎麼呆在風口裏，弄得面紅筋赤的，滿頭是汗，你宛妹妹呢？

嬰：他們兄妹又爲了點小事拌嘴了。

（這時宛中怕事情給母親知道，故意開出門來）

宛：媽，我因爲吹了點風，頭有點痛，想睡一會兒，大哥偏要進來，我懶得起來開門，他正在這兒跟我們吵！（又閉上門）

顧：大少爺，妹妹今天有點不好過，你就讓她歇歇罷。姑奶奶已經找了你好半天了，你也該過去了，你們還要等晚上看焰火，可是我們還得早點回去吶！

魯：那麼表嬸再見！（走至小窗）妹妹，你自己保重罷！我明天早一去看你！（魯男子匆匆跑下）

顧：他們這一對兒妹總是一會好，一會惱的，宛寶脾氣也不好！

嬰：還不是從小鬧慣了嗎？

（這時齊氏劉氏公明汪蕭汀同上）

汪：老太太慢着點！

齊：不要緊！（對顧氏）你在這兒！

顧：姑奶奶，我也才來！

劉：宛寶吶？

顧：嫌不舒服在艙裏睡了！

齊：又是吹了風了！

汪：老太太！大老爺！少奶奶！齊太太！都請坐！

明：隨便隨便！（蕭地保上）

蕭：大老爺！預備好了可以開划了嗎？

汪：就開划罷！

蕭：（拉開嗓子）喂！王四！開划了！

蕭：宛實快出來看龍船！

（宛中出來，手扶艙門，左面鑼鼓打起來，蕭升拿出一掛小洋鞭放起來，不一會艙房後露出一個龍頭來）

燈息

第二幕

第二場　朝山宮

一片處女般含羞而溫輭的晨曦，漸漸的昇到千山一角，橫載在城內西北隅一座古宮的殘基上，那古宮原是梁朝眞靈館的遺址，後來元末張士誠竊據縣城時，在那上面替他神妃金姬造了供奉遺像的神殿，喚做「朝山宮」，但是現在完全頹廢了。

這是在一個山脚下，左面的山峯比右面高，而且相當的險要，但中間甚坡，並有一條石階，可以通到山頂，山坡上樹木林立，翠綠的古柏，青黃的野草，黑黃的山石，顯得出異常莊嚴偉大，象徵着這是千城裏唯一的名山。

台的左後方，有一個亭子，亭內有一個石桌，及一對石櫈，右方臨山脚掛着一塊刻着金姬辭的古碑。

開幕後，舞台甚靜，不一會宛中無神的走到台上，很慢的一步一步登到高頂，她四顧無人，忽然松濤瀑嘯，她也無抵抗的放出她內心的悲號來。

宛：啊呀呀！大哥……你太對不起我了……你……對我就這樣的狠心嗎？……難道連一點友情也沒有嗎？你……你現在丟了我……倒一個人享樂去了。（魯男子暗上，聽了半天。）

魯：妹妹！你心愛的哥哥就在這裏！並沒有一個人去享樂！

宛：誰？

魯：是我！

宛：你爲什麽到這裏來？

魯：因爲我要來找你！

宛：可是我怕見你！

魯：我昨天不是說今天一早來看你嗎？

宛：我就是因爲要避開你，我才逃到這兒來！

魯：我到你家去一看你不在，我就曉得你在這兒，所以我馬上趕到這兒來找你！

宛：找我幹什麽？

魯：妹妹！你不要這樣的生氣，你明知道我是離不開你的，我活在你的脚下，死也要死在你的脚下！（跪下）

宛：但是我不希罕！

魯：妹妹！我來了半天了，你所說的話我全聽見了，我知道你還在愛我！

宛：我愛的不是你，我心上的愛人現在已經死了！

（她轉身就走，魯男子幸而追的快，他們都到山脚下了。）

魯：妹妹！你即使不愛我，我也要把實情告訴你，我就是死了也瞑目了。你要知道昨天的事一點也不與我相干，是小雄找我幫忙的，小雄跟雲鳳戀愛的熱烈你是知道的，但是終因爲他們倆家都管得很嚴，連談心的機會也沒有，前天小雄來找我想辦法，我因爲我們比他們自由些，假如有一天不見面都不成，何況他們根本不能自由呢？所以我也很願意幫助他，大家商量了半天，就利用划龍船的那一天，我就叫小雄另外雇一隻小船，靠在我們近邊，好找雲妹下來任他們開到什麼地方去幽會！

宛：那麼阿林呐？

魯：阿林是我化了二十串錢買通了的，我想叫她去找雲妹，就說你請她過來玩玩，免得叫湯朱二家疑心，這都是眞情實話，一句謊也沒有，我可以發誓，不過就是叫阿林留在家裏作扇套是我撒謊，我罪該萬死，妹妹！你可以相信我嗎？你能够原諒我嗎？

宛：不！我不相信，我也不能原諒你！你快放我走！

魯：不！你得相信我！

宛：你再不讓開我要喊了！

魯：難道你就一口咬定我跟阿林有關係嗎？

宛：誰管你們的事！

魯：那麼沒有挽回了嗎？

宛：總而言之我眼前的你，不是我一向心裏愛的你了！

魯：那麼我活着既不能得着妹妹的愛，只有一死才能表白我的心，妹妹我們上去跳江一塊死罷！

（他去拉她上山，她大叫起來）

宛：啊，我不要跟你死！我不要！我不要！

魯：那麼你就這樣忍心讓我一個人去死嗎？

宛：這根本不關我的事。

（隔了半天）

魯：妹妹！我們眞的完了嗎？你告訴我！

家：完了！你還記得這山頂上朝山宮的故事嗎？張士誠愛金姬，金姬寧死也不受他的愛，你看那就是她的碑文，那也就是我對你的答復！

魯：妹妹你眞——

宛：我要走了！

魯：妹妹！（阿林送扇套上）

林：小姐，魯少爺叫我做的扇套已經做好了！您看成嗎？

宛：（接過扇去一摔）你們難道想逼死我嗎？

（宛中哭着跪下，阿林欲與魯男子語，魯不睬，手示阿林下）

魯：（呆若木雞讀碑文）「二蟻逐蠅，陷墮釜中，灌沸潦殪，與汝長決」，與汝長決！哦（他扶碑放聲大哭，好半天，忽聽有人走路聲，原來是他叔叔公寧走下來。）二叔！

寧：怎麼你一個人在這兒，這麼早，又是來找宛中的？

魯：不是！二叔這麼早到那兒去？

寧：我有點事來找你表伯的，因爲走後門近，你不跟我進去嗎？

魯：我一會就來！

寧：（走了又回來）嗳！阿男！昨天的龍船好看嗎？

魯：（無心地）好看！

寧：你見到錦姨娘嗎？你看好不好！

魯：見到的。好得很！

寧：怎麼樣的好法，你倒說給我聽聽！

魯：又天眞，又大方，又好看！

寧：（得意拍其肩）好孩子！你說得對！你叔叔眼力不錯罷！嗳！你替我塡一首賀新郞詞，我再找你好好的喝兩杯！

魯：只要二嬸見了不罵我就替你做！

寧：好一張油嘴，你對我都使起來了！

魯：不！我這是實話！

寧：不管九話十話，（嚴肅的）我問你昨天你那隻小船藏着的那個女孩子是誰呀？

魯：（驚異的叫着）二叔！

寧：你要是不給我做，小心點！我就告訴你的父親！

魯：二叔，這並不關我的事！

（但是公寧已經走下去了）

魯：怎麼——二叔也在懷疑我，天啊！我就這樣的完了嗎？宛枉宛枉啊！哦——想不到一向愛我的妹妹也不相信我了！她就這樣忍心叫我受苦，叫我毀滅，我的生命——想不到我把人家的幸福造好了，我倒丟了自己的幸福！……我悔不該不聽小雄的話，自己偏要主張精神戀愛，結果我很對得起宛妹，她倒對我無情了！……不……不……我總算沒有遭塌過她的身體，這一點我很覺得安慰！——天啊——我是做夢罷！

這時候魯男子坐在亭子的石階上，似睡非睡的忽然作了一個夢。此時燈息復明，紗幕拉起，汪露汀扮一陰官立石碑台階前，兩邊有牛頭馬面，宛中亦立旁。

宛：大人就是他！他就是欺騙我的人！

汪：好，把他給拉過來！

魯：（跪下）大人！

汪：哼！魯男子你知道你所犯的罪嗎？

魯：大人我沒有罪，冤枉！

宛：哼，冤枉？你以爲你跟阿林所做的事我不知道嗎？我都親眼看見了！你跟阿林那種親熱的樣子你還想賴嗎？

魯：妹妹！這都是你誤會了，昨天的事我完全爲了幫助小雄跟雲妹的，你可以找小雄來證明。

宛：算了罷！你閉上你那張說謊的嘴罷！你騙我也騙得夠了，你過去對我所說的話，全是謊，一句眞心話也沒有，全是虛僞，你以爲我是一個弱女子你就可以欺侮我嗎？屁！你在做夢！

汪：哼，魯男子！你服不服！

魯：我不服，我實在是冤枉！

汪：冤枉（奸笑）好，齊宛中你有證據沒有？

宛：大人如果不相信，請您看看亭子裏還藏着一個人吶！

汪：誰？出來！

（一道紅光引着阿林艷裝由亭子後出來對魯作一媚眼，魯立起）

宛：就是她！她就是阿林！

汪：你叫阿林嗎？（阿林點頭）魯男子勾引過你嗎？（阿林點頭）你跟魯男子有關係嗎？（阿林點頭）好！魯男子你現在還有什麼話說？

魯：冤枉！冤枉！阿林你這不要臉的東西，你把你看得太高了，我會勾引你，你算什麼東西？你只不過是一個丫頭！一個賤貨！你給我滾開！

汪：好，現在既有證明，（對魯）你也沒有什麼話好說了！本官判你一輩子不許跟女人接近，一輩子不會討到女人的歡心，因爲你對不起愛情，你不懂得愛的規律，罰你終身沒有好日子過，到後來還不得好死！

魯：冤枉，冤枉！

（燈又息復明，紗幕拉開，魯仍坐在石階上，汪等退，景物如前）

魯：冤枉！冤枉！（嬰莽上）

嬰：什麼事，弟弟你在幹什麼？

魯：姐姐，我實在是冤枉，你得救救我！

嬰：究竟怎麼啦！你的臉色這麼難看！

魯：我是在做夢罷！哦，姐姐！

嬰：弟弟快不要這樣，快起來讓我跟你說，（魯起來）我早就知道你們要有這一套，我今天因爲你們昨天的事，所以一早就跑來找宛妹，替你解釋，誰知道她一個人蒙着被躺在女士哭，我叫她[illegible]，她也不睬我，我[illegible]到了，我才聽說你在這兒，弟弟不要這樣，妹妹是個女孩子，女孩子的心，總是擱不住一點事的！你總得讓着她點！你見着她了沒有？

魯：剛才我們是在這兒碰着的！

嬰：你跟她講了沒有？

魯：我跟她講她不相信，我要拉她一塊去死，她也不肯，後來她叫我讀這塊碑文，算做她的答復，姐姐，我是絕望了，叫我怎麼辦呢？姐姐！我的心都被她揉碎了！

嬰：她不相信你，也難怪，本來你昨天做的事也太荒唐了，但是你不必怕，只要你當眞沒有做什麼對不起她的事，我知道過兩天她還會跟你好的！

魯：姐姐！你沒看見她剛才那樣是從來沒有過，我只怕這次眞的跟我決裂了，不瞞姐姐說，我十天不知飯，十天不睡覺都行，但是如果一天看不見她，我就不能過活，要是她眞不回心轉意，以後叫我怎麼辦吶？好姐姐！你替我想個辦法罷！

嬰：弟弟！不是我當面說你，有今天這樣着急，爲什麼昨天又那麼不顧前不顧後的那樣起勁，氣的她死去活來，要不是我在那裏，她早昏倒了，女孩子遇到這種說不出的苦，比你們倆人只怕要加上幾千幾萬倍，這兩天難道她日子好過嗎？我看你們倆眞是前世冤孽今世碰在一塊了！

魯：姐姐！

嬰：你說你一天不見她就不能過，可是她沒有你也不見得好過，現在你們有了小衝突，我就是不爲你，爲了她也得盡力替給你們調解，在我看這倒不要緊，要緊的倒是你們倆以後的事，我眞替你們躭心，弟弟你不要糊裏糊塗的害了人家！

魯：（他聽見這句話刺了他的心）姐姐！（痛哭）

嬰：弟弟！不要哭，哭總不是辦法，這都是我不好，惹你傷心，唉，愛情眞是個害人的東西，宇宙間有了愛情的需要，但是又不能滿足了他，這眞是個迷，但是又爲什麼不准第三個人來參加呢？

魯：姐姐我難過！

嬰：弟弟！你安靜點，你要知道人生是個無邊的大海，戀愛便是那大海裏的波浪，一隻船飄漂在大海裏，忽高忽低，或逆或順，時安時危，但主宰的不是檣跟桅，是波浪，猶之乎人生在世界上，只要不是木石，全部的行爲表面雖然似乎有種種意志的變化，實際上沒有一個不是受戀愛的支配，戀愛可以使你前進，使你成功一切，但戀愛也可以使你發狂，毀滅一切！

魯：發狂！毀滅一切！那麼我是一個情場失敗者，我今後只有走上毀滅途徑！

嬰：不！你千萬不能這樣！（玉蘭匆匆上）

玉：大小姐大少爺！大老爺跟太太都來了，剛才才下轎，二老爺跟大老爺說您在這兒，所以大老爺叫我來喊您去！

魯：什麼？爸爸來了，他在叫我，難道二叔把我昨天的事告訴爸爸了嗎？好！讓我去！

（他很快的跑下，嬰茀玉蘭後追，自然的傳來魯男子喲啊聲，及嬰茀玉蘭大叫聲「血！血！」「不，不，先扶他到亭子裏坐一會，」嬰茀玉蘭扶魯男子上，嬰茀用手按住他的右額，血流如注。）

嬰：弟弟！你處處都不小心，怎麼又給頭跌了一下，你痛嗎？

魯：疼到不疼，只是我這些熱血流得太可惜了，玉蘭快去找一個杯子跟紙筆來！

玉：是（下）

魯：愛情使我發狂，愛情使我流血，愛情使我毀滅我的生命！

（玉蘭持茶杯及紙筆上，魯男子流了半杯血，開始寫血書）

嬰：怎麼你要寫血書！

魯：爲着表露我對她的眞心，只有用我的熱血向她苦訴！（玉蘭下，魯寫畢）

魯：姐姐請你交給她！（扶案大哭，嬰茀讀信）

嬰：「我大胆地傾我全身的熱血寫信給你，我不是吓嚇你，也不是引誘你，我實在是乞求你的哀憐，不管你如何的怨恨我，不管你如何的輕視我，在今日以前我還敢良心安穩的向你聲訴，我還是一向心上愛你的哥哥，絲毫沒變！

宛妹！你見了我這血淋淋的贖罪書，不知你心底的感想如何？如果還是不相信我，從此我便不擇手段的毀滅我的生命，請您睜開一雙含愁的眉眼往下瞧罷！你的摯愛而忠心的伴侶魯男子泣上。

（忽然左方傳來許多聲音「阿弟怎麼啦」「大少爺怎麼啦」「大寶呢」！）

嬰：大伯母，沒有什麼，弟弟摔了一交！

——幕急下——

宦門子弟錯立身所述宋元戲文二十九種考（下）

譚正璧

馬踐楊妃

此戲亦未見他書引述。原書未見，殘曲亦不存。作者無考。本事出正史及唐陳鴻長恨歌傳、宋樂史太眞外傳。與之同題材的作品極多，金院本有擊梧桐與玉環（皆見輟耕錄），元雜劇有白樸唐明皇秋夜梧桐雨，庾天錫楊太眞霓裳怨及楊太眞浴罷華清宮，岳伯川羅公遠夢斷楊妃，關漢卿唐明皇啓瘞哭香囊，諸宮調有王伯成天寶遺事，今僅白作雜劇全存，王作諸宮調有輯本。戲文所敍，似專重馬嵬驛楊妃之死一案。

柳耆卿欒城驛

此戲南詞敍錄作秋夜欒城驛。原書已不存，殘曲存九宮正始中，作子父夢欒城驛。「欒」字本作「鑾」字，茲從九宮正始及雜劇名更正。作者不詳。本事來源亦無考。元鄭廷玉有子父夢秋夜欒城驛雜劇，與之同題材，惜亦佚亡。雜劇題目作「兄妹倩風雨短長亭」；戲文所存殘曲三支，一爲耆卿赴試唱時，二爲耆卿與其愛人合唱時對唱，藉此可略窺內容一斑。

張珙西廂記

此戲亦曾見收于永樂大典卷一萬三千九百八十三，作崔鶯鶯西廂記，南詞敍錄則作鶯鶯西廂記。書已佚亡，雍熙樂府、盛世新聲、舊編南九宮譜，南九宮十三調曲譜及九宮正始諸書中有殘曲。作者亦無考。本事出唐元稹鶯鶯傳（一名會眞記）。與之同題材的作品極多，宋有話本鶯鶯傳（見醉翁談錄），鼓子詞趙令時元微之崔鶯鶯商調蝶戀花（見侯鯖錄），官本雜劇鶯鶯六么（見武林舊事），金有諸宮調董解元西廂記（一名弦索西廂，又名西廂搊彈詞），元有雜劇王德信崔鶯鶯待月西廂記。敍洛陽秀才張珙遊蒲中，與崔氏母女同寓普救寺。會亂兵欲刼崔女鶯鶯，母許以能解圍者卽妻以女，張乃函招白馬將軍往救，亂兵始退。母忽悔約，張憤而臥疾不起。賴婢紅娘之助，鶯鶯夜往私會慰之。事發，母迫張入京應試。後張中狀元回來，得與鶯鶯偕老。

殺狗勸夫

此劇亦曾見收于永樂大典卷一萬三千九百七十一，作楊賢德婦殺狗勸夫，南詞敍錄則僅作殺狗勸夫。此戲向以爲卽明徐啞的殺狗記傳奇，但鄭振鐸云：「明徐啞的殺狗記，大約便是以此戲爲藍本的。」則視爲兩書。但戲文無殘曲可見，與傳奇究竟是一是二，尚是疑案。徐啞字仲由，淳安人，洪武初徵秀才，至藩省辭歸。他曾經自己說過：「吾詩文未足品藻，惟傳奇詞曲，不多讓古人。」本事來源不詳。元蕭天瑞有王翛然斷殺狗勸夫雜劇，今存元曲選中，與之同題材。敍東京有孫華孫榮兄弟二人，兄酖酒色，結交非人；而弟則好學。兄待弟極虐，嫂楊氏苦諫不聽，乃殺一狗，衣人衣置于門外。歹友遂告官出首，而弟願承其罪。兄遂大悟，與歹友絕交。楊氏又當官訴實情，官斷歹友以罪，而表揚楊氏孫榮之賢德云。

京娘四不知

此戲南詞敍錄作京娘怨燕子傳書。書已失傳，殘曲亦未見。作者及本事皆不詳，未知此京娘是否卽趙匡胤時之京娘？與同題材的，有元彭伯成（一作郭安道）四不知月夜京娘怨雜劇（見錄鬼簿），亦失傳。宋話本有飛龍記（見醉翁談錄），未知所敍與戲文有否關係？警世通言卷二十一趙太宗千里送京娘，敍太祖救京娘於盜手，結爲兄妹，千里送歸。京娘欲以身許，父母亦疑其有私，請歸太祖。太祖一怒而去，京娘遂以相思死。所謂「四不知」，所謂「燕子傳書」，話本中並無敍及，不知情節如何？

張協狀元

此戲亦曾見收於永樂大典卷一萬三千九百九十，傳奇品列有張協，注云：「古傳奇。」當指此戲，現有北平古今小品書籍刊行會排印本。不署作者，鄭振鐸疑亦溫州人所作。本事來源亦無考，與之同題材的作品亦未見。敍西川人張協上京應試，途中爲盜所刼，負傷，賴古廟中一貧女將護之。及傷愈，有李姓老夫婦爲作伐成婚。旣而協中狀元，樞密使王德用之女欲嫁之，而協不欲，女以疾死。協赴梓州任，途中遇貧女採桑，嫌其微賤，揮劍斬之。而女實受傷未死，適王德用亦赴梓州，認以爲女，使嫁張協。其情節大似明人話本金玉奴捧打薄情郎。

樂昌公主破鏡重圓

此戲亦曾見收於永樂大典卷一萬三千九百六十九；南詞敍錄亦著錄。書已佚亡，殘曲見雍熙樂府、南九宮十三調曲譜、南詞定律及九宮正始諸書。作者爲南宋時人，不詳姓氏，元周德清中原音韻云：「沈約之韻，乃閩浙之音而襲中原之韻者。南宋都杭，吳興與切鄰，故其戲文如樂昌破鏡等類，唱念呼吸，皆如約韻。」本事出唐孟棨本事詩。宋有話本徐都尉（見醉翁談錄），元有雜劇沈和徐駙馬樂昌分鏡記（見錄鬼簿），皆爲同題材，惜亦皆佚亡。敍陳樂昌公主嫁給徐德言，値天下將亂，乃破鏡各執其半，約如失散後將來於元宵節賣於都市，以爲信號。後陳亡，公主爲楊素所得，德言如約訪得，公主涕泣不食。素悉其事，召德言至府，出公主與之。夫婦遂歸江南偕老。

裴少俊牆頭馬上

此戲南詞敍錄及寶文堂書目皆著錄。原書已亡，殘曲存南九宮十三調曲譜、南詞定律、九宮正始及九宮大成南北詞宮譜諸書中。作者不詳。本事出唐白居易新樂府中井底引銀瓶一詩，而又加了人名及情節。與之同題材的，宋官本雜劇有裴少俊伊州及馬珍中和樂（皆見武林舊事），金院本有鴛鴦簡與牆頭馬（皆見輟耕錄），諸宮調有井底引銀瓶（見西廂記諸宮調引），元雜劇有白樸裴少俊牆頭馬上（有元曲選本）。敍裴少俊奉命至洛陽採辦花木，適總管女名千金者在牆頭窺望，見馬上郎而悅之，因眉目傳情，約於晚上私會。事覺，女隨少俊私奔歸家，生二兒。一日，爲父所見，以奔女而逐之。時女父母已亡，無所依，歷盡艱苦始得與少俊重圓。

孟月梅寫恨錦香亭

此戲亦曾見收於永樂大典卷一萬三千九百七十；南詞敍錄作孟月梅錦香亭。作者不詳。本事亦無考。與之同題材的，有元王仲文孟月梅寫恨錦香亭雜劇（見錄鬼簿），惜亦佚失。據戲文殘曲看來，當演才子陳珪，與佳人孟月梅相遇于錦香亭，賦詩寫恨，後來歷盡艱苦，終成夫婦。錢南揚以爲清素菴主人所作錦香亭小說，係脫胎戲文，而改陳珪爲鍾景期，孟月梅爲葛明霞，未知確否？果如所言，那麼全戲不脫悲歡離合常套。惟中間插入鍾誤入虢國夫人鄰家第中被留一節，係取材於宋人達奚盈盈傳，頗見風趣。

洪和尚錯下書

此戲不見他書引述。原書已佚，亦無殘曲可見。作者不詳。本事出宋洪邁夷堅支志丙集王武功妻，而更易了主角的姓名。與之同題材的，宋有官本雜劇簡帖薄媚（見武林舊事），話本簡帖和尚（有清平山堂刊本，亦即古今小說卷三十五簡帖僧巧騙皇甫妻），金有院本錯下書（見輟耕錄）。敍一奸僧戀一有夫之婦，故意錯送簡帖及飾物以啓其夫之疑。夫果爲所惑，出其妻，僧乃蓄髮返俗，央媒娶之。後於無意中自供，妻訴於官，僧乃伏法，夫婦重圓。

呂蒙正風雪破窰記

此戲亦曾見收于永樂大典卷一萬三千九百八十四；南詞敍錄作呂蒙正破窰記，有明富春堂刊本。作者不詳，本事出正史及歸田錄，避暑錄話，邵氏聞見錄、六一詩話等書，惟其中「飯後鐘」事則脫胎唐人北夢瑣言段文昌及摭言王播子。與之同題材的，有金人院本拋綉球（見輟耕錄），元人雜劇關漢卿與王德信的呂蒙正風雪破窰記，王作今存（有孤本元明雜劇本）。敍呂蒙正未達時，遇劉月娥擲綵球招壻，適中呂。女父反對，女願嫁呂，同居破窰中。呂常向白馬寺趕齋，寺僧改爲飯後鐘以拒之。後呂中狀元，始知向日乃婦翁故意激之，使之上進，與寺僧無關。翁壻父女遂相歡好。

楊實錦香囊

此戲亦不見他書引述。原書已佚，南九宮十三調曲譜、按對大元九宮譜格正全本還魂記詞調、九宮正始及九宮大成南北詞宮譜中皆有殘曲。作者不詳。本事及其來源亦皆無考。陸侃如南戲拾遺云：「從殘曲看來，大約是楊實愛上了個妓女韓瓊兒，韓家人不許，二人便分離，後經波折而得重逢。」

趙氏孤兒報冤記

此戲亦曾見收于永樂大典卷一萬三千九百六十五；南詞敍錄簡稱趙氏孤兒。明金陵世德堂有刊本，題作趙氏孤兒記，凡二卷；今人劉師儀取明徐元八義記傳奇逐句對勘，爲作校注，刊入世界文庫第一年元明傳奇集初集中。作者姓名無考，世界文庫第一年目錄提要云：「作風渾厚古樸，實是元人手筆。」本事出春秋左氏傳及史記趙世家，大抵皆有來歷。和它同題材的有元紀君祥趙氏孤兒大報寃雜劇，今存元曲選中。敍春秋時晉臣趙盾全家爲屠岸賈所害，僅一遺腹子武，賴義士程嬰、公孫杵臼等百計藏匿，始逃避奸人之目。及武長大，亦滅屠岸賈全家，以報積冤。晉君乃使復姓襲舊爵，諸義士亦同時皆受封賞。

劉先主跳檀溪

此戲疑非本名，他書中未見提過。原書已佚，殘曲亦未見。作者不詳。本事出三國志注，與之同題材的有金院本襄陽會（見輟耕錄），元雜劇高文秀的劉玄德獨赴襄陽會（存孤本元明雜劇本）；元人三國志平話及羅本三國志通俗演義中亦寫此事，與雜劇同，敍劉備應劉表之招赴襄陽，表的次子琮欲殺害他，長子琦示意備速遁。備出城坐的盧馬，一躍而過檀溪，始免於難。

雷轟荐福

此戲亦未見他書提過。原書已佚，殘曲亦未見。作者不詳。本事出宋惠洪冷齋夜話而略有更動。與之同題材的有元馬致遠半夜雷轟荐福碑雜劇，存元曲選中。敍張鎬多才藝，范希文荐召入京。有張浩冒名應召，慮事發，百計欲除去眞張鎬。時鎬于上京途中因雨咀咒龍神，宿僧寺中。寺有顏眞卿書荐神碑，僧許以拓之成帖，助其資斧，但於夜間爲龍神轟碎。鎬後卒成大官，奸人伏法，貴冑宋公序則以女妻鎬云。

丙吉教子立宣帝

此戲亦不見他書引述。原文「教」作「殺」，今據雜劇名改正。原書未見，殘曲亦不存。作者不詳。本事當本史記及漢書，但史記作邴吉。與之同題材的有元人雜劇關漢卿的丙吉教子立宣帝及李寬甫的漢丞相丙吉問牛喘。敘漢宣帝始生時，以衛太子事繫獄，賴丙吉維護之得全。後吉爲丞相，嘗因牛喘問牛已行幾里，椽史以爲失問。他道：「現方春天，不應大熱，未喘恐係大熱之兆，故一問其因以釋念。」「教子」事未詳。

老萊子斑衣

此戲疑亦非原名，亦未見他書引述。原書已佚，殘曲亦未見。作者不詳。本事出高士傳。老萊子爲春秋時楚人，性至孝，年七十，常著五色斑爛衣作嬰兒戲以娛親。後居萊山下，楚王召爲相，不往；隨其妻居江南，一居成落，三年成聚。

包待制陳州糶米

此戲亦未見他書引述。原書已佚，殘曲亦未見。作者無考。本事來源亦不詳。元陸登善有包待制陳州糶米雜劇（有元曲選本）與之同題材。敘范仲淹奉旨派人至陳州放糶，劉衙內舉其子及壻往。既到州，上下朋比爲奸，民受害死者累累。朝命包公往勘，得其實，乃置劉於法。

孟母三遷

此戲亦不見他書引述。原書已佚，殘曲亦無存。作者無考。本書出正史及古列女傳。同題材的作品，有元佚名的守貞節孟母三遷雜劇，亦已佚亡。敘孟子幼時，家居墓旁，于是嬉爲祭掃的事。其母以爲不宜于其子，遂遷居于市中。于是孟子又嬉爲商人賣買的事。孟母以爲仍不宜于其子，乃遷居學宮之旁。于是孟子嬉爲俎豆、揖讓、進退等禮節。孟母遂不再遷居了。這是個中國教育史上有名的故事。

文壇消息

香港出版大衆周報，四月創刊，撰稿者有葉靈鳳，戴望舒等人。（文）

秋海棠改編話劇在滬公演後，南京，蘇州，無錫各地，紛紛設法演出。最近北平亦公演該劇，由四一劇社主持。（吉）

藝文雜誌已在北平出版，創刊號有周作人之中國文學上的兩種思想，俞平伯之音樂悅樂同音說，畢樹棠之白衣女，錢稻孫之伊勢物語，陳綿之人羣，尤炳圻之日本上古文學，張我軍之譯北原白秋詩。（華）。

北京大學將刊行北大文學，由沈啓无主持。（月）

四幕劇 繁華夢（三）

沈鳳

第三幕——數年後某晚六時

人物：范　湘
　　楊醫生揖庭
　　楊太太
　　孫主任
　　王醫生仲甫
　　史醫生淑明（女）
　　老　張

地點：范湘私宅的書房

景：這是一間奢華而舒適的書房，右邊一扇門通走道，正面的玻璃門開出去是花園，外面是暗的，長帘子已放下了。這雖是書房，但常常是作會客室用的，因爲另外一間大會客室輕易不用。今天，是范湘的生日，這已是晚筵的時候，大會客室那邊已擺上了酒席。這書房作了比較稔熟一些的客人的休息室，也無寧說是避難所——假如不慣大客廳裏的儀節，客套，和人物的，便都上這小書房里來避避，當然，不是熟客這也是做不到的。

幕開時，台上無人，燈光甚暗，但聞幕後有許多人聲，和收音機的音樂聲。門開，這是老張開的，他現在是這兒的管家了，范院長公館里的管家，穿了很新的中山裝，年紀固然大了許多，但是精神很好。他引着孫主任由右門上。孫主任已老態龍鍾了。

張：孫主任，上這兒來坐一會好不好。這是院長的書房。

孫：啊，這房間眞不錯，我還沒有來過呢？

張：是的，孫主任，你爲什麼不常常上這兒來玩呢，院長的脾氣不比以前，他現在很喜歡客人，差不多每天晚上有客來。

孫：盡是些什麼客人？

張：還不是醫院里的醫生們。王醫生，楊醫生，還有那位姓史的女醫生，他們都常常來的。

孫：那怪我不知道，范先生他自己也邀過我幾次，我知道他從前的脾氣，喜歡清靜的脾氣，還以爲他是客氣呢。還有一層，如今他是院長，我反是他手下的屬員，我剛到職不久，似乎不應該常來。別人又不知道我們以前的關係，假如聽說我常來，要以爲我拍院長的馬屁了。其實，他還是我的學生。（不勝感慨）唉，眞快啊，一轉眼，學生走在先生的前面了。我是老了，不中用了。

張：別說這種話，你還健壯得很呢。

孫：算了，我也不想怎麼了，院長這種位置恐怕輪不到我做了。年青人才能爬得快，年老的都不中用了。你看，這不是很快嗎？他畢業不到五年便得了公費上德國去，他在德國也不過住了兩三年吧，你看他，一回來不到一年便得了這個省立醫院院長的位置。——他在這兒有半年了吧？

張：沒有半年，才四個月。

孫：才四個月。我到這兒來不已經整一個月了嗎？

張：是的。

孫：呵，你看快不快，一會兒功夫學生就跳到先生上面去了。不過話可又要說回來了，年青人也不都是這樣快的，他的許多同學現在不都還只是普通醫生罷了。他是特別運氣好，比誰的運氣都好。

張：是的，院長的運氣是好，我們誰都沒有想到過。

孫：那麼你呢，你怎麼不要求他在醫院里弄一個事務員這種事情幹幹呢？

張：院長在德國的時候，我不在二院幹掛號員的事兒嗎？他回了國，我聽說他要到這兒來當省立院長，我就辭了職來找他。

孫：他不肯給你找事嗎？

張：不肯呀。但是他幷不怪我辭職，他說他不願意用自己的人，所以他留我在這兒管家里的事情。

孫：對的，這兒倒是需要一個人上上下下來管着。他到如今還沒有結婚。沒有吧？

張：沒有。

孫：他爲什麼不結婚呢？又不是沒有人要嫁他，像他這樣的人物，他要娶誰，誰都願意嫁他的，他不願意結婚嗎？

張：你知道那位殷小姐嗎？自從那位殷小姐不肯嫁他以後，他就不談這問題。後來，他要上德國去的時候，殷小姐的父親很願意把殷二小姐許給他，但他拒絕了。從德國回來了以後，我也沒有聽見他提起結婚的事，看他對這樁事情也提不起什麼勁。不過最近，情形有一點變了。

孫：怎麼，他有結婚的意思了嗎？做一個省立醫院的院長，地位也不算不高了，他今年三十六歲，年紀也不算小了，像他這樣一個人，沒有一位太太，眞像短少了什麼似的。你看，這麼大一座屋子，只住着他一個人。對的，對的，的確需要有一位太太。你說，他現在想娶了嗎？有了對手沒有呢？我想他也該知道光棍的味道並不大好吧。

張：他是不是想娶，我可不知道；不過，我看這情形……

孫：什麼情形？

張：（爲難）我是在胡猜，我說了以後，你可不能說是我說的。

孫：你說好了，我不告訴別人。

張：醫院里不是有一位很年青的女醫生嗎？那位史醫生。……

孫：是的，史醫生，她也是內科醫生，整天和我在一塊的，她怎麼了？

張：怎麼是沒有怎麼，不過她常常上這兒來玩。她不還是一個姑娘嗎，還沒有丈夫。

孫：她沒有嫁過。

張：我看她也許會和院長結婚的。

孫：你怎麼看得出？

（外面有脚步聲走向門來）

張：有人來了，我們不談吧。——千萬別跟別人談起，要不然給院長知道是我說的，他會罵我的。

（范湘入。他顯得老成多了，但精神煥發，喜氣洋洋，今天是他的生日，這得意的主人是正逢其時的樣子。他着了一套藏青西服，整潔華貴，的確像是一個有身份，有地位，幷且幸福的人。）

湘：孫主任，你怎麼在這兒？

孫：哦，院長……（站起）

湘：我不是和你說過了嗎，還是叫我老范，而你，你總是我們的主任，最從前是教務主任，後來是內科主任，醫務主任，現在還是醫務主任，（對老張）你怎麼也在這兒，你不上外面去招待客人嗎？呵，今天的客人太多了。

張：我在陪孫主任啊，好，這下我就去。

湘：你看看主要的客人到齊了沒有，假如到了，我們可以上席了。

張：是。（下）

湘：今天客人太多了，我實在受不住。我躲來躲去的躲，結果還只好躲到這兒來。

孫：這間屋子不錯，我也是來躲的。

湘：孫主任，今天我請了這麼許多客，一半也是爲了你。你到此地一個月，我還沒有正式給你接風；當地的一些人物也沒有給你介紹，我打算在今天辦掉這一件事。

孫：爲了我，那使我太不安了。我老了，已不値得人家來關心了。

湘：不老，孫主任，你至少還可以在社會上幹十年呢？

孫：還要說不老，不老會那麽不中用麽？你看，你們後輩都跑在我的前面了。

湘：那里話，我不過僥倖罷了。只是僥倖，你看，我們同學中除了我以外還有誰跑在你前面的。

孫：（想了一想）眞的，眞的還沒有。

湘：可不是，我是例外的，因此你便不必自以爲落伍。我是特別的比別人早成功一點，是不是，孫主任，我可以說是成功嗎？

孫：成功，當然你是成功了，無論是學識，地位，名譽，在你這年齡上說來無論如何是可以說成功的。

湘：比較上是成功的吧，但我并不自滿，我仍繼續在研究。

孫：應該這樣，你將來的成功會更大的，我知道，你將來會成功一個最有名的醫生的，以全世界來說，你都可以有相當地位。

湘：我以前說過，我不但要成功一個最偉大的醫學家，并且還要做一個最成功的人。

孫：最成功的人？

湘：是的，各方面都成功的人，也可以說是最幸福的人。

孫：這一點，我覺得你還得大大的努力，我覺得你在做人上並不十分成功，第一點，你還沒有結婚。你簡直沒有一個家庭，這不能算家庭的，這好像一個有錢人單身去旅行，在一個地方買下的別墅似的。眞的，你第一步得先結婚。

湘：你以爲我太遲了嗎？

孫：遲是不遲，不過拖延下去便會太遲了的。你以前失掉了好幾個可以結婚的機會，都是好的，譬如高素珍小姐，假如那時候你和她結了婚，只會於你有益，不會有害的。眞的，假如你再有機會，可別再錯過了。

湘：結婚是必須的，我知道，但與其娶一個不完全的妻子，倒不如不娶。

孫：怎麽才完善，怎樣才使你完全滿意呢？

湘：（想了一想）我說不出來，但我心里却有一種成見。（王醫生上。王醫生是一個很普通的醫生，也可以說是很典型的年靑醫生，很整潔，和善，也可以說很平凡。潔身自好，但也獨善其身；與世似乎無爭，但不十分肯吃虧。他一上場，范湘便驚一下。）

湘：啊，我們談話談得太遠了。仲甫兄，客來齊了沒有，我想差不多齊了吧。

王：客倒是來得不少了，但主要的客人却有幾個沒有來。

湘：那幾個主要的？

王：衞生處魏處長也沒有來，還有那位楊醫生，他今天也是很重要的，但他也沒有來。那是一定的，重要的總是在最後的。

湘：你說什麼，楊醫生「今天是很重要的」，這是什麼意思？

王：（微笑）范院長還不知道嗎？楊醫生說過，他今天特地把他夫人帶來拜壽呢？

湘：他有太太在這兒我知道，我下的請帖上也請了的。那與重要有什麼關係呢？

王：對的，但你沒有見過他的太太吧，楊醫生昨天對我說他的太太以前是學看護的，認識院長呢。

湘：啊，他的太太認識我，那他怎麼從來沒有對我提起過呢？

王：也許是他太太叫他別對你說吧，據楊醫生說他太太不喜歡交際，所以不提起的。

湘：（向孫主任）一個看護，那不是一院的便是二院的了。

孫：唔。

湘：（向王醫生）你見過他太太沒有？

王：見過，長得很漂亮。我們有一句成語，『最幸福的是楊醫生，最不幸的是楊太太』這便可以想見他們這一對了。楊太太眞漂亮，人又好，又漂亮，醫院里的同事沒有一個不讚她的。

湘：她姓什麼，你知道嗎？

王：不知道，她不好說話，我們也不常和她談什麼。反正他們一會兒要來，你就可以看見她的。楊醫生昨天說過明天我要給院長一件特別禮物，那就是讓他驚奇一下。

湘：很好。

孫：那一位楊醫生？就是那位外科醫生楊揖庭嗎？

湘：怎麼？

孫：這個人，唉，人是一個大大的好人，但是，他的醫道太不行了。

湘：是的，他全靠別人幫他，因爲他人好，所以誰都原諒他一些，是不是？王醫生，你也常常幫他診斷的，他一個簡直什麼都不能做。

孫：（搖頭）那怎麼可以當醫生呢？

王：孫主任，以前他很不錯，他在醫專畢業比我早，畢業的時候還是高材生，後來不知道爲什麼，愈長愈回來，也許是喜歡喝酒的緣故吧。

孫：他的位置保住，恐怕全靠他人好吧。

（范和王微笑點頭）。

（史醫生上。她是一個醫科大學才畢業的高材生，聰明，活潑，似乎不十分合宜於執醫，假如她學音樂或文學也許更相配一些。她服飾華麗，看了這華麗的衣服，人便不能想像她在白天穿着白色的工作服辦事的樣子。因此更不像一個醫生。）

湘：史醫生，你來得這麽遲？

史：遲了嗎？那末對不起。

王：今天一定要罰你的酒，你是最後一個到。

史：不，楊醫生也才來，他的太太也來了。

王：他們來了嗎？孫主任，我們一同出去看看好嗎？也許魏處長也已經來了。（王孫同下）

史：范院長，你見過楊醫生的太太沒有？

湘：沒有。我聽說她很漂亮。

史：可不是，所以更可憐了。

湘：這話怎麽說？

史：那你等一會就會看見的，他們這一對。（掉轉話題）我聽說楊太太以前還認識院長呢！

湘：我剛才聽王醫生也說過，但我不知道她究竟是誰。她姓什麽？

史：不知道，她不常和人談話，我也少和她會面。你聽，我猜是他們來了。

（門開，楊醫生和楊太太同上，楊醫生挽着楊太太，樣子十分得意。楊醫生年齡并不十分大，但一臉朽敗沒落氣神氣，多少是有些愚蠢的樣子。他舉止滑稽，語言多不當，是劇中唯一的丑角。楊太太實在就是前面的高素珍，她并不顯得十分老，但比以前更持重。她服飾雖相當華貴，然而並不時髦光耀。）

湘：（看見高素珍而吃驚）呵！（他正要說下去，楊醫生打斷了他。）

楊：范院長，恭喜，恭喜。我今天特地把賤內帶來給你拜壽。

湘：（竭力克制自已的激動）那不敢當，尊夫人原來就是高小姐。（向高）高小姐，我現在要稱你爲楊太太了。我們多少年沒見了呀？你很好吧？

高：託福。范院長，你現在升得這麽高高的了。

湘：這算什麽呢。

史：（插入）楊太太，今天眞不容易，你是難得的客人。

高：我是來拜壽的，我以前在院長手下做過事情，今天不但是拜壽，也是來拜問拜問。這是應該來的。

楊：好一個『應該來的！』剛才還不肯出來呢。（向湘）范院長，賤內特別不善於交際，有什麽失禮的地方還望你原

諒●

湘：那里的話。我和你的夫人，還有孫主任，以前都是老同事，每天在一起做事，熟得不能再熟，大可以不必客氣了。

楊：那就好了，我正希望能這樣才好。

湘：楊太太，你既知道我在這兒，爲什麽不早告訴我一聲，那我也可以來拜訪你。

高：我不知道。前天聽揖庭說起，我才知道范院長原來就是從前的范醫生。

楊：得，得，別撒謊吧，院長一到任，你不就問我院長的名字嗎？

（范、史、等同聲笑起來，弄得高素珍受窘。這時，幸虧王醫生進來。）

王：楊醫生，你怎麽也躲在這里呢？

楊：我是帶我的太太來見院長的。

王：現在已經見好了吧，他們都要見你的太太呢！

楊：笑話，我這個太太娶了也快十年了，又不是新娘，爲什麽人人都要看一看才過癮。

王：因爲誰都羨慕你的好福氣，去吧，應該讓大家見見的。

楊：但我們又不是新婚夫婦，她不是新娘，我也不是新郞。（說着去挽高的手臂。）去見見當然不妨。好，素珍，咱們就去吧。少陪了，諸位。

史：楊醫生，這個樣子你們可眞有些像新娘新郞呢。

楊：史醫生，你可別來說我，你幾時請我們喝喜酒啊？我想—也快了吧。

（楊與高手挽手下。）

湘：（向王）：魏處長還沒有來嗎？

王：我看還沒有吧。

湘：讓我出去看一看吧，時候不早了。（下）

王：淑明，剛才楊醫生的那句話是什麽意思？

史：誰知道，他還不是瞎扯。

王：不，他的話是有理由的。近來外面有一種謠傳。

史：（若無其事。）什麽謠傳？

王：許多人都在說你快要和院長結婚了。

史：（故意表示驚異）眞的嗎？那太奇怪了。但是，（又表示不關心。）謠言有什麽意義呢。假如我以後眞的嫁了院長？那謠言就當他是預言好了。假如我結果幷不和院長結婚，那便是無稽之談，不值一提。我對付任何謠言和傳說都抱這樣的態度，何必當他一會事呢。

王：我說你變了，以前你不是這樣的。自從我們來了新院長以後，你就開始變起來，一直變到今天。

史：這樣說來，你很相信這謠傳可以成爲事實了。要不然，我爲什麼早不變，遲也不變，要在我們新換院長的時候才變，是不是？然而，老朋友，我告訴你，人生就是一直在變的，今天這樣變，明天也許那樣變，變好變壞固然沒有一定，但變可總是變的。有時候也許一刻千變，有時候慢慢的變，但沒有不變的。

王：那我就沒有可說的了。

史：你應該靜看這變化，把變化看得很平常，那你就沒有痛苦了。假如你能進一步的在變化中抓住機會，那你便成功了。

王：你說得對。我要出去了。（匆匆下。）

（孫主任和范湘同上。）

孫：她竟是高小姐，可惜可惜，嫁了這麼一個不學無術的庸醫。你看，那麼許多人調笑他一個，我眞替高小姐不平，那末許多人當了她的面譏笑他的丈夫。

湘：唔，她眞可憐。（坐下）孫主任，讓我休息一會，請你代替我在外面照應一下，你找到王醫生，和他一同爲我招待招待客人，好不好？孫主任，請你原諒我失禮，我實在不舒服極了。——老張在外面，但我看他一個人是不行的。——（焦急）怎麼魏處長還不來。

孫：可惜，可惜，鮮花插在牛糞里。怎麼，你要在這里休息一下嗎，好吧，還是我去。（下）

史：院長，剛才孫主任在說什麼？

湘：他說的是楊醫生和楊太太。

史：那麼你對他們這一對夫婦作什麼感想。

湘：沒有什麼感想。

史：一點也沒有嗎？

湘：一點也沒有。

史：我倒認爲院長應該有些感想的。一則，那位楊太太是以前院長手下的同事；二則，他們這一對確配得不平常。

湘：我眞的毫無感想，我向來對婚姻這件事看得很輕。

史：那我很想知道院長把這件事怎樣的看輕法。

湘：我就是對它毫無意見，凡是與我無關的事，我都沒有意見的。

史：那末，假如有一件你自己的事，那你就會有些意見了吧？好，現在讓我來聽：你對你自己的婚姻問題的意見吧。譬如說，你爲什麼到今天還不結婚。

湘：我沒有想到過這個問題，從來也沒有想到過。

史：院長，那你便是當面撒謊了。我記得，不久以前你曾和我們談到過這個問題，並且告訴過我們，你曾經想娶一位姓般的小姐，後來因爲她的家庭不同意而沒有娶成功。此後，你便一直過着孤獨的生活，對這種孤獨，你似乎也曾經表示不幸，而有些想結婚了。

湘：我眞的說過這些事嗎？哈，連我自己都忘記了。但現在我的確一點意見也沒有。以前我隨便的談話，我想我可以不負責任的吧？

史：那末，假如現在有一件關於婚姻的事，恰巧與你有切身的關係，你會有意見嗎？

湘：什麼事？

史：剛才王醫生在這里告訴我，外面有一種謠傳，說我們兩個快要結婚了。

湘：我和你？結婚？（史點頭）誰造出來的謠言，這未免太荒唐不經，太滑稽了。

史：但我可不覺得怎麼滑稽。

湘：我總覺得可笑。因爲連我自己本人都從來沒有想到過這一層。

史：但別人却替你想到了。這謠言也不能不說有一點兒道理。每一個人似乎都以爲你是應該結婚了，已經到了非結婚不可的最後關頭了；同時，人家看我也似乎是處在再不結婚便要太晚了的當口。這樣，便很容易地把我們拉在一塊兒。

湘：但事實可幷不是這樣，這謠言便荒唐了。

史：那麼你幷不以爲自己應該結婚了嗎？

湘：我從來沒有想到過。

史：但我却記得，你在不久以前曾當了許多人的面表示過打算娶一位很有醫學教養的女子。

湘：我忘記了。我現在幷不這樣想。

史：以後呢？

湘：不知道。但是總而言之一句話，我覺得這個謠言是十分荒唐的，完全是無稽之談。

史：那你决定永遠不結婚嗎？

浩：不能說永遠，但至少是現在。

史：現在，假如現在有一個女人向你要求呢？

湘：那是不會有的事。

史：假如有呢？

湘：（不耐煩地）假如現在有一個女人，即使有一位像你這樣有教養，漂亮，高貴的女人，即使假設就是你本人吧，向我求婚，我也絕對要拒絕的。

史：（傷了她的心，傷了自尊心，生氣地）范院長，你這句話未免太欺侮人了，我并沒有向你求婚呀！

湘：對不起，我只是假設而已。

湘：王醫生，魏處長來了沒有？

（王醫生上）

王：還沒有。

史：王醫生，你這會兒沒事吧，我想上花園里去走走，你可以不可以陪我去。

王：很好。

（王史同由正中的玻璃門走出去。孫主任伴着高素珍上）

孫：（向高）你在這兒休息一會兒吧，我實在看不過去了。老范，你應該陪高小姐在這兒坐着談談，她在外面怪沒趣的。誰都和楊醫生開玩笑，你想她多沒趣。

湘：我正想和高小姐談談呢。（向高）我們這末許多年沒見面了。

孫：好，你們談談吧，那我走了。（下）

高：范院長，今晚你好像很不快活。

湘：別叫我范院長，你以前叫我什麽，現在還是叫我什麽。

高：你怎麽不高興，今天不是你的生日嗎？

湘：本來我是很高興的，但我一看見你，我便高興不起來了。

高：這太抱歉了。

湘：不，你聽我說下去。我看見人家當了你的面和楊醫生開玩笑，我簡直生氣了。（感情不能抑止）素珍，告訴我，你怎麽會嫁給他的呢？

高：他誠懇地向我求婚，我答應他了，我們便結婚了。那時候他還不是現在這個樣子，剛從學校畢業出來當醫生，好像很有爲的。但是，無論如何他是一個好人。

湘：不管他是怎麽一個好人，但你却在受罪。這我看不下去。

高：你何必看不下去。我倒很平安地這樣活了下來，幷且還打算活下去。

湘：這太不公平了。

高：爲什麽不公平，人生就是如此的。人的命運各有好歹，談不到公平不公平。（改變話題）你應該很好吧。

湘：這算什麽呢。

高：我想你應該很好，你現在已經當了院長，你確是成功了。但，我記得你說過，你要成功一個最成功的人，這，怎樣？

湘：別提了，素珍，別提起吧！

高：爲什麽？

湘：對你，我說出來吧，我什麽也沒有成功，我連一個溫暖的家庭都沒有。

高：你爲什麽不結婚？我聽說你快和史醫生結婚了，結了婚你便有一個快樂的家庭了。

湘：誰說我要和史醫生結婚？

高：我丈夫說的，旁人也那樣說，剛才孫主任也那樣告訴我。這是對的，我希望你和她結婚。

湘：不，我不結婚。今天以前，在我看見你以前，我似乎確是打算結婚的，但，自從剛才看見了你那一刻起，我決定不結婚了。

高：爲什麼？

湘：因爲我不能看着你爲了你的丈夫而蒙受羞辱。我現在決定不和任何旁的女人結婚，除非和你。

高：你說什麼？你發瘋了嗎？

湘：一點也沒有瘋，我說的都是實話，我要和你結婚。我要把你從羞辱里救出來。

高：這那里還可以呢？快別做這個夢吧。

湘：爲什麼不可以？

高：你忘記我已不再是高素珍，而是一位楊太太了嗎？

湘：正因爲你是楊太太，所以我非要拿你娶來不可。你應該和他離婚，然後和我結婚。

高：你也忘記你自己的地位了，你是一位省立醫院的院長，你怎麼可以去霸佔你的下屬的妻子。

湘：我可以放棄這地位，我可以和你遠走高飛，我可以和你回到上海去設我們自己的診所。

高：這是辦不到的，絕對辦不到的。

湘：我願意犧牲一切，那有什麼辦不到。這一切爲什麼不可以犧牲呢，這一切的總數都比不上你一個所給我的多。

高：不可能，絕對不可能。你固然可以犧牲這一切，但我可不能和他離婚。

湘：你眞的也愛他嗎？

高：愛不愛是另外一個問題，但我有我的義務，婚姻也有婚姻的道德。我既已嫁了他，我就不應再背叛他。而他，假如失去了我，他會活不下去的。

湘：他可以另外娶一個。你要和他離婚，那是再簡單也沒有了，你們連孩子都沒有。

高：別談了，這無論如何是不可能的。我不願意離背我和他的婚約，他也決不能失去我。你要知道，尤其是像他那樣的人，他們的心最不能受傷害，我離開了他，他只有一死。

湘：我求你！

高：你不必再求了，我辦不到。我的命運早已決定了，我決不想改造我的命運。你，你還沒有開始呢，你立刻去和史醫生結婚，這還來得及。現在你也許并不十分愛她，但以後你會慢慢地愛他的。趕快，你還來得及做一個最成功的人呢！

湘：不，素珍，絕對不！除了你以外，我是沒有地方可以獲取幸福的。

高：不要太感情，你得看淸現實。

湘：但，現實對我太殘酷了。

（孫主任和楊醫生上）

楊：（向高）你原來在這兒。（轉向范湘）院長，你們正在閒訴往事嗎？

湘：對了，我們正在談起從前許多的笑話。

楊：那太有趣了。（突然看見正面的玻璃門）啊，我好久沒有上花園里去玩了，讓我出去看看。（開門欲出）

高：外面冷，你沒穿大衣要着涼的，別去呀。

楊：（頑皮地）不要緊，一會兒就回來。（下）

孫：（向范）你看，他多幸福，而你……

高：孫主任，我剛才也勸他趕快結婚，但他不聽。

孫：老范，你確應該結婚了，家庭的幸福是一個成功的人所必須享受到的。

湘：唔，幸福，家庭的幸福不是我可以得到的，我早已失掉了機會，我不想再得了。現在，我要另外一個愉快，完全另外一種。（他急衝向酒櫃，倒出一杯烈酒，一口而盡。）

楊：（在台後）看啊，看啊。（一面怪叫，一面走進屋來），你們快來看，外面花園里有一對情人在接吻。（他還向外面遠眺）原來是史醫生和王醫生。

（史和王上）

史：（向楊）給你看見了。——對不起，諸位，我現在宣布，爲了趕上我們范院長的吉日，我和王醫生在今天訂婚了。

大家：（同聲）恭喜，恭喜。

（老張上）

張：上席了。

（史王一對，楊醫生一對，順序而下，最後是范湘扶着孫主任下。）

——幕——

文壇消息

章克標近住杭州，寫作多用路鵲，許竹園等筆名。

路易士由蘇北抵滬。

中華日報副刊所有尸一，何若等署名，俱係文壇宿將梁式所作。尸一之名，見於魯迅三閒集中。（華）

日本女作家羣像

眞原

關於現代日本男作家底作品的翻譯和介紹，在我國的各刊物雜誌上，已屢見不鮮。但關於女作家的，可以說是絕少。正如幾月前林房雄氏在上海某次宴席上說過的一樣：『在中國方面，對於近十年的日本文壇，非常陌生，眞的隔膜到無人曉得。這大概是由於兩國人民，沒有注重相互的溝通，相互的介紹的緣故。比方我這次到中國來，偶爾談起日本文壇的近況時，各人對於十年前的還稔熟，惟近十年的則甚生疏』。最顯淺的舉一個例來說吧：對於十年前的作品，因爲還有翻譯書本的關係，大家都可以間接的閱讀，所以那時的作品大家還可以拿出來談談。但以後的因爲沒有人翻譯過來，所以大家都不很知道。總而言之，近十年的日本文壇，在中國是太生疏了。在這樣生疏的情境下，難怪日本的女作家，在中國更爲生疏，而沒有人認識了。近五十年來的日本文壇除了明治中葉產生過一個天才的閨秀作家，曾喧動文壇外，一向是默爾無聞。可是第一次歐戰後日本的女作家，漸漸露出光芒，至近年女作家已和男作家一樣的活躍於文壇了。她們的作品，她們的創作經過等，和日本男作家一樣的有介紹於國人的意義。我很想詳細的記述，不過因爲手頭沒有豐富的材料（祇有幾本如川端康成的小說的研究等書做爲底本而已），匆忙中寫出來，所以寫得很雜亂，有許多地方前後不接氣，深盼讀者諸君教正。同時我因爲對於文學並不是內行，對於日本文學尤其是女作家的更是不很懂，所以對於批評等絕不敢及，不過將平日看過的記述一二點而已。

說起現代日本女作家，大概有以下各人，卽野上彌生子，平林たい子，宇野千代，中條百合子，窪川稻子，林芙美子，吉屋信子等，新人中則有矢田津世子，岡本かの子，中里恆子，大田洋子，壺井榮等。

在這許多的女作家中，有的是舊左翼的出身，有的是從懸賞上獲選而一躍成名的，也有的是經過十年苦鬥才給讀者認識的。

在現代日本的女作家中，作家生活最長久的當首推野上彌生子了。有很長的作家生活，經過很多的波折和變化。她最初以寫實的作風寫了「大石良雄」的歷史小說，後受了當時的左翼影響，寫了長篇小說「眞知子」之後，又改變了從來的作風，近數年來專取材於身邊碎事而寫一種私生活小說，她的作品，是富於良心的反省力的，不過近年的筆力已有衰微之感。

平林たい子，她雖然沒有野上彌生子的那般上了年紀，但亦是四十多歲了，她原本也和野上女士一樣的，是一個舊左翼的女作家。她擅長於描寫下層階級的女性底困苦的生活境狀。她那枝花妙筆，確會把握讀者的心絃。近年來因病倒床頭，已久不握筆爲文了。凡是喜歡閱讀她的作品的人，都祈望她早日恢復康健，以嶄新的姿態，重現文壇。說起平林女士的病，又聯想起一些關於她和林芙美子的事情來，但這個事情，是否可靠，當然我們不很敢於置信，不過我們聊作逸話談談吧！

原來事情是這樣的，當平林女士病重的時候，和她親暱的知交，都出來向文壇呼籲，募捐療藥費，爲了文壇上的關係，就是平素不相識的作家，都同情而解囊相助。可是有一個曾經患難而一同入獄過的林芙美子，却一毛不拔。因此便有人說，那是因爲她們吵鬧過。不過吵鬧的一件事，在一個友人病倒之際，斷不能因吵鬧而不資助的……，當時，盛傳了許多對林芙美子不利的謠言。所以那個時候，可以說是林芙美子給人說壞話的沸騰時期。這段事也變爲一件壞話的資料了。不過後來她也捐助了不少的錢，可是一時無從辯正，而仍被人罵得體無完膚。

這確是賜予林芙美子以不德的地方的。但她亦因此而變爲女流作家中唯一的負了更大的聲譽的作家了。

而對這聲譽（以女作家爲主）的嫉妬反感，也發生了微妙的作用。

當然不祇是爲了嫉妬的，所有的女流作家，都和她背道而馳；都和她嫌惡，敵視了。

又有一件這樣的事，某書局出版了一本某女作家的小說集，在書後的餘白上，因爲先排了林芙美子的書目廣告，致遭到抗議。從這裏亦可窺知當時文壇上女作家間的情勢了。到了今天，日本已有文學報國會的組織，全國的文學作家，都向以他們的國家民族爲前提的同一的目標邁進，所以這樣不幸的事，早已消滅淨盡了。這不是也很値得中國的作家們反省的麼？

不過林芙美子確是現代日本女作家中的第一人，是無從否認的。我想目前能夠眞的和她比肩的並沒有幾個人。關於她寫小說的經過，和不幸的境遇，我們在她的「放浪記」及其他作品中可以窺見一斑。同時這「放浪記」亦確立了她的作家的地位了，現在爲了篇幅有限，容日後有機會時另詳述吧。

宇野千代在女作家羣中，她的作品斷不亞於林芙美子的，她底寫作生活也有三十餘年的歷史，她會取材於握有近代性格底轉變性的頹廢的女性上。在她的初期中期的作品中，有很多給人記憶的地方，「分別也是愉快」等作品，就是有這種意味的代表作品。在近年已不多見她的作品了。

窪川稻子的作家生活是始於大正初年，那時她還是近於新人的無名時代，在文藝春秋社的一本新出的文藝雜誌「創作月刊」上，以女流新人號的標題下，開始發表作品。

窪川稻子她自己亦說：「我並沒有文學修業的時代，我是非常的幸運，因爲我毫不費力的跑入了文壇……」，正如她所說她是沒有經過雌伏時代底經驗而入文壇的幸運作家。固然她原來已有豐富的才能的，但她的丈夫的背後指導和鼓勵是不能抹煞的。

自從和詩人又是文藝評論家的窪川鶴次郎結婚後，更進一步的得她丈夫的鼓勵寫作小說。由『從製糖工場』一書的發表，處女作變爲出世作了。跟着在「文藝春秋」發表了『酒樓洛陽』，一躍而震動文壇。

我聽說她在十二歲的時候，已入工廠工作。及後曾經與人結婚，後來離了婚，抱了孩子當店員，又在酒樓當女招待。那酒樓是日本作家菊池寬，芥川龍之介，久米正雄，宇野浩二等時常到的。她那時尚叫做田島稻子，某日，芥川向她說：「在明治時代有一位女流作家叫做田澤稻丹的」。在座的各人那裡會料到這田島稻子，會變爲後來的作家窪川稻子，就是她自己，亦何嘗料到後來會以作家資格處世呢。

自和窪川鶴次郎結婚後，他發覺她的能力，一心的鼓勵她握筆寫小說。這也是一件很有意義的事啊！

往往有很多人，因爲結了婚後，禁止妻子的寫作的，而把可以伸展的材能，不能伸展。所以有許多女作家爲了自己，爲了藝術的生長，甯願過其不幸的獨身生活。

她著有長篇小說「素足之娘」及「有牡丹的家」等佳作。

宮本百合子在大正十年前後，以中條百合子的名字發表了小說，那時的創作有「伸子」等，後來參加左翼，把許多生活變化寫在作品上。轉向後又寫了許多的小說，「乳房」便是那個時期的主要作品。近來除了小說之外，還寫一些文藝評論和社會時評的文章，她的作風，是在女性中富有理智，所以有時過於有流露感。在今日的文壇上是一個最堅强的女作家。

吉屋信子，她可以說是日本的通俗小說家羣裡的一點紅，因爲寫通俗小說的作家中，女作家除了她確是微乎其微，同時在通俗小說羣中，她是有不可消滅的存在。我知道她在生活上，是沒有受過勞苦的，可是在小說上，曾經下過相當的勞苦的。當然，今天的確立地位，是平日努力的結果啊！

從懸賞上一躍驚動文壇的有大田洋子，她當選了朝日新聞所主辦的一萬元的懸賞小說，不過在未當選之前，曾經在中央公論的懸賞募集上以「海女」亦獲了首席。不過我們斷不能說她是賭彩的，僥倖得來的，我們要知道在未獲當選以前，她那種苦鬥的氣魄，是無人可及的。我聽說她在未獲當選以前，曾經苦鬥辛勞十年的，後來的獲選，不過是酬答她的壯志而已！她開始作家的生活雖然有多年，但半途曾擱筆近十年，自發表「海女」後，又活躍於文壇。她的筆調是相當秀麗，才氣縱橫的。除了上面的「海女」外，曾發表新聞小說「櫻花之國」。

中里恆子，和在前面說過的窪川稻子一樣，在「創作月刊」上發表過小說，後來回到家庭，曾潛伏了許久，至發表「乘合馬車」後重現文壇的。「乘合馬車」發表於雜誌「文學界」，在日本昭和十四年獲芥川賞的。

和中里同出於「文學界」的川上喜久子，她的作品，多數取材於朝鮮的。有名的「白銀之川」便是取材於朝鮮的一篇長篇小說了。

壺井榮是詩人壺川繁治氏的夫人，早年曾發表小說「蘿蔔之葉」，獲得好評，作爲芥川賞的候補。昭和十四年在「新潮」發表小說「歷」，同時好像又在「文藝」發表「廊下」，在「中央公論」發表「赤色的拷杖」，流露她底才能，在今日的女作家中，也是努力耕耘者之一。

中本たか子，她是女作家中，以新感覺派的作風而出現於文壇的一個。後來也曾加入了左翼，參加政治活動，在文壇上曾一度沈默。昭和十二年以長篇小說「南部鉄瓶」而復活了，這種作品可以說是有生產文學的傾向的。近作有「白衣作業」等。

還有的像長谷川特雨，佐藤俊子，神近市子，板垣直子，松田靜子，眞杉靜枝等其他的老作家，因爲愈寫愈長，就此暫作結束，容有機緣再述罷。

寫於一九四三年五月。

本刊啓事

本刊自創刊號起　均準期於月底發行（每月二十日後），茲爲便利讀者購買及外埠銷行起見，自本期起註明八月號，於七月二十五日發行，以後例推，敬希讀者注意。

風雨談社謹啓

村民的移居

法國都德原著

在香樸散村莊裏，居民生活，很是安閑。我們的鄰家，有一片飼養家畜的廣場，正貼對我的窗戶。一年倒有六個月，他們的生活動作，和我家是混合的。

每天天色還沒有大明，我已聽到他家的男子，走到他們的牲口棚裏，把車輛駕好，動身到郭爾培去出賣他的菜蔬。停一刻兒，他的女人也起身了，把她的幾個孩子，通統穿好衣服。從雞棚裏放出了一羣雞，又聽得了鉛桶的聲音，大概是在擠牛乳吧？一個早晨，木扶梯上，大小脚步聲，老沒有停歇過。

到了下半天，便覺得靜默了。父親在田裏工作，孩子去學校念書，母親却一個人忙碌着，在廣場把洗淨的衣服，展開來向陽光中晒曝。或者坐在門口，一邊縫紉衣服，一邊監護孩子。那時候，倘然有人走過，一手抽着針線，便隨意的和人家閑談。

時光已經將到八月底了。常常在八月裏邊，容易發生事故。我聽得婦人，常和她的鄰居婦人這樣講。

「你聽到嗎？普魯士軍隊怎麼樣了？是不是已經侵入了法蘭西嗎？」我的鄰居婦人如此問。

「若翰媽媽呀！他們已經開抵曉龍了。」我在窗口這樣喊着，她就笑起來了。

在散嫩愛濕亞士區的一個角落裏，村莊居民，還沒有相信普魯士人已經侵入了國內。

但是每天看見許多車輛，載了家具行李，經過這裏。城區中等居民的住宅，多數關閉了。在這樣已涼未寒的月份裏，白晝很覺得悠閑。許多園林的花卉，似乎剛纔消歇，每家的鐵柵門裏面，表示出一種寂寞的境地。

漸漸地鄰居人家，開始顯出驚慌來了。每一家的遷徙，都使他們發生憂愁，好像自己是被人遺棄在這裏了。

後來有一個早晨，村莊的四面鑼聲響了。那是市長曉諭巴黎四郊的居民，勸告大衆：「應該把牲牛和草料，一齊運往巴黎出售，一些也不要留給普魯士人。」

所有村民，都向巴黎出走，這眞是一個淒慘的旅行。在大道兩傍的石路上，載運傢具的笨重車輛，前後銜接，絡繹不斷。其間還雜着許多牲畜，豬啊，羊啊，瘋狂地橫衝直撞，情形很是雜亂。拖車輛的牛，只是嘶叫着。

石路的邊線上，許多逃難的百姓，跟隨滿載家用器具的手推車子。其中有古代帝國時候的桌椅，褪色的櫥架，波斯漆的鏡架。這許多逃難的人，都感覺到這種滿積灰塵，終年幽閉的東西，現在把它拖曳到大道上，任意運走着，眞是一件意外的不幸。

行至巴黎城門口，擁擠得水洩不通，至少須待等候了兩個鐘頭以外，纔得通過。

在這個時候，可憐的逃難人，身體倚靠在公牛身上，心頭懷着一腔恐怖。眼看炮位排列着，濠溝裏滿滿地都是水，防禦工具，到處可見。很高的意大利楊柳，統被砍伐截斷，堆積地上，堵塞了通行的道路。

一到晚上，我的鄰居回來，把在城門邊看見的逃難情形，講給他老婆聽。他的老婆也有些慌了，於是也預備明天出走。但是從這一個明天，到下一個明天一天天地遲延下去。這正是收穫的時期呀！還有一片田地，應得加以翻墾呀！不知道今年的時勢，還能夠釀酒嗎？到後來，她的心中，滿懷着一種廣大的希望，就是普魯士軍隊，也許可以不經過這裏的吧？

一天夜裏，人家忽被一聲巨響，從睡夢中驚醒。原來是郭爾培大橋炸斷了。村裏有人挨家叩門喊着：『普魯士兵快來了！普魯士兵快來了！你們趕緊走吧！』

『快一點！快一點！』村民通統起身了。有的去駕車輛，有的把小孩子穿着起來。可憐呀！這些小寶貝，還是睡眼矇矓的，伏在他母親肩上。一齊起來，一齊跟着鄰居的人，魚貫的行着。這些人直奔到了大道傍邊，大自鳴鐘，正敲三下了。

有的人走了許多路，忽然因爲忘記了什麼事，又回到家裏來了。及至回到家裏，又忘了什麼事。街道上衝來撞去，雜亂地都是人。牲畜沿路在池塘裏覓飲。教堂的廣場上，齊集了無數的村民，商議所經行的道路。有的循着散嫩河而前進，有的竄入葡萄林裏，一切狀況，在他們眼裏，好像都變成新奇了。

在早晨白漫漫的濃霧籠罩下面，這小小村莊，好似被人們遺棄了。跑不了的這一座一座的房屋，彼此擠得緊緊的，好似戰慄地，寒噤地，等待着恐怖事件的降臨。

現在我的鄰居都進巴黎了，在冷僻的街道上，租了兩間四層樓上的房間。

男子還沒有什麼苦惱，人家爲他覓到一些工作。後來又加入國防軍，他有營房可住。還有天天的操演，可以消磨光陰，鎮日忙碌，可以忘却了倉廩的空虛，和田園的荒蕪。那婦人呢？鄉野的性質，更加濃厚，一到城裏，眞覺得枯寂無聊，不知道怎樣纔好？她把兩個年齡大一些的孩子，送到學校裏去。但是那些學校的宿舍，都很幽黯，沒有校園。這兩個鄉村的女孩子不能不回想到鄉間修道院設立的學校。每天聽那蜜蜂的嗡嗡聲，每天早晨奔跑半海里，竄入叢林裏，尋求動植物的樂趣。

母親看見兩個女孩子愁悶，她自己也感到愁悶。但是尤其使她發愁的，是幾個年齡較小的。

他們竄上跳下，往來不停，母親不得不跟隨她們出出進進，有時在廣場裏，有時在屋子裏，有時在石階上，跳來蹦去。每跳一級，母親只得隨着她們跨上踏下，他們看見了洗衣桶，定要把紅色的小手浸到了水裏去。母親有時坐在門檻上做些針線，聯帶地休息一下，他們就在門外奔跑遊戲。

要到了四層樓，纔是他們的房裏。扶梯上黑黝黝的伸手不見五指，脚裏也就要小心，一個不留心，便踏了一個空。在很狹的火爐旁邊，點着一盞光燄暗澹的路燈。窗子很高，天空裏障着灰色的烟氣，使人見了，發生憂愁。這裏也有一片廣場，可以供居住人家的散步。不過看守的人，不願人家在這裏走動。還有那些城市居民所訂立的各種規則，鄉下人實在受不了。

廻想他們在鄉村之間呢？人住在一個屋子裏，就是一個屋子裏的主人翁。各人佔據了一個角落裏，這一個角落裏的各種事物，都是看作屬於自己的。家裏的門戶，終日開放着，也不必防備別人，到了晚上，門上加一個插鎖就夠了。這座房屋，就那樣沉浸在黑夜裏，沒有一些恐怖，而人家就很安閑地睡着了。時時聽到明月光中遠遠地村犬的吠着，但是沒有一人爲它而驚駭的。

到了巴黎，在這種可憐的房子裏，看守的人，就是這座屋子的女主人。小孩子單獨不敢走到樓下去，怕的這位面目獰惡的看屋女人，借着他們黏帶稻草幾根，或菜葉幾片，而污穢都市街衢的名義，揪着他們的頭髮。

爲了小孩子的緣故，他的可憐的母親，便想出了種種的方法。鄉村的孩子，是疏野慣的，怎麼使他們蟄居於小樓上呢？

因此飯罷後，母親便把小孩子們，衣服穿得了厚厚地，像從前的要到田野裏去一般，攙了他們的手，上街散步去了。

沿着大道走去，路上行人很多，車子只是擠塞着，時時停頓，時時碰撞，如此繁華，那像一個戰時國家。小孩子們好奇心重，東張西望，覺得多顯得奇異。他們見到經過他身傍的一個行人，無論老翁，無論少女，都感到興趣。

往來的馬匹，是小孩子們所認識的。因爲都市之馬，無異於鄉村之馬。馬的一個小動作，他們引爲足以發笑的，然而他的母親却一些兒感不到興趣，好像是愁悶塞滿在胸中。

前行數十步，看了都市間的屋宇，便想起了鄉間的廬舍。看了都市間的園圃，便想起了鄉間的田野。人家凝視着她的容貌，一望而知是個誠實，樸素，來自田間的婦人。

小孩子們都有着滾圓而似蘋果一般紅的面龐，額上覆着蜷曲而濃黃的頭髮，穿了底板很厚的鞋子，那是爲了避兵而流亡到這裏來的孩子呀！

噯！香樸散村莊的孩子們呀！你們幾時再聽那蜜蜂的嗡嗡聲？你們幾時再奔跑半海里，竄入叢林裏，尋求動植物的樂趣呀？

（聽鸝·天笑同譯）

十字的債場

張葉舟

一

我是一個不愛喝酒的人，我常常勸告嗜酒的朋友說：「酒，還是少喝一點好！……」

去冬還來崐山以後，起初被幾個朋友偕往一家小食堂去坐坐，他們都是醉翁之意不在乎酒，嘻嘻哈哈集中力量向那喚做芳英的女侍者進攻。芳英是一個含羞而惹人憐惜的姑娘，每當客人們的粗蠻舉動斲喪了她的稚心時，總是紅着眼圈佯笑着說：「……不要氣了吧，原是我的不好……」我默默無語的呆望着她，漸漸由憐惜產生了同情。

這樣，我也常去小食堂了，但我歡喜獨個兒去，選擇酒客稀少的時候去，爲的是可以找她清談。記得有一次我偶然的問了她幾句話，却觸發了她的愁腸說：「我這種生活眞痛苦，來了一個客人，不管喜歡不喜歡，總要嘻笑着臉去應酬，招待不周時就得看人家的臉孔！唉，這叫做喫人家的飯，要做人家的事……本來不值得希奇，我在這裏，就好像賣了身一般……」

她瞧見我面前的酒還是滿滿的，便笑問：「我可以伴你喝嗎？」我點點頭，她就一口氣喝乾了一杯，接着又乾杯了一次，還預備替她自己斟第三杯；我連忙阻住她說：「酒，還是少喝一點好！儘管喝下去，有什麼味道？不會將身子吃壞？……」她用貝珠似的上排牙齒，緊緊地咬住嘴唇，從她俯視着酒杯的兩眼中，湧出兩行淸淚，循着她那潮紅的兩頰滾落到酒杯中，恨恨地說：「管得這許多——吃壞了死掉乾淨……」

我目不轉睛的凝視她，在她全身上找不出一點疏鬆的表情；她舉起那對隱在長長的眉毛下面的含有無限恨意的瞳神瞧着我的時候，我覺得她那雙紅熱的眼睛裏射出來的銳利光芒，一直穿進了我的心臟似的，心裏感到一種說不出來的隱痛。我找不出一句好話來安慰她，但我覺得自己的眼睛也有些發熱起來了！

我再也忍不住這樣切迫的情調了，我急捷地緊緊的擁抱了她，但立刻我以爲不應該對她如此，連忙縮回了自己的兩臂，只是說：「芳英喲！不要再傷心了……」她並不發怒，反是對我嫣然現出苦笑，在我旁邊挨身坐了下來，湊過她的頭來枕在我的腦子。

現在是輪到我一杯杯的喝酒了，酒是苦的，但聽說酒能解愁，所以不會喝酒的我，老是一口一口的硬灌；臉已發燒，飛紅，頭已暈眩，身也搖動，我還是喝着，我想尋求一次有生以來所未會領教過的狂醉刺激！

——拍！

她突然奪去了我的酒杯，向老遠擲去，酒杯碎了，殘酒潑個滿地。她睜圓了那對烏溜溜的眼睛，帶着微怒向我凝視：

——你自己說的，酒，還是少喝一點的好？

——管得這許多，吃壞了死掉乾淨！

我是說的「醉話」，誰知道竟是斷喪了她的芳心？

二

我每天必須到小食堂去坐上一會，喝牠幾杯酒，數月來我是學會了喝酒，並且承認今朝有酒不妨今朝醉，酒，多喝一點也沒有什麼不好……。

每逢飲酒總要她伴我對喝，酒落歡腸，我們就訴起衷腸：

——芳英，你十九歲了，是嗎？……

——我早已告訴過你了！

——家住什麼地方？

——我是沒有家的人……。

——你的媽媽呢？

——我生下來就離開了媽媽……。

——爲什麼會到這裏來呢？

——爸爸前年死了，並且負了許多債，迫得我……

——咳！我知道了，逼得你到這裏來賣……；唉，芳英，你從此就被釘上了十字的債場！

聽她毫不隱遮地向我訴說詩歌一樣淒迷流離的生涯，看她晶瑩的眸子內仍包含着兩顆珍珠般的淸淚，那含有無限怨恨的語聲，慢慢的在太空中瀰散，迴盪，我細細的玩味着，同情到極點的時候，不自覺又乾了面前的酒杯！

自然又是狂醉了，但在兩眼朦朧中，像電影一般的幻象顯現啦：

我繼續看見那個被母親撇下的嬰孩，一生下來就失去了母親的熱愛，受盡乳娘冷落的處養，嚐遍周遭逆境的欺凌，她宛如汚泥中的鮮花，慢慢的伸長，豔麗，煥發出娓娓的幽香……。

接着看見這位喪了妻的父親，迷漫着滿腔的悲情，一天天日趨於頹唐，生活也隨着而荒蕩，結果是傾家難容於故鄉，帶同了幼小的孤女，離了美麗的蘇州，別了長波不息的太湖，抱了滿心希望，跑到了六朝故都的南京；在那裏遇見了一位慈祥的牧師夫人，將女兒託她代爲撫育，美好的韶華就這樣輕輕送過，後來爲了追求渺茫的人生，別了可愛的牧師夫人，逆運的鐵手已經將姑娘攫獲在掌中了。

最後是見到酗酒的父親暴病逝世，年

輕的姑娘被許多債主們所脅迫，她爲了要殮埋父親，要償清債務，咬緊了牙齒，犧牲了自己，接受了一個兇惡市儈的條件，在自己的肩上負起了重大的十字架，轉輾流離，踏進了這小城市的食堂，抹着眼淚，成日夜的賣送生活……。

不敢再幻想下去了，我雖然執了她的手，卻不願去瞧着她的面龐，可憐的姑娘，啊，你應該還有着「將來」，但我有什麼勇氣再去幻想到你的將來呢？

三

對酒當歌，我就作歌：——

催人思索的秋色行將零落的一宵，太湖上的漣漪也催冷了的十月末杪，吹透姑蘇的西風追向太空而去休，江南的綿翠也溫不了焦黃的枝條，我們的芳英喲，奏出了墮地的哀悼！

子規的哀音撕碎了姑娘的歡欣，暗淡的星空透射出陰悄的行徑，年青的母親遭受了上帝的招請，循向茫茫的幽徑回歸了她的孤墳，我們的芳英喲，跌落在泣血風塵！

喪了妻的父親迷漫着滿腔的悲情，無邪的嬰兒怎能溫暖他如冰的心靈，虛渺的生活一步一步印留他的脚跟，柔和的情性一葉一葉的消沉，消沉；我們的芳英喲，在乳娘的掌上泣吟！

嚴重的冬寒奔逼了無影無踪，煥發的春光在江南的枝梢吹動，枯枝梢上又裝上了翠綠葱葱，媚人的春風蕩漾了姑蘇的晴空，我們的芳英喲，重逢了嫵媚的陽春。

喪了妻的父親攜着失母的孤女，登了寂寞的旅程；瀰漫的春風追隨着，卻拂不上黯淡的面龐；這又是陽春凋零了的四月的新月眉，秦淮故鄉有了這凄零父與女的漂泊，我們的芳英喲，永別了故鄉的姑蘇！

異鄉的凉景甦了父親的鄉愁，玄武湖的蘆葦萩萩，莫愁湖的蓮香幽幽，喚醒了，喚醒了他已往的歡欣，夢一般的深憂，他消瘦的形骸，一天一天的消瘦，我們的芳英喲，也迎送了三年的歲月悠久！

無邪的少女宛似幽嫻春日的清晨，喪了妻的父親把她交給了一位牧師夫人，夫人的慈愛是永也不能忘懷，直到如今；夫人的母愛呀，頻頻地敲打了她的童心，我們的芳英喲，懷想起擯棄了她的母親！

夏送了春，秋送了夏，秋又迎了冬；十六年的韶華於她如度縹渺的虛空，別了可愛的牧師夫人，辭了凄零的父親，追求渺茫的人生，投入了無形的囚籠，我們的芳英喲，自此抱恨無窮！

喪了妻的父親孤零地滯留異鄉，寂寞，悲哀，放蕩，悽憐伴他浮沈；秦淮的烟花永也溫不了他創傷的心腸，他終究去伴他亡妻的孤魂，我們的芳英喲，如今舉目無親！

死的蕭條湮沒不了生的庸擾，人類的喧嗔也是擺脫不了的糾纏，父親的殘骸遭受不了無限的風蝕，銅臭的戲謔逼得她祇有去賣送窈窕，我們的芳英喲，釘上了十字的債場！

——歌罷又是喝酒，有酒當醉，我怎可錯過了不妨狂醉的機會呢？

四

那次狂醉後我就是大病，病中朋友們來探視，發現了凌亂的詩章，他們都驚駭起來，責問我說：「芳英的事，你怎會知道得如此詳細？這次的病，又莫非是與她有關？…」我囈語着說：「有酒當醉，我還得狂醉一次哪！……」

朋友們再想追問我，我憤憤地說：「芳英啊！誰逼你去過賣送生活？誰將你釘上了十字的債場？…」

於是有人誤會我與芳英的關係，加以種種庸俗的猜想，他們只知道「情愛」，那裏懂得人世間更有所謂「同情」與「憐惜」？他們只有「肉慾」上打算，斷也不會獲取「精神」的慰藉！他們中間有人對芳英抱有無限野心的，開始失望頹喪，因為他們只不過接受了芳英的媚笑，從來也不會聽她訴說過衷腸！於是他們狂怒，妒忌，想威脅她的愛，購買她的情，可憐的姑娘，從此永無寧日了！

他們中間也有好事的人們，將我的病訊偷偷傳遞給芳英，這無非是一個測驗，看芳英將有怎樣的表情？芳英果眞來了，執着我的手啜泣，哽咽着說：「儘管喝酒，有什麼味道？還不是喝壞了身體？」我搖搖頭說：「自從你被釘上了十字的債場，只有我瞭解你的衷腸；瞭解你而不能解救你，我自己也背負了十字架踱進了債場！……」芳英的淸淚，又從烏黑的眸子裏簌簌的落下來了，我知道這是她的感激之淚！

這次病後，我不敢再去小食堂，我恐懼遭受嫉妒者的攻訐，與朋友們的譏笑，但尤其是怕見芳英的一對含有無限怨恨的瞳神，和晶瑩眸子內包含着的兩顆珍珠般的淸淚；於是，矛盾的心理，使我自絕於「十字的債場」！

芳英起初常常抽閒到我家中來探視，投送懷疑的目光，問我不去食堂的理由；這本來是不夠充分的理由，那裏再經得起她含情脈脈的盤問，我自然只好報之以沉默！但她竟是誤會了說：「我本來不敢再來打擾你的，因為先生向來是瞧得起我，平日芳英芳英的痛我，向我問長問短，所以大了膽子當先生是知心人……」我的感傷性又被她的淸淚逗引了起來，我只好嘆息一聲，伴她掉落幾點眼淚。

終於我告訴她：「芳英，為了避免外間的謠言，我還是少來食堂的好，免得對於你職務上有什麼不便；反正你勸我少喝些酒，我現在也決心戒酒了，假使你能不忘懷我，那末請你常常來吧！…」

芳英恨恨的說：「我所幹的是什麼職務呢？你來又對於我的職務有什麼妨害呢

？不喝酒食堂中有的是茶，我又幾會硬勸過你酒呀？諺言何必認眞？我是一個負有償不清重債的可憐蟲，只有你是我精神上的慰藉，要是你今後固執着不來，十字的債場有一天更會蛻變成屠場的！……」

然而，不能動搖的，是我的决心。

於是，芳英一有閒空，不論白天或夜晚，總是溜到我的家裏來閒談。

不過，漸漸的又發生了阻礙：芳英雖是我最歡迎的客，却是妻最厭惡的客；我已屢次受到警告，芳英也早已窺出風色，終於她向我訣別說：「我不能再來了，假使你也不肯再去食堂，我和你就此分別……」

我自從認識了她以來，肩頭老是背負着重大的十字架，或許忘記了她，方可解救自己？結果我是咬緊了牙關：「永別了，芳英！」

五

是一個月以後的某天晚上，我懷着恐懼的心戰慄着走過食堂門前，裏面眞是電炬高照，喧賓滿座，下意識的探視，竟是瞧尋不見芳英！

這使我開始焦急，猜疑：芳英啊，你莫非已是還淸了肩頭所負的十字債務，離開了這可怕的債場，回轉了你那溫柔的家鄉？立刻我就替自己的設想否認：我知道你是早已失去了家庭舉目無親的孤女，回去有誰收留？

這一定是遭逢了更可怕的命運播弄，莫非眞的是債場蛻變了屠場？將稚弱的你吞噬了。

從各方面的探聽，終於證實了我的猜想不錯，你是嫁了，在一星期前嫁了，嫁給一個富紳的兒子。據說你親手與那市儈簽定的期限，照例還有兩年，方可償清你的債務；幸虧這位公子選上了你，替你拔還了債務，解救你脫離了這「十字的債場」；雖然名譽上依舊不甚雅觀，掛上一個「妾」字的徽號；但我總得為你「慶幸」，我知道你向來是重視精神的慰藉的！

可是，我畢竟不能釋念，但有「金屋藏嬌，」很少「白頭偕老，」，這是公子哥兒們的慣技，我不得不替你担心！須知道啊，而今不再有人強逼你對座客賣送窈窕，你却被人「廉價收買」回去充作了「禁臠」；依然是找尋不到「同情」與「憐惜」，唉，我眞要開始悲歌，「銅臭的戲謔收買她去滿足一人的淫樂，我們的芳英喲，從此進入了屠場！」

戒除了不滿兩個月的酒，我又恢復痛飲，需要狂醉。對酒當歌，如今已不會作歌，却有的是狂笑，有的是狂哭！因為我肩頭所負的十字架，此刻已經卸除了，我好像償淸了重債一般的輕鬆，「有酒當醉，人生幾何？」讓杯中的黃酒，瀉盡我心中的煩憂；偶然在杯中呈顯一個芳英的面龐，我已不再有什麼感觸，等到乾杯以後，本來我是什麼都已忘懷了！

三二，六，一，脫稿於江蘇崑山

世外桃源

James Hilton 著

實齋 譯評

序幕

雪茄快將燃盡了；母校故舊，待長大後大家再見面的時候，心里總以爲彼此有相似之處，可是後來就發覺事實上相似之處並不如彼此所想像的那麼多，於是就感到失望而痛苦；我們正在開始感覺到這種失望的痛苦了。羅塞福是小說家；魏蘭是大使館祕書；他方才在坦配爾好夫地方請我們吃飯——他的神情並不十分興高采烈，我想，不過頗爲鎮定；一個外交官遇到宴會等時節，總是須要準備好那副鎮定的神情的。我們的所以聚首，大概只是因爲我們都在外國的一個大都市中，而且我們都是獨身的英國人；我心里暗思魏蘭混了這麼幾年，而且已經獲得了M．V．O．〔Member of Victorian Order〕的勳章，可是他的那副驕態初未稍減於昔。羅塞福我比較喜歡；他在校身體瘦弱，聰敏過人，當時我時而欺侮他，時而對他表示親熱；現在他已經長大成熟了。他的收入大概比我們二人多，過的生活大概比我們二人有趣味，祇有對於這點，魏蘭和我二人互具同感——大家都帶點羨妬之意。

不過那天晚上並不使人感覺乏味。在我們聚會的地方望去，可以看見大型的 Luft Hausa 式飛機自中歐各地飛抵這裏的飛機場；到了傍晚時分，弧光燈亮了起來，使那幕景子光明得如戲院一般。飛機之中，有一架是英國飛機，牠的架駛員，全身穿了飛行服裝，漫步到我們的桌子旁邊來，他向着魏蘭行敬禮；魏蘭起初認不清他是誰。他後來認清了，便一一爲我們介紹，並請他也來參加我們的談話。他是個有趣而令人愉快的青年，名叫桑特斯。魏蘭說了些「人們穿了飛行衣戴了飛行帽叫令不易辨認」的話，以示對桑特斯道歉；桑特斯立卽笑着說道：『當然，我是很知道這點的。別忘了那時我也在培斯克爾。』〔Baskul，印度地名〕魏蘭也笑了，可是笑得沒有桑特斯那麼自然；接着談話就轉入別的方向去了。

桑特斯加入我們這一小羣人後，談話愈形活躍，於是我們大家喝了許多的啤酒。大約在十點鐘光景，魏蘭離開了我們一忽，和隣近桌子旁的一個人去講話；於這談話突然停止的當兒，羅塞福說道：『話起〔「話起」是紹興土白，與英語 by the way 相當，說話的人忽然想到別一件事，欲向對方說，紹興人以「話起」開頭，英美人以 by the way 或 incidentally 開頭。〕你方才提及培斯克爾那個地方。關於該地我是知道一點兒的。你方才是指那裏發生的什麼事呢？』

桑特斯含羞地笑了一笑，說道：『嗄，只是指我在那裏服役時所發生的一件驚人的事而已。』可是他畢竟是一個不能長久守祕密的青年　所以續說道：『說實話，不知是一個阿富汗人，還是阿非利迭人，抑是別族的人，偸偸地駕駛了我們的一架飛機飛跑了，事後有一番大大的騷動，那是你所能想像的。那樣大胆的事我從來沒有聽見過。那傢伙在暗處伺候着駕駛員，把他擊昏了，然後偸了他的飛行服裝，爬進了駕駛座，而竟沒有一個人發覺他。而且他向機場上的機匠所發的信號也是正確的呢；接着他便升空揚長飛去了。令人爲難的是他永遠沒有飛回來。』

羅塞福的神情表示對此很感興趣。『這事是什麼時候發生的呢？』

『嗄，那大約是一年之前的事吧。五月三十一日那一天。那時因爲當地發生革命的事，我們正在把平民自培斯克爾撤退到配篇華地方去〔Peshawur 印度地名〕——或許你還記得那回事吧。那時那裏情形有點不安寧，不然我想這事是不致發生的。只是事實上這事竟然發生了——這似乎足證「只重衣衫不重人」這話的不錯了，不是嗎？（這話與上面魏蘭所說飛行員所穿服裝相同叫人不易辨認的話有關。）』

羅塞福對此還是很感興趣。『我想在那種局面之下你們不致於只叫一個人去看管一架飛機的吧？』

『對於一切普通的載兵機我們確是不祇派一個人去看管的，可是這架飛機是一架特別的飛機，本來是爲一個印度大君所特製的——是一架很難駕駛的東西。印度測量人員向來在開許甚地方把牠用來作高空飛行。』

『你說這架飛機未曾飛達配蕭華地方？』

『未曾飛達配蕭華，而且据我所知，也未見在任何別的地方降落。這就奇了。（此乃記神奇之事，發爲入情入理使人悲憤之至文。）當然，如果那個傢伙是個土人，他也許會飛到山叢中去，蕒圖把乘客擄了去勒贖。照我想來，他們也都遭難了。在邊疆上儘有許多地方你失事外界絕無人們知道。』

『不錯，我懂得那種地方的情形。機上有幾名乘客呢？』

『我想是四名吧。三個男子，一個女傳教師。』

『其中男子之一的名字不會是康惠吧？』

桑特斯爲之愕然。『是呀！綽號「光明」康惠的便是——你認得他嗎？』

『我和他曾在同校念書，』羅塞福略帶忸怩不安之狀地說，因爲他的話雖然是實在的，然而他覺得那話說得不甚適切。

『他人挺好，以他在培斯克爾地方所幹的而論，』桑特斯繼續說。

羅塞福點了點頭。『不錯，當然……不過何等奇特……何等奇特……』他似乎是出神了一忽之後正在聚思斂神。接着他說道：『報紙上從來未曾刊載過這件事，不然我想總會曾在報紙上看到的。那是怎麼一回事？』

桑特斯頓時顯得忸怩不安起來，據我看來，他幾乎要臉紅了呢。他答道：『說眞的　我似乎話說得太多，有的話我是不該說的。不過或許現在不要緊了——這件事在軍人飯廳裏已經是成爲衆人皆知的事實了吧，更不要說出街頭巷尾了。你知道對於這件事當時當局是隱瞞的——我的意思是說關於此事發生的經過情形是加以隱瞞的。須知傳揚開去不好聽。政府當局只宣佈說，有一架飛機失蹤，公佈了機上乘客的姓名，沒有說別的話。這樣說法是不會十分引起外界的注意的。』

話說到這裏，魏蘭走回來了，桑特斯半抱歉似的轉向他說道：『我說，魏蘭，我們正在談「光明」康惠的事呢。我是洩漏了培斯克爾的事了——我想你以爲不要緊的吧？』

魏蘭嚴肅地靜默了一忽兒。他是在設法使公私兼顧，此乃是很顯然的事。他終於說道：『我沒法不認爲把那事說着玩兒是件很可婉惜的舉動。我總以爲你們航空人員是知道人格自重不會在外邊說長道短的。』他這樣斥責這個青年後便大度地向羅塞福說道：『當然，在你的情形是很可原諒的，可是在邊疆上的事情有時候是有加以隱瞞的必要的，我想你一定明白這個道理吧。』

羅塞福冷然說道：『可是在另一方面說，人總是有一種忍不住要想知道實情的好奇心的。』

『對於應該知道的人當局是從來不加隱瞞的。那時我是在配蕭華，所以當局的態度我是確知無誤的。你和康惠很熟嗎？我意思是出了學校以後你和他很熟嗎？』

『只是在牛津時我和他略有交往，後來又偶然會面幾次。你時常和他會面嗎？』

『在安閣拉地方，當我駐在那裏的時候，我們會面過一二次。』

『你喜歡他嗎？』

『我認爲他人很聰明，只是有點疏懶。』——（人或愛銜，或愛踱；人有忙人閒人之別。忙人積極鑽營，閒人消極疏懶。忙人治人殺人，閒人被治被殺。試以肉骨頭投諸羣狗，銜狗勝，蹉狗敗；此謂生存競爭，優勝劣敗。可見爲人疏懶不得。只是忙人所忙何事，亦値仔細思維。要人飛來飛去，今日談話，明日商討，事情往往愈弄愈糟；小職員日出而作，日入而息，爲人作牛馬，姑勿具論，卽工商巨子，除天天設法使他人的錢入自己之袋以外，究竟所忙何事，亦難索解。人力車夫東奔西走，未便弄是忙人。鄉間警察多土匪，勿論；都市巡捕，拿了市民巨額稅捐，全身武裝，終日躑躅街頭，無所事事，這就使人難以區別閒人忙人了。此輩爲虎作倀，精於索詐，他們職責固在維持治安，以防盜匪，然都市巡捕之多，多於盜匪；街頭轉角總有二三巡捕，試問近旁終日有三二盜匪否？且今日何人爲盜匪尙難區別，而巡捕多卽盜匪多，却無可疑。有業與賦閒，亦可作爲如是觀，失業卽是啃不着肉骨頭，確乎尷尬，因骨頭不啃，肚子便要受餓。我看還是農夫頂有用。）

羅塞福笑了。『他人是的確聰明的。他在大學裏的時候顯得出類拔萃——只是後來戰事發生了。（現在世界各地戰事又已發生了。莫泊桑作 A Fishing Excursion ，敍述德軍侵入法境後法國的兩個垂釣的愛好者，二者對於大自然的良晨美景都很能欣賞；S嘆息着說道：『所發生的種種事情好不可怕呀，我的朋友！』M慘然答道：『可是這是何等好天氣呀！』捨良晨美景而幹殺人勾當，又不許人家欣賞良晨美景，事本難以索解，大致今日的所謂人還是種半人半獸的動物。且說SM二人方欲屏息凝神安心垂釣，享半天淸福，突聞遠處炮聲轟轟，足下地爲之動。M擧頭，望見一般濃烟升天接着又聞爆炸之聲。接着便是隆隆不絕矣。S說道：『他們又在幹那一套了。』M說道：『呆子們！他們你殺我，我殺你，有什麼好玩呢！』S道：『他們比禽獸還不如！』M道：『人間一天有政府，這種事便一天沒法沒有。』S說：『Well，這便是人生呀！』M道：『你意思是說人死吧！』他們這樣談着，四週炮聲不絕於耳。結果背後幾個兵偸偸走來，把他們捉了去。因疑他們爲奸細，殺之。這二個人，於炮聲隆隆之中還有那樣情趣，其罹殺身之禍也宜。須知好不可怕的事是殺人的，認爲這是何等好天氣的人是被殺的人，天地間事是這麼配好了的，不然大家太安逸了。林語堂分人爲食肉食草二類；食肉者武，吃草者文，文的遇武的，文的終歸倒地而死。魏蘭是吃肉的。康惠有垂釣者的風趣，也是吃草，說何等好天氣一流人物，看下文卽知；第二次歐戰爆發，他棄學從軍，這是被迫吃肉殺人了。作者Hilton於別的書中念念不忘劍橋讀書生活，亦吃草者流！本書所述無異於炮聲震耳的氣氛之中漁夫所談的廢話與空談。」在牛津時候是賽船會的選手，是學生會的領袖份子，曾獲得各種的獎——我還認爲他是第一流的業餘鋼琴聖手呢。眞是個足以令人驚奇多才多藝的傢伙，我想如果校方有朱厄特其人（大致是指Benjamin Jowett吧，英國希臘學家，生於一八一七年，死於一八九三年。）必假手協助，使其成爲將來的首相。可是事實上，他出了牛津之後，我們就沒有聽得關於他的消息。當然，歐戰使他的前途大受影響。那時他還很年青，我猜那四年之中他大半的時候是在軍中吧。」

魏蘭答道：『他大概是受了點傷什麼的，可是受傷並不十分重。成績不壞，在法國時因作戰英勇曾獲得D・S・O・獎章（D・S・O・Distinguish Medal Order）。據我所知，他後來又回牛津去做講師，這麼過了一些時。我知道他在一九二一年便到東方去。他懂得數種東方語言，所以沒有經過通常的手續，便獲得了一個位子。後來他身兼數個職位。』

羅塞福笑了，笑得更歡樂。『那末說來事情當然都明白了。以大才浪費於譯譯外交部所收到的電文報告或是外交大員宴會席上遞遞茶，事實上這樣大才小用的事多着呢。』

魏蘭傲然不屑地說道：『他是在領事組任事，不是外交組。』他顯然看不起下級職員；我們又說了些笑話後，羅塞福起身告辭，魏蘭也不挽留。時間確乎也晚了，於是我說我也要告辭了。當我們說再會的時候，魏蘭還是那種默然受苦的官派態度，可是桑特斯的態度很是熱誠，他說他希望將來再有机會見面。

我擬在次晨清早搭乘橫渡大陸的火車；當我們在等候出差汽車的時候，羅塞福問我願不願在去搭車之前到他的旅館裏去。他說他在那裏有一間客室，我們可以談天。我說這個意思不錯，他答道：『那末好，如果你願意，我們可以談康惠的事，只是如果你對於他的事已覺厭煩了，那末不談也罷。』

我說我願聽關於康惠的事，雖說我和他並不十分熟識。『當我的第一個學期終了的時候，他便離校了，此後我沒有遇到過他。可是有一次他待我很好。那時我是新生，他是沒有幫助我的義務的。那次事情雖小，可是我從來不曾忘記過這件事。』

羅塞福當表同意。他說：『是呀，我也很喜歡他呢，雖說以時間論，我和他見面的時候不多。』

接着我們奇特地不說話了，在這靜默的幾分鐘之中我們二人顯然都在想念康惠；我們和康惠，雖然只發生過幾次偶然的接觸，可是我們對他的感情，遠非這種的接觸所能衡量。我後來知道凡是遇到過康惠的人，即使是很拘禮地會面，而且時間也不長久，可是總很淸楚地記得他的。他少年時的確是很傑出的；我遇見他時，我還在英雄崇拜的年齡，在我的記憶之中，他的形狀至今還是很優美很淸晰。他身材很高大，長得很是俊美，不只是在運動方面高人一等，而且還贏得校中各種的獎品呢。有一次一位富於情感的院長說起他的成就，以『光明燦爛』形容他，他的綽號便是由此而來的。恐怕祇有他受到這樣的稱譽而能不驕傲。我記得在學校典禮日他用希臘語演說，他在學生戲劇表演中也是很出色的。他似乎有一種依立薩伯斯時代人的〔Elizabethan〕風味——他那種不自覺的多才多藝，他俊美的容貌，他那種配合得當的身體活動與精神活動，似乎有點費利浦·雪特耐的風味〔Philip Sidney 英國作家兼政治家 1554-1586〕。現在我們的文化不再常常產生那樣的人了。我向羅塞福說到這點，他答道：『是的，不錯，關於這種人我們還有一種輕蔑的字樣呢——我們稱之為「三脚貓」〔dilettanti——涉獵藝術而不精者〕。我想一定有人曾叫康惠做三脚貓的，例如像魏蘭那一類的人。我並不怎樣看得起魏蘭。像他那樣的人我是忍受不住的——那種儼然不可一世的氣概。他那副十足的級長神氣，你注意到嗎？說什麼「人格自重」，「在外邊說長道短」——敢是我國成了初級小學校了嗎？可是話得說回來了，我和這般大人先生的外交官們總是說不來話的。』

我們駛過幾條馬路，大家都沒有說話，然後他又繼續說道：『只是這個晚上倒也有趣。聽桑特斯講培斯克爾發生的事對於我是眞是一件特別的遭遇。你知道那件事我從前是聽到過的，那時我並不十分置信。此外還有別的怪誕的話，那時我認爲沒有多大置信的理由，或是說，無論如何祇有一個很小的理由。可是現在有二個很小的理由了。我是個不易受欺的人，這點我敢說你是一定知道的。我曾遊歷各地，知道世間奇怪的事的確是常有的——只是須你自己親眼去看，聽人家傳說那可就又作別論了。可是……』

他似乎突然感覺到他所說的話我是沒法十分聽懂的，於是笑了一聲把話中斷了。接着他又說道：『只是有一件事我是已經決定了的——我不會把那件事講給魏蘭聽。那不啻是把一篇絕好佳作投給小報。我願意在你這裏試試我的運道看。』

『恐怕你太看重我了吧，』我這樣說。

『不，我是讀過你的那本書的。』

我那本似乎有點專門性質的書，我不曾向他提起過（神經學家談起『本行』來畢竟不是人人願聽的），所以聽得羅塞福說知道那本書，我不禁旣驚且喜。我就把我的驚喜之情告訴他，他答道：『你知道我是關心這門學問的，因爲有一個時期康惠所患的病便是遺忘症（Amuesia）。』

說時我們已經到達旅館，他便到賬房間去拿他的房間鑰匙。當我們趁了電梯到第六層樓去的時候，他說道：『這些都是廢話。事實上康惠並沒有死。至少沒有幾個月之前他並沒有死。』

在狹隘的電梯中，瞬息的時間之內，我沒有置答的機會。數秒鐘後，在走廊上，我答道：『你沒有弄錯嗎？你怎麼知道的呢？』

他一邊開門，一邊答道：『因爲去年十一月裏我是曾和他一同搭了一隻日本郵船從上海到火奴魯魯去的。』接着他又不說話了；等到我們倒好了飲料，燃上了雪茄，在安樂椅中坐好了之後，他方才又說：『你知道去年秋天我是在中國遊歷。我老是在漂泊着的。我多年沒有遇見康惠了。我們從來沒有通過信，我委實不能說我時常想念他，雖然他的容貌我是只要略爲想像一下便會呈現於我的眼前的。那時我在漢口探望一個朋友，後來我乘了北平快車回來。在火車上我偶然和一個法國女天主教徒攀談，她是個很有風趣的人。她是到中江去的（Chungkiang,在四川。書中所說路綫不甚明白，好在這點無關宏旨，不必加以考證。），她的教堂便在中江；因爲我略諳法語的緣故，她好像很喜歡和我談及她的工作以及一般的事情。其實我對於一般的傳教事業並無好感，可是天主教徒確是自成一種階級的，因爲祇少他們工作努力，並且並不自以爲高人一等兀自想充大好老，我也和許多時人一樣，這點我是承認的。只這還是題外的話。我所要告訴你的是：這位女子在對我談中江的教會醫院的時候，提及一個患熱病的病人，這個病人是數星期前收入的，是個男子，此人雖不能自述來歷，並且也沒有護照文件，只是他們以爲他一定是個歐洲的人。他穿的是中國服裝，而且很是襤褸，當女天主教徒們把他收入醫院的時候，他的病勢委實很重。他除會講相當純正的法語之外，還會講很流利的中國話；我的那車上的夥伴還很確定地對我說，這個病人在還沒有弄清楚女教徒們的國籍之前還會以很上流的英國語音對她們說話。我說她的話我可不能想像，同時取笑她道，於她所不懂的語言之中她怎麼能夠聽出語音之是否上流呢？我們這麼笑着，最後她對我說，倘若我路過那裏，我可以到那裏的教會裏去玩玩。此事在當時看來，其不可能正如我不會去爬永息山一樣（Everest，世界上數一數二的高山）；所以當火車抵達中江，我們握手道別的時候，我覺得這次偶然的會面這樣終了眞是令人遺憾。可是在事實上數小時之後我又回到中江了。原來火車繼續駛行了一二英里之後，機件損壞了，經過了許多困難之後，總算把我們推回到原站去；回到原站後我們探悉替換的車頭大概是要在十二小時之後始能到來。這類的事在中國鐵路上是常常發生的。於是我得在中江逗留半天了——因此我姑且假定她臨別所說的話出於眞誠的，決定到那個教會裏去看望她。

『到了那裏，蒙她竭誠招待，當然，她不無驚奇之意。天主教徒遇公事便態度嚴正，遇私事則胸襟寬大，這種態度在一個天主教徒很易辦到，我想這是在非天主教徒看來是很難以懂得的。這話說得過於繁複了吧？且不管牠　總之這些教裏的人們是很可樂的夥伴。我到達了那裏還不及一小時，他們已經爲我備好了飯，有一位信奉基督教的中國醫生陪我吃飯；他以英語法語夾雜着和我攀談，倒也很是有趣。後來他以及那位女天主教徒陪我去參觀醫院，他們對於那所醫院是頗爲自豪的。我告他們我是一個作家，他們眞是天眞，一聽得我這麼說立刻就慌忙了起來，以爲我是會把他們寫進書裏去的。我們走過許多病床，那位醫生邊走邊把病人的病情講解給我聽。那個處所非常的清潔，看去辦理得很是完善。關於那個能操上流英語的病人的事我早完全忘却了，可是那位女天主教徒提醒我說：我們快將走到那人的病牀了。我只能看見那人的頭背；他似乎熟睡着。他們叫我用英語和他講話，所以我就說了聲「Good afternoon」，這是句並無十分意義的話，可是當時我想不起別的話來說。那個病人突然舉起頭來答道：「Good afternoon」不錯，他的語音顯得是受過教育的。可是我還來不及表示驚奇，因爲雖則他已留了鬍子，容色也已完全改了，並且我們已有好久沒有會面，可是我已經認清了他。他是康惠。我確信是他，只是如果我停了下來想一想的話，我也許會認爲那是不可能的。幸而我當時憑了一時的衝動，當機立決。我呼了聲他的名字，並道出了自己的名字；他雖然只是望着我，沒有認識我的表示，可是我確信我沒有弄錯。他臉部的肌肉稍稍牽動着，他的這副樣子我從前注意到過的，他那雙藍色的眼睛依然如故。況且他是種人家根本不會認錯的人——祇要遇見過他一次便是永遠認識他的了。當然，那位醫生和女天主教徒是大爲驚異了。我向他們說，我認識那個人，而且還是我的朋友，我還和他們說明，他的不認識我只是因爲他已經完全失去了記憶力的緣故。他們驚疑參半地表示我的話不錯，隨卽我們討論他的病情，談得很久。康惠在這種情形之下怎麼會到達中江的呢？他們也不知是怎回子事。

『閒話少說，總之我在那裏躭擱了二個多星期，老是希望着我能設法使他記記往事。我沒有獲得成功，只是他的身體是回復健康了；我們二人時常談心。當我很直截地告訴他我是誰和他是誰的時候，他却很依順，沒有和我爭辯。他似乎還很高興呢，只是神色有點惘然，他似乎很喜歡有我和他做同伴。我又建議由我送他回國去，他只是說了聲「也好」。這有點使我不知所措——他那副無可無不可的神氣。我當卽作種種準備使我們得以早日動身。我偷偷的把康惠的情形告訴給漢口領事館的一位友人聽了，所以他的護照等件都悄然辦妥了，不然的話是會引起人們的注意的。那時我想，爲康惠起見，最好還是把他的事守祕密，使勿傳揚開去成爲新聞標題，所以做到了這點，我是覺得很爲高興。不然的話，報紙上必然是要大爲宣傳的了。

『於是我們安然離開了中國。我們先搭船沿着揚子江到了南京，然後乘火車到了上海。在抵上海後的那天晚上適巧有一艘日本郵船開赴舊金山，所以我們慌忙辦妥了艙位上船。』

我說道：『你幫了他一次很大的忙呀。』

羅塞福也不加否認。他答道：『換了他人我是不會這樣幫他的忙的。可是康惠這個人老是有種吸引力什麼的——這是加以說明是很困難的，總之他使人甘願盡量爲他效勞。』

『是呀』，我當表同意地說。『他有一種特別的吸引力，有一種得人歡心之處；他這個特點我今日回憶起來還是很足令人愉快，當然在我想像之中的他還只是一個穿了一種打棒球戲所穿的法蘭絨褲子的初級學校的學童。』

『他在牛津的時候你沒有遇見他眞是件可惜的事。他簡直出色——此外沒有別的字可以形容他。歐戰終了之後，人們說他變了。我個人也以爲他確乎是與前不同了。只是我終覺得以他那樣的才具總該幹點比較大點的事業的。那種在大英帝國陛下屬下的外交機關做做事非我之所謂偉大事業。而康惠是偉大的——或是說應該偉大的。你我都認識他，我想我若是說我們將永遠忘不了他，你也不會認爲這是誇大其辭的說法吧。甚至於當我在中國遇見他的時候，他那時雖則心神惘然若失，他的過去經過情形也是件神祕的事，然而他還是有那一種不可名狀的迷人之處。』

羅塞福似在回憶往事地停着不說了，過了一忽才又說下去道：『我們在船上的時候，我向他敍述往事，這是你所很能想像的。我把我知道的關於他的事都告訴給他聽，他精神貫注地聽着，他那種集中了注意力的神情幾乎有點奇怪可笑。他關於他抵達中江之後的事情是記憶得很淸楚的，還有一件你也許會感興趣的事是：他並沒有把他學得的幾種語言忘掉。例如他對我說，他知道他一定會和印度發生過關係，因爲他能講印度斯日尼話〔Hindostani，印度主要語言。〕

『船抵橫濱，乘客便多了起來，在新上船的客人之中有一位鋼琴聖手，西愛維根〔Sieveking，恐確有其人，非向壁虛構〕，他是路經橫濱到美國各地去表演去的。他和我們一同用膳，有時以德語和康惠談話。從這點上你可看出在外表上康惠是常態的。他除喪失記憶之外，並沒有別的異狀，就是他的記憶喪失在普通交談之中也是不顯露出來的。

『話說我們離開了日本，數天之後，西愛維根被乘客們勸迫不過，就答應在船上爲他們演奏鋼琴，於是康惠和我二人就去聽他演奏。不用說，他當然奏得很好，奏幾個勃拉斯他和斯加勒帝的曲子〔Braluns Scarlatti〕

此外還奏了許多蕭邦〔Chopin〕的曲子。我對惠康看了一二次，覺得他正在欣賞一切，這是很自然的事，因爲他從前對於音樂也有相當的造就。預定節目演奏完了之後，呼好之聲不絕，意欲叫西愛維根繼續演奏，於是他對幾個圍立在鋼琴旁邊的酷愛音樂者賜奏了幾個曲子，我覺得他的態度頗爲和藹可親。他所奏的曲子多數又是蕭邦的；你知道他的擅長蕭邦的樂曲。最後他終於離了鋼琴，向門口走去，後面還是跟隨着許多對他表示欽仰的人們，可是從西愛維根的神色看來，他顯然認爲他已經爲他們演奏得不少了。正在這個當兒一件奇特的事發生了。康惠在鋼琴傍邊坐了下來，他在奏着一個調子急速活躍的曲子，我聽不出這個曲子是誰作的，可是西愛維根一聽得這個調子，就立刻回了轉來，看他樣子很是興奮驚異，他問康惠那是什麽調子。康惠奇怪地好久不作聲，最後他答稱不知道。西愛維根驚叫着說，這話誰能相信；他的樣子愈加興奮驚異了。此時康惠似乎在肉體方面和精神方面都在作極大的掙扎，想記起那是誰的曲子來，最後他說那是蕭邦的樂曲。我本人認爲那是不可能的事，所以西愛維根絕對加以否認的時候，我並不覺得驚奇。可是康惠一聽得西愛維根予以否認，頓時顯出憤激異常——這可使我慌了，因爲在這時以前他對於任何什麼人都是無可無不可似的。西愛維根訴責他道：「我的朋友，凡是蕭邦所作的樂譜我是沒有不知道的，我敢向你保證他從來不曾作過你方才所奏的那個曲子。可能倒是很可能的，因爲那個調子的確具有蕭邦的風格，可是他委實沒有作過這個曲子，這是事實。在任何好本的蕭邦樂譜裏邊你能找得出這個曲子才怪呢。」康惠終於答道：「是了，我記起了，這個譜是未曾出版的。我曾遇見過一個人，他是蕭邦的門人之一，我是從他那裏學來的……還有一個我從他那兒學得而未曾公諸於世的調子，我來奏給你聽。」

羅塞福以目光注視着我，叫我不要心慌，然後又繼續說道：『我不知道你對於音樂是否研究有素，只是雖然你沒有研究，我也敢說當康惠繼續演奏的時候西愛維根和我二人驚異到何種程度你自很能想像的。當然，在我一方面說來，這事突然使我瞥見一眼康惠的神祕的過去往事，這是他第一次顯露出來的線索。西愛維根當然是對於樂譜方面的問題感覺到奇趣，這個問題確乎足以使人驚惑，因爲蕭邦却是在一八四九年已經去世了的呢。

『這件事的整個，在某一方面言，是這樣地令人莫明究竟，爲取信起見，我也許應該告訴你說，親眼目擊其事的人祇少有十餘個，其中之一是一位有相當聲譽的一所加利福尼亞州的大學教授。當然，你很可以說康惠的話在年代上言是絕不可能的事，或是說，幾乎是不可能的事，這且不管牠，可是樂譜的本身是怎麼回事呢？如果康惠的話不對，那曲譜不是蕭邦所作的，那末究竟是誰作的呢？西愛維根對我肯定地說，那二個曲譜若是出了版，在六個月之內一定是會風行各地，爲任何音樂家所賞識的。卽使這話未免誇大，可是也足見西愛維根是怎樣地愛好這二個譜兒了。經過了許多時候的爭辯之後，我們還是沒有得到定論，因爲康惠堅持自己的話沒有錯；後來我見他已呈疲倦之狀，乃立卽設法使他離開那一大羣的人們，使他上牀就寢。最後一件事是關於灌製留聲機片子的事。西愛維根說他一到美國願意去把這件事接洽妥當；康惠也答應在放音機前演奏。後來康惠沒有能夠守約，我常常覺得無論在任何觀點看來這是件很可惋惜的事。』（上文羅塞福將與女天主教徒永別，終因車頭損壞又回中江；西愛維根將離去，被康惠的彈奏吸住；此處康惠將赴美灌片，而終不果。此三事也，爲文章絕妙波瀾，讀來頗爲自然，一如眞有介事，好文章也。謂羅塞福抵中江，經教徒邀請，逕赴醫院；或康惠逕對西愛維根說：『我來彈幾調給你聽聽』；或灌片事，康惠逕予拒絕，竟或如願以償，成爲事實，是謂拙筆。嘗讀某名家小說，開端卽述主人翁要去炸橋，中間說了一大堆不相干的話，和四個性交場面，也不見好，書長四百七十頁，於最後數頁敍明那座橋梁確乎被炸掉，故事一無曲折情節；據說不數月內書銷百萬餘册。可見事之成敗有絕無可理喩者。只是我意數十百年後該類名家小說必然淘汰，本書必然不淘汰，此可斷言；世人固可欺，然決非世世之人可欺也。」

羅塞福看了看他的錶，他說那時去搭車還太早，盡可不必匆匆，因爲他的話差不多快將說完了。他說道：『康惠沒有守約，因爲那天的夜裏——就是鋼琴演奏之後的那天夜裏——他回復了記憶力。我們二人都已就寢，那時我只是躺着，沒有入睡，他到我的艙中來，把過去事情告訴了我。那時他毫無歡容，他的神色我只能說是一種充滿了莫大悲哀的神色——一種瀰漫於宇宙的悲哀，不知你了解我的意思嗎？——一種悲天憫人的神氣〔something remote or impersonal ，直譯作若有所思的或是不涉及個人的悲哀〕，德語叫做 Wehmut 或是Weltschmerz 什麼的〔Wehmut Weltschmerz ，悲世憤世厭世之意。生老病死，自然現象，確令人哀，然莫可如何，尚不足以使人悲世憤世厭世。世有大富赤貧，富者衣輕裘住大廈飽食無所事事，貧者無工做沒飯吃展轉溝壑倒斃路旁，雖同是賦閒無業，且原因不同，然世人謂前者威風可羨，後者可恥可鄙！世有勢利，有恨毒，上拍下順，說話行事全不講究一個『誠』字；世有窳敗之吏治，當道或飯桶，或貪污，財政成了私人賬房，整個形式不啻強盜總會，分贓機關，不過後者是非法的暗中行事的，前者是合法官冕堂皇的！世有私鬥，終日兀想置仇人於死地，有戰爭，兀想置素昧平生之人於死地。凡此種種，莫非莫須有之事，世人終日碌碌所忙却卽是此等事。終於弄得大家輕則鑽眉蹙額，無一刻安閒，重則死尸盈野哭聲充耳。爲此想來，焉得不令人悲世憤世厭世。試想只此刻時候世間死亡者有幾許人，豈可勝數；病死老死姑勿論，死於刀槍炮火者之數必遠過病死老死的。一人死多人哭：妻哭夫，父母哭子女，子女哭父母，親友哭親友。鄰人死，家人哭泣之聲之大且慘，且使人掩耳却走，試想集此刻世間死者之父母妻女親友千萬人於一堂，讓他們搶天呼地槌心蹴地盡情痛哭一番，其聲豈非將震天裂地，充塞宇宙？又試想數千年來死者有幾許，豈可勝數；設集數千年來死者之父母妻女親友千千萬萬人於一堂，令其搶天呼地槌心蹴地盡情痛哭一番，其聲豈非更將震天裂地，充塞宇宙？且今日此人死，其父母妻女親友哭之，哭聲震天；明日父母妻女親友死，另有其父母妻女親友哭之，哭聲震天，如此相繼哭泣寧有已時，念及天地悠悠，此刻耳際似聞萬古一片號啕聲。試設身處地，以他人之悲痛爲悲痛，集千千萬人之悲痛於一身，又眼見世人用盡心計使他人之錢財成爲自己之錢財，集罪惡劣行財富享受於自己一人之身，如此想來，焉得令人不悲世憤世厭世？此所以康惠的神色充滿了一種瀰漫於宇宙的悲哀也。」他說他現在能夠憶起一切了，在西愛維根彈奏鋼琴的時候就開始漸漸回復過來，不過起初只是片斷的。他坐在我的牀沿上有好一回時候，我沒有催促他，只是讓他慢慢地告訴我。我對他說，他的記憶回復了我很是高興，我還告訴他：他的記憶力剛剛回復，不要就立刻懊悔，認爲還是不要回復的好，不然的話，我就難免替他傷心了（鄭板橋：『難得胡塗』雷馬克："Forgetfulness is the secret of eternal youth."（健忘是長生的祕訣）都是過來人的話。」他聽得我這麼說就舉起頭來對我說話，他的話我將永遠認爲極大的誇獎。他說道：「呀，羅塞福，你的想像力眞好。」過了一忽，我穿好了衣服，同時也叫他把衣服穿好，隨卽我們就到外邊甲板上踱着。那天的夜裡海水很靜，天氣很是溫暖，天上星光點點，海水雪白如膠，看去像是濃厚的牛奶。若是沒有引擎的震盪，我們就如在平地上散步一般。我讓康惠繼續迂緩地說下去，開頭沒有問他的話。大約到了快近天明的時候，他開始講得很有次序，不再若斷若續前後不連貫了，待他的話講完，已是進早餐的時候，炎日已經高照了。我說「講完」並不是說他向我初次講了這番私心話之後便沒有別的話可以告訴我了。在接着的二十四小時之中他補充了許多的話塡滿罅隙。他很是悲哀，想來是不會睡得着覺的，所以我們差不多是不停地談着。大約到了次日的子夜船便可抵火奴魯魯。那天的晚上我們在艙中一同喝酒；到了十時左右他卽離去，此後我就不見他的蹤跡了。』

『你的意思是不是——』有一次我在聖頭（Holyhead）赴王鎭（Kingstown）的郵船上我曾經看見過一

個乘客很鎮定地跳海自殺，此時那件事便浮上我的心頭。

羅塞福笑了。他說道：『嗄，不是的——他不是那種人。他只是不告而別罷了。設法上岸是很容易的事，只是他一定也覺得避免追蹤者的耳目很是困難的，因爲那時我曾派人設法去找尋他。後來我才知道他已經設法在開赴非基〔Figi〕的一艘香焦船上覓了一船員的位子到南方去了。』

『你怎麼知道的呢？』

『是他自己直接告訴我的。三個月之後，他自盤谷〔Bangkok〕寫信給我，信中還附來匯票一紙，以償付我替他代付的一切費用。他信中對我表示謝意，並且說他身體很是健康。他還說他將有遠行——到西北去。就只是這麼幾句。』

『他的意思是指什麼地方呢？』

『是呀，他的話很含糊，可不是？盤谷西北的地方多着呢。就是柏林吧，不也是在盤谷的西北方嗎？』

羅塞福停了一忽，爲我倒滿了飲料，他自己也倒滿了一杯。這是件奇事——要不然便是他故神其說；我不知道究竟是怎麼一回事。關於音樂的那段話雖然神祕，我倒並不怎樣感覺興趣，我所要知道的是：康惠是怎樣抵達那所中國的教會醫院的呢？我向羅塞福提起這點。照羅塞福的意思，那二件事只是同一個問題的二個部份。我問他道：『那麼他究竟是怎樣抵達中江的呢？在船上的那天晚上大概他是全盤告訴了你的吧？』

『他是約略講及的，我已經讓你知道了這麼許多，若是關於其餘的部份再不肯宣，那簡直是不近人情了。只是說來話長，在你去搭車之前卽使是說一點概略也是來不及的。况且在事實上有一個更方便的辦法。我是寫寫小說的，此刻向你顯示我的那種不名譽的職業的技巧有些不好意思，不過對你說了實話吧，我於康惠的一番話很感奇趣。經船上數次談話之後，我開始做簡單的筆記，免得事後忘記詳細的情形，後來我對於其中的某部份愈來愈感興趣，於是就想把片斷的記錄重新加以修改，使牠成爲整篇的故事。這可並不是我曾有所改竄或揑造的意思。他告訴我的一番話，其中材料已夠豐富的了，須知他是個健談的人，並且天生有傳達一種空氣一種情調的本領。同時我自以爲我開始能夠了解他這個人了。』他走向一個文件篋去，取出一卷已打好了字的稿子來。『這就是了，你拿去吧，信不信悉聽尊便。』

『你這話意思是不是你以爲我不會置信的。』

『噯，我沒曾說得那麼肯定。可是別忘了，如果你終於是置信的話，那只是爲了忒滔良（Tertullian，天主教神父 160?—230?）所說的那個著名的理由，你還記得嗎？——惟其不可能，所以想信牠（quia impossiblieest。這大概是基督教起信的話。比方耶穌由聖靈所感而生，被釘於十字架上後又復活等等，均爲事實所難能，惟其不可能，所以要有信心，若是事實，則逕以事實視之可矣，何必言信心？羅塞福此言旨在極力推崇康惠。）這個議論也許不壞吧？只是無論如何，請你寫信告訴我你的意見。』

於是我就拿了那部文稿，在赴奧斯旦（Ostend 比利時地名）的快車上翻閱了大部份。我本擬到了英倫之後把這部文稿還給羅塞福，並擬寫一封長信給他，可是因種種關係，遲遲沒有實行；後來我方欲付郵，羅塞福寄給我了一通短函，信中告訴我他又要去漫遊了，在數月之中將無固定的地址。他說他將赴開許墨（Kashmer，印度地名），擬自開許墨再往『東』行。（『尋師問『道』去了。』）我並不以爲異。

本刊第一[illegible]

的，翻見在[illegible]

[illegible]

讀者的大概也曾感到，本刊的[illegible]

[illegible]，我們奮若着一個堅定的[illegible]，也不願隨流逐波的迎合[illegible]

[illegible]，但是，目前的環境是艱苦深困的，並且文人相輕，過去[illegible]

[illegible]人仍然不能從宗文壇上的派別門戶，這當然以為[illegible]

[illegible]能夠[illegible]

[illegible]作品，或[illegible]

[illegible]

輯，[illegible]暫時想[illegible]

[illegible]

不敢自滿，也不願故步自封，卻願意時時刻刻和愛護我們的作家讀者溶合在一起。

[illegible]

發行[illegible]誠社

印刷 太平出版印刷公司

上海[illegible]

經售

[illegible]

蘇州 新中國圖書公司 常熟[illegible] 如皋 如皋書店

新書　太平書局　預告

青年

林房雄 著　張庸吾 譯

「青年」這部小說，在日本早已膾炙人口。其所以擁有大量的讀者，乃至出版了六年之後再重新出一次決定版的，是因爲它有着永遠留存的價值，而且是讀者和原作者都深愛着它的原故。

本書敍述着日本明治維新時動人的事實，作者用他透視到將來的目光，描寫少數人犧牲自己尊貴的生命，而使全國人民甦生的故事。從這事實顯示出日本的維新是不同於歐洲底階級鬥爭而是舉國的維新，同時更顯出日本能吸取外來思想創造自己的東西的特性。本書已由張庸吾先生全部譯竣，在此時介紹到我國來，該不是沒有意義的事。

全書現已排竣，不日卽可出版。

予且短篇小說集

予且是近代文壇上不可多得的人物。

予且短篇創作小說，也是近代不可多見的傑作。

予且短篇創作小說，曾爲沉寂的文壇放一異彩。

予且短篇小說是輕鬆的，細膩的，有人微的穿插，深刻的描寫，和動人的故事。

予且短篇小說中，可以使你獲到年輕人的許多實惠——精神上的，修養上的。

予且短篇小說集包括有雪茄，君子契約，傘，酒，考慮，微波，照像，求婚等八個故事，每篇有每篇的含蓄，每段有每段的修構。

予且短篇小說集裏可以使年輕人體味到心與靈的交流，熱情與血的奔放。

予且短篇小說集最近卽將問世。

短小精悍　百讀不厭

現代日本小說選集

許竹園編譯

在需要滿通中日文化的今日，介紹日本名作，該是首要的任務。許先生譯作豐富，蒙允將所譯短篇小說選擇優秀者，交本書局出版選集。橫光利一，火野葦平，丹羽文雄，林芙美子，宇野浩二等都是國人熟知的作家，尚有上田廣，舟橋聖一……等佳作多篇。研究日本文學者，不可不讀。

印刷中

上海小沙渡路四八九號 ★ 電話六〇一七〇

風雨談

上海風雨談社印行

九月號

風雨談

第五期

看花把酒雖足樂，
風雨每迫登高時。
石屏詩集

中華民國三十二年八月二十五日

風雨談　第五期　目次

俞理初論莠書

藥堂

從前我屢次說過，在過去二千年中，我所最爲佩服的中國思想家共有三人，一是漢王充，二是明李贄，三是淸俞正燮。這三個人的言論行事，並不怎麼相像，但是我佩服他們的理由却是一個，此即是王仲任的疾虛妄的精神，這在其餘的兩人也是共通的，雖然表現的方式未必一樣。關於俞理初我已經寫過好幾次文章，現在再來提起，別無何種新的意見，只是就他指斥莠書這一點上，想來略爲談談罷了。

近幾年來常看筆記一類的書，沒有詳細計算，想起來實在也已不少，其中特別以淸朝的爲多，可是結果非常的不滿意。本來我看筆記原不是什麼正經工作，所謂大抵只以代博弈，或當作紙烟，聊以遣時日而已。讀一部書了，偶有一部分可喜，便已滿足，有時覺得無味，亦不甚嫌憎，對於古人何必苛求，但取其足供我一時披讀耳。古人云只圖遮眼，我的意思亦止如此。但是有時遇見有些記錄，文字未必不佳，主張也似乎很正大，可是根本上不懂得人情物理，看了時覺得遍身不快活，這時候的不滿意便已超過了嫌憎，有點近於恐懼了。好比嘗藥辨性的老祖神農氏，把草根樹皮放在口裏咀嚼，爍的一下覺得怪辣，他會直覺的感到，這可不是毒？我們未敢以老祖自居，但是從經驗上也會有時感覺，這說得有點蹊蹺，便很有莠書的嫌疑。籠統的說莠書，似乎有語病，假如這裏有點感情用事，那麼就與隨便評定思想不正確相似，含有很大的危險性。我根據俞理初的例所說的莠書當然不至於如此，這裏所據的標準是簡單的人情物理，如在這上面有講不過去的便有問題，視爲莠書也不爲過，而且說也奇怪，被歸入此類的並不是世間公認的邪說異端，倒反是普通正經話爲多，這是極有意思的事。蓋天下多鄉愿，其言行皆正經，常人無不佩服，然若準以情理，則其不莠者鮮矣，唯有識與力者始能表而出之，其事之難與其功之大蓋遠過於孟子之攻異端也。癸巳存稿卷十五胡先生事述云，正燮記先生事甚多，先生素惡鄉愿，因以所記偏求所謂鄉愿者下意延問，凡經指示許可之事悉去之，故所存止此，嗚呼，此先生之所以賢歟。寥寥的幾句話差不多把指斥莠書的精神表現得很好，我們也可不必再多贅了。

俞理初論莠書的文章共有六篇，收在癸巳存稿卷十四內，計酷儒莠書，愚儒，談玄，誇誕，曠達，悖儒等莠書是也。其中以一二兩篇為最精，可為代表，今先就酷儒莠書引例於下，第一節云：

「夾谷之會，蓋齊以兵來，魯以兵應之，史記齊魯世家所載是也。穀梁又增一事云，齊人使優施舞於魯君之幕下，孔子曰，笑君者罪當死。使司馬行法焉，首足異門而出。史記孔子世家云，倡優侏儒為戲而前，孔子曰，匹夫熒惑諸侯者罪當誅。有司加法焉，首足異處，齊侯懼而動。陸賈新語云，優施舞於魯公之幕下，孔子曰，君辱臣當死。使司馬行法斬焉，首足異門而出，齊人瞿然而恐。後漢張升傳，守外黃令趨明威戮，曰，昔孔子暫相，誅齊之侏儒，手足異門而出，故能威震強國，反其侵地。後升以誅死。此四引孔子之事，乃委巷窮儒，忮盭之心無所泄，造此莠言，上誣聖人，不可訓也。優人笑惑乃其職，於禮宜却之，於法無死罪，且魯豈當殺齊優，實其說是行不義而殺不辜，齊人怒而魯君不返也。」末節云：

「高歡與長史薛琡言，使其子洋治亂絲，洋拔刀斬之曰，亂者必斬。夫違命不治絲，獨非亂乎，其意蓋仿齊君王后以椎解環，不知環破即解，亂絲斬之仍不治也。漢書龔遂傳云，臣聞治亂臣猶治亂絲，不可急也，緩之然後可治。高氏父子不足論，然歡在洋之愚憨不至此，其狀迂而很，乃無知酷儒之莠言，此東坡志林所謂杜默之豪，正京東學究飲私酒，食瘴死牛肉，醉飽後所發者也。」愚儒莠書第一節云：

「朱弁曲洧舊聞云，建隆間竹木務監官患所積材植長短不齊，乞剪截俾齊整，太祖批其狀曰，汝手指能無長短乎，胡不截之

俞理初論莠書

藥堂

從前我屢次说過，在過去二千年中，我所最為佩服的中國思想家共有三人，一是漢王充，二是明李贄，三是清俞正燮。這三個人的言论行事並不怎么相像，但是我佩服他们的理由卻是一個，此即是王仲任的疾虛妄的精神，這在其餘的兩人也是共通的，雖然表现的方式未必一樣。關於俞理初我已經寫過好幾次文章，現在再来提起，別無何種新的意見，只是就他指斥莠書這一點上，想来略为談談罷了。

近幾年来常看筆记一類的書，没有详细计算，想起来实在也已不少，其中特别以清朝的為多，可是结果非常的

使齊，長者任其自長，短者任其自短。弁親戚有見此狀及批者，其言似可信。邵博聞見錄則云，破大爲小，何若斬汝之頭乎。言已近妄。王鞏淸虛雜著則云，三司奏截大枋，太祖皇帝批其狀曰，截你爺頭，截你娘頭，其愛物如此。周密齊東野語則謂手指言文弱無氣象，太祖以三司請截模枋大材修寢殿，批曰，截你爺頭，截你娘頭，別尋將來，眞大哉王言也。此何王言氣象，蓋以史記漢高慢罵而仿以爲書，其愚如此。」第四節云：

「王闢之澠水燕談錄又云，陳堯咨守荆南，宴集以弓矢爲樂，母夫人曰，汝父教汝以忠孝輔國家，今汝不務行仁化，而專一夫之技，豈汝先人志耶，杖之，碎其金魚。射爲六藝之一，州將習射乃正業，忠孝之行也。受杖當解金魚，杖碎金魚，金堅且當，人骨折矣。蓑門賤婦亦不至此，堯咨母不當有此言此事。明方昕集事詩鑒引此爲賢母，著書者含毫吮墨，搖頭轉目，愚鄙之狀見於紙上也。」

上邊所引已足見其大概，對於向來傳爲美談，視爲故實，而與情理不合的事，不客氣的加以指斥，對於初習讀書的學子甚爲有益，只恨所舉太少，唯望讀者自能舉一反三耳。同時有馬時芳著樸麗子，語多通達，其續樸麗子卷下中有一則云：

「傳有之，孟子入室，因袒胸而欲出其妻，聽母言而止。此蓋周之末季或秦漢閒曲儒附會之言也。曲儒以矯情苟難爲道，往往將聖賢妝點成怪物。嗚呼，若此類者豈可勝道哉。」這一則就可以補入愚儒蒡書篇裏去，其直揭曲儒的心理，不客氣處亦與俞氏不相上下。鄙人前讀禮記中檀弓一卷，亦曾有同樣的意見，覺得關於原壤的事，論語憲問所記殊不高明，讀檀弓文乃極佳，比校之下乃益明顯。檀弓云：

「孔子之故人曰原壤，其母死，夫子助之沐椁。原壤登木曰，久矣予之不託於音也。歌曰，貍首之斑然，執女手之卷然。夫子爲弗聞也者而過之。從者曰，子未可以已乎。夫子曰，丘聞之，親者毋失其爲親，故者毋失其爲故也。」論語則云：

「原壤夷俟。子曰，幼而不孫弟，長而無述焉，老而不死，是爲賊。以杖叩其脛。」看孔子說的老而不死這句話，可知那時原壤已經老了。據戴望注論語，禮，六十杖於鄉。那麼孔子也一定已是六十歲以上了罷。動手就打，聖門中只有子路或者未免，孔子不見得會如此，何況又是已在老年。我們看檀弓所記孔子對待原壤並不如此，可見這以杖叩其脛的事很是靠不住，大約是主

「孔子手執斤斧，如女子之手卷卷然而柔弱，以此歡說仲尼，故注云說人辭也。」假如這集疏家沒有將他先祖的事講錯，我們可以相信那時孔子的年紀並不老，因爲一是用女子之手比孔子，二是孔子手執斤斧，總不會是六十歲後的事情。把兩件故事比較來看，覺得孔子在以前旣是那麽寬和，到老後反發火性，有點不合情理。本來論語與檀弓裏的故事都是後人所記，眞假一樣的不可知，但是準情酌理來批判，就自然分出曲直來，此間自有區別儼然存在，一見可辨也。此類辯論仿佛有似致堂史論，無非對古人已事妄下雌黃，實則不然，史論不必要的褒貶古人，徒養成不負責任的說話之陋習，此則根本物理人情，訂正俗傳曲說，如爲人心世道計，其益當非淺鮮。若能有人多致力於此，更推廣之由人事而及於物性，凡逆婦變猪以至雀入大水爲蛤之類悉加以辨訂，則利益亦益廣大，此蓋爲疾虛妄精神之現代化，當不愧稱之爲新論衡也。

風土小譚

紀果庵

我自己是風土書籍的愛好者，也許從這裏面可以多知道一點故事與常識的關係，遇見這種書總是收下來，譬如廣東，絕未去過，而且也沒有去的企圖，但屈翁山先生的廣東新語却亦買了，偶然因屈公是有名的清代文字獄中人物，即文字毫無成獄可能的「新語」也成了禁書，頗想一閱，而實際上却也未嘗不想知道一點南徼的物事。可惜像桂海虞衡志之類，有許多東西看不懂，不免意興索然，所以，像在床鋪上練習游泳一般，儘是「臥遊」畢竟不行，而行路之難，豈有過於今日者？何況又是如是疎懶的我；於是就專愛看看自己住得比較久遠地方的書籍，而鄉土的氣味也是一般人共有的愛好，那麼，說來說去，我還是在憧憬看住了二十年且生於其附近的北平了！繞了半天灣子，結果仍是拿出這個老古董，實在很對不起。

幸好北平是全國人的愛好，記載也格外多，若是有志搜羅，却亦可以開辦一研究院。寒齋所有，還不是天咫偶聞，藤蔭雜記，春明夢餘錄，郎潛紀聞之類的起碼書籍，除去登科佳話，即是里巷變遷，前人故迹，對於青年人誠然是不適合胃口的，也只有稍經哀樂的人，枕邊花下，借之沈迴於舊夢之中而已。但是舊夢也未嘗不可寶，張宗子的書名為「夢憶」在序文中已竟很沈痛的說明其緣故了，中學國文選本多有此篇，青年朋友不妨翻翻，若說得更具體的像周密武林舊事序文，頗可作吾人棒喝：

「乾道淳熙間，三朝授受，兩宮奉親，古昔所無，一時聲名文物之盛，號小元祐，……予曩於故家遺老，得其梗概，及客脩門，閒聞退璫老監談先朝舊事，諦聽如小兒觀優，終日不少倦，既而曳裾貴邸，耳目益廣，朝歌晨嬉，酣玩歲月，意謂人生正復若此，初不省承平樂事爲難遇也。及時移物換，憂患飄零，追想昔遊殆如夢寐，而感慨係之矣。歲時團欒，酒酣耳熱，時爲小兒女戲道一二，未必不反以爲夸言欺我也……。」

文章作得雖不如陶庵之淸雋，但我倒喜其話之老實，我自己也是常常把「事變前」三個字掛在口邊的，縱非開元宮女，小孩子不信麵粉曾賣三元錢一包，則正與周君同感。在憂患之中生長的所更老是憂患，恐卽不能省其爲憂爲患，因爲我們曾過了幾天承平的日子，才知道憂患與不憂患的區別所在。我很崇拜廚川白村的缺陷美說，蓋麵粉三元一包時，正未以爲極廉而大喜欲狂也。大家都感覺到從前吃飯最沒有問題，雖則時常把飯盌問題掛在嘴邊，那飯盌兩字，實包含着讀書、娛樂、諸在今日目爲奢侈的事，像現在這樣，人們眞是在爲吃飯而鬪爭了，吃飯就是吃飯，平民食堂白飯一斤賣到一元五角還有人飢腸轆轆，北平的餓莩載途，也有好些在小飯館裏吃完了飯瞪瞪眼睛：「飯是吃了，錢，沒有！隨便你！」的朋友，想來想去眞是哭笑不得，又何怪知堂翁在中國的思想問題中開門見山的說中國只有生活問題，沒有思想問題呢。我在今年春天爲某刊寫一小文，名曰「談吃飯」，其中引用北平俗曲「廚子嘆」一段，很可以作爲古今吃飯問題之寫照，而所謂風土的歷史，亦卽包孕其中矣，當此雜誌幷不處處普遍之日，不妨再抄一回：

「……五味調和酸甜苦辣，百人偏好涼香木龎，正用的東西猪羊菜蔬，配搭的樣數魚蟹鷄鴨。應時的美饌燒燎蒸煑，對景的佳肴煎炒烹炸。手藝手勺分南北，生涯晝夜任勞乏。開單子一兩就夠了必開二兩，約夥伴兩個人的活計要約薩（諸三），懂局兒（內行）的人家廚師傅替省，四桌可把六桌拉，飽飽滿滿眞裝樣，挑挑揀揀再打發。生氣時不拘好歹都折雜燴，（餘肴棄置一起也）只因爲東人怠慢他混充達。檳榔煙酒本家兒的外敬，零星的肉塊暗地裏偷拿，大腸頭掖在腰間送妻兒他就酒，小肚兒帶回家去請孩子的媽媽，藏海味忙時他預備包席面，換燕窩碰巧貨賣與東家，不少的吃喝要酒醉飯飽，大百的青錢往腰櫃裏砸。老年時米麥豐收歌大有，地皮兒鬆動世界繁華，整担的鷄鴨挨挨擠擠，滿車的水菜壓壓扠扠，糙糧雜豆堆堆垛垛，南鮮北果綠綠花花，娶媳嫁婦會親友，窩子兒行（意卽成組織之職業小團體）奔忙不顧乏。先年時，羊肉準斤六十六個，肥猪一口二兩七八，大碗冰盤乾裝高擺，肘子稀爛整鷄整鴨，羅碟五寸三層兩落，活魚肥厚鮮蟹鮮蝦，買的也得（便也）買做的也得做，親朋也歡喜臉面也光華。這如今年年旱潦飛蝗起，物價兒說來把人笑殺：斗粟千錢斤麵半百，羊長行市猪價扎拉（奇昂也），一個大錢（一文錢）買干葱一段秦椒一個，八九十文買生薑一兩韭一掐，辦事的將將就就腦挪着辦，事完慢慢的再嚼牙，（愁嘆）嫁娶的筵席都是湯水菜，家家錢緊不敢多花，紅湯兒的是東蘑，白湯兒的片筍，肉名兒的丸子，團粉（豆粉也）末的疙瘩，擋口的葷腥炖吊子（猪肉臟也），油炸的焦脆是粉絡渣。（如南方之綠豆餅而大）……任憑東家的魚肉少，綁着鬼有精致的塊兒也要藏，他歇工零碎熬青菜，强似香油炒豆芽。地皮兒緊誰家無故邀親友？盼兩天嫁娶筵席剩點子鑱，（錢也）買些煤炭油鹽熬歲月，等一個豐富年成再起家。近前來生意蕭條豈但厨子，那一行興騰熱鬧會把錢抓。」

這所說眞是平民之至，而斗米千錢斤麵半百又不可與今日爲比例了。震鈞天咫偶聞云：

「東華錄順治初有某御史建言風俗之侈云：一席之費至於一金，一戲之費至於六金。又無欺錄云：我生之初，親朋至，酒一壺，爲錢一，腐一甌，爲錢一，鷄凫卵一甌，爲錢二，便可款留，今非臺饌佳肴，不敢留客，非二三百錢不能辦具，耗費益多而物價益貴，財力益困而情誼日衰。此二說也，在當時已極口呼奢，豈知在今則視爲羲皇以上？今日一筵之費至十金，一戲之費，至百金，而尋常客至，倉猝作主人，亦非一金上下不辦，人奢物貴，兩兼之矣！」

又骨董瑣記（鄧之誠）引平圃遺稿云：

「康熙壬寅，予奉使出都，相知聚會止清席，用單柬，及癸卯還朝，無席不梨園鼓吹，皆全柬矣。梨園封賞，初只青蚨一二百，今則千文以爲常，大老至有蚊銀一兩者，一席之費，率二十金，以六品官月俸計之，月米一石，銀五兩，兩長班工食四兩，馬夫一兩，石米之値不足餉馬房金，最簡陋月需數金。諸費咸取稱貸，席費之外，又有生日節禮，慶賀，及公祖父母交知出都諸公份。如一月貸五十金，最廉五分起息，越一年即成八十金矣，……一歲而記，每歲應積債二千金矣，習以爲常，若不赴席，不宴客，卽不列於人數，昔人謂都門宴客爲酒肉卯，予謂今日赴席爲債，良不誣耳。」

此所謂千文，卽一吊，亦卽折合後世之當十銅元十枚也。後之視今，猶今之視昔，目下以官吏爲職業者，雖有兩個至三個之二四六八加成，其苦難又何減乎同光之際乎？反之，我們却復羨慕李慈銘的生活爲較今日有若干的閒適與恬淡也。

張次溪君日前見贈所輯中國史蹟風土叢書，裝訂用紙，均極雅潔，在今日是不可多見的出版品，而內容又是我最願意看的東西，如閒園鞠農蔡省吾的「北京禮俗小志」，實是繼一歲貨聲之後又一有趣的東西。張君在民國廿六年印京津風土叢書，知堂老人序云：

「世變旣亟，此類無益之書，恐已爲識者所屛棄，以時務言，似亦正當，唯不佞猶未能恝然，非欲以遣有涯之生，實由心喜之故，此外亦無可辯解，但生計困難，欲讀無書，正無奈何耳。」

也是十分誠懇老實的話，對於我們這些近乎唯美的言志派頗感知己，唯我們心有此意說不十分好而已。然關於北京的禮俗，則我於走了許多地方之後，慢慢亦生出一點喜悅，尤其是當「世變日亟」之後，滿街上都是兩個人抬着的「狗碰頭」棺材，後面跟着一個垂頭喪氣的婦人或男子，我們的感觸不是對死去者的悲愴而是整個「生事」的令人不愉快，杜詩所云「滿目悲生事」，此庶幾其一端乎？如蔡君的禮俗志婚禮條迎賓客云：

「佳期，棚搭齊，傢伙座上齊，……水到齊，茶爐饅首煤炭燒酒辦齊，大辦客多，頭天落作，（落讀曰烙）小辦賓少，半夜暴作，燈火齊明，刀勺亂響，客勸主歇，相約看棚，淸談湊要，牌九搖攤，博也；剪燭花，巡院落，瞧表喝湯，廚房漸靜，遠鐘已動，烹釅茗，（濃茶）嚷透涼，老雅叫，主人起，揉困眼，打哈欠，洗嗽脫穿，收拾屋，打掃院，日發紅，開門看，好俊天，俗有言，刮風不良，下雨不長（指結婚時遇風雨，則新娘如此）可怕也。……日高一丈，客沒來，狗暗進來三條，溜牆根，鑽桌底，一掐（逐也）呲牙，再會掐架，（互鬬）亂擠亂撞，覓饗人譁，好容易拿棍敲地，不敢打，怕碰傢具，才趕出去，喜歌儿又嚷上了：一進門，喜重重，綵子掛在當中，天上牛郎會織女，人間玉女配金童，等等滔滔不斷，不念了是要錢，當十錢，給五枚，不走，再五枚，仍不走，大喜事，多破費，越花越有，一套貧口，添足才走，……他不念時，門前小孩學念，一進門喜重重，先當銅盆後賣燭，請來親友吃坑席，完事急的直哼哼，嘻嘻嘻就跑了，熱鬧極了，……賓客漸至，官客（男客）主棚候，堂客（女客）女僕出迎，預請知客，（招待員）以分主勞，見面行禮道喜，接拜匣，交份金，看禮單，懸喜幛，掏封兒，帶拜錢，等等不一，說遮羞，道破費，（前爲賓之客氣語，後爲主人之客氣語）您來不晚，（主）我因車遲，（客）……讓坐獻茶，裝袋聞菸，內有女僕伺候，外有茶司周旋，各座寒暄，七言八語，主人東張西顧，想事愁錢，曾無片刻閒也。少時開筵，筷鐘碟紙，隨就端盤，四碟壓桌，幾碗肥鮮，知客讓坐，茶房攙言，親不僭友，族不賓先，你嫌我遜，敍齒應然，斟酒謝席，布菜下餐，一席撤去，一席接連，離席嗽口，散座盤桓，所謂一台戲將唱起，少時便鑼鼓喧天矣。」

這眞是一種半通不通的古怪文體，而在北京住得稍微久些的人，一定可以領會其中的幽默。似乎那時作主人的也未嘗不焦灼，但我們看了仍是可喜悅的，不是走頭無路的「乾着急」也。現在讀了這樣東西，實在有如三代以上，而事實上則歷史絕不如是之久，生活緊縮的加速度，使日子悠長起來，彷彿苦難的歲月已很久了，此乃人生最不幸的遭遇，亦最難排遣的心緒。我們不但時時想起小飯館在酒缸喝酒的事，即如嫁娶與喪事的儀注，在重溫中亦成了安慰，如是則喜愛記風土舊俗的書，又似另有道理了，而此道理却不免於小資產階級的頹墮氣，故必不爲有志之士所首肯耳。在北京看喪儀是很平常的事，一個人死了以後無論多寒儉也要完成什麼送三誦經伴宿諸儀式，而發引時的行列則頂簡單的也有一隊兒童敲鼓隨行，抬棺者好像不容易少於十六人，若是「六十四槓」「全副執事」會排列二三里出去那倒不必提了，總之，在從前我們覺得是浪費的，現在則覺得無此浪費遂格外顯示人生之落寞與貧困則是實情，我不知未到過北京的朋友心頭如何，我個人實深有此思而不可戢止者也。

清稗類抄有一條云：「買物而緩償其値曰賒，賒早點，京師貧家往往有之，賣者輒晨至，付物，而以粉筆記銀數於其家之牆，以備遺忘，他日可向索也。丁脩甫有詩詠之云：環樣油條盤樣餅，日送清晨不嫌冷，無錢償爾聊暫賒，粉畫牆陰自記省。」此亦頗有趣的紀載，蓋今日喫「油炸膾」正非易事，且懲於小飯店不給錢之失，恐怕賒的辦法也中止了。那麼，此事居然亦爲古風矣，回想起來，北京有古風的事眞是不少，從前住戶，無論買什麼東西，立付現款的很少，大約都是立一扣摺子，按三節結算，在消費者方面，到節日似有一番重壓，而平日則大可減免米鹽屑碎的心情，書賈們更是如此，平時借閱多少書都可以，到節日擇好的留下幾種已足應付，這可愛不在我們的省錢省事，仍是在人情的醇樸耳。

若一歲貨聲等書，只是在半通不通之中求趣味，好像愈是這種人越能夠與市井接近，故所爲禮俗志也是極平民而寫實的。李家瑞君北平風俗類徵序云：「記述民情風俗的書，士大夫作的，往往不如土住平民作的詳細確切，例如京師竹枝詞，都門紀略，京都風俗志，朝市叢載，燕市積弊，一歲貨聲等，無一不是略通文理的人作的，但他們所記的風俗，往往比名人學士們詳實。」李君所云，深有見地。而他的書裏邊選了許多俗曲，——即「八角鼓」的曲子，更給住過北京的人增加無盡的趣味。在士大夫著作中，我覺得只有帝京景物略不爲浪得虛名，因爲劉君實在是用過一番調查與寫生的工夫的，即如記碧霞元君誕一則，讀了以後，似乎我們又奔馳於妙峯山的路上了：

「歲四月十八日，弘仁橋元君誕辰，都士女進香，先期，香首鳴金號衆，衆率之如師，如長令，如諸父兄。月一日至十八日，塵風汗氣，四十里一道相屬也。輿者騎，步者，步以拜者，張旗幢鳴鼓金者；輿　，貴家豪右家；騎者，遊俠兒，小家婦女；步者窶人子酬願祈願也。拜者頂元君像，負楮錠，步一拜，三日至。……五步，十步至二十步拜者，一日至。羣從遊閒，鼓唱吹彈以樂之，旗幢鼓金者，綉旗丹旐各百十，青黃皂綉蓋各百十騎，鼓吹步伐鼓鳴金者稱是，人首金子小牌，肩令字小旗，舁木製小宮殿，曰元君駕，他金銀色服用具稱是。……別有面粉墨，僧尼容，乞丐相，邋妓相，憨無賴狀，閭少年所爲，喧鬨嬉遊也。橋邊列肆，摶麪角之，曰麻胡錫，和炒米圓之，曰歡喜團，稭編盔冠蝶頭，曰草帽，紙泥面具，曰鬼臉鬼鼻，串染鬃鬣，曰鬼鬚；香客歸途，衣有一寸塵，頭有草帽，面有鬼臉，有鼻有鬚，袖有麻胡，有歡喜團；入郭門，軒軒自喜，道擁觀者嘖嘖喜，翁嫗妻子女，旋旋喜繞之；然或醉則喧，爭道則毆，迷則失男女；翌日，煩有司審聽焉。」

此文只有「西湖七月半」「滿井遊記」之類可以比擬，而彼又偏於主觀，此則大有近日報紙的特寫風度，又無其俗厭筆調者。所以有許多人總好說今人不如古人，或亦不無道理歟？李家瑞君爲其書作序最後一段云：「我有一個希望，希望這書永遠不要成爲夢華錄黃粱錄等供人憑弔的書」，這話可以說有昔日戲言身後事之哀了，我寫此拉雜抄掠的小文，又多是不甚通達的文字，除如知堂先生所云的愛好以外，或與李君有近似的悲哀，然此又近乎載道的說法，未免過於落言鑒了。

三十二年七月八日晨起

關漢卿在元曲中的地位

澤夫

元代戲曲作家，據鍾嗣成錄鬼簿所載，凡得一百〇七人；此外未被鍾氏所著錄的，想來也不在少數。這許多作家之中，可稱得起最偉大最傑出的，我以爲應當推關漢卿爲前列。他所以稱得起偉大與傑出，可從下面兩點看了出來：

第一，他是被稱爲元代雜劇的創始者。按元代雜劇之體，究創於何人，史無記載，固不得而知其詳，但元時周德淸作中原音韻，其序中却云：

樂府之盛之備之難，莫如今時。……其備則自關、鄭、白、馬。

此樂府卽指當時雜劇，而關卽爲關漢卿也；所以後人以關漢卿、鄭光祖、白樸、馬致遠稱元曲四大家，卽由於此。他旣云「其備自關鄭白馬」，則雜劇之體，在關以前必尙未備。又錄鬼簿所載元曲作家，以漢卿爲第一，雖或爲時代關係，但也隱示雜劇爲漢卿所創始之意。所以一至明初涵虛子作太和正音譜，在他古今羣英樂府格勢中，卽直云漢卿「初爲雜劇之始；」而賈仲明作挽詞，亦說「總編修師首，捻雜劇班頭：」皆明言雜劇爲漢卿所創始，毫無疑義的了。此外還有一點値得我們注意的便是漢卿不但是一個編劇家，同時還是一個演劇家。正因爲他能演劇，從實際上得了一種經驗，感覺以前劇本不便於搬演，所以另創此種新的雜劇，也未可知。這樣一個雜劇的首創者，他的偉大還用說得的嗎？

第二、他的作品，較任何作家爲繁富。據今日所見漢卿所著雜劇，多至六十六種，當時與他同負盛名的作家，如王實甫、馬致遠均不過十四種，白樸不過十六種，鄭光祖不過十九種。而錄鬼簿等書所錄除漢卿外，次多者爲高文秀，亦僅得三十四種，不過佔漢卿的半數，然當時已稱之爲「小漢卿」，以與漢卿相比擬。足見漢卿才情的橫溢，已爲當時人所欽佩不置。他在元曲作家最爲傑出，還有什麼疑義可言呢？可惜這許多作品，到現在所傳的，只有十八種了，還不到全數三分之一，這眞是我們文學界一種大損失。

以下我再從漢卿現存雜劇之中，分三方面來說明他在元曲中所處重要的地位。

漢卿現存的雜劇，可分爲戀愛、公案、與歷史三種。他的戀愛劇中，對於當時婚姻問題，便有正確的批評。試看玉鏡臺第三折溫嶠唱云：

〔四煞〕論長安富貴家，怕青春子弟稀！有多少千金嬌艷爲妻室。這厮每黃昏鸞鳳成雙宿，淸曉鴛鴦各自飛，那裏有半點兒眞實意。把你似糞堆般看待，泥土般拋擲。

〔三煞〕你攢着眉熬夜闌，側着耳聽馬嘶，悶心欲睡何曾睡。燈昏錦帳郎何在？香燼金爐人未歸，漸漸的成憔悴。還不到一年半載，他可早兩婦三妻。

又如救風塵第一折趙盼兒勸宋引章云：

「正旦云」妹子，你爲甚麼就要嫁他？「外旦云」則爲他知重你妹子，因此要嫁他。「正旦云」他怎麼知重你？「外旦云」一年四季，夏天我好的一覺晌睡，他替你妹子打着扇；冬天替你妹子溫的鋪蓋兒煖了，着你妹子歇息。但你妹子那裏人情去，穿的那一套衣服，戴的那一副頭面，替你妹子提領系，整釵環。只爲他這等知重你妹子，因此上一心要嫁他。「正旦云」你原來爲這般啊！（唱）

〔上馬嬌〕我聽的說就裏，你原來爲這的，倒引的我忍不住笑微微。你道是暑月間扇子扇着你睡，冬月間着炭火煨，那愁他寒色透重衣！

〔游四門〕吃飯處，把匙頭挑了筋共皮；出門去提領系，整衣袂，戴插頭面，整梳篦。銜一味是虛脾，女娘每不省越着迷。

〔勝葫蘆〕你道這子弟情腸甜似蜜；但娶到他家裏，多無半載週年相棄擲，早努牙突嘴，拳推脚踢，打的你哭啼啼。

〔么篇〕恁時節船到江心補漏遲，煩惱怨他誰？事要前思免後悔。我也勸你不得。有朝一日准備着搭救你塊望夫石。

這種都是說富家子弟，對婚姻全無誠意，所以一時雖「情腸甜似蜜」，但「不到一年半載」，便「泥土般拋擲」了。漢卿這一種說法，確非過甚其詞，即如現時，也何嘗不是如此呢？所以漢卿竭力主張婚姻應以眞摯的戀愛爲主；如果戀愛確是眞摯的，那末就不必定要「門當戶對」，或者虛僞奉承。如玉鏡臺全劇，便是寫戀愛只要眞摯，不必爲門戶年齡而限制的；救風塵一劇，便是寫嫁了能奉承的有錢郎君，結果還不如嫁個誠實有才的窮秀才。此外如謝天香便是說妓女與學士也儘可結婚，不必爲地位有所限制；望江亭便是說年輕寡婦也儘可改嫁，不必死守什麼貞節，調風月便是說婢女與小主人也不必有所顧忌。漢卿這一種大胆的描寫，我們不能不說他是極正當的。他反抗當時的婚姻制度。他認爲禮教下的婚姻制度，不能創造人生的幸福，只是陷人們於悲苦之中而已，所以他的戀愛戲大多是喜劇，這就是他的一種理想。他希望天下有情人都成眷屬，這才是最正當的結合。但對於盲目的戀愛，他也仍舊是反對的。這一種思想，在當時也許是狂悖，在現在看來，不是很正確的嗎？

其次他的幾本公案劇中，對於當時權豪的橫行，和庸吏的草菅人命，也寫得淋漓盡致的。如蝴蝶夢第一折，寫王老爲權豪葛彪無故打死，王妻唱：

（那吒令）他本是太學中殿試，怎想他拳頭上便死。今日個則落得長街上檢屍。更做道見職官，俺是個窮儒士也索稱詞。

（鵲踏枝）若是俺到官時，和您去對情詞，使不着國戚皇親，玉葉金枝；便是龍孫帝子，打殺人要吃官司。

這種在一個女子口中，說出這樣激烈的話來，不能不說漢卿對於這種不平等的社會制度裏，希望無論什麼人都可以起來反抗的。不用說葛彪只是一個國戚皇親，打死人要償命，就是再比葛彪大的「龍孫帝子」，也何嘗不是如此呢！又如魯齋郎第二折，寫權豪魯齋郎强奪張珪的妻，還要叫珪送上他門時所唱：

（南呂）（一枝花）全失了人倫天地心，倚仗着惡黨兇徒勢，活支刺娘兒雙折散，生各扎夫婦兩分離。從來有日月交蝕，幾曾見夫主婚，妻招壻。今日個妻嫁人，夫做媒，自取些奩房斷送陪，隨那裏也羊酒花紅段疋。

（梁州第七）他憑着惡哏哏威風糾糾，全不怕碧澄澄天網恢恢。一夜間摸不着陳摶睡，不分喜怒，不辨高低。弄的我身亡家破，財散人離。對渾家又不敢說是談非，行行裏只淚眼愁眉。你你你做了箇別霸王自刎虞姬，我我我做了箇進西施歸湖范蠡，來來來渾一似嫁單于出塞明妃。正青春似水，嬌兒幼女成家計，無憂慮，少縈繫，平地起風波二千尺，一家兒瓦解星飛。

試看奪人之妻，還要叫人家自己主婚，豈非「全失了人倫天地心」的人才能幹了出來。這一種描寫，又正是漢卿對於不平等的社會制度裏，有多少的小民，被權豪所魚肉，而當局竟一些不加以誅殺的。又如竇娥寃第三折寫竇娥臨刑時所唱：

（正宮）（端正好）沒來由犯王法，不提防遭刑憲，叫聲屈動地驚天。頃刻間遊魂先赴森羅殿，怎不將天地也生埋怨！

（滾繡球）有日月朝暮懸，有鬼神掌着生死權。天地也只合把清濁分辨，可怎生糊突了盜跖顏淵？爲善的受貧窮更命短，造惡的享富貴又壽延。天地也做得箇怕硬欺軟，却元來也這般順水推船。地也，你不分好歹何爲地！天也，你錯勘賢愚枉做天！哎，只落得兩淚漣漣！

這裏雖然是竇娥怨天恨地，但正是借天地罵那庸懦的官吏。他把一個沒有罪名的婦人，可以隨便處死，那末這個世界，還有什麼天地可言。所謂「怕硬欺軟」，所謂「順水推船」，那般庸懦官吏，草菅人命，正是如此的。這種描寫社會的黑暗，使人們不平則鳴，從曲詞中表示反抗的意味，漢卿這一種思想，我們又不能不認爲極正確的。

至於幾種歷史劇，雖然爲題材所限，不像前二種可以隨意發抒情感，但如單刀會寫關羽的英武，明知敵人算計，却不爲敵人所屈；西蜀夢寫二英雄雖然喪亡，仍不忘祖國，誓雪仇恨，這種思想都夠現實的。其他如裴度還帶之道不拾遺，五侯宴之立功認母，陳母教子之砥礪自勉，皆寫先苦而後甘，有志者事竟成，此種勸人奮發，埋頭苦幹，與我國固有的倫理思想，正相脗合；比之消息的仙佛度世的宗教思想，（馬致遠就愛寫這方面戲曲），總是聊勝一籌罷！而哭存孝寫忠奸不兩立，雖然忠實的人一時是失敗了，而奸邪的人結果也是不會有勝利的，這種思想也是極正確的。

總之，漢卿現存的雜劇，都有一種正確的意識，決沒有一本無聊敷衍之作，使人看了，都能起人以警惕與猛省。本來文學是離不了人生的，凡是文學的作品，就是人生的反映。就上面所說看來，漢卿的雜劇，都離不了現實，都是一些人情世故的表演。所以他的故事儘多詼諧之處，然而一按其實，這決不是供人無聊消閒而已，這却是提供人以一面明白的鏡子，使人瞧瞧自己，瞧瞧那時代的社會。

其次要說結構結構。就劇本言，是指一劇的布置；就表演言，是指一劇的排場。我們在上面說過，一個劇本成功與否，決不能單注意於曲詞，而尤須注意於排場。近人王季烈氏在他螾廬曲談論作曲中也說：

> 作傳奇者，情節奇矣，詞藻麗矣，不合宮調，則不能付之歌喉。宮調合矣，音節諧矣，不講排場，則不能演之氍毹。然自來文人，能度曲者已屬不多，至能知搬演之甘苦勞逸，及其動人觀聽之處何在，則更爲罕遇，以故所撰傳奇，文詞雖美，而不風行於歌場，反不若伶工所編之劇，轉足以博人喝采也。

可知一個劇本，情節、詞藻、宮調、音節，較之排場，還在其次。元劇對於排場，大多是並不重視的，所以像朱權批評元劇，便只重詞藻，而不顧排場。王國維在宋元戲曲史中亦慨乎言之。他說：

> 元劇關目之拙，固不待言。此由當日未嘗重視此事，

故往往互相蹈襲，或草草爲之。然如武漢臣之老生兒，關漢卿之救風塵，其布置結構，亦極意匠慘淡之致，寧較後世之傳奇，有優無劣也。

所謂「關目」，就是分配在劇中的情節，何者宜前，何者宜後，是否合於表演的意思。如王氏的說法，則漢卿的救風塵，便不下乘。然王氏不過只舉其一以爲例，如果我們仔細觀察漢卿現存的雜劇，則對於排場實均「極意匠慘淡之致」的。現在爲篇幅關係，只舉救風塵與魯齋郎二劇來說。

救風塵的劇情，已在上面說過。這個劇情，原是很簡單的，寫一個老於世情的妓女趙盼兒，義俠救她的女友宋引章而已。但漢卿却把這個簡單的故事，布置得十分曲折，有「柳明花暗又一村」之趣。試看他先把宋引章設下兩個對象，任宋引章擇一嫁去。但那個男的總於虐待宋引章，便又設想趙盼兒計賺休書，使宋引章得了自由，又與另一男的結婚。這個故事，當然是漢卿杜撰的，如果把宋引章不設兩個對象，只演宋引章嫁了男人，受其虐待，趙盼兒據理相救，則排場便很平板，有什麼動人之處！惟其有二對象，又不頭緒紛繁，使觀者處處可以尋味。如宋引章嫁了第一男的，不知後來究竟如何？那另一男的，不知後來有無好果？而且他寫趙盼兒去救宋引章時，又不明說如何救法，用假託相愛方法，總於賺到了休書。這種事前均不明說，使人自去思索。直到後來，則事情原是如此如此，使人恍然大悟，知道妙在這裏。所謂「出人意外」，又是「入人意中」，救風塵排場之臻上乘，就在於此。

至於魯齋郎一劇，雖然劇情不免有許多牽強之處，但論其排場，實在是盡善盡美的。試看他以一楔子與四折的裏面，布置得如此複雜的情節，眞是非出於慘淡的經營，盡克臻此！我們試把這劇裏的人物，和他們交錯的關係，列一圖表，便可知道這個劇本的下手，是非凡艱難的。

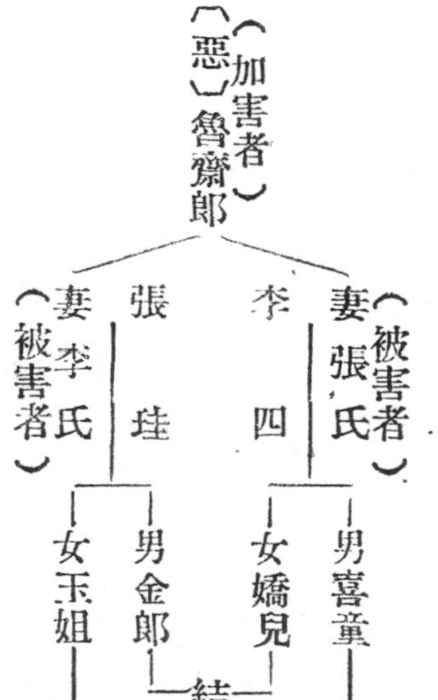

這樣複雜的人物，雖然使人覺得頭緒紛繁，但漢卿處置這許多人物，却應付裕如。他把惡方面的魯齋郎，强奪張氏李氏，便用兩種不同的方法。而且措置這許多人物，都有一個歸宿，這種正合一般觀衆的心理，所謂曲折奇離，在現在劇場上，還正用着這一種方法呢！我們雖不說這些都是受漢卿的影響，但多少可知漢卿對於雜劇，是十分注意於排場了。

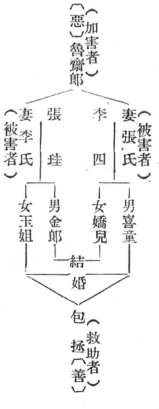

總之，漢卿現存諸雜劇，都有完美的結構，適合觀衆的心理。而且諸劇大多含有詼諧趣味，如玉鏡臺溫學士的騙婚，謝天香錢大尹的智寵，望江亭楊衙內的受愚，金線池杜蘂娘的赴宴，均有一貫的作風，使人觀後，逸趣橫生，決沒有沉悶之處。這也許眞是漢卿不但能夠編劇，還能夠「躬踐排場，面傅粉墨」之所致罷。

最後我們要說到他的文字描寫是否達到藝術的至境了。王國維宋元戲曲史第十二章元劇之文章中，曾說：

> 元曲之佳處何在？一言以蔽之，曰：自然而已矣。古今之大文學，無不以自然勝，而莫著於元曲。…彼但摹寫其胸中之感想，與時代之情狀，而眞摯之理，與秀傑之氣，時流露於其間。故謂元曲爲中國最自然之文學，無不可也。

又云：

> 寫情則沁人心脾，寫景則在人耳目，述事則如其口出是也。古詩詞之佳者，無不如是，元曲亦然。

這是王氏指元曲的一般而論，以爲元曲的佳處，在於「自然」，在於「眞摯」，故寫情寫景述事，均能臻至上乘。現在試就這三方面，來看漢卿的雜劇。如竇娥寃第三折竇娥臨刑時唱云：

> 〔快活三〕念竇娥葫蘆提當罪愆，念竇娥身首不完全，念竇娥從前已往幹家緣。婆婆也，你只看竇娥少爺無娘面。
>
> 〔鮑老兒〕念竇娥伏侍婆婆這幾年，遇時節將碗涼漿奠。你去那受刑法屍骸上烈些紙錢，只當把你亡化的孤兒薦。婆婆也，再也不要啼啼哭哭，煩煩惱惱，怨氣衝天。這都是我做竇娥的沒時沒運，不明不闇，負屈銜寃。

又如蝴蝶夢第三折，當王母聽到王三明日要受刑的時候所唱：

> 〔快活三〕眼見的你兩個得生天，單則你小兒弟喪黃泉。〔做覷王三悲科唱〕教我扭回身忍不住淚漣漣。〔王大王二悲科〕〔正旦云〕罷罷罷，但留的你兩個呵，〔唱〕他便死也我甘心情願。
>
> 〔朝天子〕我可便可憐孩兒忒少年，何日得重見！不爭將前家兒身首不完全，枉惹得後代人埋怨。我這裏自推自攧，到三十餘徧，暢妙是苦痛也麼天。到來日一刀兩段橫屍在市廛，再不見我這石和面。
>
> 〔尾煞〕做爺的不曾燒一陌紙錢，做兒我又當了罪僭。爺和兒要見何時見？若要再相逢一面，則除是夢兒中子母團圓。

這種寫孝婦慈母忍痛的心情，使人看了，無不爲之共鳴的。又如拜月亭第三折王瑞蘭想念蔣世隆時唱云：

〔呆古朵〕不似這朝昏晝夜春夏秋冬，這供愁的景物好依時月，浮着個錢來大綠嵬嵬荷葉。荷葉似花子般團圓，陂塘似鏡面般瑩潔，阿幾時教我腹內無煩惱，心上無縈惹，似這般青銅對面粧，翠鈿侵鬢貼。

這種寫少女的閨思，固能景而生情，也頗爲眞切的。至於寫景方面，則如玉鏡臺第一折溫太眞初見劉倩英時唱云：

〔六幺序〕兀的不消人魂魄，綽人眼兀，說神仙那的是天堂。則見脂粉馨香，環珮丁當，藕絲嫩新織仙裳，但風流都在他身上，添分毫便不停當。見他的不動情你便都休强，則除是鐵石兒郎，也索惱斷柔腸。

〔幺篇〕我這裏端詳他那模樣：花比腮龐，花不成粧，玉比肌肪，玉不生兀。宋玉襄王，想像高唐，止不過魂夢悠揚，朝朝暮暮陽臺上，害的他病在膏肓。若還來此相親傍，怕不就形消骨化，命喪身亡。

這種形容少女風光旖旎之處，頗爲活現的。又如單刀會第二折，關羽所唱：

〔滾繡毬〕黃漢昇勇似彪，趙子龍膽如斗，馬孟起是殺人的領袖。那黑漢虎牢關立伏了十八路諸侯，騎一疋千里騅，橫一條丈八矛，當陽坡有如雷吼，曾擋住曹丞相一百萬帶甲貔貅。叫一聲混天塵土紛紛的橋先斷，喝一聲拍岸驚濤厭厭的水逆流，這一伙怎干休。

這裏寫張飛的英武，眞如後來三國志演義中所說，使人如在眼前的。再如金線池第三折杜蘂娘等的說唱：

〔正旦云〕待我行個酒令，行的便吃酒，行不的罰金線池裏涼水。〔衆旦云〕俺們都依着姊姊的令行。〔正旦云〕酒中不許題着「韓輔臣」三字，但道着的，將大觥來罰飲一大觥。〔衆旦云〕知道。〔正旦唱〕

〔醉高歌〕或是曲兒中唱幾個花名。〔衆旦云〕我不有得。〔正旦唱〕詩句裏包籠着尾聲。〔衆旦云〕我不有得。〔正旦唱〕續麻道字鍼鍼頂。〔衆旦云〕我不有的。〔正旦唱〕正題目當筵合笙。

〔衆旦云〕我不有的，則罰酒罷！〔正旦云〕折白道字頂鍼續麻，搊箏撥阮，你們都不有的，是不如韓輔臣。〔衆旦云〕呀，姊姊，你可犯了令也，將酒來罰一大觥。〔正旦飲科唱〕

〔十二月〕想那廝着人讚稱，天生的濟楚才能，只除了心不志誠，諸餘的所事兒聰明。本分的從來老成，聰俊的到底雜情。

這種寫杜蘂娘不念韓輔臣，偏又念起韓輔臣來，把少女兒捉摸不定的心情，逼切如口出一般。又如謝天香第一折寫柳永五次見錢大尹，託他好覷謝氏，簡直全是賓白，却是次次不同。試看第一次柳永去見，錢大尹還口口聲聲稱永爲賢弟：

（柳云）兄弟酒勾了也，辭了哥哥便索長行。（錢大尹云）賢弟，不成管待。只聽你他日得意，另當稱賀。賢弟，恕不遠送了。（柳云）哥哥不必送。

至第二次求見，錢大尹便由賢弟而改呼耆卿：

（錢大尹云）老夫在此爲理，多有見不到處，我料賢弟必有嘉言善行，教訓老夫咱。（柳云）您兄弟別無他事，則是好覷謝氏！（錢云）耆卿敬重看待，恕不遠送。（柳云）多謝了哥哥。

至第三次求見，錢大尹尚說有何見論：

（錢大尹云）耆卿有何見論？（柳云）哥哥，則是好覷謝氏。（錢大尹云）我纔不說來敬重看待！恕不遠送。

至第四次求見，錢大尹只說有何說話：

（錢大尹云）耆卿有何說話？（柳云）哥哥好覷謝氏！（錢大尹做怒科云）耆卿，你種的桃花放，砍的竹竿折。（柳云）多謝了哥哥。

至第五次求見，錢大尹便大不爲然：

【錢大尹怒云】敢是好覷謝氏？張千，抬過書案者！耆卿是何相待！君子不重則不威，不學則不固，你何輕薄至此！這裏是官府黃堂，又不是秦樓楚館，則管裏謝氏謝氏。耆卿，我是開封府尹，又不是教坊司樂。探平昔老夫待足下非輕，可是爲何？爲子有才也。古人道德勝才爲君子，才勝德爲小人。今覩足下所爲，可正是才有餘而德不足。禮記云：「君子姦聲亂色，不留聰明。」老子曰：「五色令人目盲，五音令人耳聾」。大丈夫當先天下之憂而憂，後天下之樂而樂，便好道富貴不能淫，貧賤不能移，威武不能屈，此之謂大丈夫也。今子告別，我則道有甚麼嘉言善行，略無一語，止爲一倡妓往復數次，雖鄙夫有所恥，況衣冠之士，豈不媿顏！

這種雖見重複，而不嫌平板，極盡錯落之致，在述事上可說很成功的。

從上面諸點看來，漢卿在元曲中的地位，實在是很重要的，王國維推爲「元人第一」，信非過譽。而且他又是多方面的作家，戀愛歷史公案，無不擅長，較之馬致遠多寫仙道，王實甫多寫戀愛，豈非又高出一籌了嗎？

流民

——一個沒有完結的故事

關永吉

一

流民如一堆發霉的菌，腐爛而殘敗。

他們走到這樣，已經不能再走了。飢餓和疲乏整個擊潰了這個逃亡的隊伍。人們喘息着，呻吟着，孩子們嘴裏吐着白沫，像件空虛的行李，掛在父親的肩頭，老年人已經陷於暈迷的狀態，婦女依仗她們持攜的唯一的武器和財產，柳木或獨木的行杖，掙扎跋涉已經盡了她們最大的可能和精力，這時候能望見一個不算太小的村落，如同迷路在大戈壁中的旅行者，突然發現了泉水，有了復生的希冀，因而意識的發覺那不能再行容忍的疲勞，到這時候才知道她們實在已經用盡了所有的力量，精力的泉源已經枯竭，而頹然倒臥在泥土裏。

三月的泥土是甜的，這是冀魯大平原獨有的褐色的泥土。大地軟棉棉如一塊碩大無比的蛋糕，被太陽炙晒而蒸發着如霧的潮氣，且發散着一種醉人的香味；春天的風還有一些由冬季遺留下來的寒涼，它頑皮的愉快的洗刷着這一羣襤褸的流民，嘲弄他們而且捕捉他們，使孩子們都由饑饉的困惑中蘇醒，長途的旅行用盡了他們的津液，有幾個孩子沙啞的無力的嚷道：

「水呀！——喝水！」

子牙河灌溉着這個肥沃的原野，它像仁慈的母親，毫不嗇吝的把乳汁餵養她的子女，子牙河正在開始春季的漲水，濁流奔騰着，發着吼，噴着沫，捲着黃色的泥沙，向堤岸沖激着，無恥的貪婪的吻着大地的嘴唇。

男人們卸下他們的武裝，被飢餓迫出家鄉，依着命運的驅使，而流浪於不可知的陌生的鄉土，所能攜帶，而還有可以攜帶出來的東西，——簡單的炊具，陶土的水罐，殘破的泥壺，破爛的藍色和黑色的棉襖，已經不能再用，發着油脂氣味的被褥，以及一些輕便的農具。……，他們嘆息着，而且暴燥的嘈雜着，咒着世界上一切恨毒的字眼，把孩子和女人安置在這些可貴的器物之間，蹣跚着提水筒去河裏汲水。

一連跋涉三日三夜，才由冀中區一個

歷年亢旱的農村，越過肥沃的原野，逃到子牙河畔來。他們一點計劃也沒有，也沒有目的，只是下意識的感到這豐饒的內河可以拯救他們的生命。自入冬以來，農村裏便感到食糧的恐慌，壯年陸續離開家庭，分散到四方去找可以糊口的糧食，沿汽車公路到天津或白河沿岸的小都市去作臨時的苦力，或集中到鐵路線尋覓可以應付的工作。那些第一批出走的青年人都是時代的幸運者，賸下的一切老年人，婦女和幼童，以及無法離開農村的漢子便呆在村裏和嚴寒與飢餓搏鬥。地主和稍稍有錢的人家，自從第一次第二次和第三次遭遇了時代的不安以後，早就離開這個窮困的村子，到城裏另覓活路去了，在村裏維持着這苦難局面的三十二戶，都沒有可以支持一個月的存糧，把一些糠子，山芋，吃完了之後，便吃着晒乾了的「山芋秧」和落花生的葉子，以後就是雜草……。一直到全村沒有了可以入嘴的東西。孩子們像「叫哥哥」似的整天膨脹着肚子，女人們由脚向腿上浮腫，直腫到小腹就結束了那可悲的命運；老年人則只能匐匍在太陽光裏呻吟，而大家的臉則是一律的青黃和土灰色，整個村落像爲一場暴亂的瘟疫洗刼過一次一樣了。

老頭子和小孩開始死亡，他們不能通過這慘酷的試練，而且人們也吃盡了一切可以塞入肚子的東西，——動物，植物和礦物，（耕牛已經在秋天交了地租；母鷄因爲糧食太貴的原因，早沒有餵養；狗已經在去年春天吃掉了）。有些野心孜孜的小伙子還想到野外去獵取野兎，自然他們只有失望的收獲，命運不那樣優待他們。倘不是習俗和道德的限制，他們一定會開始爭食死人的屍首。

「眞要我們人吃人麼！」

村落和城鎭久已斷絕了關係，人們很少對那裏指望什麽，雖然他們知道村裏的紳士和地主都在那裏繼續吃着白麵的饅頭，而他們也知道城裏和村落還隔着一座磚石的城牆，而在那城牆之內，他們找不到工作。那裏容不下這麼多像蝗虫一樣的人。

「我們到那兒去呢？不能都餓死在這兒呀！」

春天來了，大地由嚴冬的包圍中解放，褐土也化了凍，土地是潮濕而光潔的，生物不會馬上由那裏完全蘊育出來呀！人們貪婪的望着廣漠的原野，原野非常廣大，無邊無際，甚至有些空虛，只有在陽光充足而且背風的高岡坡下才有一些野草的嫩芽，它不能養活這百十名已經貧窮得毫無所有的農民，小麥也在發芽，可是麥田都有主人的，他們不是那主人。

被擠得沒有法子，才毅然決然要離開這個雖然貧窮，却使人留戀的家鄉，沒有目的的投入於流浪之海，收拾起一些僅有的財產，整個村子這時候變得堅決而且團結，無形的組織起來了，「誰願意餓死，就留在這兒。」

對於求生的動機，還能有人反對麼。

「沿子牙河向下走，走哪兒算哪兒，實在無法就到天津當苦力去吧！」

「說那兒是好年景呀！」

「也許可以遇見禿二格。」

大家淒慘的離開了村落，（經過了四天的紛亂和爭議才決定的），望着被拋棄的蔽破的房舍，老人和婦女有的在喑喑哭啼，孩子們是喜歡的，跳着問東問西；青年人在盤算什麼時候能回來，那時候仍舊安居樂業的過日子，……。

男女老幼，九十二個人組成了這樣一個逃亡的隊伍。

流民的隊伍在子牙河畔安下營寨，像一羣在夕陽西下之後返回窩巢來的老鴉。黑黑的一羣，混亂而疲憊。

三天三夜的長途旅行使他們很疲乏，沿路他們以樹皮和草根維繫生命，也經過幾個村落，然而那裏的情形和他們大致相同，命運之神對人們的懲戒，原來倒是公平的。村民沒有招待他們，只打聽是不是一定可以在子牙河下流找到糧食，因爲他們也在吃着糠和乾菜葉子混煮的稀粥了。

「老鄉！年月趕的吧，好年月在村裏住十天八天再走也無啥不是，……如今麼，早晚不等，都是一樣呀！」

富有的村子，有瓦房的（註一）的鎮店，甘脆不許流民的隊伍進街，自衛團的團員在「街口」放哨，手持紅纓纓，白刃子一尺多長的扎槍，隔着很遠便喊叫起來。

「站住」！

「老爺們」！流民中比較有些識見的趕上前去解釋道：「只借道走一走呀！……都是種地的老百姓，糜吃的，沒有法子……」。

「不行，隊長有命令啦！」

自衛團聚攏了好多人，搖動着武器，恐嚇着，咧罵着。

「你們可以繞着村子走，……向南，也不遠。」

「求求爺們，只討一點子水喝。」

女人們在後邊便把孩子放下來，開始搬動水罐，她們肚子早已經枯槁，恰如晒在七月太陽底下的鯽魚，好像就要冒煙了，旅行者如果沒有水，就沒有了生命，老婆婆因爲被纏裹的雙脚不能再支持身體的重量——雖然是已經減輕了的重量，緩慢的躺倒在柳樹底下。

「喟！不懂得交情麼！」

有一個矮胖子的團員震怒了，他像喝醉了酒，漲紅着臉穿一件軍用的棉大衣，懷露出裏面海青色的麻綢棉褲，不倫不類，如一個妖怪。飢餓和貧乏使人們喪掉所有的稀薄的同情，這傢伙跳到一個叫作根生的跟前，大吼道：——

「你們要作反呀！不打聽打聽這兒的規矩，有兩架輕機槍的隊伍路過也要買隊長的賬呀！……你們以爲逃難就可以搶劫

（註一）這是地主的家屋

嗎！這兒有王法哩！不搜搜你們還不認便宜，我們街上還少東躺西臥的母猪麽！」

他轉聲向一個兵說：

「沒有好東西，別看現在老老實實，到堤頭就『扨道』……留神他們偷東西……」。

有幾個孩子被這吵罵嚇哭了，女人們無可奈何的流着淚水。

根生還要向前懇求什麽，那兵也大聲的罵道：——

「滾開！」

一直到他們轉過「街口」，還聽見那個男子的咒罵：——

「你可憐他們麽！一進街就不肯動了，和黏虫一樣，爬在葉菜子上，不把白菜吃光他們是不走的，……別看老老實實，誰知道誰是奸細，這些『裏窪』裏的老斗，簡直就是探子呀，……裏應外合，裏應外合……」。

流民走到子牙河畔，才找到這樣一個可以停留下來的處所，去年子牙河發水，河套泡了整整半年，莊稼沒有收成，入秋水落，「地梨」却長了一「窪」，這野生的果實，勇敢的鑽出茁壯的三菱苗，大胆的蕃殖，有的竟像海棠一樣大小，在肥沃的土地裏安靜潛伏，如一匹田鼠的崽子。它黑潤潤的，飽滿可愛，去掉長滿黑毛的薄皮，生吃又脆又甜，煮熟的時候，味道簡直和荸薺一樣了，好年月孩子們也拿它當成寶貝，如今山芋也沒得可吃，人們便一齊來發掘這褐土裏的黄金，秋後「河套」變成一片戰場，千萬飢餓的士兵在他們自己的崗位上挖着各式各樣的溝壕，一直到嚴冬封地，才把他們迫出境，保住了大地的殘餘的貞操。

人們把「地梨」晒乾，磨成粉，用它來延長壽命，以便等待小麥的收成。

這九十二人的流民的隊伍抵達子牙河畔的時候，他們已經來遲，類似當地流行的神話，「寶」已經被別人取走，留在土地裏的，只是一些被粗心的人們遺漏，而且爲了生活的旺盛，深入到地底的一些有限的贜貨了。

「老天爺不讓我們餓死，是善心的人們呀……」，吳七奶奶把地看了一個，她發表道：

「觀世音菩薩，阿彌陀佛，阿彌陀佛，……我們沒作過壞事的人，是不會入地獄的啊！」

她好像要徵詢別人的意見，顫抖着雙手，興奮的要人們聽她的演說。大家看着她那感動的樣子，都焦急的要知道是什麽意外觸動了她的靈魂。——這老婦人二十歲就死掉了丈夫，帶着一個「夢生」（註二），憑她自己的勤謹與勞苦，居然也成家立業，有了兩孫子和一個孫女了。可是災荒又把這個用情感築成的小巢毀了，爲了不致於餓死，兒子領了孩子去當碼頭苦力，以後就沒有了消息，有許多人都沒有

（註二）丈夫死掉以後才出生的孩子。

消息，信息給人安慰，可也給人苦惱，這年月還有什麽好消息麽！如如只賸了她一個和十八歲的孫女小婷，有時她自己就嘆息着！「天老爺！我作了什麽孽，要我受這報應呀！」她想了再想，不只她是善良的，連她的母親也是善良的啊。

於是她向衆人說：

「你們以爲我們會餓死麽？……不會的，我們都沒有犯過什麽應該餓死的　，我們不會餓死。」

人們迷惑的看着她，她簡直變成一個妖婦，大家看她蹲下身去，用手掏着泥土，驚異着她的出奇的舉動。

「在這裏……！」

她挖出一個漆黑的「地黎」來，嚴冬沒有摧毀它的健康，泥土保護了它。她顧不得剝掉黑皮，連着沙泥塞到嘴裏，一半是因爲誇耀，一半因爲她也是太餓了。她匆忙的喊道：

「你們挖罷！挖罷！……別人不會把地黎都挖盡，把我們餓死的，觀音菩薩……，有坑的地方你們就挖，那地方是別人挖過一次的巢穴，因爲有地黎他們才挖的……你們不會落空……」。

沒有人聽她的嘮叨，大伙早由她的表演提醒了智慧，急急的去發掘每人的幸運去了，孩子，大人，媳婦和老太婆，人們忙亂而嘈雜。

吳七奶奶像個勝利的雄鷄，她很驕傲自己的發現，看着大家都由她的引導而得以今天有了可以下肚的食糧的希望，她不覺好笑起來，她朝小婷說道：（那幾乎是自言自語的。）

「我經過多少個飢荒年月了，唉呀呀！觀音菩薩，……一回利害着一回，義和拳，紅燈照，燒教堂，殺毛子，……以後就是革命黨，……民國六年鬧大水，那是我到了吳家的時候，也是沒吃的，沒燒的；……直奉戰爭，搶起來，奪起來，强奸，殺人，……可是這一回，唉呀呀！阿彌陀佛，那一天才是個完呢？……」。

地黎收獲得很好，流民們意外的安適的過了一夜，第二天便有人開始熟食，而且好像就要定居一樣，在原野裏支起簡單的「窩鋪」。

二

流民的到來驚擾了正在靜養的「馬糞營」村，這個曾有過繁榮歷史的小鎮，從第一天看見這冒昧拜訪的客人，就支撑起患着黃疸病的身子，簡直像小偷攜着惹人注目的收獲，突然遇到巡邏的警察，那樣緊張的警戒起來。全村的神經，陷於不安和憂懼。

「不會是什麽隊伍麽？」

等到發現不過是一些老實的農民，而且早被飢饉和災難損害了健康，他們堆在子牙河畔，有如一箱腐敗的垃圾，誰都有力量可以隨時毫不費力的把它拋到河裏，讓它被濁流一直冲到渤海，或者簡直挖坑埋在河邊，當成豆子地的肥料，也不會有人出來哼哦一聲，就是這樣的一羣傢伙，——大家便都安心，又退回村子裏來了，甚至對於流民，在精神上還產生了輕蔑的意念。

「我知道這不是什麼了不起的人物呀！」

雜貨商陳福湊到村長跟前，好像述說一件祕密的大事，却用了任誰都能聽到聲音，逼啞着嗓子喊道：——

「是什麼人物呀！餓瘋了哩！……」

他看了四圍，輕薄的作着鬼臉：——

「都是些和兎子一樣的傢伙，毫無胆量，連村子都不敢進來……。」

他很得意這個比喻，看着村長的臉，低聲補充道：

「如果有本錢麼，（他指那可以殺人的武器，手槍或『老套筒』），還會不進村子要『給養』，讓你安安寧寧的睡覺呀！……狗日的……。」

這個中年漢子是村裏唯一可以村長和站在一塊的人物，和一切別的商人一樣，和氣而肥胖，只有他才常常進城，甚至比村長還見過世面。因爲年月不好，他的「陳記雜貨鋪」早已關了，可是仍舊有時到城裏去弄一點日用的必需品：針線，火柴，洋碱，小量的混了三分之二花生油的香油……；而且有遠地客人旅行子牙河，經過這個村落的時候，他仍舊小心的招待，自然這樣的好機會很少（他知道客人是不會吝嗇的），可是村裏人們對他始終恭敬，喜歡招呼他愛聽的稱呼，「陳掌櫃」，或是「陳老」。

「狗日的……」他常常用這樣的字眼加强語氣，「我不是說……，不是麼……。」

村長沒有表示任何意見，他有村長的身份，抽着華一牌的煙捲，春天的太陽使他焦燥而煩喝，他計算又該進城去看看東家了。

「這是個什麼年月」，有一個人附合着這場並沒趣味的談話，大家都望着這人的臉，等他的獨特的意見，可是他再也想不起有什麼話好說，只大聲的嘆息道：——

「唉！」

「……。」

孩子們跑到村外去了，而且很快就和那流民的隊伍熟識起來。

「你們是黃家集來的麼？」

「不是呀！西皇姑屯，比黃家集還遠得多哩！」

「家裏有什麼災禍了嗎？」

「什麼災禍，沒有吃的呀……」。

孩子們也像大人似的嘮叨着：

「……連草根都吃完了呢」。

馬糞營的孩子們吃着「地黎」粉作的饝，去年夏天這裏遭了水災，剛剛是小麥收割了以後的時候，受害的只有「大田」（註三），可是秋天和初冬農民沒有放鬆地

（註三）秋禾，高粱，玉蜀黍和穀。

下的寶藏，幾乎沒有一戶不是全家動員的，在冬季「封地」之前，大人和孩子以及所有的人們，拚命挖出生長在潮濕的泥土裏的「地黎」來，晒乾而且磨成面粉，有的人家還賣掉一部份，在好年月只是當了點心給小孩子們「磨牙」的東西，現在成爲子牙河河套一帶農民的主要食糧，那些孩子們捧着罏，驕傲的在流民的羣裏奔跑，有時也幫了那些人搜尋藏在更深處的因爲人類的懶惰而忽略遺漏的那些長滿黑毛的珍珠。

根生無形中成了流民的領袖，他胆子大，有力氣，而且又年青；老頭子還不能脫掉棉襖棉褲的時候，他早已穿上夾衣，甚至晌午把上身都脫淨，赤膊流着汗工作，有時候還唱起許仙遊西湖的秧歌來。因爲已經被人掘過一次，「地黎」賸得很少，辛苦一天也只有力壯的人才能有較好的收獲，到傍晚上年紀的人們精疲力盡，頹軟在「窩鋪」裏，如喝醉酒徒。

「這也不是長法呀」！他想道：「就這麼呆下去麼」？

老年人都沒有意見，而且不願意考慮根生提出來的問題，這個流民的集團，也實在已經病弱不堪，不能再向那裏移動了。

「總不能我們就死在這裏……！」根生向着一些人吼道：

「這兒也不是我們的家呀！」

「那兒是我們的家？」一個滿臉黃色鬍子的老人反對他說：

「那兒也不是我們的家，……西皇姑屯是我的家，可是那兒給我預備了『合洛』（註四）麼」？

「這兒給你養老呀！」根生發急的罵道：「我們快掘到小麥地了，天一熱地黎掘不完也爛完，你以爲老天爺還給你預備下一輩子吃的地黎麼……」。

大家和根生的感想一樣，人們吃完了夜飯在溝火邊休息的時候，望着也照耀家鄉的星星，就是小孩子也生一種頗爲悲哀的情感。離開家村開始露宿到各家就食一來，人們的肚子雖然可以不像在老家那樣的荒涼，可是在情感上却一天比一天更多了愁苦。

子牙河因爲交通部份的阻塞，貨船很少。漁船差不多都集中到下流去了，在馬糞營村這有名的迂曲地帶，每日只能見到寥寥可數的幾隻「集船」。船尾照例擺着「幾鴨籠」，下水船的船艙上坐滿了人，船走得很慢，在岸上也可以聽見人們爭喊的聲音。而且可以很容易的看出這些旅客的不同的地位，在船頭寬闊的艙面，往往包給地主的家眷，有些精瘦的男人躺在那裏抽大煙，船尾的秩序混亂而叫囂，有幾個工人在依靠着瞌睡，還有幾個小商人模樣的漢子在摸紙牌。

「順着子牙河向下走……」，根生想：「到天津或塘沽找事情作去……」。

（註四）一種麵條，在鄉下節日才吃的飯

「你以爲找事情是容易的麼」？有一次韓墨林教訓他，這人年青的時候到過天津，白了頭髮才由天津回來，「那個給你『燕下包子漏下粉』，你以爲城裏也像鄉下一樣容易找事呀？……好年月，到收割的時候，只要你有把精鋼的鎌刀，那塊地土不用幾個人？……誰也管得起一頓白麵飯，可是一到城裏，拉洋車也要有兩家鋪保，沒有麼？你把車拉跑到那裏找誰呀！」

根生起先有點不信，後來一想出去的隣居，沒有一個人寄回過來一封好信，於是又毀滅了他這最後的一個幻夢。——有些時候，他也學會老年人的憂愁，用憂愁來麻醉現實所受的痛苦。

他一個人坐在堤頭看夕陽變成一團紅火，逐漸的吹入到叢林和黑暗中去，而把大地讓給夜來統治，默默的，連動也懶得動一下。他說不出是怎麼回事，只是感到內心空虛虛的，和黑暗一樣，又深，又遠，漫無邊際，他看着那星，毫無理由的覺得到可笑起來。

有人在身後偷偷的捂着他的眼。他嚇了一跳，匆忙的問道：——

「誰」？

「猜罷！」

捂着他眼睛的手還沒有放開，這時候他很容易的知道是誰了，是一個女人的手。

他沒有如她期望的喜歡，只是冷淡而且報怨的說：

「小婷，我們就要餓死了，你還有心思捂眼兒……」！

根生遇見高國棟的時候，是流民抵達子牙河畔的第二天，這時候馬糞營村正在散佈着一種極爲恐怖的流言，說「河南」（子牙河流域的一片含有鹼性的地壤的平原）殺人不眨眼的一隊强盜，順子牙河下來了，路過的村子鷄犬不留，不管有錢沒錢，可以拿去的東西便全數拿去。而且對於女人，也毫不客氣，女人於他們的行軍並不發生影響，只要裝在貨車的馬糧袋上，就可以跟軍隊開拔，用不着綁架。

人們傳說這一夥流民是土匪的「前站」，到這兒來打探虛實的，後邊的大隊，說不定一會就到。於是女人比男人正加焦急，村長也慌亂的出來集合各戶當家人，大家在廟前——這是「馬糞營」村唯一的集合場所——研究用什麼法子對付，而且他也想藉這機會再派一點花銷。他有很合理的稱呼——招待費。

可是第二天並沒有動靜，流民有在旅途上讀人生課本所獲的經驗，不敢輕易進入陌生的村鎮。西皇姑村周圍百十里，招呼的出村名來的那些左近的集墟，都有親戚和朋友的往返，可是幾處百里以外的村子，口音全不相同，大家彼此敵對的監視着，人類相信一切的神祇，偶像，符籙，鬼魂，然而却最不相信人類他自己。

高國棟走到流民中間，他想知道一點

眞實的情形，根生聽見有村裏的人走出來，便趕上前去招呼道：

「你老！辛苦啊！」

「人很多呀！由那裏來的啊」！國棟一看便知道是老實的農民，是那種胆怯而且固執的鄉下人，和他自己一個樣子的。因為別人客氣的原故，他甚至便同情起來。

「你們是……？遭刼了麼？……還不如到村裏去過夜呢……」。

「謝謝你老，這已經很好……，這已經麻煩……。」根生吶吶的說不好這樣的客氣話，他問道：「這兒是什麼村子呀？」

「馬糞營，屬靜海縣管的……沒有聽說過麼」？

於是主人為了誇耀自己的光榮起見，便曉舌的向根生講述了這個可憐的小村鎭的歷史。——楊六郎領兵打仗的時候，在這裏囤駐馬四，這本是子牙河流域的低地，人們的祖先在這兒居住，潮濕而低卑，可是馬糞逐漸聚壘起來，把地面舖高了，舖高了幾多？舖高了兩丈二尺。兩丈二尺！名子是不大好聽，「馬糞營」！地可壯哩！永遠沒有用過肥，種上小麥好像鬼吹風，麥穗子像高粱頭一般大，而且，而且永遠是比別家早熟一集的(註五)。……我們這兒不能掘井，那水呀牲口也不肯喝呢。掘下三尺去，就看見馬糞了，你算算看，兩丈二尺厚的馬糞呀！如果你掘深到一丈，地底下是暖和的，埋罈子可以作醬，如果掘深一丈五，那裏簡直很熱了……。

對這樣的故事根生一點也不感覺興趣，如果他是來串親，他也許願意聽這些神話，可是他是逃難來了。他說：——

「你們這兒年成很好呀！大家都有吃的。」

「有什麼好年景」，雖然國棟在這些流民跟前也一點相對的自滿的神氣，可是畢竟自己的情况也不能滿意，他憤慨的說「麥子都交了租，只望說大莊稼收一點留着過冬罷，可是又鬧水，高粱只賸下一點柴禾……。倒是秋後人們掘了點地梨，還不致於餓死。」他問道：「你們呢」？

「我們是什麼也沒有了呀！……種大麥，沒有種子，上東家(註六)借去，租錢還沒有交上，……而且，沒有吃的，從冬天一直就沒有吃的，我們在家裏眼看着地土發呆，誰的肚子也餓不到『麥熟』，也講不得失臉，這樣的年月哩……」。

「你以為我們這兒好麼？」

國棟興奮的跳起來，他還是二十九歲的人，去年才自己領種五畝「留麥」，自己以為已經和「大人」一樣，有時候還想要娶媳婦。收成雖然不錯，可是糧食賣不上價錢，折合起來交王大人的地租，糧食

（註五）「一集」是三天，有些地方稱作「墟」。農民用集來計算日期，和城市裏的人用星期計算一樣。

（註六）——就是地主

剛剛出手價錢就漲起來了。賸下的一點什麼也買不出來，把媽媽的銀鐲子買掉也不行，接不上底下的糧，倒底負了債，要不是有地梨掘，今年就跟流民一樣，不知道要浪落到什麼地方去了。他困惑的坐在潮濕的土地上，像威嚇似的叫道：

「都是一樣沒有法子呀！大家都沒有吃的，你沒有吃的，我也沒有吃的，都沒有吃的；……不種地吃什麼呢？現在種大麥，可是地價還沒有說妥，王大人一定要長點，長點就長點，只要年成好，糧食收下來值錢，長個幾塊子也麼什麼，可是今年非要先交租錢不可，馬糞營百十戶人家，那個不種王大人的地，誰也先交不出租錢來呀！種穀還要當買點積蓄才能夠買得來呀！」

「可是我們連積蓄也沒有了，只賸了這麼一點」，根生指着自己的窩舖，那是可恥的堆積，「什麼也沒有了，都賣了……。」

他好像遇到了同志，不，這樣還不恰當，他好像遇到了親人。自從離開家鄉向子牙河流浪以來，這還是第一次向一個異鄉人說幾句心裏的話，大家在濕地上對坐着，看那些僅爲維繫一條生命而終日勞苦的掘着自然的食糧的人們，便不覺同時都發生一種不快的感覺。

「我有時這麼想」，根生用一個堅硬的草梗在泥土上畫着一些什麼，他像作夢似的慢慢的說：

「我有時想就是不種地也好，……就這樣活下去就算了，死也並不可怕，我看見過許多死人……，活着有什麼意義呢？只是爲了種地麼？……。」

他得不到結論，這就是他在夜靜的時候所常常思想的，他只能給自己解釋說：

「也許我學懶了。」

三

村民和流民逐漸熟起來，先是小孩和小孩，以後是女人們，最後男人們也有了交往。而且很快的，男人和女人們也稱呼起來了。

流民不常進村，除非有必要的事情，在剛離開家的時候有些女人還穿着比較體面，串親才肯用的新衣裳，然而經過長時的露宿，大家都變得狼狽而襤褸，小孩子們願意裸體在泥土間奔跑，像一羣剝皮的野獸；只有有「心眼」的女人，腰裏還偷偷的掖着三五角輔幣的才到村裏找商人陳福買點零碎針線縫補縫補，陳老瞧不起這些女人，他多收她們一倍的價錢。

「東西都貴了，都貴了！」

女人們向他爭執的時候他就嚷道：

「你們還以爲現在洋白面二塊五角錢一袋麼！現在不是那時候哩，……現在嗎，打聽打聽，城裏賣一百四五了呀！」

一般的說來，流民和村民的感情很好，他們很勤愼，不願意在村子裏惹麻煩，告誡孩子們不許進村玩，以免被人討厭，根生和高國棟很好，每天在一塊嘮咕些什麼，種地，女人，天津，白河……。吳七奶奶和小婷也參加他們的集團，高國棟還邀請過一些人到他家裏去作客，他的母親和吳七奶奶一樣，都是典型的老太婆，是自以爲聰明，却又比任何人都嘵舌的婦道。

人們聽得不耐煩的時候，就會向她們嚷道：

「還有完麼！你們這一輩子還說得完嗎？」

「說不完？我們就快要死了，趕緊死掉才能離開這個世界，唉呀唉呀，遭刼呀！早死是有福的，少受一天的罪……上一代作了什麼孽障事，這下輩子受這個苦……唉呀唉呀，這是個什麼世界呀……。」

「不是嗎？」她們互相徵詢着意見，其實是已經嘮叨了幾百次的，「不是嗎？……觀音菩薩，阿彌陀佛，一輩子也沒有受過這個苦呀！」

天逐漸熱起來，情勢隨着氣候昇漲而發生着一切爲人所不能料及的變化，流民的隊伍一批一批增加起來了，由「裏窪」逃難出來的流民，走到子牙河畔就停住脚，堆積在這肥沃的地帶，開始向地土裏尋找可以充飢的東西，這些人一批比一批襤褸，一批比一批窮困，有比西皇姑村更遠的地方逃過來的流民，到抵子牙河畔，當夜就因爲已經不能再支持在生活的崗位上，悄悄的死掉十六個人。

大家無聲的用土葬埋了他們，沒有一個人不在憂愁和悲哀。命運之神的魔手在子牙河的黃土地帶畫了一座牢籠，老年人嘆息着，青年人低着腦袋，痛苦的作着這牢籠裏的俘虜。

可是地梨一天比一天少起來，而且已經開始腐爛，流民普遍的流行着腸胃的疾患。

「怎樣的生活啊！」

「就這麼呆下去嗎？」

馬糞營村又充滿了驚慌和不安，有一個傳言說上流五里的「東郭」，——這是一個比馬糞營較爲富有的村鎮——，繁集在那裏的流民，已經吃盡了剛剛生產的麥苗，而且在子牙河堤大胆的刼了好幾個運糧的客人，同時還在東郭公開的搶刼了兩次，他們由自衞團奪去一支步槍和七把刺刀，殺死兩個人，把一家什麼行商投在子牙河裏，已經沒有人敢路過東郭旅行了。

有了這樣的信息，吳七奶奶就在衆人面前宣佈道：

「我早知道年日是這樣的呀！長毛紅燈照，大道過逃兵，阿彌陀佛！阿彌陀佛」！她是個煽動家，「我老婆子可沒見過這個，可是我也要吃飯呀！你們小子們狗熊，我老婆子可不在乎這個，……說那裏就那裏，眞刀眞槍都見過……甯作屈死鬼，不當餓死鬼……」。

高國棟來找根生，大家都苦着臉，誰也沒有什麼好說，半晌，根生苦痛的自語着：

「不然離開這兒。」

「到那裏去呢？那兒也是這樣。」

「還是到天津去，可以作苦工，……只是有這麼多女人和孩子……。」

「………。」

他見國棟精神不好，便補充道：

「我想這裏的麥苗是沒有人肯動的，我們也是莊稼人，知道種地的苦家……我們也愛惜田地……」

「你以爲我怕你們吃那麥苗嗎？」

高國棟拉着根生的手，他憤懣的喊道：

「那是村長的留麥，我們交不出租錢，大麥還沒有下種，你看已經到了什麼時候，大麥再不下種便不能種什麼了，……我們是餓着肚子看地荒，眞他媽的不是味呀！」

這時候吳七奶奶冒冒失失的趕了來，一見高國棟，扯着他的衣裳：

「村長呢？」

「我不知道那雜種」。

「他要認小婷當他的乾女兒」。

「那還不應該給你道喜麼！」根生憤怒的瞪着老太婆，他沒有想到這老婆子還會要這樣的把戲，小婷那大眼睛在他的心裏跳着，像一對用水晶裝塡的炸藥的藥包，他跳起來向吳七奶奶吼道：——

「你應當去親近親近你的親家呀！他會給你麥苗子吃，他有留麥」。

吳七奶奶的臉像一塊紅布，她的自尊心還沒有遭過這樣的侮辱，尤其是在根生的面前，她知道小婷已經和根生說了一些什麼，她只能喃喃的向他解釋：——

「這也要看小婷的意思呢，……那麼大的姑娘，連身整齊的衣裳都穿不上……，村長是看的起，找她在家裏幫幫忙，一套夾衣裳，一付銀鐲子，……又不是吃你一口咬你一口，你讓她永遠躺在野地裏睡覺呀……！」

根生沒的可說，已經有多種的痛苦在壓迫着他，他像剛要動工建築的地基，一切力量都要把他壓實，壓硬，壓成一個不能動轉的團體，他無望的離開吳七奶奶跟前，毫無目的向着子牙河走去。高國棟趕上他，陪他走了一程，兩個人都保持着沈默，只讓濕土在鞋下發着低微的嘆息。

高國棟不能再容忍了，他不像根生那樣是個像石頭氣味的男子，許多話在他心裏沸騰而起着泡沫，他拉住根生，悲哀的說道：

「……我也在憂愁……。」

「爲什麼呢」！

「因爲村長已經去請自衛團了，而且他自己要成立自衛團，……。」他不等根生向他詢問，便搶着說：

「……爲保護他的麥子……，而錢，却是要全村的人們來拿呀！」

今年春天的天氣很壞，時冷時熱，多風而缺少而冰，沒有一個人在愉快的生活。子牙河畔的居民在騷動着，呻吟着。馬糞營村的周圍，結集着種種不幸的醬果，這些果實都是酸辣而苦澀的，好像有誰會以這個落泊的村鎮為中心，用苦難的半徑畫了一個命運的圓，不能追出這個牢獄的人們便在這圓裏掙扎和顛簸。用各種不同的臉譜分別來扮演時代之悲劇中的角色。

為成立自衛團而攤派的款項，已經收繳過一次了，村長每「集」進城，去活動這個隊長的職務。然而大麥却還沒有下種，地主王大人一點不肯讓步，他躺在大煙盤子跟前，對替他在經營着產業的村長吩咐道：

「你替我說去，不長錢不行，租呢，就算明年再漲，不然，我掵出去今年荒他一年。」

流民的數目一天比一天增多，現在比起根生他們搬來的時候，已經多了五倍，大家爭搶着這些可以不必付款便能夠收獲的糧食。在先還僅限於荒地和田埂，可是誰也攔不住飢餓的慾望，很快便沒有人再遵守這樣的法律，開始向大麥田掘挖，整齊平坦的麥田，被掘出了像麵包蜂窩似的深洞，這直接影響了大麥的播種，糧食不能種在洞裏呀！

這樣的情形被村民知道了的時候，流民和村民中間便喪失了友情的連繫，誰也知道近千的流民現在要命令他們移去那是不可能的事，而大麥却因之不能再想下種了，除非花費此平時多出三十倍的金錢時間和精力！

村長也在大家的面前跳脚：

「如果自衛團辦起來，還有這樣的事麼！今天掘地，明天就要來掘我們的房子了呀！」

於是也有些村民擁護村長的政策，而且願當志願的團員。

「預備租錢罷！」他向每個村民宣佈，「我們不能荒着地呀！種子嗎，大家想想辦法……。王大人也是因為年日的關係，不然也不會先收租。」

把租子收進來再借給他們買種子，到麥秋的時候就可以……，村長把算盤打得很淸，這不過是些小手段，……而小婷……要是當了自衛團團長的時候，就可以就當地籌款，那麼……，那模樣是不白生自己的眼睛呀！

他找了吳七奶奶，「我給乾姑娘說個親事好麼」？

「誰要我們逃難的孩子呢」！

「城裏團部裏郝副官，可是一表人材……。原配也是規規矩矩的……」。

「要她去作小呀！那孩子可是倔强……」。

村長為流民找了工作，壯年漢子去當修路的苦力，一天四塊錢工錢，由村長一手，每天招四百人他可以賺四百塊錢，一個人揩一塊錢並不算多，雜貨商陳福販賣糧食，在玉米麵裏摻入糠和豆餅，他也很賺一筆錢。

有一天小婷見着根生，——自從根生去修路，他們已經有好幾天不見了，她看看四圍無人，便俯在根生的懷裏：

「根生，你要救我呀！」

「那雜種……！」

「他要把我去送禮，我們就是逃災逃難，餓死也不犯給人去作小……」。

「什麼時候呢？」

「不知道。」

「你媽也是渾蛋，就看上了那一點子錢麼！」

女人哭起來了。

天又一天比一天熱起來，人們都爲一些切身的苦惱，煩燥而焦急，在村民和流民中間都流傳着謠言。流民的生活又陷於不能不另想別法的絕境，因爲地棃已不能再掘了。土地不能爲過多的人生產餘裕。

高國棟進了城，人們傳說他已經在親戚那裏打聽出一切村長的毛病，企圖先收筆地租，高利貸，又在流民的身上尅一塊伙食。把乾女兒送禮……，而且自衛團就要在日內成立了，城裏發兩支步槍……。可是還有人說，自衛團成立便先抓高國棟，因多說他在宣傳反對村長。

——這故事沒有完，是一個沒有完結的故事。

子牙河的汎濫就要到來，流民將離開馬糞營村，而那一些人，……。

流民如一堆發霉的菌，腐爛而殘敗。

（三十二年六月二十日初稿）

魯男子

四幕八場

曾樸原著
羅明編劇

第三幕

第一場

現在我們應該介紹雲鳳了，雲鳳的爲人，誠如小雄在第一幕裏所說：「雖然不如宛妹淸秀，但品貌還過得去，人是好動不好靜，性情急燥，口直心快，說到那裏做到那裏，這幾點都跟我差不多，所以我們見面不到一個月就互相愛上了。」這一對性情非常投合的人，假如能夠相愛實在是再好沒有了，但事實並不能如此簡單，所難的是雙方家庭都是非常的古板，雖然小雄的「後母」是雲鳳的親「姑媽」，但所遺憾的，就是只僅僅的「後母」關係而已，「後母」與「生母」畢竟是兩樣，何況小雄的庭訓甚嚴，當然不好時常到雲鳳家裏走動。在雲鳳方面雖然父母都早去世了，照理是可以自由了，但不幸得很，她偏偏還有一個兇惡的姐姐——儀鳳——在管束她，跟她作對，連一點自由也不能給她，她本來是可以反抗的，但儀鳳有一個靠山，就是一個極玩固的老頭子他們湯家的族長——湯紀羣。

但是人畢竟是人，尤其一個正漩渦在情海裏的年青人，只要是對於他們倆有利的事，他們什麼都做得出，大概是因爲雲鳳實在是被她姐姐逼得太急了吧，她的反抗的心理越來越劇烈了，同時她發現儀鳳有强佔她這份遺產的嫌疑，所以她就對儀鳳提出「逐客」的要求，因她已經是嫁過的人了，是沒有理由帶着自己的丈夫在娘家長期的居住權的，爭辯了許久，雲鳳畢竟是勝利了，儀鳳只得帶了她的丈夫走路，至於儀鳳對她的報復，那又是以後的事了。

雲鳳旣趕走了儀鳳，當然她是有自由了，她旣有了自主權，她就可以隨着她的心願，幹出些「不顧一切」的事情，當然，小雄也得了莫大的便利，他時常甚至於天天只要抽着他家庭不注意的時候，他可以隨便的來與雲鳳聚會，這件事以後就成了儀鳳最大的話柄。

小雄雖然已經可以很自由的來跟雲鳳聚會，可是魯男子却爲了使他們在「大提蕩」的私會，而引起了宛中的懷疑，雖然他曾寫了「血書」向她聲明，但他始終未能得到宛中的諒解，因之魯男子已走上「毀滅」的途徑，這一點小雄跟雲鳳非常的感到不安，所以今天雲鳳提議來給魯男子跟宛中和好。

開幕以後，正是五月的天氣，室內暖洋洋的，一切的陳設都能給我們快感，雖然是很簡單。但仍能表現出一種「新的」生氣來。

這是雲鳳臥室的外間，左後方有個通內室的圓門，正迎着圓門的後牆上，置一張琴桌，右後略凹進牆的中間開一大圓窗，窗下置一香妃榻，並置多寶架，架上陳設着一些古玩書藉等物，窗右臨台口有一八角門是通內院的，左壁中間亦開一門是通外道的，台中有圓桌及圓櫈三張，圓門左有畫筒，右置香爐架。

朱小雄很愉快的躺在香妃榻上看書，雲鳳在圓桌上焚香，將香燒好放在圓門右方的香爐架上，現出愉快的微笑，很消閒的走近香妃榻，坐在小雄的身旁。

雲：你現在覺得還滿意嗎？

朱：滿意極了！我們只要能夠永遠的過着這樣的生活，眞要比神仙還要幸福吶！

雲：最可笑的是儀鳳姐姐，就知道抄襲別人的老話，有意的來教訓我，管束我，她根本就不瞭解貞操跟戀愛的眞義，她只知道死守着「守身如玉」的古訓，儘管你是同床異夢也罷，身秦心楚也罷，便自命是「烈女傳」或者是「清節堂」裏的人物了，像這種態度我死也不服氣！

朱：（坐起來）儀姐的爲人，實在是有點討厭，我一見了就頭痛，過去我們倆所以不能夠時常的見面，全是她一個人在作崇，她還口口聲聲的說，在照護你吶！

雲：雄哥！你根本不懂得她的意思，她跟我姐夫兩個全是不懷着好心眼，嘴裏說是來照護我跟蓀弟，實在是想佔我這分遺產！

朱：（起立）雲妹！也許她並沒有這個意思！

雲：哼！自從我父母去世以後，儀姐又出嫁了，就剩下了蓀弟跟我，可憐我們姊弟二人天天都過着不愉快的生活，因爲全族人都看我們得了這份遺產眼紅，連姐姐也不服氣，可是我也不是好惹的，只要有我一天在，誰想動我一塊磚，也辦不到！

朱：儀姐搬到那兒去了！

雲：下鄉了！

朱：你怎麼叫她搬的吶？

雲：她不許我跟你來往，我說我又不是小孩子，我愛怎樣就怎樣，她說我就可以管你，不許你去！

朱：你怎麼說？

雲：我說，爸媽都死了，我總不能輪到你管，她說：是紀摹伯伯叫她來照護蓀弟的！我說用不着！

朱：她呢？

雲：她又問我爲什麽要時常到姑媽那兒去？我說姑媽家不能去嗎？她又不是壞人，她說姑媽自然不是壞人，可是小雄就有點靠不住！

朱：眞是豈有此理！

雲：我說雄哥再不好，但是我愛他，這也不管你的事！這不是叫多管閒事嗎？後來她駡我不要臉，我們就吵起來了！蓀弟又幫着我，弄得她沒有辦法了，他們只好搬着走！

朱：她雖然搬走了，但是她心裏一定很恨你！

雲：那是她的事，根本我管不着！

朱：（停了一會）她如果有一天對你報復吶！

雲：那只好到時再說，見機行事了！

朱：雲妹！你爲了我犧牲太大了，我眞感激你！

雲：我倒用不着你的感激！而且也無需要說這種話，因爲戀愛本是雙方的，各人都應該盡力的去做，來維持着永久的愛，要說到感激，我們對魯大哥才眞該感激吶！他爲着促成我們的事，他眞是犧牲不小，你看！我們如果再不設法使他跟宛妹破鏡重圓，怎麽能夠對得起他吶！

朱：要聰明我不如你，這就得看你的手法了！

雲：聽說他現在已經墮落了！拚命的在毀壞自己！

朱：是的！我也聽說過！前天他勾引了一個丫頭叫阿大姐的，就失了他的童貞，表嬸知道了，氣得要命，連夜把那個丫頭給攆掉了，除此之外，大哥新近又交了一般不三不四的朋友，天天吃酒賭錢，玩女人，連鴉片煙也抽上了！

雲：這些事也不知道宛妹知道不知道！眞叫人着急，今天我變這個戲法，如果是不成的話，眞不知怎麽辦是好！喂！你昨天約了大哥沒有？

朱：我寫了一封信給他，並且跟嬰姐說了，她也很贊成，並且她也願意來參加我們的宴會，不過，我叫嬰姐走後門，免得叫大哥疑心，菜都預備好了嗎？

雲：不預備好我就能這樣閒了嗎？我就等着看戲了！

朱：她（重讀）來了沒有？（意指宛中）

雲：早來了！她本來身子不很好，心中又不痛快，是我死七別列的給逼上轎的，現在在我床上睡着吶！

朱：蓀弟吶？

雲：在學屋裏！還沒有回來！

（此時雲鳳之婢女翠兒自左門上）

翠：小姐！魯少爺來了！

雲：快請進來！

朱：不！我看我們還是不讓他看見的好，先給他一個莫明其妙！

雲：對啦！我們先進去！翠兒！你就說小姐跟朱少爺都在後面忙着吶！先請魯少爺在這兒坐一會！

翠：是！小姐！（下）

（他們匆匆的自圓門下，不一會魯男子很慢的走進來，他已經憔悴多了！無精打彩的提着很笨重的步伐，一進門就四處看了一看，後來翠兒送茶上）

翠：魯少爺！請你坐到這兒來吧！

魯：小姐呢？

翠：在後面弄菜了！

魯：朱少爺呢？

翠：也在後面！先請魯少爺坐一會兒，朱少爺馬上就來！（翠兒下）

魯：（自語）咦！這是怎麼一回事？他們找我來幹什麼？小雄給我一封信還不算，嬰姐也催着我來！莫非他們串通了來玩弄我吧……這眞是怪事！

（他又走到多寶架前翻翻書籍，看看古玩，阿林忽然上）

林：少爺！

魯：（異常驚愕）誰……是你！

林：是的！

魯：你怎麼會到這兒來？小姐呢？

林：我早不在宛小姐身邊了！自從那回我跟少爺……

魯：你說什麼？什麼「我跟少爺」？……你要知道我跟你絲毫沒有關係？不過使喚你叫你做一件欺騙宛小姐的事！以後我不許你這樣說！

林：我從那回起，宛小姐就對我疑心，把我送回鄉下去交給我媽，我因爲在鄉下住不慣所以才又跑回來，湯小姐可憐我爲她受屈，就叫我留在這兒！

魯：這也怪我不好，都是我愛管閒事造了孽，害了人家，害了自己，現在我什麼話都不說了！那麼你今天又來見我幹什麼？要是給人家看見了，又要誤會我，事情更弄不清白了！你還是快走吧！

林：哼！我的大少爺！你眞是個呆子，你還想把事情弄個清白嗎？你最知己的宛小姐就是第一個死不相信你的人！

魯：我不管這些，那是她糊塗，瞎疑心是眞是假她根本沒有弄清，即使她糊塗了一輩子，但是我的良心，總是清白的！

林：少爺的清白我當然是知道，可是宛小姐至死也不相信，她把你在家裏跟什麼阿大姐……鬧的把戲，來證明我的不清白，總以爲我們做了頭的都是這種料子！可是我雖然是個窮人家的女兒，但是我比少爺還要清白，那麼我枉担了這一個虛名在身上，以後更叫我怎麼見人吶？我不怪少爺！我只怪湯小姐叫我出來丟這臉，上她一次當！

魯：什麼？上湯小姐的當！難道不成是湯小姐叫你出來見我的嗎？

林：可不是！要不是她騙我！我隨怎麼不會出來丟醜的！

魯：我不懂！她是什麼意思！

林：她說魯少爺現在荒唐了！因爲他生的是傷心症，傷心症是沒有藥可以治得好的，荒唐就是傷心症的反應，荒唐得越利害，病根越深，這個病症當然是由宛小姐身上得來的，現在宛小姐既然不願意跟少爺見面，只好叫我出來救救少爺的心，至少可以好了一半，同時我也不願意枉担了……這個虛名……可是！可是我太呆了，白白的在少爺跟前現醜，我這副長相那如什麼阿大姐呢？（扶圓桌哭泣）

（隔了半天，台上空氣異常冷靜）

魯：阿林！你待我一片好心，我非常的感謝你，但是我不能……這得請你原諒，並且請你不要怨恨我！我是很看得起你的，但是我並沒有存着輕薄你的心，因爲你是一個清清白白的女孩子，你並不必去羨慕阿大姐，也不必來挖苦我不識好歹，因爲她們都是我的內慾的犧牲品，事情一過就往旁邊一丟，絲毫情感也沒有，今天雖然我對你無情，其實正可以表示我不肯糟塌你的眞心。

（這時簾子後，傳來雲鳳的笑聲）

雲：是不是！我說大哥並不是這種人，你不相信，今天總不枉了我一番苦心，在我這兒你是親眼看見的，親耳聽見的，證得清清白白，宛妹你出來吧！來！大家叫一聲，合個好吧！別再鬧了！

（簾子一展宛中立在內，魯男子又是一驚）

小雄：大哥！總算我們沒有忘情！（「中中」演出）

雲：今天眞把阿林難爲夠了！你做主人的也該發點慈悲心才是啊！

（她把宛中拉到魯男子旁）

宛：大哥！

魯：（冷淡的）妹妹！

宛：阿林！我眞對不起你！我一時的糊塗埋沒了你的心，叫你白白的受了怨枉，請你原諒我吧！

林：這怎麼敢當，而且根本是我自己不好！

宛：就算你有不好的地方，我也不來怪你了！

雲：阿林！你快去把洋燈給點來！（阿林下），大哥！宛妹！大家不必客氣，我今天特地預備幾樣菜，大家樂一樂，小雄一個人還在後面忙着呐！等嬰姐一來我們就開飯！坐會兒！

（雲鳳很忙的跑下，舞台空氣又冷下來而且非常的嚴肅，緊張，隔了半天才說話）

宛：哥哥！你瘦了！

魯：……………

宛：你見我有點不高興？

魯：（搖搖頭）………

宛：你爲什麼不說話？

魯：（不高興的）我不知道你們鬧些什麼把戲？

宛：他們當然也是爲着我們好來着！你爲什麼對我這種態度！你不愛我了嗎？

魯：（立起來）老實說我不配！

宛：（跟上去）哥哥！今天你氣我，恨我，打我罵我，甚至於殺我，我都願意，但是我不願意看見你那痛苦的樣子！關於今天的事，我本來也不知道，全是雲鳳姐姐一個人弄出來的，我跟你一樣全蒙在鼓裏！

魯：（感傷的）他們的意思雖然很好，但是已經太晚了，來不及了！

宛：我的心本來已經是死了，但是今天又復活了！我情願低心下氣的向你賠不是，重新恢復我們的愛情，難道你永遠不能寬恕我，原諒我，永遠不愛我了嗎？

魯：妹妹！你要知道我剛才所說的並不是氣憤的話，實在是良心話，妹妹！現在的我已經不是從前的我了！你沒有聽人家說我現在已經是在墮落了嗎？

宛：當然！我都知道！但是愛情眞是一個奇怪的東西，過去我雖然是恨你！但是我的心還是老釘着你！你還是佔有着我的心，我雖然用過理智來壓制我的情感，但是結果還是不成功，我還是高興打聽你的消息！你跟什麼一個丫頭叫阿大姐的事我全知道了！

魯：我不但如此！最近我還新交了兩位朋友，一個是杜三哥，他喜歡賭博，一個是應四哥，他熟悉逛窰子，他們領我上賭場，研究過青進白出的實路，配搭過了穿橫角的佳碼，他們領我穿門子，學學爭風吃醋的徑路，嘗嘗打情罵俏的滋味，有時拉我住夜，我就住夜，後來我學會了吃酒，拚命的一杯一杯的往肚裏渴，總想渴得醉薰薰的，得到一點糊裏糊塗的快樂，最近我又學會了吸鴉片！所以我精神上的興奮，身體上的刺激………

（以上一段話，宛中應配着哭泣）

宛：好了好了！不要說了！我聽得難受得很，總之我不管你墮落到如何地步，但是我總是愛你的，雖然這都是我害你的！但是你爲什麽毀滅得這樣快吶！

（此時阿林送洋燈上）

魯：我本不應該如此！但是又有什麽辦法吶？我的毀滅若不是得了妹妹的同意，我怎麽敢如此荒唐呢？

宛：什麽？得了我的同意？

魯：你難不成把我給你的血書上最後的兩句話忘了嗎？

宛：什麽？血書？你幾時給我的！

魯：我在朝山宮向你解釋的那一天，我因爲受了你無情的判決以後，精神上就受了很大的刺激，一個不當心摔了一交，流了不少的血，我就用我的熱血寫了一封信給你，是交嬰姐轉交給你的！

宛：不！我並沒有收着！

林：血書！是嬰小姐交給我的，叫我轉交給小姐！後來不知爲什麽，鬼迷了我的心，給忘了，一直也沒有想起來，現在還在我身上吶！這眞是我的荒唐！

（魯男子與宛中都驚怪得變了臉色！宛中接到血書，讀完痛哭）

宛：阿林！你這一來，玩得我太利害了！如果我早讀這封血書，何至鬧到這步田地！哥哥！如果你早知道我沒有讀過，你又何至如此的怨恨我！這也許是我們兩人的命運吧！

林：小姐！你可以原諒我嗎？

宛：當然不能怪你！這都是我的命裏不好！（對魯）你現在總可以明白我了吧！（林下）

魯：不過，什麽都可以修補，只有毀滅自己不能修補，我愛妹妹的心至今沒有變，但是我，已經不是從前的我了！就算妹妹大度包含，一切都能寬恕了我，但是我的良心總是不安！我老覺得我不配！

宛：那麽你是永遠不跟我要好嗎？我們這一輩子就這樣完了嗎？

魯：妹妹！我不是不愛你！實在是我良心上的不安！……我自己也做不了主！好在妹妹是最知道我的，以後總有法子使我安心樂意的愛你的吧！

宛：別來假惺惺了！我從此以後認得你！過去的算是過去了！我們從今天起再建築我們新的生命來！跟往天一樣的相愛，你願意嗎？

魯：（很樂意的）妹妹！

宛：哥哥！

（二人相對微笑，結果宛中倒在魯男子的懷裏，魯也用力的擁抱着她，這時忽然四面跑進來嬰姐，雲鳳，小雄，阿林，翠兒，大家拍着手大笑，魯與宛馬上分開）

雲：嬰姐！我的戲法變得不錯吧！

朱：大哥！總算我們沒有忘情！

嬰：這樣一來，以後又要變成小夫婦了！

（大家相對而笑，幕布急下）

（第一場完）

簡樸與綺麗

——現代散文談之二

林榕

就散文的文字說，一般人認爲現代散文的發展是由簡樸趨於綺麗。胡適之先生最初論散文的成績曾說過「用平淡的談話，包藏着深刻的意味」的話，二十年後何其芳寫「畫夢錄」的時候，却承認他「喜歡那種錘鍊，那種彩色的配合，那種鏡花水月」。這和新詩一樣，是一個很有趣味的問題。在一部份人看來也許說這是故意求艱深和晦澀，故意離開大衆；其實，這正是散文向上的發展，由簡樸到綺麗，由綺麗再洗練爲眞的簡樸，乃是新文學一致的路線。因此，對這問題遂有商討的必要了。

觀察現代散文的產生，當然和整個白話文學的倡導有緊密的關係。民國六年胡適之先生提出「文學革命」口號的時候，所側重的是文字的改革，也就是由已死的古文字改爲現代口語的活文字。這次革命的成績，第一是他的「嘗試集」裏詩的創作，第二便該說到白話散文了。那時候除了長篇議論文章，像初期討論文學革命問題的作品以外，所有的白話散文都多少帶着雜感文的氣質，不是對社會現象的批評，就是對新文化運動的感想。「新青年」裏的隨感錄，陳獨秀所寫的反對禮教，攻擊舊道德的文章都屬於這一類。就是後來周作人先生辦「語絲」以及「晨報副刊」上登載的散文，也還脫不了這性質。它們的主要目的是說理，是敘事，要說理必須清楚，要敘事必得明白，所以文字上的簡樸也是自然的現象，這現象與白話文學的提倡是一致的。唐鉞曾說「假如『言之有物』，雖摛藻擷華，更顯得『羊質虎皮』有何好處？」這話也正說明了文字上簡潔的要求。

但這種簡樸的文字爲甚麽後來慢慢變成爲綺麗的呢？這原是文學進化上的必然傾向，最初是求普遍的接受，然後就要更謀自身的進步。所謂廣與深的兩層意義也就在這裏。不過，要說明散文的這種現象，我們應該注意到兩方面的關係，一個是內容上的，隨着思想的解放，散文的內容比從前要廣，即「宇宙之大，蒼蠅之微」無不可寫。思想解放的結果是個人主義的被重視，同時也是抒情傾向的發展。我們這樣看冰心，徐志摩一派美麗的散文的產生也不是偶然的了。第二個是形式上的，這指的是傳統的關係，也就是歷史的背景。這也是任何文學運動必有的現象，就是由盲然的推翻進而爲對舊文學傳統的再認識的態度。因爲一國的語言文字的特性不可忽視，由這民族的傳統關係上才能正確認識新文學的重要性。在這裏，並非無目的的接受，而是提煉的吸取。所以最近幾年來散文和新詩中有一種古典的綺麗的傾向是必然的。

這樣就歷史的進展上看來，簡樸與綺麗像是一個明顯的軌跡。但我想說的意思却不是這樣簡單。文字表面的美否並不能就說是判斷散文優劣的標準。實際上散文的成熟在於整個的內容，是一種內在的美。這內在的美却又往往不是輕易看出的。廢名先生有一篇「關於派別」的文章，說散文之極致是「隔」，他說「我說詩人都是表現自己的，詩的表現是不隔，若散文則不然，具散文的心情的人，不是從表現自己得快樂，他像一個教育家，循循善誘人，他說這句話並非他自己的意思非這句話不可，雖然這句話也就是他的意思。又如我前面所說的，具散文的心情的人，自己知道許多話說不出，也非不說出不可，其心情每見於行事，行事與語言文字之表現不同，行事必及於人也。」梁實秋先生在「論散文」裏注重「適當」，也就是「能把心中的情思乾乾淨淨直接了當的表現出來」。這話看去像和廢名所說的「隔」不很相同，其實意見却是一致，他所說的「隔」是對讀者而言，就作者自己說都是自己知道，是不隔的，所不同的只是方法上的一點差別而已。

若以文字論文字，簡樸與綺麗的區別也不像那兩個字本身所顯示的那樣簡單。一般的說法簡樸是一種平淡自然，綺麗常帶一點雕琢和粉飾。但在散文上這兩者又不是對立而是並不可缺的。這裏說到簡樸的意思是指整個的理想的適當而言，梁實秋說「簡單就是經過選擇删芟以後的完美的狀態。普通一般散文在藝術上的毛病，大概全是與這個簡單的理相反的現象。散文的毛病最常犯的無過於下面幾種，（一）太多枝節，（二）太繁冗，（三）太生硬，（四）太粗糙。」這已不是外形的問題，而是深入到全體了。對於綺麗也可以這樣解釋，「文字要裝潢，而這種裝潢要成爲有生機的整個之一部，不要成爲從外面粘上去的附屬品」，恐怕是一個恰當的說法。

那麼究竟散文要用一種怎樣的文字呢？我的意思是在前面說過的由簡樸趨於綺麗後的另一種簡樸。這所謂簡樸不同於流俗，也不是有意的裝腔作勢。一句話，它是由語言的洗練中產生的。從前的隨感錄只能做到說理敘事的目的，從前的抒情文只能做到優美意境的表現，從前的雜文只能側重社會的價值，面理想散文的產生必是極廣而又極深的。

周作人先生在「燕知草跋」裏說理想的文字是「以口語爲基本，再加上歐化語、古文、方言等分子，雜揉調和，適宜地或吝嗇地安排起來，有知識與趣味的兩重的統制，纔可以造出有雅緻的俗語文來」。這裏說的「雅緻」也就是綜合簡樸與綺麗的理想文字，是自然與大方的風度。魯迅先生也說「將活人的唇舌作爲源泉，使文章更加接近口語，更加有生氣。至於對於現在人民的語言的窮乏欠缺，如何救濟，使他豐富起來，那也是一個很大的問題，或者也須在舊文學中取得若干資料，以供使役」。（寫在墳後面）這方法與何其芳在「夢中道路」中說的「從陳舊的詩文裏選擇着一些可以重新燃燒的字。使用一些可以引起新的聯想的典故」的試驗相同。所以，「畫夢錄」的產生也正是散文可走的道路，不能以其表面的美麗的彩色而輕視它，雖然我也不希望每個人都走那條路。

整個看來，現代散文還是在一個嘗試的階段裏，這階段所注重的與其說是內容倒勿寧說是文字。簡樸與綺麗固然是進展的表面現象，同時也是創造理想散文的一個標準。雖然這還待於新文學的全面進展，我們却也不能不這樣期待。

掃眉集

李英

呂白華

晚空浮過了一陣霞彩。

「只有夕陽是美麗的，世界上任何東西，該沒有比夕陽來得更美麗了！」李英斜靠着身，一手撫着曲欄杆，想着。

但沒有多少時候，霞彩漸漸消失了，李英把視線掠向西北天邊，原來夕陽已經沉落山坳去，只剩了一線紅光，泛映着山與天的連接處，她沒有心思去求剛才思緒的結論，因爲夕陽的西下，不自禁在李英腦中代替了另一種思緒。

「他爲什麼還沒有回來呢？」

忽然接着下面起了一陣急促的敲門聲。

「是誰來了！」她想決不會是她的丈夫回來的，從來，他回家不像這般亂敲門，而且敲門之先，必定先喊叫蘋兒，今天不知來了那一個冒失鬼，但同時她不得不走進樓房，一面喚蘋兒道：

「你下去開門」！蘋兒「是」了一聲下去了。

「蘋兒，英呢！」這一串跟着開門了而播散的話聲，使她楞住了，當然，這話聲她是熟悉的，三步併兩步地她馬上奔下樓來，這時她已確定了是她的丈夫大昌回來了。她的猜想「來了那一個冒失鬼」錯了，雖然知道丈夫很愛他，不會因一點點小事故責怪她的。可是，她的心終究有些動搖，奔完末一步樓梯，掀開屏簾，第二次又使她楞住了。

「咦」！面前的景象頓時換了樣，不，換了樣的是她的丈夫，似乎他不十分注意到自己已經下樓而且是奔下樓的。她的丈夫坐着旁邊的矮椅上，半俯着身，用兩手托着頭，像是有一件極爲難的事不能解決似的。蘋兒遠遠立着，面容很莊重，李英却好笑起來，難怪敲門的時候使她猜錯了，丈夫不是換了樣嗎？

「昌卿，你來來了！」她平時稱丈夫的名字略去一個字而加上一個字，加上的是「卿」字，表示親密的意思，這時，她走近去喊着「昌卿」，特別放出「親密」滲和入慈母愛撫般的成分。

「英，你坐下了！」大昌抬起頭。

「我今天」，說到這裏，却迸出了一口氣，「唉——。」

「昌卿！是不是外邊受了什麼委曲呢？」李英趕着問。

「委屈，一個人在社會上站足受委屈是平常的事，」大昌說着，又回復到對待什麼事都用一種理解的論調，然而，只有這一刹，他的態度又換了樣，是一半頹廢一半嚴肅的樣子。

「英，你還記得項梁這個名字嗎？」

項梁，這名字，從丈夫口中說出好像是一顆炸彈，擲到李英的耳朵裏，立時爆發開來了，李英的耳朵嗡嗡響着。

「這走狗！」李英罵了一聲，她不再說什麼，實在她也說不出什麼，除了等待丈夫的報告。不過，一邊耳朵作着怪，一邊心也再度動搖起來，現在的猜想不會再錯了，項梁這走狗，一定回到了長安。

「這走狗，他現在回來了！我剛從路上碰到他，給那位黑王爺喝着道，我來不及避開，他已看見我了，還恨恨地盯了我兩眼，那眼光滿含着兇芒，我想這次，倒非當心一下不可了。自從我和他結了仇，三年前他被派出去，曾經宣言着，說回長安來準要報仇的」。

「昌卿，我們當心些就是，明的他做不出來，他做出來的只有暗算。譬如你早出早回，門戶謹愼一點，難道白日堂堂，熱鬧的都市他胆敢行兇。」

「不過，我見了他就覺得心頭跳個不住，無論如何安靜不下來，唉！實在我同他說不上仇恨，他竟揚言着要報仇，這種小人，說了就會做的。」

「也許是前世的寃孽吧！唉！」大昌又嘆氣。

「昌卿，我們當心些就是啦！」李英找不出別的安慰話，聽了「項梁」這名字，他再度動搖的心也一直跳着呢？「這種人不值得去擔愁的，枉自頹廢了精神。」

「蘋兒，你去看看晚飯好了沒有？」她發現蘋兒還呆立着。

一天天過去，快一個月，大昌和李英的光陰過去得很平安，絲毫沒有什麼意外。一些風驚草動也不曾有。大昌聽了妻子的勸告，不到夕陽西下，就回來了，許多輕便的雜務都委託夥友辦理，自己不過每天出去看看賬目，或者要緊的朋友處走一走，所以他回來，每天還踏着太陽光線匆匆就回家來，這樣，恐悸的心理逐漸在大昌心裏淡去淡去，反增添了夫妻間的情分，因爲他外邊逗留時間的減少。

李英呢？對於這件事，多少也淡去一些，可是，項梁的名字，還是時常在耳朵邊響起，時常嗡嗡地作怪。說是女子的心理近於脆弱，不如說項梁的名字太刺激了她。當她第一次聽到丈夫說項梁怎麽樣怎麽樣對他過不去的時候，他勸慰過丈夫，不必去怕他，走狗的生涯，小人的行爲，有什麽顧慮呢？三年前，項梁被派出去，宣言着要報仇的話，她也知道，同樣，她勸慰着丈夫，決沒有這種事，都市裏不容許有傷天害理的舉動的。不過從第一次起以至每一次，項梁的名字，深深的激刺着她，連自己也解說不出原因來，她只覺得項梁的名字太野蠻了，也許會符合着他的行爲。

然而，一天，一月，光陰的過去很平安。

這一天，大昌出去不多久，門外送了一封信來，是老父的筆迹，她拆開看：

「英兒，速歸，父字。」

寥寥的六個字，使她摸不着頭腦，難道老父病了嗎？又不像的，且回去再看，她忙忙地梳擦一下頭髮，對蘋兒說：

「我去去就來，你要當心門戶，如果中飯趕不回來，你就先吃好了。」

李英走着已望見自己娘家的房屋，好像她妹妹立着門口。

「父親呢？怎麽樣了？」李英慌不迭地趕過去問。

「姊姊，父親是不在家，因爲一清早來了兩個武裝模樣的人，挽着父親出去，臨行前，也不知談的什麽話，我聽不出來，只看見父親寫了一封信，託鄰人送給你，並關照我說姊姊回來就叫她到項家去。」

項家，她知道是項梁這走狗弄出的把戲了。但她不明白爲什麽弄到老人家的頭上來，她驚疑着。

「姊姊，爲什麽不進去呢？我等着門口好久了。」她看着妹妹的天眞態，伸手去拍拍她的肩說：

「你姊就要到項家去，等一回再來！」李英又掉轉了走路的方向，一直向項家走，這時她不像一個弱女子了，爲了父親，爲了丈夫，她不怕，尤其對小人之輩與走狗之流向來是不怕的。

「昌夫人來了！」是走狗的爪牙，在一幢漆紅的大門前喊着，她的熱血沸騰了，不管三七二十一，昂然地走了進去，眞的，她不像一個弱女子，她是一個入虎穴的英雄。但她一進去，看見老父坐着一把椅子上，而旁邊站着一個帶刀的小兵，心便軟了下來，再一看中坐的，一臉橫肉，大概是項梁了，正目眈眈望着她。

「昌夫人，我就是項梁，想來你不會不知道我的名字，這次，請了你老人家來，沒有什麽意思，不過商量一件私事而已」。他說着，笑了起來，那怪難聽的尾音活似一隻夜鶚。

「昌夫人，你坐，我把這件商量的私事對你說，因爲需要你幫忙。」

幫忙，這使李英還不知其間的什麼鬼計，鎮靜地聽他說下去。

「我和你的丈夫的仇是非報不可的，我出去了三年，好容易盼到回京繳差，那是再也不能饒他了，可是快一個月，我沒有下手的機會，不到黃昏，就不見了你丈夫的蹤影。沒有辦法，只有出此下策，素知道你是仁孝的，於是請來了你的父親，算做一個中證，事情很簡單，只消昌夫人今天夜裏，不要把門戶嚴封就行！」

她一句句聽着，她的心漲得裂了，但她得鎮靜，她强自鎮靜，要從鎮靜中去應付變亂，項梁的話，明明劫挾着老父，使自己不得不答應下來。這是什麼事，答應了是等於做地理綫，自己做地理綫自去殺害丈夫，她不敢再想下去了，偷眼望望老父，老父的兩眼包孕着淚痕。

「英，這是使不得的，甯讓我這條老命受辱吧！」你不能答應！」她父親搖着：

「昌夫人，你快說！你答應就保全了父命，不答應我就要發令看刀，你快說，限你三分鐘！」項梁的話變得怒吼一般。

李英的鎮靜工夫到了極點，終想不出一個應變的方法來，做了地理綫去殺害自己的丈夫，怎麼可以呢？何況「門戶謹愼」的意思是自己提出的，現在，却反了個面，這項梁走狗，忍心當着一個人的妻子面前說出幫仇人殺害丈夫的話，這不是連自己也傷天害理了嗎？不答應，老父的性命就完了，看着老父活生生砍了，這又何忍，而且，自己還是逃不出這虎穴，眞使李英難極了。三分鐘，三分鐘之後，就是流血的一幕，個人的生死不打緊，一邊要死了老父，一邊要死了丈夫，這怎麼辦呢？想起她安慰丈夫的話，結果還是一場空，還是束手無策。

「殺父不孝，殺夫不義，不孝不義，在我一轉念之間。不答應則同歸於盡，敷衍他出去再訴諸公理呢？這都市似乎是他們造成的，公理不會有。也罷，也罷，我決定這麼做！」李英又昂然起來，決定最後這麼做。

「我答應你，要不要告訴我丈夫住那一間房？」

「昌夫人，果然有孝心，再好沒有了，請你說出住那一間房，免得找尋麻煩。」項梁嘻開嘴笑了。

「在樓上靠東的一間房，是我丈夫臥的。」李英說着，她頭有點暈了。

「好，好，昌夫人，請回去！我們一言爲定，你老父在我家放心吧！」項梁的話顯然有暗示的，如果你不照着做，老父仍舊在他家裏，逃不了性命的。

「英，使不得，千萬使不得！」隱隱聽見父親在嘶喊。

她想走近去，却有人過來攔住她，她望着老父，不覺也流下了一行熱淚，「父親，女兒告別了！」她說到「告別」兩字，聲音淒啞了，抑住情感返轉身要走。

「昌夫人，辛苦你了！」項梁又說，底下的話却是「來打轎送昌夫人回家！」

李英也不拒辭，就坐上了轎，向着歸途，抑住着的情感於是全部發洩出來，她哭了，嗚咽地哭了，轎行是很快的，大踏步的脚聲掩去了李英的哭聲。

「今晚，今天夜裏」，陡然這話浮上她腦海把淒楚的思潮都趕走，她不哭了。

「我決定這麼做，我只有決定這麼做！」李英喃喃自語着，看看將近家門，她揩乾了眼淚，謝了兩個項梁的轎夫，有氣無力地舉起纖手，去敲自家的門，這敲門聲是輕得連自己聽不出來，她的手敲上門，似乎碰在軟綿的棉花堆，經過低聲的喊「蘋兒」，門才開了。

「夫人，你回來了！家裏好嗎？」蘋兒發覺她主母的一副模樣，同那天相公回來時差不多，又說：

「夫人，中飯用過了沒有？我看你路上很吃力吧！夫人，要不要弄點點心來！」

「不用了，是的，我路上吃力了，我想休息一會！」李英順勢說着，上樓去，又回過頭來，對蘋兒：「蘋兒，你燒一些湯，我要洗浴，還有我回家去，不必向相公提起」。

這時，已經是太陽將要斜的時候，李英再沒有心情去俯檻欣賞夕陽了，癡了一般，她斜躺在床沿。

又是一陣敲門聲，清脆地，送到她耳朵裏，她自然的站起了身，對着鏡梳掠一下鬢髮，她認得是昌卿的敲門聲，同上次急促的敲門不同了，她知道這一個月來，昌卿的心回復到平靜，他總做夢也不知道，就在短短的幾小時內，事情發生了大變，剛才她無力地輕得自己也聽不出來的敲門聲，正是這事情前後的一個對照。現在，那麼重大的拍子，落着纖弱的兩肩，他又怎能知道，當然，我不能使他知道的。

「英，夕陽多美麗呵！我們憑肩坐到窗外去，喝一回酒，反正左右沒有事，我這幾天依着你趕早歸家來，有點覺得閒不過呢！」大昌上樓來了。

「酒——」這使她興奮了起來。

「昌卿，難得你有這興趣，我也覺得閒不過，想醉一下。」

「英，好極了！我們來謀一個同醉！」大昌說着，又跑下樓去，大概關照蘋兒弄什麼菜肴去。

她徐徐地拂開窗帘，推開窗門，走到曲檻畔，夕陽確是美麗，展開許多霞彩。

「今晚，今天夜裏！」她又想到了這上面。

「項梁這走狗，明明說是顧孝不顧義，顧義不顧孝，然而，今天夜裏，我要孝義兩全，我要從一個弱女子，化爲昂然的英雄。」雖然是不抵抗的英雄。她默念着。

蘋兒端上了酒菜，大昌跟着拿了兩副杯筷，他們的同醉開始了，一杯，一杯，他們輪流的喝着酒，大昌沒有話，李英也沒有話，實在她有滿肚的話，却無從說起，只一雙盈盈的眼，看住她丈夫。

「英，我老看我做什麼呢！」

「我醉了，我大醉了，我要多看你幾番！」李英拿話岔過去。

醉了，李英眞的醉了。

呼—呼，呼，呼—呼，外面起了大風，幾處雲層特別地晦暗，連山坳的一線夕陽的紅光也被厚雲層隔住，一線紅光，她是看不見了。天，加速度暗下來，他們也撤了宴席，李英雖然有十分醉意了，可是她的心很清醒，她不會遺忘那肩上重擔，挨到大昌跟前，低低說：

「昌卿，在我不在你身邊的時候，得格外珍重。」

「這是什麼意思？」

「我不過這樣說，昌卿，你要珍重自己。」李英假裝出醉中的笑容。

大昌進了樓東房，李英說：

「昌卿，我醉了，倦得很，洗浴過我就想睡覺。你今晚樓下書齋去睡吧！讓我靜靜地躺一會好嗎？」

「也好？」大昌常常依從她的話的，再加上酒醉得模糊，很好需要馬上睡覺，應了一句就走出去。

「昌卿，」李英又喊了。

「什麼事？」大昌回過頭：

「沒什麼的，你去睡吧！昌卿，我們再會！」李英想不叫他走，可你又不得不叫他走。

大昌下樓了，蘋兒端上了蘭湯，她洗了一個暢快，吩咐蘋兒也去睡覺，蘋兒也去了。

夜，一個黑暗的夜。

有十分醉意的李英，同時有十分心事，那裏睡得穩，不過，一顆芳心，却和以前不同，很鎭靜，也可以說，她的心，麻木了。她只知道這麼辦，別的都不去想它。初更打過了，她輕輕躡足下樓，拔了門閂，讓虛掩着，麻木地，她這時候的人，一點不顫抖，不恐慌，也不激刺，只知道只有一條路，就是「這麼辦」。她重復上樓，黑暗中靜悄地，什麼聲音都沒有，她想丈夫一定熟睡，二更打過了，她有點朦朦朧朧，就吹滅燈，蒙了被躺下。

也不知什麼時候，她隱約聽得息索的聲音，她緊閉了眼，側轉身向裏，咬住牙，克察一聲，她沒有喊叫，她非常愉快，因爲已完「這麼辦」的任務。

黑暗的夜，終于過去，天亮了。

大昌的家騷動了起來，紛紛傳說着，昌夫人的頭失踪了。大昌在哭蘋兒也在哭，紛紛傳說的鄰人也有流下淚來的。

至于兇手是誰？找不出什麼線索，大昌暈厥過去說不出來，蘋兒更不知道，紛紛傳說的鄰人漸漸紛紛的散去。然而大昌是明白凶手是誰的，不明白的是妻的苦心。草草棺殮了李英的無頭屍，再也忍耐不住了，他駡那項梁的走狗，不殺自己却殺了他的妻，他决定去手刃仇人，幾次拿起了刀，手又軟下來，這仇永遠報不得了，不要說王門如海，就是單身的項梁出來，自己妻的命是枉送，自己的命倒無所謂，就等着他來個雙死。

大昌傷心欲絕的默默守過妻的七七，仇人不會來，年老的岳父跑了來，岳父已經來哭過幾次，只有他的岳父，知道得很清楚，却瞞過大昌，沒說什麼話，實在他也不忍說出來重傷女婿的心。這次，他來報告一個消息：

「項梁害了我的女兒，現在這走狗，也良心發現，他被我女兒「李代桃僵」的一來，感化了，他對我說，不再來殺你了。」

「怎麼『李代桃僵』，岳父，他又怎麼對你說來！」大昌還是處着鼓中。

他的岳父這才一五一十的告訴了他，於是，大昌想起了那天的醉酒。

「昌卿，在我不在你身邊的時候，得格外珍重」！這句是妻的臨終話了。

「殺我也好，不殺我也好，項梁這走狗，我是忘不了他的，雖然我報不了這血的仇！」大昌哭了一陣，岳父垂着頭告別。

第二天，大昌拿了一封信給蘋兒，叫她去找他岳父，等他岳父看了信連忙同蘋兒急匆匆趕來，大昌已經走了，岳父把信放在桌上，一滴老淚，落下來正濕透了信上的岳父兩字，他怔怔地看着這末尾幾句話：

「離開這吃人的都市，我要遠走，我走向遼遠的遼遠的天一邊！」

曹禺主編之戲劇月報創刊號

(附)張駿祥「喜劇之導演」

何方淵

純戲劇刊物在我國似還不多見，除去附在日報的創刊上的另星不計，我們就很難找出一打以上的數目來，這固然由於這一方面的讀者少，同時却也是劇運開展的不夠，幹戲劇人才缺乏之明證；其結果是使劇刊不但不能與各類文藝刊物相頡頏，抑且屈居在舊劇刊物之下。戰後上海話劇勃興，有一時期頗有幾種劇刊出來，如「劇場藝術」「劇場新聞」「小劇場」都曾盡過不少的力，尤其是前者，作過許多演劇理論之介紹，其作風之新穎，編排之悅目，銅圖之精選，至今猶使人懷念不置。返顧今日，話劇演出如火如荼，已與京劇相並立，有五六家戲院經常演戲，但却沒有一本純戲劇的出版物，實在不是應有的現象。為了要求劇運作直線的進展，新理論的介紹，新形式的嘗試，與對於這種種畸形的演劇作公正的批判和糾正，我們都有理由期望一本純戲劇刊物的出現，這將是上海劇人最有意義的工作，希望有人來承負這個重任。這里介紹一本曹禺新編的的劇刊，它擁有第一流的劇作家，內容之充實，形式之典麗，都在「劇場藝術」之上，雖然我們只能知道其大概，却也可以作為一個參考。

「戲劇月報」的編輯委員共有九人，計郁文哉，陳白塵，陳鯉庭，淩鶴，曹禺，張駿祥，賀孟斧，趙銘彝，潘孑農，而以曹禺總其事，由五十年代出版社出版。十六開本大型，創刊特號一百二十頁，約十五萬字。封面是粉紅黑色套成的，係萬師承裝幀，中間三分之一是一條長的，黑地白字「戲劇月報」，用漢文正楷，大方之至。底子是許多小長方塊，約一英寸長，配成兩個希臘式的人頭——笑臉與哭臉，是粉紅與白組成的陰陽圖案，美觀悅目。

卷首有每月簡論，共六篇：潘孑農的「默念戲劇節」，因戲劇節被撤銷有感而作。吳實甫的「文藝戲劇」。顏翰彤的「另一種基本訓練」，指演員的思想頭腦。歐陽喬治「寫劇的意圖」，對陳銓「野玫瑰」的寫作為「永遠能夠引起人類的興趣」的謬論而發，因陳銓「野玫瑰」劇受劇作家們的反對甚多，公認為落伍之作。白苧的「所謂演劇民主化」與劉滄浪的「山珍海味與白米飯」都是對現實的針砭。

關於戲劇藝術的論文有二，一是洪深的「聲音表現」，詳述讀台詞的方法與態度，子目有（一）話的四種作用，（二）中國字音的困難，（三）氣氛與意氣，重讀與强調，（四）自然成節奏，（五）話，劇詞，詩，（六）說唸誦比較表等。此文作風與他以前一本「電影戲劇表演術」差不多，內容相當充實，惜寫作方法太笨，不易引人興趣。另一篇是張駿祥的「導演基本技術第一——畫面的組合」，這是他在耶魯大學跟隨狄英教授（Alexander Dean）學習導演時所得寫成，摻入平日的經驗，打算系統的寫一本「導演基礎」，共分三卷十七章，其大概的章目是：

卷上　導演的謬言

第一章　名辭釋義及基本常識

第二至六章分述導演基本技術第一組合，第二繪意，第三動作，第四節奏，第五做工。

卷中　導演的分析

第七章　情感的價值與理知的價值

第八章　喜劇的導演

第九章　笑劇的導演

第十章　悲劇的導演

第十一章　Melo-drama 的導演

第十二章　從自然主義到印象主義

第十三章　浪漫主義與古典主義

第十四章　格體化的戲劇

第十五章　怎樣決定體格

卷下　導演的方策

第十六章　導演與演員

第十七章　排演歷程

其中有一部份在「劇場藝術」上發表過，喜劇的導演一章（附在本文後面）在學術季刊上發表過。各篇文筆流暢，舉例具體而實用，爲罕見之劇論，無論對於導演，演員與戲劇愛好者都有莫大功用。

創刊號中分量最重的二篇是劇運第五年演出批判，與劇運第五年巡禮。前者批評分劇本（趙銘彝，白苧），導演（潘子農），演技（編委會座談），裝置（賀孟斧）等，後者係劉念渠執筆，爲獨立性質。各部份批評都相當正確而嚴肅，如說郭沫若的「棠棣之花」中留着時代演變的痕跡影嚮到形式上的不統一和不和諧；「屈原」中有意滲入 Melo-drama 的場面；「天國春秋」（陽翰笙）內容的重心失去準確，因爲寫楊秀清洪宣嬌傅善祥三個人間的男女關係太多，歐陽予倩的「忠王李秀成」太拘泥史實，而把李秀成的個性變成庸柔寡斷了，技巧上有陳舊的俗套手法，好處是對糧食問題與囤積居奇有針砭現實的論斷；「北京人」的技巧純熟，但有思想錯誤的缺憾，因五十萬年前的人類生活，簡直比其他動物高不了多少，站在社會的觀點來批評這種回到古代去的理想是違反進化律的。陳白塵的「大地回春」情節細膩錯綜，組織嚴密完整，但主題上還有問題。

對於三個喜劇的批評：如「結婚進行曲」這個故事的發展雖然是喜劇性的，但由於作者對這一類奮鬥失敗的婦女之深刻的同情，形成一幕悲劇的結局。人物個性與趣味穿插上有過度誇張之弊，暴露小資產階級空想家的尷尬行爲予以極難堪的境遇這點上却是非常現實而獲得推許。不過我們有理由要求作者更深一層的去解剖那決定劇中女主人必然失敗的社會因素，從而掃除末幕的暗澹氣氛，給青年男女讀者或觀衆一種準確的健康的心理反應。「美國總統號」的喜劇形式非常完整，但諷刺了醉生夢死的一批，而忽略了三等艙釘的華工，曾古柏亦是作者空想中的英雄。「面子問題」（老舍作）是很好的喜劇題材，描寫了幾個漸趨沒落的大小官僚的醜態，他們各以不同的生活方法來維持他們即將失去的面子。但劇作技巧上有許多缺點。

寫劇理論文章有二篇，夏衍的「笨法子」把寫劇比作建築，陳白塵的「人物是怎樣來到你筆下的」抓住一時的靈魂的接觸，即人物的靈魂與作家的接觸。兩篇共不到四千字。

論演技的有二篇，一是 Moxton Eustle 作郁文哉譯的「美國演員論角色創造」，按摩爾頓氏爲美國戲劇批評界之權威。一篇是「保羅茂尼論演技」也是摩爾頓氏作。

（附錄）

喜劇的導演（摘錄原文首段）

張駿祥

假如我說凡引觀家發笑的就是喜劇，讀者或者以爲我是幼稚可笑了，其實對於導演的說這正是天經地義。喜劇不過是要觀衆喜，也就是保持觀衆的不關切與超越，着力於理智的冷眼，角色都被化成藐小的動物，觀者地位超越於角色，於是看着這羣東西蠢頑不靈荒乎其唐不覺啞然失笑。戲劇的導演不但不該喚起觀衆情感的反應，並且應該竭力避免這種反應的發生。喜劇訴之於理智，一般觀衆對角色起了憐憫生了同情他們就不能再笑他。可憐與可笑是站在相對的地位，却不是憐與笑同時發生的。喜劇多少有個幸災樂禍的意思。丑角一般的總是討人喜好，但觀衆與角色之間，却絕無情感的接觸。喜劇中的笑，可說多半是使心境的緊張變爲鬆弛的。由笑作爲喜劇的主要條件，故浪漫喜劇傷感喜劇都不能算是喜劇。

喜劇的角色是平面的。如「慳吝人」的主角韓伯剛的整個心被貪慾佔領，父子之情與其他之情都抛在腦後。喜劇詩人只抓住性格的一面，他要我們笑的即是這一面。悲劇的主角必須圓渾，必是一個單一無雙的性格，在任何其他們時代地域不會再生一個哈孟雷特，故悲劇多以主角姓名爲題如「馬克白斯」，「奧賽羅」，「厄狄迫斯王」，而喜劇常以普通名詞爲題如「慳客人」，「說謊者」；即有專門名詞如 Tartoffe 之類，但不久專門名詞亦被掃入普通名詞成爲「僞善者」了。喜劇的主角所代表的是比他個人更廣，他是人類中某一永久的普通的型，這種型在任何時代任何國度皆可以有。

同型的重覆——十八世紀英國世態喜劇中，那些輕薄佾皮的少年成羣結隊的出現，如「夫人學堂」，「造謠學校」。又喜劇角色尚有成雙作對，如「慳客人」中兒子與馬利亞戀愛，他的妹妹與克來爾發生愛情。「以身作則」中方營長與小姐成親，弁拜勾上了張媽。再巧時，雙生子的主人不算，僕人也偏是雙生的。

喜劇用平面的角色，故永不能如悲劇似的逼眞。自然主義中無喜劇，因爲喜劇多少帶了幾分選擇與提鍊。喜劇不能逼眞之原因尚有：

（一）人生多悲劇少喜劇

（二）情感是先天的，理智是後天的，是一種文飾

（三）喜劇中的笑是人工地，算學式地算好了的，這種人工自然地影響戲的格體

（四）（最重要）喜劇不以角色爲第一因素

低級的喜劇重情節，因而重動作，高級的喜劇重語言。實際人生中無離奇之情節，無如此佾皮之語言，故對逼眞保一距離；而最高的喜劇，這距離較短。低級喜劇與笑劇中多誇張，有扭曲或不近人情；高級則重寫實，與日常人生相近。悲劇正相反，越高級越距人生遠。表現主義宜機構主義宜於低級喜劇與笑劇而不宜於高級喜劇，因雖用典型人物然是誇張了，扭曲了，離開寫實太遠，且多是人物的內心的一面，所處理的典型是畸形的，反常的，變態的，而非高級喜劇中的普通的典型。

笑是社會對於非社會的攻擊。一個人貪吝，奸詐或是固執到了違反社會的常例，我們就要笑他了。不過此非社會性與悲劇的非社會性不同，喜劇的主角雖與社會背道而馳我們却不崇拜景仰他，因爲他是個渺小的人物。他的固執或貪吝把他弄得失了勻稱，變成不如我們的人。要我們笑，總要把我們的地位提得很高，換言之把角色加以「卑屈」，所以徐守清的頑固到醜態百出（以身作則）。卑屈在推崇之後尤覺可笑，爬得高跌得重，小人物妄自尊大極爲可笑。卓別靈之祕訣一半在他的高

貴的然而破爛不堪的禮服禮帽。

非社會性是一種凝固，一種呆板，一種伸縮力的缺乏，即生氣的機械化。活的東西被死的機械性套上了才是可笑。走路「心不在焉」跌了觔斗，丑角模倣別人的動作，因爲這個機械性而可笑。守不開放的大橋的警士發現有人走過了橋過去干涉道：「你沒有看見橋頭佈告上寫着『危險，禁止通行』的字樣？現在替我走回去」，活人被死法規拘住了，因而可笑。

柏格森把這種原理按了「重覆」「倒行逆施」「相互的干涉」三種主要現象發揮成他的不朽的書「笑之研究。」

（一）重覆——如僕人把主人的戀愛如法泡製地做一遍，一個人不時說他的口頭禪。

（二）倒行逆施——如兒子教訓老子，囚犯打長官的板子，或自作自愛設計害人終於害了自受。

（三）相互的干涉——如雙關的字句，雙關的境遇，把古代東西近代化，今日之人行明日之事，錯誤百出。

三者可現于個性，亦可現於情境，言語。柏氏之外學說有：

一 卑抑說：亞里斯多德在詩學中論喜劇的殘編說「喜劇所模倣的性格比我們自己低下」，英國的Hobbes推廣說「笑的情感祇是在見到旁人的弱點或過去的弱點時，突然念到自己某數點所引起的突然的榮耀」。凡丑角之駝背，口吃，無臉面，戳穿紙老虎之可笑由此，即前面所說的卑屈。

二 乖訛說：康德之主張可笑的事物爲不倫不類的合配，如高胖太配瘦小丈夫，糾糾武夫自作風流，「造謠學校」中提爵士老年娶少妻，「委曲求全」裏漂亮伶俐的王太太嫁無用的王先生。或事情配得驢頭不對馬嘴，如「委曲求全」第一幕校長先生與王太太拿狗同小孩子比。

三 驚訝說：（由乖訛說引出）或「失望說」，一方面鼓起一種期望，另一方面所給的滿足太不如前。如「以身作則」中金娃進門說徐舉人的小名叫賽狗兒，「小城故事」中衆人搶看薛局長的照片，見二太太忽喊「是這個光屁股的！」都是抽觀衆冷不防取笑的。

四 放縱說：以爲笑是一種不由自主的放縱。有人叫他做「由緊張而弛解」，有人叫他做「遊戲本能」，有人叫他做「壓抑移除的快感。」

談山水小記

沈啓无

我寫這篇小文是因爲偶讀兼好法師「徒然草」引起來的，徒然草有一節論「自然之美」，很有意思。文云：

無論何時，望見明月便令人意快。或云，無物比月更美。又一人與之爭曰，露更有味。其事殊有趣，其實隨時隨地無有一物不美妙也。

花月無論矣，即風亦足動人。衝岩激石，淸溪之流水，其景色亦至佳美。曾見詩云，沅湘日夜東流去，不爲愁人住少時，覺得很有興味。嵇康曾云，游山澤，觀魚鳥，心甚樂之。在遠離人居水草淸佳之地，獨自逍遙，可謂最大之悅樂。

我讀這節文字，不勝喜悅。覺得這位日本老法師，頗有我們六朝人的風度，難得如此沖淡雅致。我想我們中國歷來對於山水風景文章寫得好的，也只有在六朝文中纔能見到，所謂「莊老告退，山水方滋」，這是有着生活思想做背景的。降而求之唐宋古文，大抵沒有什麽可取。世人一向恭維柳柳州，以爲他的山水小記可與酈道元的水經注相比，我看這個似乎比他不上。水經注是記載水道的，原屬於地理之書，意本不在文章，然所遇山川景物卻寫得一往藻麗，隨時隨地給你一種顏色之感，而處處正亦見出作者的性情。柳州小記有些地方是在模仿水經注，不過寫法態度與酈不同，他把游記當做古文一體來寫，因此也就受到體裁的限制，總是在章法腔調上用功作態，令人感覺單調，空氣凝滯，反而失去那種自然流露的趣味，這可以說是八家共通的習氣，不止於這一類文章是如此也。我看柳州的永州山水諸記只有小石潭袁家渴一兩篇潔勁可觀，其餘便免除不了這種毛病，在游記文章裏面還不能算是上乘作品。

唐人之中我倒喜歡王摩詰的文章，正如杜工部佩服的「最傳秀句寰區滿」那些輞川諸詩寫得殊富於鄉土色彩，不可多得。與裴迪秀才書直是一篇小景，他冷靜的描一幅輞川寒夜月色給我們看了。這種冷靜的態度最可貴，我們在古文家中間便不容易找到。宋人我取陸放翁的入蜀記，范石湖的吳船錄，此二書是逐日記行程的，亦多游覽之作，文章簡淨，與人以淸朗之感。蘇東坡題畋小記足以引人入勝，但他那些收入選本裏的雜記古文，大都不很高明，無所逃于窠臼之間。中國這一類文章一直到了明朝人的手裏才發展至於極致，一部徐霞客遊記才眞正是記游專書，可與酈道元相比，不過水經注總是古豔罷了。我看明季作家在散文上最大的成績即是游記。他們率性任眞的態度，頗有點近乎六朝，他們敢大胆剝去復古派的頭巾，可以說是一種自覺的運動，不是偶然的了。雖然有些地方矯枉過正，雖免神經過敏，紀曉嵐在四庫全書提要裏那樣一概付以抹殺的論調，如今也正可以翻過來看爲是。他們對於文章的寫法是自由不拘格套，於是方言土語通俗故事都能夠利用到文章裏面來，因此在他們筆下的游記乃有各樣的姿態。我讀袁中郎的解脫集，劉同人的帝京景物略，王季重的歷游記，張宗子的陶庵夢憶，瑯嬛文集等，都感覺他們各有各的內容，各人的個性也最分明。明朝人的詩在這一方面沒有什麼成績可言，遠不及六朝，此事別有原因，玆不申說。如單就這散文寫的游記而論，可以上繼六朝，彼此各占一個時代。

清朝人寫這一類的文章，在乾隆以前的，多少還是明季的空氣，像王漁洋的游記，譚復堂就非常佩服，雖不似明朝人那樣地放恣，卻亦疏潔可喜。我覺得康熙這一個時代不可忽略，有些文章正是後來的橋梁，不過桐城派不肯承認這個來源，却遠遠去奉八家做招牌，所以依舊墮入老套而不能自拔。姚姬傳自謂得枯淡之趣，平心說起來，桐城比較八家要平實得多，因爲沒有那種討厭的習氣。但是這里又必須有學問思想器識做底子纔有意義，否則空有義法，樣樣現成，看似沒有毛病，實際毫無生命，還不是一條死胡同，終於走他不通而已。

我平常懷着一個意思，覺得我們現在寫散文，對於過去有兩種途徑應該避免再走，第一即是八家系統的古文，第二是道學家的束縛思想。二者之中無論有了那一種，散文前途必有很大的障礙。舊體詩解放爲新詩，新詩即是自由詩，同樣，散文也從舊的文體解放爲新散文，這個解放正是內容與形式並進，在文學進程上殆是必然的發展。這自由也正是中國傳統的自由，新舊有一個生命的連繫，無須要到任何外國去找根據。我們可以利用六朝的手法來寫新散文，我們也可以利用外國文學上的美麗辭句及其技巧，還有那些中國過去舊詩詞在新詩裏面不能容納的，反而在我們新散文裏面都有他的發展餘地。這眞是一件很有意味的事，中國新散文，將無疑的有一樹好花果，這並非是我個人的夢想，有志之士自然會來搖動他的彩筆。

我談山水小記，話到這里，未免稍遠，却又說得粗慥，殊歉然也。

相逢

周子輝

身逢雜亂之年，遍走大江南北，雖然輒興破家之慟，然而兩腿跋涉，不辭千里，躬嘗世味，到底不能稱做得不償失，這樣，也就大可彌縫破家的缺憾而有餘了。

千里難途（不說征途，蓋紀實也）之中，所遇陌生人物，自不在少數。偶然憶及，無不可以躍然紙上。爲了疲於謀生，不能一一挑選出來，實吾散記，眞是件遺憾無似的事！——無已，擇其重要者，先行紀述，多少總可以了我的幾分心願。

一九三七年冬季，南京的摧毀，已成時間事，而滁縣這彈丸之區，也成了滿城風雨之所。和平旣無所望，站脚自站不住，蒙挈友炳的殷殷勸走，於是重又肩負豚兒，手扶老母，身備白布條黑墨字的難民證，而疾馳到滁縣的車站。

站上擠滿的是人，愴惶，驚懼，焦灼，幾於每一個臉蛋上無不刻劃了這樣的表情。老年的受難者蹲伏在塵土滿染的鋪蓋上瞅着憔悴的眼，孩子們則在慘淡的陽光下，蜷伏於母親的懷裏打盹。這模樣兒很明顯地眼示着：他們的候車北奔至少是不在一朝一夕之下了。

「唉！裝難氏的車子究竟什麽時候來啊？」

人叢堆裏在發着傷感的話聲，於是妻跟我關心地溜了過去，默默地聽。

「天知道，過去了好多次車，裝的儘是軍隊，軍用品，難民一個也不准上去！」

「難道政府就不要我們了？」有人在忿忿地說，連眉毛都豎起來。

「老百姓會在他們的心上？」

突然有一個難容衝進人叢堆，嘴巴還沒張開，百十雙的眼珠立刻圍繞了他。

「南京失守了！」

「啊！……」

人圈子立刻騷動了，惶懼更加襲擊着每一個人的心，不少的難容幾乎急得擠出淚水。妻牽着我的衣裳角，兩眼發定，「喂！怎麽辦？」

「聽天由命！」我除了這個安慰之外，再不能多增一字，只有抬頭悵望着蒼天。

然而三分鐘之後，立刻又有探報來粉碎了這個謠言，說是站上剛才接到浦口來的電話，車子照樣行駛，於是千百顆懸吊着的心弛鬆了，誰都在舒出一口甯靜的氣：「謝天謝地，不要緊了！……」彷彿生命重又為自己把握似的。

然而鵠候着的火車，卻從晌午到晚上，依舊影踪杳然，瞧別人那末耐性地守，自然我也絕不想退回城中去過舒服的夜。於是安心靜氣的蹲下來，滿望晚上能有一掛車輛可以讓我們有幾個插足的餘地，這就是叨天之幸了。黑暗中，良兒扯着我的棉袍角，抖瑟瑟地問，「爸，我們上那兒逃？」我沒有回答，因為能否到徐州已是問題，到漢口更不敢妄想。

十一月的天，滁州已冷得出奇，風像一股寒流，只顧往四下裏剽襲。懷抱中的玲兒，凍得直着嗓子只顧號哭，擁着這初生的犢，我悽然地在譴責自己不該逃這永無止境的難！

「老周，老周！」突然發覺背後有叫喚的聲響，黑暗裏我早已認出這是摯友炳在招呼我，不讓我問他幹嗎黑暗裏兀自趕到車站上來看我，他立即拍拍我的肩頭抑低了聲音說：「周，你放心吧，今夜定然可以離開滁州。」

「是嗎？」我不肯信任地緊握住了他的手。

「隨我去，介紹一位朋友給你，你不單可以到徐州，而且可以直達漢口。」

「炳，你不是為了安慰我而開玩笑嗎？」

「你這個眞是……兵慌馬亂，瞧你扶老攜小的，還跟你開玩笑？」

於是我心頭倏地掀起了一陣超度的寬慰。黑暗裏，我跟着炳，摸索地走向那站長室的附近。炳告訴我，他的一個姓張的同志打算上漢口，搭九點鐘浦口開出的直放車，車上的一個姓秦的軍官他熟識，上去是不成問題。「那我拖着一家老小怎麼能跟着他上去呢？」我不免停下足，迷惑地問了。

「不要緊，他已經答應可以想辦法。」炳有着九成九的把握說：「你別急，他是個直性子，說一是一。老周，你隨我進去見一見他。」

推開站長室的門，在黯淡的電炬下，瞧着炳奔過去，於是我便知道炳所要紹介給我的朋友是高個子的一位彪形大漢，軍裝穿得並不挺刮，連武裝帶子的尖端都有些腐了。四方臉，眉毛濃得像叢莽，眼仁裏光芒閃爍，然而這光芒却正好說明這近三十歲的陌生漢子是具有一付豪爽、硬朗、誠懇的心腸。

見面、握手、寒暄三句之後，我就深感這朋友的誠樸可親，覺得在此世亂荒荒朝不保暮的時代，能夠萍水相逢到這樣的一位他鄉之客，不能不說是吉運當頭。「相逢何必曾相識？」

我不禁默默地低唸着這個句子。

「周同志，你也預備上漢口？」這位姓張的同志開口。

「上漢口是最最希望的！」我說：「一切得靠張同志幫忙，這感激我將永遠不會忘記！」

「別這末說，朋友，我是個武夫，說話就只會爽直，等眞個幫了你的忙，我才敢接受你的感謝。」

我點點頭，感覺出到底北方人的性格是硬爽，作風是粗線條，另有一種親切的味兒。

炳早已搶先說：「老張無論如何得請你幫幫忙，假如老周是一個人避難，那我決不敢麻煩你！」

於是這位姓張的武裝同志，目光向我掃視了一下，胸脯挺挺直，朝我的臉前更迫近一步：「周同志，你一共有多少寶眷？」

「七個。」滿以爲這不打折扣的回答，一定會使他吃驚而感到無能爲力，然而出乎意外的，他却流露了無限同情的神色，「帶這末多的人眞夠累了你，好吧！停會車子到站的時候，你馬上到這兒來找我。」

「謝謝你！」連炳也跟我一齊迸出了這個話聲。

退出站長室，炳預備回城裏去，臨別的時候，他再三關切地說：「周，老張一定會幫你的忙，你以後不能忘記他的厚誼。」

「唔！」我靜默地點着頭，這樣，我們就分手了。

回到站口上，我報告了這一個意外的佳耗，母親合十着雙手，喃喃地說：「阿彌陀佛，但願能夠早一天逃到太平的地方。」我想回答說，照這樣下去，那兒會有一塊乾淨土？然而怕由此會增加了老人家的悒鬱，因此話就縮住了。

十點鐘後，整個站口上的人們幾乎瘋狂了起來，奔馳，號叫，因爲列車是駛進了站頭。

我急忙奔往站長室，一瞧見這位萍水相逢的朋友，不待我出聲，他就首先啓口，「周同志，你馬上帶寶眷們到前邊的第三節車廂口。」

如同得令似的，我沒有時間回答「是」，拔步就往後邊跑。找着妻，我就直着嗓子喊，「快，跟我去！」於是成了氓民似的一家人，便以最迅速的步子，追着我，在黑暗裏奔馳前去。

車廂裏裝滿坑滿谷的人，軍械，戰馬；……企圖拯救自己的一條生命的難民們，別想找得出一條擠得上去的隙縫。一片混雜的，煩囂到極度的聲響擴散着，我無暇瞬視這些受難者的景象，直奔馳到第三節車廂的門口，老張已經在那兒探着頭，高揚着手：「來！這兒。」

於是我們就捨命地爬上去，彷彿身後的追兵已到，再一下便會有被奪去生命的災害降臨似的。然而我們的身軀尙未爬上車廂，老張却在跟一個軍官發生了爭執。這軍官的職銜，從他的服飾上可以確定他是副官一類的人物，他以憎厭的目光在橫射着老張的面門，這從站口上剛才開亮的電炬光下，我是望得非常清楚的。

「老張，」從這個稱喚裏，可以證明這軍官是跟我這個彪形同志確乎是熟稔的。「喂，你怎麼帶上這些人？」

「他們是破了家的，你方便一下吧！」

「跟你有什麼關係？老張，我不能答應你帶這末多的人上車廂來。」

「老秦，得啦！都是老百姓，我們的政府不要老百姓，還打什麼仗？」老張氣忿忿地說。

「我管不得這些。」姓秦的軍官嚴肅地說：「老張，我們都是老同志，你可不能要求我答應帶這許多人。」

「老秦，你一定不肯答應？」

「對不起，這不是難民車，而且他們又不是你的家眷……」

「不是我的家眷就不能帶？那，算啦！」說吧，老張站起身，就想往車廂外邊跳。這情景急壞了我的老母親，她的失神的眼仁只顧死勁地釘住我：「阿彌陀佛，這怎麼辦？」

那個姓秦的軍官，却終於為老張的硬爽的性格所軟化了，搶前一步他拉住了老張的手。

「我們是老同志了，你難道為了幾個難民寧願不到漢口去上差？」

「我已經答應了人家的請求，我不能讓別人說我是沒有信用的武人。」

「好啦！那我……」這青年軍官到底放棄了他的堅決的反對，「老張，我就讓這一家人上來吧！」

「你不再拒絕我了？」

「讓你勝利呀！」他終於微微地褪下了他的嚴峻的面幕而微笑了。

「讓你勝利呀！」他終於微微地褪下了他的嚴峻的面幕而微笑了。

「這還像是老同志，來，周同志，上來。」

捏了一把汗的我們，如同獲得欽命恩准的旨意，而一哄地爬了上去。車廂是承平時代裝載牛馬的鐵蓬車，裏面盤據了兩排模樣的武裝同志，大都受着創，預備上漢口去療治後重改編的。戰鬥的慘象流露在他們的呻吟裏。我這一家人在車廂的漆黑的暗角裏蜷伏下去，鐵板的寒冷，觸上去像碰到塊冰。妻吁着口弛鬆的氣，偷偷跟我說：「多虧這姓張的武裝同志！到了漢口我們不能忘記他。」

站口滿充了叫喚，啼泣，慘號的聲息，為的是這一列車依然沒有讓他們沾光站得一席的分，他們將依舊在寒流裏繼續度那可怖的時間。我不敢探頭到車廂外予以一瞥，爲的是在同樣的命運裏而我居然能夠僥天之幸的早一步離開這不久將成爲灰燼的危險地帶，我何忍再現身於他們的目前呢？

在我們上車之後，老張這武裝同志就跟上兵們用壯闊的喉嚨在作着閒談，他彷彿已經完全忘却了我們，彷彿方才的一幕演出，他連個配角的分也沒有似的。

車子在滿站裏號聲中拖着混身重載，「吼——吼——」地啓步之後約摸刻把鐘模樣，車廂裏不知是誰燃起了支不過一二寸高的洋燭頭，那個姓秦的軍官已經完全色霽了，爲了老秦的不跟我們攀談，不免觸動了他的好奇。突然他用穿着馬靴的脚觸撞我的左足：「喂，你貴姓？」

「周。」我簡單地回答。

「你跟張同志是親戚？」

「不。」我想我不該冒名官——軍官——親。

「是老朋友？」

「不。」而且繼之以搖頭。

這不免使他驚愕不置。「那……」他似乎探索眞理似的非要追求個究竟不可。

「我們是今天才認識的。」

「別撒謊。」他以一種富有意味的眼色釘住我。

「不，爲什麼我要撒謊呢？」

「不見得吧？」我簡直如墜五里霧中的莫明他的意志所在，——幹嗎他定要硬派我跟老張早有交誼呢？我的重加否定的回答還沒有出口，而他的聲音却較之方才的更低沉了，較之在滁縣站頭時的他，更加判若兩人。

「周同志，我想你一定請過他，或者是……」這聲音大概除了我跟他之外，是不會有第三者可以能得見。

我恍然了，一種鄙惡從我的心頭泛起來，而由此就更使我對老張滋生了敬意與銘感。要是炳所介紹我的朋友是這位秦同志，那搭這一次的列車，定然會在無以報效之下而喪失機會。

「秦同志，你猜錯了，上帝可以證明我們是淸白的初交。」我嚴肅地說。

「好吧！別談這，……」躊躇了一下，這位軍官重又掀起微笑說：「周同志，你明白，要是我不賣交情，你根本上不上這個車。」

我裝做傻瓜似的說：「謝謝你同情難民的美意！」

「別這麼客氣。」

「不，我想我永遠不會忘了我對於你的感激，正如我感激張同志一般。」

「唔。」他迷茫地望着我，大概是感到我的太過不識世故而弄得皺起眉來。

然而我不待他再施暗示而立刻縮進車廂的壁角裏，抱起正在哭泣的玲兒，逗着她，免得她攪擾了全車人的安寧。

老張雖說是戇直的硬爽漢子，對於我們方才的喊喊喳喳，早已旁觀得很清楚。瞧我退到壁角裏，他就跨過來問：

「方才你們談些什麽呀？」

爲了不能直說，以免引起了他們友誼上的芥蒂，我笑着說：「談談逃難的故事，張同志。」

這列車上，我受夠了五天五晚的顛簸，時時刻刻在避免着那個面色青青的秦同志的談話，爲的是怕他不肯忘記了那分已經暗示了五六分的意念。天幸他沒有再提起，——這大概是他瞧張同志雖跟我是初交而並非情淡似水之故吧？

列車一到那初非始料所能到達的漢口站時，我不免發生了聚散無常的哀感，我熾烈地握住了這武裝同志的手：

「張同志，謝謝你的熱忱。」我明明瞧見那個秦同志含着嫉視的目光瞥着我，然而我只當做視而不見的一般。

「這什麽話！」他爽朗地說。

「請你告訴我在漢口的住址。」

「這，爲什麽？」

「因爲我想……」我囁嚅地不說下去，我想他儘可以明瞭我的用意的。

「不，我決不接受你的謝，你是破了家的人，不能夠隨便浪費一個錢。不過你來看我是歡迎的。」

我感激地點着頭，「我一定來拜望你！」

「可是我現在還不知道上差後究竟駐在那兒。好吧！我們總會再見的。」

便這樣，他不再讓我再多表示一分謝意，就揚手告別。而我，帶着一家人，也就跳下了車廂，我怕老張一走，那位秦同志說不定會不肯放過我，所以就立刻雇車走了。

匆匆的認識，又匆匆的離別，分首六載，然而我始終沒有跟這位彪形的硬爽同志再見。玲兒現在已經由牙牙學語而會唱「三民——主義——」的國歌，妻常常說：「什麽時候能讓我們表示一分謝忱，對於這位萍水相逢的同志？」

天涯何處不相逢？我想，只要他的生命不爲長期戰事所摧殘，能說永遠不會有再見之日嗎？

我不能忘記了這一位武裝的老張，同時也不能忘記那臉色青青的秦同志！

讓我在這和平的老鄉的斗室之中，默禱老張的健在。

煙草禮讚

班　公

長夏輒苦寂寥，便東尋東找的借來破書數册，每値浴罷當風，信手翻披，倒居然又有些像在學校裏過的那些日子了。意之所至，偶然亦抄錄幾條，但懶性難除，記性又壞，散失的也就不少，祇這幾條關於煙草的倒居然還在手邊。現在是煙貴如金的時候了，「愛治華斯」之流已經有成爲古董的趨勢，要戒也着實可以戒得。無如「香草」大類美人，一旦墮此孽障，忘却實在太難！綴此小文，也無非是過屠門而大嚼之意云爾。

在一五七二年，就有關於煙草的記載了。世界第一名癮君子華爾脫·拉雷爵上那時還不過是一個剛二十歲的青年，還沒因爲帶煙回國而被鹵莽的僕人兜頭澆水呢！原文載法人却利·愛斯替哀納 Charles Estienne 所著「村居」（La Maison Rustique）一書，此係由英文轉譯——

「這種藥草稱爲尼古丁那（Nicotiana），這本來是一位外交使臣的名字，此公是第一個把它介紹到我們這方面來的人，爲紀念起見，所以就草以人名了……。

「西班牙人却稱之爲淡巴菰。也有人叫它爲「聖草」，我想一定是因爲它有那種神聖而奇妙的功用的緣故……。

「有些人到過弗羅利達，還有不少水手們每天從印地安來，他們的頸項裏都掛着小小的管子或是像喇叭一類的東西，都是用棗木或蘆葦製造的。在這些小喇叭的口中他們塞進了許多尼古丁那的乾葉子，那些葉子已經卷曲收縮，而且扯得粉碎。於是他們在這一端點一個火，在另一端便張開大口，努力吸氣。煙霧吸得愈多，他們就會覺得肚子也飽，口也不渴了，力氣也恢復了，精神也發旺起來。那時節，他們的頭腦裏便生出了一種愉快的陶醉。」

原來吸煙竟有充飢解渴之用！然而尚不止此，它還是辟瘟妙藥呢！英人漢恩（Thomas Hearne）在他一七二一年一月二十一日的日記中云：

「據說上次說上次倫敦黑死病流行的時候，開設煙草舖的人家從來沒有遭瘟的。當然，吸煙便變成防瘟的靈藥了，連小孩子都一律强迫抽煙。記得前些日子有一位朋友告訴我，在黑死病猖獗的時候，他還是伊頓公學的一個小學生，那時，每天早晨，每個孩子必須在校內抽煙防疫。他因爲有一天早晨沒有遵命吸煙，便被老師們痛打了一頓。」

竟究是否可靠，我想似乎也很不必苦苦查問罷。小學生而必須吸煙，甚至不吸便要打殺，這想法却終有些幽默也。

前文所提起的華爾脫・拉雷爵士，當然是大家熟悉的人物了，雖然這位文采風流而又武功煊赫的標準紳士之所以大家耳熟能詳，也許還應當感謝煙草公司之善做廣告。此君因爲英國對西班牙前倨後恭，竟至做了伊麗沙白女皇外交策略中的犧牲品：儘管他曾脫下簇新的朱紅大氅，舖在泥淖上讓女皇不致弄汚了牠那一雙尊貴的鞋子，他終於下了天牢；儘管他在監獄裏還誠惶誠恐的寫出歌功頌德的詩詞，想博得女皇的回心轉意，而結果却仍舊是刑遭大辟，身首異處！

然而，「人之將死」，妙事來了——事見夏白禮之拉雷傳(John Aubrey: Sir Walter Raleigh)

「他在卽將到刑場就戮之前，先安然吸了一斗煙草，使不少禮法之士大爲震怒。但我覺得這件事情倒一點也不能算是不對，他是應當吸一口煙定定神的。」

夏白禮寫這些文字時，約在一六八〇年左右，他本是離拉雷之生不遠的人，見聞未必謬妄，却亦可見拉雷之眞正是「尼古丁那」至死不渝的知己了。

一六〇二年時，英國有無名氏作「煙草幻化」一詩，讀之却亦頗可一噱，詩云：

「現在聽我告訴你——那時海水連天
幾個人忍飢掙扎四十日，只因爲還有煙……
船上有一學究，天生癡蠢
一抽煙，他大澈大悟，有了學問……
許多膽小怕事的懦夫
煙香中便變成糾糾勇武，
嘴裏才噴出一口煙，
對手已打到脚邊！
有久病的旅客忽夢一捲煙草，
醒來神清氣爽——百病全消。」

曾憶去年曾在電車中遇一中年女客，看她在口袋裏居然掏出一支雪茄煙來，悠然呑吐，全車爲之愕然。却不想在十七世紀末葉的英國，太太們竟有以抽板煙爲時髦，眞是匪夷所思了。湯姆・白朗(Tom Brown)在一六九〇年曾有一信，專談吸煙之妙，而收信人就是一位老太太。原信尙不冗長，今便迻譯於後——

「太太：

雖然皮氣惡劣的女人們動輒指斥您抽煙的習慣，可是太太，我却勸你千萬不要取消這一樣無傷大雅的消遣。第一點，吸煙是有益健康的。老太太們最易爲牙痛所苦，而吸煙可治牙痛，却是百無一失，萬試萬靈。第二點，雖然煙草出產在尙未皈依的地方，而吸煙却大大有助於思考聖教。牧師大多抽煙，未始不卽因此故。多數牧師如果不是一「斗」在口，往往祝禱文便會無從下筆。而且，偶然把煙斗跌碎的時候，便正可告訴你人生無常，小小意外，就會使你煙消雲滅。你看煙氣氤氳，便可以想到一切財富，美貌，榮耀，也無非便和這些輕煙淡霧一樣，第三點，煙斗也是可供閑來把玩的一件售品：老太太之有一只煙斗，正有些像小姑娘之有一個漂亮的愛人……第四，吸煙正合時尙，卽使現在還差一點，將來是一定要變得非常時髦的。朝廷上流行飲冷茶，爲時已久，但大官將出，必有騶從先導，今之冷茶，原不過是爲異日之煙草吶喊清道而已。」

自然，萬事萬物，有人捧卽必有人罵。這位老太太要早活一百年，恐怕便永遠不敢相信吸煙能成爲朝廷風尙的話了，英皇詹姆士一世就是一個竭力攻擊吸煙的人，他在卽位翌（年一六〇四），就發出了痛罵煙草的文告，他說：

「吸烟之風叫人看見了不順眼，聞到了難受，有傷腦筋，損害肺部，那一陣陣黑黝黝的臭煙，就最像地獄裏冒上來的那陣可怕的煙霧！」

說得血脈僨興，窮凶極惡，那些反對吸煙論者似乎可以撫掌稱快了，却不要忘了此君是英國最要不得的君主之一！他一意孤行，剛愎自用，結果釀成了克朗威爾的「圓頭黨」之舉，弄到最後竟不得不拋棄棄皇位，一走了事，此中原因雖多，但是這位皇帝的腦筋，却至少沒有因爲不抽煙而比別人靈敏罷！

克朗威爾趕走皇帝，奠定了英國民治基礎，在近代史上總要算是一位赫赫有名的人物。而克朗威爾軍中抽煙之風奇盛，却早爲古今所豔稱了。克氏自己尤其是煙斗不離口，開軍事會議時常是「人各一斗」，而驚天動地的大事便在煙霧瀰漫中一一決定。詹姆士以勸人戒煙而遭覆滅之禍，克朗威爾以狂吸煙草而名垂千古；魯迅是抽煙的，高爾基也抽煙。愛因斯坦之發明相對論，大概也是在抽煙的時候；甚至於，福爾摩斯也常常狂抽煙斗的是不是？你看這「聖草」是不是很應當抽一點呢？

路過蘇聯的回憶

海外回憶錄之一

靜公

歐洲的地域，雖在五大洲中，算爲最小。但是講到人文的發達，工商的勃興，它的勢力，却彌漫了全球。它的行政區劃，政體種類，尤其是經過了第一次世界大戰的劇烈改革以後，變得非常複雜。所以我同鄭君，在赴英留學以前，就定意先遊歐洲大陸。選定的路線，是由西伯利亞出發，好乘機會獲得一些關於蘇聯的概念。我們六月底離開北平。在路上遇着了要到芬蘭赴世界學生同盟大會的中國代表團七人，就與他們同行。七月初旬，到了哈爾濱，就往錢莊去換「盧布」（俄國的貨幣）。我們換得的，都是紙盧布，只有一位同人換的是金盧布，光耀奪目。大家見了眼熱，都跑到那錢莊去換金盧布。可惜那錢莊所存金盧布有限，我僅換到了四塊金盧布（每塊金盧布合五塊紙盧布），有兩位同人去得更晚，連一塊金盧布也沒換到。所以有金盧布在手的人，都表現着一種不可言喻的愉快！

我們是一天下午由哈爾濱起程。汽笛一聲，火車就立刻在暮色沉沉中向前邁進。在車上我們遇見了當時的中東鐵路派往蘇聯的考察團十餘人，大家一見如故，有說有笑。傍晚到了滿洲里（屬黑龍江臚濱縣治），與蘇聯西伯利亞接壤。有稅關職員查驗行李，費時甚久。火車再開，就進了蘇聯的邊境。聽說蘇聯的稅關職員，也要上車查驗護照和行李，並且查得非常的嚴。所以當時的情形，是相當的緊張，因爲我們團體中，沒有懂俄文的。正在無辦法的時候，忽然在二等車內發現了一位在蘇聯僑居多年姓李的中國商人，說得一口非常流利的俄國話。大家立刻去拜訪他，並且請他當查行李的時候，代作舌人。他爲人極爽快，應許竭力幫忙，還說他既懂俄語，對於自己的同胞，幫點小忙，是他應盡的義務。說話未完，就有一位目光炯炯，其勢洶洶的俄國稅關職員，跳上火車，先查第一號房間。李先生業已提到，就用俄語告訴那位查驗員，說我們有兩個團體：一個是鐵路的職員，派來貴國觀光的。另一個是經過貴國到芬蘭去開會的。那俄人未置可否，僅稍微點點頭，不過查驗行李，漸漸寬鬆了。每房間他只隨意指出一兩件小行李，打開看看。他到了我的房間，我正預備開皮包，他微笑一下，向我搖手，說不必打開。最後他到了李先生的房間。那時他同李先生已經談話很多，表面上好像已經是朋友了，李先生還請他吃香烟。我們大家以爲李先生的行李，可以免驗了，那知事實是正相反的，那俄人要李先生將所有的行李都打開，讓他一件一件的仔細查看，但是沒有查出任何違禁品。又將他的絨毯反覆查看，忽然看見牠的四周有夾層，就將小刀將夾層拆開一部份，裏面也未藏着什麼東西。正要離開的時候，他看見李先生的一雙簇新的皮鞋，看了又看，搖了幾搖，突然的將力把皮鞋的後跟扯下，看看裏面，也無破綻，這時他彷彿有點慚愧，向李先生說了一句俄語（後來聽說是「對不起」的意思），點了點頭，下車走了。

這種情形，我們看了，都覺費解。我們起初以爲在蘇聯旅行，不懂俄語的，多少要吃虧，懂得俄語的，必定佔便宜。但是結果，是適得其反。我們就向李先生請教。李先生苦笑着說：「這理由實在極簡單。你們諸位，不但不會說俄語，連聽都聽不懂，那裏有資格去夾帶私貨呢？再者，我早已告訴他，說你們有的僅是路過，有的是來觀光，都是暫時的性質，所以沒有關係。而且你們諸位，都是學者的態度，不是經商的模樣，那俄人經驗豐富，一看就有了數目。至於我呢？十足商人形狀，對於俄語，既能聽，又能說，他立刻就看準了我是走私的資格，決定不輕易放我過去，所以查得特別的嚴，幸虧我早知道這種情形，決不會走私的。」我們聽了始恍然大悟。

火車上掛得有飯車，不過客人擁擠，早十一點就有人去吃午飯。我們等到下午一點，客人漸少，才進飯車，茶房殷勤招待。菜單上寫的是俄文，有一行好像是「每客兩盧布」，我們沒有點菜，照菜單上規定的吃，吃完了，開賬來是「每客四盧布，小賬在外」，因爲語言不通，我們只得照賬付錢自認倒霉罷了。事後請教李先生，才知道按照飯車的章程，吃午飯的時間，是從上午十一點到下午一點。如客人在十一點以前或一點以後去吃午餐，就要加倍收費。

李先生又告訴我們，以後不必到飯車去吃飯，有時人太擁擠，價錢也太貴。火車每天總要經過幾個大站，大概在吃飯的時候，每站可停二十分至三十分之久。車內附設有餐堂，餐堂內的辦事人，知道火車快到了，也知道客人很多，時間緊促。所以餐堂內每座位面前，都擺好了一大盤湯，差不多車上來的客人，都只花幾毛錢吃一盤湯，就跑回火車，不吃別的東西，因爲俄國湯，與普通湯不同，裏面有一大塊肉，加上些洋白菜和洋山芋一類的食品，吃了很可以維持幾個鐘點，不致於餓。

再者，火車每停一車站，不論大小，車站上總設有冷熱水管各一，任客下車取水，並不收費。在小站只停數分鐘，乘客取水，不免爭先恐後，幸虧我們人多，輪流去搶開水，從未落空。有時我們水未喝完，仍舊派人去搶，因爲搶水可以增加興趣，彷彿搶得來的水味道甜些一般。不過過了烏拉山，進入了歐俄的境界，客人下車取水，都要排隊，不能像以前任意搶先不守秩序了。

當火車快踏進蘇聯首都莫斯科的時候，早有旅館招待員跑上火車來兜攬買賣，可惜多半不懂英文，好容易最後來了一個稍懂英文的，他的旅館名叫「歐羅巴旅館」，他勸我們到他那裏去，因爲有人懂英文，於我們便利多了。我們就住那旅館，那個招待員招待我們，還很周到。晚飯以後，我們想和他商量參觀的計劃，但是遍尋不得。第二天早點後，仍是找不着他，別人又不懂英文。直到九點以後，他才發現，他說他住在家裏，不住在旅館，又承認旅館內只他一人會說英文。我們住在那裏，很不方便，租金雜費都太貴。幸虧有一位青年會的代表，帶有介紹信。所以從第三天起，就搬到一個教會內暫住，裏面有美國男女傳教士，招待我們，非常客氣，我們也非常感激他們。

抵莫斯科的第二天，我們的護照，就發生問題，因爲護照上的限期，只一星期，並且是從入境的那天算起，到出境爲止。倘若限期無法延長，我們就得快快出境，不能多參觀名勝了。我們就跑到中國駐俄公使館，請他們設法，他們說：要行文到蘇聯外交部，往返需要一星期，那你們如何等得呢？大概是沒有辦法的。

同人中有一位的紙盧布用完了，他問公使館辦事員：金盧布到底比紙盧布價值大幾倍？何處兌換比較公道些？那辦事員很詫異的問那位同人道：「你如何有金盧布呢？蘇聯政府尚未鑄金幣，現有的金盧布，都是帝制時代鑄的，蘇聯政府認金盧布是「帝制餘孽」，凡有金盧布的人，都算爲反革命呢？你的金盧布，是怎樣來的？」我們聽了，都大驚失色，不知如何處置金盧布？唯有那兩位未換到金盧布的同人，反覺安心。過了幾分鐘，那使館辦事員就說：「辦法是有的，你們將所有的金盧布，全交公使館，我們行文到蘇聯外交部，說明你們在哈爾濱誤換金盧布，不知是違法，請他們原諒。他們調查實情以後，大概可按金盧布所含有純金的價值，償還你們，不過數量不會很大，公文往來，差不多要一個月，怕你們不能久候罷？」結果我們的金盧布，未交公使館，因爲數目不大，各人藏在身上，帶出俄境，並未發生問題，因爲稅關稽查員，多半注重行李，不搜身體。

當天下午，教會的朋友介紹我們到國際文化關係社（Socie

ty for Cultural Relations with Foreign Countries)。社內分英語，法語，德語，各部。我們就走進英語部，部內辦事人員，都會講英語，也都和藹可親。我們首先提到護照限期延長的問題，他們立刻與蘇聯外交部護照科通電話，並派人將我們的護照當天送到外交部，第二天上午，護照都取回了，每人只多花幾個盧布，就可將限期延長了五天。

那社又爲我們找到一位受過高等教育的青年女子做嚮導，她會說五國方言，我們參觀許多名勝，機關，工廠，都是她做翻譯。她爲人極其細心，很耐煩，唯恐我們不懂，所以解釋得非常清楚，只是起初不肯告訴我們她的姓名。我們對於她的工作，十分滿意，所以除了規定的嚮導費外，每天總多給她幾個盧布，她總是再三稱謝而去。過了三天，我們同她比較熟悉了，她才說出她的姓名。她是托爾斯泰女士，她的伯祖父，就是俄國鼎鼎大名的文學家和思想家，世襲伯爵托爾斯泰，他已在一九一〇年逝世。她曾當過中學教員，做過某雜誌編輯，至於爲什麼淪爲嚮導女？她就眼淚汪汪，不忍再往下說，我們也不忍往下問。

有一次，我們參觀了一個規模極大的監獄，裏面可容犯人數千名。宿舍分八層，罪輕者住最下層，罪較重者住上層，罪極重者住最上層。我們上到第八層，獄吏開了一個門，我們就看見裏面有一位相貌堂堂的赳赳武夫，身體魁梧，氣燄逼人，眞像一條好漢！獄吏說他是反革命重要領袖之一，我們請翻譯問他本人：到底所犯何罪？他聲音宏亮，答道：「我所犯的大罪就是忠心愛國，所以判爲終身徒刑」。事隔多年，但他講話的聲浪，至今仍在我的腦海中波動着。獄吏又領我們參觀他們的軍樂隊，還叫他們特別爲我們奏樂。又參觀新劇團，攝影社，圖書館，閱報室，飯廳等處，設備周全，使我們看了，百感交集。

那天下午我們自己出外「兜圈子」。劉君正下電車的時候，有一十五六歲的男孩，要搶上車，劉君躲避不及，被他當面一撞，劉君後退，那小孩子又跳下電車跑了。劉君還說：「這小孩眞怪，我下車他要上車，我讓他上車，他又跳下車去了」。我們其餘的人也都莫名其妙。過了幾分鐘，劉君忽然發現自來水筆失蹤，才知道方才那個小孩是扒手。不過盧君以爲是劉君自己不小心，遺失自來水筆，那小孩子未必是扒手。但他很願意試驗一下。當我們在馬路上不辨東西的散步時，他故意將自來水筆，插在外衣口袋上，不久，有一男孩，離盧君約有兩呎遠，將小帽脫下拿在手中，等到走得很近的時候，就和盧君輕輕一撞，盧君看自來水筆，已不翼而飛。就將小孩捉住，見他雙手空空，口袋內只破手巾一條，帽子裏外，不見什麼，很覺詫異，不得已，再搜查一次，就查出帽裏有夾層，夾層的裏面，才是盧君的自來水筆。最希奇的，是那小孩怎能在一兩秒鐘的時間，將筆藏在帽裏夾層內，絲毫不留痕跡？盧君不服，還要表演一次，仍舊將自來水筆放在外面口袋內，再向前走。忽然又見一男孩，離他還有五六呎，將小帽脫下，盧君會意，知道脫帽不是行禮，等小孩一撞，自來水筆果然失蹤。盧君捉住小孩，翻開他帽裏夾層，拿出自來水筆。大家相信這些小孩，必定受過訓練，並且他們的祕訣，都是一個老師父傳下來的！

我們回教會以後，談起這事，裏面的人又告訴我們，要特別當心我們的護照。他們說：吳主教的公子路過蘇聯時，一不留心，護照被人扒去了。後來費了許多周折，花了很多的錢，等了幾個星期，才補發了一張。我們聽了，不大相信，因爲不懂偷護照有何作用？況且護照上有本人的像片，別人怎能冒充呢？教會中的朋友就解釋道：目下在蘇聯請求出境護照，是非常困難。倘有人急於出境，領不着護照，唯一的方法，就是偷護照。至於護照上的像片，姓名，履歷，是沒有多大關係的，因爲火車上輪船上，客人很多，稅關稽查員那裏有長時間，去仔細查驗每位客人的護照呢？他們所特別注意的，是私貨，不是客人，所以只要客人手中有護照，就捨客人去查行李了，很少去翻開護照看像片的。偷護照的人，懂得這種心理，有時還買人去偷護照，本人才可出境。

我們離開了莫斯科以後，僅走馬看花式的參觀了列甯格勒城，城內的皇宮和名勝總算到過，不過在離開蘇聯以前，我們都認爲有記幾個俄國字的必要，有一個「打」字（Da），是大家注意的，俄國人有時只說一個「打」字，有時一連說三個「打」字，第一個和第三個音平，第二個音高。有一次一個俄國人聽電話，一連答應五個「打」字，聲音抑揚頓挫，極覺好聽，「打」字就是「是」字的意思。俄國人也常說「斯巴碎八」，意卽謝謝。他們稱中國不是「支那」，乃是「基他衣」（Kitae），想係由「契丹」二字轉變而來，亦未可知！

我們這次，因護照限期關係，不得不怱怱離開蘇聯，以致許多值得參觀的地方，都不能到。幾時再有機會去重遊呢？我在夢想着。

褪色的信封

海外回憶錄之二

靜公

胡君達仁，年少有才，姿態端雅，和藹可親，惟沉默寡言，不善於交際。偶然遇到二三知己，也可參加討論，但不喜爭辯，若在正式集會中，他就「呆若木雞」。倘見了異性，雖未必無情，但怕羞，有如處女；所以許多女同學，看見他的窘態，也不常同他交往。他眞是一位有「宋朝之美」而無「祝鮀之佞」的先生！

胡君既少同朋友來往，就專心研究學問，常投稿英文雜誌；因此曾一度當選爲「中國留美學生月報」（英文月刊）的總編輯，通訊很繁。有一天下午，胡君照常往事務處取郵件，忽然看見其中好像有一個褪色的粉紅信封，覺得非常詫異；起初以爲眼花，仔細一看，並無錯誤。再看信封上也無收信人姓名，僅寫「紐約市科侖比亞大學投交中國留美學生月報總編輯，」因其筆法秀麗，心想寄信人必爲一女子；但是胡君並沒有要好的女朋友，所以這封信對於他，眞像悶葫蘆一個。胡君急於要看個究竟，立即將信拆開，見信是由麻省一個不著名的小市發出；上面寫的是英文，繙譯出來就是：

總編輯先生：

余，中國一弱女子也，亦卽先生之同胞。但素昧平生，無法託人介紹。此次冒昧投函，至希見諒。茲有懇者：美來此逾年，身在異域，一無知己，無時不在思家。現有難題在心，爲時已久，無法解決。千思萬想，唯有請先生指導。如先生不以美爲不可教，而願改正迷津，則請早日賜覆，美當於下次通信中，詳陳一切，請示南針。臨穎不勝企禱之至。專肅，祇頌著安。

甄美麗謹上

胡君看完了信，不知怎樣處置方好；覺得這封信，眞耐人尋味。如果回她的信，又怕是有同學開玩笑。如果不回信，倘眞是一位急需指導的孤苦同胞女子，豈不是鑄成大錯嗎？況且麻省小市，並無熟人，而查郵局蓋章，那信的確是由該小市發出。信中所寫的字，秀麗無比，而胡君又無要好的女友，此信究從何來？原想拿信找幾個同學，共同研究，又怕他們要惡作題。只得本人嘗用嚴密的方法，探求事理，希望能獲得一正確的結果。

當晚胡君食不甘味，寢不安席。起床時，天尚未明。扭開電燈，將信由內衣口袋中小心取出，反覆察看。又以鼻嗅信，彷彿「其臭如蘭」。因此想到平生孤獨，尤無女友，此次豔福却從天降，可笑亦復可憐！默想此女子，筆法既秀麗，她的容貌，無疑地必是「傾城傾國」。不知有無良緣得瞻仰她的風姿？繼又想到此女子，筆法既端正，這也可算是她性格的表示。所以她的舉止，必定蕭散，人格必定高尚，性情必定溫和。胡君一想到此，寢食雖廢，而精神轉覺愉快。立刻起來梳洗，整衣出外。先到鄰近小館，胡亂吃些早點，「食而不知其味」。隨又將信展開，反覆誦讀，覺得她的英文，不但流利，而且字句不俗，頗帶有文學家的風味！

於是愈想愈覺得有趣。最後又想到，這女子究竟有何要事待商呢？說是經濟困難罷？看她所用的信封信紙，都是頂考究，頂貴族化的，不像一個清貧女子。說是功課有問題罷？讀她的信，詞句通順，無瑕可指。說是需要介紹朋友罷？如何找一個素不相識的人去作介紹呢？假定她眞想胡君替她介紹朋友，那是滑天下之大稽！因爲胡君本人，不善交際，自己朋友也不多。以上的問題，都不很像，那麼她對胡君，有其他的用意罷？那是勢不可能，因爲他們兩人，尚未見過面，談不到是朋友，又那裏能談到戀愛呢？胡君正在胡思亂想，忽覺有人問他：「先生用過早點，還要喝咖啡不？」胡君被茶房一問，如醉方醒，才見小館內只剩他一人，於是趕緊付賬走了。

當日胡君照常上課，但是各教授所講的，他一句也沒有聽進去，終日「心猿不定，意馬四馳」。好容易等過了下午四點，即刻回到宿舍，拿出打字機，準備打回信。忽又想到，別人來的是親筆函，而自己用機打信，未免太不客氣吧！再者，打信似乎太正式，又不能表示本人的手筆。考慮再三，才決定親筆作覆函。於是傾箱倒篋，尋出較好的信封一個，信紙數張。思索很久，然後提筆，回信如下：

親愛的甄女士：

您的來信，業已收到。您眞太客氣了！同在異鄉求學，互助爲當然的義務，何必一定要託人介紹，爲舊禮教所拘束呢？您既有問題，急待解決，請即示知，我必盡力爲您設法。專此奉覆，敬祝康健。

胡達仁謹覆

信寫完了，讀了數遍，然後加封，親送郵局，用雙掛號加快寄出。

從第二天起，胡君每日數次到事務處，希望信堆中再發現粉紅色信封，但是一連六天，來信雖有五十多封，而所希望的那一封，獨不見來。胡君甚覺詫異；他的回信，她沒有收到罷？或是這幾天她有考試，無暇回信罷？或是她另外尋着朋友幫忙罷？或是她的問題已經解決了罷？或是她的意思改變了罷？胡君頓覺心灰，決定不再希望她來回信。心裏雖然這般想，但他的脚，不知不覺的，每日數次，總會跑到事務處。他的眼睛，也不由的會向信堆裏去尋粉紅色的信封！

等到第七天，胡君連接來信十數封。其中有一封正是粉紅色。於是把別的信，丟回原處，單取出那一封信，找到一個無人的地方去偷看。

其中有一段寫着說：

「美本主修文科，對於英文文學，發生興味。後覺當今爲科學時代，今日研究文哲諸學，似爲不識時務，乃改修理科，專治化學。惜吾性情，與之不近，未能强習。環觀世界列强，注重商業競爭，家父經商數十年，亦曾來信，勸改習商科。聞紐約市爲美國最大商埠，其中必有著名商科大學，或商科專門學校。請先生就近調查示知爲盼。」

胡君得信後，如同接到聖旨一般，立刻乘車往紐約市各地打聽。回宿舍後，就將收集的材料，深怕本人筆迹，不夠清楚，就用打字機，將各大學商科，及各商科專門學校的組織和課程的優點弱點，一一列表打出，打成十餘張。再恭恭敬敬的，作親筆信，回覆甄女士。仍是親往郵局，用雙掛號特快寄出。

此信發出後，數日無消息。胡君大不滿意，以爲甄女士至少應來信表示謝忱，怎可置之不理呢？再等一天，那粉紅信封又發現了。胡君立刻拆閱，果然是甄女士的回信。

「美欲改習商科，現已決定。先生所作各校之比較，業已詳細審查。現擬不日往紐約市一遊，親往各校參觀。屆時或須請先生屈爲嚮導，未知可否？再者，近聞吾國男女同胞，在紐約市留學者，頗不乏人，想必有一種組織，以資聯絡。不知下次開會在何時？如美到紐約市時，適在開會期間，甚願列席，與諸學長一晤，亦請先生作相當之介紹。把晤有期，容當面謝。」

胡君以前，只想收她的信。此後渴想見她的面。於是當天回信，告訴她科崙比亞大學有中國學生會，在每月的第三星期六晚七點開會，現離會期，僅兩星期，望她立刻設法，如期趕到，如能列席，無任歡迎。至於嚮導和介紹，胡君很願盡地主之誼，必無問題。並且囑咐她早日通知行期，他就好親往火車站去歡迎她。

胡君一面靜待佳音，一面又暗暗的找了兩位中國女同學，請她們設法在女生宿舍裏，爲甄女士尋一個床鋪。這個祕密消息，不知怎的，未出三天，弄得「滿校風雨」。連好些與胡君素未謀面的中國男女同學，也跑去胡君宿舍裏，要讀甄女士的信件。有的稱讚不已，說她筆法眞秀麗，必有「羞花之貌，落雁之容」。有的好像是懷疑派，以爲筆迹，未必能代表容顏，勸胡君不必過於樂觀。有的要求胡君，快組織一個「迎賓團」，同到車站歡迎佳賓。有的說：胡君豔福不淺，應該開一個歡迎會，請在座的都作陪客。有的還說：「老胡眞看不出來，平常一聲不響。見了女同學，有時還面紅耳赤。現在居然交起女朋友來了！眞是人不可以貌相」。大家鬧得個不亦樂乎。但是胡君不多發言。他的結論是「笑罵由你笑罵，好事我自爲之」。

胡君盼望甄女士告知行期，「閔閔焉如農夫之望歲」。一星期後，回信到了。說她准備於本星期六（卽開會日）抵紐約市。但乘第幾班火車，容後電告，請胡君務必到站晤面。胡君得信，喜出望外，但因怕那一羣同學們再來糾纏，只說她可以赴會，對於她到紐約市的日期，祕而不宣。

甄女士抵紐約市的前夕，胡君又收到她的特別快信。說她有美國女同學，同乘車到紐約，請他不必到站。又說她到旅館後，必以電話通知，望勿外出。

第二天，胡君本想仍舊到火車站跑一趟。但是每天經過麻省小市到紐約市的火車，至少有二十五班，如何知道她乘第幾班來呢？終日等在火車站，也是不妙。只得還是留在宿舍靜待佳音。那天胡君彷彿受了軟禁的判決，不敢外出。早餐午餐的時候，都只吃點早已預備的烤麵包和冷牛奶。看看時鐘，將近六點，仍無消息，以爲甄女士或因事不來了吧。不然，就是火車誤點。她一定不會失信的！假如她到得晚，那也好，我可以先請她吃頓晚飯，然後請她到會。就是破幾個鈔，也很值得的！正想的時候，忽然聽到電話喊叫：「胡先生，有一位女士請您聽電話」。胡君拿起耳機，就聽到一個很細微，很悅耳，很甜蜜的聲音。

甄：您就是胡先生嗎？

胡：正是。您就是……

甄：您就是中國留美學生月報的總編輯嗎？

胡：正是。您……

甄（忽然發出嬌聲）：胡先生，您猜我是誰？

胡：我猜您是甄女士，甄美麗女士。對不對？

甄：對極了！但是我們還未見過面，您怎樣聽得出是我的聲音呢？

胡：自然聽得出的。您現在住在什麼地方？我預備來接您赴今晚的中國學生會。

以後胡君只聽見耳機中有極細微的聲音，有時雜以笑聲，但聽不出所說的什麼話。

胡：甄女士，請您說響點，我實在聽不出您說的話。

甄（聲音稍大）：我講的是英文吓！怎麼英文總編輯聽不懂英文呢？……

以後聲音又極細微，不知說些什麼。胡君無法，只得請電話生代聽。後來電話生告訴胡君：說她現住在第十四街××飯店，請您立刻到她那裏去。

科崙比亞大學在一百二十五街，而她住的飯店在十四街，相隔十餘英里。胡君立刻乘地道電車的特別快車，趕到飯店，已快七點。馬上問問訊處：

胡：今天客人中，有沒有一位姓甄的女士？

問訊處：有的。她是在一個鐘點以前來的，現住在五樓。請您在會客廳等一等，我差人去請她下來。

胡君未進客廳，只等在門外，眼巴巴的望着電梯。忽然電梯的門呀的開了，出來的却是茶房，通知胡君，說甄女士請他上樓。胡君就隨着茶房上到第五樓，茶房就用手向一間大房一指說：「那是五樓的客廳，甄女士在裏面等您」。胡君就一步一步的向前走，心裏撲通撲通的亂跳，不知見了面如何開口。等到走到了客廳，就看見甄女士站在客廳大門對面的窗戶前，面向窗外，背朝大門，正在對鏡細調脂粉，向臉上一層一層的撲着。胡君從後面看，見甄女士一頭烏黑的頭髮，鬈得極其自然，較電燙的有過之而無不及。髮向後散着，用一根粉紅色的闊絲綫繫着，眞是錦上添花，愈顯得美觀。身穿一件淡緋色繡花旗袍，肉色的長統絲襪，和高跟的白麂皮短統皮鞋，鞋面上還綴着一朵光耀奪目的鑽花！

胡君看了，贊歎不已。眞覺「相君之背，貴不可言」，急於要看女士之面。恰好甄女士回過頭來。胡君一見，大驚失色，幾乎喊出聲來。原來那甄女士，並不是胡君所想像那般的美麗，也不像她筆法那樣的清秀。她的皮膚，是黝黑的。眞和胡君兒時在關帝廟中所見的周倉差不多。她的面孔，使人見了，多少有點害怕。雖然塗滿了脂粉，也遮掩不住上面的雀瘢和皺紋。一對冷酷的眼睛，配上兩道凶殘的粗眉毛。鼻梁蹋得差不多和兩頰一樣平，僅露出兩個通呼吸的洞眼。大嘴厚唇，牙齒却雪白整齊，下頷突出。見了胡君，噗嗤一笑，弄得胡君啼笑皆非。甄女士開口說：「胡先生眞守信用，說來立刻就來了」。胡君囁嚅了半天，方道：「女士過獎，有勞久待」。胡君原想請她一同出外吃晚飯，現在看了她的一副尊容，馬上改變意思，連赴會都不想同她去，正想藉故脫逃，忽聽到甄女士又用嬌聲講話：

甄：今天眞幸運，居然趕到可以赴會。胡先生，我們立刻就動身吧。

胡（看手表）：開會是准七點，現在快八點了。我想來不及了。

甄（故作媚態）：一定來得及的，做學生的，不會准時開會的。就是到晚一點，也沒有多大關係。況且我到會的目的，不是要聽演講，只要能多認識幾個朋友，我就知足了。

胡君無法，只得領甄女士，同乘地道快車。那天恰是星期六晚，車上擁擠不堪。胡君好容易替甄女士搶到一個座位，自己立在她前面。四周的客人，都注意他們兩人，有時看看胡君，有時望望甄女士，看完抿着嘴笑。胡君彷彿聽見有人說：「這個中國人長得很漂亮，怎麼愛上了一個黑人女子呢」？胡君不聽還好，聽了眞覺上天無路，入地無門，恨不得那裏有個洞，可以立刻鑽進去。正在進退狼狽的時候，忽然甄女士噗嗤一笑。胡君問她有何可笑？她說：「我的父母，都是中國人，但是有人總想我是外國種。您說可笑不可笑」？胡君半晌沒有話說，後來無精打采的答道：「那些人眞是有眼無珠，不必同他們計較」。

八點半以後，他們才趕到會所。那晚到會的人，比往常加多，正在等待胡君和新到的一位女賓光臨。忽然大門一響，衆人看見胡君領導一位黑人女子進來，都很奇怪。胡君將衆人一一介紹給甄女士，原希望有人同甄女士敍談，讓他本人得有幾分鐘的喘息。那曉得所介紹的各位，有的握手以後，僅說一句「我很歡喜會見您」的敷衍話就跑了。有的僅點點頭稍微笑笑就走了。有的還站得很遠，連走近都不敢。所以結果仍是胡君獨自一人招待甄女士。

將近十點，主席宣告散會。胡君只得再陪甄女士乘地道快車，送她回飯店。中途甄女士還問胡君：「這些中國同學，都不大同我講話，不曉得是什麼緣故」？胡君答道：「大概他們有點陌生，多見幾次，就熟悉了」。甄女士道：「那只有煩胡先生多多介紹，常常陪我赴會。想胡先生不會拒絕我的請求罷」？胡君道：「我能常與甄女士往來，眞是三生有幸，那有拒絕的道理」！甄女士就請胡君將他的詳細住址和電話都留下。時間已晚，胡君和甄女士暫時告別。忽然腹中咕咚咕咚的響，想起晚飯未吃，就跑進一個小館，胡亂吃些東西，趕回宿舍休息。

以後甄女士常打電話與胡君約會，胡君多半藉故推却，但有時也陪她吃吃中國飯，看看電影，一面儘量物色一位替身。差不多一個月以後，有幾個男同學，在宿舍裏會見胡君，談到甄女士的問題。胡君說編輯事太忙，不能常同她周旋，想找替身。大家都以爲是絕無希望的。忽然有一位錢君，大不以爲然，並發表以下的言論：

我聽了諸位的鴻論，覺得諸位以爲甄女士面貌醜陋，羞與爲伍，是錯誤的。我認爲天下的女子，無所謂美醜！美醜都是由心理作用而來。你以爲美的，別人未必看作美。你以爲醜的，別人也未必看作醜。我以爲男女社交，最要緊的，還是意契相投，美醜不成問題。只要意契相投，醜女也可以當西施看，所以「情人眼中出西施」。假若性情不合，志趣不同，女子就是美如天仙，不過是「繡花枕頭」罷了。勉强和她交朋友，必不能發生興趣，更談不到戀愛。就是談戀愛，也不會持久的。甄女士是我們的同胞，又是一位弱女子，身在異鄉，舉目無親。外人見了，恐怕還要動「惻隱之心」。我們豈不應該更有同情心，儘量幫她的忙去解決一切難題呢？怎能因她面貌難看而拒絕和她做朋友呢？

衆人聽了錢君的一篇議論，在原則上，當然都表示贊同，不過沒有人願意去實行和甄女士交朋友。最後有人建議，請錢君以身作則，錢君慨然允諾。第二天，胡君卽陪錢君拜訪甄女士，以後錢君卽直接與甄女士往來。有一天晚上，他們看完電影，就同遊公園，找着一條長椅坐下，唧唧噥噥，有說有笑。忽然她很神祕的站起來，向四周望了一會，然後坐下。錢君覺得很奇怪，就問她：

錢：甄女士，您剛才站起來看些什麼？

甄：錢先生，我們相識，已好幾個星期了。但是您對於我的家世，還不明白。今晚在這無外人的地方，您能不能允許我作一個詳細的介紹呢？

錢：當然歡迎，請往下講。

甄：我雖然是中國人，但沒有回過中國。我的祖父很早就移到英屬×××島經商，頗有積蓄。我的父親繼續祖業，更加努力，現在已成×××島數一數二的大富翁。孫總理在革命時代，每次經過，總住在我家裏。我兄弟姊妹四人，長姊在英國劍橋大學留學，長兄在家幫父營商，幼弟尚在中學讀書。我的父親最疼愛我，他早已應許，如果我出嫁，他必將家產的四分之一分給我，另外再送我兩輛最新式的汽車和一架新式的旅行飛機。錢先生，您以爲怎樣？

錢：那個將來做您丈夫的人，眞有福氣了！可惜我早已有了未婚妻…………。

甄女士聽了，半响不語。後來說道：時候不早了，我們回去罷。

漫談愛略脫

錢公俠

就我近十年來的一點涉獵所及，管見以爲英國文學有一個短處；我覺得英國文學在形式上幾乎樣樣都俱備了，而且很豐富了，唯獨在思想方面，却缺乏警闢的表現，像巴斯卡，伏爾太，地德羅諸人那樣，將哲學包含在幾句話裏，值得後人的記誦，或者像中國的孔孟那樣，把至理名言流傳下來，成爲一個民族的道德訓條，在英國文學中眞是少得可憐。有之，就是我現在所想追記一點讀後感的 George Eliot 了。在這位用男性名字來作筆名的女作家的小說裏面，這類的箴言是極多的；關於道德和人生，她常有極其成熟的思想，她將這些思想用洗練而又美麗的文句，充滿詩意地表現出來。在讀着她作品的時候，似乎每一頁都使人覺得對於人生有了更深一層的見解。『朝聞道，夕死可矣，』形容的是對於聞道所懷的喜悅。我們閱讀愛略脫的時候，這種喜悅是隨時可以感到的。

爲什麼這位作家不用本名瑪麗安・愛文斯 (Marian Evans)，而用喬奇・愛略脫，這是很難說的；她是否受了法國女作家喬奇・桑的影響，或者事有巧合，恕我也說不出來。有人曾說因爲她宗教思想和她父親不同，不肯上教堂，所以當她所譯『基督之一生』出版的時候，她不能不選一個假名，此後這就成爲她永久的筆名了：然而這也不過是一種猜測而已。依我看，她的作品中富於哲學和說理，有時候條分縷析，將人生徹頭徹尾地解剖開來，的確和一般女作家不同，因而用一個男性的雅號，在她覺得格外適合一點，也是說不定的吧。

她這一種特殊的作風，和她的修養是很有關係的。原來，學開始寫作小說以前，她已經是當時最卓越的思想家之一。對於哲學這一門學問，她曾化了十二年左右的功夫去研究，因此幾乎成了她生命的一部分。除了歐洲四種語言——英法德義——以外，她還懂得希臘文，拉丁文，和希伯萊文，所以後來她把義大利文藝復興取材來寫『羅摩拉』的時候，就見得格外出色當行。對於數學，天文學，物理學，植物學等等，她也下過一番苦功。因此在動手寫小說的時候，她就不能不跳出一般女作家纏綿委婉的圈子，而在她的作品中放出哲學思想的光芒。她是一個學者，她所研究的主要對象是人生。她搜索行動的動機及其結果，分析到心靈微妙的深處，然後加以嚴肅的批判。

可是在她的生活之中，還有一種因素，成為她作品之特色的，這就是她早年在小城市和鄉間所過的日子。有三十多年功夫，她吸取着鄉村的純樸的風味。這種流在她的血液裏面，成為她藝術的本質。她的故事有許多全是以鄉村為背景，其中人物也有不少是取材於鄉村的。雖然她並不以描寫風景見長，可是讀了她們的作品，英國的鄉村彷彿就歷歷在目。尤其是那些質樸的小民的描寫，讀讀令人異常感動。愛略脫最初的成名，就是這些以簡單的筆調寫簡單人物的作品。

由於上面所說的這種情形，她的小說可以按時期分成兩大類，「牧師生活小景」(Scenes of Cerical Life)，「亞當·比德」(Adam Bede)，「弗拉斯河上的磨坊」(The Mill on the Floss) 和「西拉斯馬納爾」(Silas Marner) 屬於前一類，而「羅摩拉」(Romola)，「費力克斯·何爾脫」(Felix Holt)，「米德爾馬契」(Middlemarch)，「但尼爾·德朗達」(Daniel Deronda) 則屬於後一類。以純藝術論，「西拉斯·馬納爾」當佔首席，以偉大論，則「米德爾馬契」可推為扛鼎之作，即以篇幅來說，前者亦不過後者五分之一而已。「西拉斯·馬納爾」可以比為一個簡單的小曲，却唱出了一段悲哀的情節，眞是一件完美的藝術品。這個簡短的低調，是經不起拖長了寫為長篇巨製的，如果攙入太多的動作與變化，就會將它的美處完全破壞。唯有在這樣一個小巧玲瓏的東西之中，方能予人以深刻的印象。我覺得哥茲密斯的「威克斐牧師傳」，與之實有異曲同工之妙，不過後者以幽默的氣氛見長耳。(這兩部為國內大中學生耳熟能詳的作品，曾有一位硏究文學的朋友表示不屑細讀。這種心理，和喜歡讀冷門書的脾氣有相同之處；有工夫讀冷門書去發掘寶藏自然是再好也沒有的事情，可是對於那些歷久而著名的作品，恐怕也不能因為它們被採用為學校教本而存一點輕視的心理吧。由此可見題材不能勉强縮短，也不能勉强拉長，像托爾斯泰「戰爭與和平」那樣的巨著，浩浩蕩蕩，波瀾壯闊，讀者置身其中，只覺得跟隨着狂拋巨浸，渾然不知來踪去跡，如果拿來縮成一冊小書，就會變成電影說明書一樣，只有情節，沒有情感，同樣如果把「西拉斯·馬納爾」這樣一冊小書拉成煌煌巨著，也會弄得平淡無味，徒見其長得累贅，讀來毫無趣味了。

與此織工的故事同樣富於單純的美的，就是最早的幾個中篇小說，總名為「牧師生活小景」，其中有三個故事，一是「巴頓牧師的悲運」(The Sad Fortunes of the Rev. Amos Barton)，一是「吉非先生的戀愛故事」(Mr. Gilfil's Love-story)，一是「珍妮的懺悔」(Janet's Repentance)。關於這些故事，作者自己的說明最爲恰當。在第一篇中她稱巴頓牧師是『顯然而無誤地平庸』以後，便繼續下去將平庸人物解釋一番，這種解釋可以說是愛略脫全部前期作品的鑰匙。

她說我們人類大多數『全不過是語言無味，面目可憎的人物。可是這些平庸的人——其中多數——都有一顆良心，都覺得良心在指示他們去作正當的事，卽使遇到痛苦也須忍受；他們有他們自己不可言宣的憂患，有他們神聖的歡樂；他們的心也許已因第一個兒子的夭殤而破碎，他們會爲永遠不能復生的死者而悲傷。唉，單是在他們的渺小而沒沒無聞之中，不就蘊藏着一種悲哀麽？他們和別人一樣，具有人類的機能和天性，可以做出一番光榮的事業，然而事實上他們的生存却是那麽黯淡而狹小，這種對照之中，不是有着一種悽楚麽？』西拉斯．馬納爾』感人者以此，巴頓牧師以及其他幾個人的故事感人者亦以此。數年以前，上海曾映『再會吧，契潑斯先生』（萬世師表）一片，其中情節頗有與巴頓牧師相似之處，他們的感人就有相同的地方。這部小說的作者決無意思將契潑斯先生眞寫成一個可以被中國人視爲『至聖先師』的人物，他的目的恐怕也不過是表示成千成萬平凡的敎書先生，其靈魂有如此美麗者而已，其悼亡有如此令人斷腸者而已。

較長的故事，便是『亞當比德』和『弗拉斯河上的磨坊』。這兩部書都充滿着善與惡的鬥爭，以及作者所要求的報復和處罰。我們應該了解作者究竟是英國十九世紀中葉的一個女性，所以她的男女道德觀念顯然和我們現在大不相同，試看哈代以如何客觀的筆法去大胆描寫性的關係，而愛略脫則以隱晦而慍怒的筆調去寫海蒂(Hetty)的罪行，就可知道兩個時代中間有着多少的距離。現代的讀者，恐怕沒有一個不覺得海蒂可愛，而深以英國法律之處罰這個『小女子』爲太重的。同樣，我們總覺得像曼琪(Maggie)那樣吉潑賽型的女郎竟會去愛上畸形的殘廢的菲律普，實在是一件不可能的事；這種精神的戀愛，讀上去頗令人替活潑的曼琪叫屈，而後來愛琪跟着健美的青年司梯芬順流而下，幾度有與他發生肉體關係的可能，最後還是毅然割絕，獨自回家，更叫人不能置信。可是連這樣一點罪名，作者還是不肯放過，她使弗拉斯河忽然泛濫起來，將曼琪和她的哥哥一同葬身魚腹，至於她的哥哥湯姆受到這種嚴的處罰，在我們是很能夠了解的，因爲他對於父仇報復得太凶了。

從這兩部小說裏面，我們不難看出愛略脫對於鄉村生活的熟悉，尤其是鮑埃塞的農家情況，雖在我們中國人看來亦覺得非常逼眞。她把裏製乳酪房描寫得芳香而又潔淨，令人懷想不已。人物的刻劃，則以鮑埃塞的老婆最臻妙境，據說這就是作者自己母親的寫照，然而在文學上說來，這個人物實在是一種創造，當我們讀到第三十二章『鮑埃塞家的大發牢騷』，誰不因她的滔滔利口而感到暢快？如果我們要在英國小說中找一個類似的人，恐怕唯有狄更司的山姆·威勒足以當之了。

『羅摩拉』出世的時候，人人都看得出愛略脫的作風起了很大的變化，其實這部長篇小說的籌劃，早在寫作前面幾本書的時候已經開始，她自己曾對她的後夫說，『我動手寫這部小說的時候還是一個少婦，等到我寫完時已經是一個老婦人了。』據說爲了這部書，她曾經專心閱讀五百種以上英法德義的書籍，尤其是義大利的，因爲這是一個義大利文藝復興時代的故事。我們讀這個小說的時候，眞覺得走進了另一個世界，奇怪的是不但風俗，習慣，藝術，服飾，思想，政治等等宛然異樣，連對話中所用的成語，也在在顯得奇異。作者以小說家而兼學者，大概便是一個原因。雖然是小說，她也要使它的背景和人物逼近於眞實：這樣的製作方法，自然要她用出『九牛二虎』之力來了。然而在一個中國人讀來，則還有一種特殊的印象。我覺得作者所描寫的十五世紀的弗羅倫斯，有許多地方與現在中國內地小城市倒有近似之處；同爲手工藝社會大概是一個原因，同樣信神信鬼也是一個原因，作者所描寫的聖佐望尼（San Giovanni) 節日那種熱鬧，擁擠而混亂的景象，與我們江南小城市中出什麼會的情形，可謂一般無二。弗羅倫斯的時代早已過去了，江南的這種賽會則也因經濟衰落而正在一年不如一年起來。

在『羅摩拉』裏面，作者的心理描寫已經非常顯著，她將書中男主角鐵都(Tito)的性格，刻劃得極其鮮明。他是一個翩翩少年，無論才貌都引起弗羅倫斯人士的愛慕。他對於老學者巴爾多(Bardo)之女羅摩拉的眞摯的愛情，足以說明他是怎樣一個趣味不惡的人。他的天性可以說是溫柔，和善而幽默的。他的唯一缺點，便是少一份積極的道德所需要的勇氣。他的本性也許是向上的，然而他敵不過環境的力量和一點追求尊榮的心理。可是在他的心裏却並沒有所謂『良心的掙扎』，他只是自然而然屈服於環境和欲望之前，到了後來，就逐漸成爲一個欺詐甚至於刁惡的人物。我們看他對養育他的恩人忘恩負義，對朋友與同僚忘恩負義，對妻子忘恩負義，爲了什麼？不過自私的心理作崇而已。他對於這些人並不是沒有恩義之感，然而環境和欲望却可以使他若無其事而問心無愧地走上相反的路上去。其實環境和欲望，前者對他比後者更爲有力。連他和那農家女德莎(Tessa)的私情，也是環境一步一步製造成功的，這一種冷靜的心理描寫，便是作者成功的地方。

此地希臘神話中復仇女神奈米雪斯(Nemesis)的影子，還是隱約可見。鐵都辜負了他的大恩人鮑達沙 (Baldassare)，結果這老人雖然喪失了體力和記憶力，却念念不忘於鐵都，終於還是在鐵都躍水逃亡精疲力竭的時候，爲他所一手扼死，而兩人同歸於盡，故事的動人的，而服裝，首飾，雕工以及手抄本的描寫，更是精微美妙，令人神往。這部小說也許不能算是愛略脫最好的表現，然而它總是一部偉大的歷史小說吧。

繼『羅摩拉』而出版的是『費力克斯·何爾脫』，是一個『過激黨人』的故事。所描寫的是改革法案(ReformBill)通過以後英國勞工階級的狀態，暗示眞正的進步，在於內部的改革，而不在於立法，無知的工人爲人所收買，在選舉的場所從事械鬥，使一個眞正爲工人利益而奮鬥的人，不但無法阻止他們的暴行，且因被擠在羣衆之間，結果皂白不分，受了監禁的處分。這位主角費力克斯是一個外表粗獷而內實精細的人物，他受過良好的教育，却不肯去做銀行職員之類，而願靠修理鐘表來養活他的母親。他母親本有家傳的製方可以糊口，可是他認爲這是一種欺人的東西，硬使她放棄了，此外他還教幾個小學生，類乎教養的性質。對於教會他是輕視的，對於自由黨人的地主海羅德(Harold)他也是輕視的，甚至對了人事的種種顧忌也是輕視的。他之所以工作失敗而且不免於縲絏，也是由於這個原因。

故事的情節頗爲複雜，一個大地主的承繼人由海外歸來，政治野心極大，誰知活動選舉沒有成功，却發現自己是一個賬房先生的私生子，那眞正的承繼者是一個牧師所養大的孤女，他打算和她結婚，如果不成，他也準備將產權讓給她，可是她在那巨宅中住了沒有幾天，終因受不住那種陰森而不自然的氛圍，還是回到她養父的小屋裏來了。

在這個故事裏面，那種初期的單純的作風還是非常顯著的，主角的描寫極其有力，令人聯想到俄國小說裏面的革命黨人。

此後的兩部小說，作風就完全改變了；看這兩個長篇，我們幾乎不能相信它們和那些前期的作品竟會出於一個人的手筆。第一個是『米德爾馬契』，第二個便是『但尼爾·德朗達』。兩部書同樣是奇長的巨著，我記得當時有一個多月什麼閒書都不看，才將它們讀完。前者的結構太複雜了，非三言兩語所能概括完盡，然而它的長處並不在於離奇的情節，而在於心理的研究；如果有人對於這種作品有偏好的人，我勸他們不妨拿此書來閱讀一下。其中如凱少朋(Casaubon)與范實司東(Featherstone)，同樣兩個自私的老人，一個爲學問而自私，一個則爲金錢而自私。前者犧牲了少女杜落沙(Dorothea)的幸福，後者則有意在遺囑上惡作劇而死後還給許多人以失望。范實司東在垂死時想用錢去差遣一個純樸的女子而爲其所拒絕，那時候他雖有百萬家財而竟一無辦法，以至於孤苦無依的狀態，作者寫來是很有力的。

畫家而兼政論家的萊狄司勞 (Ladislaw)，性格與費力克斯•何爾脫頗有相似的地方。追求理想的杜落莎後來與他相愛而結合，在本書中是一個主流。對於這個少女的心理，作者分析得異常精細；她憧憬學者的生活，她欽佩老學者凱少朋的『學問』和研究工作。結婚以後，她忍受他所給她的一分枯燥的生活。可是後來連他的研究工作也使她失望了。原來他所追求的是身後的名聲，對於他所研究的學問，連自己也沒有信心，而且深怕別人的批評。他的身體和他的學問一樣單薄，最後因心臟病猝然死去，才將杜落莎解放出來。對於這樣一個失望的學者的描寫，作者本人如果沒有做學問的豐富的經驗，是決計寫不出來的。

此外如美麗而略微有點糊塗的羅莎范 (Rosamond)，使她年輕的做醫生的丈夫，陷於破產；類乎紈袴兒的弗萊德 (Fred) 在遺產上失望以後，竟能在一個工頭手下學藝而且娶他的女兒爲妻，都是極好的插曲。其中紳士布爾斯曲德 (Bulstrode) 的描寫，更非常細緻。當他過去不名譽的事件揭露以後，他的太太初次在外面聽到傳說，回家以後和他相見的時候，她不問他『有沒有這件事？』他也不說『我沒有罪，』兩人只是默然抱頭而哭的情形，眞是太感動人了。數十年的夫婦情分，使她願意分担他的羞辱。

『但尼爾•德朗達』是一部研究猶太人生活，學術與歷史的小說。作者丈夫羅威斯 (Georg Henry Lewes) 是一個猶太人，和這部書當然有極大的關係。作者筆下的猶太人德朗達和密拉 (Mirah)，實在被描寫得太可愛了，因此據說着實惱怒了她的讀者。——這筆賬我們可以不必去管它。書中還有一個女郎關都倫 (Gwendoren) 和一個紳士葛蘭考 (Grandcourt) 的故事；兩人性格的描寫，尤其是後者，眞似一座立體的大理石的塑像。這是一個瘦長挺秀，沉默寡言，鐵石心腸的人，他過去的放蕩的生活，使他成爲一個蒼白虛損的人，他的漂亮的外表，不過是一具脆弱的空架子而已。嬌寵慣了的關都倫，爲了慈親的緣故，不能不嫁給這個已經失去熱情的人。嫁後的生活痛苦可知。這位充滿自尊心的女郎和這個男子之間的衝突，單是這兩個性格的衝突的描寫，也足以使我們對作者讚一聲偉大了。

說到此地，我們要回到文首的話。作者的哲學思想究竟在什麼地方呢？我們可以說，隨處都是的。她的智慧（不是機智）在每一頁裏閃耀着，我們所讀到的比喻思想，常人也許一生也想不出幾個。關於這一點，我想舉例是不可能的吧。

最後的恐怖

柯爾德著
衛友靜譯

五

呂明登的宏嘹的聲浪充溢了這一間石室，使我們都不由自主地僵木著。鮑爾瑪的變態更顯著了。他頹喪得像一個石像，又像一頭受過鞭撻的狗。呂明登的武器見效了。它已直刺鮑爾瑪的心坎，而且不偏不倚地恰恰刺中了他的致命的弱點。因為鮑爾瑪是一個受過教育的有智慧的人。當那有力的語聲逐漸消逝的時候，又有一句最後而更有力的問句，竟使我徧體冷痲，連呼吸都透不過來。

因為在好久的時間中，沒有一個人牽動過一條肌肉。呂明登却挺立在鮑爾瑪的面前，昂起了頭，一雙黑眼像利劍般地直刺鮑爾瑪的赤裸的靈魂。接著那個巨人慢慢地抬起頭來，伸伸他的寬博的肩，終於立直了他的魁梧的身體。他把眼光平行地和呂明登接觸，呂明登仍毫不畏避。天啊，我希望永遠不再看見任何人的臉上顯示出鮑爾瑪所表顯的神氣！他已經看見了他的最後的恐怖！他又看見了地獄。他領悟了呂明登所指示的途徑，他的靈魂似乎已脫離了軀殼。他直僵僵地站著，像一個沒有活氣的雕象。

呂明登的尖刀般的聲浪又打破這死的空氣。

「白！白在那裏？」

驟然間這個活屍有動作了！鮑爾瑪的手像閃電一般地拔出了他的那支自動手槍，又舉了起來，直向呂明登瞄準。當他的粗長的食指彎到槍的機鈕上時，白里克和我的呼吸都忍住了！可是呂明登仍絲毫沒有畏懼，連汗毛都不牽動一根；他的黑眼仍注視著對方，霎都不霎一霎。

「白！」鮑爾瑪吐出了這一個字，却並不開槍。他慢慢地旋動他的頭，把凝視呂明登的眼光移轉到那壁上面去。我們都本能地感覺到他正清楚地看見了林肯，正沉著臉向他瞪視著。接著他的左手僵硬地舉起來，行了一個軍禮，又發出一種清澈而莊重的聲浪。

「白！白到底！」

他說了這句，他的手槍驀地繞過來，把槍口抵住在他自己的寬大的胸膛上，隨即扳動那槍機。一刹那間他的身子搖晃，他的頭仍昂得高高的。更一刹那，當我們都不聲不動地匍伏在椅子上時，他的偉梧的身子覆倒在地上了。

「天啊！我倒不知道，他還有些白的因素呢！」呂明登說了這句像一條濕毯般地倒在椅子上，把手掩住了他的臉。

我們都不知道，在這樣錯愕駭木的形態中，我們捱過了多少時候。因爲我們受了呂明登的激昂語聲的刺激，又給呂明登所預期的鮑爾瑪的反應所激動，我們的神志一時都迷惘了。後來施德勞站起來了。他的眼光故意避開了地上的鮑爾瑪，發出一種奇怪而低沉的聲音：

「上帝，我們這樣子坐下去嗎？來，讓我們離開這裏！我們把火藥線點著了，然後趕快地逃出去！」

他說完了，轉身向著那扇鋼門，從袋中摸出一枚鑰匙來，隨手把鋼門開了。我們三個人也趕緊立起來跟隨他。他在外面的甬道中的一隻碗橱中的盒子裏取得了幾支臘燭，分給我們每個人一支。

他說：「拿著這臘燭，大家點起來。那些地道裏黑得像人們的衣袋。」

我們的肌肉還不能完全聽命於我們的意志，足筋很木强，在那蜿蜒漆黑的地道中進行時，搖晃蹶躓，好幾次要跌倒。曲曲折折地瞎走一陣，終於到達了一個地道的出口。那邊有一塊巨石阻塞着，附連著一條粗大槓杆。施德勞博士用手摸住了那槓杆，拿出一枚鑰匙來，投入那杆槓一端的鎖孔中。一回兒槓杆給移動了，那大石也滑過在一邊。新鮮的空氣直撲我們的鼻觀。我們一跨出這出口，才重新浴身於光明的陽光之中！

施德勞走了幾步，從一塊大石下面找著了一條粗黑的火藥線的頭。

他說：「現在我要燒這條火藥線了。燒著以後，我們就得亂奔。這條線是從一個狹窄的舊地道裏通出來的。當初安放這線時，鮑爾瑪的身子太大，鑽不進這地道，還是我爬進去佈置好的。來，大家準備好，我要燒了。」

他踞了身子，把臘燭的火凑到火藥線上。藥線燒著了，立即閃出星星的火光，還有一種像蛇叫一般的吱吱之聲。

我們一羣人立刻旋轉脚踵，魚貫地向山坡下面急奔。約摸走了五十尺光景，施德勞忽而大叫一聲，突然旋轉身子，向著我們剛才逃出來的地道口奔去。

「我的支票忘掉哩！那是一張兩百萬元的支票，他放在他的衣袋裏，還有一封證明我的身份的介紹信哩！哎喲，你們三個人先走罷。我完全熟悉這地道。我相信這火藥線有相當長度，在我回出來以前還不會燒到那火藥。對，我祇有趕緊進去，自己沒有法子把火藥線割斷。我一定來得及回出來。你們在山腳下等我罷。」

他反身亂跑的時候，呂明登卻高呼挽阻他。

「喂，回來罷！時間上一定來不及！你會遭危險！喂，快不要進去罷！」

施德勞可不理會。他的腦子完全給鮑爾瑪衣袋中的那張支票所控制，竟想不到他的生命的安危。他衝過了那數十尺的距離，一霎眼就鑽進了地道的穴口。

呂明登命令地說：「來，我們不能等他，讓他自己當心他自己罷。其實這個人也和鮑爾瑪一般地壞。白里克，你走不快嗎？要不要我攙扶你？」

白里克搖搖頭，也努力搬動他的兩腿，踉踉蹌蹌地向山下直奔。我們走了一程，回頭瞧瞧，施德勞是否已回出來，卻看不見。我們回顧了好幾次，卻不看見施德勞——以後我們終於不會再瞧見他。

一回，變端發生了！這座山好像從我們腳底下震動起來，接著是一種巨大得不能形容的響聲。這山頂的一半全部崩裂了；泥土和砂石像沸水般地向空中騰擲；那「方匣」四周的茂密的綠叢也翻騰了，好像幾棵生菜在沸湯的鍋子裏翻湧了一下，立刻沉到了鍋底裏去。

在這變端發動時，我們三個人都已貼伏在地面，大家掩塞了耳朵。泥塊和石屑像大雨般地落下來，幸而隔離得還遠。等到這變局平靜了，我們扎掙著從地上爬起來，向上面瞧瞧，那山頂上祇剩下了一個新鮮的斷痕。回顧我們的四周，樹木都還蔥蘢地排列著，陽光也燦爛地照著，一切都寧靖得「若無其事。」

現在你們總已瞭解到呂明登，白里克和我三個人的變態的原因了罷？我們三個人時時膠黏在一起，又都沉默得像失掉了談話的機能，因此引起許多熟稔的人的詫異。現在你們可以不再詫異了罷？要是不然我還可以指給你們瞧，那山頂上的崩裂痕迹，真像一座土墩給一個巨人用鋒利的大鏟猛力地剷去了一角。呂明登也可以指示你們到那裏去發掘出一大堆人骨來。還有更明確的證據，白里克也能袒裸他的大腿，給你們瞧瞧那黑皮的痕瘢。我們儘可以把這回可怕的經歷從頭至尾地一遍一遍說給你們聽，可是你們大家都不相信。這就是我們所以沉默的原因。你們到底已明白和相信了沒有呢？

平和的故事

石川達三
荻崖譯

一

某一個寒冷的早晨，塚本社長到公司稍微遲了一點。

明朗的窗外，雖已有了早春的氣息，但怕冷的社長，却搓着雙手，沉重地坐在大寫字檯的那邊，點上一枝雪茄。他並不翻動放在檯上的文件，却向坐在角隅桌子邊的女祕書清水千枝的側面眺望。美麗地燙過的頭髮，樣子很好的襯衣下面，有着飽滿的圓形的肉底胸膛。是一個嬌好的女子。可是社長有些感覺到這位小姐，近來像是在戀愛的過程中了。

社長動也不動的連眼皮也不閉一下地，差不多抽了半枝雪茄。已經是五十歲以上，鬢髮也白了，但這點却使這個人的氣質顯得和善，矮小肥胖，有着寬大的肩膀和胸身，年齡的加長使他底心境安定起來。他是這地產業和另外一家B工業的，規模雖不十分大的二家公司的主宰。他滿足這個位置，不遠的將來他將使他的長子旺介担任A產業的總經理，打算在幾年以後度過他那靜默的餘生。旺介現在是在A產業當做一個普通的職員而工作着。是一個並不背負社長期望的誠篤的青年。

塚本社長的希望是：可能的話，要旺介娶清水千枝子做妻子。因爲她的父親雖是收入不豐，倒也是個官廳的官吏，家風也不壞。可是社長最所愛的倒還是這位小姐的辦事認眞，和素樸的性格。何況，那都是女性的明爽的言語，也使人聽了愉快。但是，她近來像是在和誰戀愛了。社長在一種失望之餘，同時還感覺到像被背叛了自己底愛情似的，難以醫解掉的心意。

她在最近，不可思議地像是在避開塚本社長，不肯從正面接觸到他底視線。社長想：這正不是一個戀愛的證據嗎？

「清水小姐。」

「是。」驚愕似地她從椅子裏站了起來。

「請把庶務的山之內君和新野小姐，喊到這裏來。」

她有點像是吃了一驚。這二個人違反了公司規程而戀愛，在公司裏面是誰都知道了的。

「把他們喊到這裏來嗎？」

「是的。立刻……」

清水千枝子低着頭，輕忽了腳音似地走到外面去了。無疑的她也在心裏受到了打擊了。社長正要期望這樣呢。

過了一會，她回轉來了。

「已經喊過了。」她說了仍坐在原來的桌子邊，開始忙亂地調查文件。

門輕輕的開了，山之內英造和新野京子低下了頭走進來。

「二個都到這邊來罷。」

這樣，使相思着的二個人，相並地站在檯子的那面，塚本社長在清水千枝子的側面上，探視她表現出來的感情的變化。

「你們兩個人之間，無論那一個都可以，得向公司辭職了……可是，新野小姐，你就在今天爲止，辭職了罷。」

新野京子在和服上面罩着紫色的工作衣，低下了細長的血氣不足的面部。

「我個人雖並不想要你辭職，但在公司規程上，實在沒有法子。反正你們是明知公司規程而……」

「社長……」山之內英造向前跨了一步。

「唔……」

青年把一隻手的手指放在檯面上，實在地，眼光也變成熱心而發出閃閃的光，口吃地鼓起了勇氣說：

「觸犯公司規程，實在很是歉仄。但是，我們決沒有不潔的關係。那是對誰都可以起誓的。我最近預備和新野小姐結婚，所以和新野小姐的母親也已經會過二次。對於違反公司規程的一點，我是認過的，但紊亂風紀的事情，卻從沒有過過一次。」

「那很好。正希望能夠這樣呢。可是，山之內君，公司規程是公司規程，假使不遵守的話，很是爲難啊。」

「所以，我是這樣想：所謂在公司裏不能戀愛的規則，正是不准紊亂風紀。我以爲並不是戀愛不好，而是要嚴正風紀的意味。我在公司裏面，沒有和她說過一次私人的談話。」

「你倒是很用心的。但是我卻以爲無論風紀如何，公司裏有二個人發生戀愛的時候，總得叫一方辭職。況且這已經有過前例。」

「社長，你以爲戀愛是不潔的事情嗎？」

清水千枝子在角隅的桌子上，用拿鋼筆的手掩住鬢角，遮隱去了表情，但塚本社長知道她是在閉住眼睛仔細地傾聽。

「不，不，我並不頑固到那種地步。戀愛是可愛的感情呀。當然是和平的，應該祝福的感情啊。可是，無論你想怎樣的說，我是主張要實行公司規程的。戀愛，太會刺戟他人了。這兒是辦公室呢。理由就是這一點。希望你不要以爲不服。」

「是嗎！」山之內聳了一下瘦削的肩膀，像怎麼都行似的樣子歪起了嘴唇。

社長弄熄了雪茄，站起來走向窗邊，俯看着各條街路正被將近正午的日光所照的風景。

「山之內君，你依照豫定結婚就是了。那時候請你告訴我。那末可以依照公司規程增加薪水，而也得考慮一下慶祝的方法。」

「不，這可不必了。我會自由地結婚的……」

社長回過頭來笑了。

「何必生那樣大的氣呢，……那末，新野小姐，你仍然想要做工作嗎？」

「是。如果可以給我做工作的話……」

「不做工作不行嗎？就是和山之內君結了婚以後？」

「是……在相當時期裏……」

從語氣上看來，二個人之間已經完全商量過了，約定在相當時期裏大家一起工作賺錢。

「是嗎？那麼，新野小姐從明天起到B工業那邊去好不好？薪水和這裏一樣……我豫定在下午到那邊去的，那末叫在B工業的女事務員，從明天起到這邊來一個吧。山之內君，這樣行不行呢？」

「社長，多謝你了！」青年的山之內喜歡的笑了出來，感激得低下頭去。

「這樣行了嗎？」

「是！……很安心了。」

男的眼睛裏，比女的還早，顯出了淚珠的光來。也許是男的方面，正因是負有責任的立場，而從危急的緊張中，突然地安心起來的欣喜過於强烈的緣故罷。

塚本社長從寫字檯那邊繞了過來，走到二個人旁邊，像安慰似地拍拍青年的山之內的肩頭，把他們二個推到門外去了。然後，他到清水千枝子的桌子邊站立下來。

「怎麼樣，這樣做好不好啊？」

看到很快的仰起來的臉時，她也像稍微流過一點淚水似的，眼珠很紅。

「我很愉快他們眞不知道怎樣地高興啊！」

社長想：看到他人幸福而流淚，眞是一件很好的事情。他也以爲：對於悲哀的同情，遠不如對於喜悅的共感，來得更舒暢。他很平靜的，坐到原來的寫字檯邊說：

「山之內君眞是一個剛直過度的人啊。他向我提出議論來了。氣生得相當大呢。」

女祕書和溫厚的社長，都爽朗的笑了。

「可是，社長……」女祕書現在把欣快的臉對着他說：「

你這樣一來，此後公司的人，都會要安心地談戀愛哩。」

那也許她是在說述自己吧。社長一留意到那點，就不再笑了。

二

星期日到了，塚本氏一早就帶了旺介去釣魚去。說釣寒天的鯽魚雖已過時，但也沒有釣不到的道理。水鄉的霞浦附近，是他們釣魚的場所。

父親在早晨出門的時候起，就想對旺介談一談婚姻的事情的。他想在清水千枝子和不知是誰的戀愛，還不十分深切的當兒，對她也提出那話來試探一下。如果是社長的長子，條件上已經不壞，在她的一方面，也無疑是一種冀望的良緣。祇不過，她現在的戀愛，如果已經進行得過於深切的話，那就談不到了。

他想在今天之中，探問一下旺介的意見。失去了妻子的塚本氏底家庭裏，娶一個年青合意的好媳婦的樂意，使塚本氏的性情有點急不容緩的神氣。

可是，他在出發的火車中，却什麼都沒有說。因爲他想到萬一旺介反對的話，那麼，今天的釣魚，就會完全變成無趣的事情了。到了釣魚的場所，拋下釣竿的時候，他說：

「啊，旺介……」但總感覺到要被反對掉的樣子，於是就轉過了話題：

「那裏的鯽魚，也少了起來了罷。」

但是回來的火車裏，塚本氏終於說了出來：

「唔……」他停住了。「最近我就想對你說的，怎麼樣呢，你現在也可以結婚了罷。」

「啊……」兒子微微地紅起了臉兒，眺望着日落後的春底野山。

「我，我以爲還太早一點呢。……」

「爲什麼呢，不是二十七了嗎？」

「二十七是不錯的，我總覺得還不能娶了妻子就安定起來……」

「不，還是早點安定起來的好。獨身的流蕩着反而不妙啊。」

「我還想用一點功呢。」

「唔，那也可以的……但在另一方面說來，我們是一個沒有女人的家，我很想早一點給你結婚呢，當然也並不想強迫你。」

「那是我知道的。但是，請你再等一些時候罷。」

「那當然是等候的啦，我以爲有好的對象，就不妨訂下婚約來得好呢。」

「是的，那可……」

「因此，我想問一問你，你可有那種打算，而在交際着什麼人啊？」

「也不能說沒有。」

「唔。……」塚本氏咬了咬嘴唇。他認爲到現在依舊要失去清水千枝子，眞是可惜。

「那麼，是怎樣的一個女人呢？」

「要說出怎樣，倒有點爲難……」

「唔，現在是做着什麼工作的人嗎？」

「爸爸。」兒子把釣竿的袋子像手杖似地撐着說：「那一點，在最近總得告訴你的，今天，希望你不要再問什麼罷。她決不是一個會使你不安的對象，那一點，請你放心好了。」

父親緩緩地點上了煙，眺望着兒子的側面面影，無論體格或是所說的話，都是個很有氣概的男子漢，他又回復到很久以前的心境。

突然，旺介回過頭來，嘻嘻的笑着說：

「庶務的山之內君，他非常的高興呢。他說從沒有想到社長會那樣的顧慮到人家的事情的。還請我喝過咖啡呢。」

「唔……就要結婚了嗎？」

「好像是的。那以後不久，據說他們兩個人一起去買婚約指環的。被大家都打趣了一番呢。」

「唔……」塚本氏微微的笑了。可是，無論如何，他可惜不能娶清水千枝子做自己底兒媳婦。

不論在下一天，或是再過一天的第二天，塚本社長老是在思考清水千枝子的事情。他無論怎樣再也譬解不開。毫不偏執的素樸，感情的明爽，還有性格的健康性。他可惜不見得能再找到和這一樣的兒媳婦。他以爲旺介因爲對她並不深知，所以才和其他的誰人談戀愛。這種趣味，他決不是以五十幾歲的自己做標準，而是以近代青年旺介的生活爲基礎而思考，認爲是一個賢良的妻子。容貌的伶俐，辦事的正確，這樣，就是對於家庭的操作，也能夠井井有條地處理起來的女人。塚本氏曾有過不知怎的一來，以十五分的放心，眺望着她底側面。

「假使我再青二十五年年齡的話，那麼我會拚了命也愛她的呢！」甚至，他也會這樣地想過。

在第三天，社長從B工業到A產業去的路中，把車繞到銀座，買了一雙摩洛哥皮製成的漂亮的手提包。

「清水小姐，這個你拿回去吧。因爲你工作做得很好，這是我的獎品呢。」

「啊！」因了她在疑惑，就用手揮了一下說：

「啊，行了，行了。請拿回家去打開來看罷。好得很呢，我爲了買它，跑了三家百貨公司呢。」

第二天早晨，她露出特別的表情來道謝。說是像我這種人，不應有這樣好的東西，和所有衣服都配不上，眞是難爲情得很。

那天傍晚，整理好事務要回去的社長，一邊任淸水千枝子在後面替他穿上厚大衣，一邊說：

「你今天，想快一點回去嗎？」

「唔，我想到街上去吃飯去，你有空的話，不一起去嗎？」

「是，很感謝，可是已經和旁人約好了……」

「約好了吃晚飯嗎？」

「不，祇不過在六點鐘……」

「唔，那末，下一次再說罷。」

塚本氏默默的走出了社長室。果然，她是在戀愛了。對方的男子在六點鐘，在什麼地方等着她，是不會錯的，以後呢，是在銀座吃了飯一起散步。

社長在一家豪華的河魚餐館的二樓，要了一瓶酒，一邊沉醉在閑寂孤獨的晚餐裡，一邊被難以安慰的感情所苦惱着了。我爲了這年靑的姑娘，而在妬嫉了嗎？……他苦笑了，然而感覺到了不是一笑所能完事的寂寥。想到假使她在最近結了婚，趁此機會向公司辭去職務的話，那麽，二個人已有一年半天天會見的那間社長室，將會變成怎樣的寂寞的情形呢。他想到自己是不是在對千枝子妬嫉，而難以鎭靜住心的動搖。於是，他拍拍手叫女招待進來，重新又要了一瓶酒。

三

那一天以後，塚本社長底頭腦裡，淸水千枝子的姿態，就不能消失了。

妻子死去以來，已經有七年了。他不絕地動着娶一個女人進來，和她相親相愛的意思。但淸水千枝子還祇有二十五歲。把她當做正娶的妻子的話，對於旺介也有點說不過去，如果退一步使她住在別處的話，也未免有點可憐。雖如此說，可是任她成爲路上的他人，也無論如何總覺得太可惜。

——啊啊，假使再年輕二十五年的話……他這樣地不知道想過了幾次。

他可惜地想：祇要旺介肯和她結婚，那就萬事圓滿了。現在呢，塚本氏本人，完全像已經回復了青春似地，被千枝子一個人底表情推動着他底心。

——啊啊，到了這個年紀，眞是老耄了。

他自己也曾這樣慨嘆過。但他對於把她直接地當作自己底愛人的事，他還是勉力自制的。

我底所能愛的女性，應該是和我同時代的人；清水千枝子，是應該和旺介底時代的青年結合起來的。……

因之，塚本社長也想到祗把她接回自己底家裡，當作自己底女兒而愛她，教育她，找一個良好的姻緣而嫁了她。這種思考使他喜悅。一生涯中從沒有過女兒的他，想到把清水千枝子當作自己底女兒留在家裡，不覺胸口裡被快樂所震動了。

幾天以後，社長在退出辦公室的時候，又說了一次邀她吃晚飯的話：

「怎麼樣，今天一起去吃一次晚飯罷。我有一點話要和你商量呢……」

她低下頭沉默了。

「不方便嗎？」

「很對不起，今天……」

「是嗎？好的，也並不是非要在今天說不可的話。那末，下一次再說罷。」

為了年青人戀愛底日程，老人們是不能不顧慮到的。塚本氏已經有了容納這些的氣量。

但實際的說，僅不過借着一般勇氣壓制住自己底感情，並不是沒有投身在激流之中試一下看的意思。

這一天，塚本社長又是一個人吃的晚飯。一瓶酒也多少使他恢復了一點元氣，然而自己過分多的感情底情緒卻難以融化，匆匆地叫了汽車踏上了歸途。

餘剩的寒冷，一到夜間，還要浸蝕到項頸裡去，離開都市中心，在外濠週近，看到了白色的夜霧。車子從赤坂的御所駛上了黑暗的斜坡路。塚本氏交叉着雙手，很是疲乏。經過了二十年的奮鬥，現在，總算成功了一個實業家。他很希望能夠休息，使旺介在最近担任A產業的總經理，自己來保護着他。一方面專心從事B工業，不遠的將來，把A產業完全交給旺介。他一定能夠經營的。不過，在這以前，很想給他結婚，娶一個溫婉的媳婦進門。

——所謂家庭，必須愼重照顧。家庭不能不是一個快樂的，平和的，安舒的地方。家裡所少的像是女性底柔和的感情。

車子駛到神宮外苑，扳了幾次汽車的機扭重又開駛。

忽然，他看到由汽車前探照燈光所照出的，右首的椅子上，在談話中的青年的肩影和一個女子底臉。一瞬之間燈光改變了角度，椅子暗黑了。車子在那前面通過。他覺得那女子的臉龐，的確像是淸水千枝子。

——啊啊，在這種地方，她正愛着誰呢。

塚本氏閉起了眼睛。但是，這打擊不知怎的是非常的大。

「喂，喂！」他喊汽車夫：「在這兒給我下車罷，我想要散步回去呢。」

然後他在已經駛過三條横街的地方，沒有了人影的夜底外苑邊上跳下車子。

——我在要想做什麼呢？

他對自己底可驚的態度，感到了羞恥，也靜靜地跨開了脚步。他要確定一下那女子究竟是不是淸水千枝子。因爲確定了不是她的話，自己也可以安心了。

他挑選樹蔭的道路，緩緩的走了過去。沒有風，夜很靜靜，枯草發出了氣息。星在閃爍，很是耀眼。他拉起圍巾包住下顎，翻起大衣的領子，走到那張椅子那邊去看。

那地方現在誰都沒有了。二個人坐過的長椅子確實仍在喜馬拉雅杉樹的小樹下面，很是孤單。但，塚本氏在那長椅上，看到了一隻男子用的皮手套。那是右手的。該是想抽香煙脫了下來，而忘記帶去的吧。他拿起手套，放在大衣袋裏。他想：這手套的所有主，正是個該憤恨的青年。

四

第二天，一到公司，塚本氏就用悲憐的眼光，眺望淸水千枝子側面。無論怎樣想，都不忍叫這個女子辭職。她仍和平時一樣的臉色，在整理文件。

「淸水小姐。」他決心的說：「把我大衣口袋的手套拿出來。」

「手套嗎？」她用不思議的臉對着他。然後掏了一下他的大衣，說：

「可是，祇有一隻呢。」

「啊，一隻就行。你可認得它嗎？」

女的臉色，在一瞬間，不安地顯出了慌張。

「知道的嗎？」

「是。」她低着頭回答。

「是嗎？……我要問的是，這是不是公司裏的人的……。是公司裏的人嗎？」

「是的。」

社長知道自己已經被自己的語氣所迫，就閉住嘴唇，然後盡可能沉靜地說：

「那麼，請把這還給他吧。」

千枝子忍住了脚音走了出去時，社長立刻拿起了大衣和帽子，從另一道門走到外面去。今天，他再也耐不住和她在一起會面了。

她，也非使她辭職不可。但想到把她轉到B工業去，也得和她永遠會面時，就下不下決心。還是把她當作無緣的他人吧。到下這種决心為止，塚本氏足足化了一直到正午為止的時間。然後，他打電話到A產業去，把兒子喊了出來。他想一邊吃飯，一邊和他商量使他擔任總經理的事情。

在丸之內大廈街的某家菜館裏，父子兩人會在一起了。旺介一步一步踱進來時，就坐在父親的桌子邊，一邊說：

「爸爸，有事情要談，敢情是這個嗎？」一邊把皮手套放在桌子上。

父親呆然的看住兒子底臉。旺介稍微紅了些臉色，微笑着繼續的說：

「今天我完全告訴他罷。我想要結婚的就是爸爸的祕書啊。不過，在告訴你以前，我首先要請問的是：這手套，怎麼會在爸爸的手裏呢？」

父親在喉底深處呼呼的笑了。但他底面上却並沒有笑意。

「原來如此，這手套是你的嗎？我還以為是其他的職員的東西呢。」

「噯，爸爸，難道和她結婚是不可以嗎？我自以為如果是她，爸爸也一定贊同的呢。……」

「唔……即使你自己決定了，對方的意思不是還不知道嗎？」

「她當然是答應的。祗不過還沒有和她家長談起過。但是，我以為是不要緊的。」

「為什麼不要緊的呢？」

「那祗不過是這方面的誠意問題啊。我在結婚資格上，沒有一件不充分，雖然有些像是自負……」

父親又響着喉嚨笑了。

「啊，這事情回家去以後，緩緩地再談吧。」

吃好了飯和兒子離開以後，父親慢吞吞的在暖和的午後的大街上行走。一種莫明其妙的湧騰上來的奇怪性，和畏懼性，使他很是混亂。啊，啊，我差一點要鬧出天大的笑話起來了，差一點要和兒子二個人爭奪一個女子了！可是，現在呢，已經逐步滿足了他最初的願望。這不能不算是喜悅。無論旺介或是那個女子，都不應該瞞着我直到現在。使我担起了不必要的憂愁！

傍晚，他從B工業坐汽車駛回到A產業來。一到檯子邊坐下，立刻就喊女祕書過來。

「清水小姐，請到這邊來。」

然後在椅子裏仰靠着身子，用愼重的口調這樣說：

「根據公司規程，我不能不叫你辭職。這一點，我想你是知道的吧……」

她交叉着兩手，一直在嚙咬嘴唇。社長看到已經使這女子感覺爲難，不覺的很是高興。

「對方的公司職員是誰，我不知道。也並不想知道。照現在爲止的例子看來，是由女的一方面辭職的。那末，你也就在今天辭職罷。……我雖然並不想叫你辭職，但總不能不嚴正遵守規程。知道了嗎？」

社長站起來在室裏來回走了二三轉，然後悄然的走近立在一旁的她的附近，溫和的說：

「你，從明天起在自己家裏學習家政吧。這是必要的事情。最近幾天裏，我還得會一會你的父親。而且還得請他嚴重地監督女兒！等你現在行爲改變了以後，再請你工作罷。不過，並不是叫你再回到A產業來。這一次請你來，是請你到我們底家裏來。好不好呢？旺介在等着你啊。明白了嗎？哈哈哈！」

淸水千枝用從沒有的笑聲笑了出來，又嗚嗚的哭了。

「啊，那又何必哭呢，那又何必哭呢。女孩子不辨別一下事情和地方，專講哭泣是不成的。別哭，別哭！」

社長輕輕的擁住她底肩頭，使她坐到原來的椅子裏。啊啊！嘆了一聲很大的氣息，伸了一個懶腰。

「眞使我担心呢！所謂戀愛這東西，要刺戟他人，眞是不行。所以，非嚴正地遵守公司規程不可啊。」說着明朗地笑了。首先，不論怎樣總算是平安無事了，社長也恢復到他相配的老年紳情。

女的一面揩揩眼淚，一面爲了明天起要退出公司，而在開始整理抽屜的東西。不時的，那含羞的隱忍的笑聲，輕輕地揉拂着溫厚的社長底耳朵。

荳酥糖

蘇青

我的桌上常放着四包荳酥糖，我想想不要吃，却又捨不得去掉。

那荳酥糖，是和官哥上星期特地趕從愛而近路給我送過來的。他見了我，也不及寒暄，便小心地把荳酥糖遞到我手裏，說道：「這是大毛婆婆叫我帶來給你吃的，我上個月剛到寧波去過，昨天才回來。」說完，便告辭一聲，想回家去了，因為拉他來的黃包車還等在門口。

我死拖住他不放，一面叫佣人打發車子先走。於是他便坐了下來，告訴我關於故鄉的一切。「這荳酥糖，」最後他的話又落到本題上來，「是道地的山北貨。有人送給你祖母，大毛婆婆她自己捨不得吃，一定要我帶出來給你。她說：阿青頂愛吃荳酥糖，從小跟我一床睡時，半夜裏醒來鬧着要下床，我撮些荳酥糖屑末放在她嘴裏，她便咕咕嚥着不再響了……」

我聽着有些難為情，就搭訕地插口進去問：「和官哥，我祖母近來身體還好吧？」

和官哥偏頭想了想，答道：「大毛婆婆身體倒好，不過年紀大了，記性總差些。」

於是他告訴我一個故事：就是這次她托他帶荳酥糖來給我時，她還一定要留住他吃些點心去。於是，和官哥說，她在自己枕頭底下摸索了好久，摸出一隻黑絨線結的角子袋兒。她小心地解開了袋口，掏出幾張角票來瞧過又瞧，最後揀定一張舊的綠顏色的，交到我弟弟手裏吩咐道：「阿祥，這一角錢……一角不會錯吧？……你快拿去買十隻包子來。……要熱的。……和官哥給你姊姊帶荳酥糖去，我們沒得好東西請他吃……粗點心，十隻包子……一角錢捏得牢呀……」我的弟弟聽了，笑不可仰，對和官哥擠擠眼，便跑出去了。一會兒，跳跳蹦蹦的捧進碗包子來。我的祖母揀了兩隻給和官哥，又揀兩隻給我弟弟，一面嘰咕着：「一角錢十隻包子還這麼小……一角錢十隻，一分錢一隻……一分就是三個銅板哩，合起銅錢數來可不是……」我的弟弟聽着更加笑得合不攏嘴來，連最後半口包子都咽住在喉頭了，和官哥也覺得好笑，他說：後來你弟弟告訴我，寧波包子便宜也要賣到五角錢一隻，而且你祖母給他的又是一張舊中央銀行的角票，就打對折算做五分用，人家也不大肯要。

我聽着，聽着也想笑出來了，但是低頭看見手裏拿的四包荳酥糖，笑容便自斂住，不久和官哥告辭回去，我便把這四包荳酥糖端端正正的放在桌上。

這荳酥糖因爲日子多了，藏的地方又不好，已經潮溼起來，連包紙都給糖水滲透了。我想，這是祖母千里迢迢託人帶來的，應該好好把它吃掉；但又想，潮溼了東西吃下去不好，還是讓它擱着做紀念吧。

於是，這四包荳酥糖便放在桌上，一直到現在。

俗語說得好：「覩物思人」。見了荳酥糖，我便容易想起祖母來了。我的祖母是長挑身材，白淨面龐，眉目清秀得很。她的唯一的缺點，便是牙齒太壞。到我六歲那年從外婆家回來就跟她一床睡時，她的牙齒便祇剩下門前三顆了。但是她還愛吃甜的東西，而且在床上吃，在夜半醒來的時候。

我們睡的是一張寧波大涼床，掛着頂藍夏布帳子，經年不洗，白的帳頂也變成灰樸樸了。在床裏邊，架着塊木板，板上就放吃的東西。我睡在裏邊，正好好攢在木板下面，早晨坐起來一不小心，頭頂便會同它撞擊一下，害得放在它上面的吃食像乘船遇巨浪般，顛簸不定，有時且直跌下來。下來以後，當然沒有生還希望，不是由我獨吞，便是與祖母分而食之了。

我的祖母天性好動，第一就是喜歡動嘴。清早起來，她的嘴裏便嘮叨着，直到晚上大家都去睡了，她才沒奈何祇好停止。嘴一停，她便睡熟了，鼾聲很大。有時候我給她響得不要睡了，暗中摸索着起來，伸手上去偷取板上的吃食，總是荳酥糖次數居多。於是我捏了一包，重又悄悄地躺下，拆開包紙自己吃。荳酥糖屑末散滿在枕頭上，被窩裏，有時還飛落進眼裏，可是我不管，我祇獨自在黑暗中撮着吃，有時連包紙都扯碎了一齊吞咽下去。

半夜裏，當我祖母鼾聲停止的時候，她也伸手去摸板上的吃食了。她在黑暗中摸索的本領可是眞大，從不碰撞，也從不亂摸，要什麼便是什麼。有時候她摸着一數發覺荳酥糖少了一包，便推醒我問，我伸個懶腰，揉着眼睛含糊地回答：「阿青不知道，是老鼠伯伯吃了。」可是這也瞞不過她的手，她的手在枕頭旁邊摸了一下，荳酥糖末子被窩裏都是，于是她笑着擰我一把，說道：「就是你這隻小老鼠偷吃的吧！」

我給她一擰，完全醒了。

於是我們兩個便又在黑夜裏吃起荳酥糖來，她永遠不肯在半夜裏點燈，第一是捨不得油，第二是恐怕不小心火會燒着帳子。她把荳酥糖末子撮一些些，放進我嘴裏，叫我含着等它自己溶化了，然後再嚥下去。「咕」的一聲，我嚥下了，她於是又撮起一些些放進我嘴裏來。這樣慢慢的，靜靜的，婆孫兩是在深夜裏吃着荳酥糖，吃完一包，我嚷着還要，但是她再不答應，祇輕輕拍着我，不多時，我朦朧入睡，她的鼾聲也響起來了。

我們從不整理床褥，荳酥糖屑末以及其他什麼碎的東西都有，枕頭上，被窩裏，睡進去有些沙沙似的，但是我們慣了，也決不會感到大的不舒服。次晨起來，也祇不過把棉被略略扯直些，決不拍拍床褥或怎樣的，讓這些屑末依舊散佈在原地方。

有時候荳酥糖屑末貼牢在我的耳朵或面孔上了，祖母在第二天發現後便小心地把它取下來，放到自己嘴裏，說是不吃掉罪過的。我瞧見了便同她鬧，問她那是貼在我臉上的東西，爲什麼不給我吃？她給我纏不過，只好進去再拆開一包，撮一些些給我吃了，然後自己小心地包好，預備等到半夜裏再吃。

她把荳酥糖看做珍品，那張古舊的大涼床便是她的寶庫。後來我的注意力總於也專注到這寶庫裏去了，討之不足，便想偷。從此她便把荳酥糖藏在別處，不到晚上是決不讓它進寶庫的了。

可是我想念它的心，却是愈來愈切，盼望不到夜裏。到了夜裏，我便催祖母早睡，希望她可以早些醒來吃荳酥糖。

有一天，我的父親從上海回來了，他們大家談着，直談到半夜。

我一個人醒來，不見祖母，又摸不着荳酥糖，心想喊，却怕陌生的爸爸，心裏難過極了。等了好久，實在忍不住，祇得自己在枕頭旁，被窩裏，摸索着，拾些剩下來的荳酥糖屑末吃吃，正想咽時，忽然聽見他們的聲音進房來了，於是我便不敢作聲，趕緊連頭攢進被當中，一動不動的假裝睡着。

「阿青呢？」父親的聲音，放下燈問。

「想是攢在被當中了。」祖母回答。

「夜裏蒙頭睡多不衞生！」父親說着，走近來像要替我掀開被頭。

我心裏一嚇，幸而祖母馬上在攔阻了：「孩子睡着，不要驚醒她吧。」

「……」父親沒有話說，祖母悉悉索索像在脫衣裳。

荳酥糖含在嘴裏，溶化了的糖汁混合着唾液直流進喉底去了，喉頭痒痒的，難熬得緊。我拚命忍住不肯作聲，半響，「咕」的一聲總於爆發了，父親馬上掀開被頭問：「你在吃些什麼，阿青？」

我慌了，望着搖曳的燈光，顫聲回答道：「我沒吃——老鼠伯在吃荳酥糖屑呢。」

「荳酥糖屑？那裏來的荳酥糖屑？」父親追問着，一回又掀起被來，拿着油燈瞧，我趕緊用手按住那些聚屑較多的地方，不讓他搶了去。

但是父親拉過我的手，拿油燈照着這些屑末問道：「那裏來的這些髒東西？床上齷齪得這樣，還好睡嗎？」說着，他想拂去這些荳酥糖屑末之類。

但是祖母却脫好衣裳，氣虎虎的坐進被裏來了，她向父親嘮叨着：「好好的東西有什麼髒？山北荳酥糖，有名的呢。還不把燭台快拿出去，我睡好了，吹熄了燈省些油吧。看你這樣冒冒失失的，當心燒着帳子可不是玩。一份人家頂要緊的是火燭當心……」她的嘮叨愈來愈多，父親的眉頭也愈皺愈緊了。

第二夜，父親就給我裝了張小床，不許我同祖母睡了，祖母很生氣，足足有十多天不理睬父親。

現在，我的父母都已死了，祖母也有六七年不見面，我對她的懷念無時或忘。她的僅有的三顆門齒也許早已不在了吧？這四包荳酥糖正好放着自己吃，又何必千里迢迢的托人帶到上海來呢？

我不忍吃——其實還是怕吃它們。想起幼小時候在枕頭上，被窩裏撮取屑末吃時的情形，更覺噁心，而沒有勇氣去拆它們的包紙了。我是嫌它們髒嗎？不！這種想頭要是給祖母知道了，她也許又將氣虎虎的十餘天不理睬我，或者竟是畢生不理睬我呀。我怎樣可以放着不吃？又怎麼能夠吃下去呢？

我猶豫着，猶豫着不到十來天功夫，總於把這些荳酥糖統統吃掉了。它們雖然已經潮溼，却是道地的山北貨，吃起來滋味很甜。——甜到我的嘴裏，甜進我的心裏，祝你健康，我的好祖母呀！

洗馬

莊損衣

秋深了西風吹起間
我知道明日是晴天
興奮的走來又沉悶的走去
而說了再見的是我

看是吹黃葉落的還是吹黃花開的吧
預備同時拾起菓實和落花生的夢寐來
花種是太多了
我信任你的手

紅梅之外青烟斜斜的
天藍到無往不利
時廣場的一角上
有人洗馬

絕墨之什

——擬「野草」之四

譚正璧

代序

永遠是我親愛的孩子：

經過了將近一個月的搏鬥，我總算得到了最後的勝利，也獲得了完全的成功。我高興，你當然也爲了我而高興。可是在這一次的搏鬥中，我個人的犧牲不能算不大，因爲足足有一個月，我沒有動過筆，寫過成篇的文章。只有你最知道，我是完全靠着賣文章生活的，所以我彷彿是拚了性命在搏鬥！

每次遇到你，一提到我目前沒有工夫寫文章，你總是說：這不是辦法，你應該讓出些工夫來照常地寫。可是，時間在限止着我，精力又不允許我；我總是辜負了你那沒有第一個人曾經這樣懂得我關心着我的好意。但這那裏是出之於我的本意呢？我的孩子！

最近幾天，身體和精神還是那麽的疲乏，但是不能再不提起筆來寫，可是總是寫不下，覺得這題材也不好，那題材已失去時間性。最後，還是想起了那從前已寫過十二篇之後停筆了的擬「野草，」決定再繼續寫下去。可是在別人寫文章，往往是「後來居上，」而我却總是「每下愈況」的，所以這一輯裏的四篇，自己寫了自己讀讀，覺得非常不滿意。如果拿來和從前所作的相比，也已經不像是完全出於一個人的筆下。人是那麽的善變呀！對於我自己，我將從此也不敢加以確定的信任。

但是即使寫不好，文章總是要寫的，擬「野草」也好，不是擬「野草」也好，因爲我總還需要活下去。不過我却有着一種希望，希望最最愛我的人，繼續給我以鼓勵，繼續給我以靈感，使我的意志不要消沉下去，使我的血液不要冷凍下去。孩子，只有你才是世界上唯一能夠滿足我這個最大的希望的人。

我永遠不忘記，在前天你當面遞給我的那封信套面上，你所寫着的：

「我希冀在××公園所看到的，並不是一個消沉的影子！」

孩子，只要你給我以勇氣，我是永遠不會消沉下去的！你放心！

祝你健康！　對你懷着最大希望的人

生命的美麗

是在連綿的黃梅雨暫告停止的一個晚

上，我又同孩子離路到那預料遊人一定很少甚至會完全沒有的公園裏去。

踏在軟溫的泥沙道上，走進陰森森的樹林，陣陣的風吹落樹枝上的殘滴，儘向我們的頭上面上衣上打，我的心裏更感到了淒涼和寂寞。

在熱鬧的人情舞台上，我怕周旋；但換了冷靜的山林深處，我又不耐於孤零。所以當我每次發現林中沒有伴侶的遊客們一個人獨倚在坐椅上沉思或翻看書本時，我彷彿看透了他或她的心，可是我不懂他或她是怎樣耐受過他或她的寂寞的，在這個使人更加感到孤獨的地方。

天空漸漸向下沉，一星兩星的細雨又着在面上，但我心裏並不慌，因為我深信一定不會就下大雨來，還是在樹林中的泥沙道上躑躅。

走上小泥山，在山道上可以窺見山前的那個小清池。我就在道旁的一只坐椅上坐下來，讓孩子獨自到山上山下去自由地玩。

山被籠蓋在一片蒼翠裏，滿山都是不知名的枝翻葉綻的樹木。人坐在山道上，頭上望不見雲和天，好像歇息在一個低矮的茅亭裏一樣。從參差下垂的枝條隙裏望那山前的小清池，池水一片深碧。偶然瞥見他的對岸有着黑影子在閃動，仔細看時，原來是有遊人從那邊經過。

池的面上，池的四周，也是那麼樣的寂寞呀！

我的心裏忽然又想起了那件常常想起而放不掉的事，悲哀的情緒不由地襲上來了！

正在無可排遣的時候，瞥見孩子從山腳下奔上山道來，手裏拿着幾張美麗的葉子，天真地，一跑到我面前，在我近旁的一只椅子上坐下，把手裏的葉子遞給我：

「這些葉子不是很美麗嗎？爸爸！」

我一葉一葉地接過來，葉子面上都有水跡，但都沒有泥污，我就問：

「你已把他們都洗過嗎？」

他點點頭兒。

這孩子的生性也像我一樣有些孤獨，可是他歡喜玩賞自然的美。他每一次跟我到公園裏，總是歡喜在地上找尋美麗的落葉和花瓣。我記得在一個月以前，他曾在這裏拾了許多的落葉帶回去，先把它們洗得乾乾淨淨，然後再把它們夾在書本裏壓乾。可是下文我就不知道了。

我隨手玩弄那些美麗的葉子，先把水跡用手指擦乾了，再細細地欣賞葉面上的各種顏色和各種式樣的美麗的花紋。

在我手裏一共有三張葉子：一張最小的是紅色的，但是邊緣却是青中含着紫，在中央還有些不青不紫的斑點。我疑心它是「雁來紅，」但是現在不是秋天，它又不像是草本。不過我一看見就已決定，它的顏色也是由青而紅的，它正和「雁來紅」一般地使我看了興奮，在樹木中，它實在一位愈活愈年輕的壯士。一張比紅葉大四倍的是綠色的，上面盡是黃色的斑紋；但也未嘗不可以把它當作原來是黃色的，上面盡是綠色的斑紋。葉邊都是尖角，全像旌旗四周的邊沿一樣。我覺得它有些好像有時誘人墮落，有時也鼓勵着人上進的女性。再有一張更較那張大的再大四倍，邊緣很整齊，有些像枇杷葉，但是背後沒有濃毛。葉的下角還保留着原來青色，可是其他的部分都已由黃而化成淡棕色。右邊還有幾個大斑點，似乎它在樹上沒有落下時和外來襲擊戰鬥所受到的創痕。我不禁對它肅然起敬，這不是一個老去的勇士的象徵嗎？

我在每張葉子上發現了它們的特點，它們不但各有它們美麗的顏色。

我愛惜這些葉子。

世界上不知有多多少少人都在追求他們理想中的美麗，可是結果得到的十九是幻滅。另外，世界上明明有不知多少的天生的自然的美麗的東西，可是它們都在沒有人理會下消逝了一生。世界難道是永遠這樣浪費的嗎？我覺得這世界是多麼的愚蠢！

不知不覺引出了我無盡無由的感喟。

我偶然想起了一樁事，從三張葉子來把那張不大不小的葉子抽出來，抬起頭來問孩子：

「我記得你前次帶回去的葉子中，也有這麼的一張，不知道現在的顏色還像這樣鮮明嗎？」

「花紋沒有變，可是已全沒光彩而顏色也黑暗了。」

「那可見無論什麼東西是不能離開它的生命之樹的，否則便將失去它的生命！

」

「爸爸，你不覺得這張葉子比上次那張在拾得的時候更鮮明嗎？」

給孩子一提醒，果然，立刻引出了我腦中從前曾經留下過的印象，那張拾得的和這顏色形態相同的一張葉子果然沒有這張鮮明，似乎已經有了憔悴。

我正想問孩子這是爲了什麼緣故，孩子已不等我開口先告訴我：

「這張葉子是我從樹上折下來的！」

我更深深地感喟起來了！

在這個比較裏，我發現了生命的美麗！

原來我，或許連一般哲學家和藝術家也都在內，在過去也僅僅是個愚蠢不過的人。我發現了這些葉子的美麗，我歎息於這些美麗的浪費，可是我沒有知道這些美麗的來源和它們的出生。

我現在才知道：有了生命才有美麗，所以愛惜美麗不如愛惜生命，因此只有生命才是眞正的美麗，才是永遠美麗的藝術品！

誰是犯罪的人

這是海兒告訴我的一個「眞實的」故事，所以稱爲「故事，」實在是有些不大

「享」的。

× × × ×

一個平凡得不必記起日子來的傍晚，在一條非常僻靜的馬路旁，有一家私人醫院裏的晒台上面，忽然發出一陣「噗」「噗」的聲音。這聲音頓時震盪了醫院裏每一個人的心，不由地都跑上晒台去看究竟。

由梯子上走上晒台的先是幾個已經脫去白外衣的看護小姐，跟着又來了其他的人。

原來晒台上是兩位實習醫師在甩兎子。

兎子必須活活甩死才好喫，這是一般吃過兎子的人都知道的，這本來是個可以不必再加解釋的常識。

可是醫院裏的兎子，並不因爲預備吃才飼養的。它們是給幾位專攻眼科的實習醫師做試驗用的，爲了他們當然不能直接就拿病人來作爲試驗品。

達爾文試驗了種種生物，才發明了進化論，幾個實習醫師爲試驗眼病要用兎子，在同一的理由下，有誰說是不應該呢？

但是被試驗者總是世界上的最不幸者，無論是人，或是其他生物。那麼他們爲什麼不用其他的生物而用兎子呢？據說：一則因爲兎子的性格最馴良，二則它不如狗和貓，可以幫助人類工作的不及，三則它本來是專供人類吃用的犧牲品。於是，它們名正言順地做了許多醫院裏的試驗室裏的犧牲者。

不料在某一次的試驗裏，一只不幸的兎子的眼睛給實習醫師弄瞎了。

不幸是往往專門加在不幸者的身上的，於是在雙重的不幸下，兎子更完成了它被吃掉的命運。

其實，除了被吃以外，人類也沒有第二個妥當方法可以處置這被試驗瞎了眼的兎子。於是，在這醫院的晒台上，就發現了這樣一幕的活劇。

一位實習醫師提起了那只瞎眼兎子的後脚，「噗」「噗」地不住地在晒台的水門汀地上甩。「眞作孽呵！」一位慈悲的看護小姐一看見就大嚷：「你把它活活的甩死，我們那裏還吃得下去？」

「兎可是吃不得的，」另外一位年長的看護小姐也露出不忍的臉色：「它會向你討命！」

「讓它向我一個人討命吧！」那位甩兎子的實習醫師含笑回答那位看護小姐，他提起那隻被甩了好久的兎子看時，身體已經整個的發了僵。

於是另外一位實習醫師說：「好了，已經死定了，我們可以動手開剝了！」

看護小姐們的眼中都投出不屑的一瞥，向着那兩位不人道的實習醫師，立即轉身一個一個都退下晒台去。

晒台上只剩兩位實習醫師在進行他們預定的工作，替當晚的晚餐增添一種可口的佳肴。

果然，這天的晚餐桌上，另外多出一大碗菜，是一碗熱氣蒸騰，肉香四溢的紅燒兔子肉。

自然是醫院老闆又蝕了本，幾乎每個人都比平日多吃半碗飯。那班慈悲的看護小姐們當然在例外。

她們的筷都不向兔肉碗裏投，只讓那些醫師們去夾來大嚼。

在中間，那位剛才在晒台上大嚷「眞作孽呵」的看護小姐偷偷地問近旁的一位醫師：

「滋味怎樣？鮮不鮮？」

那位嘴裏正在嚼着兔肉的醫師用眼睛來報她以非常滿意地一笑。

她沒有勇氣也舉起筷來投到兔肉的碗裏，整個的晚餐時間，她的臉上呈現看不勝羨慕的神色。

兔肉的碗裏首先空了，晚餐終竟到了終止的時候，同桌的人都一一散開去。

等到醫師們都走開，那位心腸最軟說兔子會討命的看護小姐終竟忍受不住，用她已經放下了的筷，重新拿起來，在兔肉碗底的餘汁裏蘸了一蘸，再放在自己嘴裏咂了一咂，回頭對另外一位看護小姐說：

「滋味果然不差，可惜是吃不得的！」

「你也犯了罪了！」一位善於嘲弄別人的女司賬員這時突然出來說話。

「爲了什麼？」很不好意思地。

「你以爲他們用殺兔子，是他們犯了罪；你不願分担他們的罪，你便不動筷！可是你終竟也嘗到兔肉的味，那你和他們仍不是『五十步與百步』的比嗎？吾們的孟夫子到底是聖人，他的判斷是再準確不過的。那你雖然沒有用殺兔子，而你所犯的罪却同他們一模一樣，雖然不增，但也不減！」完全是使人難受的嘲弄。

看護小姐的臉上頃刻像染上了臙脂，在含愧的一笑後，還是不服氣地問她：

「作算我也是犯罪了，那麼這位連湯也沒有嘗過的密司也犯罪嗎？」

她說的當然是指那位曾說「眞作孽呵」的慈悲小姐。

立刻回答來的是一個不假思索的回答：

「她同你一樣！」

「這眞奇怪了！」這自然是那位慈悲小姐不能不說話了：「我連滋味也沒有嘗過，我怎會也犯了罪？」

「是的！你果然連滋味也沒有嘗過，可是你不是曾問過他們：滋味怎樣？鮮不鮮呢？可見你不是不想吃，不過是爲了怕牠向你討命！假使有人敢担保你，牠一定不會討命，那你一定也敢吃了！到那時候，你不是也犯了罪？」

慈悲小姐也是不服氣：

「如果吃了兔子肉，到底不是吃人肉，也算不了犯什麼罪！」

「那你才爲什麼不敢吃呢？」

在哄然一陣大笑裏，便結束了這場無

聊地但是極有意義的晚餐後的餘興。

善與惡之訟

在上帝的面前，只有公正沒有偏私，只有眞理沒有成見。他好像是位司法官，常常有生命們在向他作不平的訴訟。

這裏所記下的，不過是向他訴訟者的總數千百萬分之一，可是他沒有方法付之判斷。因之，牠將永遠失去生命們對他的信仰，如果他以後還是無法判斷的話。

原告是一個已經炸去四肢，面目焦黑，全身血肉模糊的不知是什麽生物的生物，而被告是一位人類中最有智慧的科學發明家，態度靜穆，嚴肅。

他們都停站在上帝的神龕前。

上帝照例靜默地聽他們的訴辯：

——我也是上帝的寵兒，因爲有生命。可是他偏偏發明了炸藥，把您給予我的肢體炸毀，生命消滅；而且他不但消滅了一切生命，也摧殘了一切您所安排好的美麗的東西。

——這是那裏來的話，我的發明炸藥的動機，完全不是爲了要消滅生命，或摧殘藝術，只爲了要創造一種生命們所沒有的巨大的力，可以省除許多人的力去鑿山開道，毀礁除壅。不料爲野心家所利用，製成了炸彈，才造成這種結果。這是使用者的罪，和我發明者無關。

——這是詭辯。不鑿山，不開道，不毀礁，不除壅，生命們所受的害決沒有像炸彈傷人那樣的力量大。什麽叫做利？使多數人或多數生命受到利益才叫做利。而你這種發明，却害多利少。難道你的動機就爲了這個嗎？那非說你是存心殺害不可。

——當一個人要發明一件發明時，他總是專向利的方面想的，所以他的動機總是好的。如果你說我存心殺害，那麽礦物質中的砒霜，植物中的馬前子，動物中的河豚魚，牠們不是吃了都可消滅生命的嗎？但牠們都別有用處。我想：創造這些東西的上帝，也一定不會承認也是存心殺害吧！

——這是不能和你的事相比擬的。砒霜，馬前子和河豚魚果然也都有毒，可是你自己不去吃牠們，牠們不會自己走進你的肚子呀！而我，你看，眞是天外飛來的橫禍。我好好地在爲了生活工作着，突然天空裏飛來了一架飛機，從上面投下幾顆炸彈，而我要逃避也來不及。這樣，更使我想起你更多的罪惡。飛機不也是你所發明的嗎？倘使沒有飛機，炸彈雖可消損生命，但所消損者還少。而一有飛機，我不必多說，你看，生命們更遭到了曠古未有的屍飛遍野血積成河的大殺害。

——世界上一切的發明，本來都是有利有害，而發明者的動機總在爲了有利方面。照你這樣說，那麽世界上一切發明家都是存心殺害的罪人，而一切科學上的發明，沒有一樣不是殺害人的東西了？

——正是！你看：譬如金鷄納可以消除熱病，但牠又可以打胎；如果因不能消滅熱病而招致死亡，那犧牲者只有一個人，至於毀損胎兒，便有滅種的危險。你看這罪惡何等重大？

——果如你所說，一切發明，都是有利必有害，甚至害多利少，但你並不曾說，絕對沒有利。要是有利的話，你怎能偏於一方，一定要斷言發明者爲有罪呢？難道「有利」不是功　，而功一定不能抵罪呢？

——那還是要問結果。

——我以爲要看動機。

當他們辯論得皂白不分，沒有辦法可使誰退讓的時候，上帝便命一位倫理學家出來判斷。因爲世間一切罪惡的標準，如果由他出來決定，可以得到比較準確的結論。

——諸位，我是一個倫理學專家，只能就倫理學上的學理來作探討。兩位所爭論的是非，如果在幾百年前，那麼我敢說，這位發明先生是對的，因爲他的動機是善的。但在幾百年之後，又有一派新倫理學產生，他們站在唯物的立場，說專問動機來判別是非是唯心派，完全是主觀的不科學的成見，他們把他叫做「存心說」，而他們自己的却是客觀的科學的見地，不問存心善惡，一切都依結果爲斷，這一派叫做「結果說」。照後一說，那麼這位受害的先生的話也不差的。所以我的結論是：兩方面也各有其是，也各有其非。

——那麼世界上是沒有是非了嗎？

——那我不敢回答你，因爲這是世界之謎。我擔當不起拆穿這個謎所造成的結果的罪名。

——那你這位先生也贊成結果說了？

——並不。因爲我存心也不願拆穿了這謎，使世界上一切的人和生命都受到痛苦。

——照你說來，你是一位調和論者了！

——哈！哈！不敢！不敢！世界上本來沒有偏於一方面的眞理，我們古代孔老夫子的「中庸」之道確是他老人家經驗有得的主張。所以後世的人儘管反對他，但他還是個永遠存在的偶像。

——先生的話岔開了。你說一個人的行爲，要存心結果兩方並重，這是對的。但我存心是善的，而結果造成罪惡；或是存心是惡的，而結果造成有功，這兩者難道也能同樣看視嗎？如果這樣，不是世界上永遠沒有善惡，是非之分了嗎？

——這我不能說，你自己去想。

——那我們還得請上帝自己來判斷。

可是在他們的面前，上帝的偶像已經不復存在。

絕墨

是一個嚴冬的清晨，胡非子坐在茅檐下的土階上晝日黃。他的面前是一只破舊的小几，據說這還是他的師傅墨翟傳給他的。在這小几上面，他也學着他的師傅常常伏着寫文章。這天氣候實在冷得有些難受，所以他把小几搬到屋外來，在太陽光裏繼續做他沒有做完的工作。

「師傅！」一個粗暴的叫聲，頓時冲破了陽光下死去一樣的寂寞，不由胡非子不放下了筆，抬起頭來注意這個呼喊他的人。

「是你嗎？」他一看原來是他最得意的弟子孟勝時，不覺高興得說不出別的什麼話來，只隨口吐出了這樣一句儘可不需要的疑問。

孟勝氣憤憤地。大約因爲跑了許多的路，所以雖然現在已止了步，還是不住地喘着氣。

「你又聽到了什麼關於孟山的新聞了，是不是？」胡非子笑吟吟地看着他。

原來孟山也是胡非子的得意弟子，因爲生性特別聰明，從小就把墨經讀得爛熟，和人家談論起不論什麼來，能夠完全運用墨經的論辯方法，所以胡非子特別看重他。他老人家曾經對其他的弟子們說道，將來他如果死了，一定把他的「鉅子」的交椅傳給孟山，叫他們繼續奉他做墨家的領袖。

不料在一個月前，孟勝偶然去探望一個親戚。他的親戚不知道他是墨教徒，又偶然談起了孟山的事：

「孟山是個從小沒了父親的聰明孩子，現在總算給他成了名，做了最最有名的墨教徒，生活也相當闊綽起來了。」親戚說這話時，流露着非常贊美和羨慕的神情。

「生活闊綽起來了？墨教徒都是努力工作，生活清苦的人。如果闊綽，那還成什麼墨教徒呢？」孟勝搖搖頭，表示他的不相信。

「這全是騙人的話！『千里做官只爲財』，墨教徒如果不要發財享福，那何必去做墨教徒呢？大約別的墨教徒不及他聰明，所以做了一世教徒只過着清苦生活。只有他，本領高强，眞能傳得墨家衣鉢，旣發財，又享福，成爲一個準標的墨教徒。」親戚自信不疑地只管滔滔說下去。

「沒有這種事！」孟勝忍不住替墨教徒辯護。「要是墨家以發財享福爲目標，那麼墨教徒便不會個個面目黧黑，手足胼胝了。當初墨翟聖人創教的時候，他就拿『面目黧黑，手足胼胝』來做收錄門徒的標準，凡是不能吃苦，不能安貧的人都拒之門外。所以世代相傳，要是一發現有人想發財享福，就請他出教，否認他是墨教徒……」

「那麼孟山不是至今還是有名的墨教徒嗎？爲什麼他獨自面孔白嫩，手穿皮套，足踏革履呢？」

「這是不會有的事！」孟勝肯定地不相信。「昨天我還碰到他，他的面孔何嘗白嫩，手足也何嘗不赤裸着呢！」不由地自己漸漸吐出自己的眞相來。

親戚看看他的臉，也看看他的手和脚，對他微微一笑。

當天孟勝去見師傅，就把這新聞告訴他。胡非子當然不會相信，搖搖頭：

「這正全同『曾參殺人』一樣！而且孟山的面孔和手足並不如你親戚所說，那你爲什麽要懷疑他呢？」

孟勝聽他師傅這樣一說，果然十分有理，便把這件事完全放下。

這天胡非子一看他面容很氣憤，突然想起了一個月前的事，不覺隨口吐出來問他。其實，他不過是一時的打趣，因爲他始終不相信會眞有其事的。

「師傅，你立刻跟我去看！」

不等胡非子回答，扶了他只管從大路上向前走。胡非子也知道孟勝素來不會無風作浪，便毫不躊躇地聽他扶着走去。

一口氣走了將近十多里路，胡非子是個老墨家，當然算不了什麽的。走到一家民家的門前，孟勝忽然扶胡非子從那家的邊門走進去。

經過了兩個院落，便聽得裏面有男女譁笑的聲音。胡非子便將脚縮回，正想轉身回出去，他的肩胛又給孟勝拖住。

「你聽，這是誰的聲音？」孟勝的嘴伏在胡非子的耳朵上。

胡非子傾耳一聽，面容立刻大變。

「老頭子會知道你來這裏嗎？」是一個愛嬌的女人的口吻。

「不會的。他們都是屈死，阿木林！他們到死也不會知道我的面目和手足都是假裝的。爲了這些勞什子，我曾送了公輸般一萬塊錢。他果然是個巧匠，穿在身上，誰也不會看出我的眞相來。」

「那你爲什麽要化一萬塊錢來買這屈死，阿木林的徒弟做呢？」

「這難道你還不知道？我不是借了墨教徒的名，向秦王去捐得一筆大款子嗎？要不然，秦王那肯捐給我？有了這筆捐款，我們儘可坐享一世了！哈！哈！哈！」

「那你以後可以不做墨教徒了？」

「暫時還不能。因爲事情一拆穿，我的捐款要給人家收還去的，還是不動聲色的好。並且等到老頭子死了，我還有繼承他做『鉅子』的希望，到了那時，我更可以爲所欲爲了！哈！哈！你看我應該退出他們的教嗎？」

突然「嘆」的一聲響，好像院子裏坍下了一垛牆。孟山和一個女人從屋子裏急急跑出來看時，原來是他的師傅胡非子直挺挺地躺在院子裏的地上，孟勝像鐵一樣地站立在一旁，一動也不動地怒容看着他們。

曾經在春秋時代轟動一時的墨家，因爲胡非子突然的死亡，沒有遺命立誰做「鉅子」，於是門徒星散，各奔各的前程，無形中漸漸地消沉下去了。

這就是歷史上墨家所以半途消滅的眞因，是以前的人所沒有發現過的新發現。

時代驕子

章克標

同學少年多不賤，五陵裘馬自輕肥。時代之驕子，是每一個時代都有的。比方調戲酒家胡的霍家奴，在當時也是一世之雄使詩人側目，而僅能於吟咏中吐露其忿懣不平。前清時代的酸秀才成羣搗亂起來，便要使地方官覺得無法可治而頭痛，民國以來的學校學生鬧風潮，五四運動以後的學生，在政治也具有鉅大勢力，時代驕子便是時勢所造的英雄。

但時代是要變的，得時的出鋒頭人物，也是跟了變。并且看了他們的變遷，也可以深深體味到時代的變換。

還是不久以前，上海是全國文化經濟的中心，上海的摩登青年乃是時代之驕子，在大學念書的男女學生，尤其是其中的佼佼錚錚者。他們穿得十分華麗，更喜西裝，口說洋話至少也打幾句洋涇浜英語，手挾厚脊洋裝書以爲光榮，所談是文藝及電影，托爾斯泰，王爾德，沙士比亞，歌德，易卜生，蕭伯納，歷歷如數家珍。講起影星，尤其熟悉，一如他們的親眷。道格拉斯范朋克，曼麗壁克馥，約翰巴里摩亞，克拉拉寶，瑙瑪希拉，格雷泰嘉寶，瓊克勞馥，格落利亞史璜生，菲特立馬區，卓別林，勞萊、哈代，……都是頂熟悉的名字。他們出入戲場咖啡館，遊公園，上舞廳，享受他們的黃金時代。而他們有的也就是黃金，上大學念書，根本非素豐之家不可，那時大學生是社會上羡望之標的，即使他們有些過失，也肯加以原諒的。

但是盛極必衰物極必反，如火如荼的美麗花朵，不能免於凋謝散落，大學生出鋒頭時期已成過去。現在社會上可以稱爲時代驕子的是誰呢？曾經有一時期，青年士兵是不可一世的，尤其空軍將士，爲社會上崇仰之標的，但爲時極短，目下可以在大街上高視闊步的，在娛樂消費場所撒手漫化金錢，又是另一種人。他們是做生意的，發國難財的投機囤積之流，或爲五洋客人，或者掮客，或爲稅收經手人，或爲……，這一羣人不一定是青年，而以少壯者居多，他們的同伴者是飲食店的女招待，嚮導社的導女，舞場的舞女，和往者男女學生談詩一般的戀愛情景是不同的了。他們所談的話不是生意賺五萬十萬便是外快油水之肥瘠，香煙洋燭之行市，貨物夾帶之拘扣及沒收充公，乃至吃喝玩的情形。他們和以前者之不同，都是化用自己賺來了錢，不像大學生那樣僅藉父祖之遺蔭。這是他們的強點，他們可以振振有辭的。他們是自食其力的，至少是憑藉了自己的才智聰敏來投機取巧，來獲得他們的地位和收益。

在這一個變換中，我們可以看出哥兒公子的脆弱性，他們的基礎，建築在父祖的財產上，他們很少有自己的力量，而現在的得時人物，都是自己去奮鬥出來的。不管他們的行爲是好是壞，他們用自力來造成維持和拓展自己的地位。眞的，現在是一個實力的時代，沒有實力，不久便得倒潰。先人遺蔭已經無法再遮護子孫了，爲子孫的，應知自奮。

現在這一班驕縱恣奢的天之驕子，他們在盡情的消磨他們的志向和力量，使人社會上一般人側目，對於他們沒有人予以同情也沒有人予以讚許的，但他們有力，他們還能自由恣肆。不過社會是人間來組成的，沒有社會羣衆的背景，其力量是淺浮的。況且他們的力量又眞是不是他們的力量呢？仔細探索起來，他們不是也僅僅有所利用依傍憑藉而已嗎？那麼他們的運命，也是可以預卜的。我用不到咒咀，這是時代之故，時代是時刻要變的，時代的驕子，將跟了時代一同滾開去。去休！偉大的時代在不遠，將來臨。

四幕劇　繁華夢（四）

沈　鳳

第四幕——數年後除夕夜八時——

人物：范　湘
老　張
孫主任
女　僕——陳媽
少　女——劉淑文
少　男——吳伯愷（范湘的私人書記）
貧　婦
貧婦的小孩
脚夫二名

佈景：同序幕，一切傢具全都一樣，所不同的只是桌上的擺設。

幕開時，老張由裏面出來，他現在已是范湘家裏的帳房先生了。他身穿新的綢面羊毛袍子，很滿足似的。

張：陳媽，陳媽！

（女僕捧着火盆上，放在台的中央）。

張：已經生好了嗎？他們也快來了，飯菜預備好了沒有？

陳：飯還早呢，范先生說今晚上的晚飯遲一些也不妨。

張：也好。那末……（突然想起什麼來）上午你告訴我的那個要飯的女人現在怎麼了？

陳：我剛才給她送了一大碗飯和菜去。我叫她上我們廚房裏來烤火，暖一下，她無論如何不肯來。我看再下去怕要凍死了，外面的雪現在下得這末大。

張：她還有一個小孩子嗎？

陳：十來歲了，怪可愛的。餓得那樣，一看見東西便搶來吃。

張：怪可憐的，一會兒你空下來的時候再去看看，最好叫她上我們廚房裏來。

陳：好的，我一會兒就去瞧她們，那小孩子已經認識我們的屋子，她也許會來要什麼的。

張：那個女人爲什麼不肯來呢？

陳：不知道，以前怕還是好好的人家呢。

張：好吧，等一會你去看看。（陳媽下）可憐，怪可憐的。

（孫主任上）

張：（站起）孫主任，你怎麼回來了，外面很熱鬧吧？

孫：你請坐。（坐下）外面很熱鬧，我本來還想多看一會，可是天下雪了。你瞧，我坐了洋車回來，身上都有這麼許多雪。范先生呢？

張：還沒有回來。

孫：他上那兒去了？

張：也許是西大街劉家吧。

孫：是親戚家裏？

張：不，劉老先生是此地的鄉紳，一位窮鄉紳，不知爲了什麼，拚命的奉承范先生。所以我們范先生也常常上他家去。劉老先生有一位小姐，聽說劉家打算許給范先生。

孫：呵，其中還有這末一段故事，你看這婚姻會成功嗎？

張：也許會成功的，因爲劉老先生願意，范先生也願意。

孫：那末劉小姐本人呢？

張：劉小姐是沒有問題的，她不願意也沒有辦法。

孫：你是說劉小姐并不願意了？

張：我也不知道，但我看來，劉小姐似乎并不十分熱心於這件事。

孫：她長得漂亮嗎？

張：怎麼不漂亮。

孫：今年多大了？

張：今天是十八，明天也才只十九歲呢。

孫：呵，十八歲。范先生今年多大了？

張：范先生嗎，我知道他比我大好幾歲，他怕已經快五十，也許五十多了吧。明天他又要加一歲。

孫：這眞是的，他爲什麼不早一點結婚呢？

張：就是這樣說。我們的范先生眞是一個怪人，他確有本領，可是他太也奇怪了。孫主任，你還記得嗎，那年他無緣無故的把院長的差使辭掉，誰也不知道是爲了什麼？

孫：是啊，自從他辭職以後就沒有和我通過信息，這末許多年來他幹了些什麼？

張：所以我說他有本領，他做出來的事都是希奇古怪的，但沒有一件不是成功的。他不做院長以後便回到上海去設診所，一開門便忙得不得了，他立把診費提得嚇人的高，但他仍舊忙不過來。這樣，他着實地賺了一筆。以後，他就用自己的本錢開辦藥廠，那還有不發財的。

孫：那末他爲什麼不結婚呢？

張：他給我錢，叫我去結婚，但他自己却不結婚。孫主任，你還沒知道呢，這幾年來他這個人全部變掉了。從前，他不是很守本分，誰都稱讚他是個好人嗎？可是這幾年裏面，完全不是那樣了。他賺了錢就化，花天酒地，什麼都來。開藥廠的時候，他也不給人看病了，他有的是時間，一天到晚在外面吃喝嫖賭。他那裏還會想到結婚，結婚那有那種生活痛快。

孫：後來呢？

張：後來嗎？這種花天酒地的生活一直過到今年夏天，他突然停止了，什麼事也不幹，帶了好大一筆財產回到這兒來，好像是告老還鄉似的。

孫：回來了以後，他才又想起要結婚了嗎？

張：也許是吧，那位劉老先生很連絡他，他一回來不久，劉家便請他吃飯，打牌；以後，他也就常常自動地上劉家去。

孫：那末，那位劉小姐也常上這兒來嗎？

張：范先生常請她來的，然而……

孫：什麼？

張：我總覺得劉小姐幷不是願意的。我很看得出來，劉小姐對他笑一笑，點一點頭，都是勉强的。他，怎麼說來總是老了，一個十七八歲的姑娘那能喜歡一個五十來歲的老頭兒。

孫：不過他的樣子倒看不出已有這個年紀。

張：無論如何總得看到四十以上，那也差得太多了，這應該是劉小姐的爸爸的年紀。

孫：話是那末說，但你何以知道他要娶她？

張：那也是明明白白的。他新買了房子，正在刷新，我想他是預備做新屋的；他近來每天上劉家去，他本來非常討厭劉老先生，自從和劉小姐有了來往，他便和劉老先生處得很好。有一次，他問我：「老張，我不老吧，還來得及結婚吧？」還有一次，他問：「劉小姐和我在一塊兒，人家看起來以爲她是我什麼人？」我回說像是姊妹，但我心裏只覺得像是女兒。孫主任，你看，這種情形還不是很明白的吧。你說怎樣，孫主任？

孫：依我想……

（這時候，范湘和他的年青書記吳伯愷同上。孫主任住嘴。范湘已很老了，看來總有四五十歲，但精神十分好，身體也康健，舉止還像一個青年人。這種男人，也許仍能獲得年青女人的喜愛，但决不是一個十八歲的純潔少女會感到愛戀的。吳伯愷年約廿四五，純樸，可愛。）

湘：啊，孫主任，你先回來了，對不起得很。你等了很久了吧？（指吳）這是我的書記，姓吳，號叫伯愷，半年來他跟着我，我拿他當作自己的孩子似的。這是孫主任，行禮。（回頭向老張）我要在晚飯前布施窮人家，你給我預備起來吧，饅頭大概已蒸好了吧，那末你給我上錢莊裏去換二百張單元鈔票來。（老張下）孫主任，我眞感到榮幸，你居然眞的肯在這小地方停留幾天。

孫：我接着你的電報，我快活得像什麼似的。假如我知道你在這兒，不等你邀我，我也要趕來拜訪你，擾你幾天的。這兒很不錯，你怎麼會搬到這兒來的？

湘：這裏是我的老家。廿五年前的今天，我從這兒離開，去考醫大。我走了以後，我家裏一直住在這屋子裏，直到今年夏天，我的哥哥調遷了，他告訴我他要搬走，我便把屋子買了下來，接着我就搬來了。到的那天，使我十分驚奇，這間屋子裏的傢具和佈置竟和我離開的那天完全一樣。我仍舊讓它這個樣子下去，這些傢具雖然舊成這個樣子了，但我喜歡。

孫：你打算在這兒住下去嗎？

湘：是的，我再不想出去了。

孫：爲什麼？

湘：我想休息。

孫：永遠的休息嗎？

湘：正是。這許多年來，我也賺了一點錢，假如省吃儉用，大概夠我一輩子化了。所以我也就不想出去了。孫主任，我是什麼福都享盡了，凡是人間的享受，一切奢華富麗的生活我都經歷過了。并且已經感到了厭膩了。

孫：一切嗎，一切幸福嗎？一點也沒有遺漏嗎？

湘：也許，也許要除去家庭的幸福。所以，正因爲如此，我就不想走了。我打算在這裏補足這一點，在這裏享受這一種幸福。

孫：這樣說來，你現在是在追求家庭的幸福了。那年我勸你結婚，你自己不肯聽我的話。

湘：孫主任，請你別罵我，我知道我以前確是錯了。最初，我誤以爲我應該先去追求人間的一切榮華，我看輕小小的家庭；後來，當我知道了家庭幸福的可貴，但我得不到，我又誤以爲一切物質肉欲的享受可以代替家庭的幸福。當然，我全錯了。然而，現在我明白了過來，我完全明白了，我決定結婚了。

孫：決定結婚，這是眞的嗎？

湘：眞的，假如你可以過了年初五走，我也許可以請你喝了喜酒再走呢！

孫：你眞的要在年初五結婚嗎？和誰？

湘：我的新娘是一位姓劉的小姐。

孫：她是誰？

湘：當地一位鄉紳的女兒。

孫：她多大？

湘：十八。

孫：你呢？

湘：孫主任，你以爲我已經太老了，不配娶她了嗎？但我并不老呢，看我的舉止行動，那一點現出了老態，我的思想正和年青人一樣呢。在歐美，這實在是極普通的，一個四五十歲的男人娶一個二十來歲的姑娘。你覺得不好嗎？

孫：并不覺得不好，不過……

湘：（回頭向吳伯愷）伯愷，我和劉小姐結婚，你的意見怎樣？

吳：我沒有什麼意見，只要雙方同意，年齡似乎并不重要的。

孫：對了，只要雙方同意。

湘：我也認爲這是最重要的。然而，她今天已經答應我了。她同意了。

吳：她同意了嗎？（失望，痛苦）

湘：對了，她同意了。

孫：只要她本人同意，那便好了。

湘：正是她本人同意了。她一會兒還要上這兒來，你可以看見她。你看她是多麼漂亮，多麼可愛，并且多麼高興。

孫：那好極了，我正想見一見她。

湘：（看手錶）她快來了，她應該馬上來了。（神經敏捷地）你聽，這不是她來了嗎？你聽，她來了，（高興）她來了。

（劉淑文上。她當然十分年青、新鮮、美麗、活潑。她與年老的范湘可以成爲對比，放在一起是決不會調和的。她身上還穿着大氅，上面有雪花。一進屋，她就脫大氅。吳伯愷上前去幫她脫。）

湘：（趕上去，他們倆親暱地握住手，這種親熱完全像是父女之間的感情）你從後門進來的嗎？來，我給你們介紹，這位是孫主任，我從前的老師；這位就是劉小姐。

孫：外面還在下雪嗎？

劉：更大了，不知要下到什麼時候呢？

孫：來，外面很冷吧，上這裏來烤火。

湘：你怎麼今天從後門進來？

劉：是的，今天特別地從後門進來。因爲給你帶來了一個要飯的小孩子來了。

湘：這是怎麼一回事？

劉：我是到巷子拐彎的地方，有一個小孩子向我要錢。雪下得那末大，我看他衣服穿得那麼單薄，我想光是給你幾個錢有什麼用，今天你不是預備布施許多東西，所以我把他帶來了。

湘：謝謝你，那末那個孩子呢？

劉：我交給張先生了，現在大概在廚房裏烤火吧。

湘：老張，老張。

（老張上）

湘：劉小姐帶來的那個孩子呢？

張：在廚房裏烤火。

湘：沒給他吃什麼嗎？

張：怎麼沒有？一大碗粥，兩個饅頭，他正吃得很有滋味呢。

劉：張先生，那個孩子不是長得怪可愛的吧？

張：長得不錯，眉淸目秀，五官端正，不像是低三下四的人家的孩子。這孩子早晨已經來過了，陳媽告訴我，這孩子還有一個媽在外面，衣服也是那麼單薄。可是叫她上這兒來却總不肯來。

湘：爲了什麼不肯來？

張：這我也不明白。

湘：奇怪。（他沈思。）

劉：也許是剛落難的，還害臊呢。

湘：奇怪。（調轉話題）那個孩子長得很可愛嗎？

劉：很可愛。

湘：讓我去看看。（向劉）你在這裏烤火吧，我出去看看。

孫：（興緻很好）我也去，我正要看你們布施些什麼？（湘、孫、張同下）

（默場少許，吳與劉對視。）

吳：（忍不住開口）淑文，（向她走近去）你已經答應范先生了嗎？

劉：什麼事？

吳：你已經答應嫁他了嗎？

（劉默然。范湘突出現在門口，見狀迅即退去。）

劉：我答應他了。

吳：你不是說你不愛他的嗎？

劉：那有什麼辦法，爸爸一定要我嫁他。

吳：你不是答應過我不嫁他的嗎？

劉：唉，你別再提起這事情好不好？

吳：但你說過，你說過……

劉：伯愷，別傷心，我嫁他是一會事，我們的愛情又是另外一件事。我愛你，這還不夠嗎？

吳：那你一定很痛苦。

劉：我不痛苦，一點也不痛苦。我爲了我爸爸和他結婚，我爲我爸爸犧牲，我覺得很高興。我知道你愛我，而我也愛你，我還有什麽不滿足呢？

吳：那末，你們幾時結婚？

劉：他說在年初五。

吳：只有五天了。

劉：別提了吧。但你可別傷心；你幷沒有失去我，因爲我還是愛你的，幷且將永遠地愛你。

（突然。）

孫：（聲音）你別害怕，跟我來。

（他們聽見孫主任的聲音，連忙站開。孫手牽着一個貧家孩子上。）

孫：范先生呢？

吳：他不是和你們一同上後面去的嗎？

孫：他到前面來拿什麽東西的。他沒有來過嗎？

（范湘從右門上，身上有雪花。）

孫：你上外面去了？

湘：我在院子里，計劃着怎樣處理布施的事情。——呵，這就是那個孩子嗎？

劉：你看他長得可愛嗎？

湘：就是瘦了一些。（向小孩）來，你上這兒來烤火。

（孩子手上拿了兩隻饅頭，他走向火盆，范湘捉住他的手。）

湘：你幾歲了？

孩：九歲。

湘：那里人？

孩：此地人。我媽媽說，她是此地人，所以我也是此地人。

湘：你媽媽呢？

孩：她躺在街上。

湘：你沒有爸爸嗎？

孩：爸爸早就死了。他死了三年了。

湘：你媽媽呢？

孩：啊，我要回去，回到媽媽那兒去。

湘：你去叫你媽媽到這兒來好了。來烤火，來吃東西。

孩：她不肯來的。我要去了，這兩個饅頭拿去給她吃。

湘：陳媽，陳媽。

（陳媽答應着，上）

湘：你把這個孩子帶去，叫他媽媽一同來，我們馬上要布施了。布施完了以後我們自己可以吃晚飯。（向小孩）叫你媽媽來，知道嗎？（陳媽牽了孩子下）伯愷，你去幫老張合計一下，他一個人弄不過來。（吳向門走去）還有，你注意着，凡是衣服單薄的，叫他們都上後面空屋里去烤火。

（吳下）

劉：我也去看看。

湘：你可以等一會去。

劉：不，我要現在去。（劉下）

孫：你現在是慈善家了。

湘：這算不了什麼，只不過是人類的一點同情心而已。過年了，人人都是快活高興的，而他們却處在又餓又冷的最困苦的境况里，我應該幫他們一點。我很明白這是不很徹底的行爲，但我忍不住要這樣做。再明白一點說，我這樣做也無非是爲了我自己。這許多年，我做了那末許多不對的事情，大年夜忍心地拋開了年老的父母，去追求我個人的幸福，以後所作所爲，也無非都是爲了自己，我還浪費掉那麼許多錢財，那些錢不知可以救活多少快要凍死餓死的人；今天，幸而還有一點錢多下來，我不是應該幫助他們一點，稍爲做一點對別人有好處的事，以贖我的罪過，使我自己安心一點嗎？真的，我這樣做，其中確含有無數的懺悔的意思。

孫：你做得很對，在除夕晚上給窮人們一點兒吃的，給他們一點錢，再給他們烤一下火，這是完全對的。我希望你在老年能事事都做得很對。

湘：孫主任，你這話是在說我有什麼不對嗎？

孫：沒有什麼不對，請你不要誤會。

湘：我知道了，你反對我和劉小姐結婚。

孫：我也不能反對。

湘：「你不能反對，」那末你心里面確是反對的。孫主任，你反對得很有理由，然而，你聽我解釋……

（老張上）

張：門口已經有百把個要飯的聚集着了，我們立刻開始把東西發給他們吧，好不好？

湘：你還等什麼呢？我告訴你，讓吳先生幫着你，你叫陳媽也幫着做。先把男的，女的分開，小孩子也分開，然後先發小孩和女人，到末了才發男人。每人兩塊錢，四個饅頭。照我說的幹，別弄得亂七八糟。好，你快去吧。（老張要去）還有，那個孩子有沒有和他的母親一同來。

張：怕沒有吧，陳媽回來說，那個女人無論如何不肯來。我們等一會給他送一份去好了。

（老張正要出去，小孩闖進來。）

湘：喂，你怎麼來的？你不趕快上外面去等着拿饅頭和錢，上這兒來幹嗎？

孩：我從後面進來的，前面擠了那末許多人，我走不進來。

湘：你走進來幹嗎？

孩：我來告訴你們，媽媽不肯來。但現在，她已經凍得說不出話來了，也許快要死了。

湘：啊，那麼，老張，你去看看，派兩個人去抬來吧。

張：孩子，跟我來。

（老張攜孩子下）

孫：這孩子眞是很可愛的。

湘：慢着，你聽我說下去。我不是解釋我和劉小姐結婚的事嗎？

孫：你說。

湘：第一，我的年齡還不是老得不能結婚。第二，我娶她，我一定能使她幸福的。

孫：什麼樣一種幸福呢？

湘：物質的，同樣也是精神的。

孫：你敢確定嗎？

湘：你相信我會負她嗎？

孫：那你確定她願意嫁你嗎？

湘：我不能確定。但她已答應我了。

孫：她答應你，你就以爲她願意嫁你了嗎？

湘：她答應了我，我便可以娶她；卽使她眞的并不願意嫁我。

孫：她不願意，你也要娶她。

湘：我一定要娶她！

孫：你强迫一個不願意嫁你的人和你結婚，你不是做錯了嗎？

湘：也許我是錯了，但是——孫主任，我確已知道她并不願意，但我仍要娶她。

孫：這是什麼意思？

湘：（激動）孫主任，你知道，我是不能忍受失敗的，所以我決不失敗。剛才，我們一同走出這屋子上後面去，我不是忘記帶錢，回進來拿嗎？我回到這屋子的時候，我看見劉小姐和我的書記親密地正在談話。於是，我彎到院子里去，在窗子外面偷偷聽他們的談話。他們的談話我全部聽見了；她確不願意嫁我，她和我的書記正熱烈地戀愛着。孫主任，我如何能忍受這失敗呢，所以，我更決意要娶她。假如我放棄了她，我豈不是失敗嗎？我一生沒有失敗過，爲什麼到了我的老年失敗這一項。

孫：你卽使娶了她，你也已經失敗了。

湘：不，我至多只失敗一半，另一半的失敗便屬於他們了。我結了婚，我無論如何可以設法獲得一種家庭的幸福；她剛才對我的書記說，她犧牲她自己，嫁我，她犧牲，便是我的成功！

孫：你太自私了。

湘：也許是太自私了一點，然而她不該騙我。

孫：算了吧，老弟，你也經夠老了，不結婚也就算了。

湘：正因爲我快老了，所以我不能忍受失敗。而現在，我還沒有老呢！你瞧，我老了嗎，我老了嗎！

（老張匆匆上）

張：高小姐來了。

湘：什麼？

張：高小姐，那位高素珍小姐來了。

湘：她？她在那兒？

張：她在這兒。

（門開，兩個脚夫把一個貧婦抬進來。這貧婦實在就是高素珍。范湘命令他們把她安放在搖椅上。那個小孩跟在後面進來。）

湘：啊，素珍，素珍。

孩：你怎麼也知道我媽媽的名字？

湘：素珍！

高：（無力地）唔，你是湘。

湘：你怎麼來的，怎麼來的？這眞像做夢似的。

高：人生本來是一場夢，但我們做的却是一場惡夢。

湘：這究竟是怎麼一回事，你，……？

高：我……（欲語無力，人們靜靜地注視她，范湘以詢問的目光視老張。）

張：她剛才已經不省人事了，在後面喝一點熱湯才醒了過來。

湘：（向暈去中的高素珍了素珍，素珍！

孫：（湊近去看高，把她的脈）很微弱了。我怕沒有什麼希望了。

湘：不，我得救她。老張，我的手提包！

（老張下，衆人圍住高素珍。）

湘：素珍，你醒醒，醒醒。

高：什麼？

湘：你醒醒。

高：（用手指口）我……（無力地放下手）

（老張把醫生用的手提包拿來，范湘急忙打開來。）

湘：（向孫主任）用什麼？

孫：隨便你，我看是沒有希望了。

（范湘急速地弄注射劑，為高素珍注射。注射完畢，他緩緩地回身。）

湘：我相信沒有什麼危險的。

（孫搖頭。）

湘：（緩步走向台前）終於，又來了。（他看手上的戒指。）天啊，你為什麼這樣作弄我。（劉小姐和吳伯愷上。）

劉：這就是小孩子的母親嗎？

湘：劉小姐，對不起得很，剛才你和伯愷兩個人在這屋子里所談的話我完全聽見了。別害怕，我一點也不怪你，也不怪伯愷。你知道，我是一個什麼都經歷過的人，我的器量是很大的。現在，我這樣決定了，我贊成你和伯愷結合，我決意像父親一樣的培植伯愷，使你們幸福。

劉：那末你自己呢？

湘：我可以不必結婚了，我已經老了，我錯過了那麼許多次結婚的機會，這一次算得什麼？你們結婚好了，我新買的房子就算是我給你們的禮物。

劉：范先生，那你太好了，太好了。（緊握住范湘的手，感激淚下。）

湘：我應該這樣做的，應該的。

孫：高小姐，高小姐。

（湘急忙回身去看高素珍）

湘：素珍，素珍！

高：怎麼？

湘：你怎麼來的，怎麼不來找我呢？

高：我是來找你的，但聽說你快結婚了。

湘：沒有這回事。

高：我只想等到你結婚以後，那末我可以來找你，來投你，把孩子托付給你。

湘：你錯了。楊醫生已經死了三年了，那你為什麼不早來找我呢？

高：這怎麼可以呢？我覺得我不應該來找你的。

湘：為什麼不應該？

高：不應該的，不應該的……（聲音微弱下去。）

湘：素珍，素珍！

孫：　　　　高小姐，高小姐！

張：（同時大聲地）高小姐，高小姐！

孩：　　　　媽，媽！

湘：就是這樣完了嗎？素珍，素珍！

（幕漸落，落後猶可聞范湘的叫聲：「素珍，素珍！」凡二聲。）

尾聲

——接「序幕」後二三小時

人物：同「序幕」。

地點：同。

佈景：同，惟臘燭已短去若干。

> 注意：第四幕閉幕後，尾聲必須在最短時間內啓幕，因此飾范湘和高素珍的兩個演員應該很快的改裝。否則，將有損劇的效果。

啓幕的信號發出，觀衆知道要啓幕了，但幕幷不立刻升起。如第四幕末尾完全一樣的有兩聲范湘的叫聲，然後幕才升起。

台上現在只剩了范湘和高素珍兩個人了，湘躺在搖椅上，上面蓋着序幕里高給他蓋上的大氅。這時，高本來是獨自一人坐在火盆邊烤火，聽見范湘在睡夢起叫喚，站起來走近前去。

高：（看見他仍睡熟着）湘，湘，醒來吧。

湘：（仍在說夢話）素珍。

高：湘，別做夢了，醒醒吧。（她用手去搖他。）開車的時間到快了。

湘：（醒來）什麽？

高：（開玩笑地。）開車的時間快到了。

湘：（這才眞正從夢里醒來）呵，原來是一個夢。（他還不十分相信似地仔細看看高，又看看四周，最後看見了自己的手提箱。）眞是一個夢，我還沒有離開過這里呢。（突然回復理智，擺脫幻夢。）爸爸呢？

高：上後面去看你媽媽做菜去了。

湘：哥哥呢？

高：他上車站去給你買車票了。

湘：什麽？（馬上站起來，向右門走去。）

高：幹什麽？

湘：我追他去。

高：他走了好一會兒了，你追他不着了。

湘：那也沒有辦法了。（仍歸原位。）

高：你剛才做了一個什麽夢？

湘：怎麽？

高：你做了一個什麽夢，爲什麽在夢里叫我的名字？

湘：我說過夢話了嗎？

高：說了很多。

湘：告訴我，我說了些什麽？

高：你先告訴我，你做了一個怎麼樣的夢。
湘：夢很長，一時說不完。
高：那末夢的最後是怎麼一回事，爲什麼拚命地叫我的名字。
湘：我不說。我一定要你先告訴我，我說了一些什麼夢話。
高：我知道了，你一定夢見我死了。
湘：大年夜，我不准你說死。
高：那末你告訴我。
湘：我一時說不完。
高：我只要你告訴我夢的最後一節；整個的夢你可以在以後慢慢地告訴我。
湘：最後一節有什麼意思。
高：我一定要知道，你爲什麼叫我的名字。
湘：我也忘記了。
高：不行，不說不行。
湘：好，我說。（想了一會。）我夢見你喝醉了酒，發酒瘋，要從樓梯上跳下來，所以我那樣叫你。
高：你騙我，一定騙我，眞的告訴我。
湘：你一定要我說眞的嗎？那我說了。我夢見我向你求婚，不答應，反而罵了我一頓，頭也不回地走了。我急着追你，在後面叫你的名字。
高：你又騙我。
湘：這回不是騙你了。
高：那末，你一定以爲我眞的會那樣罵你的嗎？
湘：我不知道，但我問你，假如我眞的向你求婚，你會罵我嗎？
高：你猜。
湘：我猜不着，你告訴我吧。（握住她的手。）素珍，假如這是眞的，你答應嗎？（高注視他，微笑，點點頭。）你答應的。是不是？你答應的。那末，我們過了年就結婚，好不好？
高：你不是要去念書嗎？
湘：我不走了。
高：什麼？
湘：我不走了。
高：爲什麼一會又不走了？
湘：我已經在夢里去過了。
高：你做了那末一個夢，告訴我，有趣嗎？
湘：別提吧，這只是一場夢吧了。我們還是談旁的事好。
（范濤上）
湘：哥哥，你給我買了車票了嗎？

濤：氣人得很，行車時刻今天剛改，特別快十點半開過了，今晚上沒有車了。那你不是要趕不上入學攷試了嗎？

湘：不要緊。我改了主意，我不走了。

濤：什麼，你不走了嗎？

湘：眞的不走了。

（向高問）他是眞的嗎？

高：他眞的不走了。

濤：那好極了。（向後面）媽媽，爸爸，你們快來。（後面范母應着，問：「什麼事？」范濤再問范湘。）你是眞的不走了嗎？（范湘點頭，濤高聲向後面）二弟說，他不走了。你們快來。

（范母圍了廚房工作的圍布，范父手上拿了廚房工作的什麼東西趕上。）

父和母：什麼事，什麼事？

濤：二弟不走了。

高：他不走了。

湘：媽媽，爸爸，我不走了。

——幕——

（全劇完）

世外桃源

James Hilton 著
實齋 譯評

第一章

在五月裏的第三個星期中，培斯克爾地方的局勢愈來愈惡劣；二十日的那天，當局設法把英國空軍的飛機自配蕭華調來，以供撤退那裏的白種居民之用。那裏的白種居民，其數約有八十名，他們多數均被運兵機安然載到叢山的那一邊去。此外還調用了數架雜式的飛機，其中一架是民航機，是強達浦（Chandapore）區的印度大君所借予的。十時左右有四名乘客跨登了這架飛機：勞勃泰·勃林克魯小姐，東方教會的傳教師；亨利·D·伯納，美國人；赫夫·康惠，英帝國領事；却爾斯·馬立森上尉，英帝國副領事。

上列的姓名是根據後來印度和英國報紙上所公佈的名單的。

康惠年三十七歲，在倍斯克爾任事已有二載；照後來的事情看來，他的職位對他實在是不適宜的；他好似一匹不羈的馬，他要往前奔馳，而騎馬的硬要把他勒拉回去。（郭象有言：『夫善御者，將以盡其能也。盡能在於自任，而乃走作驅步，求其過能之用，故有不堪而多死焉。若乃任駑驥之力，適遲疾之分，雖則足跡接乎八荒之表，而衆馬之性全矣。而或者聞任馬之性乃謂放而不乘，聞無爲之風遂云行不如臥，何其往而不返哉，斯失乎莊生之旨遠矣。』郭象生莊子，其主旨只是二句話：『適性自任』，『不求過能之用』。士農工商百業，你性近那一行便做那一行，盡情做去，此即『適性自任』。你能只求過士爲農爲工爲商，你就安心爲士爲農爲工爲商，此即『不可爲能之用』。是爲理想境界。今人只知一味往高處鑽爬，若背問一問自己的本性志趣，本性是個市儈，志在發財，便索心去經商囤貨，本性是個暴徒，志在嚇詐鄉民，便索心去做强盜土匪，天下不致大亂。定要做了大官去經商囤貨，做了小吏去嚇詐鄉民，天下焉得不大亂？其性其才的確是個名伶，不去做名伶，而以總統自命，戲台上便少了一個名伶，政界上便多了一個罪魁；其『能』只配打打算盤開開發票，今不站在櫃台後邊做夥計，却偏要做大學經濟系教授，子弟被誤盡，自己恐亦沒趣。這都是『求過能之用』，不是『適性自任』。終必其性其才足任主席的被迫退做戲子，飽學之士沒法只好屈任書店夥計。終必總統忽生忽升像個名伶，櫃後夥計儀態凜然，對顧客如仇人，儼然大學教授。終必眞有成爲名伶之才之志的只好爲戲院看門賣票；略知書算待人和氣的只好沿街爲丐倒斃路旁。終必官不官，商不商，兵不兵，士不士，一場胡圖。這樣天下焉得不大亂？梁任公有言：『夫在治安之國，學焉然後受其事，能焉然後居其職……今也不然，不知兵而任兵，不知農而任農，不知法而任法，不知教育而任教育；不甯惟是，一人之身，今日治兵，明日司農，又明日司理司教育；不甯惟是，一人之身，同時治兵，同時司農司理司教育，在其人曾不聞以不勝爲，而舉國亦視爲固然，莫之怪也。是故執途人而命之割雞，則謙讓未遑者什而八九，何也？以吾未學操刀，吾患不能也。執途人而命之爲宰相，爲大將軍，爲方鎭，爲監司守令，則夫人而敢承，何也？舉國人共以此爲不學而能者也。』這樣天下焉得不大亂？照郭象意思，『任馬之性』並非『放而不乘』，『無爲之風』非謂『行不如臥』。袁中郎：『問二氏之學，淸淨無爲，出世可矣，似不可治世。答：出世入世，，豈是二事。如今做官的奚必不打人不罰人纔叫无爲？謂百姓有犯者來則治之，不犯者聽其自然，勿生事擾民，此卽是淸淨無爲，豈不能致太平？』也是這個意思。假如做官的拿了百姓的錢，吃吃躺躺，全不想做點有益的事，實行『无爲之教』；見有犯法的來則縱之赦之，『聽其自然』；見无辜的，則罰之治之，無時不生事擾民。天下焉得不大亂？）他的人生的一個時期已經終了。數星期之後，或許去英倫過了幾個月的假期之後，他將被政府派到別處去。也許是東京，也許是赫德蘭(Teheran，波斯京城），也許是馬尼剌，也許是麥斯卡(Muscat阿拉伯地名）；從事他那種職業的人是永遠不能預知自己將被派到何處去的。他服務於領事館已有十載，頗能把自己的前程升遷估計得很準確，準確得像估計他人的前程一般。他自知梅子(Plums，指好缺，高級的官職）是沒有他的份的；可是他自思並不喜愛梅子，不是因爲得不到梅子就說那是酸葡萄，所以居於低位的確也頗自欣慰。在許多空缺之中，他甯願揀擇比較不受拘束比較有生趣有活氣的職位；只因這類職位往往不是好缺，所以在旁人看來他的做官手段並不怎樣高妙。可是他本人卻覺得他的手段並不壞；在過去十年之中他的生活很有變化很富趣味。

他身材高大，膚色因爲陽光晒照已成爲古銅色，頭髮黃且短，眼睛作深藍色。若是不笑，他的容色是偏向於嚴肅沉靜的，可是笑的時候（他是不常作笑容的），就帶稚氣了。他的左眼旁邊的肌肉是會牽搐的，當他工作過度，或是飲酒太多了的時候，這種牽搖便往往令人可以任意得到；在撤退的前一天，他因爲整日整夜整理行李，焚毀文件，所以當他攀登飛機的時候，那種牽搖動作很是明顯。他覺得疲倦萬分；他一想到竟能設法把大君的舒適的民航機調來而不必乘坐擁擠的運兵機，心裏很是高興。當飛機飛升的時候，他便在那竹籃式的椅子上縱情地躺了下來。他是種慣於遭受重大的艱苦而望在小處獲得點舒服藉作抵償的人。他能歡然忍受赴撒馬罕（Samarkand，中亞土耳其斯坦地區名）途中的辛苦，可是自倫敦到巴黎的途上，他是願把身邊最後的十鎊錢用在享樂上的。

飛行了一個多鐘頭之後，馬立森說據他看來駕駛員並不在逕向目的地飛行。馬立森坐在前端。他是個廿五六歲的青年，臉色紅潤，爲人聰明，是種天賦的聰明，不是後天學得的那種智識，他有公立學校（Public school）教育所養成的缺劣，也有這種教育所養成的優點。他於某種考試的未能及格是被派到倍斯克爾任事的主要原因；在倍斯克爾和康惠結識已有六個月，康惠對他已頗有愛好之情了。

可是在飛機上談話很是費力，康惠雅不願費力。他只是張了張惺忪的睡眼答稱，不管向什麼方向飛行，駕駛員對於路綫總是比別人知道得清楚的。

半小時之後，疲乏和引擎的翁翁聲已經差不多使他入睡了，可是馬立森又擾醒了他。馬立森說道：「我說，康惠，我們的駕駛員本來不是說是汎納嗎？」

「噯，可不是嗎？」

「那傢伙方才回過頭來，我敢起誓他不是汎納。」

「隔着玻璃是看不準切的。」

「汎納的臉龐无論在什麼地方我都認得清。」

「是了，那末一定就是另外一個人了，那有什麼關係？」

「可是汎納是曾確定地告訴我他將駕駛這架飛機的。」

「也許他們後來改變了辦法，另換別人了。」

「好吧，那末這個人是誰呢？」

「你這孩子，我怎會知道呢？你以爲空軍中的每一個航空中尉的面目我都會認識嗎？」

「他們多數我是認識的，可是我不知道這傢伙是誰。」

「那末他一定是屬於你所不認識的少數了。」康惠笑了笑，繼續說道：「不久我們就要抵達配蕭華，那時你就去結識他詢問他的一切就是了。」

「這樣飛行着我們是飛達不到配蕭華的。這傢伙並不在沿着航綫飛行呢。只是我也並不認爲可異——飛得這樣高他辨別不出方向了。」

康惠雅不願爲此煩心。他慣於飛航，不再大驚小怪。並且到了配蕭華他也沒有什麽要務，沒有急於要去看望的朋友；所以這次飛航需要四小時抑或六小時對他是全無關係的。他尚未結婚；到了目的地後是不會有嬌妻來迎候的。他在那裏有朋友，其中的幾位大概會邀他到聚樂部去並請他喝酒；預想起來很足使他欣然，可是不足使他等候不及地渴望。

他回想過去，覺得已往十年的生活也很有趣，只是並不使他完全滿意；他並不認爲他的過去足以使他追懷不止。變易多端，中間隔着幾個相當安定的時期，其後又變得動盪不定；這是他對於自己過去十年生活的簡要的評述，同時也又是對於世界的簡要的評述。他想起了培斯克爾，北京，澳門，以及許多別的地方——他時常一忽在這裏一忽在那裏。記憶之中最遠的是牛津，戰後他曾在牛津當過二年的講師生活，講授東方歷史，在陽光滿室的圖書館裏埋首於大書堆中，沿着高街騎脚踏車。他的記憶中的過去吸引着他，可是沒有激動他的心靈；他覺得自己似乎還保持着一點自己的本性素志。

此時機身開始傾側，他的胸胃頓時起一種他所素知的下沉的感覺，他知道飛機快將降落了。他想起馬立森不安的神情，此時頗想取笑他一番，他也許就要說話了，可是這位青年突然站了起來，他的頭部直向機頂撞去；那坐在機身另一邊的座位上正在酣睡着的美國人伯納也給驚醒了。馬立森望着窗外喊道：『天哪！你看下面！』

康惠向地面望去。毫不容疑，下面的景色不是他所預期的，如果他眞的曾預期什麽的話。他所看見的不是整齊的像幾何形般的營房和形狀較大的長方形的飛機庫，而是一片濃霧遮蓋着一方無際的被太陽晒得焦黃的荒漠之地。飛機雖在迅速地往下降落，可是還保持着普通飛行的高度。下望有漫延着起伏不定的山脊，離機身約一英里；再是下面便是濃雲籠罩着的山谷。康惠從未自這樣的高度上看見過這般的景色，可是這確是典型的邊疆上的景色。那地方絕不似配蕭華鄰近之處，這使康惠感覺得奇怪。他說道：『我不認識這個處所呀。』接着他因爲不願使其餘二位乘客驚慌，偷偷地附着馬立森的耳朵說道：『看來你的話是不錯的。這位架駛員迷了路了。』

飛機是在急速地下降，週圍空氣漸漸炎熱了起來；那熱不可當的地面適如突然打開了門的火爐。遠處是嵯峨連綿的山頂；這個時候飛機是沿着曲折的山谷飛行着，山谷的底處遍地是大塊的石頭，和乾涸的水道，看去適如散亂着果殼的地板。機身在亂動的空氣中顚簸着，其令人不舒服一如波濤中的划船。四位乘客都得緊緊地攀住座位。

那個美國人嗄聲地喊道：『看來他想降落了！』

馬立森憤然答道：『那怎麽可以！若是想降落他簡直是瘋

了。機身必然是要猛然墮地的，那時我們……」

可是出於意料之外那個駕駛員居然使飛機降落。溪壑旁邊有一方曠場，那駕駛者的技術很是熟練，飛機巔簸了幾下就在那裏停了下來。只是其後的事更是令人驚奇，更是令人恐慌不安。當下有一大羣下顎留鬚頭包飾布的土人自四面八方奔了過來，把飛機包圍了，除那個駕駛員之外，不許任何人走下飛機。那個駕駛員爬下了飛機，和土人們說話，狀似頗緊張；此時事情很明白了：那駕駛員不是汎納，他根本不是一個英國人，而且也許還不是一個歐洲人呢。此時土人們把幾箱汽油自近處的儲藏所裏搬了過來，倒入飛機上的可以儲藏大量汽油的油箱中去。被圍在飛機上的四名乘客大聲地呼喊着，可是土人們沒有答他們的話，只是報以獰笑，乘客如果略露想要跨下飛機之意，土人們便以一二十枝來複槍瞄準了他們。康惠略諳普希吐語（Pushtu，阿富汗族人的語言），他操着那種語言向土人們聲嘶力竭地說話，可是一無效果；那個駕駛者不管乘客用什麼語言向他說話，他只是把他手中的手槍一揚算是回答。中午的陽光向機頂直射下來，使機中的空氣熱不可當，四個乘客又是感覺得熱悶又是大聲抗議着非常吃力，幾乎要昏暈了。他們一點沒有辦法；他們不得攜帶武器是撤退協定中的條件之一。

土人把機上儲油箱的帽子旋上之後，又把一汽油箱的溫水自窗口遞了進來。乘客的問話土人們一句也沒有回答，不過他們對乘客本身似乎也沒有什麼敵意。那個駕駛者和土人們又議論了一忽之後便爬入了駕駛座，一個帕散人（Pathau，即阿富汗族人）拙手笨脚地搖動推進機，接着飛機便又起飛了。飛機載了這麼多的汽油，那方曠場又是那麼的狹隘，使飛機起飛甚至比使牠降落還要需要熟練的技巧。飛機上升着飛入了迷霧中；接着便像把準了方向似的向東飛行。此時已經是下午未刻時分了。

這簡直是一件令人莫明其究竟的奇事！飛機高升，週圍的空氣涼快了些，這使四位乘的精神爲之一振，此時他們如夢初醒，簡直不敢相信這事是眞的；這簡直是一件邊疆混亂史上亙古未有的豈有此理的事。若不是他們自己親身經歷，就是他們也是不會相信。他們初則驚疑參半，繼則憤慨異常，怒意消散之後，他們就開始焦慮和猜疑了。他們因爲想不出別的道理，所以覺得馬立森的假定最爲近理。馬立森認爲他們是被綁票了。這事的本身並不怎樣新奇，只是這次所用的手段確乎是別出的心裁。他們這麼一想，心裏就寬慰了些。先是土人把你藏匿在山洞裏，其後政府付了贖款，你便被釋放了。土人待你很不錯；而且所付的錢又不是你自己的，所以只要一旦被釋放，事情便了結，沒有什麼大不了。當然，事後航空當局便派轟炸隊去征剿，而你終身可以有這麼一個有趣的故事向人講述了。馬立森提出這個假定的時候，神色頗有點慄慄不安；可是那個美國人名叫伯納的却故意以滑稽的口吻說道：『諸位，我敢說你們的話確乎是很妙的，只是我覺得你們的空軍還是不見得怎樣光榮呀！你們英國人常常把芝加哥城的攔路搶刼以及還有其他什麼的拿來當笑料，可是散姆叔叔（Uucle Sam，即美國政府）的飛機被暴徒偷了去一類的事我可沒聽見過呀！且說那原來的駕駛員不知怎麼了？想必被這傢伙以沙囊擊倒了吧？』他打了一下呵欠。他是個身材魁梧的胖子，臉上一副頑强的神氣，牠的縐紋顯得他爲人和藹可親，牠的肉囊顯得有一種悲觀意味，可是和藹可親的意味多於悲觀意味。培斯克爾的人們都不十分知道他的身世，只知他是從波斯而來的，只知他在波斯和汽油事業不無關係。

且說康惠此時正在忙着做一件很是切實的事。他把所有的一切紙條拿了出來，用各種語言寫了許多求救的信號，每隔一程路便把信號投到地面上去。在這種人口稀疏的地方這個辦法的希望是很微的，不過總值得一試。

那第四位乘客勃林克魯小姐只是緊閉着嘴唇挺直着脊骨坐在那裏，不多說話，也沒有怨言。她是個瘦小乾癟的女子，她的神氣似乎像在出席一次她所不願出席的集會，而會員們所幹的事她不能完全讚許。

康惠說話比另外二位男子少，因爲把求救信號譯成各種的方言是須要集中注意力的。只是有人問他的話他便回答，對於馬立森所提出的綁票的假定也暫表同意。對於伯納所說關於英國空軍的苛評在某種限度之內他也認爲對的。他說道：『不過這事也有可以原諒之處。那時該地正在混亂狀態中，穿了飛行服裝的人是很難加以辨認的。只要穿的服裝無誤，而且看去是很熟手的樣子，還有誰會疑心他是靠不住的呢？這傢伙一定是個熟手，只看他所發的信號等事便知。而他會得駕駛飛機又是顯然的事……只是我的意思和你一樣，對於這事玩忽職務的人的確是應該加以懲罰的。而且，你放心吧，事實上總是有人會被處罰的，不過私意以爲這樣的處罰未免有點寃枉而已。』

伯納答道：『你老哥能看到一個問題的正反二面，我委實欽佩。雖說我們此刻是被綁了票，可是你的態度確實是對的，毫无疑義。』

康惠暗思美國人確乎有一種雖滿面德色地說話而不使人生氣的本領。他寬容地笑了笑，可是不再把談話繼續下去了。他此時疲倦已極，處境無論怎樣危險，可不能使他的精神振作。到了傍晚時分，伯納和馬立森二人還在爭辯着；爲了某一問題，他們要向康惠徵求意見，可是他似乎已經入睡了。

馬立森說道：『他委實疲乏極了。這確乎是不足怪的，因爲他在過去數星期之中是那麼的辛苦。』

伯納問道：『你本來和他相識嗎？』

『我和他同在領事館中任事。我知道他最近有四天晚上沒有睡覺了。在我們這樣尷尬的處境中有他和我們在一塊實是件幸事。他除懂得幾種語言之外，還有一種應付人的本領。祇有他能夠使我們出險，若是事實上辦得到的話。他處事是非常冷靜的。』

伯納當表同意道：『那末就讓他睡吧。』

勃林克魯小姐沉默寡言，此時却說了話，她道：『看他外表像是個很勇敢的人。』

實際上他是不是很勇敢，康惠本人比勃林克魯小姐還要沒有把握。他是因爲身體疲怠已極所以閉上了眼睛，可是沒有睡着。飛機的一動一側，他都聽見都覺到，馬立森讚譽他的話他也聽見，心中未免百感交集。此時他開始疑懼了，他覺得肚子中有一種收縮的感覺，這是因爲他想起處境的危險，心裏覺得惴惴不安，所以身體方面起了這種的反應。他根據以往經驗，頗知道自己不是喜歡爲冒險而冒險的那種人。他覺得冒險也有可愛之處，那便是使人起一種興奮緊張的感覺，把一種疏懶無神的心情趕跑，不過他雅不欲置生命於險境。十二年前他在法國從軍，深知匍伏在壕溝中作戰危險萬狀，對於這種戰爭生活的驚險的處境早已憎恨萬分；有的壯舉雖然顯得英雄，可是絕對於事無補的，他有多次便仗着不作這類蠻勇之舉而藉免喪身。至今他的英勇獎章也不是靠體力方面的勇敢去贏得的，而是靠一種經驗訓練成功的堅苦卓絕的忍耐精神。自從歐戰終了之後，凡遇危險，除非那種危險能予他以極大的緊張興奮，他總以較前有加的憎惡之情去應付牠。

那時他仍是把眼睛閉着。他聽了馬立森那麼說，心裏很是感動，同時也有點驚疑。人們老是把他的鎮定認作果敢，實則只是處事冷靜而已，何嘗有那麼勇猛。在他看來，他們的處境實在險惡非常；此時他非但毫無英勇氣慨，而且對於前途的困難只覺得非常討厭。比方就說那位勃林克魯小姐吧。他料想着：在某種情形之下他只得認爲其餘幾位乘客的生命加起來也不及她一人的生命來得重要，因爲她是個女性呀！他非常不願意事實上發生無從避免這種不合情理之對待的局面。

他雖是這麼思想着，可是一張開眼睛他就向勃林克魯小姐說話。他暗思她年紀已經不靑了，而且也不美麗——這些是消極的優點，可是在不久就要發生的困難的局面之下，這些却是很有用的優點。同時他也替他難過，因爲他覺得馬立森和那是美國人二位都不喜歡傳教師，尤其不喜歡女傳教師。他本人是沒有成見的，只是他深恐這種不懷成見的態度對於勃林克魯小姐尤爲生疏，所以也就尤足使她難受了。他伸過頭去，附着她的耳邊說道：『看來我們是遭到奇怪的困境了，只是你泰然處之確是可喜的事。我想實在也不致於發生怎樣可怕的事的。』

她答道：『我也想一定不致於發生的，若是你能預加防止的話。』這話不足以減他的憂慮。

他說道：『如果你覺得有什麼不舒服的地方，而是我們的能力所及可以幫助你的話，請你告訴我。』

伯納聽見了『舒服』二個字，便嗄聲地說道：『舒服？我們在這裏可覺得很舒服呀！我們正覺得這次旅行很是有趣呢。只可惜我們沒有帶一副紙牌來——不然的話我們可以打幾副勃立琪了。』（卽 Bridge——一種紙牌戲之名稱。）

康惠雖不喜玩勃立琪，可是覺得伯納的話說得很得宜。他笑着說道：『只怕勃林克魯小姐是不玩紙牌的吧？』

可是那位女傳教師立卽轉過頭來反辯道：『不，我是不反對玩紙牌的，玩玩紙牌又有什麼不好之處呢？聖經上就沒有反對牌戲的話。』（今天亦可以說某事定錯，某事定對，此語形容勃林克魯的低能，而她却是傳教師。實則傳教說教談主張岀異說只有低能者會幹。若低能遇低能，各傳各教，必使對方信已而後已，則非頭破血流死屍盈野不止。此言教士之低能者；嘗於蘇州博習醫院候診室中見一末流牧師向另一救徒訾談救主如何如何。牧師穿着一件油亢斑斑的長衫，令人起惡劣印象。我知另一教徒固亦談救主之能手，蓋年亦五十餘矣。然牧師不知也，向之刺刺不休，什麼『主到世界上來，替我們贖罪』，『寶貴的教訓』，反反復復是那一套口頭爛調，是對方背得爛熟於心的；牧師混飯吃而戴上的假虔敬神氣。看其對方神色，似厭煩之至，只是敢怒而不敢言，又不好當面斥其不要扯淡，因爲彼此是同志，大家靠此吃飯，只是牧師每次依近他的臉說救主如何如何時他把臉避開而已。當下覺好笑之至。）

他們都笑了；勃林克魯小姐替紙牌戲辯解，他們聽了似乎都很感激。康惠心中暗思：且不管那些，總之勃林克魯小姐並沒有因爲處境可怕而駭嚇得如瘋如狂，這就很好。

整個的下午飛機在高空薄霧層中飛行着，牠飛得那末高，下面的地形沒法看清楚。有時候，每隔一個相當長的時間，下面的那層幕便被拉開了一瞬時，此時可以看見鋸齒狀的山峯，或是一條不知叫什麼的河流的反射亢。飛行的方向約略可從太陽的位子看出來；還是在向着東方飛行，間或側向北方；此時已經飛達什麼地方却須視飛行的速度而定，可是對於這點康惠沒法算得準確。不過此時汽油或許已被消耗了許多；然而這點又是須看種種情形而決定的。康惠並沒有關於飛機的專門知識，只是那個駕駛員，且慢管他究竟是誰，却是一個專家，關於這點康惠是確信无疑的。在磷石遍地的處所把飛機安然降落已經證明了這點，而且還可以後來別的事情上看出呢。康惠遇見眞有本領的人總是油然起敬佩之意的。人們遇到困難，常常向他乞援，所以他已經慣於助人，而今他知道近旁有一個人，這個人並不向他乞助，並且根本不需要他的幫助，他一想到這點，雖然滿腹疑懼，不知道將遭到什麼，可是心裏難免略感不寧。可是他並不期望他的夥伴們也有這樣微妙的感覺。他知道夥伴們的担心各有其私人方面的原因，而他自己並沒有什麼牽掛。例如馬立森是已經和一個住在英國的女子訂了婚的人；伯納也許有妻子；勃林克魯小姐有她的工作。或是叫做天職什麼的。可是馬立森最不鎮靜；後來他愈加張惶——同時，他會在背後稱讚康惠的態度冷靜，此時他却當着康惠的臉對於他的冷靜表示憎惡了。在引擎隆隆聲之中，他們開始了急烈的爭論。馬立森怒喊道『你聽了，敢是我們就只這麼袖手坐着，讓那個瘋子要幹什麼就幹什麼嗎？我們爲什麼不打碎了那塊玻璃問他一個明白呢？』

康惠答道：『當然沒有什麼不可以，只是他有武器，我們沒有而已。而且事後我們之中並沒有人能使飛機降落。』

『這不見得是什麼難事吧。我敢說你就能夠做這件事。』

『老弟台呀，你爲什麼老是期望我做這類不可能的事，而不期望他人呢？』

『且不管這點，總之我是受不住了。我們爲什麼不設法使這傢伙把飛機降落呢？』

『依你說怎麼辦呢？』

馬立森愈來愈是坐立不停，心神不。他說道：『噯，他不是那邊嗎？離開我們只有六呎之遙，他只是一個人，而我們有三個男子呢！難道我們只能老是獃視着他媽的背身嗎？至少我們可以强迫他，叫他告訴我們到底是怎麼一回事。』

『好吧，我們見機行事吧。』康惠說着就走到艙位和駕駛座之間的那個隔離物那邊去。駕駛座是在機身前端，似乎比艙位略高。隔離之處有一方六吋見方的玻璃，可以移動，駕駛員藉這個窗洞，轉過頭來，略爲把身子彎曲，可以與乘客講話，康惠以指節輕輕敲着這個窗洞。他所預見，他所得到的回答很是滑稽：玻璃向一邊移了開去。一枝手鎗伸了過來正對着他。沒有說一句話，只是那樣的回答。康惠沒有爭辯，退了回來，那方玻璃又移回了原狀。

馬立森見了這種情形，仍是沒有完全滿意。他說道：『他不見得敢開鎗吧。大概只是恫嚇罷了。』

康惠表示同意道：『不錯，不過到底是不是只是恫嚇，由你去弄明白罷。」

「我的確以為我們總得奮鬥一下，不該就這麼馴順地承認失敗。」

康惠很是了解他的心情。什麼都不怕，從來不屈服投降，從來不會被擊敗，這種傳統的觀念康惠是很懂得的。他說道：「沒有勝利希望的爭鬥是沒有意義的，我不是那樣的英雄。」

伯納起勁地插話道：「你先生的話說得好。遇人把你置於絕境的時候，你還是乾脆欣然屈服認輸的好。我自己呢，趁還有一口氣，我要舒服一下抽根雪茄了。再略為增添點額外的危險你以為不打緊吧？」

「我個人是不在乎的，不過勃林克魯小姐也許要覺得不方便吧？」

伯納立即找補一句道：「請原諒，麥蛋（即 Madam 也），我抽煙你介意嗎？」

勃林克魯小姐寬宏地回答道：「那裏的話。我自己是抽煙的，不過很喜歡聞到雪茄煙的香氣。」

康惠暗思會得說這類話的女子之中勃林克魯小姐可算得是最典型的。此時馬立森已經略為安靜了一些，康惠為對他表示友誼起見，遞給他了一枝香煙，只是自己沒有燃上一枝。他溫和地向馬立森說道：「我很能了解你的心情。情形確是不好，所尤糟的是我們沒有辦法，只好束手待斃。」

可是他自思道：「在別方面說來，這樣倒好。」因為他還是覺得非常疲怠。同時他的天性之中有一種質素，這種質素有的人也許會叫他做懶惰，實則不十分確當。如果遇到不得不做的工作，他幹起來比任何人來得勤奮，而且比任何人能夠負担責任；話雖如此，可是他實在並不熱情地好動，而且根本不喜歡負担責任。（此即不愛管閒事之謂。動輒「職責所在」「不得不採取行動」，事情往往愈弄愈糟，非謂為人應該放棄職責，眼見火燒任他燒去。只是說抱純正之目的，做份內之事而已；例如軍人不要干政不從軍是。土匪儘管搶人財物，擾亂治安，不妨，古今那有一地無土匪？只要公安局盡責奮力捉匪殺匪，便像一個文明國家。土匪搶財物擾治安是土匪份內的事，事不足怪；公安局長捉土匪殺土匪是公安局長份內的事，不算管閒事。假如公安局長與土匪串通一氣，搶財物擾治安，這便是越俎代庖多管閒事了。）負担責任和採取行動都是他職務上的事，他盡可能地耐着心做去，可是設若有人能夠把事做得和他一樣好，或是比他還要能幹，他總是樂於退讓賢路的。他任領事，辦事幹練，可是沒有引起人們十分的看重注意，一半也是為了他那種性格所致。他並沒有什麼大志野心，所以不愛把他人推在一邊讓自己衝向前去，他若是沒有什麼功績，他是決不雖然裝出一副威功甚偉的樣子的。他所寫的公文有時簡短得人家看來像是沒有禮貌；他遇緊急的事，態度鎮定，人家雖然佩服他，可是往往疑他對於事務漠不關心。上級長官總是喜歡下級人員裝出一副做事勤奮的樣子的，下級人員有時雖然外表上滿不在乎，可是那只能算是用以掩遮他內心有教養的情緒的。人們有時頗疑康惠內心的漠不經心恰如其外表上的態度，不論發生什麼事情，他總是滿不在乎的。可是這點也正如人家說他懶惰一樣，並不完全確實。其實他的性格是件非常簡單的事而多數人却看不出——他只是喜歡寧靜，不爲人所打攪而已。（人不來打攪，則我寧靜，我愛寧靜，則不去打攪別人，不去打攪別人則別人寧靜矣。人人寧靜，天下太平。只掃自己門前雪，莫管他人瓦上霜，實在无甚不是處；置自己門前之雪而不掃，却爬到他人屋頂上去掃霜，雖踏碎瓦片，擾得人家雞犬不寧，亦在所不惜，這便是管閒事，不足爲訓。若是人人去管他人瓦上霜，天下自然大亂。列子楊朱篇：『古之人損一毫利天下不與也，悉天下奉一身不取也；人人不損一毫，人人不利天下，天下治矣』，也是這個意思。『人人不利天下』的『利』字，據上下文推測，似應作『利用』解。又：禽子問楊朱曰：『去子體之一毛以濟一世，汝爲之乎？楊子曰：世固非一毛之所濟。禽子曰：假濟爲之乎？楊子弗應。』『世固非一毛之所濟』，猶言世人道德非是管他人瓦上之霜所能提高，今日之患不在不肯『損一毛利天下』，而在『悉天下奉一身。』）

他既然是喜歡寧靜的人，而且那時也沒有什麼別的辦法，所以他就坐在竹籃式的椅子裏往後躺去，這次他是的確睡着了。他醒來的時候，看見別位雖然有種種的心事，可是也都支不住睡着了。勃林克魯小姐閉着眼睛，巍然坐着，像是一個黑色老式的偶像；馬立森曲着腰以手托着下顎，亦已睡着。那個美國人甚且還有鼾聲呢。康惠暗思他們那樣才對；他們若是聲嘶力竭地叫喊而使自己疲憊不堪，那是沒有意義的。可是此時他的身體方面感到某種的感覺，眼睛略覺眩暈，心臟跳動加速，呼息也漸漸感到急促。他記得這樣的感覺從前曾經體驗到過一次——是在瑞士的高山阿爾卑斯山上（Alps）。

他向窗外望去，見四週雲霧已經散去；他望見那傍晚陽光之中的景色，頓感氣窒。天際層山疊嶂，山峯上面蓋着冰雪，望去像是漂浮在雲層中一般。天際四週都被叢山包圍着，山脈向西方匯集；那西方天際的景色甚是耀目，像是半瘋狂的天才畫家所畫的一副印象主義派的圖畫。此時飛機在這樣龐大的一個舞台上飛行着，下面是萬丈深淵，前面是一座潔白的牆壁，若是沒有陽光向牠照耀着，看去像是天堂的一部份，若不是後來陽光向牠照去的話。當陽光向牠照去的時候那座白壁光耀萬丈，看去像是從幕倫（Murren，大致是瑞士地名罷。）遠遠望見十數座層疊着的姑娘峯一般（Jungfraus，瑞士阿爾卑斯山脈中的一座山），心爲之奪。

康惠不是看見一樣讚嘆一樣的那種人，對於一般的所謂「風景」他是素來不愛好的，尤其不愛好關心遊客的舒服的市政當局置有公園式椅子的那一類名勝 。有一次他被邀赴達奇嶺（Darjeeling 印度城市名）附近的虎山（Tiger Hill）去看永息山（Everest）上的日出，那時他大感失望，覺得所謂全球最高的山原來不過如此。窗外那幅可怖的景色却又作別論；這個景色是沒有裝模作樣故意叫人讚賞的神氣的。那些岸然峭立的冰山看去有一種龐大粗曠的意味，這樣地去親近牠們似乎未免鹵莽。康惠思量着，腦海中想像着地面，計算路程，計算着時間和速度。此時他察覺馬立森也醒了。他拍了拍那個青年的手臂。

編後小記

[illegible]

新書　太平書局出版

青年

林房雄著　張庸吾譯

「青年」這部小說，在日本早已膾炙人口。其所以擁有大量的讀者，乃至出版了六年之後再重新出一次決定版的，是因為它有着永遠留存的價值，而且是讀者和原作者都深愛着它的原故。

本書敘述着日本明治維新時動人的事實，作者用他透視到將來的目光，描寫少數人犧牲自己尊貴的生命，而使全國人民甦生的故事。從這事實顯示出日本的維新是不同於歐洲底階級鬥爭而是舉國的維新，同時更顯出日本能吸取外來思想創造自己的東西的特性。本書已由張庸吾先生全部譯竣，在此時介紹到我國來，該不是沒有意義的事。

每冊售價四十八元

予且短篇小說集

予且是近代文壇上不可多得的人物。

予且創作小說，也是近代不可多見的傑作。

予且短篇創作小說，曾為沉寂的文壇放一異彩。

予且短篇小說是輕鬆的，細膩的，有人微的穿插，深刻的描寫，和動人的故事。

予且短篇小說中，可以使你獲到年輕人的許多實惠——精神上的，修養上的。

予且短篇小說集包括有雪茄，君子契約，傘，酒，考慮，微波，照像，求婚等八個故事，每篇有每篇的含蓄，每段有每段的修構。

予且短篇小說集裏可以使年輕人體味到心與靈的交流，熱情與血的奔放。

予且短篇小說集最近出版，每册售價二十元。

現代日本小說選集

短小精悍　百讀不厭

許竹園編譯

在需要溝通中日文化的今日，介紹日本名作，該是首要的任務，許先生譯作豐富，蒙允將所譯短篇小說選擇優秀者，交本書局出版選集。橫光利一，火野葦平，丹羽文雄，林芙美子，宇野浩二等都是國人熟知的作家，尚有上田廣，舟橋聖一……等佳作多篇。研究日本文學者，不可不讀。

上海小沙渡路四八九號 ★ 電話六〇一七〇

風雨談

中華民國三十二年十月
第六期

十月號

柳雨生：懷鄉記（決定版）

我們的心裏的興奮和浮沉，是不是也會跟氣候的變化有關係呢？我在單獨的時候，是頗喜歡看看古人的詩集的，想起我常常愛念的兩當軒集的一首詩，不覺又要低吟起來了：「是長橋雖能讀法，自栽堤柳已垂欄」，遙望着街旁的圓形電燈巨柱和那迎着風微微擺動的青青的垂柳，卻又有一種悵然的，同時也必須是藹然的感想。

風雨談

第六期

風雨城中秋幾家，
城根細草亦秋花，
一聲綠樹烏啼晝，
睡起隔簾人賣茶。

蕭冰厓集

中華民國三十二年十月號

風雨談　第六期　目次

六朝文章

（閒步庵隨筆）

沈啟无

在上一期本刊，我曾經寫過一篇小文，題曰「談山水小記」，文中有這樣一段話，『我平常懷着一個意思，覺得我們現在寫散文，對於過去有兩種途徑應該避免再走，第一卽是八家系統的古文，第二是道學家的束縛思想。二者之中無論有了那一種，散文前途必有很大的障碍。舊體詩解放爲新詩，新詩卽是自由詩，同樣，散文也從舊的文體解放爲新散文，這個解放，正是內容與形式並進，在文學進程上殆是必然的發展。這自由也正是中國傳統的自由，新舊有一個生命的連繫，無須要到任何外國去找根據。我們可以利用六朝的手法來寫新散文，我們也可以利用外國文學上的美麗辭句及其技巧，還有那些中國舊詩詞在新詩裏面不能容納的，在我們新散文裏都有他的發展餘地。』我的意思說得未免潦草，恐怕有些不明白的地方，就有學生問我怎樣是六朝手法，這頗使我無法破解，只有請大家重新去賞味六朝的文章。我以爲六朝最是中國難得的時代，研究中國文藝，對於六朝的人物思想文章如果不能認識，那麼對於六朝以前的難免就要弄不清楚，以後的也將更是茫然。文章作用成功一種美術，六朝以上的文章不得爲美術，六朝華麗，正是前此所未有也。六朝人由寫山水風景，再進一步寫女人的生活情態，所謂宮體文學，卽是從自然的美移轉到人間的美，這兩點在六朝文藝裏最鮮明，價值也最高，反而被後世人誤解的地方也最深，寧不使人嘆惜。桐城派方苞曾說過，「六朝瀰漫於聲色之中」，他雖是一種鄙夷不屑的態度，却正道着了六朝的眞髓，豈不知六朝特點，乃正是這種彌漫聲色的空氣，吾友廢名居士喜歡拿貞操二字形容六朝時代的人物，吾嘗嘆爲知言。孔子云：「修辭立其誠」，一個誠字在文藝上最可寶貴，六朝的態度，正是誠於聲色之中耳。六朝以後的文章，只有古文與道學，中國人缺少生活的情趣，殆不自近世始矣。

日本大沼枕山有詩云，「一種風流吾最愛，南朝人物晚唐詩。」南朝人物與晚唐詩並說，此意甚美。竊以爲六朝文章命脈，唐人詩賦中見其華彩，初唐王子安，幾乎全學庾子山，四傑之中此人最可愛，惜乎死得太早，不能如庾信文章老更成耳。晚唐李義山的詩，直以典故爲詞藻，運其想像，温飛卿的詞「繡衫遮笑靨，烟草粘飛蝶」眞是人物風景繪一幅大塊文章也。其實全唐一代依舊是藻麗的空氣，並非六朝的餘波，殆是六朝之完成歟。韓柳當時提倡古文，力量寒薄，並無多大效果，所謂古文運動，一直到宋初纔見波瀾，從此中國文章却另外成爲一種局面，然而六朝遠矣。曲園先生序王子安集注云，「四傑之中，王子安裒然居首，韓文公作滕王閣記曰，得三王所爲序賦記等，壯其文辭，是韓未嘗薄王也。杜少陵云，王楊盧駱當時體，輕薄爲文哂未休，爾曹身與名俱滅，不廢江河萬古流，是杜未嘗薄王也。自宋人以八代爲衰，掃而空之，奉昌黎爲鼻祖，而不知探原於初唐四傑，自此以往，有語言而無文字矣。夫宋元以後之文，率多憑臆而造，洋洋洒洒，一掃千言，而實則羌無故實者也」。此言明通之至。吾讀春在堂全集，覺得曲園先生對於中國文章有許多好意思，淸懷雅量，有學問，有識見，求之於近代學人的文章裏面，不可多得。私意欲勸平伯（曲園曾孫）將雜文部份單行，或抄出數十篇，願與世人共賞之也。

山月記

中島敦
盧錫熹譯

隴西李徵，博學才穎；天寶之末年，年少翩翩名登黃榜，遂被任爲江南尉補；性狷介，自恃頗厚，高潔不甘爲賤吏。不久掛冠歸息虢略故園，與人絕交，耽於詩作。他想與其做下吏長久屈膝於惡俗的大官之前，還不如成爲詩家，留名於百年的後世。然而文名難揚，生活却日形艱苦，他逐漸焦燥起來了。從這時起，他的容貌峭刻，枯槁肉落，目光炯炯，昔日進士及第時豐頰的美少年的姿容，已不可復得。數年後，不堪貧窮爲了妻子的衣食，遂再屈節東赴，奉職爲一地方官吏，一方面，這也是對於自己的詩業有一半絕望的原故。從前的儕輩，都已扶搖直上，進居高位，這班他曾視爲鈍物而不齒過的人，竟要拜受其下命，這對於往年雋才的李徵的自尊心，是如何的斲傷，當不難想像了。他怏怏不樂，狂悖的性情更難抑制。一年之後，他因了旅行，宿於汝水之濱的時候，終於發狂了。某日夜半，他臉色大變，從床上爬起來，喊着不知所云的聲音，就這樣地跳了下來，奔到黑暗中去，他再也沒有回來了。搜索附近山野，也毫無影蹤。後來誰都不知道李徵怎樣了。

翌年，監察御史陳郡的袁傪奉命出使嶺南，途宿商於之地，預定翌晨未明前出發，驛吏說前面有噬人虎，非白晝不能行，現在尚早，不如稍爲等待一下。然而袁傪自恃隨從衆多，斥譴了驛吏的話，出發了。他們憑着殘月的微光，通到林中的草地時，果然有一頭猛虎從叢林中躍出，牠看見驚戰着的袁傪，重又翻身隱回叢林裏去了。從叢林裏聽見輕輕地重復地說：「好險啊！」這聲音，袁傪聽來很熟，他忽然想起了，喊道：「這不是我的朋友李徵子的聲音麼？」袁傪是和李徵同年考取進士的，在於朋友稀少的李徵，袁傪要算是他最親密的朋友了，這是因爲溫和的袁傪的性格和峻峭的李徵的性情沒有衝突的原故吧？

樹叢裏暫時沒有回答，只是時時透露出像忍泣似的微弱的聲音，一會，低聲地答道：「我終是隴西的李徵。」

袁傪忘却恐怖，下馬走近樹叢，欲一敍闊別。於是他問他爲什麼不走出來，李徵的聲音答道，自己現在身爲異類，實在沒臉在故人之前暴露自己的醜態，而且如果現出自己的姿態，你一定會畏懼和厭惡的。不過，現在不期而得遇故人，使我懷戀得幾乎忘掉愧赧，請你暫時不要厭惡我這醜惡的外形，就當我仍是從前的李澂，和我交談好麽？

這事後來想起來是不可思議的。那時候，袁傪眞的接受了這個超自然的請求，一點都不以爲怪。他命令部下停止隊伍的前進；自己立在樹叢旁邊，和這看不見的聲音對談起來了，京師的傳聞，舊友的消息，袁傪現在的地位，和李澂對他的祝辭。他們用青年時代的，那種沒有睽隔的語調談了之後，袁傪問他怎麽會變到現在這樣子的，草裏的聲音就說：

距今一年前，我出外旅行，宿於汝水之濱的夜裏，睡了一覺之後，忽然醒來，聽見戶外有誰在叫我的名字。我應聲出視，聽見這聲音在黑暗中頻頻地向我招呼，我就不知不覺追着那聲音走去了。我當時好像失了魂，不知什麽時候走入了山林的道路，在不知不覺之中，覺得自己是用雙手抓着地在走，體內充滿了力量，輕輕地就跳越了岩石。我的手指和手臂好像長着毛。天亮一點，臨溪照一照自己的樣子，已經變成老虎了。我起初還不相信自己的眼睛，後來想這一定是夢，因我在夢中曾夢見過知道這是個夢的夢；到不得不悟到這不是夢的時候，我就茫然了，而且恐懼了。然而怎麽會變成這樣的，我不知道。什麽事情我們都是不知道的。莫明其妙地順從地接受硬推過來的事情；莫明其妙地活下去，便是我們生物的定則。我立刻想死了。可是當一隻兎子在我眼前跑過的時候，我腦裏的「人」的影子就立刻消失了，到它重又覺醒的時候，我的口已塗着兎血，周圍已散落着兎毛了。這是我變成老虎的最初的經驗。到現在爲止，我繼續了怎樣的行爲，到底不忍說，只是一日之中，我的「人心」一定有幾小時回復的，這個時候，和往常一樣，我又能操人語，能做複雜的思想，還能誦讀經書的章句。以這個「人心」看到自己變成老虎的殘虐行爲，回溯自己的命運時，便覺得最委屈，最害怕，最憤恨。可是這回復成人類的數小時，也越來越短了。我一向奇怪着怎麽會變成老虎的，可是這一來，到我發覺有些糟而加以注意的時候，我又會想到以前我怎麽曾經是人類。這是可怕的事情。再過一些時候，我的「人心」將會在野獸的習慣中完全埋沒了吧？正像古老的宮殿的基石漸次被沙土所埋沒一般。那末我將會忘却我自己的過去，完全變成一隻老虎的狂暴，今天這樣在途中遇見你，也不復認識故人而將你撕食，一點都不感到後悔了吧。究竟野獸和人類，本來就是一種什麽別的東西吧；不是起初還記得，而漸漸忘了，就以爲起初就是現在這個樣子麽？不過，那些事情，怎麽樣都好，在我的「人心」完全消失了之後，我恐怕反會是幸運的，唯其如此，我的「人心」才覺得這事是非常的可怕。啊！

自己忘記了自己曾是人類的事是如何的可怕，如何的悲哀，如何的難受啊！這種心情，如果不是身歷其境的人，誰都不知道的，誰都不知道的。然而，對了，在我還沒有完全變成野獸之前，有一件事拜托你。

袁傪一行，屏着氣息，聽着叢中的聲音所說的不可思議的事。聲音繼續說：

那不是別的。我本來打算成名爲詩人的，可是事業未成而遭逢到這個命運，所作數百篇詩還未公諸於世，遺稿也早已不知所在了。不過其中還有數十篇背誦得出來，我就希望你替我把它們傳錄下來——我並不是仍算以此成爲一個詩人的面目——雖然不知所作的好壞，總之，這是我一生破產狂心地執拗過的東西，即使一部也好，如果不傳之後代，死也不瞑目。

袁傪命部下執筆隨叢中的聲音記錄下來。李徵的聲音朗朗然響徹樹叢。詩長短凡三十篇，格調高雅，意趣超逸，一讀就知道作者才氣的非凡，然而袁傪在感嘆之餘，漠然地發生如下的感覺：作者的素質，無疑地是屬於第一流的，可是就這樣地要成爲第一流的作品，（在非常微妙之點）總覺得有什麼欠缺的地方。

背完了詩的李徵的聲音，突然變了語調，像自嘲似的說：

現在我雖然已經變成這樣醜陋之身，但我仍夢想到我的詩集放在長安風流人士的桌上的樣子。這是躺在岩窟裏做的夢啊。請你嗤笑這個成不了詩人而變成老虎的人吧。（袁傪記起了從前青年李徵的自嘲癖，哀憐地聽着。）說着笑話，我就順便提一首詩一述所懷罷；爲了證明在這老虎裏面，還活着從前的李徵。

袁傪又命下吏把它記錄下來。詩曰：

偶因狂疾成殊類　災患相仍不可逃
今日爪牙誰敢敵　當時聲跡共相高
我爲異物蓬茅下　君已乘軺氣勢豪
此夕溪山對明月　不成長嘯但成嗥

時殘月的光芒，冰冷冷的；白露滋潤着地面。穿過樹間的寒風，已經報告着曉之將至了。人們早已忘却事情的怪異，肅然地感嘆着這位詩人的不幸。李徵的聲音又繼續了：

剛才我說過，不懂爲什麼會遭逢到這樣的命運，可是依我所想，也沒有完全想不到的地方。當我還是人類的時候，我極力避免和人交往，人家都說我倨傲、尊大，其實，這幾乎是近似羞恥心的東西，而人家却不知道。自然，曾被稱爲鄉黨的鬼才的我，不能說是沒有自尊心，不過這種自尊心可以說是一種懦怯的自尊心。自己一方面想以詩成名，却又不去求師交友，努力於切磋琢磨；一方面又自視高潔，不願周旋於俗物之間。

這些都是因爲我懦怯的自尊心和尊大的羞恥心的緣故。因爲我恐怕自己不是珍珠，不敢刻苦磨練；可是因爲我半信着自己可以成爲珍珠，又不能庸碌地與瓦礫爲伍。於是我就逐漸與世隔離，與人疎遠，由於憤懣和慚恚，結果更加滋長了我內在的懦怯的自尊心了。人說，人類誰都是訓練猛獸的獸師，這個猛獸就相當於各個人的性情。像我那樣，這個尊大的羞恥心就是猛獸，就是老虎了。牠毀壞了我自己，苦惱了我的妻子，傷害了我的朋友，終於把我的外形變成了適合我內心的樣子。現在想起來，我簡直空費了我僅有的才能。嘴裏說着「什麼事都不做便覺得人生太長，做一點事就覺得人生太短」等警句，事實上或許就暴露出自己才能的不足，這種卑怯的疑懼和嫌厭刻苦的怠惰，便是我的一切了。才能遠不如我而能專心磨練終成堂堂的詩人的正多着；這點在我已經變成老虎的現在，我才漸漸發覺到，想到這，我心中便感到一種焦灼似的悔恨，我已經不能再過人的生活了！現在即使我腦中作了怎樣優美的詩，但又能用怎樣的方法發表呢？而且我的頭腦也日近老虎，這怎麼辦呢！我的空費了的過去呢？我眞受不了！那時候，我只有走上那邊山頂的巖石上，向空谷怒吼，希望能把我胸中焦灼着的悲憤傾訴給誰。昨夜我也在那邊向月亮吼過，但有誰了解我這個苦惱呢？野獸們聽了我的聲音也只有畏懼和怯伏；山、林、月、露也只以爲這是一頭老虎狂怒着在咆哮吧了；我就是躍到天上鑽進地裏地悲嘆，也沒有一個人能明白我的心意，這就像我做人的時候，沒有人理解我脆弱的內心一樣。潮潤我的毛皮的，不只是因爲夜露而已。

四圍的黑暗漸漸淡薄起來了。黎明的角號開始悲切地響起來，聲音不知從那裏傳到樹林之間。

李徵的聲音說：已經是不得不分別的時候了，不得不沉醉的時候（回復爲老虎的時候）已經近了。在分別之前我還有一件事拜托你。這是關於我的妻子的事情，她們還在虢略，關於我的命運，她們是不會知道的。希望你回到南方的時候，告訴她們我已經死了，切勿把今日的事告訴她們，如果你肯憐卹她們孤弱而照顧她們，不使凍餓於街頭，此恩此德，沒齒難忘。

他說完了，只聽得樹叢中透出慟哭的聲音。袁傪也淌着淚欣然答應他，願意照他的意思辦。李徵忽又併着聲音，回復剛才自嘲的語調說：

本來，如果我是人類的話，是應該先把這件事情請求你的。就因爲我是一個關心自己貧乏的詩業比關心快要凍餓的妻子還利害的人，所以才淪爲野獸的。

他於是又囑咐袁傪，叫他從嶺南回來的時候，切勿再走這條路，因爲那時恐怕自己會失去人性，認不得故人而襲害他。

又叫他分別之後走到前面百步處那個小丘上的時候，回頭看看這邊，他將再顯示一次自己的姿態。這並不是誇示自己的驍勇，而是顯示一下自己的醜態，使他勿再發生重走此路以謀會面的念頭。

袁傪向樹叢中懇切地道了別，上馬了。樹叢中又洩出忍耐不住似的悲泣聲。袁傪也幾番回首，含淚出發了。

他們一行人走到小丘上的時候，照李徵的話回頭向剛才的林間的草地望去，果然看見一頭老虎從密草中跳到路上來。老虎舉頭向着消失了白光的月亮咆哮了兩三聲，又躍進叢林裏，再也看不見了。

十月

闌靜

十月吹來午後的風，
才知道沒有別離，
在殘牆與楓葉之間，
小小的青山青天有倒影。

秋天究竟多高，
而秋風多輕，
有什麼幽怨，
爲什麼叫小春。

傍晚裏秋蟲跳進草裏，
去睡吧，撈一株魚藻，
燕子們輕捷的飛舞，
那已經是江南的事了。

自己的文章

蘇青

閑下來，沒有事做，心想還是找些東西看看吧。但是看什麼呢？書架上空空的，書桌上空空的，書箱裏也塞滿破襪子了，這裏沒有書，我的書早已一古腦兒的送到了舊書攤上。

幸而雜誌還有：送來的，借來的，討來的，不下七八種。其中有三四種，常常登載我的文章，因此我對它們便偏愛些，伸手取來先自翻閱一下。理論的文章我不愛看，記敍的文章怕平淡嚕囌，攷據我不大懂，小說又軟綿綿的惹人頭痛……翻來翻去，還是看看自己的文章吧。

自己的文章，其實不用看，連背都背得出來。因為我做文章，總是想的時候多而寫的時候少，在電車裏，在宴會上，在看沒趣味的電影或話劇時，我總是默默思索着文章的材料的。有時候想好幾段，回家之後便動筆寫了；有時候則全篇已經想好，但總沒有空，祇得用心記着，俟暇方能夠動筆。及至雜誌出版，鉛字印在白報紙上的時候，我再看自己的文章，當然是讀了上句知下句的讀了上段知下段的了，蛇遊而下，十分快速。假如偶然有一個字讀起來覺得拗口，或者索與減少或增加幾個字了，那定是手民誤排，我也不願提筆改正，橫豎自己心裏頭明白。至於人家呢？我知道人家是再不會注意到我這幾個字的，他們能記住題名與大意已經夠使我感激不盡了，我還敢懷着其他的更大奢望嗎？「文章千古事，得失寸心知！」文字知己固然是難得，而自己文章之不能吸引人，總也是一個大原因吧。

我的文章做得不好，我自己是知道的。這不好的原因，第一是生活經驗太不豐富，第二是寫作技術的低劣。關於第二點我想或者還比較容易改正些，祇要多看些古今中外的名家大作便行了；但是增加生活經驗，這卻大半要聽老天爺安排，我總不能因寫文章而去當個叫化子或流氓看，甚至不能因此而與他們做幾天朋友，是不是？

於是我的文章材料便僅限於家庭學校方面的了，就是偶而涉及職業圈子，也不外乎報館，雜誌社，電影戲劇界之類。至於人物，自然更非父母孩子丈夫同學等輩莫屬，寫來寫去，老實便覺得膩煩。

我想寫的人覺得膩，看的人自然更加覺得膩煩了吧，但是，事情也有出乎意料之外的，朋友中居然常有人對我這樣說：「你的文章很有趣，眞的，很有趣呀。」

自然，我知道這句話決不是好話。——也許他們說的時候是出於好意，但說出之後總而言之不是好話便是了。我的文章很有趣？是文字，結構，佈局，命意等有趣呢？還是故事內容的男男女女等事情來得有趣？

我常寫這類男男女女的事情，是的，因爲我所熟悉的也祇有這一部分。但是，我對於它們却並未如讀者一般感到興趣，相反地，我是十分憎厭着的，這點恐怕決不是多數讀者所願意費些心思來體會體會的吧。我的理想中的男女等人應該是爽直，坦白，樸實，大方，快樂而且熱情的，但是我所接觸的，我所描寫的人物，却又如此扭揑作態得可憎可厭。

我爲什麼要暴露黑暗呢？暴露黑暗也無非是渴望光明來臨的一種手段罷了。但是人家却把我的所謂黑暗看做光明了，而且以爲我的咒詛是讚美，因此我便變成一個歌頌光明的人，同時我的文章也就有了「有趣」的價值了。

——是我的描寫技術太差嗎？

——當然囉！

我常常想擱筆了吧，但是擱筆之後又做些什麼呢？我也常常想不要再看些空空洞洞的雜誌了吧，但是不看雜誌又看什麼呢？

當自己的工作已不能使自己感到興趣時，最好是改行不幹；但是改行可沒有你自由意志的，你寫文章，人家便以爲你祇會寫文章，別的事情不來找你了，就是你自己跑上去謀也謀不進。至於不幹，當然是可以的，不過不幹就沒有錢來換米，你的肚子可不肯跟着寫文章的手來一起罷工呀。

我很羨慕一般的能夠爲民族國家，革命，文化或藝術而寫作的人，近年來，我是常常爲着生活而寫作的。試想生長在這個時代裏，竟不能用別的方法來賺錢，却靠賣文章糊口，其人之百無一用是可知的了。我鄙視自己，也鄙視自己所寫的文章。

但是，鄙視儘管鄙視，文章總還是你的文章呀！這好比一個女人生下孩子，他們的親子關係便確定了，無論如何請律師登報驅逐劣子都沒有用，反而更給人家多知道你生過兒子這會事而已，可說是欲蓋彌彰，洗也洗不清的。寫文章也是如此：譬如你用了「蘇青」兩字做筆名，不惟不能使所寫文章與你本人無涉，而且你的本人倒時有牽過去歸附文章的可能，許多人見面時都稱呼你蘇小姐了，這會使你應又不是不應又不是，但不論應與不應，文章總是你的文章呀！

這樣，我可眞要咒詛自己的文章起來了，愛之不能，棄之不得。已成的還不必說了，而且以後正要寫下去，寫的全是愛之不能，棄之不得的東西呀！

有人說：「太太是人家的好，文章是自己的好」，這話對某一部分人說當然是有理由的。而且我也知道有一個詩人歡喜挾着一隻大皮包到處走，裏面全是他的詩稿，因爲他怕放在家中不放心，寧可在路上挾着累贅一些。他的這種心情，我可羨慕到了萬分，因爲他的手裏雖然累贅，心裏却是輕快的呀。至於我呢？我走路時除了錢與居住證防疫證三者而外，便是什麽東西也不願帶，別說那些累贅討厭的文稿了。就是偶而想起它們的時候，心裏也能暗暗背誦。但是背誦過後却又覺得沉重得很，像給什麽東西壓着，怪累贅的。

我知道世界上許多女人在不得已的生着孩子，也有許多文人在不得已的寫着文章，至於我自己，更是兼這兩個不得已而有之的人。現在雖說到了可以任擇其一的時候——我當然選擇寫文章囉——但是心裏面還難過得很：因爲那不是爲了自己寫文章有趣，而是爲了生活，在替人家寫有趣的文章呀。

迷離

予且

十二

事實當然不會有那麼湊巧，那裏會就是倚雲。又滄就是會見倚雲，也得按着正常方法，那就是去找她。他去找她的那一天是個陰雨的早晨。

這是偶然的，並不是特別揀着雨天去找她。他知道她每天都在家，不過自己不去找。今天去找，是因爲昨天晚上受了一點刺激，昨天晚上爸爸多渴了一些酒，忽然提起了鳳倚雲。

他說：

「我並不是說鳳倚雲不好，我只是說她的家庭狀況，前天你問我，我說別人的事不用去管他。當時我看你有點不自在，我看你是有點愛倚雲的。」

爸爸的臉非常的紅，口中的酒氣佈滿了全屋子。又滄有點急，說道：

「因爲我和她同學，她現在又是處在一個找不着人幫忙的境地。」

「你也是說的她的家庭狀況！當然一個人的家庭狀況，足以影響一個人的教育，但是一個人的成就，倒也不限於她的家庭狀況。」

爸爸並沒有說其他的話，說是刺激，對於又滄，眞的不過是一點點。就是這一點點，却已加强了又滄想見倚雲的心思。幾天不肯承認而已。在臨放假之前，他接着倚雲的信，就想去看她。回來之後，更是想看他，雖然他向方盛說過他要想一想，實際想一想還不是一個虛空的結局。所以今晚在爸爸說了這一番話之後，方盛向他說的話，就在他腦中一現：

「我只替朋友解決事實，不解決理想。」

他要知道一點倚雲的事實，他去找倚雲。

他到了倚雲那裏，第一個印象就是倚雲和她的媽都消瘦了許多。倚雲見了他，雖然歡喜，却沒有他意想中那裏的歡喜。她媽雖然是放下了一副笑臉，但笑臉却掩不住眉眼角的愁煩。

又滄要的是事實，不是戀愛，事實在那裏？倚雲和她的媽並沒有說什麼，於是他想起倚雲給他的那一封信：

「我的問題你解決不了。我所懷疑的就是爸爸死的太兀突，但是我沒有一毫證據。如今什麼都完了。那裏會水落石出。……」

他就把這個問題問出來了。並且說：

「你說我解決不了。也許我可以幫助你解決，不過你得告訴我！」

這話是在又滄臨走時說的，倚雲正送他出門，他就在門邊輕輕說了這句話。倚雲道：

「家裏不好說，我們找個地點去談談。」

在這個城市中，男女晤談的地點，是很少的。既沒有公園，沒有適合一兩人祕密接談的茶座，這城市中男子和男子晤談的地點只有兩種，一種是茶館，茶館中他賣着酒菜，早晨的時候，大家都在茶館裏，泡上一壺茶，談上一陣，許多事就在這裏得着解決。第二種是澡堂。晚間，大家澡洗過之後，靠在躺椅上，一般的泡上一壺茶，談上一陣，事情也就可以得着解決。

這兩個地方都不適宜於又滄和倚雲談話的。他們就只好用散步的方法到城南比較僻靜的地點去談話了。倚雲說：

「你現在總該有些認識我，我就是有話肯說出來的一種人，在我寫給你的信中就提起過，也許你還可以記得。」

又滄有點不明白她的意思，她接着說：

「在那信中，我提出幾點，不知你注意過沒有。其一，愛只是靈魂的慰安而不是肉體的交付。其二，愛只是片面的，只有交流，沒有交換。其三，愛是表示出來的而不是密藏的。」

這誠然是她信中的幾句話，她一逕地這樣說着，卻眞把又滄說呆了。又滄想，她到底是什麼意思？這與她爸爸的死，有什麼相干？難道她對於爸爸的死，已經不覺得兀突，還要表示她對我的戀愛？

他們現在都站在道傍的一株樹下，道上更沒有一些行人，那驕陽從天空射透了濃密的樹葉，小風吹動了倚雲的短髮和衣衫。倚雲正在低着頭，她既不凝想，也不嬌羞，又滄雖是想着她有了愛，可是更看不出她的一點愛。她說：

「我寫的那些話，並不是我聽人說的，乃是我由經驗中獲得的。」

「經驗？」

又滄不禁有了滿腹的驚訝。

「自然不是我親身的經歷。我眼睛看過之後，再加上我的思想，也就是經驗。」

又滄不說話，她又道：

「我看爸爸和我媽媽的愛，就不是靈魂上的慰安，也沒有交流，而且並沒有表示。他送我們到上海，並沒有充分的理由。第一年，他沒有回鄉，決不是忘了家鄉他所獲得的一切。這一切，我得明白的告訴你，包含了他物質上的獲得，也包含了他精神上的慰安。第二年，他回了幾次鄉，當然是爲了檢查他物質上的獲得，兼尋求他精神上的慰安。第三年，在家鄉的時候多起來了。這決不是監視他物質上的獲得，乃是維持他精神上的慰安。」

她侃侃地說着，眞是又滄所不能想到的。他想她竟會這樣疑心她父親，一時倒想不出話來回答，只說：

「人事的變幻是不可捉摸的，你不能想像得太多。」她道：

「我知道你會這樣說。不說有時幻想也會幫助我們發現某一種問題。」

她微微地笑了一次，笑得却極其不自然。兩個人的談話不怎樣接近，也就只好從遲慢的步履中分手了。

又滄這一次的拜訪，可以說是沒有什麼結果。不過倚雲的話，老是在他心內盤算着。他想還是到方盛那裏去一次罷！

「去了也是得不着結論的。」

他眞怕方盛問他，倚雲究竟和他說些什麼話。他獨自在街上走着，眞滿透出可憐的神氣，一個神完氣足的又滄，如今眞的變成畏首畏尾了。

他彳亍的走向歸家的一條路，路上就遇着了爸爸。爸爸說：

「那裏去的？回家嗎？」

「回家！」

「你是從……」

「從鳳家來。」

爸爸一聽，並沒有說什麼，便轉身和他一同走回家了。

又滄現在眞是懷了滿腹的疑慮。爸爸好像要告訴他什麼，但是在路上也沒有明說。到家坐定之後，又滄也沒有離開他。二人默然過了半天。爸爸道：

「你是不是愛倚雲？」

這眞使又滄難以回答的。他怎麼說愛？但是爸爸的話和媽媽所問的話太不同了。爸爸問過自己這句話，當然是出於欺侮的意思，他說：

「她本和我同學，又是同鄉，我們彼此當然是認識的。她爸爸死的太兀突，………」

「你怎麼知道！」

爸爸滿懷着懷疑的神情。

「是她寫信告訴我的。」

「那時你還在學校裏？」

「是的。她叫我到她那裏去……」

「她和你說了些什麼呢？」

爸爸似乎格外的懷疑。

「她也沒有說什麼，前次她寫來的信，信上說她懷疑的就是爸爸死的太兀突，她並沒有一毫證據。今天我見了她，她只說一些理論的話。」

「甚麼理論？」

「聽她話的意思，好像她爸爸的死，還有點……」

「是不是有點色情的原因？」

爸爸帶笑着說出來。這眞是又滄所沒有想到的，爸爸竟然說出來了。他一聲不響的望着爸爸的臉。爸爸似乎很奮興。他說：

「上次你要我多告訴你一點兒，我問你說，人家的事，何必那裏注意它。你既是到她那裏去，我可以把我知道的告訴你。大康新娶的這個女人，就是大健所愛的人。大健的愛，實在是祕密的，在他兄弟娶了那個女人之後，他還是不承認愛那個女人，可是兄弟間的情感，表面上雖好，裏面已經壞極了。」

「大健的死，大康也有關係嗎？」

「誰知道？這是一件撲朔迷離的事。不過倚雲是打探不出的。她只是一個大孩子，也沒有幫助她的人，雖然有個媽，媽也和她是一般的無用。她要你幫她的忙，也是無從幫起的，世間的事，只有戀愛和嫉恨最危險，也最難使人明瞭。」

「爸爸的意思，是說這件事讓它永遠……」

「不是說讓它怎樣，乃是說你並沒有力量去幫助她去探一個水落石出，即使你能，也犯不上。你是不是愛倚雲！」

爸爸又將這句話問了出來，這眞是使又滄難以回答了。他明知道爸爸會說：

「不愛，你就不必多管閒事，愛，愛的是倚雲，爲什麼要把一件迷離的事弄得明白，纔能表示愛呢？」

他不聲不響，爸爸果然就把這層意思說出來了。他說：

「你如果愛她，更不必去多事，只要我找個人向大康說一說，倚雲馬上就嫁過來了。別人可以進行一個戀愛階段，她用不着。」

「爲什麼？」

又滄倒眞有點替倚雲抱不平。

爸爸笑道：

「這又有什麼原因呢？一個男子眞的愛上一個女子，自然是要和她結婚。戀愛的階段，無非是恐怕她不愛，方用種種手段引起她的愛心，使她就範。如今有方法使她就範，又何必多費一番手續？」

「也許她不愛我？」

爸爸益發笑將起來了。他道：

「愛不愛的問題，只有結婚前纔有的。既結了婚，還有什麼愛不愛呢？在女的一方面，所謂愛也得愛，不愛也得愛。你們這一輩纔造出一個什麼愛不愛的問題。像我們這一輩，所有結了婚的女子，沒有一個敢在人前說她不愛她的丈夫。倘使她能說出來，不單是男子，就是和她一般的女子也會說她不對。要知世間只有愛不愛的兒女，沒有愛不愛的丈夫。兒女是有幾個的，所以在比較上有什麼愛不愛呢！」

爸爸這一番話，眞把又滄說糊塗了。他想爸爸把事情看得太簡單了些，他到底是個老派不是個新派。但是自己不能說爸爸的意思不對。

爸爸道：

「倘使你眞的愛她，你可以告訴我，我叫人去和大康說，這段婚事成功是很快的。不愛，又何必去管人家的事？戀愛的階段是不必要的，勞民傷財，而且這個地方，並不適宜。」

爸爸說完話，就望着他，好像等他的回話。可是又滄又怎麼能回話。他仍是不聲不響的。最末，還是爸爸說：

「你不願告訴我，告訴媽也是一樣。」

說完他便帶着笑走出去了。

十三

到了晚間，又滄獨自坐在房裏。越想越覺得種種經過，越是撲朔迷離了。他想自從學校到現在一切經過，無一不是迷離的。倚雲對自己的愛，就很迷離的。倚雲的家庭事件，也很迷離。就是倚雲向自己說的一切，爸爸向自己說的一切，亦無一而非迷離。

他決意自行研究，他拿了一張紙，把爸爸的話全都寫下來了。

「一個人的成就，倒也不限於她的家庭狀況。」

「她父親的死，有色情的原因，色情是由於大康大健共愛一個女人。大健不承認，大康將她娶了。」

「世間的事，只有戀愛和嫉恨最危險，也最難使人明瞭。」

「你並沒有力量去幫助他們去探得一個水落石出。」

「對別人，要進行一個戀愛階段，她用不着。」

他在燈下把這幾句話，足足看了好幾十遍，很想看出一個道理來。結果，他以爲第一句沒有道理，至多不過表明父親不反對自己和她戀愛罷了。第二段話不過是說明了一個故事，第三段，不過是一句評語。只有第四段和第五段有注意之價值。爸爸爲什麼說自己沒有力量幫她的忙？爲什麼說對別人，也許要經過一個戀愛階段，對她用不着？

他雖然說這兩段有注意之價值，可是他仍沒有方法去找出一個答案來。直到入睡的時節，他想起那天和方盛送她們母女上車之後的情景來。方盛說過幾句話：

「我看她今天的態度和往日大不相同。」

「她居然送你一張相片。」

那天晚上方盛說話的聲音，似乎還在耳邊纏繞着。那聲音眞是滿藏了嫉妒的意思。

「他是不能忘情於倚雲的。雖然他曾經說過，你們能成功，我的罪就輕減了。這不是他心裏的話。」

「爸爸說，對別人，也許要經過一個戀愛階段，對她用不着。」

爸爸對她的婚姻，自然有操縱的力量。一縷靈機走入他的腦內。他自己說：

「爲什麼我要去注意她爸爸的事，我不會專門對婚事去進行嗎？」

他在被中籌劃好了他的步驟，次晨他起的絕早，便去找方盛了。

他到方盛家裏的時候，方盛也剛纔起來，一見了他，就問他和倚雲的消息。他說：

「我現在改變心志，決計把倚雲讓給你了。」

「這是什麼話？」

「你原是愛倚雲的。」

「她不愛我有什麼用？」

「我有方法使她就範，就不管她愛不愛。一個男子愛一個女子，就怕的不能和她結婚。既可以使她結婚，那還有什麼愛不愛的問題？在女的一方面，所謂愛也得愛，不愛也得愛。上一輩的人，所有結了婚的女子，誰敢說不愛她的丈夫？」

這一席話，却把方盛說楞了。他想這是一番什麼道理？他說：

「又滄，你怎麼變的這樣快？」

「我沒有變！」

「你不愛倚雲？」

又滄哈哈地笑道：

「你豈不知愛只是靈魂的慰安，不要肉體的交付嗎？愛只是片面的，沒有交換嗎？倚雲能這樣看，難道我們就不能這樣看？」

「不是肉體的交付，沒有交換。倚雲嫁給我？又滄，你眞是在說笑話。」

「不是笑話，古人就說過，卽以其人之道，還治其人之身。我對於這兩句話，感到極大的興趣。」

「我不懂！」

「不是懂不懂的問題。我把倚雲的家世告訴你。她父親死了，是氣死的。」

「這個我知道。」

「這與她的婚姻問題是沒有關係的。」

「自然沒有！」

「氣死的原因有兩個，一個是爲了一個學徒，和人鬧氣。」

「我也知道。」

「然而她不相信，她說她父親死的兀突。她要尋求另外的原因。這個原因我也知道，是她父親和她叔叔共愛一個女人，這女人被她叔叔娶了去。就是她知道了這個原因，與她婚姻有什麼關係？」

「自然也沒有。」

「與娶她的人有什麼關係？」

「自然更沒有！」

「但是她現在見了我總是說這一個，豈不是指東話西，故意爲難！」

「你不能這樣的疑心她！」

「她爲什麼要這樣和我說，難道要我替她復仇不成？戀愛和嫉妒是最難使人明瞭的，她偏要求明瞭，這不是爲難是什麼？卽使不是和人爲難，至少也是和自己爲難。如今我們要去打破她，不理她這會事，所以就將她說給你。」

這一番卻把方盛說的大笑起來了。他道：

「又滄，你瘋了罷！看你說了半天，說的是些什麼話。完全是不合邏輯。這都不是我們平日思想的方法。你要不是瘋，至少也是在說笑話。」

「說笑話？你不相信？」

「不相信！」

「做給你看。不過既是做出來，你是要負責任的。」

「這有什麼責任？一件不可能的事。她會答應，那眞是笑話。」

「也許會呢？」

「會我就要她好了。」

方盛一逕地笑着，又滄就告辭回去了。

又滄回去，心裏眞是滿藏着喜悅，他先到爸爸那裏去。爸爸早晨照例的要上茶館，總是不在家的。到了媽的房內，他就說明來意。他說：

「爸爸叫我對媽說，他總疑心我愛倚雲，其實，愛倚雲的不是我，乃是方盛。」

「人家的事，用不着你管，況且，還要麻煩你的爸爸。」

「這是喜事，不比別的。爸爸能託人替我說，自然也可以託人替他說，他和我是莫逆之交呵！」

「爲什麽他自己不來找你爸爸？」

「青年人，怪難爲情的。他是一個沒有爸爸的人，家裏只有媽。他也和倚雲同學，對她傾慕已久。爸爸既是有能力一說就成，爲什麽不順便來成就這一段好事？」

媽媽還未回話，爸爸從外面走進來了。

「怎麽？你沒有上茶館？」

爸爸笑道：

「我在前面回朋友一封信，把時間躭悞。我立刻就要去的。」

「滄兒請你替他同學做個媒。」

「誰？」

「方盛！」

「方盛？方大武已經死了好些年。他只有這一個兒子，我好多年不見了。他要誰家的小姐？」

「鳳倚雲！」

「倚雲？」

爸爸似乎有點驚訝！

又滄說：

「他也是和倚雲同學，彼此相知已經很久。」

「那他不會自己進行，還要什麽媒人？」

「我也是這樣說，但是他的胆子不大，他說，如果說出口來，一遭拒絕，那就太痛苦了。我說倘若我是你，一毫不感覺困難，我爸爸找人出來一說準行。所以他就要轉求爸爸。」

「倒還是我多說了這句話。」

爸爸說着笑起來。接着說：

「她的家庭環境，方盛知道不知道？」

「知道的，他正和爸爸說的一般。一個人的成就，倒也不靠她的家庭狀況。」

媽媽道：

「做媒總是好事情，能促成他，當然還是促成他，怕的還是不一定一說就成。」

「準成！」

爸爸仍帶着笑。

「我連人都不要託的。大康每天上茶館，只要我隨便的提一提就行。不說方家，隨便那一家……」

「那裏會有那裏的便利，人家嫁一個小姐。」

「你不明白！」

爸爸分辯着。

「在他的眼內，不是嫁一個小姐，是送去一個吃飯的人哪！他那個店，立刻就要倒閉的。換的那批新人，不是做生意的，全是拆臺的。他的目的，是趕緊把倚雲嫁出去，最好倚雲的媽也跟着倚雲走。萬一不能的話，他就把店一關，將寡嫂接去同居。此後他那位寡嫂，便要開始受罪了。受罪的結果，只好找女兒去，那他家裏豈不是又少了一個吃飯的人？」

「他也不一定給方盛。倚雲不是一個醜人，方盛更不一定有錢。」

「我說誰，他是不敢不答應的。我知道他的一切太清楚了。」

爸爸說時似乎很得意，似乎很有把握。媽媽湊着趣說：

「能說就替他說一說罷！」

「好！說一說！方大武的兒子，他也該有點知道。我好些年不見了，現在當然已經長成人。」

「現在和我一般大了。」

又滄說了這一句，心裏滿藏歡喜。爸爸帶着笑，一面便走出了門。

十四

爸爸到了茶館。又滄在家裏，心中眞是十分的奮興，他希望立刻就來，來了就告訴他一番好消息。

好容易盼到中午的時節，爸爸回來了。

「說了沒有呢？」

「說了。」又滄問：

「成了沒有？」

「那怎麼會這樣快。」

「不知倚雲願不願。」

爸爸加了這一句。又滄道：

「爸爸說過。女的一方面，無所謂願不願。就怕娶不着，娶了之後，願也得願，不願也得願。」

爸爸一聽也就笑起來了。

那眞實的情景，是一番什麼光景，我們還要看大康家中的一幕戲。

大康對於倚雲母女，一向態度是高傲的。他聽了又滄父親的話，回家就把倚雲母女叫了去，她一聽見是方盛，眞像芒刺在背，馬上就說出拒絕的話。女孩子拒絕的方法，沒有別的，她只有一句：

「我決不嫁人！」

「不嫁人？」

叔叔的怒，立刻就爆發了。他說：

「做一個女子就要嫁人，尤其像你這樣長成了人的。現在書也不唸了。不嫁人坐在家裏算一回什麼事。」

倚雲有什麼辦法，一個富於空想的女孩子，連乘車那一班都不知道，有什麼方法對付叔叔。她要是對待比較高明的人，也許會說出獨身主義的一篇大道理，無奈叔叔不是這種人，他要這樣做，就這樣做。他說：

「你爸爸死了就是我做主。只要他不痴不聾，嫁過去家裏有飯吃，我就對得住你。」

倚雲望了望媽媽，可憐媽媽乃是一個無用的人。她不但不敢和叔叔對抗，便連話也說不出來。倚雲還有什麼話說，那兩行熱淚，便不由自主的落下來了。

媽媽十分的急，她說：

「讓我回去勸勸她。」

「有什麼勸的，方大武家裏我是知道的。女大當嫁總不是一件錯事。」

倚雲母女帶着眼淚回去了。

到家坐定之後，媽媽說：

「方盛我是認識的，他和又滄送我們上火車，你既和他同學，他對我們感情也不壞，人也很好，就讓叔叔做主不是很好。這店是靠不住，早晚收歇了事。你有了一個婆家，我也就放心了。」

「我們還有重孝在身，那能談到婚事？」

「剛纔你爲什麼不說？」

「我一時沒有想起來！」

媽媽嘆了一口氣，女兒也嘆了一口氣。

兩個人就在這毫無解決之下，把這件事銷沉下去了。

這是一個沒有陽光的下午，幾個家庭中都透露出不同的情調。方盛早晨雖然是那樣糊塗的答應着，午後就感到這事的不對了。他想今早又滄來的絕早是件希奇的事。來了說出那些不合邏輯的話，又是件希奇的事。他來促成我和倚雲的婚姻，眞是格外的希奇了。

「倚雲不愛我，她是不會答應的。」

「婚姻大事，進行那裏會是這樣的便利？」

他雖然是這樣的想，但是心裏總有點不放心。他想天下的事，寧可信其有，不可信其無。他急急走到又滄那裏去。

他去的時候，又滄並不在家，接待他的正是又滄的父親。又滄的父親聽了方盛自己說明是方盛，便立刻喜笑顏開的請他坐。說道：

「尊大人和我以前是認識的。說起來已經是二十幾年前的事了。」

方盛不知他是什麽意思，只唯唯否否的應着。他又說：

「鳳家的事我已經說過了。大約不會有什麽難處。」

這對於方盛眞不啻天中一個霹靂。他急不暇擇的說：

「什麽事？」

他的臉不禁一陣大紅起來。

紅臉這件事，對於方盛無論如何是不利的。他是會「寧可信其有，不可信其無。」又焉知人家不會「寧可信其有，不可信其無」呢？又滄的父親道：

「不是倚雲小姐婚事？」

「那……那是又滄兄說着玩的。」

「婚姻大事，焉能說着玩？」

又滄的父親，心下不禁這樣想着。他兩眼直勾勾的望着方盛，方盛的臉，便益發紅起來了。

又滄的父親想，方盛到底是個少年人，少年人誰不臉嫩？也許他對又滄說的非常切實呢。知子莫若父。父親深知又滄是個老實人。自己是上了老實人的當，而且是上了自己兒子的當，這還有什麽說的。老年人的慈悲心腸，終不忍揭破一切，只好敷衍道：

「現在這個世道，社交本是公開的。大家見面談談不礙事，投機合意，再論婚姻。」

這位老年人終於說出這一番自己所不願說的話。方盛想，我和倚雲本是同學，社交還不公開？難道要在這碧城小地方來公開？他雖然是這樣想，可是始終未敢發表絲毫的意見，他怕由小事化爲大事，便藏了滿腹的心事向又滄父親告辭了。

又滄的父親在方盛去了之後，找又滄的心思非常的急切。他雖然知道又滄出去了，可是不知道他究竟到什麽地方去的。他跑進去問又滄的媽，媽說：

「我也不清楚，大概是到鳳倚雲那裏去的。我知道鳳倚雲處有人送個條子來，大概是叫他去。」

爸爸眞是覺得莫明其妙，他也沒有勇氣再和媽媽討論一切，仍舊跑到外面坐在那裏悶想了。

又滄到那裏去的？他眞的到倚雲那裏去的。他到了那裏並沒有看見倚雲的媽。

「伯母呢？」

「她到我叔叔那裏去了。」

又滄沒有理由再問她的媽爲了什麼事去，只坐在那裏一語不發，倚雲自己就說道：

「我叔叔要把我許給方盛。」

「方盛！好哇！」

「我們還是滿身重孝，談不到這上面，所以她去回掉。」

「重孝是不礙的，如今世道早已不像從前了。況且這也不是結婚，有什麼妨礙？」

「你也贊成我嫁給方盛？」

「有什麼不贊成，你和他都是我的好朋友。」

「你知道，我並不愛他。」

又滄突然地一陣笑，說道：

「什麼是愛？愛不是肉體的交付，却是靈魂上的慰安。因爲愛是片面的，對於你所愛的人，仍是可以愛，你本不希望交換，還怕什麼？他也許是愛你的，因爲愛是生出來的，直覺的，用不着研究和打探。愛是表示出來的，不是隱藏的，他託人向你求婚自然是表示出來的了。用不着打探，用不着研究。」

他帶着笑，這樣一連串的說下去。每一句眞像一枝枝的利箭，射在她的心房。她忍着萬分的苦痛問道：

「這是你說的話嗎？」

「不是我說的，是你的話，我不過是偶然的應用而已。」

倚雲怎能忍受得下？她立刻便嚎淘大哭起來了。

這是在店裏，又滄知道哭聲定能吸引許多人。他也不管倚雲聽見聽不見，輕輕地打了一個招呼便溜走了。

十五

又滄回到家裏時節，已經是吃晚飯的時候了。爸爸不在家。

「到那兒去的？」

他帶笑問着媽。媽說：

「爸爸等你大半天呢？到那兒去的？鳳家嗎？」

「鳳家！爸爸呢？」

「也是鳳家，倚雲的叔叔差人接他去吃晚飯了。」

媽媽始終不知他們父子二人所經過的一切，所以她更沒有問又滄什麼話。

晚飯之後，又滄獨自坐在前面書室裏。不想倚雲突然走進來了。又滄不覺一驚。問道：

「你來做什麼？」

「我的話並沒有向你說完。」

「還沒有說完？」

又滄睜了大眼望着她，她臉上的淚痕還宛然存在着。她不要又滄請她坐，她自己就坐下來了。她說：

「我叫我媽到我叔叔那裏去的。」

「我知道，叫她說你身穿重孝談不上婚姻。」

「這是一層，還有一層，就是我還叫她向我叔叔說，我已經許了你。」

「幾時有這件事？」

「愛是靈魂上的慰安，不是肉體的交付。是片面的，不是交換的。我片面的許給了你，冀得我靈魂上一點慰安。」

她像是要哭，又像是不要哭，那一副楚楚可憐的狀態，使又滄呆雲了她大半天。

這時候，又滄的父親，已經回來了。他的臉上紅紅的，看見了倚雲，臉上露出驚訝的顏色。倚雲雖沒有喝酒，臉却也是一般的紅。經過又滄介紹之後，便匆匆告辭回去。

爸爸向又滄望了望，又滄心裏眞是揑着一把汗。但是爸爸並沒有說話，就到後面去了。

夏夜的晚餐後本是人們納涼的時候。爸爸洗過了浴，興致似乎很高昂。他把又滄叫了去，拿了幾張籐椅，三個人都在院中納涼了。

小風不時的吹着，又滄的心裏仍是火熱。他想倚雲的媽告訴了叔叔，她已許了又滄，他叔叔又怎會不知道做媒的人就是又滄的父親呢？她叔叔一定會問爸爸的。把倚雲說給方盛，世界上怎麼會有這種豈有此理的事？

他心裏勃勃地跳，時常偷眼看爸爸，爸爸眼睛瞇瞇的，好像要睡的樣子。

小風仍在一陣陣的吹，鄰家的笛音很輕微的吹過來了。

爸爸微微的笑着。說道：

「今天我的酒喝的眞是太多了。有許多話我都覺得很有趣倚雲的叔叔也喝了酒，他笑着問我，又滄定了親沒有？我說，你怎麼會問到他，他還沒有定親。」

他掉過臉來問又滄道：

「是不是？」

「自然。我定親爸爸怎麼會不知道？」

「原是呵！我怎麼會不知道？以後我就問他。倚雲的婚事怎麼樣？他就更妙了。他說你看怎麼樣就怎麼樣，世界上那有介紹人兼做主婚人的？」

接着他就哈哈大笑起來了。

媽媽說：

「你今晚是喝醉了酒。」

「沒有！酒誠然是喝的不少。不過卽使酒醉，心中仍是明瞭的。」

媽媽笑了笑。問道：

「你下午找又滄做什麼？他不是在這裏嗎？」爸爸道：

「沒有什麼！方盛來找他，他不在家，所以我問你一聲。實際是沒有什麼的。」

又滄心裏又勃勃地跳起來，他急不暇擇的說：

「他來說些什麼？」

「他沒有說什麼，倒是我說的。我說現在這個世道，社交本是公開的，大家見面談談不礙事，投機合意，再論婚姻。」

又滄一聽，他的心纔放下來。但是爸爸的興致很高昂。他繼續着說：

「剛纔看見的不是倚雲嗎？」

「正是她！」

「我看她還有一身重孝。」

媽媽說：

「又滄到底是小孩子，她還是一身重孝，怎麼好替她說人家。是婚姻自己就會送上門來的，爲什麼要急。」

「所以我說見面談談不礙事。是婚姻自己會送上門，用不着做媒，介紹。」

「自己會送上門這句話不對嗎？」

媽媽反問着爸爸，爸爸道：

「誰說不對！」他轉臉向着又滄問道：

「是你說不對嗎？」

又滄趕緊的答道：

「對的！」

「原是對的！」

爸爸便又哈哈地笑起來了。

（完）

本刊歡迎投稿，投稿簡章俱見以前出版各期。來稿請寄上海靜安寺路一六〇三弄四十四號收轉本社。（此項住址專爲通訊用，其他概不接洽。）

奇異的懺悔

保·哀林──配林著　詩羔譯

作者哀林──配林(Elin-Pelin)的眞名是狄密德·伊萬奴夫(DimitrIvanov),他是保加利亞的一個普通國民。當他充當鄉村學校的教師時,天天與莊稼人爲伍,就在這沒沒無聞的當兒,他奠定了日後在寫作界露頭角的基礎。當他在寫這篇小說時,動機是極其單純的,原來他是在描述實際生活的各種情緒。三年前,正當他六十二歲的高齡時,他榮獲了保加利亞作家協會會長的頭銜。

夜禱已舉行過了。神父配佛爾的「啊們」聲在那無人唱和的破敗的小禮拜堂裏默默地消逝了。在堂的中心處,三個農婦嚴肅地站在一起,用期望的眼望着神父配佛爾。但除了這,周圍的一切全保持着沉默的局面。儀式旣經舉行過了,那三個婦人就劃了十字,走到那還蹲在座席裏毫無動靜的殘廢青年那裏,幫他站起來。

正在這當兒,堂前有脚步聲在響着,小鈴的叮璫聲短促地合着那步子的韻律。一個高大笨拙的漢子在門口出現了。他幾乎把那門廊完全給塡滿了。在一度駐足後,他踏進了門檻,但又再度止步。

「各位日安。聽人懺悔的神父可在裏面嗎?」他用一種深沉的喉音詢問着,並不特別招呼在場者中的任何一位。

正打算回家的婦人和配佛爾神父就轉過身來,面對着那個生客。他們所看到的與其說像人,還不如說他像一頭龐大可怖,剛自獸籠裏脫逃的蠻熊來得適當。這頭毛髮茸茸的怪物戴着一頂用山羊皮製成的大帽子,穿着一件夾層裏的絨毛多已露出的牧羊人的上裝,而自腰際至足跟則套着一條與上身同一質料的粗製下褲。在蓬亂疏散的黃髮下,他有着一個古銅色的臉蛋,唇上還給點綴着一簇簇硬直的小鬚,和一對自厚眼皮後漠然向外凝視着的小眼睛。在他的拳握裏,他握着一根比他自己身子還高的粗棍子,當他繼續向前走動時他就連連用這棍子重擊着地板,似乎要將它撑入地面的樣子。

「贖罪的神父可住在這裏嗎?」他似有意無意地重複着他的問話。

神父配佛爾顯然爲那陌生人的外觀所驚動,他忘了回答,祇是用手指着祭壇的一側，在那邊，年邁的聆聽人們懺悔的神父尼考台默正坐在矮櫈上瞌睡。他的圓大的頭顱已沉至他的胸前，像塊食巾模樣的鬚子鋪滿了他放在膝上的打開着的聖書。

當那陌生人提了他的棒沉重地走向祭壇時，他的每一舉步就會使那繫在褲管上的小鈴隨着發出有節拍的應和。

本想離開教堂的婦人們將那殘疾者安置在一個座席裏，重又留着不走。配佛爾神父劃了「十」字，微微地笑着。

尼考台默神父抬起了頭，顯然已從睡鄉中給驅了出來。當他發現一個山嶺似的怪人在趨近他時，他就驟然跳起來，座凳竟爲之「砰然」作聲，並給丟向身後去了。

「日安」，陌生人招呼着，隨即站住，並停止用棍搥地。

「脫下你的帽！」神父插嘴說，那時陌生人已來到神父的面前。

陌生人舉起了他的粗手，拉下了帽，隨即將它挾在腋下。他的破掃帚似的頭髮已稍呈白色了。

「走近些！」神父鼓勵着他。於是陌生人就笨拙地趨近幾步，他身上的小鈴又「叮玲」「叮玲」地在那裏响和了。

「我是來懺悔的，人家教我這樣做。」

「你是在那裏受人指點的？」神父尼考台默失驚地問着。

「遠在那高高的山上…………」

陌生人的深沉和粗糙的聲音在教堂裏作着回響。那些微細的還在燃着的蠟燭開始胆怯地在燭台上作着閃爍。

「我是否需要爲懺悔而付錢？」他不假思索地問着，一面將手伸進了敞開着的外衣裏去掏摸錢袋。他的挾在腋下的帽跌到地板上，像只鬈毛的忠實的狗那樣地躺在那裏。

「儘不必，儘不必，」神父尼考台默說着，略帶着欣喜的口吻；但那陌生人儘自在他的上衣內摸索着。他抽出一只長皮夾來，很吃力地將它打開，然後伸手至皮夾的底層。

「兄弟，我不懂得什麼，我祇是做着人們所教給我的。我不是住在衆民之間的，而是獨處在深山中。在那山的高處，滿長着草木。在那草木之間，就有我的屋子……」說到這裏，他把幾枚金幣硬行塞入神父的手裏。

神父尼考台默抬起了眼，看着他的臉，且不歇地微笑着；但爲趕緊結束陌生人的談話起見，他便厭惡地受納了他的錢。

「我是個牧人，牧羊就是我的生涯，」那聲音重又蕩漾起來。「我是在森林裏長成的。山野就是我寄身和歸宿的所在。」

「你有孩子嗎？你可結過婚嗎？」神父希望知道他是否有過戀人。

「沒有，沒有。正如你在這裏所見的我那樣，我是個鰥夫，獨身就是我所過的生活。」

『你說你是個牧人嗎？」

『是的，我是個趕牛羊的，專替別人看管生畜，可是我自己從不曾有過一頭小獸仔。」

陌生人的答話極其自信，他說話的聲調一句比一句地高揚起來。

『嗆！你必須說得更柔和一些，』解罪的神父斥責着他。

『更柔和一些？爲的是什麽？我不企圖隱瞞任何事。我沒有殺過一個人。森林裏的牧人總是像我這般彼此說話的。我們同牛羊談話也是這樣的。山裏的空間原是這麽廣寬的……」

『說出你與你的宗教的關係吧！你不是常去教堂的嗎？」

『不。自我通曉人事以來，我一直沒有進過教堂。我不能記得，在那時以前，我可曾禮拜過上帝沒有。」

神父尼考台默既不能說服他的懺悔者，使他的口氣稍爲柔和些，他就暗示神父配佛爾和三個婦人，叫他們一起離開教堂。婦人們挽着那患殘疾的青年，幫助他步出教堂。隨後，神父配佛爾吹熄了蠟燭，也預備走了。但當他感覺堂內的光線惡劣得太不成樣的時候，他又重新燃點起二枝小燭。最後，他終於離開了教堂，走上了他的歸途。

『就爲了這理由，人們說我應該到這裏來，向你懺悔，並接受神的聖餐。」

『你多老了？」

『那個我可不知道。也許是四十，也許是五十，也許會是六十歲了。山裏的歲月祇嫌不足，它們一年跟一年地滑向後去，使人再也不能捉摸他自己是多老了。」

『到這邊來吧。』那牧人走近一些，小鈴小聲地叮璫着。

『在你脚邊叮璫着的是什麽呀？」

『噢，那是我的小鈴子，它們祇是一些鈴子。」

『你把它們繫在褲上作些什麽用？」

陌生人如天使那樣沉靜地微笑着。

『你要明白我所以攜着它們的緣故嗎？好的，讓我說給你聽吧。每當我在山上散步時，我總覺得很對不起那些蟻、蜂、和螢火虫等可愛的小生命。我的脚總是不生眼的，常會踐踏着它們中間的一個。但這些小鈴在老遠就能宣布我的行止，爬虫之類的小生物藉着鈴聲得以及時躲避，免得受到我的無意的踐踏。」

聽到了這個解釋後的年邁的神父，兩腿漸告不支了。他迷夢似地注視着陌生人的兩眼。他深深地爲這頭相貌不高明，而確具純潔的心靈的動物所感動了。

神父尼考台默暗自忖度着：這人是聖潔的，他竟連人們不屑注意的甲虫、螞蟻、和別的小動物都可憐起來了，呵，他的靈魂是多麼純潔呀！唔，也許這是上帝派來試探我的聖徒……

於是，帶着全副的虔敬，尼考台默神父轉身到掛在牆上的聖像前，連連劃着十字。那陌生人稍將身子移了一下，鈴便柔和地叮璫起來了……

「你是一位有正義感的人，你的罪是給赦免了，」神父微笑着說，一壁將他的圓顱沉下至胸前，似乎在說：我閱世終算深了，但一個像你這樣聖潔的人，我還屬初見的呢……「你是無罪了，你的罪全給赦免了，」他重複着說。

「唔，當然我是渴望着知道，我是否已經給神定了罪。」

「告訴我，你在山上過的是一種怎樣的日子。你可曾忘了時常給神禱告嗎？」

「爲什麼我須時常禱告呢？」在經過片刻的思索後，陌生人說着。「每當我看到神所行的奇蹟時，我終是大聲地讚美不已。我與神住得極近，簡直是鄰舍了。神高高在上，與星辰爲伍，我就住在星的脚下，在山的頂上。可以讚美的神蹟多着呢，我始終是在驚奇之中討生活。」

「眞是聖人，眞是聖人」，神父尼考台默然地私自想着。

「那末，你行過竊沒有？也許你傷害了你的鄰舍？」

「我？我從來也沒有作過這一類事情。拿不是屬於我的東西？用暴力侵害人？哦，這些都是神所禁止的，我可沒有違過神的誡命呀！」

「聖人呀，聖人」，神父暗自讚嘆着。「也許你曾說過好幾次謊話吧？」

「我問你，在那人烟不見的荒野裏，我該向什麼人去說謊呢？草木、土石都不能聽到我的話，難道我向畜生去開口嗎？爲什麼我要對畜生說騙話呢？牠們都是頂天眞無邪的，牠們還不知道「說謊」究是怎麼一會事。至於人，我可以想像得到，他們必須彼此作僞，因爲他們都是彼此有所含蓄的。但我該從那裏去找一個人對他說假話呢？即使有，我又憑什麼對他說謊呢？」

眞是一位聖徒！眞是一位好聖徒！神父尼考台默心花怒放了。在一個聖徒面前，他覺得自己渺小得如一頭蒼蠅，但爲結束他向例的談話起見，他習慣地問着：「那麼女人呢？你可常看見女人嗎？」

「當然」，那正義的人微笑着說。「這是唯一自然的事。女人就是神的大智賜給我們各種東西中的一種。」

「神的大智賜給了我們什麼？」神父吃驚地問着，將身子向前傾了一下，兩眼大大地張着。

「那就是你剛才所問的，女人呀。」

「什麼？你說神提供了女人給我們嗎？」

「當然。還有什麼人呢？」

怪事，眞是怪事，神父尼考台默沉思着。他大聲地問：「你與女人糾纏過沒有？很熱絡地？還發生過關係？」

「當然。」

「那麼總不至於時常的吧？我以爲。」

「不，不，是常有的事」，陌生人極其坦白地自認着。

「那麼山上怎會常有女人呢？」

「祗要你肯找她們，那裏隨處都有。」

「罪人，眞是罪人」！神父默想，不禁吃了一驚。突然地，他爲一種迷信的思想所攫取去，他以爲：這陌生人不要是魔鬼，一個偷偷進來，專門試探人的魔鬼的化身。「憐憫」的字樣從他的心裏拭去了，他變得冷酷、嚴厲、和惱怒的了。「快告訴我，你在山上什麼地方找到了女人？」

「有幾個是她們自己來找我的。」

「其餘的又怎麼樣？」

「有幾個却請我到她們的茅舍裏去。」

「呀——呀………」

「在一個斜坡上住着一個寡婦，她時常請我到她那邊去；她時常照顧我，甚且替我洗衣。另有一個婦女走從遠處來的；但我不能詳細告訴你關於她的一切，總之她是從別處來的。」

「這是全部的故事嗎？祗有這兩個女人嗎？」

「當然不，還有三四個呢。」

對於解罪的神父，這自然是太多了。

「這是罪」，他狂喊着，並且因發怒而微微震動。宗教狂的忿怒從他的眼裏射了出來。

「罪呀？」那陌生者複述着，看樣子是嚇得發呆了。「那我怎能知道呢？從沒有人這樣地告訴我。」

「那是罪大惡極，不能得饒恕的一種罪」，神父這樣喊着。

「如果事情眞是這樣的，那我還是走開吧」，那陌生者在沉默了片刻後這樣柔和而單純地說，一壁俯着身去拾起他的帽子來，用他的棒捶着地板，準備離開這裏。「我簡直不知道，我也實在沒有法子知道」，他自言自語地說。當他走動時，他脚上的鈴子又復叮噹地響起來來；接着他又轉過身來，問那神父說：「兄弟，請告訴我：我是不是一個人？」

「是的，你是人，你是人」那是神父唐突粗率的答語。

「這樣說起來難道做人便是犯罪嗎？」

這種衝撞的理論使神父氣得喘不過氣來。當陌生者準備二度離去時神父竟木然地一動也一動。木棒的捶地聲和小鈴的叮璫聲像是發出柔和的請求，請求神父給以饒恕，但這些反而增加了神父的怒氣，他便惱怒地向那人喊着說：

「你聽着，且慢一點！那些鈴，就是掛在你脚上的，你實在不應該掛着它們！實在不應該！無論如何是不應該的！」

不知爲了陌生者不再聽着他，或者不懂得他的意思，竟然若無其事地走了，並且從門裏出去後就不見了。

神父尼考台默仍然留在黑暗的教堂裏，好像他的脚是被釘住似的。在外邊，那正常的脚步聲，木棒捶地的響聲，以及鈴子的叮璫聲都在漸漸地逝去了。

這此鈴聲，神父尼考台默在好久，好久之後還似乎能聽到，一直到他的兩隻發抖發皺的手扶住了他的鬍鬚，兩片嘴唇在輕微地掀動着的時候——命在旦夕的時候。

「在天的父呀」，神父尼考台默喃喃地說，「饒恕他吧，因他的住所和你的星宿這樣地接近！」

下期預告

康　民：三幕劇國家歡

江　泓：「清宮怨」公演前後

林　榕：讀劇隨筆

文壇消息

★章克標最近已由北平返抵杭州。所譯現代日本小說選集，亦已出版。（平）

★北平出版中國文藝八月號及華北作家月報七月號，對「風雨談」俱有批評文字。（英）

★沈啓无主編文學集刊，係季刊性質，業已付印。創刊號售聯鈔三元。（景）

★姚克，佐臨，吳仞之導演，石揮主演之大馬戲團，已在北平長安戲院演出。賣座甚盛。（青）

★久米正雄將於秋間來中國。（青）

★張我軍現決大量翻譯日本文學作品，最先以武者小路實篤，志賀直哉兩氏爲開始。（陳）

★「秋海棠」有日本改編劇本，名「花桐伊呂波」，在京都上演，成績頗佳。（雨）

★周作人將出版「藥堂雜文」。（珍）

★陶亢德最近暫住日本東京，擬對日本各重要文化團體，逐一調查，介紹國內。（選）

★傳施蟄存返滬。（愚）

龔定庵詩詞中的戀愛故事

朱衣

在清代詩人中，我個人最喜歡讀他們作品的，除了胡天游的「石笥山房」和黃仲則的「兩當軒」詩之外，當推「羽琌山館」的龔定庵了。

定公的詩，以五言古，七言絕最爲神妙不可幾及，而尤以七古才氣橫溢，識意閎肆，非後之操觚者所能步武。吳興王文濡在「龔定盦全集序」裏說：

「淸至嘉道，學凋文敝，索索無生氣，定庵乃崛起於其間，經研公羊春秋，史熟西北輿地，文宗諸子，奧博縱橫，變化不可方物，詩亦浸淫六朝而出，淸剛雋上，自成家數……」。

因爲我愛好定公詩詞，所以每次讀他作品的時候，很想明瞭他的生平，同時，在他詩詞中，字裏行間常可發現纏綿悱惻之意，於是就把他的詩詞加以勾稽，註釋，才知道他的一生，曾經幾次表演過戀愛的悲喜劇，藉供愛讀定公詩詞者的參攷。

爲了要了解他底生平的一切，在未講到他的戀愛故事以前，先來簡略地敍述他的家世，庶可使我們知道這位詩人當時所處的環境及其戀愛故事成敗的過程。

龔自珍，字璱人，號定盦，一名簡易，字伯定，更名鞏祚，淸乾隆五十七年（公元一七九二年）生於浙江仁和縣——即今杭縣——城東馬坡巷，祖父敬身以進士官至滇南兵備道，考諱麗正，由進士官江蘇按察使，他的母親，卽金壇段玉裁的女兒，適龔氏之後，只生了一子一女，所以，對於獨養子的他，自然異常憐惜，在他十一歲那年，就跟了他父親入京，并且替他請了一個建德宿儒宋魯珍做他的業師，到了次年，更由他的外祖父段玉裁親自教以許氏說文的部目，段玉裁是當時南方有名的小學專家，精通訓詁之學，故定公之能以經說字，以字說經的學識，其得力於段氏的確非淺。同時，他又是一個天才奔放博聞强記的人，舉凡諸子百家，詩詞雜說，歷朝的人文地理莫不兼收並蓄的包涵於胸，好學不倦的他，因此就成爲一代全材了。不僅如此，他還深通內典，精擅蒙古文字言語及掌故，他後來所以做宗人府主事的原故，也就在此。

在他那個時代的所謂讀書人，除了應試中舉人進士才得官做之外，鮮有別的出路，自然，定庵也不能逃出此例，道光九年，他中進士時，已經三十八歲了，可是，到了殿試，竟三試不及格，終於不得翰林，（科舉時代，讀書人得中翰林，是認爲極光榮的事的）這得不到翰林的原因，因爲是攷卷上的字跡寫得太潦草，並非是文章寫得不好，這件事使他萬分憤懣，從那時起，他叫家裏的女眷和婢女們都學寫端端正正的「館閣體」，他的意思，是諷刺當時那些不看文章只看字的端正與否以定能否得中翰林的盲目的主試官。中華書局出版的「清代軼聞」裏，關於定公的佚事，有這樣一段記載：

「定庵生平不善書，以是不能入翰林，既成貢士，改官部曹，則大恨，乃作『干祿新書』以刺執政。凡其女，其媳，其妾，其寵婢，悉會學館閣書，客有言及某翰林者，定盦哂曰：今日之翰林猶足道耶？我家婦人，無一不可入翰林者，以其工書法也」。

同時，在他「干祿新書」自序中也曾提及這事，玆把它摘錄於後，以資互證：

「……殿試旬日爲覆試，遴楷法如之，殿試後五日或六日七日爲朝考，遴楷法如之，三試皆高列，乃授翰林院官……龔自珍中禮部試，殿上三試，三不及格，不入翰林……乃退自訟著書自糾。凡論選穎之法十有二，論磨墨膏筆之法五，論器具五，論點畫波磔之病百有二十，論架構之病二十有二，論行間之病二十有四，論神勢三，論氣章七，既成，命之曰『干祿新書』，以私子孫。」

我在前面說過，他是個天才泛溢的人，所以他的個性，有很多地方異於常人，綜其一生事蹟，非僅情感豐富，並且還常帶着玩世不恭的姿態，相傳他有一次去應殿試，不知如何竟在試卷封面上寫着「長林豐草」四個字，事後有人問他何所取義？他很率直地說：長林豐草之間，所居的自然是些狐兔，這話幸而當時不曾傳入道光的耳中，否則，怕要棄尸東市，罪及九族呢！但由這點，可見他確是個玩世不恭，疎狂不羈的人。

大抵是由於他個性倔强，不善迎逢之故罷？他雖學問淵博，著作等身，可是，其命運却很不好，他祇有做過內閣中書，宗人府主事，玉牒館纂修官，禮部祠祭司主事等冷署閑曹。所以，他因然於仕途的蹭蹬，在寂寥的宇宙中找不到歸宿，他只得把蘊蓄在生命中如火一般的熱情，寄託於賭博（他的愛賭也是極有名的，俟他日另文述之）和香草美人的事上去，於是，他的一生居然搬演了許多淒豔的戀愛故事。

他的戀愛故事，從他的詩詞中搜羅起來，至少有三個以上，而戀愛的對手，有的是少女，有的是貴族夫人，有的是歌妓，可是說也可惜，這幾個故事的結果，沒有一個不是由變幻而成爲毀滅，再由毀滅而化爲雲烟，最後且實踐了「牡丹花下死」的老話，而爲他的情人所鴆。

他的第一個戀人是位少女，芳名高華，家住杭州城裏鳳凰山的附近，距離他的住宅馬坡巷不過五六里路，她姿貌姣婉，性情溫柔，同時還擅長刺綉，他認識她的時候，正是在她妙齡芳年，他倆過從甚密，不久便進入了戀愛階段，那時他雖則已經結過婚，有了妻子，但她情願爲着他犧牲一切，而期待不可必的將來，因此，一個甜蜜而美的憧憬在他倆的夢魂中盼望着迅速的實現和永恆的存在，這在他的後紀遊詩裏（見「破戒草」）可以看出他們當時繾綣的情形，詩云：

「破曉霜氣清，明湖斂寒碧，三日不能來，來覺情瑟瑟，疏梅最淡冶，今朝似愁絕，尋常落鮮痕，步步生悱惻，寸寸蚓蟉枝，幾枝捫手歷，重重燕支蕾，幾朶挂釵及，花外一池冰，曾照低鬟低，彷彿衣裳香，猶自林端出，前度未吹簫，今朝好吹笛，思之不能言，捫心但先熱，我聞色界天，意癡離言說，攜手或相笑，此樂最爲極，天法吾已受，神親形可隔，持以語梅花，花頷略如石，歸途又城闉，朱門啟還入，袖出三四華，敬報春消息。」

然而人生的變幻正如春雲一樣的不可捉摸，爲了所謂「名山事業」，他不得不離開故鄉，握別戀人跑到北京去應攷，做官。他從此「紅豆年年擲逝波」的也不知延誤了若干次的歸期，雖則中間也南來了幾回，可是相訴離愁的日子並不長，他又匆匆北上了。「小別淚能紅」的她，何況是迢迢千里遠的久別，所以每當他們分別的前夜，她自然感到無可訴說的苦痛了。

道光六年初春，（定公時年三十五）他請假返籍省親。有一天，正是梅花初放的日子，他和她跑到西湖上去閑游，在山色湖光中談了許多闊別以來的情話，直到「翠山媚暝色城闉催上燈」的時候，才回到家裏。過了三天他獨自一個又跑到湖上去玩，重走過和他戀人前次同遊的地方，自然「步步生悱惻」的想起前遊的陳跡，他嗅到花卉的香便想起了她的衣香，看到幾朶燕支花便想起了她的鬢釵，經過小池時，他又想起了她「曾照低鬟立」的姿態。總之，他這時的整個靈魂已迷惘在夢一般的縹渺的境地中了。茲錄他的「無著詞」中「浪淘沙」一什，以見他倆愛好情狀的一斑：

「好夢最難留，吹過仙洲，尋思依樣到心頭，去也無踪尋也慣，一桁紅樓。

中有話綢繆，燈火簾鈎，是仙是幻是溫柔，獨自淒涼還自遣，自製離愁」。

所謂「自製離愁」因爲就在這年春天正是萬花如錦的大好春光裏，她又離開她逕返北京了。那知自此一別，等到他四十八歲時，因其從父守正轉任禮部侍郎，定公以祠祭司主事例當引避，遂乞養歸籍。（時定公父麗正年逾古稀，尚健在堂）可是她早已天人永隔，埋香黃土了！雖則他後來爲她流了許多眼淚，寫了不少追悼的詩篇，然而他的一顆破碎的心，永遠受着深刻的創傷了。

這裏且把他己亥雜詩中的「追悼詩」，選了幾首。抄在下面：

「秋風張翰到蹉跎，紅豆年年擲逝波，誤我歸期知幾許，蟾圓十一度無多。（筆者按，攷之定公年譜，實則相隔十三年）。

小樓青對鳳凰山，山影低徊黛影間，今日當窗一匳鏡，空天來詒鬢絲斑。

嬌小溫柔播六親，蘭姨瓊姊各霑巾，九泉肯受狂生譽，蓺是針神貌洛神。

阿孃重見話遺徽，病骨前秋盼我歸，欲寄無因今補贈，汗巾鈔袋枕頭衣。

雲英未嫁損華年，心緒曾憑阿母傳，償得三生幽怨否？許儂親對玉棺眠。

蟠夔小印鏤珊瑚，小字高華出漢書，原是狂生漫題贈，六朝碑例合鐫無。

天將何福予娥眉，死生湖山全盛時，冰雪無痕靈氣杳，女仙不賦降壇詩。

靈簫合貯此靈山，意思精微窈窕間，邱壑無雙人地稱，我無拙筆到眉彎」。

當道光十五年，定公擢宗人府主事，那時充宗人府正的是榮恪郡王緜億的兒子貝勒奕繪，（號太素，別署明善堂主）他就在奕繪那裏做僚屬，有時爲了啓白公事的緣故，常常出入他的私邸，同時奕繪是個好弄文墨的貴族，雅慕其才，便不惜紆其天潢貴冑之尊視爲上客，因此，他才有機會和奕繪的側福晉太清西林春接近。

太清，姓顧，小字海棠，吳門人，她不但是個姿貌秀麗的美婦，並且工作於詩詞的才女，因爲常和定公聯吟酬唱之故，終於墮入了戀愛的陷阱，這樣一來，使這位詩人感到「槎通碧海無多路，窈窕秋星或是君」的戀念不了。後來事漸外洩，奕繪有殺害定公之意，他於是只得把眷屬留在北京，隻身逃回南方，又恐奕繪心有不甘，嗾使杭州官吏暗加謀害，所以他不敢返鄉，寄寓於揚州友人處，而太清也因此大歸吳門。

這一個戀愛故事，自開始以至終了，時日似乎不久，可是事實的惝恍凄迷，則更甚於他初戀的情味，前者是死別，後者是生離，生離的痛苦，眞使他陷於「捫心半夜清無寐，媿負銀河織女星」的無可排遣的抑鬱，當時他與太清戀愛的事跡，因其對手是皇室關係，事頗靉靆，世人疑信參半，但我們在他的詩詞中可以找到有力的證據來。現在把他的己亥雜詩中爲她而作的詩句，錄在下面，藉供參攷。

（一）憶海棠

不是南天無此花，北肥南瘦二分差，願移北地燕支社，來問南朝油壁車。

（二）憶京師鸞枝花

可惜南天無此花，腰身略似海棠斜，難忘槐市街南宅，小娫翠芳稿一車。

（三）憶京師芍藥

可惜南天無此花，麗情還比牡丹奢，難忘西掖歸來早，贈與妝台滿鏡霞。

（四）憶宣武門內太平湖之丁香花一首

空山徙倚倦游身，夢見城西閬苑春，一騎傳牋朱邸晚，臨風遞與縞衣人。

（五）憶北方獅子貓

纏綣依人慧有餘，長安俊物最推渠，故侯門弟歌鐘歇，猶辦晨餐二寸魚。

據說太淸平常愛着白衣，喜歡豢獅子貓，故定公詩云云，至於「海棠」二字，在他的詩詞中，更數見不尠，大概這位詩人因睹物懷人，惦念太淸的緣故，所以不知不覺地流露於他的筆下。

除此之外，在他無著詞中的「桂殿秋」，「憶瑤姬」，「意難忘」幾首詞裏，更說得明明白白。

桂殿秋

明月外，淨紅塵，蓬萊幽窅四無隣，九霄一脈銀河水，流過紅墻不見人。

驚覺後，月華濃，天風已度五更鐘，此生欲問光明殿，知隔朱扃幾萬重。

憶瑤姬。

淚鶴吟鸞，悄千門萬戶，夜靜塵寰，玉京宮殿杳，悵九霄仙佩不下雲軿，今生小謫，知自何年？消盡煉瓊顏，料素娥今夕無人問，裙袂生寒。

定萬古長對晶盤，斂莊嚴寶相，獨生嬋媛，幽懷知有恨，恨玉笙吹徹，徹骨難眠，雙成問訊，青女倩肩，瑤華筵宴罷，長風起，吹陸離愁到世間。

意難忘

涼月珊珊，伴蘭心玉性，試語還難，秋花分小影，秀句寫冰紈，眉意淺，佩珍殘，有珍重千般，略逗伊，隱花裙上，竹葉斑斑。

知音何苦輕瞞，者溫存隱秀，慧思華年，明明通爾汝，瑟瑟數悲歡，攜手際，試顰間，是意暖神寒，玉漏沈，芙蓉睡也，重靠闌干。

說也可怪，這位漂泊詩人，因為他自得知第一個戀人病死之後，便慟哭傷心而深感孤寂，遂於道光十九年九月，赴程到北京去迎接眷屬，路過袁浦時，「風雲材略已消磨」的他，偏又遇到一個曾經相識的名妓，他倆在樽前酒後的情話之間便以閃電戰的方式成了戀愛。

她是揚州人，名小雲，定公後為改名靈簫，具有英爽之氣，男性美的才調，談吐便給，好弄手腕，而且喜歡玩弄和她接近的男性，不知怎的，定公居然為她在袁浦似痴若醉般的逗留十天（事見已亥雜詩自註，自九月二十五日至十月六日）有一天，恰巧立冬之夜，他倆便「小屏紅燭話冬心」的長談竟夜，他立誓要討她做他暮年的伴侶，并想把她接到「羽琌山館」去居住，可是「美人捭闔計頻仍」的她，却並沒有什麼表示。不僅如此，在戀愛期中他倆曾經破裂過一次，他要想「長天飛去一征鴻」似的離別了她，然而為了「自緘紅淚請迴車」的謝罪情書又羈住了行止。雖然不久終於暫告分別，但在寂寞的旅途中，仍是「古公誰免餘情繞」，仍是「滿襟清淚渡黃河」的忘不了她。

上面這個戀愛故事以及她的個性，我們可以在他「已亥雜詩」的「寱詞」和「漁溝」，「衆興」，「順河道上」諸絕句中知其梗概。

（一）寱詞（選錄七首）

對人才調若飛仙，詞會聰華四座傳，撐住東南金粉氣，未須料理五湖船。

去時梔子壓犀簪，次第寒花插到今，誰分江湖搖落後，小屏紅燭話冬心。

風雲材略已消磨，甘隸妝台伺眼波，為恐劉郎英氣盡，卷簾梳洗望黃河。

風泊鸞飄別有愁，三生花草夢蘇州，兒家門巷斜陽改，輸與船娘住虎邱。

美人才地太玲瓏，我亦陰符滿腹中，今日簾旌秋縹渺，長天飛去一征鴻。

青鳥銜來雙鯉魚，自緘紅淚請迴車，六朝文體閒徵徧，那有蕭孃謝罪書。

萬一天填恨海平，羽琌安穩貯雲英，仙山樓閣尋常事，兜率甘遲十刼生。

（二）漁溝道中

未濟終焉心縹渺，百事翻從闕陷好，吟到夕陽山水外，古今誰免餘情繞。

欲求縹渺反幽深，悔殺前番拂袖心，難學冥鴻不迴首，長天飛過又遺音。

（三）衆興道中再寄

明知此浦定重過，其奈尊前百年何，亦是今生未曾有，滿襟清淚渡黃河。

（四）順河道中再寄

閱歷天花悟後身，爲誰出定亦前因，一燈古店齋心生，不似雲屏夢裏人。

總之一句，這位嘉道詩人龔定庵所搬演的戀愛故事確很不少，可是，每個故事的結果，却都是一齣「萬千哀曲是明朝」的悲劇。不幸到了他五十歲那年，他所「甘隸妝台伺眼波」的小雲，因爲別有所歡，竟陰以鴆酒毒之，暴斃於丹陽道上，（事見清朝野史）。或謂她的鴆他，是受了定公仇人的嗾使。但無論如何，這位才氣橫溢，睥睨一世的詩人之非善終和枉死於一個淫蕩狠毒的下流女人手裏，那是鐵般無可否認的事實了。我們每次讀到他的詩詞，總覺得「迴腸盪氣感精靈」似替他抱着無限的痛惜哩。

楊花

孫代

更何處
閑看兒童
捉柳花……

睜開眼睛——像每個人總會有的最好的一天——「啊喲！」我失神地叫。銅紗窗眼上是一片白，窗外景色都朦朧了。

「該不是又下雪？」從床上跳起，四月的晨風吹裹着我，像兩支寒冷的豐臂，我菲薄的睡裳三邊貼了肉。推開那浸在霧裏似的窗紗，不等我張眼四顧，迎面撲來一陣絨毛。這不是雪，但比雪更叫人納悶了。

「這比白頭翁（註）更柔細的是什麼呢——」瞥了一瞥同室少年紅酣底睡臉，我只好咽住半吐的自語，悄悄地做完了晨操，溜進了盥洗室，給自己一頓痛澈的擦洗，窗外的風灌滿了盥洗室，而便從那窗外，拜舞起伏的柳枝間，有一球球連綿的輕絮，若斷若粘的被風梳櫛着，像不肯上轎的新娘，眷戀，繾綣，於這辭枝前的一煞！但終於疎了，更疎了。Gone with the wind!

不忍看這樣的景色，但仍向小園站着，心頭的悶葫蘆是打開了，換來的是時序底感觸。這是離別江南五年後故國重歸的第一個春天，為什麼僅僅數年不見，竟連自兒時相伴到長成的景物——楊花都不識了？心裏盤算着，找一句成語來概括起這被激得來潮的心血！

「枝上柳綿吹又少！」像在夢裏，深深地從心的彼端，透過來這微弱的沉吟。穿過這淸晨鴉啼鵲噪，像一床温厚的青氈，這偶然出現的陳詞斷句，覆蓋了我這在滿園風絮中，戰慄着的心，而使它漸漸平靜了。

滑着狐步樣輕巧的木屐，我溜回寢室，滿想得今朝的經驗向同室的年青人說。

「怎麼，他起來又出去了？」推開門對着他那空床，我不禁呆了。

一團楊花無聲地在小桌上旋滾，好像說：「是的，他走了。當我貼面站在紗窗外瞧，你們只顧睡覺。現在我帶着春風來，你們又去了！」

帶着抑制了的情懷，我到露台去行照例的日光浴。倚住短垣，從南面古老的鼓樓轉向東北高聳在山頭的觀象台，近處是校園，園外是通衢，路上有車馬，有仕女，士兵，背書包赴校的學生，苦力，各色的行人。稍遠有人家的庭園小徑，有石級上跪着的搗衣人，柳下晒着漁網的池塘，更遠有菜畦飄着青煙的叢屋，與城堞，沿着大路有矗立着的現代的巨築，而那就是在眼前的調馬場上，白衣的圉人正不急不休地馳驟着——是該長棄的枝椏，苗草的田疇，生萍的池面都綠了，除了那在春陽下紅一塊白一塊不知老之將至的桃李。——這暮春三月的城市山林，有一樣東西，漫天飛舞，粘上了汗濕的馬蹄，糝入了灌園老叟的蓬鬢，穿簾度幕，惹上少婦的春衫，迷離了試飛的鶯燕，但趕馬車的人沒有看見它，交通警士沒有覺到它，洗衣的婦人，歸營的兵士，晒網的漁父，育兒的少婦都沒有一個關心——那便是一向被人輕薄做嫁與東風春不管的楊花。

這眼前闊大的場面把裹在我心上的青氈扯落了，代替它的一頂三十六里圓圍的珠羅紗帳罩着透不出氣來，漸漸地我却讀出它上面的字跡，那是這樣寫着的：

「春城無處不飛花。」

（註）蒲公英

我與繪畫

陳烟帆

數年之前，我就有寫這篇東西的打算，但這打算還是僅是打算而已，有時濃一點，有時淡一點，有時甚至不想起了，所以這篇東西的醞釀期是相當久了；我之所以想寫些這個題目的動機還是爲了繪畫與我的糾纏之深，我的所以久久不曾寫的原因，也都是爲了太多的故事裡面難以找出可說的話來，難以說得恰如其分。

我在想寫這篇文字與趣濃一點的時候，那一定同時又是在最有興趣作畫而畫得最沒有空下來的時間，這時就竟至會找不到我的鋼筆墨水和稿紙，像去年上半年及前年夏天，我在S城的二間作爲我的畫室的房子裡，終天堆着畫紙畫筆（國畫的）二張拼起來的大桌子竟至沒有一些可以放一本書一枝筆的餘隙，壁上，衣架上，椅子上，都掛滿已完成或未完成的畫，沒有乾的畫多起來就連地上也放遍，最可笑的是這時候假如有人來看我，就連要找到門邊去的出路也沒有了。另一間則堆滿油畫的用具，畫架，滿地的錫管顏色，也非常零亂，這時候我最覺得快意了，簡直要忘記還有這以外的一切，屋子以內則是一個小天地，我可以不依規距而做我所要做的一切，我隨便置我的用具。書不一定放在書架上，顏色不一定放在畫箱裡，丟在地上就任他在地上，丟在椅子上就任他在椅子上，一切不要他整齊規律，我情願在要用的時候費時間去找，一枝筆或者在一重重書本下面壓着，一瓶顏色或者在筆筒裡插着。——在這時候或者執一枝長桿的畫筆，把一塊特別可以滿意的顏色敲在畫布上，這樣就偶或忽然會浮起要寫一篇屬於這個「我與繪畫」的文字之感與。

近年以來可就淡了下來，因爲像上面所說的繪畫的生活可說是我的幸福的日子，而這幸福的日子現在已行遠了。猶如蔚藍的晴空給遮上層層的雲翳，燦爛的田野就驟然黯淡了，我既沒有執着畫筆時的快意，自然就沒有這突然湧現的感興，而且有旁的可憎惡的事情逼我去離開它，疏遠它，甚至叫我去忘掉它，當我想起又是許多時候沒有去執畫筆的時候眞是萬分感傷的。

我想，現在而要去寫上面這題目下的文字，是不會動人的了。

但我既已決定的時候，就即使是苦澀的酒也得去喝，寫一些罷，我對自己說，即使是傷感的，也最好去寫些出來，因爲寫固然傷感，而不寫則更是一份沉悶的傷感呵！我啜着咖啡，浮起了一串苦笑。

與繪畫之締緣當在我未受啓蒙教育之前，那時我對親友中之送我幾本雖然不甚好的彩色畫本的人往往念念不忘，竟然經年累月，而給我玩具糖果的倒反不甚感激，空下來則拉白紙來塗抹一通，假如有一二張比較像樣的畫完成，我覺得那時候的創造的喜悅是較之大人們完成任何偉大工作爲更厲害的。小時候的我是頗爲遲鈍的，歡喜靜靜地閉起房門來自己做些遊戲，孤獨的性情也小時候就這樣，懦怯怯地更不會跑出去跟野孩子打架，衣服也因而不大會弄髒，所以我的母親也不會有怕我在外面闖禍或者頭破血流的担心。我小時候最奇怪的是不喜歡吃普通孩子所喜歡的糖果，最美味的糖最多也只表示不拒絕，這都是母親給我說的，但我一離開故鄉以後就漸漸愛好吃糖起來，到現在則只要有錢，糖果買起來都不是一些些的，看書的時候常常邊吃邊看，尤其歡喜在晚上，床邊燈下，書味與糖味一併咀嚼。

我的母親平常不大拋棄即使一無所用的東西，屬於我的東西尤其如此，而況我故鄉的家數十年來無搬遷，所以我在廿六年深秋回去的時候尚能翻到我受啓蒙教育時候的書本，從這些書上我就深感我是一個不能離開繪畫的人，那些書上凡是空白的書頁裡都有我的幼時的塗抹，雖然毫無足觀，但是我還能依稀辨認出那時的心情，那時候差不多我的畫名已是聞於全校的了，這種情形我換很多的學校都是如此，時間一多就露了出來，莫不皆受愛好美術的同學的歡迎，我想想那時候的拍紙薄，練習薄之類簡直是用不到自己化錢買的，因爲有人送來，人家請你畫一幅，就有這些東西附着送來，凡文具就應有盡有，抽屜裡積得滿坑滿谷。

天才之說在文藝界裡頗有一番爭持過，但我覺得我却是沒有天才而從事繪畫的人，（並非自謙）所謂天才，我覺得僅是興趣與感受的敏銳而已；成爲詩人及藝術家自然是有過人的地方的，而這過人之處就是他的感受比人敏銳一點，而他的從事此種工作是有特强的興趣而已，天才與否即基於興趣與感受上，所以文西（Vinci）說過「藝術家之成功，天才三分，努力七分。」此三分就僅是興趣與感受，興趣與感受即是發動你去工作的燃油。世界上厚臉的人是有的，他是儘不妨一無足觀而自詡爲「大師」的，也儘不妨全是扮做七分精神病信口雌黃空中樓閣，因爲羣衆不明底細，自然有識者嗤之以鼻，因爲那也還僅是少數的識者，他的目的也不要這少數的贊同，「吹」自然是成名之一道，但我希望眞正要致力文藝的人還要埋首自己的工作爲是，厚臉地吹出來的「什麼」也者大概是要一現卽滅的，站不住的倒底要站不住。我以爲這些東西之所以要如此狂妄卽是由於他自己發覺已經站不住的悲哀了。

許多年來我就與繪畫如形影不離，除掉偶或因有病及旅行中之舟車困頓的時間以外，差不多最多間隔一二天至一星期不畫，每天終得畫一些，寢饋其間大有覺得此中樂趣有非筆墨所能形容處，雖炎暑不覺其熱，嚴冬凜冽也不覺其冷，我的祖父對我這種精神最爲感動，他就是決意讓我學美術的人，說「隨他興趣而去認定作一樁事是一定有所成就的。」這些話我想起來眞會感動得下淚，因爲當我選定以繪畫作我終身事業的時候，家裡的人以至父親都是表示反對的，這個社會差不多已經認定握有人類最無用的錢幣的人是值得誇耀的，最能獲得錢幣當然是商人或者旁的什麼，總之不是藝術家，（雖然父親並不作如是想。）我父親是一個個性並不强烈也不堅持什麼的人，見我堅決要學藝術，也就任我了。（關於我的父親有機會時擬另寫一文以紀念他。）我祖父平素酷愛書畫，所以也是對我的藝術最初賞識的人，我在故鄉的時候他從外埠回來則常常帶些我所喜歡的書册之類，假如我在校裡考得好則除學校的獎品之外還可以從他那裡領獎。我父親已於去夏逝世，祖父還健在，老人如果想起韓愈的「長者存而少者歿……」這種句子將不知如何難過呢。

祖父有兄弟四人，都富於舊學，二伯祖晚年虔信佛教，終日閉戶諷梵誦經，家裡並且蒔花甚多，四季花木因時而異，我小時也常到他家去玩，他在我很小的時候就叫我創作畫佛像了，並且很鄭重地把它裱起來，懸掛在他的佛堂裏，現在如能給我再看見這幅佛像不知又怎樣的感覺了。記得在畫好之後他送我很多的東西，這年的冬天四個老人都在故鄉的家裏，圍爐啖果而拉着我盛讚那一幅畫，這件事設令祖父至今尚想得起的話，也應感慨無已的，因爲除他以外三個老人都已經相繼下世的了。

我的作畫的興趣和讀書一樣很是廣汎，讀書不擇一是，不限那一門類，作畫也不專國畫西畫，什麼都畫，什麼都有興趣，好像如入寶山，一樣都不願放棄，左手拿了右手挾了還不能饜我所欲，我要縱我的靈感之馬縱橫騁馳，廣闊無窮，其實再想想也是不妥的辦法，我讀書什麼都涉足，什麼都找來就趕緊去讀，結果就大概什麼都難得深入。

去年暮春我舉行了一次個人畫展，這在我當時是頗興奮的，因爲我向來重視畫幅，而畫幅是我生命之光的湧現的具體之表現和結晶，我沒有去打算用這些畫來賣一點錢，像我們所習見的市儈畫家一樣，更沒有想藉此博得些什麼的奢望。許多人對繪畫藝術胡亂評價就多少有點患着近視病，如果說繪畫只是一種奢侈的裝飾或以世間的錢幣來論值爭執這都無異是對藝術之魂的污蔑，藝術不能用來作爲個人的工具，文西筆記：「藝術應該是無目的的，應該是爲了「愛」，爲了「趣味」，爲了信仰「眞」。」所以，藝術之站立這黯濁的世紀之流裏它的光輝是卓異的；我的從事藝術是以全部的愛和熱力來擁抱它，以全部的精神來灌溉它，無間無歇。

迄於今日爲止的近年以來，我漸漸地已與繪畫疏遠，這是可慨的世界呵！我對於魔鬼的侵襲就只有憤怒，許多可憎惡的事情圍繞着我，我被逼着去爲一些我所不願幹的事情奔波，但是繪畫是我所不願放棄的，我一失去了它就痛苦寂寞；我對積受的憤怒將有一天來給以爆發，我要衝出圍住我的可咒咀的鐵柵。

卅二年五月杪，於上海。

妒花風

(Peter Neagoe)

黃連

吉卜賽青年彼特勒芝，帶着他的熊，走到通倫茜尼村峻突街道的高處，人和獸全向村莊凝望着好一會兒。

這是個艷陽的早晨，吉卜賽人在許多人家彷彿有所找尋，這些屋子排列得像玩具亂拋在筐子裏。而那頭熊也似乎熟視着那許多建築物，和屋頂上冒出的一縷縷炊烟。他也像一般吉卜賽人的習慣，嗅嗅白濛濛的霧，聞一聞早上農村裏蒸發出來親切的香味，一股子柴烟，和潮濕草木屋頂上的青苔混合味，這使得他興奮。

「現在我瞧見啦。」這吉卜賽人高聲自語，深深裏吸上一口氣。他非常整潔，漂亮的臉上，含着眞摯傲慢的表示，流露出自由豪放的天性。後來，那漂亮的臉兒，掛上一絲笑意。這是一所粉飾過的房子，屋頂上新蓋着稻草，遠望去，賽如鋪着金絲。

兩個白的影子，像巨大的遮陽，不聲不響的立在屋子邊，屋子後的果樹園，樹上有層透明的，朽葉綠的紗，閃閃在發光。

「梨花開放啦，你瞧得見絲丹妞沙的梨樹嗎，勃雷克？」吉布賽人問，手撫着熊的頭。熊呼呼底叫着。

「得啦，咱們下去吧，瞧瞧他們怎麼過冬的。」

陡峭的道路，弄得那頭熊步履艱難，吉卜賽人望着牠笑起來說：「我知道啦，老朋友，你一輩子只會爬山。我懂得了，隨你的便，你瞧我跑得多慢。」

勃雷克佯作不聽見而吼着。這是一頭聰明的熊，牠愛牠的主人，也熟悉那些農人，和他們的孩子。牠誠懇的眼光，顯出深諳世故的表情。牠非常熱戀牠的主人，因此就變成這人的朋友了。經過多年的流浪生活，牠已辨得出男女老幼。因此對付有腰痛的老農夫，牠會得溫柔地把前爪在病人酸痛的背脊上，輕輕拍幾下，而且祇用一半份量。碰到年輕的人，牠就氣昂昂的步行，四足並在一起，隨着吉卜賽人的手鼓，俯仰中節的跳舞。

吉卜賽人的眼睛，儘望着白色的屋子，他的心靈遙遙的飄到絲丹妞沙那兒。

「現在她已經出嫁有兩年啦，」他對自己說，「兩年！」

這年輕的吉卜賽人和那頭熊慢慢的向村莊大道行去。他是從「瑰麗的世界」來的，因爲距倫茜尼村前的高原四里路光景，有一條路，這條路啣接着四通八達的公路，因此那些農夫就叫牠「瑰麗世界」。他們又叫那條陡峻的路：「進口路」。村那一頭的路，稱牠「死路」，因爲只可以通到蝟聚在山谷間的各村莊。打從禿裸的山巔望下來，彷彿一大球葡萄，那條死路，像是梗枝。

吉卜賽人在村裏第一戶人家門前，手鼓打得叮咚地怪響，開始唱：「啊嗟，啊嗟，啊嗟，嗟。」

那頭熊隨在他後面，大腦袋像卜浪鼓兒的搖擺，喉嚨裏發出一種嗚嗚的聲音。許多婦人孩子，都被彼特勒芝引逗到門外來，他和那頭熊恰像初春時候的紫羅蘭，到處有他們的足跡。孩子們奔到街上，又笑又叫的隨在他背後，也有些和着吉卜賽人唱單純的「啊嗟，嗟。」彼特勒芝停在村子中間，牧師的門口，丟一暗號給黑熊。那熊就蠢笨地豎起，用後足跳舞，鼻子裏哼哼唧唧，大腦袋不住搖晃。

「大家身體康健運道好呀，各位老鄉，」彼特勒芝問候。圍着的婦人孩子也回答：「歡迎你，彼特勒芝。」

「勃雷克，向大家請安呀，」吉卜賽人吩咐那熊。這熊就向四處的人不住底點頭，又哼哼叫着。

「勃雷克，現在做一個城裏最頑皮孩子的樣子，給大家賞賞眼。」吉卜賽人說。孩子們侷促地騷動起來，嗤嗤地偷笑，躲在大人後背。

勃雷克沿着圈子走了一轉，用那小眼兒偷瞧各人的臉，似乎是在找尋頑皮的目標。牠就把脚爪放在一個矮小老農婦的肩上，大家就哄的大笑起來。「瞧這頑皮的孩子，牠還瞪住她呢。」他們喊，那老婦人也隨着一齊大笑。

孩子們把銅子兒拋進勃雷克捏着的手鼓裏。婦人們都把整塊的麵包，火腿和些煎熟的雞蛋，塞在吉卜賽人的口袋裏。到了黃昏的時候，彼特勒芝計算；除出糧食之外，另有三十五個銅子兒。他覺得挺滿意，因爲他知道倫茜尼村的人，都願意輔助他的生活。他應該立即動身，到另一個村子去。但是有一件事情羈留住他。

「我一定得去瞧瞧她，只要讓我見一面，聽一聽她的聲音就得，那末我卽刻離開這兒，要到採葡萄的時候才回來。」

他一心掛念在絲丹妞沙那兒，她十四歲做小姑娘的時候，他們已經認識了，一個活潑美麗的姑娘，她常常問他「瑰麗世界」的形形色色。

在他的流浪生活中，絲丹妞沙就是他永久的目標，在他的思想中，她也占有永久的地位，現在這妙齡女郎也成爲他夢想的一部份。彼特勒芝在躺下的時候，常常默念——一種祈禱——絲丹妞沙今晚會到他夢裏來，當眞夢着了她，他始知又過了一天。每一次他回來，她總是這樣子。

「再講瑰麗世界的事情給我聽聽。」她老是那末說，求知慾在她眸子裏燃燒，櫻唇微張，似乎要把他的言語，全吞下肚去。懷着一個跳躍的心，默默誦念他講的話。

另外的小姑娘們，常把吉卜賽人的事揶揄他，她只說：「我愛那瑰麗的世界。」指指圍在倫茜尼四週的羣山。

絲丹妞沙現在結婚已有兩年，照習慣戴着主婦的白頭巾，這使她更形得美麗，那雪白的顏色，格外襯出紅馥馥的臉兒，黑炯炯的眼兒。她裝做年輕妻子的品格，不過她內心仍渴望得一些瑰麗世界的消息。

無論甚麼時候，她的丈夫從批得泛每年的市集回來，她一定要問上許多問題。

「嗄，絲丹妞沙，那兒有什麼好說呢？各處地方的人，還不是一個樣子，老天爺生人全是這模樣。不過有些人穿的衣服兩樣，他們的言語，我却說不上，可是吃的，喝的，和態度，全和我們一樣，這就是啦。」

祇有在彼特勒芝方面，絲丹妞沙才聽得見奇聞，他的蒞臨倫茜尼，也就是她一輩子的大事情。

在這個春天的黃昏時候，從山上捲下一股峭料的春寒，夜已籠罩着倫茜尼。彼特勒芝叩着絲丹妞沙的大門。那年輕媳婦的婆婆出來應門。

「嗯，流浪的吉卜賽人，你帶了些甚麼新聞來，到我們家裏的目的是甚麼？」

「我帶個喜訊來，基督教太太，因爲春天帶來了世界的新氣象。我到這裏的目的，不過請求寄宿一宵，在你們的穀倉地板上，鋪一梱稻草就夠了。這晚上是多麼寒冷，地下又潮濕。」

「可是，我的兒子但尼拉不在家，這兒只有咱們兩個娘兒們，」他指了絲丹妞沙站着的門口。

彼特勒芝不專是漂亮，並且有一個坦白的臉兒，這種臉兒最容引動年老婦人的哀憐心。

那年老的農婦很仁慈底：「眞是呀，」她說，「地下又潮濕，風是愈括愈大啦，好，你進來吧，在穀倉裏避一避。」她把門打開，那吉卜賽人和熊走進門，慢慢的踱向穀倉去。

絲丹妞沙進來的時候，勃雷克已經躲在穀倉地板上啃着麵包。這年青的女人望着吉卜賽人的臉，仍像他們第一次遇見的坦白，他的眼睛重又含着懷疑。

這些碧綠的眸子！白天晚上，隨時會變幻，他說話的時候，她的眼珠就閃閃生光。

「這奇偉瑰麗的世界怎麽啦，遠路的旅行家啊？」她問彼特勒芝。他筆挺的站着，雙手插在闊的皮帶裏，帶上墜着一枚枚的小銀元。

「這瑰麗的世界，祇是騷擾的人生罷了，少奶奶，左不過朝陽升起夕陽下，風吹，雨打，雨絲飄零到人們的身上，大家各自慌忙奔跑，這就是瑰麗的世界啊！」

「講一些別的故事啊，彼特勒芝，把這些美麗的字句，省給牧師去吧，說一些新鮮的故事，讓我的思想快樂些。」

吉卜賽人的頭回過來，黑色的捲髮微微晃一晃，呼一口氣，整容再講。

「喔，也好，那末我來說一件故事，你知道我怎樣學會ABC的？我用荆棘把字母刺在大橡樹葉上。而今我的心彷彿一頁橡葉，世界的一切，就是一枚荆針，牠刻劃在我的心頁上。我告訴你那兒寫着些甚麽。」

他微笑着，鼻翅輕輕扇動。這年輕的女人望着他傲然而多智的臉，領略他述說的每一句言語。他的聲音是如此的清晰沉着而又銀鈴般悅耳。他告訴她都市裏的街道，晚上都有亮光，一個個玻璃鈴裏發亮，可又不會閃爍，這些屋子亮得像燈籠，路上的行人，和白天一般容易行走。他告訴她火車，這火車可以穿過山，也可以在闊大險峻河面上的鐵橋開駛。還有那些汽船，竟像黏貼在水面，船過之後，水面上只留一層泡沫。還有一種車子，像昆虫似的在平滑的路上急駛，又堅固，又光滑，像是一塊冰，牠有一種神祕的力量在驅使，眼睛却瞧不出在那兒。還有像鳥兒一樣的機器，一聲大吼，冲到天空裏，騰雲駕霧的，人們的眼力追趕不上。他又講：像小匣子那末一件東西，從空氣裏可以遞過聲音來，這末一轉是音樂，那末捩過來有人在演說。他告訴她另外還有一隻奇妙的機器，那機器有一道光射在白布上，就有人或獸在上面活動，無論甚麽東西，他們都可以做。他告訴她這些神奇故事的時候，在穀倉裏愈走愈近。

這年輕的女人恍惚地聽着，當吉卜賽人休息的時候，她環抱住手臂靠前去，幾乎臉兒相貼。她喊起來：「你告訴我的地方，眞是天堂，是樂園，彼特勒芝！啞，我的心靈！我的心靈呀！這神奇的地方，羨慕的心燃燒得發痛啦！」

她眼睛裏含着兩顆珍珠在閃耀。望着彼特勒芝，交織着羨慕和妒忌。

黑暗，散佈着整個村莊，天空，微微有幾點星星。絲丹妞沙和那吉卜賽人默默相對，絲丹妞沙的心思，渺茫地留戀在吉卜賽人所講的神奇世界裏。那吉卜賽人只盼望這寶貴的一煞那，永遠存在。雖然未曾碰過她一下的手，他覺得絲丹妞沙眞是極可寶貴的。

咯吱一響，那扇門忽然打開。但尼拉，絲丹妞沙的丈夫，牽着馬走到天井裏。他一直向穀倉走來。望見他的妻子和那吉卜賽人坐在一起，她像睡夢中醒來一般。但尼拉突然妒忌起來。

「她又和那吉卜賽人在一起，」他恨恨地說，一方面提起滿滿的鞍囊，擲在穀倉地板上。那牲口豎起耳朵，鼻子咻咻的，因爲嗅到那熊的味。

但尼拉就想起往日的樣子，瞧着絲丹妞沙的手雖然在操作，然而她的思想，竟遙遙不知在那兒。他又記着她曾歡然回答：「是啊，我老是想那瑰麗的世界。」

這就是她垂涎的世界嗎？她夢想着這個流浪的吉卜賽人嗎？他憤然猛向地上的口袋踢一脚。

「讓我來拎口袋。」絲丹妞沙說，拾起沉重的包裹，向屋子裏走去。

彼特勒芝走到那馬的繮繩邊，那時這牲口侷促不寧的咻咻着。

「不准碰牠，烏鴉，」但尼拉喊，「我的牲口最討厭吉卜賽人的臭氣。」說完就把馬牽開。等了一會，他重又在吉卜賽人身邊走過，略爲停留一下，就回過來，向吉卜賽人走去。他可以看得出吉卜賽人的眼白。

「你一定疲倦了，吉卜賽人，想必你的肚子一定也餓啦？」他伸手放在吉卜賽人的胸口，幾乎握着他的喉嚨。瞎摸索了一陣，像燙手般縮回。

「我口袋裏全是麵包和火腿，但尼拉，不過我老遠的來，實在太倦啦。」彼特勒芝說。

「那末躺下，吉卜賽人，睡吧。舒舒服服的睡一覺。」但尼拉的聲音帶些乾啞。

「到倉樓上去吧，吉卜賽，睡在乾草上暖和些。可是你那畜生要縛得牢，因爲馬身上涼爽之後，還得去喂牠喝水。用鐵鍊子縛在屋角椽樑上。」

「用重鍊子是受不住的，但尼拉，不用怕。」

那農人迅速地走進屋子裏，他的妻子忙不迭的各處奔走。食桌已安排好，烘包子的甜香，無論如何，把他的性情給陶冶柔和啦。

屋子裏的燈光，照着絲丹妞沙默默的動作，格外顯得婉孌多姿，但尼拉望着她，有些鬱然不樂的感覺，另加上一股子醋勁兒。

「我不願那隻烏鴉寄住在我的地方！他的畜生要把我的馬

駭嚇一整夜。」

絲丹妞沙靜靜的俯在火上。

「你不聽見我吧，女人！爲甚麼不回答我啊？」

「叫我說甚麼呢，但尼拉？媽叫他進來的，他又不妨害我們。」

「不管妨害不妨害，總之，我不要他在這兒。你懂得麼？」

「那也好，叫他走，但尼拉，這就沒事啦。」

他妻子的鎭靜，格外激怒了那農夫，因爲她是對的，和往日一般，總是她的理由充足，他向凳子上一坐，兩條腿擱在桌子上，背脊靠着牆。

絲丹妮沙把烘熱的麵包，擱在他面前，牛油也推過去，又指着一隻瓦碗說：「丈夫，這是新鮮的甜乳酪夾蝦葱，吃吧，你一定餓啦。」

但尼拉前後不符的咕嚕，塗些牛油在烘麵包上，正要放進嘴去，忽然停着手，對十字架起一陣痙攣。似乎他的憤怒有增無減：他昏亂的思想裏，忘記了上帝。

「爲甚麼你那末瞪住我？」他向妻子喊，絲丹妞沙把頭回過去，自顧自繼續做事。沉寂的空氣裏，一陣嗚嗚的紡織聲。

但尼拉吞嚼得嘓嘓有聲，一方面又自頻頻嘆息。他的母親在火爐邊始終未曾移動，直到那時候她才走到屋子中央，「晚安，孩子們，好好地睡，明天是上帝賜給的又一天，晚安。」她徐行到自己的小屋子去，她想，這小女孩的工夫眞好，我從沒有對付丈夫像這樣容易的。於是她照常祈禱後，纔睡覺。

深夜的時候，但尼拉從牀裏起來，他的眼睛，慣於在黑暗裏，所以舉動很迅速。他穿上一件棕色羊毛衫，帶一柄有木鞘的長刀子，走進穀倉後的小屋子去。

那裏完全黑黝黝的，但尼拉手足並用，小心地爬過去，他的手觸着一隻軟綿綿，熱湯湯的山羊。那畜生即刻掙脫了，跳起來。他伸出手去，抓住一隻小羊腿，把那受驚的畜生，緊緊抱着，不使牠呼叫。捻住小羊的喉部，把牠的嘴吧挾在膈肢窩下，輕輕地走到園子裏。

一下子，就把那畜生的喉管割裂開。一股熱血，冲到手上。他胳膊裏挾着那柔熱的身子，重又走到穀倉邊，遠遠的隅角，有一陣嘩朗朗鍊子響。還有兩點烱烱的閃光。但尼拉靜等了一回。這點星光漸漸向前移近，稍停一下，又向前進，聽得出咻咻的呼吸聲，鍊子嘩朗朗響着，但尼拉迅速地聽一隻小羊前腿，向那星光擲去。他聽見熊撕肉的聲音。半分鐘之後，接着有一陣咂啜的聲音。但尼拉又割了一塊鮮肉抛過去，又是一陣咂吮，夾雜着鍊子的鏗鏘。

但尼拉把整個小羊喂了許久不知肉味的熊，把剩下的骨頭和蹄尖，拋在肥料堆旁邊的池子裏。

事畢之後，那農夫搓搓手，回進屋子去，這瘋狂的滿意，使他禁不住哈哈大笑起來。他咂吮着自己的手指。

非常謹愼地爬到溫暖的被窩裏，他的妻子，面對着牆，香夢正酣。

「白天比晚上聰明，」但尼拉想，「事情已竟做了，而且辦得挺順手。」他閉上嘴，握緊拳頭，硬壓制自己靜靜的睡熟了。

太陽沒有升起的時候，絲丹妞沙和那老婦人，被一陣喧嘩吵醒。一陣狂吼，混雜着鐵鍊的鏗鏘，和衆蹄的雜踏聲。

但尼拉也睜開睡眼問：「這是甚麼？這是甚麼？」

絲丹妞沙披上一塊羊皮，奔出去說：「讓我去看看。」

但尼拉也跳起來，穿上一件外衣，趕在他妻子後背。他們趕到穀倉邊，那老婦人早已在那兒，向憤怒的野獸搖頭。那頭畜生用後脚站起，抱着吉卜賽人，在他臉上吼叫。

彼特勒芝腰裏的厚皮帶，有兩隻鋼蹄，吉卜賽人全靠那堅硬的金屬物，他的肋骨，纔不致被那熊揉碎。那熊張大着嘴吧，放在吉卜賽人臉上咳嗽。他擒住那狂怒得要咬下來的牙床。

吉卜賽人掙扎着推開熊的口部，竭力把鐵鍊縛在熊鼻子上的環裏，用穿着重靴的雙足，踏在熊的後爪上。這頭熊搖搖擺擺的跳動着，吼叫着，同時吉卜賽人不住的斷叫，「勃雷克，勃雷克，你不認識我麽？勃雷克！」那兩個婦人銳聲極叫救命。

隣居全趕來了，忽然熊望見但尼拉，他正走過來，要幇吉卜賽人。熊的鼻子抽搐着，牠也採取閃電戰，乘人不意，伸出前爪，抓住但尼拉的腰，拉向牠巨大的身邊去。釋放後的彼特勒芝，就倒在地上。

現在熊捉住了但尼拉，暴怒着。那農人拚命地喊，痙攣的手指在熊頸項裏挖掘。

這時那老婦人竭力的拉住緊在熊鼻子上的鐵鍊，一會兒拉拉繞在頸項裏的鐵鍊，接着赤手空拳打熊的頭顱，又喊：「停呀，野獸！救命吓！慈善的基督徒！謀殺人啦！救命吓！」

隣居們全閧過來，有的拿着大鐮刀，也有用耙和棍棒的。但是他們對這狂怒的野獸，只有出大氣的份兒。因爲這狂怒的畜生，用但尼拉做盾牌，而受害人的臉已是泛青，眼珠突出在頭外。

當時有個魁梧的農夫拔出槍來，把槍口放在放野獸的左前腿上，開了一槍。熊跳上半天去，大吼一聲，倒在地上死了。這些人馬上扛但尼拉到屋子裏去。

彼特勒芝爬進穀倉隅角，他嚇昏了。冷汗從頭上直淌下來，後來方纔記起這突然的事變。他掙起來，匍匐到熊躺的地方。

「勃雷克！勃雷克！」他悽聲叫，「勃雷克，起來，勃雷克！」

他俯下來，搖着野獸的頭，那小眼兒滯鈍了，有知覺，不時抽搐的黑鼻子，現在是僵硬了！

「蒼天啊，牠已竟死啦！」吉卜賽人匍伏在死熊身上。

有些農人回到穀倉來，就遷怒到吉卜賽人身上。

「把這烏鴉吊起來！釘起來！燒死他！這黑賤奴。他是個兇手，辜負了給他吃，給他住的好人。」他們喊。

威脅地他們擠攏來，有一個踢了他一脚，彼特勒芝尙伏在死熊身上。有個瘦個子的青年跳起來，拉住吉卜賽人的頭髮，拎起頭來，打耳括子。

彼特勒芝抖得很可憐，青色的眸子，含着敵意向農人們射過去。那瘦個子青年咆哮了一下，把吉卜賽人的頭向後撳下，又狠狠的踢了幾脚。他們恨不得把吉卜賽人撕成塊塊，正在這時但尼拉的母親趕來了。

「良善的基督徒，良善的基督徒，把吉卜賽人帶到但尼拉那兒去，帶他到屋子裏去，我的孩子要見他，讓讓開，老朋友，讓讓開，別傷害他，看在上帝的份上，放手吧！」

農人們把吉卜賽人拎起來站住，又是拳足交加，推他到屋子裏去。但尼拉睡在牀上，呼吸很艱難。絲丹妞沙撫摸他的前額，她的手冷得像塊冰。

「過來，吉卜賽人，」但尼拉微弱的說，農夫們把吉卜賽人推到牀邊。「把他交給我吧，老朋友，把他交給我吧，」但尼拉要求農人們，他們大家都瞪瞪眼，退出去。

那瘦個子年輕子退出去，憤怒地喊：「我們在外面等你，烏鴉，留心着！」他也隨着衆人走到屋外。

在這荏弱的狀態下，懊悔痛苦着的但尼拉，比壓碎的脊骨更厲害。他是個最懼怕上帝的人。他想，現在基督的光裏可以看見一切。撒但驅使他發怒，而作出這樣的事來。他墜入魔鬼的引誘裏，違逆了上帝，反對這個人。絲丹妞沙是像露珠一樣潔白，和麵包一樣有益。

但尼拉對吉卜賽人說話，他的聲音是那麼顫抖。

「寬恕我，吉卜賽人，上帝會寬恕我的。我瘋狂，我跌在魔鬼的陷阱裏，他引誘我，我就墜入了，神聖的十字架會殺死牠。」他自己劃個十字，又接下去，「昨兒晚上，我把新鮮有血的鮮肉喂給你的熊吃，我想要引怒牠，好叫牠轉向你找麻煩，但是上帝懲罰我。那頭熊聞着我衣服上的血腥，就來襲擊我了。」

彼特勒芝喘息着，絲丹妞沙的手顫抖了，但仍舊撫摸她丈夫的頭。

「絲丹妞沙，在牆邊第四根椽子上，」但尼拉指指天花板，「把這口袋拿給我，那麻布口袋。」

這年輕媳婦把口袋拿給他，但是但尼拉已沒有力氣拿牠。

「打開來，絲丹妞沙。」他說，又向吉卜賽人，「爲了這件事我心裏挺難過，但是我要改過。再買一頭熊要多少錢？」

彼特勒芝的眼睛裏滿含着淚水。

「他們也要弄死我，沒有了勃雷克，生命對我還有甚什麼意思。」

「但是你可以另買一頭熊啊，」但尼拉慫恿着。

「這頭熊跟隨我已有七年了；牠是我一半的生命。」吉卜賽人的聲音碎了，「他們爲甚麼不也打死我！」他嗚咽着，「他們應該把我和勃雷克一起打死，牠是我唯一的朋友。」

「不要罪過，不要罪過，上帝的意思不是要你死，牠已是死了。上帝責罰我，因爲我做了壞事，但你一定得寬恕我。這些錢統統是你的，在上帝的祝福裏，會引導你。」

但尼拉懇求的聲音，軟化了那吉卜賽人。彼特勒芝抬起眼光望着農人的臉，但尼拉竭力裝作笑臉，伸出手去。可是傷心的吉卜賽人回過頭去，眼光觸着絲丹妞沙的眼睛，滿含着淚珠，帶着懇求的表情，但也有懼怕的樣子，她怕那男子不饒恕他丈夫的靈魂。

吉卜賽人忍受不住了，他走到牀邊，拿了這麻布口袋。

「和上帝一起去，或許你還有許多時日呢。」但尼拉感慨地說。

吉卜賽人低着頭，步履艱難地走到房外，低聲說：「讓上帝饒恕你。」但是他沒有碰但尼拉的手。

但尼拉的母親，與吉卜賽人一起走出房來，捏着他的衣袖：「他們已講和了，」她對那些農人說。

這些農人都咕嚕起來，也有人咒罵的，但沒有人碰那吉卜賽人。只有那瘦個子青年打了一下子，爲了那事，被但尼拉的媽狠狠的駡了頓。

當他們走出村子的路口，到了最末的一家，但尼拉的媽和吉卜賽人告別：『和上帝一起走吧。』她說。

彼特勒芝拖着沈重的脚步，踏上高峻的街道，低着頭，彷彿從一個好朋友的喪禮中回來。他坐在高阜的圓石上，怔怔地望着地下的莊子，「永別了，倫茜尼。」他向村莊說。他永不再見牠了。也不會再見到絲丹妞沙。但是他以爲在睡夢中，她仍像往日般會再來。祇有這點略爲可以減輕他的愁思。他站起來，跨上寂寞的長途。

倫西尼不再有彼特勒芝的足跡。春天又來了，別的吉卜賽人帶了熊到村莊來，但是沒有一個像彼特勒芝和他的熊那麼有趣。絲丹妞沙每當聽到了吉卜賽人的銅鼓聲，她不再跑到街上去，祇是掩着耳朵，躱到花園裏去。在那兒，沒有聲音能聽得見。

修鉛筆

伯上

修鉛筆是件平凡的事情，最不容易引人注意的；但是如果肯仔細加以琢磨，仔細去修修，便可以尋出修鉛筆的味道來了，這好比吸煙的人在無聊時吸一根煙似的。

說起鉛筆，是最普遍的東西，連一二歲的小孩也喜歡拿在手裏玩，或在紙上胡畫。幾乎把五指都握住筆幹的勞動階級們也有時不能短少的；寫一筆用舌尖舔一下的小徒弟們大概也覺得鉛筆的有趣與不可思議之處呢。然而在教室內，便更覺出鉛筆的不可思議，不，還是說偉大爲恰當。

用鉛筆最多的自然首推學生，多者有整打的放在桌上，但也有緊握住一寸多長的鉛筆頭寫着字，現在我們看看「修鉛筆」在教室中之情形是怎樣的。

上課沒有幾分鐘，靠墻一個學生掏出小刀來，開始修着正用着的一枝，一刀一刀的非常小心，決不使刀刃碰在鉛上，修完後便刮鉛，這刮鉛的聲音便傳遍全教室，於是引起其他學生的心情，東面刮了起來，南邊也刮了起來，男生刮完便老實不客氣的撲撲吹開，吹在前面學生的背上或旁邊學生的身上他是不用顧慮的，因爲彼此互吹的。女生刮完鉛後便把預先折好的紙匣拿來，連鉛筆屑帶鉛沫都盛上，再放回桌內，有的也是撲撲吹開。我看女生們修的往往把鉛刮的又細又長，露出好幾分，其整齊是一般男生莫及的。

這些學生把修好刮好的鉛筆，翻來覆去的賞玩一下，不滿意的再改造。鉛筆用短了，男生是一丟，女生則一枝一枝的修的整整齊齊的放在鉛筆匣內，襯上鉛筆桿的紅綠黃白，的確是可愛。有一次我隨拿了一個，被拿的女學生抬頭看看我，課後却要了回去說：

「我留着跟人賽哪」，轉身時還喃喃的說：「拿去還成！」

我於是想到為什麽女生喜歡修的那麽長而細，這樣就容易折斷，一枝鉛筆便用不到幾天便可以有比賽的資格，至於資格，不外以短與修刮整齊為準呢，或許有顏色上的區別。

男生的修鉛筆，其原因大約有二。一即真正有所用途，一即消磨時間。

前者不用說，大都是聽講的好學生；後者實在是一羣好動不好靜，上課如受罪的學生，不願上課，一不能曠課，二不便隨便談笑，唯一的消遣便是修鉛筆。教員不好硬說是因刮鉛而攪亂教室規矩，又沒有不許學生修鉛筆的道理，於是不約而同的齊以鉛筆為目標了，低着頭，慢慢的一刀一刀下去，輕重似乎很有關係，然後刮之，然後吹之。

今天看見一個學生修鉛筆，那時離下課尚有十多分鐘，大約覺得無聊了，看他拿出一枝新鉛筆，在桿上刀子劃上修到何處為止的印子，一刀又一刀的修去，刮鉛，又拿出一張沙紙打，不巧打了下課鈴，急忙停止工作，撲撲三兩口吹開鉛沫，站起來大聲喊了一聲：

「打球去呵」，我此時生氣倒不如笑出來，臨出教室門，看他正按住一個同學的頭打鬧，十二分的欽佩那學生。

總在教室中看學生修鉛筆混時間，便不由的引起自己的回憶，再引起了休息十分鐘的消遣，坐在自己屋，拿起紅鉛筆，三刀兩刀的，修完了再找別的鉛筆，果然一會兒便聽到上課鐘，夾了講義進教室，於是又看學生們修鉛筆，自己覺得好笑萬分，假設課程內設一門修鉛筆的「勞作」，學生們大約能鴉雀無聲的專心去作，不過勞作的材料都是學校發的，鉛筆雖然幾毛錢便買一枝，全校每週有二小時，一個月的鉛筆費也實在可驚，如果學生交鉛筆費，也說得過去，然而女生是想用紅綠等色的鉛筆桿，那麽問題也相當難了。學校是無從設法，那麽在教室內修鉛筆也便只好任他們了。

不再爲尼姑了

John Fante 著
史蒂華 譯

我的母親曾經入一個尼姑開設的高級學校。讀畢後她也要做尼姑。這是托斯加那外祖母告訴我的。但是外祖母及全家的人都不要她做尼姑。他們對她說別人家的女孩子做尼姑是很對的，然而他們的女兒却不。我母親的名字叫麗琴娜托斯加那，她是這麼神聖地，她的眼睛照耀着神聖。她底房中有一個聖泰麗莎的彫像，當他們反對她做尼姑的時候，她便留在房裏日以繼夜地向聖泰麗莎祈禱。

「哦，敬愛的聖泰麗莎！」她禱告道：「授我以看淸你爲我急速指示的路徑的光亮吧，這樣我可以向你致神聖的問候。以聖母與主耶穌的名字，降我以聖潔的恩惠。亞門！」

好幾次的禱告。然而這並不會做下什麼好事，因爲托斯加那外祖母仍舊說不許她做尼姑。她叫我母親中止像病牛一樣的動作，應該有些理智。他們全都這麼對她說，吉姆舅舅，湯尼舅舅，和托斯加那外祖父，外祖母。他們是意大利人，不喜歡她的作爲，因爲意大利人憎惡他們的女人不結婚。他們憎恨這個，他們想什麼地方會有壓制。意大利女人最好是結婚。於是做丈夫的給錢而一家人節錢。這就是他們對我母親說過的話。

後來湯尼舅舅想得了一個計策。一天晚上他帶一個名叫派司夸萊馬旦羅的男子到家來。湯尼舅舅把他介紹給我母親，他有個直覺的猜想以爲她將跟他一塊去，或許會跟他結婚忘記關於做尼姑的事情。我知道我母親是個甜人兒，因爲我有幾張照片能夠證明我的話不錯。

派斯夸萊馬旦羅開一家雜貨舖，鄙俗，却有錢，然而相反地，有錢在像我母親這樣的姑娘看來並不熱切。他店鋪中出售高價的東西，譬如Parmesan乾酪，salami（意大利醃臘腸——譯者註），以及一種特別的高價大蒜。他穿着一件眞正鮮豔的綠色白條紋的襯衫，打着一條大紅領帶。母親令他一塊出去的唯一理由是因爲她是害怕湯尼舅舅緣故的，假如她不跟他一塊出去他便會發脾氣。派斯夸萊‧馬旦羅立刻進攻我母親，他試想要她跟他結婚。

可是他有這麼許多壞習慣，立刻使我母親對他感到可怕地厭倦。一件事是，他喫許多大蒜，因此他的氣息是强烈的。他隨身衣袋中帶有一袋大蒜，他常把大蒜丟向空中然後用嘴接來，正如你吃鹽花生一樣的吃法。他帶着我母親到各處地方去，譬如湖畔公園啦，跳舞場啦以及電影院等。因這大蒜的緣故數里外你就能嗅到他。每次他們到影戲院裏去，人們站起來另外找座位。我母親更想要做尼姑了！這對她是非常煩擾的。看完電影後他們常坐在托斯加那外祖父的應接室大火爐前面談天。他是這麼訥訥無言的使我母親正對着他打呵欠，他也從沒有懂得她這樣是暗示她要睡覺去了。她只得對他說他該回家了，要不他就仍在這個應接室中談天。

每天早上湯尼舅舅總是問着相同的話。

「那末，婚禮什麼時候舉行呢？」

「決不會的，」我母親說。「沒有什麼婚禮要進行。」

「你瘋了麼？」湯尼舅舅說。「那傢伙有錢呀！」

「對不起，」她說。「我的生命是朝另一個方向的。」

「什麼意思？」

「我的生命是獻給我們底聖母服役的。」

「我的上帝！」湯尼舅舅說。「你聽到過這種人麼！我絕望了！」

「對不起，」我母親說。「我眞是對不起。」

「sangue della madonna」湯尼舅舅說。「我究竟爲她盡過力了！這便是給你的感謝。」

我母親到她房中去，整天留在那裏，直至那天晚上派斯夸萊來了。他常常從店中帶些東西來給外祖母，大多是乾酪，有時是大罐的番茄沙司，或意大利麵團。托斯加那外祖母喜歡他大都是因爲Parmesan 乾酪的緣故，在那時候這要一塊錢一磅呢。

那天晚上我母親告訴派斯夸萊那眞是太不快了，然而他可以找到其他的女孩子，因爲她並不愛他。他對她是迷得瘋了。他跪下來吻她的手，狂喊着走出屋子去了。第二天他打電話給湯尼舅舅，告訴他，我母親給他一重門限，不許他再走近一點。

湯尼舅舅沸一般的氣瘋了。他從工作處跑回家，向全家人發脾氣。當他走近我母親的時候，他在她臉前搖晃着拳頭，很重的推她到碗廚，使因她身子的敲擊而彎曲起來。

「你這個瘋子！」他吼道：「你畢竟有什麼好？」

「對不起，」她說。

「好上帝！」他說。「除了『對不起』外難道別的你都不知道了麼？」

「對不起，」她說。

「你們聽她呀！」他呼喊道：「她對不起！」

「可是我眞是對不起，」她說。

我的湯尼舅舅也是做雜貨賣買的，但是他的店鋪是小小的，而且他不賣意大利貨，他有一個打算！在我母親與派斯夸萊結婚後他可以合倂他與派斯夸萊的店鋪，這麼他們將整齊一式了。可是派斯夸萊從此不再到家中來了。他娶了一個姑娘，她也不是個意大利人。她是個美國人，他也不愛她。托斯加那外祖母說那是個惡意的婚姻。意大利人有時是這麼做的。一個惡意的婚姻便是當你同一個人結婚，使得你眞正愛着的姑娘有人愛過，使她感到沒有嫁給你而難受。但是我的母親一點也沒有難受。這樁事反使她喜悅呢。

在北丹佛是聖散西里亞的教堂。那是我母親消耗她一切光陰的地方。那是條從高級學校來的街道的十字路口，一座古舊紅色的教堂，前面沒有一塊草地或其他東西，正祇有街道，周圍就是樹也沒有一株。一次聖誕節我曾跟母親同去過。那是在她結婚後很久。我是說，她是結婚的。那教堂是一個大而悲慘的教堂，而香煙之氣很像我母親，那是個斜視的教堂。它嚇着我了。我還是繼續想我還沒有生下來，而且決不會生下來的事吧。

聖散西里亞的每一個尼姑，我母親都認識。常常同她們在一塊消磨光陰，她們把她安排在祭壇的行列中，她以花裝飾它們。她洗燙祭壇的麻布以及類似的東西。那是較結婚更有趣味的。她整個下午在那邊，這樣使吉姆舅舅或湯尼舅舅在晚餐時必須來找她。吉姆舅舅是不在乎的，因爲那只是一個呆子所爲的，但湯尼舅舅却發脾氣了。

他說：「代替你癡子般在這里的一切時間，爲什麼你不留在家里幫幫母親呢？」

但我母親是個很好的工人，她對他說他說話該小心一些。她把家中一切洗燙的事都做了，外祖母沒有做一點事，有時她雖也燒一次飯，然而她不是常做的，因爲她不是個好廚子。我母親常在到聖散西里亞去之前做完工作。她的花園是在外祖母的後院，她爲祭壇種着牡丹花與玫瑰花。湯尼舅舅對她說她該中止再送教堂東西，否則他會搗毀她底花園的。

「你到魔鬼處去罷！」她說。

哦，哦，這可使他氣瘋了。意大利姑娘竟不是爲猜想那樣服從她的哥哥。湯尼舅舅不允許有那種事情。

「向上帝起誓，我給顏色你瞧！」他說。

他跑出煤棚拿着鋤頭。然後脫去毛織衫便鋤碎花園中每一朵花。那可傷害了我母親。她在後廊上，那眞傷害她了。她是爲她的花園急瘋了，當她看見他割傷它時，她靠在門上幾乎昏過去了。於是她跑出來一聲一聲尖叫。她跌在路上，脚踢着，手撞着。那可嚇住湯尼舅舅了。他叫外祖母來。她仍尖叫着。她想抱舉她起來。她尖叫着，踢着他。

她衰弱極了。他們背她上樓使她睡下。醫生來了。他說她是個非常病弱的女人。有一個長時期他每天來。他們用一個看護。有一年時間她神經亢張地病着。屋子裏每一個人都十分悄聲，提着脚尖走路。醫生的賬單費去了一大筆錢。我母親日夜叫喊。他們不能止住她。就是教會姊妹來了，可是她們也不能做什麼事。最後托斯加那外祖母叫了牧師來。他給她施了聖餐禮。她竟慢慢的好起來了。下一天她較以前好一些。下一天她又增好了一些。很快的她能起床了。然後她能沿着床走動。立刻她便如以前一樣健康了。

托斯加那外祖母說這是一個奇蹟。湯尼舅舅感到自己像魔鬼一樣壞。他告訴我母親他是怎麼抱歉，而且他為她種植了一個新的花園。一切都又美好了。我母親較以前更喜歡新花園，湯尼舅舅讓她獨自在那裏。沒有人再打擾她了。

她去裝飾聖散西里亞的祭壇。她也到校去教書。她到瘋人院去了六個星期。凡是尼姑所做的，她全做了。她熱中於她們了。她們過去所會做過的一切事情是洗衣服，裝飾祭壇，擦地板，教小孩子等。

一個頗長時期後，湯尼舅舅又不滿起來了，但是沒有像以前那樣。他是害怕我母親再生起病來。他却帶了更多的男人到家來。有個叫傑克•蒙田的，他是北丹佛最大的私酒商。除了槍以外他再沒有什麼了，可是當湯尼舅舅帶他來見我母親時他是頗重要的。他嚇得全家緊張。沒有坐下之前，他老是把槍先放在桌上。每隔幾分鐘他就跳起來，從窗前窺視出去。他帶着黨徒同來，他們在前廊等着他。就是湯尼舅舅也沒有想到這是如此可怕，因此他想把傑克•蒙田逐出去，但是他非常困難地沒有這麼做。他怕他會傷害他們。

一次傑克•蒙田喝醉酒來，他咬一下我母親的面頰。這種事對她是從未有過的第一次發生，她氣瘋了，拉住他，摑他耳光。全家人都屏息等着傑克•蒙田來槍擊他們。湯尼舅舅叫我母親好好的來，別叫傑克氣瘋了。但我母親並不把想做如此可怕。她叫他滾出去，從此別再想進來。他這麼做了。他把槍插入袋中，不說一句話一直出去了。他們一直想他將回來槍擊他們全家，但是他却從此不再來了。湯尼舅舅甚至嚇得上教堂去了。而傑克•蒙田却從此不再出現過。他被殺了以後，他們是讀了報紙才知道的。我母親去參加了他的葬禮，為他底靈魂安息做祈禱。在傑克•蒙田的母親之旁，她在教堂中是唯一的女性。這可證明我母親是個很好而有趣的女人。

另一個向我母親進攻的是亞爾弗萊陀•地•帕索，也是湯尼舅舅帶他來的。不論何時他想到一個傢伙，他以爲可以使他做個好丈夫的他便帶他來吃飯。另外還有許多人，可是我所知道的祇有派斯夸萊．馬旦羅，傑克．蒙田，亞爾弗萊陀．地．帕索，以及一個叫茂翻的人，然而茂翻沒有多大的勢力，因爲他是個愛爾蘭人。

亞爾弗萊陀．地．帕索是個賣利瑪（Lima）豆的商人。他曾有一次到我們鎮上來過，因此我認識他。他賣豆不是製罐的。他是用卡車裝來的。當他到我們鎮上來時，他停下來見我母親。他是個臃腫的傢伙，老是笑着。他給我錢，常常是美金五角。當初我母親見到他時，他還不信宗教。她使他加入天主教堂，他却以此開玩笑；他把什麽事都當做玩笑。我母親對這是厭倦了。她對他說她決不可能喜歡他的。

當我母親二十一歲的時候，北丹佛每個人都知道她要去做尼姑了。她最喜歡的教派是慈善姊妹團。到坎塔開州的她們的修道院去你可以搭火車去。你飽讀了一個長時期。於是你便爲一個眞正的尼姑了。他們給你落髮，給你穿上黑衣，於是你不許結婚或玩笑。你底丈夫就是上帝。這一切是台爾芬教姊告訴我的。

一切都停當了。我母親準備去了。湯尼舅舅憎恨這個，所以他做其餘的事，但是他們不能有所作爲。外祖父是失望了。他在奧沙基街開一家鞋舖。他是喜歡尼姑的。他想她們是優雅的人，他甚至免費替她們做鞋子，然而他不能看透爲什麽他自己的女兒也想混入她們中間去。

他答應送我母親到哥羅拉多州立大學去，假如她忘却這些。我母親不聽這話，因爲她想哥羅拉多大學是個可怕的地方。那時我母親知道有一個天主教徒却不信上帝的，他到哥羅拉多大學去，直到現在仍很好。現在我們鎮上的天主教徒們是在生活中除去他這個人了。他們甚至驅他出哥侖布武士團，因爲他做下了一個罅裂。所以我母親不願到如哥羅拉多大學那種學校去。除了坎塔開州沒有別的地方。

湯尼舅舅整天向她喋喋不休，叫她做啞母鷄或一塊絨布。她幾乎又有一次神經衰敗了。他跟着她繞着屋子走，向她喋喋不休，想使她回心轉意。托斯加那外祖母的對門外，洛加人在造一幢新屋子。湯尼舅舅的聲音很響，他叫得這麽高聲，他每一句話瓦匠們都聽到了。他們常常在架棚上停止工作聽着他。

在她上坎塔開州去的日期的二個月前的一個早晨，我母親正在吃早點，湯尼舅舅又開始了同樣的老論題。她一無所覺。難道他們家中待她不好麽？她簡直要葬身於洞穴中忘去她家人爲她所做的一切好事情。難道她沒有吃夠和足夠的衣服的縫製？那末她還要些什麽呢？爲什麽她這樣自私？應該想想，她的可憐的母親將沒有她在旁而逐漸老了。爲什麽她想不到這些事，發現自己的錯誤？

我母親低頭哭了。

一個瓦匠守候在棚架上的。他爬下扶梯，走上廚房的窗口。他也是個意大利人，但不是普通的種屬。他有一臉紅髭，和紅髮。他敲敲窗扉，我母親抬起頭來。湯尼舅舅要知道他要做什麽。這個人手中帶着刮泥板。他在湯尼舅舅面前搖搖刮泥板。

「假如你再對這姑娘說一句話。我便敲下你的頭來！」

這時我母親看着他什麽事發生。湯尼舅舅氣瘋了，他不說一句話走到前房中去。我母親仍繼續看着這拿着刮泥板有一臉紅髭的人。忽然他們一齊笑了。他回去做工，仍在笑着。中午時分他坐在棚架上從廚房窗子中望下來。我母親能看見他。他吹一聲口哨。她含着笑走近窗子。他要的是，三明治上放一點鹽。這便是開始時的情形。那男人便是我父親。每天他總含着笑要些什麽東西。不是鹽便是胡椒，我母親便笑着給他。另一次他要一些新鮮的水菓去吃中飯。一天他又走到窗邊，笑着問她要些隨便什麽酒。然後他要知道她是否能烹飪。我母親只是笑着。最後她告訴他別再帶着中飯去吃了，他可以跟她一塊來吃。他笑着說一定如此。二個月以後，代替到坎塔開州去的，是我母親到我們現在住的鎭上來結婚了。

一九四三，七，八，譯畢。

李太白

鄭秉珊

關於李白的詩歌，我想不必再去論他的好醜，因爲多加一句褒詞，也不能增加他的價值，說一句壞話呢？韓昌黎早已有過這樣的詩：「李杜文章在，光燄萬丈長，不知羣兒愚，那用故謗傷，蚍蜉撼大樹，可笑不自量。」眞是太不自量了。

李卓吾焚書李白詩題辭云：

「（楊）升菴曰：白慕謝東山，（安）故自號東山李白。杜子美云：「汝與東山李白好」是也。劉昫修唐書，乃以白爲山東人，遂致紛紛耳。因引曾子固稱白蜀郡人，而取成都志謂生彰明縣之青蓮鄉以實之。卓吾曰：蜀人則以白爲蜀產，隴西人則以爲隴西產，山東人又借此以爲山東產，而修入一統志，蓋自唐至今然矣。今王元美斷以范傳正墓志爲是，曰：白父客西域，逃居綿之巴西，而白生焉。是謂實錄。嗚呼！一個李白，生時無所容入，死而百餘年，慕而爭者無時而已。余謂李白無時不是其生之年，無處不是其生之地，亦是天上星，亦是地上英，亦是巴西人，亦是隴西人，亦是山東人，亦是會稽人，亦是潯陽人，亦是夜郎人。死之處亦榮，生之處亦榮，流之處亦榮，囚之處亦榮。不遊不囚，不流不到之處，讀其書，見其人，亦榮亦榮，莫爭莫爭。」

李白的籍貫，卓吾老子舉出許多地方，因爲自來聚訟紛紜，便以幽默的言論解決之。其實李白的籍貫，倒是一個有趣的問題：按魏顥李翰林集序，說他是綿州人，劉全白唐故翰林學士李君墓碣，說是廣漢人，新唐書文藝傳，說是巴西人，以上三個地方，名稱雖異，其實是一個地方。楊升菴引成都古今記云：「太白生於彰明之青蓮鄉，」按彰明縣係五代時所改置，玄宗時名昌明，最初實叫隆昌。陳眉公說李白生於青蓮鄉，故號青蓮居士，但王琦太白集註說彰明逸事，原作淸廉鄉，恐後人因爲依附太白，改作青蓮鄉。還有舊唐書稱他是山東人，因爲杜甫詩「汝與東山李白好」句，一本作「汝與山東李白好，」且元微之杜工部墓誌銘亦云：「是時山東人李白，亦以奇文取稱，」太白在齊魯之間，前後十餘年，所以當時以爲他是山東人了。

太白晚年，依族叔當塗令李陽冰，卒於寶應元年（公元七六二年）十一月，陽冰序其草堂集云：

「李白字太白，隴西成紀人，涼武昭王暠九世孫……中葉非罪，謫居條支，易姓與名，……神龍之始，逃歸於蜀，復指李樹，而生伯陽，驚姜之夕，長庚入夢，故生而名白，以太白字行之，……」

隴西成紀，是他先世的郡望，便是今甘肅蘭州一帶地方，這裏可以注意的，是謫居條支一語。又據范傳正唐左拾遺翰林學士李公新墓碑，也說：「……隋末多難，一房被竄於碎葉，流離散落，隱姓易名，……神龍初潛還廣漢，因僑寓為郡人。父客，以逋其邑，遂以客為名……」則是說被竄於碎葉。按所謂條支，即唐代的龜茲，也就是今日甘肅的安西。碎葉城則在安西的西北數百里。條支和碎葉，雖不是一地，但在貞觀以前，都在突厥人種統治之下。太白的父祖，原來僑寓在那裏，所謂謫居和被竄，其原因不可知，或者是被突厥所擄掠而去也說不定。及到貞觀三年，伐突厥，始置條支都護府於安西。高宗朝，又屢擊突厥，將龜茲焉耆疏勒於闐列為四鎮，漢族威力，及於該地，於是太白的父親，就逃回來了。

太白卒於寶應元年，即公元七六二年，年六十二歲，那麼他出生於公元七〇一年，按中宗神龍元年，為公元七〇五年，那麼太白的出生，竟是在未還巴蜀以前，產於國外的，（龜茲等四鎮，實為羈縻州，雖入版圖，尚為外國。）無怪陽冰要用「復指李樹，而生伯陽」的神話式辭句了。按伯陽是老子的字，相傳老子生時，適在李樹下，便指以為姓。太白的父親，久居突厥，或者是用突厥語的稱謂，生太白時，方纔恢復原姓，並打算歸國。而長庚入夢，也隱約是指生在西方的意思。至於陽冰的隱約其辭，不肯明言，便是恐怕一旦宣布太白的祕密後，將減少人們的崇敬心理。

范傳正云：「父客，以逋其邑，遂以客名。」按唐代波斯人（即突厥）大食人（即阿剌伯）到中國的很多，漢人叫他做波斯賈胡，或蕃客，甚至稱為蕃鬼。太白父親，雖自以為漢族，逃到四川，而蜀人仍叫他為客，當他是外人看待，「客」字便變做他的名字了。那時也許他是不能通漢語，或者勉強能說幾句，在此情形之下，一定是娶不到蜀女為妻的，那麼我們可以斷定太白的母親，或許是突厥人，就是非突厥人，也一定是突厥化的漢女。魏顥李翰林草堂集序云：「眸子炯然，哆如餓虎。」魏氏是親見太白的，這樣描寫其容貌，顯然是漢胡的混血兒，即所謂雜種。「雜種」在罵人的意義上是最刻毒的字眼，但在優生學的理論上講，往往能產生偉大的天才，太白的才華蓋世，也許就是這個原故吧！

還有一點，也可證明他並非蜀產。他在二十歲以後，便出遊襄漢，南泛洞庭，東至金陵揚州，客齊梁間最久，直到死去，始終沒有返蜀一次，那麼我們可知他實在並不承認是蜀人，對於巴蜀，也沒有好感，毫無鄉土的懷念。如此說來，李卓吾說「無處不是其生之地，」倒是最通達的見解呢。

太白的性情豪放，擊劍任俠，輕財好施，嗜酒喜遊，這些都可看出有北方胡族的生活氣息。便是由好酒的態度，也可看出和原來的中國文人不同。道地的中國人飲酒方式，可以拿晉朝的陶淵明做代表。淵明的飲酒是「班荊坐松下，數斟已復醉。」是「一觴雖獨進，杯酒壺自傾。」是「何以稱我情，濁酒且自陶。」是「過門更相呼，有酒斟酌之。」是「試酌百情遠，重觴忽忘天。」是「或有數斗酒，閑飲自歡然。」這種淺斟細酌，陶然獨醉的情態，在太白詩中是沒有的。太白的詩，雖和陶氏一樣，十首中總有二三首說到飲酒，可是他的飲酒狀態，是「昔在長安醉花柳，五侯七貴同杯酒。」是「烹羊宰牛且爲樂，會須一飲三百杯。」是「百年三萬六千日，一日須傾三百盃。」是「美酒樽中置千斛，載妓隨波任去留。」又有「飲酒三千石」「日日醉如泥」之句。豪情勝概，和陶氏大不相同。有人說，陶氏是中國人飲紹興酒的方式，是靜的陶醉；李氏是外國人飲啤酒的方式，是動的暢快。吾以爲淵明爲彭澤令，秫釀酒，拿所釀的酒，是白乾之類，並不是花雕，竹葉青。秫但李氏所飲的酒，雖當時還沒有啤酒，却眞是外國酒。據說唐太宗破高昌，收馬乳葡萄，種於苑中，幷得造酒法，造酒綠色，所以當時已有葡萄酒。又唐人還喜吃西域酒，頂有名的叫龍骨酒。這些想來都是太白當時作鯨吞虹吸的東西，一傾三百盃，大醉之後，便去宿娼冶遊。這種情形，活像是外國水手在上海的樣子，是十足的歐化生活。

現在上海有許多文人，歡喜到北四川路，和霞飛路的咖啡館裏去飲酒。那兒有外國的女招待，大家調情歡笑，享受異國情調，正是物質的現實享樂派，那知唐代的李白，便是第一個作俑者。他的少年行云：「五陵年少金市東，銀鞍白馬度春風，落花踏盡遊何處，笑入胡姬酒肆中。」前有尊酒行云：「胡姬貌如花，當壚笑春風。」送裴十八圖歸嵩山云：「何處可爲別，長安青綺門，胡姬招素手，延客醉金樽。」又「細雨春風花落時，揮鞭直就胡姬飲。」這所謂胡姬，並不是用古樂府「胡姬年十五，春日獨當壚。」的典故，確是指實在的胡人所開的酒舖。酒舖裏面有胡姬做招待，說不定相熟的胡姬，還可以留髠呢！唐代的國都西安，其間波斯人大食人，雜居經商的很多。他們的飲食，叫做「胡食，」換句話說，便是現在所謂西餐。又有「胡餅」的名目，見於唐人小說中。李白的猛虎行云

：「胡雛綠眼吹玉笛，吳歌白紵飛梁塵。」所謂綠眼，豈不是眞正的胡姬形狀嗎？

這裏有一個問題：現在喜歡到外國咖啡店的文人，一定能夠懂外國語言，纔能和女招待打情駡俏。太白的喜歡到胡姬酒肆，那麼是能懂得番語的了，這個倒有文爲證的。劉全白李君墓碣云：「天寶初，玄宗辟爲翰林侍詔，因爲和番書，上重之。」范傳正李公新墓碑云：「草荅番書，辯如懸河，筆不停輟，玄宗嘉之。」樂史李翰林別集序云：「草和番書，思若懸河，帝嘉之。」我們從前看今古奇觀，有「李青蓮醉草嚇蠻書」的回目。京劇中也有「太白醉寫，」向來以爲是鑿空之談，現在知道，却是眞實的情形。不過番書不是給東面的渤海國，而是給西面的突厥的。突厥是波斯族，文字語言，是用波斯的敍利亞語言文字，太白的家庭，由關外遷回，父母親自然能懂得波斯言語甚至懂得其文字的。太白幼年的家庭教育，或者就是受突厥式的教育，所以他的性情行爲，完全不同於普通中國人，而通識波斯文字，成爲他的特長，因此也就能時就胡姬酒肆了。

那末，太白草和番書，用中國文還是外國文呢？我以爲是外國文。因爲當時在京師的外人，單是大食（阿刺伯）人，已經有四千餘人，基督教的別派景教，也盛傳於中國，七八一年在京師所建立的大秦景教流行中國碑，上面便刻有漢文和敍利亞文字。波斯語言，在當時並不稀罕，漢人中也有懂得的，不過要精通其文字，並能用波斯文字作答，那是非像太白的幼年素已學習是不能措手的。

相傳爲李白拯救的郭子儀，也是景教徒，所以有人說，太白早年也是信仰景教的，太白集中樂府「上雲樂」，其詞句最晦澀難解，便是描寫景教的文字，這也可備一解。他的兒子一個叫明月奴，一個叫頗黎，有人說，便是用景教典故，或是突厥化的名字。據我想：明月和頗黎，都和酒很有關係的東西，據他的詩看來，如「舉杯邀明月，對影成三人」等，他是很歡喜對月持杯酣飲的，便把來作爲兒子的名字，正和我們把兒子比做習見的貓狗，便叫做阿貓阿狗一樣。

向來稱太白爲詩仙，是說他詩文的氣概超凡。他中年自結識道士吳筠以後，便研究道教，而也不廢釋典，別號靑蓮，梵語，便是優鉢羅花，清淨香潔，不染纖塵的意思，所以隨時隨地流露超自然主義的特點，可是，釋道兩教的主張是淸靜無爲的，而他却是沉湎於酒與女人的現實享樂，這恐怕還是他早年的習慣於突厥人生活的關係，但因此他的詩便空前絕後成爲中國詩苑中唯一的奇葩了。

我們對於妓女的責任

Albert Londres

作者法人，曾往南美阿根庭京城蒲奴愛理斯調查販賣婦女之事，乃寫 The Road to Buenos Ayres 一書。頁七十敘女子所以做妓女的原因道：『你看，十個先令便是十二個有半的法郎。試想你在帽廠裏賺十二個法郎要做多少時日的工？現在你不要花了一刻鐘的工夫便賺了這麼些了。』語簡意賅。廠主不願增加工人的薪資，甯願把成千成萬的金錢花在嫖字上面，女子當然甯願爲娼不想做工了，何況有時卽欲做工亦不可得。本文係該書的末一章。

你得再等候一忽，聽我講下去。我參觀過各地的監獄，北非監犯們的種種秘密我什麼不知道？我也强行參觀過瘋人院；這次我自蒲奴愛理斯城回來了。

我爲什麼要到蒲奴愛理斯去呢？那並不是只想把我所目覩的事告訴給你們聽而已。那種在世界上漫遊了十五年的人講起故事來比這本書裏所說的事要有趣得多呢。社會把牠所恐懼的或是所摒棄的東西投到深阱裏去，我的目的便是要到這個深阱裏去看看社會所不欲一顧的東西；社會已把這些人們罰入地獄了，我的目的便是要去自行下裁判。

我不願心安理得地認爲當今的法律不錯。我以爲最好還是讓那些早已失去了說話的權利的人們暢所欲言一番。

我的目的是在使她們的話叫世人聽見，可是有沒有達到目的呢？事實上並沒有次次達到目的。那般養尊處優天天無須愁衣食的人們囂囂嚷嚷地鬧着他們自己的事，以致他們聽不見他們脚底下的人們發出來的悲聲了。當你請他們略爲費點時間聽你說話的時候，他們便回說沒有工夫。他們以爲這不干他們的事。

× × ×

這個問題的存在已非一日了，人們聽到有人談起這個問題只覺得好笑而並不驚駭戰慄。我認爲人們不該把這事認爲當然好笑。

娼妓的基礎便是飢餓。無論何時別忘了這一點。當然，只要世界上一天有願意購買婦女的人，雖然沒有飢餓，事實上總還是有出賣的婦女的；只是這麼一來，妓女的數量必可減少百分之八十。剩下來的只是這些自願爲娼的人而不是那些不得不爲娼的人。

國際聯盟會曾化了三年工夫秘密地去調查販賣白種女子的事。該會曾派調查員到遠東，近東，加拿大，南美等地去秘密調查，他們所調查的地域很廣。他們吃了許多的灰塵，可是這些灰塵只是文書載籍上面灰塵，而不是公路上僕僕風塵的灰塵。他們是在文書載籍上尋求着眞理呢！他們實在過於嚴肅，這種嚴肅的人們除於書籍中去尋求事實外，不知往他處去尋求。事實上他們未曾找到眞理，因爲眞理並不在那裏。

用文書載籍去反抗白奴販賣是沒有用處的；國聯會諸公只是利用這種辦法聊以塞責而已。國聯會的調查員要想重振人間的道德；我希望他們能夠成功，不過看了他們的這種努力難免忍俊不住，這只是要請他們原諒的。我深知他們心目中的所說道德是什麼；他們的所說道德只是那種眼睛所看不見的惡德而已，只是那種所謂眼不見爲淨的態度而已。這樣的看法也好，如果他們只重皮相不務實際的話。

我們都知道那種道德靠法律維持的國家裏面的情形；那簡直是種滑稽劇！如果罌粟的種植能絕對予以禁絕的話，事實上便不會再有鴉片了。這個辦法至少在理論上是完全能收效果的。我們這個星球上的德行高尚的人們，從他們的舉止上推測，他們似乎把女子看做草木一樣；他們正在努力着企圖禁絕女性呢。他們不想消滅問題的根源，卻想消滅女子的本身。於是他們開始了大規模的廓淸運動；幹了一忽，隨卽便去就寢了。次晨醒來的時候，他們大感驚奇，原來女子們還是在街上賣笑！

爲調節天電與地面的接觸，科學家已發明了一種叫做避雷針的東西。可是現在還沒有一種法律能防止男人和女子間的接觸。國際聯盟會似乎很空閒，浪費點光陰似乎很不在乎呢。

× × ×

娼主們並沒有創造出什麼新的東西，娼妓的存在不能歸咎於娼主；他們只是把所找到的東西加以利用而已。如果事實上他們找不到貨物，他們便無從把貨物出賣。只是他們是知道這些貨物是在什麼地方製造的。他們知道大規模的製造這類貨物的工廠在什麼地方；這個工廠的名字便叫貧窮。

貧窮好像是個陌生的異國。只是到過那裏的人才會知道那裏的情形；別的人們似乎想也不願想一想呢。縱然這類的人偶然高興說及這個問題，他們說的話也像是在說他們所從未到過的國家裏的事一樣；換句話說，只是胡說而已。那般衣食無愁晚上總是有睡處的人們常說老是他們處於窮困的話，他們便要如何如何；我們是不該讓這類的人大放厥辭的。他們恰像這種從未進過戰壕的人嘗談戰爭。

我並不是在向出身良好的青年公子們呼籲，請他們去援求這般墮落的婦女！記得有一位名叫什麼托爾斯泰的人，他……我愼重地說：那些遠渡重洋到南美去慰藉孤寂的男子的法國女子，其中有百分之八十是爲了被飢寒所迫而才出此的。一定有人會說，我是錯了，她們只是貪吃懶做而才到這個境地的。是吧。

有一位女士說：『依你說我怎麼會找不到女傭的呢？』

我告訴你吧。

那是因爲你想找女傭的那一天你沒有想到打一個電話把你的好消息告訴那個微賤無名的女孩子的緣故；並且那個貧賤的女孩子家裏大概不會有電話的呢。復次，你找不到女傭可以等待一星期而不會有什麼大不了的事發生；可是那女傭却不能等待一個星期而不吃飯。我們的弱小的姊妹們是墮在萬丈的深淵裏，而你却是站在安全的高處向她們說着不關痛癢的話。

貪吃懶做麼？當然，可是只有百分之二十的女子才是這樣的。

那般提倡道德的人們會以他們最嚴肅的說教態度向公衆大說善惡，叫人應該如何如何。在他們的心目中以爲社會所應感覺恥辱的不是事實上有罪惡存在而是罪惡要被人們察見！他們會說：我們應該去監視船車，把娼主們逮捕入獄。依了他的辦法做了又怎樣呢？這類辦法都是實行過的呀！

『應該禁絕妓寮。』

那末對於街頭的人行道怎麼辦呢？我猜把人行道盡行拆去了婦女便不能往街頭去賣笑了！好一個聰明的主意！

關於道德的話已經說得夠了，不要再說了。我們所得對付的不是妓寮和娼主；去吹滅那些紅色的燈是沒有意義的。事實上却是光明愈多愈好。那些要投効於娼妓隊伍的女孩子們總還是要去投効的，不管你採取什麼對策。

婦女們一天不能得到工作：

女孩子們一天不得不受飢寒之苦：

她們一天不知道什麼地方是她們的臥處：

婦女們一天所賺的錢微少，不容許她們生病，不容許她們在寒冬購置一件溫暖的衣服，不夠購買食糧以供她們的家人和孩子們的一飽：

我們一天容許那些娼主們去替代了我們的位子供給這些女孩子們飯吃：白奴販賣的罪惡便一天不會消滅。

你去放火燒妓寮罷，去呪咀妓寮的灰燼罷。你只是白努力了一番，決不會有什麼結果的。

替娼妓設法的責任是我們的；我們沒法逃避這個責任。

（士德譯）

詩論三題

應寸照

緲縹與落實

「不着一字，盡得風流。」這大概可以說是頂縹緲的了。然而事實上，是沒有當眞做到這種田地的；如果切切實實地，依照了這個辦法，你便何妨拏了一張潔淨的白紙，就說是一首詩，不也是對的嗎？

那只是說着玩的笑話，眞正的「不着一字」，那不過是譬喻得誇張一些的說話；那不過是說的詞意的淡遠而已。實在是要在淡的境界裏，還能夠有些滋味可辨的那樣的情趣，才是縹緲。

縹緲不即是含蓄，含蓄是意識地不要說得明顯的意思，而縹緲則是本來就沒有明顯的話要說的；是說不說都不大在乎的樣子；在說的做作上採取了一種淸空的說法。

「楊柳岸，曉風殘月」這不是說與不說都沒甚重要的話嗎？這便是縹緲的。

縹緲是淡灰色或淺藍色的，它彷彿是雨中的山影，也好像是遠寺的鐘聲，有似斷似續，若隱若現的樣子。它可以給人感受着一個輕微的舒適。

沒有很顯著的是非要表白，也沒有很確實的經過要報告，僅僅記載了自己在某一個時間與境地中間的無所爲的所爲。也便是在有一個時期被一種將利害看得很重的人所指摘的，所謂「言之無物」的東西。

人們底生活，在實際上有不能免於孳孳爲利的行徑，而同時在天賦底情緒中間，常有對這種行徑感覺生趣上的厭倦。當此之時，便要對淡遠或縹緲等狀的意味生親切之感了。在寫作者是如此，在讀者中有頗多亦復如此。於是這具有縹緲性質底作品，自有其存在的必要和價值。

不過縹緲也有限度，它不是當眞的一些都沒有說了什麼的，祇是說得薄，說得輕，說得淡罷了。你要全面的鑑賞起來呢，它也得有個可以拚接的意境，能夠找尋的韻味；要說是連這些也都見不着的話，那就當眞的成了一張白紙了。這還成什麼話！

再拆開一些來說，縹緲是偏向情趣一方面，再以之淡化的做法；而落實則是接近事蹟的一方面，又剔除情感的做法；頂落實的文字是新聞報告，再放些情感上去，那便成人事底詳述了。詩作者如用了這兩種的方法，他便寫不好詩。你如果萬一那麼地寫了，那也許會寫做了那種鄉僻地方之盲人的唱詞；再不然，就變了江湖上的「小熱昏」了。因爲這全是報告事蹟的韻語。

敘事詩雖是記載事蹟的，它也仍是偏重情趣，縱然免不掉要有多少的事蹟的根據，但究竟是並不出之落實的報告形狀的啊。

除了當眞是一點都沒有什麼的「白紙」之外，詩作是寗可縹緲，不可落實的。

生澀與新穎

陌生的，而感覺難以親近的是生澀；陌生的，而感覺樂於親近的是新穎。陌生的，有些面目可憎的是生澀；陌生的，有些溫厚可愛的是新穎。看見了使人驚疑的是生澀，看見了教人驚奇的是新穎。

生澀有些像對方球隊裏的不認識的隊員，新穎有些像自己學校裏的同一級的新生。生澀又像是一個新傭的女傭初入豪華之家時的感覺，新穎又像是旅行者到達了其向未履歷的名勝時的感覺。

生澀予人以不愉快之感，新穎則予人以愉快之感。

文詞之新穎切理，凡從事文藝的人，都有這樣的一個憧憬。怎樣才能夠脫出窠臼呢？這便是一種積極底辦法。但這個意義是不錯的，卻是在行使上有着頗大的難處。多少年來的古今中外，還不會被說盡了的事物，原來是不易尋見的。那末，你將根據什麼東西可以說人家所未嘗說過的呢？在這般想着的時候，這個窠臼便彷彿像「五行山」似的，教你沒法子跳出去了。舊約傳道書一章九節裏說過：「已有的事，後必再有。已行的事，後必再行。日光之下，並無新事。」這般的話，如此則什麼也都是已經有過了的，還會得有甚新穎的呢？

可是人類底社會，有各個時代所產生的現象與人的情緒，或許仍然不能免於有了不少是已經有過底的罷，但也有不少總是剛剛才有的。要是一定說剛剛有的不能同以前有的有何異調，則我們就覺得晚近的社會會跟遠古的社會是一模一樣的了。

其實已經有過的事物或情緒，它如若再度的顯現於目前，它同有過的要沒有性質上的差異，亦當有外貌上的差異；再不然，或者會具在一些神情上的差異。只要有了些差異的，它便改變了已經有過的原狀，你便不能再以陳舊的說法來表顯它，再用已經有過的說法來表顯它，再用「窠臼」的詞句來表顯它了。

因爲有了一個像是已經有過的，又像不是已經有過的那種情緒，你也就用了一種巧適境界的，又似陳法又不似陳法的詞句，精當地描寫出來了。而且，只感得那詞句是沒有一些欠缺，軟滑或牽强的樣子，這也是新穎的。倘使你爲了意識地脫出窠臼，求之過分眩耀的新奇，不意間游離了情緒的本來志趣，致人於茫然的疑惑裏去，這便是生澀了。

新穎是到達了新的階段，而沒有傷害或褪化意象的說法；生澀則是雖然也到達了新的階段，它却是把意象弄壞了的說法。

在已經有過的成分佔得少，未經有過的成分佔得多的這種較新的情緒裏，你還是沒有傷及一點點原意，還能夠表顯得有讓讀者辨認得這個嶄新的完整意象的可能，那便是高級的成就。在這個高級的成就裏，你要是偶不經意，帶着些細小的疎失，則立刻便墜入那個千丈深的更大的生澀的幽谷裏去，而弄得粉身碎骨了。這是挽救爲難的可怕情況，詩人其千萬愼之啊！

新的成分愈重，足以成就新穎的可能性亦愈大，而生澀之危機也愈多。

是以詩作之謹愼者，當慢慢地打從窠臼裏邊攀緣出來，不要太躁急地採取高躍方式，以至於一下子釀成了那種不必要的慘刼，眞是犯不上。

詩作者要尋覓其新穎的詞句，但不要失之生澀。

曲折的詞面

曲折的詞面是沒有將意趣平直的顯露出來，它須迂迴地或盤旋地，先要教你具備了多少的忖度揣測，然後才讓你感覺到意趣所在的一種做法。

這種的詞面不同於含蓄，但却也具有含蓄底韻味；並且它更是增加了詩底神采和詩底美的。

含蓄是一種可能作直線覺察朦朧狀況，而曲折的詞面不單是如此，它在直覺的觀感上彷彿見不着什麼樣子，或是只見着一個不相稱的情緒的樣子，它好像是有着一條不很長的黝暗的曲徑，要你去經過一度摸索之後，才給你一個恍然的領會的。

它也許在縹緲裏包容嚴肅，從風趣裏孕育哀思，於閑情裏表達眞理；它也許有用了剛健的詞面而訴述一種纏綿性質的情緒的。

李淸照的鳳凰臺上憶吹簫裏，有這樣幾句話：「新來瘦，非關病酒，不是悲秋。」那便是曲折的。她沒有將主要的意趣平直，明白的表說出來，却只是說了些旁的不相干的話，要待你揣度之後，才給你尋見着那還沒有說出而却是已經說了的一個彎曲的詞意。

這種詞面所可以收獲的最普通的効果，便是不會「了然乏味」；它給予了讀者除誦讀的興味之外，又給予了思索的興味。

但不過有一樣事是要詩作者多多加以注意的，便是你不能做到太過分的地步。太過分時，就要令讀者至於摸索不着的苦悶或厭煩裏去。固然，一部分的原因也許是爲了讀者自身之能力所限，而作者之欠缺中心意趣之端倪的光芒——或是說，你沒有將意趣所在的可能猜度的因兆，處置得恰到好處，這也是作者所當負責的事。不能全都將過失諉卸在讀者底身上。

曲折不是詭祕，它不同於 Sphinx 那樣的難猜的謎，它僅是存在着一些愉快的思考興味的東西，它是在隱約的發散着因兆底光芒，而誘致你獲得領會雙重感覺的趣味的——耐人尋味的東西。

曲折又不同於繁繞有些如纏夾不清似的，而曲折是要避免弄到這種的情況裏去。用這種詞面將意趣迂迴地搬演出來，或甚至反把全個的淹沒了的，那才是繁繞的——不相稱的曲折的了。

具備了合度的因兆光芒的曲折詞面，而將詩底主要意趣映帶的顯示出來，這是輕巧的微妙的手腕。這在詩底榮譽上，有其另外的一種價值。

曼殊斐爾日記摘譯

高阮

病中　（時在德國南部之巴威利亞）

六月（一九一〇年）　厭人的一日終又過去，帶水氣的栗樹叢枝間已漸昏黑。昨日散步甚爲美快，但想來竟因而受涼，故今不適。想要工作但不能。六月而着兩雙襪，兩外套，擁熱水袋，尚作顫……作顫，眩暈想皆是痛楚所致。整日獨處，宅中的聲息盡似與我非親，身體中的不安更影響心靈，無端想到種種可厭的事，可厭的人，才排去又上心來。呵，我再不可赤足在荒林中行走，除非已慣此間的天氣……

惟一可喜的事即幻想祖母料理我去睡覺給我一盌熱奶泡着麵包，並立在我的床前，合攏着左手的姆指在上面，用可親的聲音問「好吃不好」。呵，何等難得的快樂！待醒來見她翻開我的被看我的脚冷熱……，呵！

星期日晨　又一個星期日……仍下雨——竟是日夜不斷。寫作完即用晚餐，飲湯少許，而在我旁邊的老醫生忽說，「就可去睡」，便依之如一馴羊，並飲熱奶。一夜極痛苦。以爲已到清晨，點燭看表才十一點三刻。此時才知藥的滋味。有藥片在床前案頭。不可忘記！但我未服。現已起身妝罷……

哀思　（時在法國南部班鐸爾）

十一月（一九一五）　我想我早已知道生命於我已成過去了，但我眞能味此，則在弟弟逝後。他已安息在法國一處小林中，我尚挺身行走，感受日光與海風，但我已與他一樣非生。現在與未來對我已皆無意義。我對於人已無復「好奇」；亦不想往何處去；我如尚有可爲的事，只是記憶一些他生時的情況而已。

「凱蒂，你記得麽」？我尚能聽見他的聲音，在花樹間，在香與光與影交錯中。試想，除那些遼遠無關的人不論，可有人是爲我而存在麽？或者有人因我的否認而不存在麽？我現坐此案前玩弄一柄印度裁紙刀，如我就此逝去，又有何兩樣？完全沒有，而我何以不自殺？則因覺得對於我們俱生的往日尚有一點責任未盡。我要描寫那些時日，此乃他所希求者。我們在倫敦我的小頂樓上曾談及此，我曾說卷首必書「給我的兄弟……」此事自仍要實現。

日落時風始定。如鉤的月掛在寥落的空中。夜甚寂靜。不知何處有一婦人低聲歌唱。那人想必蹲伏在爐旁，因所唱正是一種婦人在爐旁唱的歌，深思而溫煖，恍惚而安詳。我想見一所小屋，窗前是一片花，屋後是柔軟的艸積。雞鴨在塒，昏昏然數堆羽毛。馬在廄，披着馬衣。狗在舍，頭枕着前爪。貓臥在婦人旁邊，卷着尾。一個男子尙年少而輕率，從後面路上攀行而來。窗口忽有一點燈火照着下面的花床，那人遂行得更快並打着口哨。

而這些可親近的人都到何處去了，這些青年强壯有卷髮的人們？他們非聖非哲，但爲端正之人——都在何處？

覺悟　（時在法國，病已深也）

十二月十九日（一九二〇）　人的苦痛實無界限。「現在我已到了海底，不能再往深處了」。人作如是想時，復又深入一步。且永遠如是。……我死以前必要留一段記錄，表示我相信苦痛係可克服者。因我確如此信。人對苦痛應如何？絕無所謂「聽其自然」，此係虛言。

人應忍受苦痛。勿抵抗苦痛，而應充分接受，使之成爲生命之一部分。

我們生活中所眞正採納的事物皆起變化。苦痛亦然，則化爲愛。此甚神秘，而爲我所應作到者。我必須自個人之愛進於更大之愛，將給予一人者給予生命整體。當前的苦痛，如不致將人了結，則將消滅，而不致垂久。我現在猶如心被撕裂——但—必須忍受—忍受！精神方面與肉體方面正復一樣——苦痛絕不致垂久，只爲一時的難當而已。正如發生一鬼怪之事，我能不懼，則强。

不禁想到醫生索拉阜爾君。他是一個好人。不但助我忍受痛楚，並告我身體的不健康正是不可少，是一種調整的方法，又常告我勿忘人在世界的歷史中不過占一部分罷了。我這位單純仁愛的醫生心地純潔正如柴霍甫（俄小說家）。但醫這些疾病則靠自己。假如苦痛不是一種調整的方法，我要使它如是。我要得到其中的教訓。這不是空言，也不是病中的安慰。

生命是一件神秘。可怕的痛楚會消滅。我必要恢復工作。必要將我的苦痛變質。「苦痛將變爲快樂」。這就是更忘我，更愛物，視自己爲生命的一部——而不分。

呵，生命請教我——使我能有德。

寫罷看外面，見園中樹葉時動，天色淡然，不禁而哭。死得好是眞不易……

（後記）英國作家曼殊斐爾（Mansfield）女士，生於一八八八年，卒一九二三年，嫁批評家莫瑞（John Middleton Murry）君。她的大半生爲病（風濕，肺病）所糾纏，因英倫天氣不好，故常在大陸。所爲短篇小說優美饒情致，而多產生於病苦的歲月中。如看她的日記全部極可看出她的忍耐與精勤。莫瑞序她的日記云，「她的苦痛極多，喜悅亦極多：兩者俱非片斷枝節的，而俱貫澈於她的整個生命中」。茲偶摘譯三節與這話或可對照。女士名凱芭林（Katherine）故她的兄弟呼她爲凱蒂（Katie）。日記中提到柴霍甫爲心地純潔的人，原來她們夫婦皆爲柴氏的崇拜者。——譯者。

夜闌人靜

譚惟翰

十二

孔玉山見她不說話，就把兩隻手插在西裝袋裏在屋子裏來回地踱着，燈光在他的禿頂上閃晃，一忽兒這一半亮；一忽兒又這一半黑，那一半亮；像一個善使奇術的妖魔。

突然他停在桌邊，將指尖用力地敲了一下桌板，竹貞給他嚇得一跳。

「我倒替你想到了一個兩全其美的好辦法！」他顯得很高興。

「什麼？」竹貞轉臉向他望。

「這眞是再好也沒有了。一則，你可以不必和你的愛人永遠斷絕關係，而且還可以保全你的所謂淸白的身體。二則，你仍然可以拿到一大筆款子幫助你的愛人離開此地，如你所說的，去做一些有意義的工作，免得毀滅了他的前途。——你認爲這辦法怎麼樣？」

「你還沒說出叫我幹什麼！」

「我——」孔玉山宣布了他的兩全其美的好辦法，「我想介紹你去當舞女。」

「舞女？」竹貞問自己。

「對了！」孔玉山在她面前指手劃脚地，「你可以直截了當地押給舞廳裏，一年，兩年，或是比較更長久的時間，舞廳裏一次可以付給你一筆款子，然後將你在這一兩年之內所得的全部收入拿來抵還你的債務……」

「不過……這種職業未免太低賤了。」竹貞有爲難的神氣浮在臉上。

「不，旁的職業也不見得比這個高尚，最多也不過名稱好聽一點罷了。」

「我覺得這總不是我們這種人幹的事。」

「你以爲你在大學裏唸過書，你是大學生，是不是？」孔玉山先指着她的臉說，然後又擺擺手，「你千萬不要再有這種不合理的思想，舞廳裏像你這樣的人眞多着咧！」

「可是……」

「不必多加疑慮……薛小姐，我們既是同鄉，我又跟你的老太爺從前同過事，我總得設法跟你找一個最上等的舞廳讓你去做……」假裝想了想，其實他心裏早就打算好了，「馬賽舞廳在上海的地位最高，王霸是那裏的大股東，讓我替你去說說看，我可以以人格担保比別人家的錢拿得多。」

竹貞覺得這樣也好，祇要自己拿得穩，把充舞女作爲一種正當的職業也沒有什麽不可以，要緊的是怎樣度過眼前的難關。因此，她說：

「就讓我試一試看。」

「這才像話。」孔玉山心裏一陣喜慰衝出來，與其說這種喜慰是爲了竹貞，還不如說是爲了他自個兒，「你先告訴我……你需要多少錢？」

竹貞想：錢自然越多越好。

「不過，有這麽一層關係……」孔玉山等不及她回話，又接着說下去，「錢要得多，合同的時間也就得加長。我看……我看你最好是訂兩年的合同。」

「兩年？」竹貞說，「兩年太多了！」

「那就一年吧。」孔玉山忙說。

「我想去試一個月。」

「一個月？不行！……不行！孔玉山連忙搖頭，可是又担心這筆買賣將會告吹，祇得牽就她這麽一點兒，「薛小姐，我替你打算，不妨訂半年的合同！」

「半年能拿多少錢？」竹貞躊躇地問。

「這一時不能確定。第一，要看人生得漂亮；第二，要看會應酬不會應酬。依我想——憑你這樣的人品，訂半年合同，拿它六七千塊錢是不成問題的！」

「半年祇六七千塊錢？」竹貞想到種種的開支，這未免太廉價了。孔玉山是多麽狡猾的人，他說：

「薛小姐，你不能嫌少。人家是一次付給你這筆整數，利錢加上去，實在也很可觀了！」

「最好能多一點，」竹貞說，「呂楓一人的路費就得一兩千，再有……」

「好吧，我跟你說說看，決不致於叫你吃虧的。」

「多謝孔先生。」

「你先坐下來。」孔玉山指着一張椅子向竹貞說。

「做什麽？」

「寫一張字，」他命令她，「不然，怕事情不大好辦。」

竹貞靠桌坐下，眼呆瞧着孔玉山。孔玉山走到牀頭一個小櫥旁邊，從抽屜裏摸出一張白紙，拿過來平鋪在桌上。

「這兒是紙。」

他關照她，又從袋裏摸出一支自來水筆遞給竹貞手裏：

「這兒是筆。」想了想，說，「先寫上你未婚夫的名字。」

竹貞給弄得莫明其妙，可是，倒底依着他的話寫上了。停下筆，再朝他看。

「底下你聽我說：——爲了生活……」

她握着筆，不知又在想什麼。

「寫呀！」孔玉山催地，「——爲了生活……」

竹貞照寫了。

孔玉山斜着眼看了看，認爲很滿意：

「不錯。接下去——」他清楚地唸，「我自願押給馬賽舞廳充當舞女……」

她難受地：

「孔先生……」

看她停着筆，他問：

「怎麼？你又不寫了！」

「我……我……」

你又要改變主意？孔玉山說，「你們年輕人的意志眞是太不堅定！」

她忍心地又照他的話寫上了。

孔玉山朝紙看看，點點頭。用指頭抓抓頭皮：

「再寫上一句，就祗一句：你不必干涉我的行動。」

「不必干涉我的行動？」竹貞傷心地說，「我不能寫……我怕增加他的苦痛。」

「你不是說要幫助他嗎？」

竹貞帶着哭聲：

「我寫！我寫！」

她的手又在紙上移動，孔玉山又看了一下說：

「好了。最後還祗有三個字：簽上你自己的姓名。」

「孔先生！這……這……」她淒切地望着面前的這個笑面虎，眼裏轉着淚水。

孔玉山大聲地問：

「你究竟要不要錢？」

竹貞仰起腦袋，祈禱似地唸着：

「楓，請你原諒我……」

孔玉山瞧瞧自己的手錶：

「快一點，我還有旁的事……」

竹貞的手顫顫地落到紙上：

「我簽！我簽！」

很快地把自己的姓名簽了上去，她忍不住地倒在桌上哭出聲來。孔玉山覺得好人該做到底，這時實在有安慰她的必要，便走過來充着長輩的神氣拍拍她的肩說：

「這有什麼傷心的？換一個人恐怕還不能幫你這個忙呢！快別哭了，給你娘老子聽見了，不大好。」

是的，這給她的父母知道了都不大好，尤其是不能讓呂楓知道。經孔玉山這麼一提醒，她眞的扣住了眼淚，輕輕地哀求說：

「孔先生，請你爲我保守祕密……我實在是沒法……才答應去做這種事……雖然我心裏是明白的……恐怕得不到別人的諒解……」

「放心！一百二十個放心！」孔玉山拍拍胸，「包在我身上，他們決不會知道，你祇說……你說你的朋友介紹你在……在一家戲館子裏當賣票員，或者說是管帳的就行了。……這一來，晚上出去，他們就不致於起疑心……」

竹貞默默地點着頭。

孔玉山將筆檢起來，一面又將竹貞寫好了的白紙據收進了西裝袋裏，然後看了看手錶：

「明天中午讓我領你到舞廳去見個人，簽一張正式的合同。錢，我想在一兩天之內總可以付淸。朱砂頸那一方面……待會兒我遇見了她，再替你講講人情，叫她不要逼得太緊……等你錢來了，儘先付還她的房租就是了……」他重行燃上一枝香煙，到牀上拿起大衣，「現在你可以安心地上樓去，我們明日見吧。」

竹貞跟着他走出廂房，見他彎着背從後門口消逝了，她便抽出手帕暗自擦擦眼淚，懷着一顆沉重的心踏上了樓梯。

十三

一到樓上，薛老先生就担心地問她：

「貞兒，孔先生同你商量些什麼？去了這麼半天！」

「孔先生說……有一個朋友，開戲館子的……想請一位管帳員，每月也有五六百塊錢的薪水，問我願不願意幹……」竹貞說着，臉龐給羞慚燒得紅紅的，站在自己的父親面前，她是第一次有意地在撒謊了。

年老的一顆心，也給歡欣鼓動得急迫地在跳躍，他不會注意女兒顫抖的語音裏有包藏不住的祕密。奇怪的是，這一刹那的喜悅，竟使他抓住了女兒所說的每一個字的音義，同時，額上的紋路彷彿也給這意外的歡慰塡沒了幾條。他掛着衰萎的苦笑向竹貞說：

「我覺得你應該去……去做這件事！……五六百塊錢也不能算少，現在吃飯眞難啊！……再說孔先生一副好意來體恤我們，貞兒，你別辜負了他……」

竹貞的眼前重現出孔先生的尊容，它像是在那兒露着好笑，又像是在說：

「——寫呀！——你爲什麼不寫呀！——你們年輕人的意志……」

她對着老父，受了創傷的心不許她再說什麼話。

睡着的母親這當兒也被這喜訊驅醒了。她聽見了「每月也有五六百塊錢的薪水」，便忙拖開棉被，仰起了腦袋，用了最大的氣力問：

「是不是在說貞兒找着了事？」

竹貞走到牀頭，把欺騙父親的話，又欺騙了她的母親一次。

母親和父親一樣，臉上浮起了一絲苦笑，然而這苦笑在竹貞看來簡直是銳利的譏刺，她的心越發感到悲痛了。

「你怎麼回覆孔先生的呢？」薛老太問。

「我說讓我去試一試看。」竹貞告訴她的母親。

「這才像話呀！」想不到母親儘同孔先生是一樣的口氣，「貞兒，你要是有個事兒，你爸爸也就不致於愁到這個地步了。」

竹貞點頭。

「什麼時候開始去做事？」母親又問。

「大約明後天。」

「哦！」

母親興奮地伸起身，靠在牀頭。她雖帶着病，有時却比任何人都來得清醒。忽然，她注意到樓下有人連聲地在叩門，大概因爲房東不在家，阿銀也跟着出去了，所以好久沒人把門打開。老太便囑咐女兒：

「好像有人在敲門，你去開開吧。」

竹貞凝神了一會，就下了樓。

「誰？」她依着門板問。

「貞，是我。」

她聽出是呂楓的聲音！

俞平伯先生

穆穆

在中華副刊拜讀到：『俞平伯的散文』，作者迅侯君曾說：『大約都會異口同聲的說道：平伯的散文倒很像知堂老人的。』後面又說：『平伯的散文在風格上是逼似知堂翁，但在文質上却有分別——』內容分析的很是，不過我不想分析他的作品，而是要介紹他這個人的性格，這樣，或者也可以證明他的作品之所由來。

記得有很多的人都知道俞先生是周作人先生四大弟子之一，那三位也都是鼎鼎大名的冰心，廢名，沈啓无等，可是俞先生是家學淵源，爲名儒之後，幇助了他的成就也不少。

俞先生是故老前輩俞樾的曾孫，有這樣的世家，也就造成他接近文學的趨向。

記得，我在幼小的時候，就好讀關於文學的書籍和雜誌，那時正是五四運動之後，『俞平伯』三字在海內已經被很多人所注意了。

我讀俞先生的作品很多，但是那時談不到領悟和體味的問題，只覺得是好，好到說不出來的輕鬆，其後有一個國文先生對我們這些什麽也不懂的孩子講中國文學史，也提到了俞平伯先生，可是今日我却忘記了他說了些什麽。不過大約自那時起，我更多知道了一些關於俞先生的私生活，更深了一層對於俞先生的印象。

那時我已感到俞先生的文筆之所以華麗，也正如知堂翁曾在俞先生的雜拌兒跋中說：『平伯所寫的文章，具有一種獨特的風致，這風致是屬於中國文學的，是那樣的舊而又這樣的新！』知堂所說俞先生的風致，一方面是說造句的，一方面是說他描寫對象上。我們乾脆說一句：俞先生的文章，在造句上是襲用舊詩詞的詞藻，在描寫對象上是封建時代的書生心情，但是用的形式是現代的文學。

我年紀略大了一些，讀了一些翻譯的文學，回首再讀俞先生的作品，覺得在沒有內容中給了我無限冷淡，而且除了在句上找到了一些舊詩詞的氣氛——所謂華麗的衣飾——別無所得，於是我厭惡再讀他的作品了。那時的中國文壇，充滿着血與肉的口號，我是一個沒有修養的青年人，當然很容易被這些血與肉的文學鼓動着。

但是，我現在發覺了我的錯誤，我們不能拿現在的眼光去批評在俞先生那個時代的作品，同時更當知道在俞先生的時代，正是新文學的啓蒙時期，也可以說是新舊交替時代，俞先生的作品也正可代表着那個新舊交替的時代的一個線索，而且在文學史上也有着相當的價值，如纏足到天足總有一個放足的時期一樣。正如拿胡適之先生的嘗試集和今日的新詩一比，沒有一首能夠拿得出手的，但是我們不能否認嘗試集在文學史上有它重要的位置。

當我對於俞先生的惡感（？），還未完全洗淨時，是我出版一個單行本詩集──『獻與誰』，因某種關係，有人介紹請他寫一篇序文，我被一種好勝的心理，或者說是要假借別人的牌頭，於是就那樣的做了。當我把抄的底稿托人轉交後，我是期待這篇名人的序文的到來的，但到了付梓之期，序文却沒有來，只書兩行題簽，並且介紹人再三的代俞先生向我表白，說他已擱筆不再寫文，這種例外還是自宣誓後的第一次，我當時並沒有感謝他的盛情，只覺得他這人的脾氣古怪而架子太大了，於是一生氣，把那題簽也沒裝潢在我的書裏。書在無聲響中問世了；直至今日那個書簽仍然壓在我稿子籠裏，每想起一個年輕人不了解別人的心情，常常觸痛了自己的心。

第一次和俞先生見面是我在C大學讀書的時候，那時我是大學三年級，有他授的清眞詞，等到上課鐘響了，一個很矮的個子，一身胖肉，穿着一件寬大的衫子，夾着一個已經破舊了的皮包，鼻樑上架着兩片白色的眼鏡，最刺眼的是剛剛在四十個年齡的頭，滿載着一堆白髮，如果在別處見到他，我決不會想到這就是久已聞名的俞平伯先生。

俞先生的口齒不甚俐落，還帶着一點南方的鄉音，在第一次聽他說話，確乎得洗耳恭聽，記得他那天講的是『靈境』的問題，他對於一個作者的靈魂和心境研究得很透澈，並且說：如果瞭解一首詩或者詞，必需先明白作者在那時的『靈境』，纔能把作品的內容瞭解於萬一。

從那聽講以後，慢慢我的心理就有些變化，由輕視慢慢變做了恭敬，但是，雖然我們有師生的關係，爲了上述的印象和事情，我們私人總好像有一道鴻溝，我也時常想過，或者他早已把這個問題忘掉了，但我總沒有這樣的勇氣，作一次冒昧的拜訪。

時間很快地過去，第二年我的選課又有他的論語，這時我已經知道他的家學，並且，他近年不作新文藝的詩文了，專致力舊學，而且確如知堂所言，頗有獨到之處，關於經籍研究的精湛，非一般文學創作家所能媲美的，他是有着他的國學的修養，才有那樣半新不舊的作品問世，這一點是我們不能忽略的。

敢說在二年師生中，沒談過一次私話，不過他知道有我這麼一個學生，我也有這麼一個先生，除此之外，沒有絲毫的關係。

那時，有一位前朝翰林郭則澐先生的大小姐，偶然在一個談話中，她請我代請一個教師，是教她的姪子，並且說出了很多的條件，如不能破除迷信問題，不能委曲孩子，不能……等，又說，那個孩子在半年中換了二十個教師，不是教師忍受不了而告辭，便是教師的能力不夠而被辭，當時我對於這些條件和這個孩子引起了興趣，因爲我那時於兒童教育很有趣味，同時恃着我曾辦過小學教育，對於這樣畸形的兒童，我倒要做一次試驗。於是我毛遂自荐，到了他的家，還不壞，這孩子也不比說的那樣兇，（或者有他的姑母的原因。）很快的在孩子的心裏建立起我的信仰，因爲我的教育目的還未達到，也不便辭掉我的職務。

沒想到在這個忍耐中，會能遇到這個曾在文壇放過一度光彩的宿將——俞平伯先生。

由孩子的口中知道俞先生是郭則澐先生的親戚，我早已聽說郭則澐夫人是一個極有道德的太太，這樣更證明了俞平伯先生的思想，和他的家世有着連帶的關係。

由於我在郭宅做西賓，可以常和俞先生見面，但是俞先的心是那麼靜，像他的散文一樣的幽美，不多說一句費話，好像腦海總在想着什麼。

由於這層關係，我對於俞先生慢慢生起更多的好感起來，對於他的作品，所謂『靈境』問題，更深刻地認識，那麼我覺得周作人先生的作品，雖然比俞先生的名氣大而且又是他的師輩，我竟有那種青出於藍而不亞於藍的感覺。

俞平伯先生已經擱筆不再從事創作了，他有時整理一點考據的東西，有時研究一點國學，因爲他知道，他對於新學再求進步，也不像後人的意識形態了，他只在過去的文學史上保留着一個相當的地位。

不過俞先生有一個孤高的性格，說他是逃避現實也好；總之，他是不願與人相爭的，如果拿這種態度當做書生本色看，那麼這種逃避現實也可看做一種節操。

俞先生現在的生活，並不甚豐裕，他的職業衹在北平中國大學教幾點鐘書，而且拿的車馬費也只夠車馬費而已。

聽說：教會色彩的大學，請他去教書，是不可能的，聽說前些時候某國立大學也曾下過聘書，他竟也拒絕了，這個，我們很可以知道俞平伯先生的個性和高傲了，他並不是一個賤賣的人。

柯尼樂隊的六絃琴手

許季木

復活節的晚上，國際大舞廳內，塞滿了人頭。舞客轉身的時候，老是和扭動着腰部的舞女相撞。她們穿的衣服很少，搽得雪白的全裸的手臂，像兩條蠕動的長蛇，纏住舞客的錢袋不肯放。

柯尼樂隊在半圓形的音樂台上，奏得很賣力。彩色的霓虹燈，發出柔和的光輝，把每一隊員的臉照得很清楚。

坐在右面第二只座位上的，是六絃琴手唐尼．伽里度。他是古巴人，看上去年紀很輕，生着棕色的大眼珠，和光滑的圓臉，顴骨很高，面頰微紅，皮膚上有一層極淡的咖啡色，他的手在撥動着琴絃，他的心却在惦記着他和俄國少女安娜的約會。他看了一看手錶，到十一時卅分的時候，他從座位上站起來，向樂隊領班請假，他已經約好一個同籍樂師，替他代奏，他把六琴絃一交給他的替班，便匆匆忙忙地踅進更衣室。

他把黑色的樂隊制服脫下，解開黑色的領結，換了一根深藍色的羊毛領帶，他對着鏡子，把波浪形的頭髮梳整齊。最後換好常服，披上新製的珠灰色厚呢大衣，推開舞廳的玻璃轉動門出去。

他雇了一輛出差汽車，駛至南京咖啡店門口停下。他推開矮門，便看見安娜坐在靠門的一張圓桌上，站起來招呼他。

她穿了一件敞領的花呢西服，胸前開叉的地方很低，格外顯得乳房的飽滿。她皺了一皺眉，撅起塗得煊紅的小嘴說：「唐尼，我的肚子很餓了。」

唐尼脫下大衣，交給侍者，安娜說，吃晚飯的時候，因爲和他有約會，情緒很緊張，一些吃不下，現在却餓了。唐尼也說他在下午吃過半杯巴德文酒後，一直到現在沒有吃過東西。他說：「安娜，國際舞廳內，今天很熱鬧——哦，侍者，你給我們拿兩客特別大菜，愈快愈好。」他轉向安娜說：「我老是彈着那只斷命的六絃琴沒有空。」

唐尼和安娜一同住在派克公寓內，唐尼住在二樓，安娜和她的姑母住在三樓，兩人常常見面，但是這是他們第一次出來同游。

兩人一面吃東西，一面談話，一直到午夜一時的時候，安娜說她一定要回去了，否則她的姑母要責罵她的。唐尼付了賬，和她並肩從咖啡店出來，安娜聽見一個侍者說：「哦！這一對年輕人，眞漂亮。」她心中覺得快活得像一只天鵝。

唐尼走到公寓二樓，對安娜揮揮手說：「明天會。」走進了他的房間。安娜在樓梯上，一步連跨三級，奔回家中。

她的姑母對她很不滿。說俄國皇族的後裔，不應該交結一個油頭滑腦的古巴人。安娜說她天不管，地不管，祇愛照她歡喜的事做去。她又說了一大套她所想到的最難聽的咒駡人家的話。她心中決定嫁給唐尼，和他一同逃回到古巴去。

唐尼不願提起結婚這一會事，但是安娜一等她的姑母出去，便闖到樓下唐尼的房間內，和他胡纏。他向她求愛，但是她不答應。她竭力和他掙扎，把他推開。唐尼哭着說這是一種侮辱，古巴的男子，不許女人用這種行爲對待他。唐尼說：「有生以來，女人拒絕我的愛情，這是第一次。」

安娜說她不管古巴的習俗如何，她在結婚之前，不允許他。她一心想離開她古怪的姑母，別謀出路。後來在一天的下午，她又和他吵着要結婚，他答應了。安娜還祇十八歲，她把頭髮梳到額後，揀了一件最像成年人穿的衣服，和他一同到牧師那裏去結婚。結婚費是她從姑母的錢袋中偷來的。

唐尼和柯尼樂隊的合同，還沒有滿期，安娜祇好耐心地等他。接着五月中的一天，她躡着脚尖，溜至唐尼的臥室。唐尼摸出他平日積得的兩百元鈔票，在她眼前一揚說：「今天我們痛快地玩一下，明天動身到古巴去。我們在那裏一定能賺錢。你跳舞，我彈六絃琴，包你很快活。」一面他用細長的手指，做着彈琴的姿勢。她的心跳得很厲害。她奔上樓梯，她的姑母已經出去了。她在一張買蔴紗手帕發票的背面，亂塗了一陣：

親愛的姑母：

不要着急，我已經和唐尼結婚了。我們要搬到古巴的京城哈伐那去。我一到那裏，便寫信給你。

你的待罪的姪女

安娜

她把信寫好，檢出她的衣服，塞在她姑母的大皮箱內，這只箱子方才從當舖中贖出來。她一手提着箱子，連跳帶奔的衝下去。唐尼在樓梯旁等她。臉色發白，一只手提着六絃琴琴匣，發抖不已。他的衣箱，放在身旁。他說：「我不管錢夠用不夠用，我們雇出差汽車去吧。」

在出差汽車中，她撫住唐尼的手，像冰一般冷。唐尼關照車夫直駛到一家旅館停下。安娜記不起這家旅館叫什麼名字，他們的心緒很亂，舉動很慌張。旅館職員不相信他們是新婚的夫婦，後來她把結婚證書給他看，他才相信她。他們跨進房間，匆忙地相抱接吻。洗了一個臉，決定出去看電影。他們先到一家西菜館去吃飯，唐尼要了一瓶昂貴的香檳酒。他們一面喝，一面笑個不停。

他告訴她，哈伐那是一個富有的大都市，大家很看重藝術家，有錢人肯出五十元或一百元，請他到宴會中去表演。「小安娜！你肯和我合作，賺的錢更能多二倍，三倍，或者六倍。……我們在那裏最優美的住宅區，租定一處華美的寓所，那邊僕人的工資極賤，他們會像侍候皇后那樣的服侍你。」唐尼停了片刻，接下去說：「我在那裏的朋友很多，許多有錢人非常歡喜我。」安娜靠在紅絲絨的坐椅上，看着菜館的內景，紳士和女太太們，穿得很講究，侍者很恭敬。捧着銀盤，穿來穿去。她又注視着唐尼的長睫毛，微紅的臉頰。他正在指手劃脚地對她說，那裏的氣候是如何的溫暖，海風是如何的涼快，還有玫瑰花，棕櫚樹，和關在鳥籠裏的鸚鵡和畫眉。哈伐那的居民，大半是愛花錢的闊客，她覺得這似乎是有生以來最快樂的一日。

下一天，他們乘船離開上海，唐尼的錢不多，祇好買二等艙位。他們爲了省錢起見，是坐了黃包車去的。他們走上艙板，唐尼把琴匣和衣箱，全都交給安娜，因爲唐尼說，他很頭痛，祇怕失手把琴匣摔壞。

安娜和唐尼結婚的時候，她的實足年齡是十六歲。她很歡喜這一次到哈伐那去的旅行。沿途的風浪很大，但是她沒有暈過船，唐尼却憊懶不堪，整天躺在船艙中，臉色像一張蠟紙。她拖他到艙板上呼吸新鮮空氣，他祇能呻吟，却不能起身。古巴的陸地，已經在望了，他還沒把衣服穿好。他軟得一些沒有氣力，她祇好替他縛鞋帶。接着她奔上艙板，去看古巴京城哈伐那的景色。海中的風浪，仍舊很凶猛，洶湧的浪頭，撞在岸邊的大岩石上，浮起一片白沫。船上的二副，沿路待安娜很殷勤，走過來指點給她看躲在燈塔後面的摩羅古堡（Morro Castle 古巴著名建築物名）他又指出遠處漁船的黑點子和棕色的影帆。天氣很好，空中全是大塊的白雲。

後來，航輪駛入平靜的港灣，經過一排抛錨的駁船。唐尼仍舊很軟弱，他說頭痛欲裂，她祇好扶着他跨下艙板。

碼頭上的人很多，穿了白色和淡黃色的服裝，好像都來迎接唐尼似的，老女人披了肩巾，年輕人戴了草帽，還有一個蓄着白髮的老頭子，戴了一頂巴拿馬草帽。兒童們的眼眶下，都有黑層層的一圈，在人堆中亂擠。人人都是咖啡色或淡黃色，眼珠全是黑的。大家唧唧喳喳的說個不停，抱住唐尼，和他接吻。好久之後，大家才注意他身旁的安娜。於是老女人們又圍住她接吻，她們用西班牙語批評她的頭髮和眼珠。她覺得很難堪，因爲一句話也不懂。她問唐尼，誰是他的母親，但是唐尼已經把他的英文忘記了。最後他指點給她看，是一個披着肩巾的大塊頭。安娜才透過一口氣來，天幸不是人叢中一個體態臃腫的黑婦人。

他們全都乘了街車，穿過灰塵飛揚的街道，折入一條石子街，在一家高大的屋子前停下。牆壁上的粉紅色石灰，粗糙不平。壁間嵌着落地的長窗。他們跨進大門，走進一間放滿藤器的牆門間。屋中鳥籠內的鸚鵡，刮刮亂叫，一只肥頭肥腦的小白狗，向着安娜直吠。那個唐尼說是他母親的婦人，走上前來用雙臂圍住她的肩膀，說了一連串的西班牙話。安娜先用左脚支持她的體重，後來改用右足。門口擠滿鄰居，用他們猴子似的眼睛，向她看個不已。

安娜胆怯地說：「哦！唐尼，至少你可以告訴我她說些什麼話。」

「母親說這是你的家，我們很歡迎你，就是那麼一會事。現在你要對母親說，你很感謝她的好意。」安娜一句話也說不出，喉中塞住一團硬塊，她禁不住放聲大哭。

後來她看了他們的臥室，流的眼淚更多。這是一間圓穹形的大屋子，掛着破舊的帳幔，室中放了一張大鐵床，床上黃色的被褥上，全是汚濁的斑點。她一眼看見床下繪着玫瑰花的破夜壺，不禁破涕爲笑。唐尼很動氣，他說：「你的舉動，要留心一些。我家的人，說你非常美麗，但是你的舉動很輕浮。」

安娜說：「不用你多嘴。」

她住在哈伐那的時候，整天留在屋內。唐尼常常同別的男子出去，把她丟在家中。她最覺不幸的，就是某一天，她發現有了身孕。她一天到晚，獨個子睡在床上，眼怔怔看着破碎的天花板，聽着庭園內女人的尖聲談話，還有那只小白狗的吠聲，這只狗的名字叫做基基（Kiki）。

每天下午陽光從玻璃窗內射進來，從方磚的地上，移到床邊，全室蒸熱不堪。

唐尼的家中人從來沒有讓她單身出去過。去的時候，一定派一個老女人陪她，就是出去，無非上教堂去，或者到菜市去，她最恨上菜市，因爲那裏很腥臭，塞滿了汗膩不堪的黑種人，叫賣着童子雞和鮮魚。唐尼的母親和那個黑婦人却很愛去。安娜覺得上教堂，比較舒服，至少做禱告的人，衣服比較整齊，祭壇上常常放滿鮮花，因此她時常到那裏去懺悔。牧師聽不懂她生硬的西班牙語。她也不懂他的回答。無論如何，上教堂終比整天坐在蒸熱的屋內好得多。她不願和那些老女人們交談，她們百事不管，祇知道搧扇子和閑扯。那只小白狗却睡在椅中汚穢的坐墊上，有時候伸脚去抓飛過的蒼蠅。

唐尼一點也不把她放在心上。她沒有機會罵她，她的眼睛哭得又紅又腫。唐尼老是跟在一個孩子臉的中年胖子後面。他穿了一套白西服，胸前掛着沉重的金錶鍊。大家對他很敬重，稱他爲孟弗萊先生。他是一個糖業經紀人，願意資助唐尼到巴黎去研究音樂。有時候他到唐尼家中來，坐在牆門間內的藤椅上，把鑲金的手杖，夾在他的肥胖的雙膝中。安娜覺得孟弗萊先生的樣子很可笑，但是她待他很客氣。他却沒有注意過她。他的眼睛從來沒有離開過唐尼的黑色長睫毛。

有一次，她悶得發慌，一個人闖到中央公園附近的一家美國人開的藥房買東西。路上的每一個男子全都對她看。她把身邊的錢，一古腦兒買了蓖蔴油和奎寧丸。她回來的時候，終有男子在她後面釘梢，想拉住她的手臂。她用英文罵他們：「你們這批混蛋」。一面加緊足步。她走錯了路，幾乎給一輛汽車撞倒。最後趕到家中，氣也透不過來。老女人們已經回來了，把她痛罵。

唐尼回家後，她們就把經過的情形告訴他，他和她大鬧，想把她痛打一頓，但是她的力氣比他大，却把他的眼睛打腫了。接着他躺在床上，哽咽不語，她用濕布輕按他的眼睛，好讓紅腫的地方消退。她在他耳畔低語溫存。他們覺得到哈伐那以後，這一次最快活，最安適。所討厭的是，那些老女人知道了她怎樣打傷他的眼睛，全都向唐尼取笑。鬧得全街的鄰居都知道了，訕笑唐尼是一個懦夫。唐尼的母親永遠沒有寬恕安娜的過失，此後待她很不好。

假使安娜不是爲了肚中的一塊肉，她早已出走了。蓖蔴油祇能使她肚子痛，奎寧丸祇能使她耳中嗡嗡作响，却不能把胎打下去。她從廚房中偷了一把鋒利的尖刀，預備自殺，但是她沒有勇氣刺進肉裏去。她想用被單自縊，但是她似乎也沒有這種決心。她把尖刀藏在床墊下，睡在床上，老是惦記着她的姑母。

她每星期寫一封信給姑母，要她在信中附寄一些錢來。她在唐尼給她的一只鱷魚皮夾內，積了十五元。有一天給唐尼看見了，全數搶去。等他隔了一天回來，她並沒有發脾氣，因爲她氣得脾氣也發不出了。

她在床上肚痛的時候，沒有人想送她進醫院。老女人說她們對于這種事，很有經驗。兩個髮上綴着白色蝴蝶結的看護婦捧了盛着熱水的面盆走出走進，忙個不停。她們忙了一天一夜，第二天還沒有生下來。安娜覺得一定要死了。後來她大聲叫着請醫生。她們才去找了一個老頭子來，手上全是風濕的斑點，鬚上沾着烟草迹。他們說這是醫生。他戴了一副金邊眼鏡，縛眼鏡的絲帶很鬆，老是從他的長鼻子上跌下來。他把她檢視後說一切都很安好。老女人站在他的背後，點頭微笑。接着安娜的陣痛加緊。她祇知道肚子痛，別的都不省人事了。

事後，她軟得一些沒有氣力，他們把小孩抱給她看，但是她不願意看。下一天，她醒來的時候，聽見身旁有纖弱的哭聲。她不知道這是怎麼一會事。她的身體很疲倦，懶得轉身看小孩。老女人們似乎爲了什麽在搖頭，但是她一點也不管。他們告訴她說，她身體不好，不能餵奶給它吃，祇好買些乳粉來代替，她也不管。

她糊裏糊塗的睡了幾天，才能喝一些橘子汁和熱牛乳。他們把小孩抱來的時候，她勉强能用手肘撐起來，嬰孩長得很纖小，它的可憐相的小面孔，全是皺紋，好像一張猴子臉。它是一個女小孩，她的眼睛，似乎有毛病。

安娜叫他們請老醫生來，他坐在床邊，他的態度很嚴重，用他潔淨的手帕，把他的眼鏡揩了又揩。他不住的說，可憐的孩子，可憐的孩子，他對安娜說，小孩的眼睛是瞎的。她的丈夫生了一種暗病，她身體復原後，也要上醫院動手術。她聽了也不哭也不說話，躺在床上，祇是向老醫生瞪視。她的眼睛很紅，手足發冷，她祇希望他不要走。她故意要他把這種暗病和治法，詳細講給她聽。

數天之後，老女人穿了最齊整的黑絲披肩，帶了小孩到教堂去受洗禮。那一天小孩裹在衣包內，臉色發青，晚上差不多轉爲黑色，第二天早晨，她死了。唐尼放聲大哭，老女人們也陪他飲泣。他們花了許多錢，買了一口鑲着銀把柄的白色小棺材，雇了一輛柩車，請了一個牧師，舉行葬禮。事後，牧師到安娜的床前做禱告。用悲的口吻，和老女人交談。安娜睡在床上，希望她也死了乾脆。她閤住雙眼，緊閉嘴唇，不管誰同她說話，她不張開眼睛，也不開口。

她身體漸復健康，能夠在床上坐起來。她却不願照唐尼的樣子，到醫院中求治，她不願同唐尼或老女人們交談。她佯裝不懂他們的說話。唐尼的母親看着她的臉搖頭，說「洛伽」（Loca）這句話的意思說，她瘋了。

安娜寫着告急信，給她在上海的姑母，看在上帝的面上，一定要寄五百元給她，以便設法回家。萬一沒有錢，便變賣什麽東西吧。她在信中祇說唐尼是個壞蛋，她在哈伐那住不慣，她對于生的小孩，和自己的疾病，隻字不提。

後來，她想出一個主意。她雖然是俄國人，但是從小在美國學校讀書，她的英文說得很好，也許美國駐古巴的領事，可以帮她的忙。她守了好幾星期，才乘着老女人不在的時候溜出去。她穿了一套最講究的衣服，等她趕到那裏，領事署却已關門了。第三次，她一早就去，老女人們都上菜市買東西了。她在領事署中，遇到一個辦事員。他是一個頭髮細軟的美國大學生。安娜覺得又有說英文的機會，高興得很。安娜冒認爲美國人。

她一望而知他很歡喜她。她也有一些愛他，臉上却不露聲色。她說她的家屬在中國經商，是被一個古巴人騙到這裏來的。

辦事員說：「我看你很聰明，不像容易受騙的女孩子。」

她說：「我的確上了人家的當。」

辦事員的名字叫喬奇。他說假使她和古巴人結婚，便喪失她的國籍，無法可想。安娜說如果他們的結婚，是非正式的，那末有辦法沒有。喬奇叫她第二天再來，等他問過領事後再說。喬奇要約安娜出去吃點心。安娜答應了他。約定下午在一家咖啡室中聚會。於是兩人握手告別，安娜趕回家中，心中比以前寬泰不少。

她一走進房間，便從衣箱中尋出結婚證書，撕成碎片，丟在屋後廁所內的便桶中，她一拉抽水馬桶的練子，碎片全都給水冲下去了。

那一天下午，安娜接到她姑母在信中寄來的一張五百元支票。她非常興奮，她的心臟幾乎停止跳動。唐尼同了那個糖業經紀人不知道到那裏去冶游了，她找出一張紙片，寫了幾行字，說尋她是妄費心力的。她已回家了。寫好後，用別針別在枕頭的下面。接着，她等老女人們打瞌睡後，奔了出來。

她無須再回去了。她把心愛的衣服，穿在身上，手提袋中放了幾件唐尼給她的不値錢的首飾。她趕到約定的咖啡室，用英文叫了一客冰淇淋。好讓人家知道她是美國人，祇等喬奇到來。

她心中很害怕，萬一喬奇不來，怎麼辦呢？但是他終於來了。他看見了支票，似乎很高興。他說，領事署對于這一類案件，並無特撥的救濟費。他說，明天替她把支票兌現。幫助她買船票，照料她來到中國去。她說，他是一個濁世佳公子，突然把身體靠過來，摸着他的手，看着他的藍眼珠低聲說：「喬奇，你一定再要幫助我一些忙……你要設法把我藏起來……我很怕那古巴人，你知道的，他們醋性發足的時候，那種樣子眞怕人。」

喬奇的耳根發紅，口中支吾不語。安娜講給他聽，有一天，和她住一條街上的一個軍官，從外面回來，發現他的情人，和一個男子同睡一床，軍官拔出手槍，對準那男子，把子彈都放完。手中拿了一把尖刀，奔到街上，追趕那女人，在她身上連戳五刀。安娜說到這裏，不禁失笑。喬奇也格格大笑。安娜說：「我知道你覺得很滑稽……可是那個女人却死得很慘呢……她當衆在地上戳死，一些衣服都沒有穿。」

喬奇說：「我想，我們非想辦法不可，免得你被尖刀戳死。」

他們乘了電車，到近郊下車，在一家旅館中，租了一個房間，他們在那裏吃了晚飯，喝了許多酒。喬奇本來叫她留在旅館中，明天來看她，但是喝了酒，抑制不住感情的衝動。他們手攙手的在粉白色的街道上散步。喬奇來不及搭末班電車回去，祇好留在旅館中。安娜什麼都不管，祇希望有一個人陪伴她，她對於喬奇，至少有七分愛意。

下一天早晨，喬奇趕回領事署去。安

娜獨自乘街車，直接到碼頭下來。喬奇拿了她的船票，在那裏守候。他還買了一束玉簪花送給她。船上的侍者，看見她沒有行李，大為詫異。她叫喬奇對他們說，她的父親忽生急病，她一得訊息就動身，來不及整頓行裝。她同喬奇連袂走入船艙，喬奇說見她離開，心中很難受。又說她是生平所見的最美麗的女人，每天要寫信來她，但是安娜沒有聽清楚他的話，因為她提心吊胆，祇怕唐尼會趕到船上找尋她。

最後，開船的時間已到，水手敲着銅鑼。催送客的離船。喬奇使勁和她接吻，吻畢上岸。她不敢走上艙板。直到船身開始移動，她才放心，她從艙洞中，看見一個穿白西服的男子，衝開巡捕，向着碼頭大喊，那也許是唐尼。

也許因為她生得很漂亮，也許因為有人送去玉簪花，船上的船員，待她很好，她覺得很快活。所可惜的是：她祇能在下午走上艙板去，因為她祇有一套衣服。

事先，她已經叫喬奇，打了一個電報給她的姑母，因此，一上岸便在人叢中望見姑母的影子。她的身旁有一個高大的男子陪着。姑母對安娜說，這是她的新配偶弗萊克的先生。弗萊克的雙鬢已白，模樣像一個牧師或者一個外交使節。他對安娜說：「這位就是小安娜吧……我的孩子，我們很歡迎你回來。」他抱住她，在額上接吻。她鼻中聞到一股男子體臭和酒味。

姑母新租的屋子，在霞飛路一家闊氣的公寓內，光線稍嫌黑暗。却有一間客廳，一間餐室，兩間臥房，還有講究的洗浴間和廚房。安娜說：「第一，我要洗一個熱水浴……我離開上海後沒有好好地洗過一次。」

姑母出去買食物，預備在晚餐時吃。安娜走進她的小房間，窗上掛着花布的帳簾。她脫下嫌冷的夏服，扱了一件姑母的大衣，走出來坐在客廳中的桃木椅子上，和弗萊克先生閒談。

弗萊克先生是一家外國舞場的股東。他答應替安娜設法，捧成紅舞星，不過先得請一個跳舞教師，把她的步法，教得成熟一些。

安娜憑着天生的美麗，和苗條的體態，結識許多舞客。她很會使手段，那些大公司的主辦人，和社會名流，不斷的送首飾和存摺給她。一年之後，她已經有了價值十萬元的飾物和一輛光彩奪目的大汽車。

有一天，她從舞場出來，却見一個面目黝黑的男子，穿了一套不整齊的西服，迎面攔住她。她辨認了半天，才認清他是唐尼。

安娜做了一個手勢，拖他到附近一條冷僻的小巷內。

安娜說：「唐尼，你怎麼又到中國來了？」

唐尼說：「我是到中國來尋你的。我在古巴的生活，很不得意。那個糖業經紀人，本來預備送我上巴黎去。後來他投機失敗自殺了。」

安娜說：「你怎麽弄成這個樣子，爲什麽不去做音樂師？」

「說起來很不幸，柯尼樂隊解散了，我找不到熟人。我沒有帶多少錢，買不起新衣服。衣服一破，找事更難。我的小安娜，你能想法帮助我嗎？」

安娜顧念舊日的情分，把唐尼帶回家中，叫他做着零星的雜差。起初他很聽話，做事很小心。日子一久，他常常要溜出去。有一次，他在安娜的皮夾中，取了兩百元。不知道到那裏去混了兩天，臉也打腫了。他說他喝醉了酒，給人家毆傷的。那時安娜的車夫，突患傷寒症去世，一時找不到人開汽車。安娜的姑母在箱子中把舊制服拿出來，給唐尼穿。唐尼穿了這套制服，不能到處亂走，他要換衣服，非到家中去不可。姑母一面可以監視他，一面可以向他取回汽車的鑰匙。安娜的法子很妙，唐尼却叫苦不迭，說他們斷送了他的前程。

另一天下午，唐尼和安娜大吵，向她索取一千元。否則他要宣佈他和她的戀愛史。那一天安娜約了一個大公司的高級職員，到家中來吃飯，時間很侷促，不得不對他讓步，結果給他七百元，不許他再來。唐尼興高采烈地，收拾了衣服，奔了出去。以後兩個月中沒有到安娜家中來過。

某一日，安娜在外面看電影回來，姑母把當天的英文報遞給她。姑母用塗着紅色指甲油的手指，指出一段新聞給她看。她說：「我們可以放心了，是不是？」

「西籍男子被殺

凶手在逃，行踪不明。」

昨晨六時許，行人某甲經過大西路附近空地時，發現西籍男子一人，倒臥在地，撫之已無氣息，並經發現頭上擊成一洞，流血甚多。立即報告捕房，送至驗尸所待驗。據該處住戶稱，昨夜有西籍男子多名，在該處鬨鬧不已，深宵始散，後均不知所往。旋由記者探悉，死者名唐尼，伽里度，古巴人。兩年前曾在柯尼樂隊爲音樂師，滬上並無親屬，此次不知何故被殺，凶手行蹤不明，正在嚴緝中云。」

安娜讀了這段新聞，覺得屋子在打轉，她說：「我的天呀。」她走上樓梯的時候，兩腿發軟，祇好扶着把手上去。她走進房間後把她新製的雪克斯根的衣服，扯成一團，丟在屋角，洗了一個熱水浴，躺在床上，緊緊的閉住眼睛。

她的姑母隔着屋子對她喊道：「你把你的新衣服弄皺了」。

魯男子

四幕八場

曾樸原著
羅明編劇

第三幕

第二場

人類的生活，有些事情是非常矛盾的，當你有所需要而不能立刻達到目的的時候，是最苦的，也是最甜的，即以戀愛來說，當你初戀的時候，在未結婚以前，是永遠的過着甜密的生活，永遠的沉醉在愛海裏，可是等到你達到了目的，結了婚，你也許就會感到戀愛的平淡，甚而至於發生厭倦，如果中間再發生了別的波折，或者阻礙，再不然你老是過着按排規矩的生活，你也許會覺得是痛苦，這一點是誰也不能否認的。

雲鳳因爲跟小雄所過的生活太自由了，天天都是過着不變化的日子，因之他們都有點厭倦了，同時小雄的父親又作主替他與別的女子訂了婚，這點更使他消極，他的良心更爲不安，然而雲鳳總是强制他快樂，消去了憂愁，今天是重九節，雲鳳硬逼着他來游玩千城的名山雙泉巖。

雙泉巖的山勢異常的險惡，山坡上長些野樹，地上滿生着雜草，是一個絕少人跡的地方，右方有一座石橋，名爲「長壽橋」，據說是一個古詩人跟他的愛人雙棲的遺蹟，左方有瀑布，水聲潺潺，相當的恐怖。

開幕時雲鳳自右方笑着由長壽橋走下來，小雄無精打彩的跟在後面，二人累得要命，出來就找一個地方坐下。

朱：雲妹！不要跑！不要跑！當心摔交！

雲：啊！可累死我了！

朱：我們就在這兒歇一會吧！

雲：不上山了嗎？

朱：雙泉巖跟那座虎門山，雖然都是我們千城的名山，但是一向很少人上去，因爲山裏有野狼跟毒蛇，怪怕人的！

雲：不！我非要去！今天是重九節，登登高也討個吉利！

朱：不！還是小心點好！你看這兒有瀑布，那面有長壽橋，長壽橋的典故你知道嗎？

雲：我是千城的人，當然知道，是一個古詩人跟他的愛人雙棲的地方，他們眞有福氣啊！

朱：對啦！我眞羨慕他們！

雲：我們剛才不是已經沾過光了嗎？將來我們也一定可以！

朱：妹妹！你太樂觀了！

雲：噯，雄哥！我問你！倒底還是我們快樂，還是宛妹跟大哥快樂！

朱：我不懂你是什麼意思？

雲：我眞羨慕他們一對，眞有趣！

朱：還有趣！你前不是看見的嗎？一個像一爐火，一個像一塊冰，一個越凑得近，一個越離得遠，一頓飯功夫，大哥沒說十句話！但是宛妹甘心情願的滿張羅，所以我說宛妹的脾氣眞比你好，這眞是大哥的福氣！

雲：你說宛妹脾氣好，魯大哥爲什麼給她弄得死去活來，瘦得怕人，你要有他一半，我的脾氣也會好的！

朱：好的總是你的！不好總是我的！

雲：雄哥！

朱：妹妹！

雲：我總覺得我們越過得沒有意思了！

朱：我也是這樣想！

雲：從前我們雖然是不自由，不能夠隨便會面，但是一有機會，大家就快活了不得！可是現在自由了！反而覺得沒有意思了！

朱：啊！雲妹！你後悔嗎？

雲：我後悔不該早如你的心願，把那無上的快樂輕易給糟塌了！我們應該跟魯大哥學，永遠保着精神的戀愛！

朱：你也主張精神戀愛？

雲：不！我總覺得我們的快樂用的太快了！幾乎都用完了！因爲戀愛應該細細的把玩着的！所以我想到上海去！

朱：你要到上海？

雲：對啦！（妄想的）我們倆都去！我們可以一鞭絲影，並坐馳驅，我們可以在電燈光下，百戲雜陳，我們可以公園茗罷，攜手向草地散步，或者是餐樓飯後，憑闌作臨街眺望，再不然就逛洋行，看跑馬！享受着城開不夜十里洋場的都市風光！你看好嗎？

朱：（消極地）恐怕做不到！

雲：再不然我們可以到西湖去，我們到三竺進香！到六橋踏月，我們到雲樓刻竹，靈隱聽泉，或者是在雷峯塔下弔白蛇的遺蹟，西泠橋畔訪小靑的古墓，岳王墳前看鉄像，城隍山上望錢塘，我跟你蕩槳採肥蒓，我跟你持杯嘗醋鯉，這是多麼有趣啊！

朱：這跟到上海去一樣是夢想！

雲：哥哥！你是一個男人！你們男人總是有辦法的！

朱：但是爸爸天天把我關在書房裏，簡直跟囚犯一樣！

雲：那麼我們可以逃走呀！

朱：還回來嗎？

雲：回來頂多給打了一頓，可是我們倆已經享樂過了！哥哥！你難道不肯爲我挨打嗎？這點事都不成，將來遇到更大的事，你也一定束手無策的把我丟了！（她嗚咽着）

朱：妹妹！好妹妹！你不要哭！你把我的心都哭碎了！我爲你死都肯，何況挨打，只要你稱心，我都依！

雲：那麼出一次門總不至於死！你要知道這並不是我愛玩，實在是因爲你！

朱：因爲我？

雲：是的！因爲我看見你近來厭煩得要死，厭煩就是愛情冷淡的開始，我心裏實在是有點怕………

朱：不要說了！你一片愛我的用心，我全知道，不過你儘管放心好了！隨便什麼事，我們總可以有個商量！

雲：你是跟我商量到上海，或者是到西湖去嗎？

朱：都不是！我先提醒妹妹一句，請你細細的想一想，自己近來在家族中的危機？

雲：是的！他們都在計算着我！只要一有機會，他們都會向我進攻，哥哥！在這世界上，你是最愛我的人，但是我太年輕了，太任性了！我不要出門了！

朱：妹妹！你的意思我全明白，你不過叫我們的環境常常換一換，這一點也並不一定要出遠門，你看這座千山不是滿好的嗎？有飛泉岩，虎門，雙林寺，金蟆澗，都是名勝，山下又有千湖，在千湖裏划划小艇也並不比西湖推班啊！

雲：好！從此以後我聽你話了！現在我們遊山吧！咦！你看，那邊山崖上，樹頭向天的，上面不是掛了不少的鮮栗子嗎？我想這一定是被採栗人遺忘了的，一定很好吃的，因爲被風吹乾了一定還有牠最後的甜味！哥哥！你快替我給摘下來！我要吃！

朱：太高了！

雲：不要緊！有扶頭，你看我上去！

朱：不！還是我去吧！

（他無可奈何的跑到山上去，雲鳳一人獨語）

雲：咦！今天怎麼啦！爲什麼臉子老是板板的，一點也不快活，難道他眞對我厭棄了嗎？………不！不會！決不會！他對我什麼都順從，什麼都肯………那麼他爲什麼滿面憂愁呐！他或者有什麼話不肯對我明說吧！我回頭非追問他不可！

（這時候太陽忽然的被烏雲遮住，天氣馬上的陰沉下來，像是快要落雨似的，忽然間，小雄大叫一聲）

雲：雄哥！雄哥！怎麽啦！

（她奔下去扶朱小雄上）

朱：啊喲！

雲：還是到那面坐吧！你跌傷了嗎？這都是我害你的！傷在那兒？

朱：不！不是跌傷！當我爬上去的時候，根本沒有留意，誰知道那個樹椏上掛着一條赤蛇，我的脚正踏在牠的身上，就給咬了一口，啊喲！妹妹！你快去叫轎夫扶我上轎，我要先回去了！

雲：你傷在那兒啦？眞可憐！

朱：妹妹！你眞疼我！我要不是被蛇咬了一口，你也决不會這樣的可憐我的，由此看來，我們過去雖然是很快樂，但是不是眞的！非要有代價，非要有刺激，才是眞快樂！

雲：別再說廢話吧！現在還痛嗎？

朱：我雖然痛，但是痛得快活，只要妹妹能永遠在我的身邊，就是死了我也願意！

雲：對啦！我想起來了！從前我小時候曾經聽媽媽說過，給毒蛇咬了，只要經親人的嘴吧一嗦，蛇牙就會出來的，毒氣也不會作祟了！那麽讓我給你嗦一嗦！

朱：不不！無論如何使不得，我已經中毒了，假如你再中毒叫我怎麽辦呢？我倒希望我就死在這裏，給我的靈魂上永遠的留着一個快樂的影子！

雲：哥哥！你今天爲什麽老是說死啦活啦的？老是這樣的不高興？難道有什麽不快活的事嗎？

朱：（搖頭只看着雲鳳）………

（這時有微微的雷聲）

雲：你聽打雷了！天快下雨了！

朱：那麽我們走吧！

雲：不！你今天一定有什麽不樂意的事！你非告訴我不可！

朱：妹妹！你不要問吧！

雲：不！我非要問！

朱：回去我對你說！

雲：不！我一定要你現在對我說！

（又是一陣雷聲）

朱：哦！妹妹！叫我怎麽說呢？

（他流淚了！又是一陣雷聲）

雲：你既然愛我，什麽話都應當跟我直說！你說！你說！你快說呀！

（雷聲又響了！朱小雄忽然大哭起來）

雲：哥哥！我求求你！你快說吧！眞要把我急死了！

朱：妹妹！

雲：哥哥！

朱：我…………我訂了親了！

雲：啊！

（一聲巨雷，好像有意打小雄似的，這時候雲鳳也呆了）

雲：你訂了親了…………你爲什麼早不跟我說！是你自己訂的嗎？訂的是誰！

朱：妹妹！我怎麼會自己訂呢？我事前跟在夢裏一樣，一點兒也不知道，直到今天早上無意中在爸爸桌上發現一封信！

雲：是誰的信？

朱：汪露汀！（一個巨雷）

雲：汪露汀？這個壞蛋！

朱：是的！就是汪露汀這個壞蛋替我作的媒！

雲：是誰家？

朱：是姓金的宦家女！

雲：姑父答應了沒有？

朱：雙方都已經答應了！只有擇日放定了！

雲：（半天地）這樣也好！

朱：妹妹！（情感的）這是爸爸做事糊塗，太不顧到兒子的幸福了！像這種婚約我死也不能夠承認！妹妹！你難道不知道我的心嗎？我愛你，我永遠的愛你！直愛到我最後的一口氣！決不變更！我可以對天發誓！

（天上是一陣巨雷）

雲：你既然有個官宦小姐，又何必來戀我呐？

朱：什麼？妹妹！你不相信我，讓我死給你看！（身上取出一個小盒向口邊送去，雲鳳忙奪去）

雲：這是什麼？

朱：鴉片膏！

雲：你想死？

朱：我本來計劃，既然我們倆要是不能在一起，倒不如一塊兒吃了鴉片死了的好！現在妹妹既然不相信我，還是讓我一個人死吧！

（他去奪鴉片烟盒，雲鳳忙止住他）

雲：我相信你，我相信你！哥哥！你何必這樣呐！

朱：我爲着表白我的心，給妹妹看，只有一死！

雲：哥哥！我們的思想完全錯誤了！爲什麼把我們眞誠寶貴的戀愛就這樣的輕易的犧牲了呢？依我的見解，世俗夫妻，不過僅僅的在字典部位裏佔着兩個字，根本就沒有重大意義，絕對不能跟戀愛混爲一談，雖然夫妻間未嘗沒有眞的相愛，但是你拿一切的家庭，剖解它的內容，有幾對是眞相愛的夫妻？大多數都是只有夫妻名義上的結合，倘若把這個名義拿開，馬上就成了空虛，但是戀愛則不然，它是生命上的安慰，情感的結晶，能抵抗一切的危害，能推滅一切的束縛，它能超越在道德法律和名義之上！

朱：但是………

雲：雄哥！你既然是眞心愛我，我勸你不要做一個弱者的反抗，該在戀愛的戰場上做一名勇敢的戰士，蔑視一切，站在愛的前綫上去打衝鋒！

朱：那麼你呢？

雲：至於我，我既然知道你眞心愛我，我斬釘截鐵的告訴你，我一輩子不嫁人，永遠守住你的愛！任憑你去定婚也吧！結婚也吧！我都不管！

朱：妹妹！

雲：就是你們夫妻發生了肉體關係，我也只當你是替你祖先爲着傳代的機械動作，我決不來吃一點醋！

朱：妹妹！你？

雲：我決定這樣做了！這樣一來把我們倆一切的困難跟悲苦全都解決了！以後我們還是依然如故，享受着我們的幸福，哥哥！你看好嗎？

朱：妹妹！你太偉大了！你太叫我感激了！但是要是這樣做！我的良心………

（這時天又沉下來，遠遠傳來打鑼聲及喝道子聲，阿林跟翠兒攜雨傘上）

林：小姐！天快要下雨了！快回去吧！

翠：朱少爺怎麼啦！

雲：被毒蛇咬了！

林：小姐！您也太大意了，有您在身旁朱少爺怎麼會給蛇咬了吶！

朱：翠兒！你快去替我把轎夫給喊來！

翠：好（下）

雲：阿林！剛才打鑼喝道的！是誰來了！

林：是大老爺！湯翰林！

朱：湯紀羣舅舅嗎？

雲：對啦！就是他！他現在是我們湯家的族長了！他今天爲什麼趕回來！他一向都不是在京裏嗎？

林：說的是呀！不過明天不是湯家祠堂的祭節嗎？

雲：對啦！今年還攤到我們的値年吶！我倒給忘了！

林：湯翰林就是爲着主持明天的祭節來的！並且………

雲：並且什麼？

林：並且！他們說明天小姐最好是不要去！

雲：爲什麼？

林：因爲………他們說………………因爲他們要對付小姐！

雲：對付我？

林：是的！湯翰林回來，據說也是爲小姐的事！

雲：什麼？

林：不知道！最好小姐明天還是少去的好！所以我跟翠兒特地趕來告訴小姐！

朱：我早算着了！妹妹還是不要去吧！

雲：不！他們越是這樣，明天我越是非去不可！

朱：不！妹妹你應該聽我的話！

雲：不！明天我非要去！看他們把我怎麼辦！

朱：妹妹！

（雷聲隆隆，翠兒上）

翠：轎子來了！天快下雨了！快點吧！

雲：你們快來扶朱少爺！

朱：啊喲！啊喲！

（雷聲大作，天氣更沉下來，巨大的雨點已打到他們身上，他們亂叫着「快點」！小雄叫幾聲「啊喲」，燈光全滅）

(Fade out)

Dark Change Act III

（第二場完）

第三場 （Fade in）

等到燈光再明亮時，台上已經由雙泉巖變爲湯家的祠堂，佈置得非常的簡單，只有一支巨大的靈牌架子，上面放了許多湯氏門中各代的靈位，前面長祭桌一支，上置供品，及香案，並有一對巨大的蠟燭，祭桌前有錫箔盆及拜墊。

燈明後，台上已有七八位祭客在暗語，儀鳳將蠟燭點上，後來陸續的又進來許多男男女女，都是衣冠整齊，彬彬有禮，各人打過招呼後，均找對象私語，所談論者均爲雲鳳與小雄之事，內中最得意者，即爲儀鳳，因今日湯氏之秋季祭節，族長湯紀臺特由京中返回，親自主持，並處理雲鳳之不端，此全由儀鳳一人鬧出，借此對雲鳳報復。

儀：九嬸，您到的眞早啊！

九：儀鳳！今年攤到你忙了，你妹妹跟阿蕤呢？

儀：咳！九嬸可不用提起她了，不提不氣人，她算丟盡我們的臉了！

九：眞也是的，那有一個女孩子像這樣的不知廉恥的，我們湯家還就出了這麼一個！

儀：所以她今天不來便罷，要是來了非當着祖宗面教訓她一下不可！

九：也該給她點利害，不然更要把湯家人丟盡了！

（另一男客人又插一嘴）

男甲：儀鳳姑娘！你妹妹還天天跟那個朱小雄在一起嗎？

儀：是呀！我一點辦法也沒有！

男乙：今天她來不來？

儀：也許要來的！

男甲：我看她可眞沒有臉見祖宗了！

男乙：今天不來也得叫她來！

男甲：大伯伯昨天特地由京裏趕回來，就是爲着雲鳳的事！

男乙：唉！想不到我們湯家世代書香，現在出來這一個壞子弟！眞丟臉！

九：這年頭實在是改良了！我們從前做閨女的時候那敢正眼看人啊！

儀：這也是我爸爸前世造的孽，生出這一個壞痞了！

九：我起先還不相信吶！後來才知道是這樣的下流！

男丙：大家靜一點！大伯伯到了！

（打了三聲鐘，起奏「昭君和番」唱片，台上鴉雀無聲，異常嚴肅，湯紀羣很慢的走上來！湯年近七十餘，留着二三寸的白鬚，朝服，態度莊嚴，他上來後，很虔誠的點着了香，叩了頭，將桌上的黃紙與箔錠一齊化掉，然後轉身對大家說話）

湯：今天是我們湯家的秋季祭節，等一會兒荀縣官還要來主祭，但是我們湯家近來出了一件荒淫無恥的事，在未開祭之前，非要跟大家商定不可！

（這時大家起哄，湯以手止）

湯：剛才我先行了告廟大典，我已經代表合族，把那個違犯家法不肖子孫的事由，在列位祖先面前給告發了，但是我爲顧着大家情面起見，沒有當衆宣佈，就自己作了主給燒了，請大家原諒…………

（這時候大家又起哄，雲鳳帶着蓀哥上，大家馬上嚴肅起來，她將一個紅布包放在祭桌上）

雲：（對紀羣）伯伯！對不起我來晚一會！諸位叔叔伯伯嬸子大娘都早！

（大家都沒有反應）

雲：姑媽您早！

姑：想不到你也來了！

雲：咦！姑媽！我是年年都來的，而且今年又攙着我們値年！

姑：是啊！你要不來宗祖不是缺少了光彩嗎？

（大家譏笑起來，湯紀羣以手止，雲鳳獨自去磕了頭）

湯：雲鳳！

雲：伯伯！您是昨天回來的嗎？我還沒有過去給您請安吶！

湯：我回來就是想找你談談！

雲：找我？有什麼事嗎？

湯：你自己做的事你自己知道！

雲：我完全不懂！

湯：哼！我問你！你跟朱小雄玩的什麼把戲！

雲：朱小雄？

湯：你還能說得出口！你這不要臉的東西！

雲：（停了片刻）是的！我跟雄哥要好！我喜歡他，他也喜歡我！我要嫁給他，難道該罪嗎？

（大家又起哄，湯以手止）

湯：哼哼！好一個不要臉的東西，你竟然連一點羞恥也不知道，你能當着祖宗面，當着諸位長輩面前說出這種話來！現在爲着恐怕你辱沒了祖先，弄髒了這塊地方，只有請你給我走開！從此以後不准你踏進祠堂的門！

大家：走！走！走！

雲：哼！伯伯！你不要抬出祖宗來嚇我！我不買這個賬，祖宗不是已經死去幾百年幾千年了嗎？他們怎麼能來管我們活人的事呢？我不相信什麼叫祖宗，我只曉得我是一個人，我有我的意志，我有我的自由，誰也管不着！不像你們這般僞君子，自己做出卑鄙無恥的事就不管了，動不動就把祖宗搬出來吓唬人家！

湯：什麼？你連祖宗也不認識了！我問你你姓什麼？

雲：我沒有姓！

湯：你既然沒有姓，那麼你到這兒來幹什麼？

雲：我是爲着帶蓀弟來的！姓湯又怎麼樣？

湯：你既然姓湯，你就得知道湯家的家法，你的所作所爲，都是違背家法的行爲，你要知道！你不僅丟了你一家人的臉，而且你丟了我們全姓湯的臉！

雲：哼哼！姓湯！什麼叫姓湯？我根本不懂什麼叫姓！姓不過是人羣裏分別的符號，跟一二三四數目字一樣的用法，有姓是個人，沒有姓也還是個人，根本沒有關係！我既然是一個人，我就有我的自由，我愛怎樣就怎樣！誰也管不着，你想叫我把一點一劈，一豎一橫的姓來拘走我，根本辦不到！

湯：你不講姓！你總該講道理啊！怎麼你連道理也不講啊！

雲：道理是有的，但是有些人根本就不懂得道理。

大家：出去！滾！我們湯家沒有這種人！

儀：妹妹！你少說兩句吧！

雲：哼，你收住你的嘴吧！你以爲你們的詭計我不知道嗎？我早都明白了！我的好姐姐！

儀：不管怎麽樣！你跟小雄的事總是不對的！

雲：那麽我問你！爸跟媽是怎樣結婚的？他們在結婚前也不是有過愛情嗎？那時候爸做知府，因爲時常到馮家去，才看中了媽！才娶了媽？這些事難道你都忘記了嗎？沒有聽人說過嗎？

儀：雖然爸跟媽也是講過愛情的，但是總不像你這種連一點廉恥也不講，白天黑夜的兩個人關在屋子裏！

雲：你以爲這就是我的罪嗎？姐姐！你別要好看了，你滿臉掛着賢妻良母的招牌，開口三從，閉口四德，朝談內則，暮說女誡！我問你，你自己做到了沒有？

儀：妹妹！

雲：你不說還好！你要說我把你跟高秀才的事全給說出來！

大家：走！走！走！攆她出去！

雲：哼！你們這羣全是强盜！你們都是串好了的把戲！來對我一個弱女示威！（情感的）可憐！自從爸爸死了後！你們看我得了這份遺產！誰也不服氣，誰也都紅眼，誰都想撈一份，可是你們爲什麽不服氣！你們爲什麽要紅眼！難道我不配嗎？我不是我爸爸親生的嗎？現在因爲我跟雄哥要好，你們就拿住我這個錯！難道我們表兄妹就不能要好嗎？我要嫁給雄哥就該罪嗎？你們這種報復，我死也不服氣！我死也不能認錯！伯伯！您是我爸爸親兄弟！姐姐！你是我的親姐姐！你們就該這樣無痛熱的對付我嗎？你們難道都忘記了爸爸臨死的時候對你們說的話嗎？你們現在這樣的計算着我，對得起我爸爸嗎？哦！爸爸！（哭）

湯：（停了片刻，和平的）雲鳳！論理照你的行爲，就應該活活的打死！可是我可憐你的年青，不懂事，所以才不忍下這個毒手，現在別的話都不談！你也不必太感情用事了，你應該細細的想一想！伯伯這麽大的年紀了！總比你懂得多！望你能夠改過自新！自從明天起不許再跟朱小雄來往，讓伯伯重給你說個婆家，你這樣一來，說不定你倒因禍得福！你假如再有半個不字！哼！我怕你也不能不依！

雲：什麽？伯伯要給我說親？

湯：我已經定了！是一位浙江人！也是一位大家公子！

雲：（忙跑上前）哦！不能！不能！伯伯！我從此以後再不胡鬧了！守着女兒家的規矩，跟小雄也斷絕往來！伯伯什麽話我都依！不過我只求求您！答應我！可憐我這個沒有父母的人！我願意一輩子不嫁人！

湯：胡說！爲什麼一輩子不嫁人！

雲：因爲，我想我還年輕，蓀弟又小，我還想多在家裏留戀留戀！多多的聽您點教訓！

湯：不行！不嫁也得嫁！求也不中用，親事已經訂了！以後還是叫你大姐搬回去做你的監護人！小雄以後不許踏進湯家門！

雲：伯伯！你難道想逼死我嗎？

湯：哼！逼死你還算一回事！我已經關照過你姑父了，以後不許小雄跟你來往，我派好幾個人在你門口看着，小雄要是衝進來，非打死他不可！就這樣辦！

雲：伯伯！不！不能！不能！

（雲鳳拉住紀鞏，紀鞏很快的避開走下，她無法昏倒在台的中心，大家哄着圍上來。把雲鳳包住）

儀：諸位叔叔伯伯嬸子們！今天爲着雲妹的事勞累大家費心，實在是對不起得很，現在先請諸位到裏面西廳去歇一會，讓我來服侍雲妹！別等會給荀縣官看見了！大家都落個不好！

（大家分頭下，阿林翠兒跟蓀哥忙奔至雲鳳身旁）

林翠：小姐！小姐！

蓀：二姐！二姐！

儀：（得意的大笑起來）你也有今天！

（第三幕完）

孤獨

蘭靜

你隨身有孤影，
爲伴，那麼走吧！
高原上一株孤居的樹，
守望着明月。

遙遙辨出，
家門在何方，
朱門兩扇，
看落霞到不見。

世外桃源

James Hilton 著
實齋 譯評

第二章

康惠素不喜歡擾醒別人；對於他人的驚呼極喊他也是漠不在意的；後來伯納徵詢他的意見，他說話時的神情却如大學教授闡述一個問題一般，侃侃而談，態度很是冷靜，像是不干己事似的。他說據他想來，他們也許還在印度境內；飛機向着東方飛行已有數小時，只是飛得太高，看不眞切下面的情形，不過大概是在沿着一條自東至西的河流飛行着。「我只能憑記憶，據我看來，這很像一條上印度的河流。如果是的話，我們現在抵達了世界上景色最莊麗的一部份了，你瞧，景色確乎很是莊麗。」

伯納打斷他的話說道：「那末你知道我們是在什麼地方了？」

「不，我從來不會到過鄰近這裏的地方，不過照我的臆想，那座山便是南茄·派拔脫山（Nanga Parbat），即是孟謀雷（Mummery）喪生的地方。看牠的形勢，是和我所聽到的關於此處的地形相符合的。」

「你喜歡爬山嗎？」

「幼年的時候我是很喜歡爬山的。當然只是爬爬那些瑞士平常的山而已。」

馬立森憤然插話道：「與其談我們現在是在何處，不如談我們將到什麼地方去。我求上帝有人能夠告訴我們。」

伯納說道：「那個麼？據我看來我們是向那邊的叢山飛去呀。康惠，你的意思怎樣？我這樣稱呼你，你大概會原諒我吧；只是我們既然將一塊同甘共苦，那末大可不必拘禮了吧。」

康惠心想人們以他自己的名字稱呼他乃是當然的事，初不足異，他覺得伯納的道歉辭有點不必要。他表同意道：「嗄，那當然。我猜前面的那座山嶺一定是卡拉高嶺（Karakorams）。前面有好幾個隘口呢，如果我們的機司（Our man）將向那裏飛去的話。」

馬立森大聲喊道：「我們的機司？你意思是說我們的狂人（Our maniac）吧！我想我們應該拋棄綁票的假定了。此刻我們早已飛過了邊境，而這裏的附近是並沒有什麼土人的。我想唯一的解釋只是這傢伙是個瘋子。不是瘋子會飛到這種地方來嗎？」

伯納反駁道：「據我看來，只有技術很精的飛行家才能飛到這裏來。我的地理知識固然素來不充足，不過聽說這裏的山是世界上最高的山，若然的話，那末飛越這些山嶺須有第一流的飛行本領才行。」

勃林克魯小姐冷不防地插話道：「同時這也是上帝的意志命令。」

康惠沒有表示意見。上帝的意志也好，人類的瘋狂也好——在他看來，你不妨任意選擇一個理由，如果你對於多數的世事一定要找出一個理由的話。或是把這話反過來說，說這是由於人的意志和上帝的瘋狂（他見艙位小巧整潔，而外面的自然景色是這樣的狂亂粗野，心頭不禁起這樣的感想。）確知那一種看法正確大概是件很可樂的事。此時他向外看着，心中這樣思量，外面的景色又起了奇異的變化。整個的山嶺，上部變成了藍色，下面的斜坡光景轉暗，成爲紫紅色。他的心緒起了變動，不再是往常的恬靜態度——此時的心緒不能說是緊張，更不是恐怖，而是一種熱切的期待。他說道：「伯納，你的話不錯，這事愈來愈妙了。」

馬立森頑强地說道：「且不管奇妙不奇妙，總之我並主張大家向上帝感謝。我們沒有叫誰送我們到這裏來，我們飛達了那裏之後只有上天知道我們將怎麼辦，且別管那裏究竟是什麼地方。卽使那個傢伙是個絕技飛行家，他把我們載到這個處所來總是件豈有此理的事。卽使他是絕技飛行家，這不能證明他不瘋。我曾聽人說有一個駕駛員在半空之中突然發了狂。這傢伙一定是開頭就瘋狂的。康惠，這是我的假定。」

康惠沒有回答。他覺得在機聲軋軋之中不斷地大聲說話是件很討厭的事，而且對於種種的可能性加以爭辯畢竟是沒有意義的。可是馬立森追迫着徵問他的意見，他才說道：「須知卽使是瘋狂，那也是一種很有組織的瘋狂。你別忘了那次降落了加汽油的事，也別忘了這架是唯一的能飛越這樣的高度的飛機。」

「那不足以證明他不瘋。也許他瘋狂得能夠計劃一切。」

（一則曰「很有組織的瘋狂」，再則曰：「瘋狂得能夠計劃一切」，意義雙關的諷世之言也。上文康惠說：「Our man……」，馬立森說：「Our man? You mean our maniac!」亦是此意。惟人會有組織地發狂，會瘋狂得能夠計劃一切。戰禍者，以最精密最聰明的方法做最野蠻最愚蠢的事也。雷馬克著小說漂流（Flotsam）有言：「你以最優良最現代的技術把受傷的人縫好了，以便用最野蠻的方法再把他們擊成粉碎。」亦指戰禍。梅透林克（Maeterlinck）亦有言曰：『你把同類看得愈清楚，你便愈愛海獅。』）

『不錯，那當然也是可能的。』

『那末是了，我們總得計劃一個對付的辦法呀！他降落之後，我們將怎麼辦呢？這就是說我們暫且假定飛機不撞毀，我們沒有都喪身。那時我們將怎麼辦呢？敢是急忙上前去稱讚他的飛行技術麼？』

伯納答道：『不，卽使殺了我的頭我也是不這樣做的。我寧願讓你去幹急忙上前一類的事。』

康惠又是不願爭辯下去，尤其是因爲那個美國人以其砣然不爲所動的玩笑態度，似乎很能應付馬立森。康惠此時已經覺得這個旅行團體由這麼的幾個人組成也不算壞。只有馬立森一人嘵嘵好辯，而這也許是因爲在高空中的緣故。高空之中空氣稀薄，其於人身的影響因人而異；例如康惠在高空之中身體方面入於一種無欲狀態，頭腦倍覺淸晰，這二個狀態結合在一起倒也沒有什麼令人不愉快之處。（道家以鏡喻至人之心，謂是『感而不應』。『不應』卽是无欲，能『應』卽是頭腦明晰如鏡。世人却多反其道，是頭腦糊塗，欲望无窮，禽獸與至人之別在此。）他呼吸着清新爽涼的空氣，眞是意頗自得。不錯，他們的處境是非常的危殆，只是他在此刻沒有餘力去對這件似由於天空而又令人感覺奇趣的事表示厭憎。

他看着那座莊巍的山，知道地球上還有這種與世隔絕爲人跡所不到的地方，不禁滿心歡喜，此時卡拉高嶺北面的天空已經變成紫棕色，看去很是獰怖，山上的冰雪以這樣顏色的天空做背境，看去尤爲令人心奪；連綿的山峯發射着寒光；一切都非常高遠莊嚴，這些山峯，惟其沒有名字，所以愈加尊嚴。這些山峯爲了比別的已爲世人知道的名山低了幾千尺，也許永遠不致爲爬山探險團所褻瀆；牠們對於打破紀錄狂者的誘惑比較的小。康惠的性格却與這般人相反；他覺得西方人士所愛用的最高級形容詞非常的俗氣；在他看來『頗高』比『要命的高』爲合理爲略少俗氣。實際上他不喜歡過度的努力，只爲探險而探險他覺得非常的厭惡。

他欣賞着景色，夜色漸漸遮蓋下來，一層深沉如絨的黑暗好似染料一般地向上開展，把幽谷浸沉在裏邊。他們已飛近山脊，此時山脊的顏色變成慘淡而且發着白光；一輪明月升了起來，像是玉皇大帝的燃燈者一般，把山峯逐個地燃上，直至後來一長條的天際以藍黑色的天空爲背襯，閃閃地發射着白光。空氣轉寒；一陣風吹來，使飛機轉側翻騰着，令人感覺得不舒服。這種新增的痛苦使乘客們愈形沮喪；他們初以爲天黑之後便不能繼續飛程了，現在他們唯一的希望只在汽油用竭。不久汽油總是要用盡的。馬立森又開始發議論了；康惠初不願意說話，因爲他委實不知道實情究竟如何，只是終於說道，依他的估計，飛機所載的汽油也許足供飛行一千英里之用，此時總該快近一千英里了。那位青年悽然問道：『那末飛了一千英里之後路的盡頭又是何處呢？』

『這是不易猜測的，不過大概是西藏境內吧。如果這些是卡拉高嶺，那末再過去便是西藏了。這些山峯之中有一個大概是K 2峯吧；人們說K 2峯是世界第二最高的山。』

伯納說道：『僅次於永息山。嗨，這樣的景色才可算得是好景色了。』

『從爬山者的觀點說來，比永息山還要難於攀登。阿勃樂齊公爵（Duke of Abruzzi.）認爲攀登K 2峯是件不可能的事，所以也不作此想了。』

馬立森躁急地怨尤道：『噫，天呀！』可是伯納只是笑着說道：『康惠，我猜這次旅途之中你得做我們的官方嚮導了。此時我若有一瓶白蘭地的話，不管那邊是西藏也好，美國的丹納西也好，我便都不在乎了。』

馬立森迫切地說道：『可是我們怎麼辦呢？我們爲什麼被飛到這裏來呢？這一切到底是什麼意思呢？你還有興緻說笑話，我眞不懂。』

『這個嗎？那總不比吵架壞呀，你這位青年小夥子。並且如果眞是如你所說，那位機司有神經病，那麼這一切大概是沒有什麼意義的。』

『他一定是發瘋了。我想不出什麼別的解釋。康惠，你能想得出別的解釋嗎？』

康惠搖了搖頭。

勃林克魯小姐的神情好像是在觀劇，此時好像適逢演劇中間的休息，她便轉過頭來以尖銳的聲音歎和地說道：『你們沒有來問我，我也許不應該說，不過我的意見和馬立森先生一樣。我以爲那個可憐的人在神經方面一定不十分正常。當然，我是在說那位駕駛員。總之，如果他不是瘋子的話，他是无可原諒的。』她在格格的機聲之中又以說私話的神氣高聲地續說道：『你們知道嗎，這正是我第一次坐飛機呢！我以前從未乘過飛機！從前雖然有一位友人極力勸我乘飛機自倫敦飛到巴黎去，可是我無論如何不願意。』

伯納說道：『可是現在你却自印度飛到西藏去了。人事往往如此。』

她繼續說道：『我從前認識一位傳教士，他是到過西藏的。他說西藏的居民很是古怪。他們相信人類是從猴子變成的。

」

「他們眞聰明。」

「噯呀，我可不是那說呀！我的意思不是指那種現代的說法。他們相信人類的祖宗是猴子已有好幾百年了，那只是他們的迷信之一而已。不用說，這一切我個人是都不讚成的，我以爲達爾文比西藏的人還不如。我是堅決信仰聖經裏面的話的。」

「我猜你是傳統教義的嚴格遵守者吧？」

可是勃林克魯小姐似乎不懂那話。她銳聲地說道：「我從前是L. M. S. 的會員，可是我不讚成他們使嬰兒受洗禮的那種規例。」

後來康惠雖然悟到L. M. S. 三個字母所代表的是 London Missionary Society（倫敦會——教會名），可是他總覺得這話有點滑稽。他一邊想到在火車站上辯論教義的種種不便，一邊開始覺得勃林克魯小姐不無可愛之處。他甚至還想借一件衣服給她以禦夜寒，可是後來終於覺得她的身體大概比他強壯得多。於是他把身子縮做一團，閉上眼睛，很容易地安然入睡了。

飛機繼續飛行着。

他們覺得飛機突然傾側，於是都驚醒了。康惠的頭衝在窗子上，使他頭昏目眩了一忽；機身又向另一側去，這一下把他擲向二排座位的中間空隙去。此時氣候較前尤爲寒冷。他立即機械地看了看他的錶；錶上是一點半，一定是熟睡了好一忽了。他的耳中充滿着一種震耳的鼓翼之聲，他初以爲這只是他的想像作用，後來知道原來引擎已經停止了，機身正在逆着颶風向前衝去。他向窗外望去，看見下面灰色模糊的地面離機身已經不遠，向後疾速地飛退着。馬立森高聲呼喊道：「他要降落了！伯納亦已被擲出座位，此時鬱然答道：「看他的運道吧。」勃林克魯小姐似乎最鎮靜，沒有被週圍紛擾所動，她正在調整她的帽子，態度很是安詳，好像在佛港已經在望時一般。

不久之後飛機着地。可是這次降落的成績很壞——「吓，天呀！壞極了，眞是壞極了！」馬立森叫苦着，飛機向地面衝去，左右轉側着，他的手緊緊地握着他的座位。他們聽得似乎有什麼東西爆裂了，那是一隻橡皮胎。馬立森悲慘地繼續說道：「這就完了。機尾的輪子損壞了，我們只得等候在這裏，那是沒有疑問的。」

康惠遇到危急的事總是不多說話的，這時他舒展着他殭直的腿，摸了摸頭部。碰在窗上之處只是受了些皮傷，沒有什麼要緊。他得想辦法去幫助別位乘客。可是飛機停了下來的時候，他是四人之中最後站起來的一個。他見馬立森扭開了艙位的門，正想躍下去，他喊：『鎮定些！』在那較爲沉寂的空氣中那位青年的回答轉了過來：『不必鎮定了——看來這是世界的盡頭處——外邊一個人也沒有。』

過了一忽之後，他們都發現馬立森的話是不錯的；此時寒風刺骨，他們渾身戰慄着。他們耳際只聽得狂風怒號號和自己沙沙的脚步聲，他們覺得好像是被一種既崛強又陰慘的不可名狀的什麼包圍着——天地似乎都浸沉在這種氣氛中。月亮已經退隱到雲背後去了，星光照耀着一片一望無際只是隨着狂風起伏着的空虛。不一望而知這個荒漠的地方是在高原，那些高聳着的山嶺乃是山頂上面的山。望遠處天際，見叢山連綿，隱然耀着白亢，看去像是一排狗牙。

此時馬立森形色緊張，不待分說已經大踏步向駕駛座那邊走去。他喊道：『在陸地上我是不怕那傢伙的，不管他是誰。我是要立卽去問他一個明白了。……』

其餘幾位見他那樣大膽，不禁呆住了，只是望着地，滿心懷着恐懼。康惠向他追去，可是已經來不及阻止他了。只是數秒鐘之後這位青年自駕駛座上躍了下來，緊握住了康惠的手臂，輕輕地以急促的嗄音說道：『我說，康惠，這事奇怪得很。……這傢伙不知是病了還是死了或是什麼的……，他沒有說話。你上來看……反正他的手槍已在我的手中了。』

康惠道：『還是給我的好』；此時他雖然因爲頭在窗上碰了一下還有點昏眩，可是他極力振作着精神，準備採取行動。他從來不曾遇到過這樣困難的處境。他向機首攀登上去，駕駛座的門窗關閉着，不十分看得淸楚裏面的情形。他聞得一股濃厚的汽油氣味，所以不敢劃自來火。他只能糢糊地看見那駕駛員蜷伏在機鈕上。他推了他幾下，解下了他的飛行帽，解鬆了他的衣領。過了一忽，他轉過頭來說道：『不錯，他是出了岔子了。我們得想法子把他扛出來。』此時康惠的神情也起了變化。說話變得嚴厲，不再是那種遲疑不決的樣子。此時雖是夜間，又是在這種荒漠的高原上，身體又是感到疲乏，可是他管不得那些了；眼前既有要務，他就得想法辦妥，此時康惠的世俗之見占到了優勢。

伯納和馬立森幫着康惠把駕駛員扛出來放到了地上。他還沒有死，只是失去了知覺。康惠沒有什麼專門的醫學知識，不過像多數在外鄉異地過生活的人一樣，他是很懂得病像的。他蹲伏在那個陌生人的旁邊說道：『也許是因爲在那樣的高度上飛行心臟出了毛病。我們在這裏是沒法施行急救的——這裏的風是這樣的大，又沒有避風之所。最好還是把他扛進艙位中去，我們也是最好到裏邊去。我們又不知道這是什麼地方，在天明之前我們是沒有辦法的。」

大家對於這話都表同意，沒有爭論。甚至馬立森也沒有異議。他們把駕駛員扛進了艙位，把他直挺挺地放在二排坐位之間的走道上。裏邊並不比外邊溫暖，可是總算避去了狂風的打擊。不久之後，這種狂風成爲大家所担心的對象；這狂風好像是那整個悲慘的夜景的主要意像。那並不是一種普通的風，不只是强烈的風，或是寒冷的風，而是一種迷漫於他們四週的瘋狂態度，好像一個在自己家裏大廝咆哮的主人。牠使這架載有乘客的飛機强烈地轉側翻騰着；康惠向窗外望去，但見天上的星辰閃閃地發射着强光，像是被這種狂風所吹碎似的。

那個陌生人還是躺着不動；康惠在黑暗之中，在那樣狹隘的地方，靠着火柴的弱光，很不方便地極力設法檢驗這個人的身體。可是沒有多大的效果。最後他說道：「他的心臟很弱。」此時勃林克魯小姐在她的手袋中摸索着，拿出一樣東西來，這使大家感覺得一陣小小的驚異。她滿臉德色地說道：「不知這東西對於這位可憐的人有用處嗎？我自己一滴也沒嘗過，不過我總帶在身邊的，以旁遇到意外時之用。而這確是件意外的事，不是嗎？」

康惠嚴肅地答道：「可不是。」他旋開了瓶塞，聞了聞氣味，然後倒了些白蘭地到那人的嘴吧中去。他又說道：「謝謝你。這個確是對他有益的。」隔了一忽，他看見那人的眼皮微微張動。此時馬立森却又焦急如狂了；狂笑着說道：「我不得不告訴你們，我們眞是一羣呆鳥，劃着火柴看死人……他不是美女吧？據我看來，他一定是個中國人。」

「也許是的。」康惠說話的聲音顯得鎮定，可是有點嚴厲。「只是他還沒有死。我們若是幸運的話，也許能使他醒過來。」

「幸運？那只是他的幸運，不是我們的幸運。」

「不要那麼武斷。此刻你且不要多言。」

馬立森還很像一個小學生，只要上司吩咐他一句，他就立即服從，只是看他的樣子，顯然不十分能夠控制自己的情感。康惠雖然心裏覺得對不起他，可是當前有那駕駛員的問題即須解決，因爲祇有那駕駛員或許能夠告訴他們那到底是怎麼一回事。康惠不願再妄自猜測，因爲當時在飛行的時候已經猜測得夠了。他現在不只是滿懷的好奇心，却是担心起了，因爲他們現在的處境雖不像飛行時的那麼驚險，可是看來他們得須要長期的耐苦，而終不免死亡。他在那天狂風怒號着的夜裏整夜沒有睡覺，只是守望着，口雖不言，可是心知處境甚是危殆。據他的估計，他們大概早已飛越過了西馬拉雅山的西嶺，而到了世人不甚熟悉的崑崙高山上了。如果他的猜測不錯的話，那麼他們現在已經抵達地球上最高最荒漠的一部份——西藏高原了；西藏高原最低之處尚在水平線上二英里，乃是一片廣大无垠沓无人跡，長年多風大部份未經世人探過險的高地。他們便是被放逐在這方荒漠悽涼的高地的某部份，其使人覺得身心不舒服遠較多數荒島爲甚。他正在狐疑着，一如故意使他更加狐疑似的，景色突然起了變化，這種變化使他頓起敬畏之感。原來他初以爲是給雲遮着了的月亮，此時却自糢糊如影的高山缺口上轉了出來，當牠尚未直接露出來的時候，暈光與黑暗相映，陪襯出前面一大片的黑影。康惠借着月光，看見一長條山谷的輪廓，二邊是看去很是陰慘的圓形小山，和夜間天空的深藍色相襯，顯得漆黑如墨。只是他的視線不由己的被吸到山谷的頂處去，因爲在那缺口之處高聳着一座他認爲地球上最好看可愛的山峯，在月色之下看去顯得很是莊嚴。這座山遠遠望去煞似一個白雪做成的圓錐形，輪廓很是簡單，像是小孩所畫的一般，牠的大小高度和遠近都很難說明。牠是那麽的光亮，姿態是那麽的靜穆，康惠幾乎不信這是眞的山。他這樣注視着，一朵小雲飛過來把這座金字塔的一邊遮住了，這使那幻景成爲眞實的景色；後來他又隱隱聽得冰川倒瀉的隆隆聲，才知道那個圓錐形確一座眞的山。

他一時情感激動，想喚醒別位來看這個奇景，可是經考慮之後，認爲還是不要喚醒他們的好，因爲他們看了這個景色也許會心慌的。以常情論，一般人見了當然是要心慌的；因爲這幅人間罕有的奇景只是愈顯得這個地方的孤寂和危險。大致須在數百里之外才有人跡。而他們沒有食糧；除一支手槍之外，別無禦身的武器；而且即使他們之中有人能駕駛飛機，然而飛機已經損壞了，並且汽油也已用盡。他們沒有足以禦這樣的嚴寒和狂風的衣服；馬立森的駕駛汽車穿的上衣和他自己的外套都是不足以禦風寒的；甚至勃林克魯小姐，她雖然圍着圍巾穿着毛織的衣服，一如預備往南北極去探險似的，可是一定也是感覺得不舒服的（康惠初見她時覺得她的服裝很可笑）。並且除了他自己，餘人在這樣的高度上都感覺得不適意。就說伯納吧，他在這種境況之下也顯得愁鬱了。馬立森是在自言自語；如果這樣困苦的境況繼續得長久的話，他很知道他將遇到何種的遭遇。在這樣沒有希望的情形之下，倒是勃林克魯小姐很能持之以靜，康惠看了她一眼，心中禁不住起欽佩之情。他暗下自思這個女子不是一個常態的人；凡是教阿夫汗人唱讚美詩的人都是不能認爲常態的。只是她經過種種的災難之後，還是常態地變態（Normally abnormal，意即一本其往常地變態，沒有因驚慌而舉止失措）。所以康惠心裏很感激她。當她和他的視線相接的時候，他滿表同情地說道：『你大概不十分感覺得不舒服吧？」

她答道：「歐戰時候的兵士所遭遇的困苦還更甚於此呢。」

這種比喻，在康惠看來，並不十分有意義。在事實上他從來不曾在戰場中嘗過一夜這樣令人不愉快的生活，雖說無疑地別人是曾遇到過這樣的一夜的。接着他以全副的精神去對付那個駕駛員；此時那駕駛員已經在若斷若續地呼吸了，有時還身體略略轉動着。馬立森猜那人是中國人大概是不錯的。他雖冒充英國空軍的航空上尉，而人們竟爲他瞞過，可是他的鼻子和顴骨恰像蒙古種人。馬立森認爲此人長得很醜，可是康惠是曾到過中國的，所以他以爲此人長得相當優秀，雖說在火柴弱光之下他張大着的嘴和蒼白的膚色不能說怎樣好看。

長夜遲緩地過去，每一分鐘像是一種實體的笨重的東西，你得把牠推去，以便下一分鐘接續上來。過了一忽之後月光沒有了，那遠處幽靈似的山也隨之消失；接着四週愈形黑暗，天氣愈寒，風也愈急，這樣一直到天明。到了天明的時候，一如陽光是種信號似的，風勢也轉小了，顯得四週很是靜寂。自山谷的缺口望去又可看見那座山了，起初是灰色的，接着變成銀色，當清晨的陽光照到山巔的時候便變成粉紅色了。黑暗漸漸退去，山谷的輪廓也漸漸顯露出來，只見遍地是大塊的石頭和小塊的石子，地形由低而高，形成一個斜坡。這幅景色看去不能令人樂觀，可是說也奇怪，康惠看着覺得非常優美，不是一種帶有浪漫氣息的美，而是一種有剛勁意味的，似適人性的美。這座遠處的金字塔叫人見了不得不點頭稱善，正如歐幾里得的幾何學定理叫人不得不點頭稱是一樣。所以當太陽升起，天空呈現着一種深藍色的時候，康惠幾乎可以說覺得悠然自得了。

空氣漸漸轉熱，餘人也都醒了；康惠建議把駕駛員扛到露天去；在露天裏陽光和乾燥的空氣也許能使他蘇醒過來。於是他們便動手把他扛了出來，又開始守望着，此次却覺得比前舒服得多了。那人的眼睛終於張開來了，開始斷斷續續地說話。四個乘客蹲在他的身旁，注聽着他說話，他所說的話，除康惠外，餘者都聽不懂；康惠聽着，偶或回答他的話。過了一忽之後，此人顯得愈形支不住，說話顯得困難，後來終於是死了。這是午前的事。

康惠乃轉向他的同伴說道：「他告訴我的話很少——我的意思是說，和我們要想知道的話比較，他說得很少。他只說此處是西藏境內，而這個乃是顯然的事。他爲什麼把我們飛到這裏來他未曾連貫地說明，可是他似乎熟悉這裏的情形。他講的是一種我不十分聽得懂的中國話，不過他似乎提起這裏附近的一個喇嘛寺院，他說我們在那裏可以獲得膳宿。那個處所他叫做什麼聖格里•勒。「勒」字是西藏話，卽是山道的意思。他堅决主張叫我們到那裏去。』

馬立森說道：『據我看來，那並不是說我們就該聽從他的話到那裏去。畢竟他也許是瘋了。可不是嗎？』

『此人到底是否是瘋子，你我都無從確知。不過倘使我們不到那裏去，我們又到什麼地方去呢？』

『那隨便你，我不在乎。我只知這個叫做聖格里•勒的地方，如果是在那個方向的話，一定是離開文明又多了幾里。我覺得我們應該設法減少隔開文明的距離，不該增加距離。噫，你這人，你不設法使我們回去了嗎？』

康惠耐着氣心答道：『馬立森，你好像不十分明瞭我們的處境。我們都不知道這裏究竟是怎樣的一個地方，但知很危險很難以生存而已，卽使對於有完全的設備的探險隊也是很難對付的。須知我們的週圍也許數百里都是這樣的地形，在我看來，走回配蕭華去是不十分有希望的。』

勃林克魯小姐正色說道：『我也以爲沒有成功的希望的。』

伯納點着頭說道：『如果這裏附近眞是有一所喇嘛寺的話，看來我們倒是幸運非凡呢。』

康惠表示同意道：『也許是比較的幸運。畢竟我們並沒有糧食，而且這樣不像是我們可以生存的地方，這是你所知道的。不到數小時之後我們便要飢餓了。再說，如果我們今天夜裏還是在這裏的話，我們又得挨這樣的狂風烈寒了。這不見得足以令人欣然吧。據我看來，我們唯一的辦法是去找尋別的人類；可是除了到那駕駛員告訴我們有人類的地方去找尋之外，又到什麼地方去找尋呢？』

馬立森問道：『如果那裏是個陷穽我們將怎麼辦呢？』伯納立卽回答他道：『如果那是一個溫暖的陷穽，裏面有一方牛酪，那是對於我很合適的。』

除了馬立森之外，他們都笑了；馬立森覺得很是神情不安。最後康惠又說道：『那麼我們算是都同意了？沿着這山谷雖然有一條路；這條山路看去似乎不很峻峭，只是我們得慢慢地走。反正在這裏我們沒有什麼辦法。若是沒有炸藥就是這個屍體也沒有法子埋葬呢。並且喇嘛寺裏的人也許能夠供給我們夫役，幫助我們回去。夫役我們是需要的。我建議立卽出發，那麼卽使到了傍晚我們尋不着那個寺院，我們還來得及回來再在艙中過一宿。』

馬立森還是很倔强，他又問道：『如果找到了又怎樣呢？

你能担保我們不被殺害嗎？」

「那眞是不能担保的。不過我以爲與其在這餓死或凍死，還是到寺院裏去危險倒比較的小，而且比較的妥當。他覺得這樣冷然的邏輯也許不十分適合當前的情形，所以又補說道：「以常情論，和尙寺裏最不易發生謀害人命的事。似乎比在英國教堂裏發生謀害人命的事還要不可能。」

勃林克魯小姐點着頭表示同意地說道：『像甘透勃雷的聖湯默斯教堂。』可是這話使康惠的話完全喪失了意義。馬立森聳了聳肩胛，又憂愁又惱怒地說道：『那末好，我們就出發到聖格里。勒去吧。且不管那寺在什麼地方，或是什麼樣的一個地方，我們去試一試再說。只是希望那寺不要在那座山的半腰裏。』

他們一聽得馬立森這麼說，大家都把視線沿着山谷向那閃閃發着光的錐形物望去。那錐形物在陽光之中，看去簡直是非常壯麗；他們這麼暸望着，不久却呆住了，因爲他們看見遠處有幾個人沿着山坡正在向他們那裏走來。勃林克魯低聲說道：

『這眞是神意！』

懷鄉記

異國心影錄

柳雨生

在我過去一切的寫作經驗裏，我覺得像寫我現在的這一篇文章的心境，還是陌生的，如果我不願意說它是無聊的。我曾經到過日本去一次，所晤見的多數是那邊文學界知名的人們。我和林房雄先生談過幾次話，同時叫我回憶起從前讀過的開明書店出版的『林房雄小說集』，發生無限的感觸。是他說，要寫一篇關於我的文字。後來，我又看到片岡鐵兵先生的一篇文章，大約是登在日文的『週刊朝日』罷，上面有一兩段話有着和我有關的文字。我是不懂日文的人，請懂得的朋友們看了，才知道片岡先生的批評。這樣也就過去了，林房雄先生的文章，却未曾讀到，我想，他的著作生涯是很忙的，未必寫出。但是，菊池寬先生倒是寫了一篇，聽說是登在『文藝春秋』上面的，我既不懂日本文，當然不會無意的看到。看到的是一篇中文的譯文，登在上海一家週刊的，裏面談到我云云。我對於一切異國的作家們對我的眞實的感情，常常是用一種不用多說話的無言的領略去接受它的。實際上是我既然不懂日語，也就是不能夠多言。既然不能夠多言，沈默是我應該守的本份了。

我曾經像一頭沒有家的小貓，在異國遨遊了一個不長不短的時間，心裏異樣的感觸並不是絕對沒有的。但是我回國之後，我沒有向任何朋友，眞的，甚至於任何相識的人提到一句話，寫及一個字，有關於我在日本的印象和感觸。就是我的家人，譬如說我的妻吧，我也未嘗告訴過她一句，什麼是敷島牌的烈性紙烟，什麼是日本婦人所歌舞的『春雨』。到今日爲止差不多有四個月了，我也同樣的謝却一切好友們的請求，不肯寫一點返國後的筆記。爲什麼這樣呢？因爲我只是一個文人，一個喜歡與人世間種種的可驚可喜可哂可泣的色相接觸的人，在我的生活修養之中，必然的有一個時期我需要沈默，我也需要回憶，我也需要靜想。我不願意淺淺薄薄的說出一兩句話，發表一兩段卑無高論的主張，來取悅於我所不喜歡的人，或取憎於喜歡我的人。我在任何時間需要的永遠是誠實。

我今年忽然立願寫這一篇文字，也並不就是我沈思所得的結果，而且我的沉思的結果，照一般的說法看來，恐怕是沒有什麼結果的。我的個性雖然並不是與歷史政治絕緣，而生活環境的束縛，也往往與整個局勢有關，但是我更愛好單純的生活的愉快，生活的美，以至於最超妙奇特的所謂止於至善的境地。我曾從文學書籍中和許多古人或異國的偉人接觸，未嘗一親謦欬，更未曾握一握手。然而我們的心裏自有李太白，或白香山，或小泉八雲，或華盛頓・歐文(Washington Irving)，在我的心裏常有若干的異國作家，腦裏的影象，眸裏的笑顏，都不是片面文字所能夠表達的，更絕對不能表達到十全十美的地步。有的時候我會想思想的結果，只剩下一種寂寞的安慰，這種安慰如果眞是寂寞的，那麼就是親如家人父子，都不能分潤，何況是廣大的羣衆和無窮的讀者。

我之所以要寫這篇東西，是代表了一個十足的眞實的中國人應該有的舉動。古人說得好，『以直報怨，以德報德。』在我的心裏看起來，以直報怨是中人之性，我不願多說，以德報德都未免有一點兒殘忍。譬如，子女對於父母，任何人都有一種天性的愛的，雖是矯情的人也不大容易造作。但是我們試想一想，兒女對於父母有沒有完全聽受教訓，有沒有一點兒反抗的舉動。結果當然是有的，父母劬勞到了極頂，可是子女的報答，都決做不到十足的以德報德的程度，那麼，即使算做到了以德報德的境地，是不是實際上還覺得有一點兒牽强或不滿麼？照我的靜靜的思想的結果看來，日本的知識界，是能夠懂得一種大勇猛大精進的道理的人。這不是輕輕的無謂的恭維話，確是我近來的思想的結論之一。我想，做人的道理，最高尚的是應該超乎以德報德的恩仇的觀念之外的，一個人是如此，一個民族國家其實也是如此。我們中國更有一句相反的話，是『甯使我負天下人，毋使天下人負我。』這是一位歷史上的英雄受到後世的譏笑的原因。懂得眞正的大勇猛大精進的精神的人，一定是能夠責己深切，對人寬恕的人。這種理想的人生，大約是人類所歷久追尋而決不致於被認爲落伍的一種眞理。

更進一步去追尋吧，我們不但應該以德報德，並且應該用投飼餓虎的偉大精神，用一切的努力，去拯救全宇宙全人類正在掙扎苦痛中的水深火熱的生活。

更進一步去追尋吧，把人類從戰亂中解救出來，更進一步去追尋吧，把自由和眞理從壓迫中解救出來，把獨立和正義從紛擾中解救出來。

我們不怕艱難和困苦，我們嫉恨虛僞和自私。

我這一次到日本去，在這個時候，心境的異樣是顯然的，其寂寞和虛空也是顯然的。整個世界都在無邊的戰火中强烈燃燒着，人類的聰明和智慧使自己建設起了一半符合理想的世界，但是虛僞和自私又毀滅了它。整個世界的人類在這場劇烈的搏鬥中顯明的劃分成兩個堅固的壁壘，每一邊的人都想着，都自以爲自己是懂得眞理和正義的，而對方則全是自私與欺騙。但是，眞正的眞理，照我個人的愚昧的私見，不應該完全決定於燦爛的戰場，烽火連天的疆場，却應該決定於暮色蒼茫的微光裏，剛才落過一陣陰涼的秋雨，青苔滿地的峯巖深穴，裏面偃臥的瞑目靜思的赤脚哲人的語言。可是這一位哲人，大約總是不大願意開口的。

我懷疑中國的人民連婦孺以至於販夫走卒，大概都是明白這種道理的，因爲，至少他們都聽過那一部通俗的三國演義裏面有這麼一回，幾位將軍勞苦的跋涉到深山裏去訪問一位紫虛上人，要想問一問未來的休咎。但是，上人的答覆，就是閉目不言。

我第一次看到菊池寬先生，也是借了這一次的機緣。當他開始要表示意見的時候，並不是閉目不言，而是片刻不停的把眼睛霎動着。就是這種瞬時不停的霎眼，是他給我的第一個愉快的印象。這一點，記得片岡鐵兵先生在他的文章裏也提到的，說是我很喜歡看到菊池先生的霎動着眼睛。

菊池先生霎眼的地方是在一個大庭廣衆的場所。他的眼睛一面霎着，口如懸河一般的，說出一番叫許多聽得懂他的語言的人拍掌的話。我並不能懂得他的語言，雖未拍掌，然而我對於他的語言的瞭解，其實是更爲深刻一層的。語言可以使對方瞭解，但是也能夠使對方得到欺騙。在我們的哲學家的書裏，早有着許多對這一類的眞理闡發的話。如『五色令人目盲』，就是其中一個淺顯的例子。我並不能懂得語言，我覺得我的觀察一定是更專心的，更來得深入和細微的。我們中國有許多算命的人，大部分的是瞎子，這些瞎子，雖然有一部分是天生的殘廢，然而另外也有一部分是用手術把它揉瞎的，爲什麼要揉瞎呢？聽說也是相信更可以專心一點來推算的道理。

我由菊池先生的眼鏡，瞧到他的眼睛，瞧到他的臉，一直到他的全身。後來，我對片岡鐵兵先生所說的話，——其實，我也並沒有說什麼話，只是對他說『菊池先生……』四個字，說完了我自己連霎了幾次眼睛。

片岡先生懂得了我的話，並不是他能夠懂得我的語言。大約我的一切語言，在他們當中是沒有人可以完全懂得的，然而他們其中也有一部分人，看了我說話的姿勢，態度，像是可以明白我的意思。我的話是用我自己的語言傳達出來的，可是我的語言發表的結果，使別人感受到的『是』和『非』，卻並不是由於語言的功效。好在我們平常總也算是肯用心的人，用心就是『正在想』或『想想看』，在思想的當時，可以判斷出一個意志的眞實和虛僞來。我在看到菊池先生霎眼的時候，心裏所想到的東西很多，至少是：第一，菊池先生是一位站在台上的人，許多羣衆都坐在台下。在台上看人是困難的，有時候並且是容易眩惑的，眩惑的結果，眼睛就會霎起來。第二是，『五色令人目盲』，仁義禮智信也能夠令人智昏。第三是三國演義上面的紫虛上人。第四是上海市區裏有一個新市場，那邊也有一個善占吉凶悔吝的紫虛上人。第五，……多想也是會叫人糊塗的，並且寫也寫不了許多。可是，當片岡鐵兵先生看到我向他學菊池霎眼的時候，他忽的笑了起來，說了一句英文，Very interesting？我的答覆是點點頭。其實，片岡先生只知道我當時覺得有趣味，那裏知道我的心裏的趣味之所在。不過，他後來好像已是非常懂得我的意思的，至少我是這樣的想着。因爲，有一天晚上菊池先生邀請我們吃日本飯，在座的還有橫光利一，林房雄，河上徹太郎，舟橋聖一……等先生，片岡先生也在座，並且恰巧和我坐得很近。他是一個有長長的頭髮，大型的頭顱，深凹的眼睛的作家，令人一看之下，就會覺得他是時時刻刻在思索着問題，在探求着問題的核心的。當晚，他在一張紙上寫了一段很多字的話給我，那些字雖然不是日文，可是我竟然仍舊不能夠懂得。原來他寫的是法文。那是勃多萊爾的原句，他告訴我寫的原因是，他曾經到過中國的太湖，太湖和運河的情趣，頗像勃多萊爾的句子的情調。後來，他又在紙上把這一點意思加寫了出來。他的眼眉是細長而多睫的，我從他的雙眉的一開一閉，嘗試的去了解他的話的意思。他也向我說英語，但是說得很少，幾乎不能夠達意。然而不達意也不要緊的，特別是我覺得語言的不達意，有什麼要緊。我們家裏都有小孩子，沒有一個懂得大人的話的，哭哭啼啼，笑鬧雜作，大人們也不懂得他們的話。然而小孩卻依舊能夠和大人共同生活着，沒有什麼特別的不方便。中國的老子書裏說：『專氣致柔，能嬰兒乎？』，不知道片岡先生允許不允許我在這兒曲解一下，我們之間的互求瞭解，正像大人之與嬰孩一樣。大人和小孩的不同，不是氣質，只是程度。有血統氣質關係的人的瞭解，無論多麼遠的距離，都只是程度的差別，不會有性質的不同的。那就是說：我們之間的距離，決不會怎樣的大。近代中國歷史上的重要人物，大政治家，軍人，學者，以至於文學家，多和日本有着相當重要的關係，其關係也許是正面的，也許是反面的，但是關係之深切，遠非中國人與歐美各國間的關係所能及。因爲這一種關係是更深入的，更普遍的，一種氣質的與血肉的關係。把整個宇宙硬分做東方西方，又把整個東方劃分做遠東近東，這種偏狹的淺薄的看法，在我的想像中是不能夠接受的。所以我寧願反對西方文化、東方文明如何云云的說法，却主張世界的文化的總成績，應該是東西方全人類的精神所發揮出來的，寶貴的貢獻的總和。所以，即以片岡先生而論，既要看看中國的太湖，也不妨讀讀勃多萊爾的詩。即以我而論，雖然我喜歡讀正續淸經解裏面一切的關於易經的研究，却不願意一筆抹煞英國的學者韋雷（Arthur Waley）的成績。然而，專就我們東方的人自己而論，正如一個家庭裏面的人在沒有泯滅家庭的限制的時候一樣，當然因爲環境上許多客觀的原因，瞭解起來確是比較的容易，也比較的熱情。所以，連英國的詩人吉百齡恨起來都說：『東方究竟是東方，西方也究竟是西方。』從側重的意義一方面去說，這句話連一個西洋人都不會反對的。

如果說我能夠了解片岡先生，我覺得它的根本的原因應該是這樣。

我在上面還提到林房雄先生，他就是有意寫一篇文字送給我的人。他的文章究竟寫了沒有，我不知道，也不用知道。因爲，他跟我說，他是一個能夠了解我的意思的人。

他並不是住在東京的，到東京來大約是短期的勾留。他和我住在同一層樓的房間——一家西式的著名飯店裏。這家飯店據說是最著名的，餐廳裏燈火輝煌，但是在深夜的時候，樓上甬道的燈光，也相當的黑暗。他帶我穿過那條暗暗的短道，走進他的房裏，已經是夜間一點半鐘的光景。

他告訴我，這是他每天開始寫稿的時候。寫呢，大概總要一連的兩小時。

他自稱是一個『粗人』。我的印象也頗爲同意，不過，倘若我說他的面貌有點兒像是我們理想中的蘇東坡，恐怕更對。因爲，他永遠是結實的，壯健的體軀，紅潤的面容，洪亮的聲音，又喜歡喝酒，又吃大魚大肉，可是光光的平頂短髮，更有點兒像中國的和尙。他穿的又是玄色的寬大的日本衣服，走起路來，飄飄蕩蕩的，像是在直跳直闖。

我讀過他的書，明白而且同情他的半生堅苦奮鬥的歷史。雖然一位作家或是任何成功的人的生活的發展往往是曲線的，可是，我始終期望，並且相信他有着一種百折不回，向前邁進的精神。

我向來不喜歡喝酒，可是在他們的面前，我沒有畏縮過一次。我們喝的只是啤酒，大約不過盡了一二瓶。他今天也沒有寫稿，也許是因爲旅行在外的關係，或是我來閒談的關係吧。我們開始了許多率直而不相欺騙的，毫不客氣的談話，雖然我在形式上，的

確是一位遠方來的異國客人，而這個國家的情勢，又正是當着一個歷史上所未有的艱辛與苦撐中的支離破碎的局面

「我正在寫西鄉隆盛的傳，」他說：「已經完成了幾部分了。我想，我這一生一世，能夠完成這一部三十厚册的書，我的工作也就可以算是完盡了。」

「不吧，你的年紀還不算老啊！將來還應該有更多的，更好的佳作出現呀！」我直率的說。

他向我注視了一下，眸子裏的光彩像是那樣的神光奕奕。

「我們都是弄弄文學作品的人。你知道，我相信你知道，我們的心裏有一種苦。我很想對你用言語來表達，但是我的英語的程度不大好。我的心裏有一種苦悶，你是不是明白呢？」

「所以我們要想建設一個堅實明徹的理想人生麼？」我又說。我說這話的時候，因為斟酌用字的關係，大約也有點兒慢吞吞的。

圓桌上除了脫了招牌商標紙的，潮濕的空酒瓶之外，還有幾本厚書，其中有一本就是他的「西鄉隆盛」。他的「西鄉隆盛」，是創元社出版的，已經完成的大概有：「早春之卷」，「落花之卷」，「青葉之卷」，「而立之卷」，「月魄之卷」，「彗星之卷」。這是一位典型的日本政治家的小說體裁的傳記，他的寫作的動機，我想，恐怕是想鼓舞一般他們國內青年的熱情和勇氣吧。另外，滴滴的響着的，還有一隻小鬧鐘，我看來已經兩點一刻。

我說：「中國的詩人有一句話，叫做「欲辨已忘言，」這是一種很超脫的境界了。讓我們不用開口，從我們的神情態度之間，求得相互的認識，慢慢的明瞭對方吧。」

我在一張白紙上，寫了「欲辨已忘言」的句子，向他講了兩遍。他點着頭，好像是已經明白，又像是不大明瞭的樣子。但是，「蘇東坡」的態度始終是豪邁的，也許還有點兒嫵媚，他接着就講，他是一位能夠了解我的意思的人。

我問他的家庭狀況，他大略的提了一提。家庭是在鎌倉，過了幾天，就要回到那邊去的。

「我的妻在夜間我寫文章的時候，總是替我準備好一切的。」他繼續的說，掏出了一包「光」牌的香烟向我送過來。我燃着了一枝烟，一面聽他說話，腦裏憶着海行的深藍色的洶湧的波濤，想着這個時候單獨在家裏的我的妻。

我也有一個妻，一個唯一的能夠愛我，安慰我的妻。每天夜間在我寫東西的時候，也總是陪伴着我，一個人織着絨線衫，或是向溫暖的小鐵爐烘着手。所以，當有一次菊池寬先生問我有沒有結婚的時候，我說：

『結婚兩年了。在中國這個艱困的環境，結婚是添上一層負担的。我也怕這個重累，可是，我是結了婚的。』

我把妻和孩子的照片給他看。

我們談話的地方，是在菊池先生的家裏。我在上面單提到片岡鐵兵和林房雄先生，是因爲他們對我的印象，都曾經自己講了出來的。其他的人，像武者小路實篤先生，横光利一先生，谷崎潤一郎先生，久米正雄先生，春山行夫先生，山本實彥先生，舟橋聖一先生，接談的時間較少，我就不用多寫。（常常在一塊兒的還有中山省三郎先生，奧野信太郎先生，巖谷大四先生這些人。中山先生是專治俄國文學的，他送給我一本他譯的『屠格涅夫散文詩，』又贈給我許多美濃紙。奧野先生是慶應大學的漢文教授，正在日譯中國的『西遊記』。有一天，中山、奧野、冰廬兄、潘先生和我，一同到街上去逛舊書肆，順便參觀冰廬的舊校早稻田，奧野先生又請我們到一家有希臘古典風味的茶座去喝茶。第二天東京日日新聞上登了一段特寫，叫做『三人之買物』。這大約也可以算是一個好紀念吧。巖谷先生新婚不久，我們常常談結婚的人生哲學。可是，我現在實在沒有心緒，多寫這一類憶舊的文字了。我現在所以還要寫這一篇小文，不過是像上文所說的，代表了一個眞實的中國人應有的態度。菊池寬先生發表的文字，大概是一個誘導的原因。否則，我有百分之五十可以算是一個在異國『有口不能言，有耳不能聽』的人，當然沒有寫這類文字的資格。）可是，菊池先生給予我的印象，除了耍眼是一個愉快的印象之外，其他可以紀述的也還有一點。順便可以把我未能直接開口的話，也說上一點罷。

在我到菊池先生的家裏以前，我曾經到過他的文藝春秋社。和我一塊去的，還有周先生，龔先生，潘先生。龔潘兩先生，即『三人之買物』裏的二人也。文藝春秋社是在一座很大的樓裏，租了兩三間房子。（那是麴町區的大阪大樓）編輯部和經理部，大約是在一塊兒辦公的，規模相當的大，頗像民國二十五六年間上海愚園路愚谷邨的宇宙風社。出版的雜誌有五種之多，主持編務的，有河上徹太郎等。這是菊池先生經營的事業之一。我們先在他的辦公室，談話約半小時。照我的記憶所及，他的辦公室裏，可以注意的東西有二：一是芥川龍之介的照像，使我看了，自然有一番發自內心的沈默之感。一是一隻很大的銅馬，雕刻得非常像眞。——

——和馬有關係的，是一大厚叠關於賽馬的書籍。

『我要女人，我要刺激，我要賽馬的賭博，……這的確是一種賭博呀！』菊池先生大聲的說，在大阪大樓地下室的飲冰室裏，同座的除上述諸人外，還有河上，舟橋諸先生。我們一塊兒吃着冰淇淋。

他有八匹馬，都放在郊外的一個馬廐裏。從前恐怕還不止此數罷！周先生問他愛不愛蘭花的時候，他大聲的回答：『I want women! I don't like flowers』格格的笑聲，多麼的直率可喜。

他的整個身軀，是矮矮而微胖的，年紀已經逾五十了，精神却還很硬朗。近視眼的程度，也不很淺。他的照片看到的人很多，當然不用多說。

忽然一個苗條身材的女子，年紀不過十八九的樣子，穿着一身黑白相間的西裝，扭扭揑揑的走進來，步子是十分的健美的。臉也非常秀麗，嘴唇搽得很紅。

『她是，……來！來！她是我的女書記，』菊池先生說：『她是東京最美麗的小姐！』

『你們看她美不美？』菊池先生說着，那位小姐有點兒羞答答的，相當的動人。

事後，潘先生告訴我說：『菊池很能夠玩弄她的情感呀。這也是一種分析女子心理的好機會。』

我是很喜歡菊池先生這種詼諧而又不大過火的態度的，立刻請那一位小姐替我寫幾行字。菊池先生先告訴他我的名字。她吃吃的笑着，不答應寫，後來寫了出來，原來，就是她自己的名字。一瞬間，她忽然已經不見了，走得是這麼的輕快。

我抬起頭來，看到壁間有一幅風景油畫，不覺出神了半天。

『日本的女人！』我想起戴季陶（日本人還記得他叫做戴天仇罷）先生的『日本論』那部書來。

談鋒一變而至於小說的創作問題，潘襲兩先生和菊池先生的話，就漸漸的多了。於是就談到了張資平先生。

『在貴國，』菊池先生說：『還有一位張資平先生，聽說有人稱他做中國的菊池寬。對不對？』他懇切的問着。

『對的。』忘記了是那一位回答的了。

『我很喜歡，若是我能夠讀到他的作品。』菊池先生的話。

菊池先生的文章裏，說到我能夠做詩，也發表在那邊的報紙上。—這件事情是不錯的，不過我並不能夠做詩，我的詩多做做一定要鬧笑話的。

× × × × ×

事情的開始是這樣的，菊池先生僱了木炭汽車，送我們到歌舞伎座去看戲。

歌舞伎座是日本東京一家很大的日本舊戲院罷。大約和上海的黃金大戲院彷彿。我們的位子在樓上正座第一排，位子很舒服，我想是先包好了的，因為戲院裏本來非常的擁擠。

戲院的特點，一時不容易說得完全。但是我知道下面的幾點，必為中國現代舊劇舞台所無。（一）舞台左側多了一條直的長形木台，直貫觀衆座位的當中，達到座位後部。演員出入也可以由此路徑。（二）音樂場面的人，另在舞台右側一個小型凹進的地方演奏，一律長袍大袖的黑色和服，奏着古式樂器。（三）演員不開口唱，唱的人却是場面的黑衣和服裏之一人。

如此寫來，自愧非常淺薄，像不能夠搔到日本舞台舊劇的癢處。

台上有兩三個人，完全黑衣黑褲，蒙面，僅露雙眼，很是奇怪。我和周先生提了一提：『這是幹什麼的？』周先生也不大明白，以為是飾鬼者，因為劇情是什麼，本來我們也不能懂。後來再問菊池先生，他指手劃脚的說：

『These men are supposed not to be on the stage.』（這些人是假定本來不在台上出現的），蓋檢場者也。然而日本舊劇的檢場人，並不喂演員們喝香片茶，連著名的菊五郎都不飲場，是其一種優點。

菊五郎是誰？日本多稱他為菊五郎丈，有點兒像我國的楊小樓。

我看的兩齣劇，一齣的名字是：『 原平三譽石切』，其故事很曲折，也很注重忠孝仁義信愛。曲折的故事，我這裏不用多寫了，據菊池先生說，大概是『向一位貴胄賣一把刀』。在這齣戲裏，菊五郎飾一位要角。

一齣戲更有趣味了，叫做『鏡獅子』。劇情的大概，是很難一目了然的。可是菊池先生在我的說明書上，塗了又塗，寫成一句話是：

『The girl is haunted by the spirit of the mask of a lion, which is a masterpiece sculpture.』

（用一句文言說，此女爲一獅形面具之靈所攝，而此面具則一精工之雕刻品也。）

菊五郎在這戲裏，初是男人扮女裝，宛然是窈窕的淑女，後來『爲靈所攝』，忽然改裝爲一獅子頭的武生裝束，在台上搖搖擺擺，倒也八面威風。在日本舞台底下的觀衆，是不會叫好而只拍手贊美的，當他把幾尺長的獅子頭髮東甩西甩的時候，就和我們的楊小樓唱金錢豹一樣，四座的掌聲就像春雷一般的響動起來。

依照日本戲院的慣例，一幕戲完了，就該休息片刻。觀衆們都離開位子，到外面去喝喝茶，抽抽煙。這個習慣可以使顧曲的周郎，不至於過分疲勞，過分興奮。

我們離開座位，去看『菊五郎丈』的卸裝，也在這個時候。

這天晚上有一個宴會，吃的是中國式菜，坐的是日本式席。同座的時候，東京日日新聞社的人要我替他的報紙寫一點東西。我是不大會喝酒的，乾了一兩杯之後，忽然想起郁達夫先生的一首登吳山的舊詩，大概是：

大地春風十萬家，偏安原不損繁華；

輪降表已傳關外，策帝文應出海涯。……

這是有一點兒詠史性質，同時又是批評南宋的陳同甫的。我這時心裏只觸想到他的起句，意境是很高，氣象是很闊大的。其他的句子，就有點史論的調子了。現在中國的局面，是破碎的，消極的說，我們所想謀的是安定保全，並不見得就是『偏安』。積極的說，我們要想從根本上使日本的國民明瞭中國，認識中國四十年來爭取自由平等的奮鬥，中國强盛了，對於日本決無什麼不友善的地方，日本對中國好，是有利無弊的，而中國的同胞們，也要反躬自省，努力研究日本，努力了解日本的國民性，生活，習慣，思想，社會，人物，和其所以能夠强盛之道。所以我寫出了一首舊詩，後來登在報上，也是表示這樣的意趣和希望的。達夫先生的詩是六麻韻，我的是十一尤，並不相襲，而且我的詩的意境，和他的詠史不同，却是寂寞而眞誠的，寂寞是我自已的心境，眞誠是我對別人的態度。句子做得好不好，也不去管他了。雖然未必能夠獲得許多人的瞭解，然而我覺得只要有一兩個人懂得也還是好的。

『你的詩，我大體是可以懂的，』菊池先生說，這時是在他家的客廳裏了。『然而，也不能夠全懂。』

這是菊池先生的謙遜話了。我的詩是在他家裏想的，寫的。他有很精雅的毛筆，硯台，信紙和印泥，一定是很講究寫字的人。

他大約擁有幾座房子。我到的却是他的住宅。那是一座不大不小的洋房，大約有兩層樓，屋外是一小塊庭園。

我們坐着木炭車（出租的）到他的住宅的時候，他和車夫在黑暗中大聲的談笑，有的時候好像罵那車夫幾句。車子轉灣抹角的，愈走愈黑。

離主要的街市遠了，兩旁的燈火慢慢的稀少起來。

同車有一位女客，我也認識，我現在假定是G小姐吧。不久，G小姐下車了，車座中只剩我和菊池先生兩人。

我知道G小姐的文章寫得很好，她的年紀看上去，總已有三十多歲了，樣子像是很高傲的，也許沒有結婚，可是我並沒有去問詢她會否結婚的意思。（這在習慣上，不是不大禮貌的麼？我想。）不過，我記得我曾經讀過一篇她的小說，論到丈夫的貞操一類問題的，我向菊池先生說：

「她不是有過一篇小說，很著名的，談到男子的貞操的麼？」

車子的顫動很厲害，菊池先生未必聽得清楚我的問句。他誤會了，答說：

「我知道，她是從未結過婚的。可是，我不知道，她究竟是處女不是！」

這一次的格格大笑，不由的不是我發出來了。菊池先生的態度，可以說是一貫的，讓我們的心裏，感覺到非常的明快清朗，我立刻想起左宗棠的『此諸葛之所以爲亮也』的話了。

他家裏客廳的布置，是完全西式的，除了偶然有一些日本式的裝飾品。陳設得相當的好看，有一座菊池自己的半身的銅像，倒是非常神似的藝術品。——也許還有菊池先生心愛的東西也不一定，像四面壁間高懸的山水畫軸，還有那個賽馬所得的很大很大的銀杯，也陳設在一個玻璃櫥裏。但是我記憶得最清楚的，要算是他自己的銅像了。

那個時候已經是夜間十點鐘了。他叫使女端出點心，兩人進了些西式糕點和紅茶，就引導我上二樓去。樓上的走廊放着幾個龐大的書架，充滿着西式的書籍，大小新舊都有。另外一間屋子，四周壁上全是高高的書架，也都是收藏着燦爛的硬面書籍。屋子本來是黑的，電燈拍的一亮，我就接觸到這樣的景象，同時，地面上鋪着厚厚的深藍色的地毯。全屋都是那麼調和，那麼靜穆的，一點兒聲音都沒有。地毯上還留着一册厚皮的書。

和這間書室毗連着的，是他的著述的小房間，陳設很簡單，也不過是寫子檯，茶几一類的家具。我記得，日本的雄辯講談會拍過文化電影，有幾百尺攝的是菊池先生在構思的情況，就是這個地方。

和這個房間連着的另一間，就是他的臥室，却是一個較寬大較舒適的房間。毗連着還有小小的浴室。我在這間屋裏安息了一晚，並且還洗了一個極暖熱的澡。他家的熱水似乎是用煤氣管燒的，可是我對於甚至簡單的機械的觀察本領，一向都是很差的，至今已經不能追憶了。

在他的恬靜的牀旁，有着一個小小的木書架，那是一套十餘巨册硬面藍色燙金字的改造社版『菊池寬全集』。其中的第十二册，好像是重複的。我把這個書架的書籍大略看了一看，發現裏面還有一册中文的『李太白詩集』。我望着他的書架，久久的不忍離開，雖然只有幾十本書，我心裏的感想，却像是對着一位崇高的，積學的先輩。

這天，他自己却到另一間日本式的房間去睡眠。那間房子我也去看過的，屋子很宏敞，堂前好像懸掛一個橫額，寫着什麼齋的名字。

第二天早晨，冷冷的，我們都起了身。因爲要趕出去乘電車，再轉乘火車到土浦去，大約五點鐘我就醒了。早餐也是西式的，很豐盛，一盤煎魚也很多。那酸酸的橙皮，擠了汁子拌着魚肉一塊兒吃，最投合我的脾胃。

『這些都是我的太太替我們弄的。』他說。

我暗暗的驚訝，難道，日本的婦女燒西菜也這樣的配胃口麽？可是我沒有問他。

『我的太太從來不接見我的客人，』他說：『就是日本的朋友也不見面……。』接着，他告訴我他的家庭狀況。我記得最清楚的，是他有一個最幼的兒子，現在中學（照片我也看過了）。一位女兒和女壻，現在也住在這所房子裏。其餘的詳細情形，我用不着多記敍了。

× × × × ×

我記憶菊池寬先生的話，大約應該止於這裏了。菊池先生在著作界的盛譽，從日本的大正時期一直到今天，數十年來如一日，用不着我多去稱讚。我完全不懂得日語，談話的時候完全用的英語，就算並不隔膜，至少也並不格外來得親切。菊池先生對我的態度，以至於他託我帶回贈送我的妻的手提袋，是我記憶之中永遠不會忘記的。可是，我在讀完了菊池先生最近的文章之後，我忽然想起菊池先生的一篇非常有藝術價值的短篇小說來，那是他的「超乎恩仇之外」。這篇故事的內容，是可以感動得叫人流淚的。這篇故事的情節，是可以讓一個陌生的中國人去了解日本國民的生活和他們的人生哲學的。這篇故事的題旨，雖然是講的人與人之間的恩仇關係，可是我覺得國與國之間的關係，不論是理智的看法還是感情的衝動，也未嘗不可從這篇小說裏，悟出一番大徹大悟的道理。我所以寫出這篇短文，一方面是想答謝菊池先生……他們許多人待我的盛情，一方面是我覺得，菊池先生能夠寫得出「超乎恩仇之外」那樣的傑作，那麼，他對於我的期望和熱忱，是能夠使我發生深刻印象，引起重大的反響的。

在我離開日本的時候，途中住在奈良。「文學界」的主持人河上徹太郎先生從東京趕到奈良，表示他自己——和菊池先生他們的意思，希望我在日本多住些時候。我們的談話由夜間兩點多鐘到三點半鐘，短袖跣足，穿着寬大的睡袍，同座的還有巖谷大四先生。他們的意思我是明瞭的，雖然我謝却了他們的盛情。不過，我用一句極誠懇而又極熱烈的話回答我的日本文學界的朋友們，爲了要安慰你們，我才寫了這篇小文，雖在苦痛的寂寞中，裏面的話是沒有一個字不是出於肺腑的。我願意深切的責備我自己，並且警醒我自己的國民，但是，我想我們不久的將來一定可以再度的晤面的，願那個時候也像今天上海的天氣一樣，雖然寒冷，幾小時的厚雪，已經把整個眼面前的世界，裝點成光明澄澈的新天地了。（中華民國三十二年一月，大雪之日。）

海客譚瀛錄

一　前言

海客去國，心多悵惘。及歸，旣覩彼邦風土人物之盛，衆整以暇之情，心嚮往焉，惚惚若失。靜而甯思，親如家人父子，亦未嘗一語異國事。時逾半年，旣撰「異國心影錄」，意有未盡，心有未釋，輒更時時於燈下抄錄日記，排此舊文，緬懷往情，期以實錄。竊念以中國之大，庶衆之富，歷史之悠遠光榮，苟奮勉興復，雖遍地瘡痍，事有可爲。益以今日彼邦上下期勵之殷，同情之切，千載一時，非徒虛語。諺云：「前事不忘，後事之師。」實願以此斷簡零緒，聊作讀者思想之一助也。

一 藏書

中國公私立之圖書館，北方爲多，京滬蘇杭漢粵，未足云盛，而學校藏書，則昔日之北大，清華，首屈一指。清華之書聞多散佚，北京大學舊有圖書廿四萬册，民國廿四年秋新建圖書館以儲之，戰後因保管得宜，未有損毀，且增益焉。東京帝國大學之圖書，殊亦足觀，所知則其南葵文庫有九萬六千一百册，青州文庫二萬四千九百七十九册，霞亭文庫千八百廿二册，鷗外文庫萬八千六百五册，洒竹文庫四千册，竹冷文庫千四百五十二册，阿川文庫五千一册，龜井文庫千九百五十八册，河本文庫萬五千七百册，餘如知十，穗積，田中文庫等，藏書尚不在內。覩喬木而知舊家，閱圖籍而思大邦，此國家興隆之根本要圖，覘國者所當深長思也。

二 神宮

日本人崇神敬祖。崇神之過於迷信者，世界之大，無地無之，蕃殖之廣，無族無之，初不必置論。若崇拜一民族傳說中之所自來，如水之有源，知所溯從，則可增長其敬愛國家之尊嚴及培養其民族之自信心，民可使由，道之善者也。日本多神社，頂禮膜拜，出於至誠，祝師皆衣殊服，道貌岸然，虔敬之情，溢於言表。去歲錢稻孫先生渡日，參拜伊勢神宮，口占云：『神風拂曉水清明，紅葉深山萬古情，敬祖愛民同一德，會看世界大和平。』敬祖愛民，爲日本民族性之特徵，出斯民於水火而登諸衽席之上，則尤有足與吾國儒說融會互通之處者矣。

錢詩予初讀時，未知其佳處，時隔愈久，愈覺其無一字可易。以其旣饒東瀛風光，而意境復深雋有味也。詩學妙諳，正復難言。

四 風景片

旅行日本者，每至一地，驅車觀賞其名勝，售風景明信片，約可分爲二類：一爲五彩顏色者，價略昂，一則黑白色，日金十錢，可獲數張。又有以紙質之佳否而微異其值者，亦有較明片加大而純係照片者。在熊本公園時，亦有兜售此物，嘗與予且先生論之，予謂此種風景片，取景極呆，如吾國上海之有售黃浦灘南京路龍華塔諸景，必無足觀。予且云：『是不然。攝影之難，不在采光而在選景，選景必熟諳地理風光者，乃可辦，若異國初游，隨地自攝，耗片甚多，必多遺漏處，轉貽後日懊喪。風景片之妙，不在取景之靈動，而在其能彌補此種缺憾也。』

又有完全以木材雕成風景畫者，一泓春水，斷霞炊烟，糢糊之處，無不畢肖。製甚粗，遠觀較好，價廉，大者僅二金耳。此彼邦民間藝術品之一，未必出名工也。

五　飽食

西洋人喜食蠔，炸蠔一味，菜單中多有之。日本人似亦食蠔，且多有海味章魚墨魚蝦之屬，於通衢設小攤，張以露幕，設座煎烹而食之，趨之者甚衆，味鮮而價菲也。所見多在夜間，東京銀座附近，比比皆是。友人某君近忽有東渡游學之議。或諷之曰：「食無求飽。」是何言也！今日彼邦當百戰艱辛之際，舉國上下，甘苦共嘗，生死一之，糧食百貨有統制，居民僑衆有配給，是乃理所當然之事。若謂食必不得飽，旅居者多羼羸菜色，是則不然。且聞彼國對糧食百物之統制管理，配求輪濟，法甚嚴密公允，故閭閻晏然，民無騷擾。口糧之外，就食之地甚多，公共食堂及餐館，營業亦復鼎盛，夜九時後燈火照耀通明如晝，道上行人熙熙攘攘，路攤小肆，遊客絡繹，勸一而諷百之喻，吾是以知其必不然也。

六　天婦羅

天婦羅，名甚奇，亦蝦屬，和麵製，道旁露幕前食者也，味甚鮮馨。筵間亦有用以饗客者，久候則漸冷，略和醯汁而食之。

七　日本國志

國人無有眞知日本者。知者多未能爲國用，或老隱市廛，鬱轄終身，或避席上庠，著書課稻，朝不保夕，侘傺以沒者衆矣。著書紀述彼國政治外交風土人情地理史事者，遜清迄今，屈指可數，不過黃遵憲，姚文棟，戴傳賢，周作人，黃康，錢稻孫數人。以兩國關係之深，接壤之密，同種同文，而國人之歧視嫉視虛憍輕蔑也如是，吾是以痛憐國人，深惜日本，而生中國無有知日本者之歎也！

黃公度有日本國志，姚文棟亦有日本國志，然名同實異，截不相干。姚集名曰讀海外奇書室雜著，中縫則題曰東槎雜著，共文二十四篇，蓋在使館爲隨員時所作。卷末有日本國志凡例（作於光緒甲申九月），云全書十卷，分記東西兩京，畿內，東海道等七道，每道以國爲綱，首疆域，次形勢沿革，以至物產，凡二十四門，蓋是地志體裁。末有未備一條，自言刑法食貨等皆未及記，後人君子尙其補諸。日人星野川口宮原三人皆有跋，見姚氏編海外同人集卷上，星野謂其譯我羣地志書，集其大成。黃著凡四十卷，地理才有三卷，刑法食貨共得十一卷。其最有特色前無古人者，當如欒堂先生所云：『推學術禮俗二志，有見識，有風趣，蓋惟思想家與詩人合併，乃能有此耳。若說瑜不掩瑕，則文中惜不注出處，如禮俗志中多用川瀨棲亭之藝苑日涉中民間歲時，寺門靜軒之江戶繁昌記，往往一篇一卷全文錄入，如能隨處註明，體例當更爲完善也。』（見欒堂語錄）姚文棟又有日本地理兵要一書。

八 漢文書

東京多舊書肆，所售者且有漢文書籍甚多，綫裝木刻或石印，四史通鑑詩文雜集以及演義小說等，印刷皆甚精審。日人之漢文著述，亦復不少。友人閒步庵在某肆購得石印水滸，明治初板，紙潔墨勻，復有護書册夾，在火車中臥讀，不覺移時。

九 箸

食物亦用箸，箸多較吾國爲短，且略寬扁，木製，未用前，二木微連，置紙袋中，書御箸兩字，用時，去紙以箸左右平分，始相脫離，紙袋中常附牙籤一枚，更有小紙條，上多吉利語及格言。昔有留學生某，不明箸之用法，取而攔腰折斷，遂成笑柄。然誤用者甚多，讀某君文中亦嘗自言之，初不祇某生一人也。日人好潔惡臭，故木箸皆潔白美新，値又甚便宜，一用卽棄，不慮取用之偶或盡竭也。

十 海驢

世界之大，奇物甚多。動物院中所有者不外禽獸，而奇禽異獸，種繁類別，非但見所未見，抑且未之前聞。幼時居北平，常至西郊三貝子花園農事試驗場，有象，獅，虎，豹，均足增益智識。在熊本公園內，所見乃有海驢，水陸兩棲，特製巨池及水泥所砌峭壁以囿之。體碩大無朋，目細長，皮色灰黑而滑濡，入水載浮載沉，忽焉飛攀石牆上，仰天一鳴，聲甚尖厲。所食爲餅餌，遊客時購取投之，遂自水中躍出，裸露其全身。

餅餌之外，復有魚食，兩三鐵罐，有水，養泥鰍或蚯蚓等物，覆以細石。園內無專司售餌者，欲購，則自啓其罐，而納相當數値之鎳幣於其內，雖小學生爲之，亦無違章者，吾是以知其國民道德之純樸與守法矣。

十一 海行

海行所乘之船甚新，而布置設備，兼東西方之優點而有之，亦俱典雅秀麗。吸烟室甚大，座皆係絨背軟椅或大沙發，甚感舒適，燈光亦和柔悅目。其特色，則圓桌上例不置茶具，桌面下別有數銅圈，大小如茶杯口，可旋動，圈內襯橡木皮，用時，實杯皿其內，不用則旋入桌底。其製略如海上京戲院座背之鐵圈，而實用與美觀，均遠勝之。食堂亦做大而精美。食時，有豬排一，盤內陳一剪紅綠紙花，甚可異。聞之友人，則豬排類有骨，食時，插紙花之空莖於骨上，手持而大嚼之，旣不濺汙，復可免萬一刀具使用時不便利之弊。試之驗然。此又實用與美觀並重之一例也。以此覘日本民族性，不論若何細事，率能於整飭之中，寓閒暇欣賞之態度。吾國先哲謂陳師旅之上者，好以衆整，好以暇。又曰：能示人以規矩，不聽示人以巧。而日本民族，整與暇並重，規矩與巧兼能，此其所以國益昌盛，日新月異與？

十二　早操

在東京時，某日偕二友人赴一會所，其門前有男女職員數十人作柔軟晨操，操畢振衣登樓，精神奮發，各司所事，勤勉無間，其爲日課可知矣。吾國內各地無線電廣播，亦時有晨操教授節目，實行者蓋鮮，其因職務關係例須晨操者，中級人員以上，或藉故規避，或遲到外出，寖假遂廢。外無砥礪刻苦之心，內多酒食徵逐之好，萎靡偃蹇，今不異昔，異哉！

十三　物質精神

在國外乘火車，時憶京滬路之所謂天馬快車者，行至迅速，戰前已有之，然天馬之名，則近數年所立。車名天馬，車尾最後懸一圓木板，白漆，上繪一紅馬，插翅作行空狀。慢車自滬赴寧，單程約九小時，此則五小時可達，想見現代文明之進步。然吾國重工業四十年來未能發達，戰亂以還，更見瘡痍滿地，建設無由。何日能恢復元氣，興振工業，利便交通，以自利用厚生，及貢獻之於東亞物質文明建設，而與世界諸先進國家媲美，跂予望焉！

吾國物質建設旣不發達，世亂羣離，言不及義。學者墨守不懈，遂倡言東亞之文明僅在精神。不知精神與物質，實不可須臾分者，脫無物質，則精神亦何所託寄？與其侈談精神文明，或唯心唯物，不若謂吾人之精神可以創造物質之爲愈，亦惟能創造物質之精神，始足以副精神之美稱。否則，三家村學究日誦高頭講章，亦高談精神，蔑視物質，復古論起，開倒車之誚，復何能免，自力更生，更無從說起。際此艱辛萬難之時代，吾深願世人猛醒，無浸浸於崇頌東方文明之美名，只知享受，不重生產，在此烽火彌天之時，沾沾自喜，而以玄祕腐敗之迷信頹廢墮落思想終其生也。

十四　八幡

輕重工業，日本均自具楷模，而八幡鍊鐵一廠，則尤世所著名。車行經其處，惟見黑霧蔽天，鹵頭林立，廠基極廣，夾鐵道兩旁，車行數十分鐘方過。予不諳工程，又乏暇晷，復值戰時，無緣瞻覽其內部，至今思之，深有遺憾。吾固願國內青年之勤習理工，重實際，忌虛驕，誠明堅毅，而工商業巨子，亦復協力邁進，不過十載，吾國工業前途必能蒸蒸有起色矣。

十五　星相

星相之學，存而不論，日本書肆中，亦多此類新書，大半譯自漢籍，而手相之術，則由西人傳來。東京日日新聞某日記者忽刊一文，曰『三人之買物』，其一載予在古木屋街漫步，於書肆一手相書中，發見菊池寬氏之手相，則大喜，蓋紀實也。然予初不信此種學問，翻閱蓋由於好奇耳。又嘗於東京夜市，見衣西裝者於壁間懸一巨幅布，上有數百小袋，中實年月八字不同，購者立得印就之批命一紙，法捷而便多人，殊覺有味。然予以言語隔閡，又無通人作伴，欲購其一紙而無以自明，逡巡終却，至可笑也。

十六　口語之難

欲習日語，東京甚便。聞之藥堂先生，彼留學時，東京市區雜要場有類似吾華之所謂說相聲者，詼諧百出，課餘常聽，最能增進言語之聽與用。憶予之某戚初來滬，言多歧異，至不能懂滬語，時赴天韻樓等地聽滑稽戲，半載後大有所獲。一日，忽詢人曰：戲中人稱一女爲『鴿子鋪』，何謂也？人初未解，略一思尋，則『家主婆』之誤，相與捧腹。然此僅偶爾失察耳，言語之異，俗成約定，市井恆言，固求學之津梁，不可不習聞而熟諳者也。

言語不明則賴傳譯，而舌人之職，事亦大難。近年中日交涉酬應，日漸增多，每遇招待或茶會座談，言語一科，必賴通譯；演講，又賴通譯；對談，又賴通譯，通譯多如過江之鯽，然譯而不通，或通而不能譯，辭不達意，以辭害義者夥頤。文化溝通，遂添一障。日文又多用敬語，其辭男女尊卑不同，而語言之妙，遂益難發其奧蘊。坊間出版書籍，或曰百日通，或曰一月通，甚至有曰一讀通者，實則苟無師承，無恆心毅力，雖周年半載，仍不得瞭。若常與應酬，時聽演說，有時亦可略明三數語，必習聞其辭，乃無大謬。如言『紏尼』，中日也；『科可民』，國民也；『米納桑』，諸君也；『瓦他洗』，不佞也；『瓦里瓦里瓦』，吾儕也；『一羅一羅』，形色也，凡此語辭，初聞時必覺其有趣，聽之多次，自能記諳，稍有變化，亦能知其大意矣。然此以引起國人學習興趣爲旨者也，國人習於宴安，沈湎膚淺，皮相之談，深足戒懼。必也從師就傳，引而置之莊嶽之間，則四五年後，亦可有相當優越之成績，差勝於辭不達意者，而決不至於以辭害義也。

十七　困拙

予完全不通日文。所遇日友頗多能操英吉利語，晤對尚不隔膜。予喜多習外國語，而拙於才，習英文迄今十八年，且嘗背憶字典，時仍口未言而囁嚅。蓋予讀書能困學而不能巧，曩圈點正續通鑑，錢賓四（穆）先生即以爲迂，勸改讀紀事本末，卒兩行之。背誦英字典，自三桅船，大風琴起（俱字典最後一頁之字），苦誦凡八月，略有所得，語堂亦謂爲『無用』。然至今英文口語僅堪應對，而讀書則較迅速，不可謂不拜困拙之賜。可見世事利弊，亦兩見耳。日本學生求學，向以勤勉耐苦著稱，即以外表衡之，往往衣蔽縕袍，與衣狐貉者立，決無愧怍。吾國今日學士，胸無點墨者不少，然率非千餘圓以上之洋服不穿，祇知崇尚歐美侈習，而忘其樸質之本原及顛困流離之環境，靜夜深思，至可喟歎。

十八　紀念品

瞻拜神宮，多思得紀念品。神社附近皆有咒符，紙多白色，與吾國之黃符丹籙者不同，其可求也則亦如吾華。又有箸，以杉檜材爲之，異於凡木。奈良有橿原神宮，殿基甚寬偉廣闊，其前爲垠野，多有攤鋪，售珍珠，價自一圓至數十圓，用爲飾物，遺餽善女人。

餅物亦參宮土產品也。有赤福餅，神代餅，太閤餅，生姜糖，羊羹，絲印煎餅，宇治山田一地，年產額五十萬餘圓，其他物產稱是。吾國勝地土產，亦復不少，茍能銳意經營，改良製造，一俟交通利便，車船接通，裕國福民，當亦不遜於彼邦神都也。

十九　羊羹

羊羹一物，頗有古風，實則飴之一種，今所謂糖糕之類。長條，色棕黑糅雜，質軟而味奇甜。予嘗數啖之，以其過甜也，致不能盡一器。口之於味，有同嗜與？

二十　敷島

捲煙已有統制配給，可購者有櫻牌，日之光牌數種，而敷島牌烟，則較他品徑粗體長，尾端銜口中空處，不實菸葉，每枝有極細淡絳色花印，殊爲美觀，而味尤深辣强烈，富於刺激。友人潘君大嗜敷島，除每日自購外，以煙量甚宏，慮有不敷，亦時乞諸其鄰。某日於艤舟處，見有敷島牌，其包式大小顏色，微與平時購吸者不同，以爲奇貨也，立購數盒，歸而吸之，則盒內所有竟爲昆布海帶等鹽漬物，味兼酸鹹，不盡可食，亦名敷島，而非習見之敷島烟也。

二一　飯店

帝國飯店，東京最著名之旅館也。建築及布置招待管理侍應，完全西洋化，與海上之國際，華懋等較，殊無二致，惟佔地較廣，環廊迴閣，全部建築爲四方形，樓臺巍然，雕梁砌階，花木扶疏，尤富古代歐洲與東方建築調和之美。

有餐廳，亦有客座，俱以陳設華麗，氣象高奐，甲於其國。然予人印象最深者，乃不在客座餐廳，而爲櫛比對闔之寢室。寢室每層約數十間至百間不等，皆有浴室，而牀椅桌櫈，几架櫥格，室有不同，形有異狀，疊花雕木，曲折精巧，俱視其室之大小廣狹長闊而爲之製定，故一室之中，數其可以置物之抽屜，大小乃有十七八之多，利便旅客，莫此爲最。旅客卽攜有多物，零星紛亂，不易收拾者，居其室中，各物俱得所依歸，必須露置於外者，僅茶具煙碟新聞紙等而已。斯又日人之精思工巧，與其美術思想之能普遍與實用也。

二二　淑女

飯店迴廊及客座中，時見窈窕少女，或盛裝婦人，短裝絲襪革履，唇膏殷然，如含珠丹，亦有時吸煙，多用長煙嘴，嫣然一笑，雖語言隔閡，亦深佩其健婀多姿，驚俗絕麗。然未嘗一與之交談通款曲也。

古吳王宮有響屧廊，其詳不可考。今此等躡絲履女子，踏步飯店迴廊上，屋內靜寂，其聲格格，清琅可聽，此階此廊，固亦已具響屧之妙用矣。

二三　運動大會

赴東京明治神宮外苑競技場，參觀國民鍊成大會。競技場，猶華文「運動場」，而國民鍊成大會，則舉國學生青年及職業界民衆共同參加鍛鍊體魄之集會表演也。運動場地甚廣闊，其附近之建築物，亦巍峨瑰麗。觀衆達五萬人以上，而夾道歡呼麕集路旁者，亦萬頭攢動。運動之節目甚多，自（去年）十月二十九日開始，至十一月三日始閉幕。今日（十一月三日）運動節目，殊爲精采，且多集體訓練。予所見者，有產業體操，國民學校體錬科武道，集團銃劍道，陸上競技，及戰場運動等。其產業體操，表演者多職業青年，表演時隨無線電播送之口令及音樂而操作，動作步伐，整齊迅速，不在軍隊及學生之下。諸女學生之表演，皆衣背心短裙，赤足，行沙地上，健美甚。

在會場中，休息時刻由全場職員選手及觀衆，同作簡易體操。天氣爽朗，午間頗形炎熱，而觀衆擁擠，易生疲憊。簡易體操前後不過數分鐘，屈手伸足，連續動作，復作深呼吸數次，而全場精神爲之一暢。行時，有女指導員十餘人，衣藍運動服，環立跑道上表演指示，頗予未諳操法者若干利便。其法輕易而復有益，略加記憶，擴而充之，即在家庭中，亦可時時舉行也。

二一四　中國之夜

日本歌曲，近年在吾華亦頗盛行，如『中國之夜』，海上舞樹歌臺，傳播甚噪，即窮鄉僻壤，賴留聲片之力，亦時得靜聆雅奏。予夙不喜日本曲調，惟雅愛此歌。筆墨事倦，偶於無線電中聽之，輒覺油然神往。惟此歌名『中國之夜』，大約係日本製曲家所作，以表現中國情韻爲主者，而予每靜聽之，低和之，腦中竟幻成海上神山諸勝景及彼邦風光人物，歷試不爽，亦一異也。筵前每有歌舞助興。某次奏此曲，表演之女郎時以雙手托腮，左右微擺，舞袖搖曳，樂聲悠揚，頗有環珮璆然之妙。

二一五　柿

日本有柿子，其種性與華產不同。居國內時，北方所食之柿棕黃色，形扁平，皮堅澀，中有闊十字暗紋，熟時味甘。南粵所食者，橢圓形，土紅色，皮薄而多肉實，熟則質愈軟而色愈紅，故廣州一名曰紅柿。日本所產，形近中國南方之柿而色則棕黃，皮亦堅硬如北產，味淡甘。居雲仙時，嘗就老婦購數枚，沿山剝食，至今思憶，尤覺有味。

二一六　猩猩

歌劇多表演於筵前，尤以進和式膳肴時爲普遍。或僅有樂工奏曲，弦瑟諧鳴，或即由侑酒女郎，翩然起舞，妙麗和歌，亦不甚解其曲牌及劇情也。有女史表演『猩猩』短歌劇，猩猩嗜酒，主人縱之使醉，表演時中置一大酒缸酒勺，載歌載舞。演者三四人，其飾主人者，於劇中爲男性，然不化裝，功架氣魄，俱神似吾國舊劇中之司馬仲達，面亦傅重粉。唱辭似多酒名，表演時且狀醉態，然未能深究其奧義也。

二一七　食雞

火車中食雞。偶思海寧王先生靜安一聯云：『市朝言論雞三足，今古興亡貉一丘。』另一聯爲：『人命賤如雞犬豕，天心視作馬牛風。』則不憶誰人作，亦忘其何時過眼者。然兩聯俱寓沉痛於幽閒，而後者尤甚。雖天地不仁，以萬物爲芻狗，然竊念人生仍當以服務爲羣，犧牲小我爲無上要義，其出發之點，則爲儒師之泛愛衆，墨徒之交相利，兼相愛。文學作品以人生爲對象，側重現實之描寫。際茲世亂，過去支離破碎之暴露性煽動性文字，雖非所宜，然歌頌昇平，亦非其時。無已，其以文字表現民間所感受之壓榨熬煎，世亂所施於一般民衆之苦痛，爲初步之伸訴歟！

有破壞而後有建設。然而人類所希求之最後鵠的，則爲建設而非破壞。文學固重現實，而尤要在能指示一種未來之理想，一種至善之生活止境，故『拿藥方來』之呼聲，在今日不能不視爲根本建設最實際最具體之要求也。

二一八　思想

今日談思想問題者，小則一國，大則東亞，然於其根本使命，不可不明辨之也。東亞之地域至廣，百年以來，被侵略被歧視而有待於解放之民族，亦極衆多。在此東亞地域內，必先安定民生，使各民族各國家之庶衆，均能得適宜圓滿之生活，有無相通，截長補短，而致力於經濟之提携，文化之溝通，則一切主張，一切理論，始有確切之寄託，不致成爲空洞，形同畫餅。文學之目的，大別之不外二種：一，不滿意於現實情狀，謀改革，而先之以破壞；二，現狀雖不盡滿意，然仍有塗可循，非必全謬，則但謀演進式之改良。其第一種，過去左翼文學，憤激之變切者，至於非孝叛親，其描寫，始於舊封建社會之幻滅，繼則由幻滅而動搖，由動搖而追求，以期望於其理想之新生。然其新生仍無具體之目標與建設之途徑，大言炎炎，而國勢日益紛衰疲弊。此不僅吾國一國爲然也，而受害之深，十餘年來，吾華爲烈。經濟建設無具體成績，則民生凋敝，民生凋敝，則激憤痛切之呼聲自然發生。近年諸家作品，以醫術喩之，皆脈案也，皆陳病源者也。然有病源而無藥方，無適合體質適合病徵之藥劑，而徒特破壞，徒特鼓吹，則其病將益深。一國如此，諸國又何獨不然？

二九　和菜

某夕初進和菜。此和菜非國內三十元五十元之和菜，而係日本式菜之謂。人各一黑漆盤，光澤可鑑人。食白米飯。菜每種一小碟，習聞之生魚片，生萊菔片，生鹹菜俱備。又蛋羹一盂，蛋外雜淡味軟肉之魚片，不知其何名也。同行八人，半數爲初嘗異味者。菜肴之中，雜用魚片之處甚多，然魚之種類，在國內均不經見。

三十　醬湯

和菜之湯，人各一漆碗，有蓋。輕輕啓之，則見水中有醬色粉屑漸自散漫，遂成濃汁。蓋爲醬麩所製，淡無甚味，聞富於營養料，友人飲多盡其器，愧未能也。

三一　聚飲

黃公度日本雜事詩云：『手抱三絃上畫樓，低聲拜手謝纏頭，朝朝歌舞春風裏，祇說歡娛不說愁。』原注云：『業歌舞者，稱藝妓。侍酒筵，頗矜莊。樂器止用阮咸曲，似梵音，以牙撥絃，又有細腰杖鼓，以手拍之，鼕鼓雙槌擊，淵淵乎作金石聲。舞者以扇爲節，有折腰垂手諸態，甚類唐宋間營妓官妓。士大夫聚飲，輒呼之，不爲怪也。』今日此種情形，仍甚普遍。以牙撥絃，折腰垂手，綽約美曼，儼然雅樂音響神韻也。

三二二　幽趣

公度又有詩云：『滿院桐蔭夏氣淸，汲泉烹茗藉桃笙，竹門深閉雲深處，盡日惟聞拍掌聲。』注曰：『喜園亭，貧家亦花木竹石，位置幽而雅。門常設關，行其庭，闃然如無人者。余嘗訪友，筆談半日，不聞人聲。呼童烹茗，亦拍掌而已，使人翛然有出塵之想。』此語亦甚確當。予在東京時，訪友未値，其寓在鬧市之背，甚靜僻，門扉緊閉，微露燈光而已。過京都時，獨赴吉田方寛親戚李君，該地有一神社，紅垣綠樹，饒有幽趣。李君寄寓人家爲房客，所居傍山，庭院闃然，屋宇係舊木所構，雨後階石有薄苔，落葉無人掃，似可入唐人詩境。

三二三　牛乳

牛乳製者多用科學方法消毒提煉，各地皆然，滬市鮮乳有所謂A級標準者，謂其潔淨可靠，含有適量之脂肪也。然近日價實甚昂，定購者且須保證金，又須請求配給，手續甚繁。居東時，不常進牛乳，因旅舍早餐，皆有定食，偶和少許於所進麥羹或薯片中，亦不知其味。惟渡有明海時，碼頭有臨時售攤，實牛乳細長玻瓶中，食之尚微溫，飲畢即還其細瓶，價僅十錢耳。味鮮而製潔，趣之者甚衆，雖無商標，仍可謂爲高等飲料也。

三二四　木燈

住阿蘇觀光旅館，地近大火山口。旅館係西式樓宇，建築都麗，其餐廳之頂，長方形，純用巨木構築，原色黃白，不加漆髹。梁間懸垂厚玻璃燈數盞，式甚宏美，燈架亦用木製，於西洋美之中，更有古樸情調。

三二五　大車

各地多有公共汽車，用木炭行駛，蓋戰時應有之景象也。火車抵站，旅館亦有特遣大車迎迓旅客者，往往乘之遠駛數里，或須登山，亦不取値。惟乘客甚爲擁擠，與今日滬地居民所遇者略同，然守秩序，遵指導，老幼婦孺，攜衣物箱籠包件者，比比皆是，於道旁先作一列行進排隊，無擁前顧後之患，亦無推人攘物哭喊喧鬧之現象，則遠非滬人所能及。等一乘車耳，彼以衆整，故人多不患無位，我則人自爲政，故人少而患所以立，散沙之誚，有由來矣。

三六　華人

日人對於吾國僑胞，未見歧視，若言語通達者，則出入大利，更無故遭侮詬之事。抵大阪時，所乘者爲長途電車，車中一日客，衣藍袍華服，加馬褂，狀頗雍容自得，同座乘客日籍甚多，亦無訕笑厭嫉之者。入商肆購物，語旣不明，偶欲問訊，則非借筆談，即屬吏語，手指口畫，一望即知其爲異國遊客，而店員指點淸晰，計算精確，曾無僨事。衣料等物，現購買行配給點制度，初買時多不甚諳習，售貨女郎又頗加解釋，務使心領神會，態度之和婉，禮貌之周致，較之國內百貨商店售員之必須仰之彌高者，其賢不肖不可以道里計矣。

三七　名片

與日人對晤會談，必備名刺。故每日名刺之用，常十數紙至數十紙。名刺之用處甚廣，交換識其名字，一也；互知職業住所，二也；一見之後即不必再事問，三也；而尤有用者，則日後再晤或通函，有所依據，不致重起爐竈，毫無印象。國人相見通名姓，每不樂用此，或自居名流，人所盡知，有時充耳不聞，有時姓氏混淆，誤此牽彼，貽誤無窮。一刺之微，固亦可覘兩國社會習慣之醇厚與澆漓矣。

三八　八重光

名刺之製，大者如吾國舊時拜客之有紅帖，今久廢矣。日本所用，竟有闊不滿一寸長不過寸餘者，長崎所遇有藝妓曰八重光，其名片即類是，四角作圓形，有脂粉氣。雲仙有老翁精茶道，名百鑑齋，自創茶道流派，位列『家元』（即創始人）。其名刺亦甚小，淺藍色紙云。

三九　茶道

日本家庭婦人，亦善烹茶。用何種火，何等器具，何種茶葉，烹若干時分，如何端跪揮扇，無不纖微畢悉。飲茶用陶製碗子，烹後所進實爲濃綠色之茶羹，並非清冽如水者，此古『茶道』法所製，頗與吾國閩人潮汕人之講求功夫茶者髣髴，惟閩茶用細盃取啜，是則微異耳。

曩友人憾翁居滬時，常過其廬，以得嘗功夫茶爲樂。亂後憾翁本住香港，後舉家內徙，寄寓桂林，顚沛播蕩，久失音候。月前得友某轉告，憾翁已罹疫於四月前物故，是耶非耶？雲海遙隔，悲愴何極！

四十　生魚

日本食生魚片，有曰『薩西米』（譯音）者，以鮮魚明亮之淨肉，切薄片甚齊整，色紅白交映，置青花白釉橢圓形小磁盤內，其旁則精製醬油，紫黑色，味微甜，黃綠色芥末一團，亦置細皿內。各器皿又置漆製膳盤上，盤或黑漆光堪鑑人，或漆紅，色調配和，明雅如一幅玲瓏圖畫。友人多不敢食生魚，然其魚異種，肉至鮮嫩，且洗淨淸潔，不虞有他，予久而嗜之彌篤，在滬亦嘗得食，此中有眞味，則清嫩淡泊四字可以概括其全貌矣。

四一　嚴肅味

國人輕易，流爲佻儇。憶昔內山完造君遊西湖，聞南屏鐘聲，其音色與在日本所聞琵琶湖面三井寺之鐘聲不同，因而悟徹兩國國民性之相異。內山之言曰：『憶在中國各地寺院所見佛像面目，無令人生畏生怖者，即孩稚亦常在五百羅漢堂內嬉戲，於佛像視爲毫無足懼。雖蹴鬼而立之鍾馗畫幅，亦絕無鬼氣逼人。金剛天王，既不足懼，復不足怖，似反覺其病有疵處，稍一觸動，便格格發笑。令人觀瞻，惟見其慈眉善眼。而日本佛像，則嚴肅味十足，不禁使人生此種人方能優勝之感。嚴肅誼爲眞實不僞，本來面目，更含有可畏之義。故日本所有佛像，大抵均可畏，且使觀者深感恐怖。』此語甚有意思。此不僅佛像藝術品爲然，即日本人之軀體面貌，喜怒形於色，亦多見其眞實摯切也。

四二一　三易

入日本人之居，及門，易靴履著拖鞋，入客室，又去外來所著之拖鞋，易以室內所備者。趨庭或更衣如廁，又另換著專用之木履，不憚煩也。非不憚煩，蓋初源於生活方式之精細，愛複雜，愛纖巧，外人視之爲繁瑣耳。

四二　便當

日本職員常携食盒至服務場所，傍午進食。旅行舟車中，更多臨時購食者，曰便當。其製，薄木片削成之小匣耳，盛醬藕，黃蘿蔔片，昆布，細魚，粗糕之屬，又糙米飯一部分，溫冷不等，御箸亦一副。隨時隨地皆可捧而進食，食畢，殘餘及箸仍納還匣內，繫以細木絲，決無狼籍之象。便當售價不一，通常約三四十錢不等。無異常豐富者，若自備，則所攜多爲漆盒，各物稱是。今吾舉國倡淬厲身心，習刻苦耐勞，而恥惡衣惡食，每有宴集，千金一擲不爲豐，隨意小酌，二三人率已百金以上，瞻彼遠民，內顧災黎，捫心自問，何功何德，能無愧汗耶？

四四　紙窗

入日本人之居，席地而坐，無桌椅床坑，所見除牆壁，天花板，席子外，惟紙窗耳。紙窗範圍甚廣，窗用紙糊，門戶亦用紙糊，通稱之則曰障子。

夏丏尊先生嘗論日本紙窗之可愛，略謂日式紙窗之格孔大，木桿細，看去簡單明暸，中國現用之紙窗，格孔小，木桿粗，甚或拚成種種花樣圖案，顯露紙之部分太少，其異一也。日本家屋凡遇木材部分，不論柱子，天花板，廊下地板，扶梯，均保留原來自然顏色，不塗髹彩。障子亦係原色，木材過若干時日，呈似楠木之淺褐色，糊以白紙，色甚調和，其異二也。日本家屋門戶，通常皆左右拉移，不用鉸鍊。製作有專門工匠，用輕木材，合筍門縫，完密輕便，其異三也。日本皮紙，潔白而薄，討人歡喜。障子紙潔白勻淨，糊上格子時，又甚頂眞，拚接之處必在窗櫺上，不見接合痕迹。日常拂拭甚勤，紙上不留纖塵，每年改糊二三次，故經常乾淨，其異四也。

障子通常皆關閉。居住室內，不似玻璃窗戶內外通見，故益覺幽靜。陽光射入，燈光外映，皆柔和饒有情趣。醫者又言日光之紫外線通過紙窗，較玻璃爲易，故居紙窗屋者爲健康。是則精治科學之言，衛生家不可不曉也。

四五　文化

辜湯生先生（鴻銘）曩在日本講演，謂日本人爲中國文化之裔嗣。其根本理由，謂中國文化發源於中國，但後經遼金元等野蠻民族之侵掠，純眞之中國文化，竟絕跡於亞洲大陸。日本於唐代，中國未受異族蹂躪之先，即已繼承中國文物衣冠，至今依然保存昔時風貌。斯言也，雖未免失於偏激，若僅就一部分文物風俗論之，則仍不得不視爲頗確當也。

四六　大樹

民族之前途，所喜者活躍强壯，所慮者墮落衰敗。或以爲今日日本民族至爲健康，譬諸少壯之年，體强腦健，對於外來文化，吸取消化，無不受益。中國則正如破落子弟，無堅强發奮之心，無覺悟向上之志，墮落衰微，恬不知恥。然就予潛默體察，則吾中華民族之健康，正亦不亞於日人，即彼邦或歐西學者所論列，亦謂其聰明睿智，堅毅耐苦，世不多覯。深愛中國者，當知中華民族之偉大，惟在其整體之堅實渾厚，而無與於枝節之柔條蛀蘗。「譬如大樹，當觀其全部，不宜僅覓其蛀蟲之葉。」此武者小路實篤小詩所言也，予深韙此喻，將以自厲，並願與吾同胞國人共勉之。

四七　女教

日本男女分校，非惟教育編制不同，即國文，數學等課本，亦別爲編訂，而各種婦科技藝作業，尤爲重視。如縫紝，既有洋裁，復有和製，無不精勤學習，必須寬窄適體，摺捲針脚，繁雜規矩，不爽分毫，以視吾國舊日之女紅，應無多讓。又如污垢洗滌，漬穢祛除，掃灑拂拭，烹飪調味，禮法儀容，皆應敬愼從事，學驗並重。而女子體育，復極發達，於溫柔端雅之外，不脫健美風度。結婚之前，復可入「花嫁學校」，務期賢妻良母之得以自然養成。其能世世相傳，教子則忠君愛國，治家則克勤克儉，恭順服從，有來由矣。此種教育制度，在今日是否完全可法，姑不置論，然國於大地，必有以立，此種寓溫柔於順從，以及相夫治家，撫育兒女之嚴格訓練，實爲日本女子教育之根本精神，則吾人不可不努力體察而深思者也。

四八　小學生

參觀東京某小學校。校址殊廣，屋宇亦閎，自幼稚園以至高小均備，學生五六百人。其設備已有階級教室，工藝教室，又見上自然科學課，教師講授，佐以巨型儀器，復口詢回講。幼稚園之課室，皆有小桌椅，風琴，頗似今日上海公共租界諸公立小學校，課室外有小庭園，舖泥沙，又養鴿雀等禽物，實籠及欄圈中。校長年逾五旬，面瘦身頎，御細邊眼鏡，玄色禮服，硬領，領甚潔白。從事教育二十餘年，不預外事，觀其外貌，頗似吾國之廖茂如博士。參觀既畢，校長召全校學生列隊行進於廣場上，凡兩分鐘而集，校旗爲導，按部就班，皆白色背心，黑短褲，跣足，雖四五幼齡，亦步武整齊，如臨大敵，而合於無線電擴音機所播之節族。每過一班，輒右視向客敬禮，客亦答之，肅然起敬，閉目微思，不自知涕淚之盈眶也。

四九　生花

一淨瓶耳，一瓦盆耳，然植以花枝松幹，略加細泥小石，點綴其間，日影斜移，臨風微動，遂覺此中亦一小天地，靜觀自得，能使滿室生春。折花插花，亦成婦女專門技藝，曰『生花』，一枝一瓣，既經布置，煞費心思，未可輕移。此種家庭裝飾，西洋雜志亦多有講究之者，然以屋內情調相異，似不及其精微，亦不及其能於淸淡疏落中見奇趣也。

五十　銀座

銀座爲東京繁盛之區，過客無弗稱譽之者。其地通衢，道路廣闊，交通便利，電車公共汽車空中高架及地下電車，交織縱橫，隆隆之聲，不絕於耳。商肆林立，百貨雜陳，晚間更有夜市，男女雜沓，行人擁擠。路旁密植楊柳，夾道隨風擺舞，搖曳生姿，益以高柱圓球電燈，彩耀相襯，遠望如憑添幾許明月。諸肆除新屋建築外，亦多舊式商舖，多年木製市招，塗以顏色，金碧眩目，亦如吾國。

五一　歌舞伎座

歌舞伎座爲東京日本舊戲館之著者，約與滬黃金戲院相仿。戲院之特點，不易盡述，然下列數點，必爲中國現代舊劇舞台所無。一，舞台左側多一長直形木臺，直貫觀衆座位，達座位後排。演員之出入場，有時由此路徑。二，舞台右側有一小型凹進之處，音樂場面居之，奏古式笙瑟，衣灰色或黑色和服，男女均有，年皆甚長。三，演員不開口唱，唱者爲場面内黑衣和服之一人。

五二　假定

舞台上見二三人，玄衣玄褲，蒙面，露其雙目。有時隱布景後，時或騰現。詢之友人周君，亦不甚解，以爲飾鬼者，後更問同座之菊池寬先生，則以英語講述之曰：此等人乃假定其本不在臺上者。蓋檢場者也。

五三　鏡獅子

觀菊五郎演劇凡兩齣。日人習稱之爲菊五郎丈，如吾國舊劇之有楊小樓。其一曰『梶原平三譽石切』，劇情頗曲折。大意有一年老之貧戶，且有一弱女，窘迫而來貴胄之莊上售一家傳寶刀。磋議試其鋒利，須殺二人爲憑證。適有一待死之囚，試之立斃，然無第二人可以再試。其一白面貴胄以爲即可購，另一紅臉貴胄泥之，辯論再三。其餘貴胄武士，皆威儀多方，間或插一二語勸阻或反對。貧戶跪求願自試，先使其女他去，然後哭訴各人前。白面之貴胄拔刀而起，挺身而舞，悲憫不忍殺，揮刀立斷莊前一石缸，衆譽刀，又譽其神力。彼即購刀，並予貧戶多金，貧戶攜女叩謝者再，貴胄亦八面威風，歡愉異常。

故事之詳情，曲折原委，絕不止此。此僅就予所知者，約略追記。菊五郎所飾者，即白面之將軍。此白面及紅臉，貧戶，弱女，表情俱極生動，化裝頗多特異，皆著木履，舉手投足，動輒合乎規矩，亦大類吾國舊劇。

另一齣名『鏡獅子』，劇情據菊池先生相告，則『女郎爲一獅形面具之靈所攝，而此面具則一精工之雕刻品也。』菊五郎初扮女郎，宛如窈窕妙齡，及爲靈所攝，忽改裝爲一獅頭武生，在台上搖擺舞弄，頗見威武，時以其長數尺之獅髮東西投甩，觀其氣派，甚似楊小樓飾金錢豹，四座掌聲響動，亦如春雷。

五四　東寶

東京郊外，參觀東寶電影攝影場，方製『鴉片戰爭』，內外景一爲客廳，一則街道，俱富於中國情調，演員之飾英人者，亦黃髮隆準，頗得神肖。後在庭中舉行茶會，女明星如三井春子等，皆任招待，肅客坐談，進咖啡西餅。歸途中，女星及若干女職員亦假乘吾儕所坐之木炭汽車返市區，沿途笑謔，活潑天眞，頗不寂寞。予有諸明星簽名，苦不明其音讀，倩久米正雄先生爲注英文拚音，保而藏之，彌可感也。

五五　溫泉浴

日本人好潔，故勤沐浴，而溫泉諸勝，尤足養性怡情。雲仙諸嶽，風景絕幽，溫泉穴脈，遍地俱見，平地起煙霧丈餘，嗅鼻皆作硫黃氣息。試以雞卵置沸騰處，頃刻可食。沿山多細石，間雜灰燼，旅舍即傍山建築，寬敞高宏，西式和式兩備，淨雅清麗，異於都市所有。引溫泉水入旅舍內，築巨池，有新式排水設備，水經日沸熱，浴客三五同池，下水時常號呼叫囂，肌膚在水內數分鐘，遍體發紅適潤，手足俱微皺，其樂乃爲生平所僅見，不惟衛生有益於健康也。久浴則體疲，披巾返舍假寐，聽窗外松濤，遙望滿眼楓葉，翠樹叢山，此情此景，髣髴目前。

五六　登高

登雲仙普賢嶽，乘馬，爲予生平第一次。馬俱壯駿，乘時，先以舊黑色馬袴加原有之袴上，可免坐騎時磨損。既行，馬夫持小竿尾隨，細徑崎嶇，每至盤旋轉升之際，馬輒故趨崖際，履艱危而過，無不化險爲夷。山高拔海千餘尺，經羊腸細道至其半峯，則更下騎攀緣而上，最高處四眺，披襟當風，則見霧氣與山雲融化一體，積鬱塵垢，爲之一清。吾國諸山，亦多名境，然登臨探勝者蓋鮮，若昔賢者，蓋亦黃山妙峯之儔與？

五七　旅行

小學生結隊登山，來自各地，俱借宿和式旅館中，旅館門前堆屐數百雙，皆學生所遺，饒有奇趣。學生衣黑色制服，面容紅潤健壯，裹餱糧，負行囊，手持木杖，女生則白領黑裙，亦復潔雅明麗，大方可愛。有遠自福岡來者。

五八　山民

旅行至一處，或名山古刹，或紀念勝地，多有製爲木戳者，候遊客蓋用，歸作紀念，其戳甚大，兩色或多色套板，上繪風景人物，以及年月地名。雲仙極峯處亦有之，司其事者一老翁，年近六旬，而精神矍鑠，大勝少年。山民體健誠樸，各地皆然，此何能獨異。

五九　英靈

生而爲英，死而爲靈，彼邦之戰死殉國，以骨灰歸葬，英靈瞻拜，即在舟車之中，亦虔敬異常。國家特頒一紙，大書英靈二字，紙厚字黑，形如吾國清明祭祖掃墓所用之『包袱』，詳載姓氏，階級，殉難之地，殉難年月，貼於火車玻窗上，保藏英靈之親屬，則正襟危坐車內，過者咸一鞠躬，深而肅穆，親屬亦答禮，悲悽光榮，形於眉宇。在熊本，又嘗見烈士銅像，則紀念日俄戰役者，過客亦無不肅禮。

六十　尾語

予爲粵人。生於幽燕，平素不慣作海行。十二歲時始出燕京，由天津附舶而滬，凡四日乃達，又南行至廣州，輪舶凡八九日，巨浪襲來，昏憊如病，又見海天一色，形單影隻，輪上空氣惡濁，益增悵悒之想，至是遂憚海上旅行。民國二十九年八月二十八日，予嘗由滬赴香港，乘英輪『亞洲皇后』號，二日抵埗，船大而行疾，不感顛簸之苦，而船室起居，見人接物，亦尙稱整潔，遂漸洗故態。以爲海行甚適，當遠遊歐陸，近旅扶桑，非不可期。不謂戰事蔓延，港島以民國三十年十二月二十五日重返亞洲人之手，翌年三月十七日予抵廣州，苦住至四月二十八日始得附『筑後丸』返滬，沿途多泊，舟行十二日。世亂覊離，日甚一日，頗以安居習靜爲趣，不樂復有遠行。詎知是歲冬再作遠遊，雖舟行僅二日，實見山水雲霞之妙，海上三山，瓊島蓬境，未因戰禍而大異其趣。萬物虛誠靜觀，旣皆自得，一飲一啄，或半緣境會，半因人力。曩作『異國心影錄』，披露『古今』十九期紀念號，多郵貽彼邦學士，共謀認識。今草茲錄，亦本斯旨，雖値舉世兵燹，言不及義，亦惟緬念匹夫有責之訓，重申我思我存之義，聊記一時心情，藉供他年話舊耳。

本文之紀述，以遠遊所見爲主，而平素生活思想印象之有關者，亦約略及之。記不以定期，期又不以定時，燈下偶書，或七八行，或三四十行，隨緣輒止。故每段自成一義，或記一人，述一事。總冀首尾相貫，前後呼應，非俟全文旣竟，不以災禍梨棗。雖文字無靈，徒勞終拙，亦惟見其情眞意誠，或有異於時文，亦不求其甚工也。

數月前予嘗爲某報撰論文，旣刊出，則編者或惡予文之喜談個人筆調，娓語體裁，輒爲益數行，謂身邊文學，今日允宜摧廢。其實文章與個人，關係至切，非作者個人所躬歷親嘗之生活經驗，卽不足以見眞實，亦無從與論喜怒哀樂之情。報社論評，時有『我們要』『我們要』之語者，雷霆之聲，叫咷恣言，固足以振聾化聵。若僅掇拾浮辭，堆砌術語，空洞虛誕，則將轉爲世詬病。不佞倡讀自傳文字，去歲東行前，曾草『談自傳』一文，論者以爲知旨。然則打倒身邊文學之語，羼入吾文，將成上品幽默。讀者或亦啞然一笑乎。中華民國三十二年五月十五日，記於海上存仁堂。

女畫錄

我這個題目，對於中國的讀者，是用不著詳加解釋的了。但是爲了它還要譯成日文另外發表的關係，這個難於從字面上索解的題目，不能不多少再說幾句話。從前的人對於思想和學問，是主張自強不息的，他們從來不會怠惰，也就是永遠的無止境的在求進步。如果『故步自封』就變成自己把自己的境界刻劃定了，不能再進，只有向後倒退，不能夠接觸到藝術上心靈上的堅實明徹的眞境了，『今女畫』因此就變成了令人羞慚汗顏的一句申斥的話。我在今年春天發表過『異國心影錄』和『海客譚瀛錄』兩篇長文之後，對於日本，本來想暫時的沉默一些時候，多做一點充實自己的工作，暫時不再寫什麼東西。不料入秋以來，竟又寫下這篇文字。是不是也會變成自己刻劃自己前進的路程的徵象了呢？所以這篇文字叫做『女畫錄』，蓋欲其別有新說，不盡是把舊日的話反覆重疊，或竟病未能，則亦應該對於自己文章的內容多少有點兒警戒耳。

一　飲食之間

從乘船離開上海起，到我住在唐津市爲止，在舟車之間，和他們國民的日常生活上面，我都看不出這一年來的日本國內，和去歲我來的時候，有什麼顯著的變遷。

我們對於日本的別的事情，也許會向許多方面去探索尋求，都不容易獲得詳細的解答。但是對於飲食這一項是每天自己要親歷的，用不着怎樣煩心就能夠從事實上找出正確的答案。在目前，日本的國民不但是在戰時生活之中，並且還可以說是在體驗着決戰階段中的緊張生活。這種生活，是緊張的，嚴肅的，然而在嚴肅緊張的生活之外，我更喜歡他們的恬靜的那一方面，似乎更能夠表顯出日本人精神的眞味。中國從前的人說『好以衆整，好以暇』，是最合乎生活的理想的。『衆整』已經是很難做到的了，『衆整』之外，還要『暇』，這更是多麼難能可貴的生活體驗。大約東方文明的優點，這也要算是一個。

現在輪船上不再進西餐了，吃的完全是日本式的飯菜。爲什麼呢？難道沒有魚，沒有牛肉蔬菜這些東西了麼？不是的。日本菜之中，也用牛肉，至於魚類呢，日本是產魚的國家，魚的種類尤其繁多，量更豐富。不過西餐的烹調，比較麻煩，道數又多，耗時費事，和國民節約蓄力的精神不合，所以除了少數的特殊情形之外，都不大吃西餐了。日本菜的吃法，普通是每人一漆盤，內放一碗醬湯，一碟蘿蔔鹹菜，一碟生魚片，一碗青菜燒肉絲，另有吃飯的碗箸等，携取和進食，都很輕便的。

吃飯之後一定要吃茶的，茶葉也是日本種，但是味道很清洌，很像中國的龍井。茶碗和茶壺都是日本式的，茶碗有平頂的磁蓋，碗下有漆碟，壺柄有細藤纏着，式樣很玲瓏巧小，我們在上海也常可看到，這裏不用多說了。

醬湯大概日本名字叫做味噌湯罷？盛在黑漆碗內，碗蓋一啓，碗裏的棕黃色的粉屑都溶散開來了。味道很鮮，有的時候還放一兩片鮮蘑菇，一片大肉的魚，也許還有幾條煮熟的青菜。

提起了吃生魚，大概是中國朋友們初聽見的時候，最感覺畏懼的事。其實呢，吃過一兩次之後，大約每個人都會愛好起來了，最好的生魚吃法，叫做『薩西米』，把十幾片細滑的半紅半白的魚片切好，放在白釉細磁的碟內，加上一撮拌過甜醬油的細蘿蔔絲，幾片碧綠的生黃瓜和一塊團狀的黃芥末，顏色是配得淸麗雅淡極了，這種魚片，再拌上醬油，吃進嘴裏，一根刺也沒有，並且又都是最新鮮的，絕對沒有冷藏的陳貨，對於身體的營養，也是很有益處的。

這幾天吃的飯，有一部分是粗米，也有一部分是麥飯，米大概和上海配給的戶口米的質地相髣髴，有時候加一點高粱和糯米，摻混在一起，就變成很黏和，顏色也就變得有點黃的了。爲什麼要吃這樣的飯呢？這也是日本國民的自肅激勵的精神的另一方面的表現。假使和上海的某一角落的只知道奢靡墮落的『世紀末』生活比較，我們不是要慚愧萬分麼？好在現在上海的都市生活，也已經到了一個新的改變的時期了。我們決不悲觀，也不要無謂的空抱妄想的樂觀，一分辛苦，一分血汗，不自覺的幸福和效果總有成就的希望的。我們現在遠居異地，去國懷鄉，遙瞻故國，中間隔着一片滄茫的大海，海裏每分鐘都湧着狂吼般的怒濤，我們對於祖國的馳念，怎樣能夠和這些怒濤的聲音呼應，布達到每一個愛中國和愛整個東亞的前途的人們的心裏呢？

二　舟車之間

到日本去旅行，交通的方法普通大概是三種，一是乘飛機到福岡。一是乘船到神戶或長崎。另一種方法是由上海乘火車到天津，換車經過朝鮮，再由釜山乘輪船到日本下關。這三條路徑，比較起來，第一條是航空路線，在空中飛來飛去，距離旣近，又非常的逍遙自在，這是像幾何學所說的兩點之間最短的直線路程，也就是漢書西域傳裏面所說的『飛天鳥迹』。不過，乘飛機在目前這個非常時期，限制較嚴，購票怕不大容易。並且氣候的陰晴，也很有關係，如果連着幾天的天氣不好，不能起飛，那麼反不如由上海乘船到長崎，風平浪靜，只要一天半的路程。在上面所述及的三條路徑之中，車和船我都會有過一點小小的經驗，所以現在就把舟車之間有趣味的事情隨便的談談罷。

朋友們！我們千萬不要忘記了，現在是在戰時，生活必須是非常緊張的戰時。緊張的生活，雖在相當恬靜的時候，也不免要有一點意料之中的小刺激，這種小刺激平常談不上危險，更決不致於驚心動魄，然而凡是習於疏懶晏安的人們，都不能夠不立刻神經緊張起來，好像整個的頭腦和身體都要換上一個人一樣，否則，難免要鬧笑話。

船剛駛出吳淞口不久，沒有風浪，水面平和得和圓圓的鏡子一樣，我現在所告訴你的，也是一個平和的故事。

忽然船員和侍者們通告旅客，都到餐廳裏集合。

到了餐廳，四週一望已經坐滿了人。男女老幼都有，大多數是日本旅客。遲到的人，只好站立在四角，也有的斜倚在光滑的圓柱旁邊，有的半靠在別人的軟沙發的扶手上。大家的精神都很興奮，因爲現在有機會海行一趟是很不容易的，而上海的浮囂的都市生活，也的確過得有點兒厭煩了。所以，輪船一開駛，海風輕輕的浮掠在每個人的臉上，大家都不自覺的露出笑意。現在，船已開了一點多鐘，海的空氣呼吸得飽了，在餐廳裏，從厚厚的玻璃窗望出去，四面空空洞洞的，水天相接，多少和陸地的情形有點兒不同。所以，當船上的大副進來，他的飽歷風霜的臉，已使人覺得在這一片汪洋裏面，他們每一個海洋從業員都值得我們崇敬，再經過了他的一番明確而嚴肅的講話，大家都低着頭沉住氣的傾聽，這時船正經過較大的洋面，微微的有點兒傾簸，遠望窗外的水平線時常移動，自己雖然很安全的站在船艙裏，也好像和海上的險惡而緊張的搏鬥生活，發生了直接而親切的關係了。

『洋面是很平靜的。但是，現在是在戰時，我們雖是客船，也必須嚴密的做一個萬一之備。各位必須絕對的鎮靜，安心，聽船員們的指導。……』大副的話說得非常的淸楚，堅決，同時又很關切，我雖然完全不懂日語，可是經過朋友翻譯之後，他的意見和表情配合在一塊兒，我想我們在船上的每一個中國人，都已經能夠明瞭這一番講話的大概。

到了吃午飯的時候，有一部分旅客，已經把每個艙中預備好的旅客『救生囊』緊緊的紮縛在胸背上面了。這是兩個方形的橡皮袋，製造得頗爲堅固，式樣也還好看。我和朋友周先生曾經在艙內試驗過穿著一次，他對於穿法比較的內行，紮得牢，解得快，行動便利，完全是依照着艙間懸掛着的日文說明書的指導做的。那張說明書上面並且有幾幅插圖。可惜，我既因語言的隔閡，而對於圖解一類的文字，又向來看到就很頭痛，就是用中文寫的也往往不能迅速理會，所以只好煩勞朋友爲我費一費神，替我披掛起來，結果在吃飯的時候，我居然也能夠『束帶立於朝』了。

第一次吃日本飯也覺得很特別的。有的人說，中國菜的優點是味，西洋菜的優點是香，日本菜呢，它的優點就是色。這雖是勉强的區分，然而說起來也很有趣味，因爲日本菜當然不是完全不注重味道的，可是它能夠以色調柔和鮮明來動人，則不單是純粹的日本菜是如此，就是日本人所燒出來的『西洋料理』和『中國料理』，也往往如此。我記得有一次吃豬排，這當然是西洋風味的菜，可是，盤子裏除了一大塊香膩膩的豬排之外，還有一朵粉紅色的紙花。這朵紙花的莖很粗，並且是中空的。當時我覺得很奇怪，這朵花是做什麼用的呢？後來看見對面的日本客人，把那花的中空的花莖插在豬排的骨頭上，用手拿着吃，我才恍然大悟起來，原來這朵紙花，還有它的實用的目的。可是，它的實用以外的優點，我們似乎也還是不能一筆抹煞罷。

日本菜每樣都用一個不同的器皿盛着，器皿多數是磁的，有時候也用漆器。除了上面所提到的生魚醬湯之外，生鹹菜，黃蘿蔔片，都是用來就飯吃的。有時候有一種蛋羹，用盂盛着，裏面夾雜着淡味的軟肉的魚片。其他的魚的種類太多，名字恕我却不能一一說出了。

吃完飯後，我携着『救生囊』（這時我已把它解下來了）獨自到憩息室裏小坐。這間屋子很寬敞，佈置很是精雅，有柔軟的絨背沙發，有柔和的燈光，還有幾幅大油畫，都合乎客廳的需要。我喝了一杯茶，休息了一會，寫了幾行隨感的文字，大約是淸晨起就太累太疲倦的關係吧，朦朧之中竟睡着了。……忽然，耳邊聽見異樣的嗚嗚的響聲，慌忙睜開眼來，看見大家很倉皇的都朝甲板集合的路徑跑，臉上露着很緊張的顏色，我這時猛然想起這是船上發的警報，一時不由的驚訝起來，趕緊收拾紙筆，束好橡皮囊，順着人叢走到甲板的指定地位來。這些地位都有白漆箭形符號劃好，旅客不會弄錯的。我遠遠的看見幾位朋友都排立好在指定位置了，臉上青青的，自己的脈搏也跟着緊促起來。

嗚嗚的聲音經過一個相當長的時期（約數分鐘）停止了。大家的心是不是鎮定了一點呢？我看，這時鎮靜還是很鎮靜的，然而鎮靜之中也有興奮，興奮之中還有緊張。這是戰時，雖然只是船上一次小小演習，可是，在碧空之下，四面的波濤不住的洶湧着，却也可以象徵出海的偉大，和能夠控制着海的人們的更加偉大呢。

三　民族的健康性

我永遠不願意說中華民族由歷史發展下來演變到現時這個階段是不健康的，我以爲在目前這個艱苦動亂的時代裏，我們特別的看到許多中華民族的優點，是過去在承平時期所不容易發現的。當然，我不敢諱言中國人——綜括的說起來是中華民族的根性，也有許多弱點或缺陷。優點和缺點比較起來，我覺得是優點大而缺點小，優點多而缺點少，舉起例來雖然很難，但是實例其實甚多，大家隨時隨地都可以看到，不能抹煞，也不必客氣的。

近來世人提倡全體主義之風甚盛。我們中國從前有一句老話，叫做『各人自掃門前雪，休管他人瓦上霜』，大約我們說這話的時候，通常不外有兩種意思：一是主觀的，認爲這兩句話是可恥的，認爲這兩句話一定要被打倒。（或者我們必須打倒它）。另外一番意思是客觀的，認爲這是我們民族性中膠黏着的一種劣根性，這是劣點，也是事實，不容自己否認的，這兩句話的流傳和存在，證明它所代表的事實也同樣的存在。

全體主義既然爲人們所提倡，相對的說起來，自由主義個人主義的流毒積弊，遂爲人們所痛斥。凡是流毒和積弊，本來不論其爲什麼東西的，我們都應該清掃，這是用不着解釋的。可是，也還有許多話不但需要解釋，並且需要清楚的解釋理分，並且需要反復重疊的說明，才不至於爲人誤解，甚至爲人利用，以致於錯入迷途。全體與個人之辨，蓋卽其一。

我從前寫過一篇文章『談自傳』，深覺奇怪爲什麼中國人這樣喜歡談大家的事情而很少談到自己。這好像是全體主義的精神和思想在中國很普遍很發達的明證了。其實不然。過去數千年的策論八股的餘孽，是隨時活着在我們的心裏的，偶一不愼，脫口搖筆，都是這些伊伊吾吾的調子，不論正面的和翻案的，其實說話時是一種態度，做事又是另一種幹法。以此來攀龍附鳳的說這是全體主義的思想，無乃侮慢了眞正的全體主義。

眞正的全體主義精神並不異於眞正的自由主義。舊的自由主義由荒墮而腐蝕，由腐蝕而崩潰了，代之興起的是另一種新興的自由主義，就是注重整個國家民族的有機體的生命與自由的全體主義。以根據這一點爲基幹，則個人的優秀性的發掘和培植變成有不可忽略的重要性，而『各人自掃門前雪』的話，在這裏也可以被解釋爲『己欲立而立人，己欲達而達人』的話。因爲自己先能夠把個體弄得好，則全部有機體自然能夠活潑潑地，自然也會有生氣。

單說個體，直到今日爲止，中華民族有一點普遍的缺點就是不甚注重於身體的健康。這一方面說起來，每個人大概都要算是失敗的，未老先衰的人特別的多，帶病延年的人特別的多。都市青年男女的體魄通常劣於鄉村青年，文盲或非知識階層的人，通常比知識階層的人高明。所以，如果個體兩個字用來專指自己的身體的話，『各人自掃門前雪』的話事實上沒有做到。

青年人並不一定完全沉浸在享樂的氛圍內。沉浸在都市的奢靡的享樂風氣裏的只是少數的人。但是，現在的中國青年受到了劇烈的時世變移，沉淪在生活的苦悶裏的人却是一天比一天增多。大空氣常常是低壓的，難免青年們要感到痛苦，要感到沉鬱得受不住，要尋找無聊的一時快樂和刺激，甚至慢慢的消沉墮落。青年們的朝氣沒有方法向上提向前進是我們目前的一個很重大的問題。因爲青年們的思想的和體魄的強健，其實就是民族的健康。

這一點是否可以悲觀，我想在這兒用不着多說。我在『海客談瀛錄』裏面曾說過：『民族之前途，所喜者活躍強壯，所慮者墮落衰敗。或以爲今日日本民族至爲健康，譬諸少壯之年，體強腦健，對於外來文化，吸取消化，無不受益。中國則正如破落子弟，無堅強發奮之心，無覺悟向上之志，墮落衰微，恬不知恥。然就予潛默觀察，則吾中華民族之健康，正亦不亞於日人，即彼邦或歐西學者所論列，亦謂其聰明睿智，堅毅耐苦，世不多覯。深愛中國者，當知中華民族之偉大，惟在其整體之堅實渾厚，而無與於枝節之柔條蛀蘗。「譬如大樹，當觀其全部，不宜僅覓其蛀蟲之葉。」此武者小路實篤小詩所言也，予深韙此喻。』——爲什麼我要這樣說呢？爲什麼我現在還要重覆一遍的這樣說呢？因爲，我以爲我國的民族性始終是健康的，目前所已經所能夠發見的缺點，都有它的根治的辦法，只要明白人情和物理，一定能夠慢慢的走上更堅實更康健的道路。

國家窮乏是不要緊的，難在要大家更加愛護這個窮國家。從前日本人有這樣的一首小詩，是『世界的苦辛，日本人的苦辛，我的苦辛，所以我瘦了。』中華民族的前途，崎嶇艱巨，又何嘗減此，或者只有更加厲害，然而我們生爲這一個時代的人，感受到時代的光榮和驕傲，負荷着繼往開來的責任，絕對不應該隔岸觀火，投石下水，只有在艱苦中痛定思痛，死中求生，才有生活的眞味。有了這種精神，就不必悲觀，也不會悲觀。

從前墨經上有過這樣的一條定義，『體，分於兼也』。個體就是羣衆的分子，分子能健康，自然全體也會強壯進步。不過，我覺得有一句話也是很重要的，就是『皮之不存，毛將焉附』，大可以擺在一起說，此雖略有近於帖括浮辭，然亦不失爲反覆陳言之一義耳。

四　建設性和破壞性

戰爭的性質是破壞的，同時，當然也可以說是建設的。人民的流離轉徙，城市的斷垣頹壁，繁華區變成瓦礫場，這是人類文明最大的慘劇，老子所謂『天地不仁，以萬物爲芻狗』，法國莫泊桑小說『二漁父』裏所發的感喟，眞是古今中外，每個人都會有的同樣的感觸。可是，在戰爭之中，我們如果能夠加强它的建設性的信心，認識淸楚戰爭的目的是爲了拯救人類的，解放民族的，犧牲小我來獲取未來的幸福的，戰爭所有的破壞性，比較將來的建設的理想和成績，又是很纖微的必然的事實了。

中日文化的必須溝通，而且這種工作就是在戰時也必須趕緊進行，這是大家都承認的『不易之論』了。然而我們平心靜氣的想一想，這幾年來，這種重要的工作，我們究竟做過多少呢？老實說，旁的抽象的話我們暫且不談，單就出版文化一點而論，我們已經覺得不及中日戰事以前的百分之一了。在事變以前，不管當時的政府對於日本的態度，是傾向於戰爭的還是和平的，單就全國出版的讀物而論，我們對於日本各方面的硏究觀察批評介紹，雖然還不及日本對於中國的要求認識得那樣的熱狂，可是比較起現在的狀況來，那要算是高明到幾百倍了。我們倘若再把我們說話的範圍說得更小一點，專拿文學作品來說，則舉凡當代日本知名的作家，他們的小說戲劇散文詩歌，都會有過中文的翻譯。前兩天有幾位朋友一起閒談，有一位朋友提到日本的老作家久米正雄來，好像是說他的作品似乎竟沒有翻譯過。我指着在座的章克標先生笑道：『我記得他有一篇「阿武隈心中」，就是章先生翻的呢！』我們只要舉這樣的一個例子，可以看出事變以前，中國的文化界文學界對於日本的注意，和中日兩國的知識分子相互間所發生的深刻的影響是多麼的重大。

自有中日關係以來，兩國間邦交之敦睦，協力的密切，要求互相瞭解互相信賴的呼聲之高，大約要算今日爲最甚了。然而，中國出版界的貧弱疲憊，中國介紹日本作品的缺乏，恐怕也要以今日爲最甚了。這如果是在不明瞭現在中國出版界的艱困的人看來，不是要當做異常滑稽的事情了麽？不是要認爲笑掉了牙齒了麽？

最近一年裏，在上海我們僅看到了一個介紹東西文化灌輸世界知識的『東西』月刊，這是以介紹日本爲一個遠大的目標的，可惜出版了兩期，就因爲白報紙不易購買，終於宣佈停刊了。單行本呢，我只看見過譯的北條民雄的『癩院受胎』，丹羽文雄的『海戰』，林房雄的『靑年』，還有呢，就是將要出版的火野葦平，上田廣，橫光利一，丹羽文雄，舟橋聖一，林芙美子等的『現代日本小說選集』。還有呢，大約就要算是『和詩選』，『儒教之精神』等書了。其餘的像『日語學習』，『周刊日語』等，都只是供給初習日語的人閱讀的。『東光』畫報又可惜是季刊，還是日本鐵道省的國際課發行的。其餘的像『中日文化』等雜誌，因爲受到物質條件的阻礙，好像也時常停頓，銷售未廣。……此外我們雖未能盡舉，但是大概也差不多了。這種貧血症的出版界的嚴重病態，不但未能積極的幫助戰後的文化的重建和復興，就是對於目前，又能夠有什麼貢獻？

也難怪言論界新聞界要說話了。我在離開上海以前，看到報紙上的一篇論評，對於目前文學界的意態消沉，着實的發了一番不滿意的議論。老實說：對於中國現在的出版文化，誰又滿意過呢？由不滿意而焦灼，由焦灼到亢燥，再一變而爲消沉，越來越失去文學作品的積極性了。更不止是翻譯文學作品一點，就是自己的文壇的景象，好像也到了需要來上一次嚴密的檢討，和深痛的反省的時候了。

今天（八月十八日）讀到日本西部每日新聞的『墨滴』，有這樣幾句話，大意是說中國在清末的時候，對於日本明治維新的各種情況，都是非常注意的。可是，有多少人曾經翻過已經用歐洲文字譯出了的『源氏物語』，『萬葉集』這些古典的日本作品呢？……我想，現在的情形，不但不如事變前的旺盛，也許，竟連清代末季的維新熱都不及呢。

五　溫情和友情

新認識的朋友，剛才見面，不容易發生友情，更不容易發生深厚的友情。我們常常聽見人家問：『某某人你認識麼？』答的人也說：『熟的』。其實不過見過兩面，不過是點頭朋友而已。社會上交往的朋友可以很多，可是點頭的朋友時常佔了大多數，這其實是交朋友的一種悲哀。點頭的朋友嚴格的說起來有的還勉强可以算是朋友，有的簡直是素不相識。在宴會酬酢中，一大羣的人坐在一起，有人從外面進來了，向大家點頭招呼，也向你點頭，可是你可以並不認識他，也不知道他的姓名。有的時候主人來了，他會向你介紹，這是馬先生，這是密斯脫張，你們照例的互相點頭。究竟馬先生，密斯脫張和你有沒有認識，連你也摸不十分清楚。

在國內的情況是如此，這還是本國人，馬先生無論如何總是馬先生，密斯脫張也總是一位姓張的男人。在日本呢，情況就更覺得特別了，可是也另有一種不同的況味。有人跟你介紹，這是『米牙穆勒』先生，你當然莫明其妙，只好交換名片，原來名片上印的姓是『宮村』。在異國，有異國的風俗，有異國的習慣，所以要熟悉一兩位外國朋友，並且其間的關係又不僅是點頭之交，而多少要有一點兒感情的，的確很難。首先我們必須要明瞭對方的語言，如果連語言都不能夠互相瞭解，怎能互相認識對方，更怎樣能夠發生深厚的友誼？可憐現在中日兩國文人，眞能夠做到這一步的，不知道有沒有二十個人。這樣說來，中日兩國過去二三十年間，這樣的不能了解，如何會不受到其他國家的挑撥離間！中日兩國人民的隔閡誤解，以至於積怨相殘，如何會不日深一日，越弄越糟，釀成那幾乎弄得不可收拾的事變慘劇？

我不能夠說日語，也不能夠讀日文，除了幾句很簡短的日常話之外，我的聽覺在這裏竟也變成毫無用處。這樣的愚蠢拙陋，怎樣會得多認識異國的朋友呢？更怎樣能夠發生一些溫厚的友誼呢？可是，我在這篇小文裏仍然要記述一兩位日本朋友，並且是在日本認識的，並且也不僅是區區的點頭之交。

一位是奧野信太郎先生。他是一位四十多歲，非常溫和的學者，日本慶應大學的教授，他是教漢文的，說得一口相當流利的北平話。所以我們之間言語並不隔膜，雖然僅有短短十幾天的聚首，大家也變成互相能夠說得來的朋友了。他曾經到過北平，永遠記得墨蝶林菜館的西菜，和小翠花在長安大戲院演的挑簾裁衣。挑簾裁衣是水滸傳的故事，他不僅喜歡水滸，也愛看紅樓夢，並且還用日文翻譯了五十多回的西遊記。對於整個中國文學的總成績，以及對於整個的中國文化的演變發展，他是向來抱着一種含有濃厚的趣味的欣賞態度的。他不但能夠欣賞中國的文化，並且眞能夠同情中國人。假如，在現代的中國有許多能夠用像他那樣同情中國的熱情去同情和暸解日本人民的學者和思想家，我想中日兩個國家的關係之密切，援助之深厚，唇齒相依的情形，一定還要超過現在的情形多少倍。

奧野先生是最喜歡照料我們，幫忙我們的。在文學者大會會後休息的時候，他陪着我們乘着木炭汽車，到舊書舖集中的地方去遊逛。朋友之中，有的人去買繪畫用的顏料，有的人去買書籍，還有的人東張西望在書舖裏愛不忍去，奧野先生一面幫着大家問價錢，一面替朋友問詢什麼書籍在什麼地方發賣，忙碌萬分。後來，又同我們到早稻田大學一帶去參觀，在暮色蒼茫的時候，才陪着我們趕回出席演講會。

在一家書店裏，我看見有許多『文部省美術展覽作品』的彩色明信片，就選購了幾張，至今保存着。不過，其中的一張却是奧野先生贈送給我的，那是一幅在凝思着的少女，原來她就是奧野先生的女兒，明麗的風姿，在一位名畫家的妙筆底下，更顯得溫婉嫵媚。奧野先生告訴我幾次，這幅原畫是畫得非常好的。後來我去參觀美術展覽的時候，果然看見這幅優美的原作了。

還有一位中山省三郎先生，同行的朋友，大約至今都還能夠記得。他是一位頗有名的研究俄國文學的人，翻譯的作品很多，曾經送給我一本他譯的屠格涅夫散文詩。我們剛到長崎登岸，當天的晚間，中山先生就到旅館來看我們了。他是從東京乘車趕到長崎來迎我們的，長途跋涉，一點不辭勞瘁辛苦。我和他並不能夠通語言，可是却常常在一起，大家借着簡單的英語對談。

他和這一班中國朋友的感情，並不因爲言語的隔閡而生疏，非但不生疏，並且往往比和其他本國人的感情更顯得親切些。這是什麼緣故，我們不能夠用常情去解釋，大概也只可以感情用事一點來說，『有緣千里來相會』罷！我們由長崎到雲仙，大家一同在溫泉洗浴，一同爬到普賢嶽的山巔，一同在崎嶇的羊腸山徑上試騎馬，每一個人都和他混得非常厮熟。對於我們這幾個人，有一位同行的朋友後來告訴我，這位中山先生的感情，可以說是濃得化不開來的。

在這裏我不由的不有些微個人的感喟了。如果日本國內能夠多有幾個像中山先生那樣對中國人感情濃厚的人，並且把他這種濃厚的感情普遍的傳播開去，那麼，在我們瞻望中的東方的局面，將要如何的安定平和？中日兩國人民的情緒，將要如何的親近？如何的熱烈？我們不願意去責備別人，可是，我們自己却的確不能夠不心痛，不能夠不慚愧，更不能夠不反躬自問。別的話不用多講，堅定我們的信念來努力罷，文學界文化界的朋友們，我們今日需要多少的朱舜水，我們今日還需要多少的黃公度！

六　文學的交流

我們常常有機會參加座談會，特別是主張中日文化交流的座談會，在上海大約每月總有幾次。我常常被主人推請致辭，所說的話也往往和其他的朋友說的，不謀而合，並無什麼驚人的語言。每次座談會，有時候也叫做懇談會，而其實去懇談之『懇』字，不知道有多麼遠的距離。對於這種事情，我每次參加，從不推辭，有的時候還自己發起。這種現象我並不以爲是矛盾的，因爲對於其不合理性之處，我時常感到失望，甚至於有點兒悲觀。

悲觀的話不是有勇氣的人說的，悲觀論甚至不能解決問題。我們所要說的話，是想求得一個合理的結論，完全或至少一部分能夠解決問題的。如果我們的話對於解決問題一點並無幫助，那還不如三緘其口的不談。

對於這種座談會，我爲什麼『從不推辭』而出席，我以爲也需要一個解答。我以爲我們應該尊重發起的主人，也應該歡迎遠來的客人。這種會集的情形應當分開兩種來看才好，不要混淆。一種是專門表示主客兩方的客氣話的，就是日本文裏所說的『御挨拶』。另一種應該是眞實的，雙方平心靜氣，而又很坦白的互不客氣的懇談。而事實上呢，前一種的會何其多，後一種的會何其少。

甚至我們可以幽默的懷疑，有人擬舉行茶點招待一次，附帶有一個談談的——無關重要的節目。

最近一年之內，我所參加的這種文化交流的會，好像都停滯於一點上，再也不能前進。這一點就是『我們要交流文化，我們要文化溝通』一類的話。做主人的如此一番，客人又如此一番，旁邊的陪賓，也惟有如此一番。我有的時候做主人，開口必爲『今天我們感覺到很榮幸，我們……，我們……』我又常常做陪賓，開口也是『剛才我們聽到某某先生的話，我們感覺到……』。至於我們在日本，就變成了客人。因爲我們的語言不甚通，而對方對談的時候，態度又非常的客氣，結果呢，走馬看花似的，到處開開會，座談，參觀，游覽，當然感情是異常融洽的，態度是非常親切的，臨別的時候，大家依依不捨的情分，尤其能夠表現文人們的濃厚的眞感情』。可是，會議之後，怎樣辦呢？座談之後，又怎樣辦呢？通常是很少人考慮到這一點的，至少注意而弄出一個可以實行的辦法的人很少。如果我們可以說許多事情是要令人覺得遺憾的，則此事無疑的亦必居其一。

在最近一年，因日本來華的許多文化方面的重要人士而舉行的茶話會或座談會，由單純的文化團體召集的，由各報館召集的，以至於私人招待的，我都曾經叨陪末座。並且在經主人邀請說點兒什麼的時候，我也總說了點兒什麼。自我檢討，數月間所口講筆述者，只有三次會集是我自己沒有忘記的，也可以說是至今印象還是很深的。一次是周化人先生發起的招待日本文學報國會的代表河上徹太郎先生。那一天我所說的話是自己擬好稿子的（事前周先生囑咐過要預備一點），我沒有說過一句流行的新八股。我只把河上先生在日本文學界的地位，和他們的同人（橫光利一，小林秀雄，龜井勝一郎……等）雜誌『文學界』的發展，系統的說了一個大概。後來，其他朋友的議論（幾乎每個人都發言的），也都很切實懇到。這是因爲河上先生自己的話也非常直率而眞實的緣故。一次是申報館招待日本改造社社長山本實彥先生，那一天我的話好像更直率了，也許近乎有點兒鹵莽了，可是我仍舊像是骨梗在咽的樣子，一吐爲快。爲什麼呢？因爲我們是很敬佩山本先生的言論的人，並且過去還見過兩面，自己覺得不應畏畏縮縮，對不起許多愛中國並且希望中國很殷的日本友人。第三次是歡宴日本作家林房雄先生，由中華日報主持的。那一天在座的全是弄弄文學的人，由林房雄的初期創作『林檎』談起，直到日本文壇最近六七年的狀況，大家都很欣慰愉快，結果客人喝得醺酩大醉。

大醉是中日文學交流的最愉快的成績。但是這只是個人的，不是團體的，是少數人的，不是多數人的，是人與人間的感情的契合，不是文學作品與文學作品的交流。如果這是結果，這是一件大敗的事情，現在的中日兩國的新文壇，必須要突破這個難關，也必須設法克服這一類的困難。

困難是什麼？人力歟？不是。單以中國而論，不，單以上海而論，通曉日文能夠欣賞日本文學作品，同時中文譯筆流暢，力能夠翻譯一些日本的現代的，近代的，乃至於古典的作品的，多了不敢說，至少有五十人。此五十人中，過去已有翻譯作品出版的，也至少有二十人。爲什麼不請他們出來呢？環境困難麼？不是。今非昔比麼？也不是，後之視今亦猶今之視昔。物力不夠罷？也不見得。印刷，紙張，稿費，堪稱上乘的報紙雜誌，即在這萬方多難的今日，原亦未嘗絕跡。「舉一隅可以三隅反」，文學交流乃至文化交流，完全一個怎樣辦和快幹實幹的問題，如果今日仍需要先硏究，再討論，每次談談『我們要文化交流』，或談談『文學作品交換的重要性』，坐而言而仍不能起而行的，言亦無聊，結果怎樣，大家遠識之士諒也早在洞鑒之中的。

或即我所寫的此類文字，以後也應輟筆。今日志願學日文的小學生，方從『阿，伊，烏，愛，嘔』唸起，雖見其迂慢，然而比較其完全隨便說說一事無成兩鬢斑者，固仍是後者來唱歎光陰一去不回還耳。

七　長崎重遊

一個人重到舊遊的地方，往往會有一點無形中的今昔之感的，即使離開的年數很短，現在和過去並沒有很大的差異，可是撫今思昔，也總要有一點縈念往懷的情思發生。

在海輪中，我就告訴朋友，大約正午的時候，茫茫大海之中就可以望到一兩個島嶼了，島嶼的數目愈來愈多，那是快要到長崎以前，一定經過的五島羣島。海水的顏色由黑藍變到深藍，澄藍，最後變到青綠色。下午四點多鐘，長崎港的峯巒屋宇，碧樹青山，舟楫往來，兩岸都可以歷歷在目了。

長崎，雖然可以說是日本著名的港口，可是東方典型的舊城市的風光，却仍可以從它的眉目上尋找出一點痕迹。長崎的特點是城市生活的恬靜。雖然，街道上的高矮房屋很多，行人往還，還有電車，三輪車，人力車，但是它眞可以說是我所見到的一個『結廬在人間，而無車馬喧』的城市。

吃過晚飯，獨自在街上漫步。不知道是不是要往日的夢尋呢？這裏的人力車看到幾輛，車身奇高，車輪又大，完全和中國所見的不同。不過，乘坐的客人却很寥落，這種十九世紀的交通工具大約也應該常休息一下罷。

這裏可以買的東西，最好的大約是玳瑁製造的眼鏡架，西裝袖鈕，手錶的帶子等。西川眞珠也很著名，還有人工培植的眞珠，連蚌殼一起陳列在櫥窗內。可惜時間略晚了，不然還可以再去看看熱鬧的市街。

第二天上午，我們幾個熟人相偕到諏訪神社去參拜。路過勝山國民小學校，校址雖在市區，可是房屋建築得很寬闊雄偉，是半圓形的幾層大樓，有點像上海的愛文義路哈同路口的雷士德醫學研究所的模樣。這只是人家的小學呀！據說，這樣的小學在長崎有二十五所，中學有七八所，高等學校有一所。回想我們最近三十年的教育界，特別是事變以來的學校衰落師友離散的情形，眞要羞慚得無地自容了。

這座小學門口，有很高的石碑，上面說學校在明治六年創立，碑上特別紀念三位教師，每人在該校教學都超過二十年。這是教育辦得上軌道之後才會發生的成績。

諏訪神社建築在半山之間，有幾百級的石階，一層一層的走上去，可以半途略微休息，很像我國南京紫金山的中山陵，不過這却是完全舊式的建築。神社門口有石砌的門形，通常是木製的，叫做鳥居，可是這裏也用石來建造，想見其工程的閎偉。我們走到一半，忽然淅瀝的雨點無情的打下來了，愈來愈大，只好爬到上面去暫避。這些層石階，每層可以休憩的地方，兩旁都有路徑，也有住宅，我曾在上山的時候，聽見道旁一家住宅裏發出一陣陣清亮的無線電的音樂。

在神社最高層的兩旁木走廊，我看見有許多張紀念性的照片高懸着。給我印象最深刻的，一張是一位教授劍道的老師傳授他的名劍給他弟子們，他的題字說劍術上可以衞國家社稷，下也可以捍衞宗族保護己身。這位先生的徒弟有三十餘人。還有一張是某小學教師率領兒童來參拜，祈禱戰爭勝利的合影。我以爲這兩張照片，可以看出日本人眞正的性格和他們所受的教育訓練的密切關係。

在神殿前的石階上坐着，對面峯巒層疊，都被一重重的厚霧籠罩着，隱隱約約的透出碧蒼的巖秀。我從側面遠看殿前圓大而潔白的木柱，兩手抱不過來的粗闊，矗立在一旁，很有我國曲阜孔廟的龍柱的偉觀，不過龍柱的盤花已經凋落殆盡了，這裏却可以從整潔圓滑的木柱上面，看出淸楚的木質肌理來。

雨點愈來愈大了，三兩女孩穿着薄薄的短衣裳，擧着傘，脫下木屐，赤足從石階上蹼蹼的奔跑着。一位穿着玄色的和服戴着眼鏡的老翁，一手擧着一把黑傘，很敏捷的下着石階，在我的眼簾，投射着一個黑色的崇高的背影，一會兒都不見了。雨下得眼鏡也有點模糊起來，廊簷的積水，如注的不停的垂瀉下來，使我眼前忽然消逝了雨中的山景，也聽不見朋友們的談笑聲音，只是幻念着社前石門上面雕刻着的鎭西大社四個字，不知是什麽年月造成的，可是，它總不會從我的心裏消逝了。

電車的釘鐺的響聲和隆隆的車聲，從樹叢裏透露着人間的消息。

八　雲仙隨想

雲仙距離長崎不遠，在長崎街道上，就有雲仙的風景畫片出賣。因爲雲仙是一個很著名的風景區，有溫泉，有山嶽，形勢雄偉，山巖秀麗，是日本國內有名的勝景，不在箱根，別府，日光等地之下。我在去歲在雲仙住過三四天，時刻想念它的風景清麗和生活悠適。這一趟我們沒有時間去雲仙了，朋友們沒有去過的，都買了一點雲仙的風景明信片。讓大家的眼睛移注在風景片上，幻想着普賢雲仙諸嶽的美麗罷。

到雲仙去的途中，經過許多迂迴的山徑，樹木叢生，高蔽天空，有時候又可以從樹林的縫隙裏望見遠處青藍色的海，和天上的雲彩交映。山路雖然很曲折迂宛，可是常有出門旅行的小學生，穿着制服背着行囊，頸上圍着一條毛巾，手裏拿着一根粗杖，成羣結隊的山裏走着。德國著名的飛鷹運動的旅行精神，完全在日本小學生的行動上表現出來了。他們都是從各地步行來的，晚間住宿在日本式的旅館裏，幾百雙的男女小木履，都放在旅館的門前。

溫泉的水常常是沸騰的，熱度高的時候，冒起很高的白霧，據說，在最熱的溶解着硫黃質的石巖間，冷水罐裏放着一個鷄蛋，不過幾分鐘，就可以煮熟。溫泉的水，運到各處，聚匯在浴缸裏，仍然是熱氣騰騰的，假如用時不摻和冷水，簡直不敢下手。我記得去年我們初洗溫泉的時候，熱水愈來愈燙，皮膚遍體發紅，有的人竟大聲叫喊起來，可是，週身的那一種溫適舒暢，眞是有說不出來的快慰滿意，手和脚在水裏時間久了，都微微的起了皺紋，這時，我們一面洗浴，一面出了一身透暢的熱汗，用毛巾擦乾之後披上浴衣，精神暢快之外，又覺得還有一點說不出來的疲倦。接着，就會很暢酣的睡上一次覺，醒來的時候，只見窗外滿山紅葉，紅色和綠色相互交輝，遠處的溫泉仍然不停的冒着厚重的白霧，這個景緻，也就大可以流連不捨了。

普賢嶽也是雲仙著名的勝景。去的時候，先是騎馬，由馬夫跟隨着，沿着山路，盤旋的上升。可是，這條山路是很彎曲，很險峻的，在轉灣的時候，俯身看着山底下的景物，人物都顯得渺小極了，只剩得一片青巒，和若干蠕動着的黑點。自己騎在馬背上，步履着很生疏而彎曲的汚徑，馬的性情又不很熟諳，愈走愈高，路途愈險，下面的風景愈望愈浩闊，自己的手緊緊的抓住馬韁，看着眼底收盡的一塊一塊青綠色的阡陌，緩慢的迂動着的車舟人物，想着自己這時已經在拔海近千尺的高峯上面，假如不是輕輕的揑着一把汗希望這匹乘騎不要出毛病，那麽這個人也就可以做一個馳騁風雲睥睨一世的英雄了。

普賢嶽拔海在一千三百尺光景。最高的地方，還是不能夠乘馬的，於是，馬停下來休息，人就鼓着勇氣攀緣着苔藤之間的斷樹深枝，到達到最高絕巔。到山巔去是困躓的，疲倦的，但是它也會給你相當的補償。在羣峯裏面時刻醞釀着一種移動着的迅速變幻的雲霧，好像是把山峯給鎖住了似的，這種霧氣，像幾條寬闊的白鍊，把我們的身體和整個大自然的景象也都很融和很天性的緊鎖在一塊兒了。在它的懷抱裏，你會遺忘了自己的渺小的身軀，和自己的空虛得好像荒誕的一樣的思想的。

九　博多和唐津

雲仙不能去了，心裏很覺悵惘，但是我們乘火車到過博多和唐津市。

博多是屬於福岡市的，我們在博多車站前的博多旅館，住過一夜。這個地方，從前是郭沫若住過的，有幾位朋友提議去訪問他的留日本的家屬，我說『不要無事忙罷』，好在大家也不過隨便說說而已，並沒有眞的自找麻煩。

我們因爲時間匆促的關係，並沒有能夠在博多盤桓多一些時候。博多是以精製人形著名的，就是泥塑的人物，製造得栩栩如生，大的要幾十圓乃至百餘圓一個。通常所塑的，多半是美貌溫柔敦厚的日本少女，有的古裝，有的時裝，有時候，塑些忠臣義士，元老，軍人，航空兵士，兒童等。樣子做得好看極了，配上玻璃木盒，簡直不像是泥塑的，並且泥土很細膩，光滑多脂，勝過我國無錫著名的『大阿福』甚遠。誇張一點來說，簡直可以說是巧奪天工。我們每個人都競相購買，我也買了兩個，預備歸貽家人。

從長崎到博多，沿路頗有風景，有青山綠水，還經過十餘個山洞，很像國內廣州九龍間的廣九路。由博多再到唐津，又要換過另一條火車支線，風景也很佳麗。沿路小站很多，每隔幾分鐘，火車必停頓靠站一次。乘客們的樣子都很簡樸，我們曾經在某一個小站上，發見穿著中國長袍的客人，背着行李匆匆走過。不知道這個人是不是中國同胞？

提起長衫來，我們這一次同行的一位，就是有名的長衫同志。在出國以前，他曾經幾次躊躇，打算做一兩襲夏天穿的輕便西裝，幾次決定要做了，臨時又想想，自己覺得好笑，還是省省罷。後來時間更匆忙了，想做也來不及。他曾經問過我，在日本國內穿中國長衫，會不會引人奇怪和注意呢？並且還怕會有宋濂所說的『鄉里小兒，競遮道訕笑，冕亦笑』的情景，這是元朝末年的王冕，自己做了大袍大袖的奇裝異服。這位朋友平常很喜歡舊詩，時時低聲吟着：『依然著白隨行路，漸有兒童冷眼看。』但是實際上呢，無論是城市內，或是舟車之間，他穿着長衫，大家並沒有特別注意，不過連兒童也知道這一位是中國客人，可是決不會『冷眼』。因為在勵行戰時體制下的新生活，日本人的服裝，也在力求簡便和儉省，所以服裝的限制並不怎麼嚴格。而且日本的和服跟中國衣服很有許多相像的地方，這是我們的自然環境很容易的造成的，用不着勉强，大家都多少容易瞭解一點。『本是同根生』的話，在這裏用做譬喻，倒也是很恰當的呢。

沿途望見許多松林，一片跟着一片的飛過，鬱鬱蒼蒼，別有一番蓬勃的氣象。唐津市是海濱的城市，我們的住所就在海灘旁邊。海灘堆積着很高的淡黃色的細沙，脚踏上去，自然顯現着很深的足迹。這一片沙灘，愈走愈潮濕，海水時常侵襲過來，捲起一陣一陣的澎湃聲。這裏的濤聲，是終日不停的，閉上窗子聽着，都好像隱約間有一陣嗚嗚咽咽的音響，如果推窗開來，那就眞像是千軍萬馬從遠處奔馳呼喊而來了。這種波濤，是一層跟着一層的捲起來的，最外面的一層波浪，是白色的，再深一層是青綠色的，淡淡的一層夾在裏面，再過去就是藍色的，顯得它的來勢很猛，洶湧震盪，在遠處就是一片蒼色，和日光照映着發出灰色的光亮來，不容易分辨天色和水色了。不過，天色是固定的一片，上面還帶有混藍色和淡紅色的雲彩，亮閃閃的，水色却是時刻在動盪着變幻着的，自然而然的也能夠畫出一條很清楚的界限來。許多人在灘邊游水，兒童尤多，都不穿衣服，身體晒得像古銅一樣的棕紅色，僅在臍下用黑布微纏着，遮蔽身體。

這裏的形勢三面都有山，還有大小的島嶼，乘坐小艇可以往來。有一個較大的島，聽說可以垂釣。可惜因為波濤太大了，有興趣的朋友都打消了游興，不然也許可以多到一個地方，學一會垂釣的雅人雅事。我想，釣魚在日本或者是一件很流行的事情罷？石川達三有過一篇『平和的故事』，講一家產業公司的經理在星期日也坐火車帶着他的兒子，同去釣魚的。釣魚是一件富有靜的趣味的事情，但是靜中也有動，雖在幽美的景色之中，仍舊未能與世俗隔絕，這大概也還含蓄着一點『生之意志』在裏面罷。

濤聲愈來愈大，跟着就降雨了。這個時候漸漸的迷矇得看不清楚了，地面的松樹，雖然很多，積聚一片，却有很多更細弱的，也有許多做出彎曲的枝幹來的，在風雨侵逼的時候，松枝吹來吹去，不住的向人們亂點頭。這是一陣急雨，雨過之後，有時太陽照耀，有時仍然像是暝濛一片，陰鬱的天氣，點綴着鬱怒勃發的浪聲和一層一層急衝上灘的巨浪，更顯得像是有什麼靈怪在發着它的猙獰的吼聲了。近海居住的人是幸福的，因爲他們時刻和偉大的景象接觸，這種經驗是多麼可以彌補我們內心的空虛和苦悶的啊，我想。但是，唐津的居民，除了有這種幸福之外，還有一種口福。這裏的西瓜，皮薄肉甜，富於水分，是我過去從來沒有吃過的。售價非常便宜，每斤不過日金一二角，折合起來，用我國的儲備幣五六元，就可以買一個很大的西瓜，飽啖一頓了。它的滋味甜賦，尤其出人意外。大約，是經過園藝學家特別培植的罷，否則，這裏的土壤，也可以算是能出佳種了。我想，自然和人力，總是相輔並行的。

離了唐津，我們就乘火車轉赴下關，再向東京出發。車上的生活，有時寂寞，有時熱鬧，不過，這裏却不必一一的浪費筆墨罷。

十　江山如畫

東京是在八月二十二日上午到達的。到車站歡迎的日本文學界的朋友們很多熟識的人，這裏不一一多舉了。

當天的晚上，菊池寬先生在山水樓招宴，吃的是中國菜，菊池先生的精神，健旺仍如去年，並且顯得更健談了，雖然以快要六十歲的高齡，却仍舊主持着許多日本的重要文化事業，聽說最近他又做了一家電影公司的老闆。

這天晚上，從山水樓出來，我曾經獨自在銀座區附近徘徊着，追尋着，依稀辨認着去年自己的屐痕。向來在黑寂的夜裏，我却常常是不怕寂寞的，因爲我還有點兒喜歡如果能夠在熱鬧中找到了寂寞。可是，寂寞却又是多麼難於尋找的呀，特別是在這裏。雖然在日間是顯着有點緊張，戰時的日本首都的夜，籠罩着的空氣仍然是非常的平和，非常的靜穆，也許可以說是找不出一點和去年我初次來時異樣的情緒來。不過電車的聲音，高架電車的聲音，地底電車的聲音，汽車的騷動，也交織成它的熱鬧。就是在寂靜的夜裏，我也感覺到這個都市，比日本其他的城市要熱鬧幾倍。

在旅館裏住着，可就比在唐津的時候忙碌多了。許多老朋友和新朋友都來聚談，小小的房間裏，擠滿了許多人，各報館有人來約寫稿子，雜誌也有人來約寫稿子，廣播電台約去講演。能夠謝却的，我都很感激的謝却了他們的盛情，因爲，在旅行匆促的生活中的我，有的時候眞想多休息兩點鐘。

大會像預期那樣的開過了，第二次文學者大會是相當的成功的，這是會後許多方面的印象，因爲它比較的着重於實際的問題，和它們的解决方法，譬如說，中日兩國的文學作品的翻譯介紹，這是比什麼介紹的工作都應該積極的，因爲它可以幇助各國家民族的認識瞭解，但是，出版機關的協力，紙張，印刷，這些實際的問題和困難，就需要很迅速的打破，才能夠幇助這個理想的實現。否則，只有在精神上情感上的聯繫契合，而這種契合，因爲沒有具體的表現，也很不容易普遍廣大。爲了中日兩國眞實的永久的親善，爲了推展中國復興中的一點薄弱的文化事業，這一層公認的意見是頗爲値得重視的。

在這一次大會的决議裏，這一類具體的議案很多。我很希望它們都能夠很快的實現出來，那麼，不但是東亞各民族爭取解放的運動可以受到心理上和思想上的重大影響，中國未來的出版事業也可以得到一條新的正確發展的途徑。

會後的雜感很多，和朋友們的談話，也都有追憶的價値。可是自己去國日遙，心中繫念無限，寫也寫不下去了。這幾天又在匆促行旅之中了，我雖不喜歡煩囂，却仍然不能避免例行的酬應，所以更沒有片刻寂靜的時候。旅人心裏的感情，往往是心有晴陰萬象殊的，大約凡是經歷過長途跋涉的人們，一定可以特殊的體驗出一點它的欣快和辛勞，推開臨街的窗來，街上的高架電車又在轆轆的響着了。天氣眞熱，就是在夜裏，還是熱得汗流夾背，我們的心裏的興奮和浮沈，是不是也會跟氣候的變化有關係呢？我在單獨的時候，是頗喜歡看看古人的詩集的，想起我常常愛念的兩當軒集的一首詩，不覺又要低吟起來了：『見長僧雖能說法，自栽堤柳已垂欄』，遠望着街旁的圓形電燈巨柱和那迎着風微微擺動的青靑的垂柳，却又有一種悵然的，同時也必須是嗇然的感想。不過，我這個時候內心裏的情境，怕也不是這古人的簡短的十幾個字所能夠說得出來的罷？（中華民國三十二年八月）

風雨談 第五期要目

八月號 風雨談 第四期

★上海風雨談月刊社印行★

編後小記

在第四期裏，我們曾經預告過不久將要出一次特輯。這一期的『翻譯特輯』，已經實現了我們期望的一部分了。這裏面包括了四個短篇和兩篇散文，每篇自有其獨特的風格和趣妙，都是我們仔細選擇才發表的，希望讀者們能夠細細的咀嚼辨味。

[illegible]先生的『迷離』，因為上期中輟的緣故，這期特別多補寫了幾千字，於此可以見他[illegible]本刊的好意了。全文已經結束，繼續刊載的將是他有名的隨筆和短篇小說。伯上先[illegible]『鉛筆』，本期也已刊出了，下期將刊載『買水烟袋記』。文章雖短，意境却異常深雋淡泊，不可多得。不久我們還將請他翻譯現代日本的短篇小說。其他諸篇，都是名家手筆，讀者們想早已熟悉。這裏就不再多費筆墨介紹了。

本刊在過去本有一個計畫，每期選刊全國各雜誌報紙刊物有價值的文學性作品，另闢『秉燭談』一欄，介紹給本刊廣大的讀者。因為目前還在交通阻隔運輸遲滯的時期，各地刊物流通不易，而那些比較有價值的文字，却是許多地方的讀者都渴望快覩的。本期的『懷鄉記』，就是這樣的一[illegible]嘗試。原作曾分刊在『古今』……等刊物，其中『女畫錄』的一部分曾經大陸新報『[illegible]』[illegible]，由原作者將原稿重新整理，略加增刪，合成本篇，總題叫做『懷鄉記』，我們只要[illegible]題目，便可以想像得到他握筆時的心緒。

本期發稿的時候，雨生先生還遠在北平，却給我們帶來了幾個好消息：『陶亢德兄已允擔任本社顧問編輯，並將長期撰稿』（九月十四日快信），『風雨談稿事，昨日已收獲五篇，俱甚長。』『新年特大號稿亦到兩篇，』（十七日快信）十七日晚還有一張明信片，特囑删改『懷鄉記』的某一段文字。我們希望他返滬之後，能夠告訴我們一些旅途的見聞，和各地讀者關心本刊的熱誠。

我們的朋友蘇青女士，就是『結婚十年』的作者，最近創辦了一個『天地』散文小說月刊，不久當可問世。她的文字固然寫得很清鬆溫婉，可是她的編輯手腕，聽說更不下於她的文章。創刊號的廣告已經送到本社來了，眞是琳琅滿目，美不勝收。對於這一類新出的雜誌，我們是希望出版得愈多愈好的。我們在這裏約略介紹，並預祝這個新『天地』的成功。

長篇的續稿，本期因少數作者事忙，略有停輟。但是他們都已答應了，下期非但不停，並且要多寫幾千字。

本期定價每册國幣拾伍圓

風雨談月刊

第六期 中華民國三十二年十月號

編輯兼發行者 風雨談社

印刷 太平出版印刷公司

上海各大書店報攤，俱有經售。

新書 太平書局出版

予且短篇小說集

予且著

予且先生是現代中國文壇上第一流的作家。二十年來，他連續的寫過許多部長篇和短篇小說，都以複雜的都市社會和熱情的青年男女的活躍做題材，描寫生動，對話親切，無一篇不富於濃厚的戲劇性。這部予且短篇小說集，包括八篇他的近作：守舊，君子契約，傘，酒，姿勢，微波，照像，求婚，都是不可多得的傑作。考慮一篇曾經選譯，本書最近又獲得東亞文學獎金，其受讀者歡迎，不言可喻。

售價每册二十元

上海小沙渡路四〇〇號太平書局出版

現代日本小說選集 1

章克標譯

最近出版

每册售三十六元

章克標先生是中國文壇的老將，尤其是介紹日本文學作品的能手。過去的夏目漱石集，菊池寬集，早已萬人傳誦，近年曾以許竹園的筆名，譯成北條民雄的小說集，由本局出版。這一部現代日本小說選集，洋洋數十萬言，厚三百餘頁，允爲近年出版界的力作，爲沉寂的文壇放一異彩。橫光利一，丹羽文雄，林芙美子，火野葦平，舟橋聖一，窪川稻子，上田廣……等十五位名作家，每人一篇，都是馳名的新著。譯筆的輕快流利，並保持着原作優美的風格和情調。

★上海小沙渡路四八九號
太平出版印刷公司印行

宣傳部登記證誌字第一三二號
上海市第一區特警處登記證C字第一一三四號

本期每册國幣拾伍元

《風雨談》二十一期總目錄

第一期目次（中華民國三十二年四月）

第二期目次（中華民國三十二年五月）

第三期目次（中華民國三十二年六月夏季特大號）

第四期目次（中華民國三十二年七月二十五日）

第五期目次（中華民國三十二年八月二十五日）

第六期目次（中華民國三十二年十月號）

第七期目次（中華民國三十二年十一月）

第八期目次(中華民國三十二年十二月二十五日,新年特大號)

第九期目次(中華民國三十三年一二月號合刊,春季特大號)

第十期目次（中華民國三十三年三月）

第十一期目次（中華民國三十三年四月）

第十二期目次（周年紀念號）

第十三期目次（中華民國三十三年七月）

第十四期目次（中華民國三十三年八月九日）

第十五期目次（中華民國三十三年十月）

第十六期目次（中華民國三十三年十二・一月 小說狂大號）

第十七期目次（中華民國三十四年四月）

第十八期目次（中華民國三十四年五月）

第十九期目次（中華民國三十四年六月）

第二十期目次（中華民國三十四年七月）

第二十一期目次（中華民國三十四年八月）

秀威經典　　人文史地類　PC0576

風雨談（二）

原發行者 / 上海風雨談月刊
主　　編 / 蔡登山

數位重製・印刷 / 秀威經典
http://www.showwe.com.tw
114台北市內湖區瑞光路76巷65號1樓
電話：+886-2-2796-3638
傳真：+886-2-2796-1377
劃撥帳號 / 19563868　戶名：秀威資訊科技股份有限公司
讀者服務信箱：service@showwe.com.tw
網路訂購 / 秀威網路書店：https://store.showwe.tw
網路訂購：order@showwe.com.tw

2016年12月
精裝印製工本費：15000元（全套六冊不分售）

Printed in Taiwan

國家圖書館出版品預行編目

風雨談 / 蔡登山主編. -- 一版. -- 臺北市 : 秀威經典, 2016.12
冊； 公分. -- (人文史地類 ; PC0575-PC0580)
BOD版
ISBN 978-986-93753-1-3(第1冊 : 精裝). --
ISBN 978-986-93753-2-0(第2冊 : 精裝). --
ISBN 978-986-93753-3-7(第3冊 : 精裝). --
ISBN 978-986-93753-4-4(第4冊 : 精裝). --
ISBN 978-986-93753-5-1(第5冊 : 精裝). --
ISBN 978-986-93753-6-8(第6冊 : 精裝). --
ISBN 978-986-93753-7-5(全套 : 精裝)

1.中國文學 2.期刊

820.5 105018595

讀者回函卡

感謝您購買本書，為提升服務品質，請填妥以下資料，將讀者回函卡直接寄回或傳真本公司，收到您的寶貴意見後，我們會收藏記錄及檢討，謝謝！

如您需要了解本公司最新出版書目、購書優惠或企劃活動，歡迎您上網查詢或下載相關資料：http:// www.showwe.com.tw

您購買的書名：________________________________

出生日期：________年________月________日

學歷：□高中（含）以下　□大專　□研究所（含）以上

職業：□製造業　□金融業　□資訊業　□軍警　□傳播業　□自由業

　　　□服務業　□公務員　□教職　□學生　□家管　□其它____

購書地點：□網路書店　□實體書店　□書展　□郵購　□贈閱　□其他

您從何得知本書的消息？

□網路書店　□實體書店　□網路搜尋　□電子報　□書訊　□雜誌

□傳播媒體　□親友推薦　□網站推薦　□部落格　□其他________

您對本書的評價：（請填代號　1.非常滿意　2.滿意　3.尚可　4.再改進）

封面設計____　版面編排____　內容____　文／譯筆____　價格____

讀完書後您覺得：

□很有收穫　□有收穫　□收穫不多　□沒收穫

對我們的建議：________________________________

____

____

____

請貼
郵票

11466
台北市內湖區瑞光路 76 巷 65 號 1 樓
秀威資訊科技股份有限公司 收
BOD 數位出版事業部

（請沿線對折寄回，謝謝！）

姓　　名：________________ 年齡：________ 性別：□女　□男

郵遞區號：□□□□□

地　　址：________________________________

聯絡電話：(日) ________________ (夜) ________________

E-mail：________________________________